U0894898

大明皇后·揽溪传
江蕊 著
贰

湖南文艺出版社
HUNAN LITERATURE AND ART PUBLISHING HOUSE

博集天卷
CS-BOOKY

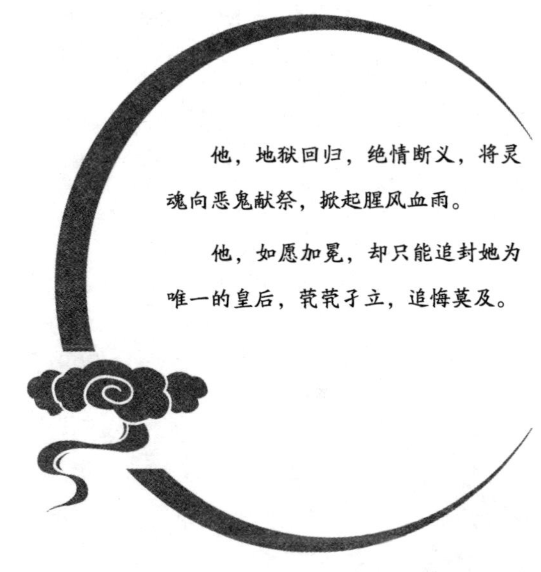

他，地狱回归，绝情断义，将灵魂向恶鬼献祭，掀起腥风血雨。

他，如愿加冕，却只能追封她为唯一的皇后，茕茕孑立，追悔莫及。

目录

“你说，我死了便会放我出宫去，还算……不算数？”我轻轻地笑，眼角却落下泪水，“我实在不喜欢这里。”

“只要你好好的，我什么都答应你！什么都答应你……”看着他心痛若狂的面容，我心里蓦地涌起一阵酸楚。

我这辈子都不可能原谅他了，还好，这辈子很快就要结束了。

第一章

情义两难怎奈何

在那之后，皇宫着实沉寂了两天，似乎所有人都仍然沉浸在那天诸多的谜团中，从钦天监的预言，到卫宁妃的死谏，秦端妃也死得蹊跷……通通百思不得其解。

就在此时，爆出喜讯来——如意有孕了。

皇上自然高兴，后宫中沉郁的气氛也稍稍活络了些。可不知道是否因为前车之鉴，皇上对如意这一胎异常重视，从每日请脉到饮食，方方面面。

绛雪轩定然门庭若市，我也没去凑热闹，跟云横学着裁剪了个小娃娃穿的肚兜儿，终于等到人少了些，才前去恭贺她。

一进绛雪轩，只觉每个人脸上都喜气洋洋的，个个嘴巴直咧到脖子根儿去，我受着他们的感染，不由得笑开了。

只是明佩淡淡的，她行礼，掀帘让我进房间去，已然大人的模样：“选侍快进去吧，如意姐姐盼着呢。”

“你怎的才来？”如意眼睛红红的，仿佛哭过。

我从云横手里接过做好的肚兜儿给她瞧：“总不能空手来看小娃娃，来得晚些是有原因的。”

“这兰花真好看。”她笑得勉强。

“这布料最是柔和，小娃娃穿一定合适。你也知道我的女红就那样，怕绣得不好，磨得小娃娃不舒服，所以就拿笔画了。你别瞧就这几朵花，我怕小孩子皮肤嫩，对颜料过敏，这上面的颜色都是拿花朵的汁子研磨出的，可费了好久的工夫。”

她听我说这许多，竟连笑也笑不出了，许久方道：“姐姐，我不想要这个孩子。”

“别乱说话。”我忙掩上她的口，又不忍道，“这毕竟也是你的骨肉，婴孩何其无辜。”

如意又似恍过神来，道：“你放心，我也只是说说罢了，皇上指派胡堂平太医为我安胎，万无一失。”

“说说都不行。”我急了，低声道，“你这一胎也许是皇上最后一个孩子，皇上必定看重，如若出事，后果难料，知道吗？”

“什么？”她不由得惊呼。

胡堂平为皇宫之中最擅岐黄之术者，也没有被召去为皇上看病，可见皇上讳疾忌医，心里已经有数了。

“我本不愿告诉你，这样的隐疾，皇上不会再让旁的人知道。”我又抚了抚如意的肩头，“其实对你和孩子来说，也算好事，皇上一定会很疼爱你们的。”

“卫宁妃死谏的就是这件事？”

我颔首道：“是。最初，我只是想找秦端妃毒死庄嫔的证据。想想后宫中人要想拿到毒药并非易事，最可能的出处便是太医院，于是就找来胡堂平，问他最近有什么可疑的人没有。”

“他怎么说？”

“人倒是没找着，可是胡堂平说他在为皇上例行诊脉时，发现了一个惊天秘密，皇上身中一种药物，与我新婚当夜所中之毒一模一样。”

“骤丸！”如意忙自己捂上了嘴。

我颔首，接着道：“我便去问了贝淑女，她告诉我，阖宫只有御用监的钱公公那儿可以买到茶弼沙国来的骤丸。我们暗中监视着钱公公，终于逮到秦端妃与他私下交易，买的正是骤丸。”

“于是，你便找了卫宁妃……这一切，就这样串联起来了。”

回想一切，我有些怅然：“只是没想到卫宁妃会死……”

可与这个秘密相关的所有人，都只有一个归所，那就是——

死。

我脑中倏忽一惊，在我求卫宁妃现身指证之时，岂不是已经将她推向死路？我，不过是个躲在幕后操纵的胆小鬼！

如意见我难过，劝慰道：“要想成事，必有牺牲。卫宁妃从容赴死，也是为了保证事情能够万无一失。你助她复了仇，亦了结了心愿，总好过她不死不活地在宫里过着，想必她可以含笑九泉了。”

是吗，我只牵起一丝苦笑，说不出话来。

从如意那儿回来，我便被朱常洛叫到书房去。

自从卫宁妃坠楼那一刻始，他就再没跟我说过话。

我一来，他便冷冰冰地令我研墨，手里擎的一本《汉书》半天也没翻一页，这都一个时辰了，纸上一个字儿也没落。

他分明在与我置气。

我换了只手，悄悄地在身后活动酸痛的手指和手腕。他眼角的余光斜斜掠过，显然是见着了，却什么也没说，这才想起装模作样地将书翻了一页。

王安进来，行了礼，道："太子、王选侍，云横有话要禀告，在外面候着有一会儿了。"他瞥见我手里的砚台，忙接过，"这样的粗活儿让奴才来做就好了，别把王选侍累着。"

"这是太子吩咐妾身做的，安公公且放着吧。"我自知此时也无好脸色，"妾身这就出去与云横说话，别打扰了太子念书，不一会儿便回来接着研墨。"

说罢，垂着头也不拿眼瞧他，拔脚便往外走。我知道，他此时的脸色，定然更难看了。

云横的神色颇为焦急，见我出来，忙上前低声在我耳边道："选侍，汉岳公子又闹了。"

我不由得蹙眉，想到朱常洛还莫名其妙地不理人，心里更是乱成一团，便道："知道了。我还不知何时才能出宫去看哥哥，你先替我过去劝劝他。"

云横为难道："奴婢能行吗？"

"行与不行，你拿太子令牌先行一步，想个法子吧，我也没别人可以指望了。"我微微地叹了口气，颓然道。

"云横自当尽心尽力，选侍放心。"

我心里感激她从不犹豫的支持与忠心，也不知该说什么，只拍了拍她的肩膀。云横冲我了然地一颔首，告退了。

再入书房，果然见朱常洛面上隐隐的怒色更甚，王安瞧出了端倪，忙告退下去，还带上了门。

"你谋划这么大的事，为何背着我？"他蓦然出声，风雨欲来。

我依然垂眸不语，只伸手去拾砚台上的墨条儿，却不防被他狠狠捏住手腕。本就酸痛难忍的手腕就好像断了一般，我竟顺着手臂扭转的角度跌在他脚边，不由得痛呼出声。

显然朱常洛也吓了一跳，他略略松了手，脸色却仍是铁青。我夺回手腕护着，终于道："你是怪我害死了宁妃？"

"与别人无关，只关乎你我！"朱常洛蹙眉，眸光如刀刃般冰凉。

"别人？"我忍不住质问他，将心里的怀疑倾倒而出，"卫宁妃也曾为你所用吧？如今就成了'别人'了？"

"是！如今，她对我来说，只是'别人'。曾经我也折服于她的美貌与智慧，可我不敢爱，爱了就等于有了软肋。父皇将她要走的时候，我似乎松了口气，又心痛又释然。我对身边的女子，同情，也利用，就是不爱。我原本也不想爱上你，知道吗？"

“可这一次，却由不得我……”朱常洛叹了口气，继续道，“你对我而言，与她们都不同，我不愿利用你，也不愿你涉险，知不知道？”

“我这样做，是为你，却也不只是为你，我有不得不做的理由。”我强自支撑，口气却不禁软了。

“你被囚禁在繁综楼的时候，我就知道，你成了我的软肋。我再也不想经历一次了，别折磨我。”他缓缓将我拉入怀中，“如果一定要做，就告诉我，我们一起承担，好不好？”

我在他怀里闷了许久，点点头。

“云横刚才来说，汉岳的情况不好，你带我去看看他吧。”

他微不可闻地叹了口气，吩咐候在门边的王安：“去准备一下，本宫与王选侍要外出，让林顺跟着就行了。本宫不在的这段时间，慈庆宫里全部交由你打点，若有大事则待本宫回来决定。”

王安应了，问道：“太子出行几日？”

“几日？”朱常洛看了我一眼，“少也要七日。若有人问起王选侍，你知道怎么答吧？”

“奴才知道。”王安顿了顿，又道，“只是，公孙先生少不了要找您。”

“你就和他说，我去看小舅子了。地方他知道，若有急事，就去那儿找我。”那蓟州的宅邸本就是公孙徵的私宅，朱常洛若说是去看汉岳，他自然是知道的了。

那日刺杀朱常洵之后，郑贵妃本要借此大做文章，可因着朱常洛大婚，不能做得太难看。朱常洛又主动承担找寻刺客的责任，明面上才勉强罢了，可暗地里，郑贵妃已央了其弟郑国泰，在京师里一尺一寸地搜查。

为了汉岳的安全，公孙徵已经在第一时间里将他转移出城，安置在蓟州，还将冷苏苏留在那儿看着。这些，都是他托云横告诉我的，好让我放心。

可汉岳一天比一天闹得厉害，腰上带着伤还硬要练武，以致伤口至今都未愈合，动辄便流许多血。冷苏苏害怕出事，又念着公孙徵事忙，才千方百计地联系到云横，一遍又一遍地催我们快去。

王安很快就将一切安排妥当，女眷是不能随意出宫的，所以我只能在一处隐蔽的小侧门边上了马车。里面淡淡的香薰宜人，两边雕花的窗户被厚厚的锦布帘子遮挡得严严实实，看着很是安心。

马车摇摇晃晃的，我不知不觉便倒在朱常洛怀里睡着了。陡然一个巨大的颠簸，我昏昏沉沉地苏醒，暑热濡湿面颊，一丝风钻进帘子里来，解不了半分热度。

路况很不好，左右颠簸的，我虽没走过去蓟州的路，却也知道顺天府内的官道路面不应是这样。心下略有些疑惑，掀开帘子一看，两边崇山峻岭，怪石嶙峋，路边滚落着许多或大或小的尖利山石，看着极是荒烟诡谲。

我忙将朱常洛摇醒，示意他。他侧头瞧了帘缝之外，立即警觉起来，从身侧取出长剑，极缓极轻地拔出，用剑尖拨开一线珠帘，只见驾车的赫然是一个陌生的黑衣背影，而林顺就倒在一边。

再往后瞧，出宫时跟在马车后的一队亲兵已然没了踪影，我心中一惊，捂住嘴险些叫出声。

朱常洛示意我靠后坐好，电光火石间已跃至车厢外，贴身锢住那驾车的人，利刃就搁在他脖子边上，厉声道："谁派你来的？"

那人两指而并，直冲朱常洛面上去，朱常洛提剑格挡，只听"叮"一声脆响，手指架在剑刃上，丝毫无损，他一个旋身，就脱身跃下马车去。

车后响起"咻"的一声，想必是信号弹，他定有同伙。

朱常洛忙抓住缰绳，扬鞭催马，我担忧地向后望了望，又使出全力将林顺拖进车厢里。

马车的速度明显快了起来，两旁的风将帘子吹得打卷儿，发出"啪嗒、啪嗒"的声音，车子时不时轧着石子，几乎颠得腾空。

可后面铁蹄奔腾的声音还是渐渐近了，那粗粝的喝声仿佛近在咫尺。陡然听见身后"噌"的一声，转头只见半截明晃晃的刀已然穿过了车厢后板，离我耳畔不过寸许，吓得我一声惊呼，踉跄地攀住车门，直欲跌出去。

朱常洛向我伸过手，喝道："上马！"

我来不及思考，伸手紧紧攀住他的手臂，他反握住我的手腕一带，我便身子腾空掠到马上，他一个旋身亦上马，勒住缰绳，将我护在胸前，剑光一转，割断了马匹与车厢连接的绳子。

他偏过剑狠狠打在马侧："驾！"

马挣脱了身后的重物，霎时飞奔起来，终于让我们与那群黑衣人拉开了一段距离。可无奈这匹马已经筋疲力尽了，刚刚一阵狂奔已是强弩之末，渐渐卸下了力气，转眼，那一行数十人又追上来。

我们抛下了马车，若那些人只是普通劫匪，自会得了财去，又何必这般追我们，早在见得那与朱常洛交手之人的身手，我就有了不祥的感觉。

黑衣人如同铅云一般从我们身侧掠过，形成了一个圈，将我们包围起来。朱常洛只能狠一勒马，马昂头嘶叫，前蹄腾空而立，踢起碎石和泥土，几乎将我们掀下去。

眼前这些黑衣人均面蒙黑布，不辨样貌，露出双双恶狼一般凶狠的眼睛，为首那人冷冷笑道："小爷，你若能下马束手就擒，我便做主放了这位夫人，不然，让你们俩生不如死！"

"别听他的！"我紧紧捉住他的手臂，"你若有个万一，我必学那命殉霸王的虞姬！今生今世，你我生死俱在一起！"

他定定地看我，朗朗一笑，道："好！"眸中神色蓦地坚定，在我耳边低声道，"我们这就突围出去，若不能成，下一世等我来寻你。"

"走！"他一手架着我，一手举剑向前，脚尖狠踩马鞍，直向旁边一处豁口攻去。几人挥刀砍来，他从刀锋上踩过，堪堪从他们头顶飞了出去！

黑衣众人皆飞身下马，脚下生风，直攻过来。朱常洛护我在身后，长剑在身前挥舞，剑光绵延，只听一阵金铁交击之声络绎不绝。

朱常洛师从青冥先生，剑法本高明，可那些黑衣人个个身手敏捷、刀法精湛，就连我一个外行看了也知道是专业的杀手。朱常洛以一敌众，渐渐不支，现出疲态，身上已经多了好几道伤口。

朱常洛四面受敌，不由得顾此失彼。我看着他身上的血迹只觉惊心，一不留神就被一人扯将过去，那人将刀搁在我脖子上，定是要威胁朱常洛。可我本就拖累了他，这下岂不是让他更加乱了方寸？

心下一横，我狠踩那人的脚，又猛踢他的膝盖，那个杀手定是见我看起来惊恐万状，没有防备，才着了道。我趁机推开他，慌乱间也不辨方向，向一边跑开。

地上均是碎石与黄土，我跑也跑不快，只想找一个隐蔽的位置先躲起来。可回头一看，那个被我踢踩过的杀手竟恼羞成怒，带了一人追上来，二人手中的刀反射着烈日，一亮一亮地晃眼。

我正欲铆足劲儿往前跑，转过身却见万丈深渊，急急刹住步子，一阵冷汗蓦地从后背里冒出来。被我踢下去的石子许久才听见碰撞的声响，也不见得是到了底，我的心跟着直坠而下，一时连腿也软了。

回首只见持刀的两个人不慌不忙地围过来，一点儿一点儿地逼近，带着淫秽的笑意，一个说：“这娘儿们好烈，刚才几下踢得老子心里直痒痒，瞧这标致的模样，就这么杀了怪可惜的。”

另一个接口道：“不如掳回去玩儿够了再杀，咱们还没碰过这样细嫩的女人呢，郑大人不会知道的。”

为首那人一声“小爷”，便知道他们是专为太子而来。此时真真切切的“郑大人”入耳，我更加确定派这批杀手前来的不会是别人，正是郑贵妃的弟弟郑国泰！

我强撑着大喝道："你们再过来我就跳下去！"

"你跳啊，"那杀手脚步不停，"爷就没见过不怕死的娘儿们，来，让爷开开眼。"

我向下面看了一眼，这悬崖深不见底，只需一步，尸骨不存。

刺客又逼近了一点儿，一边刀锋微侧，一边将手伸过来。

要我受辱，倒真不如跳下去，一了百了，此时若不肯死，只怕生不如死！

我又决绝退了一步，脚后跟已然悬空了，那杀手见我来真的，跟上一步抓过来。

常见话本子里头，上战场的人都说："杀一个不赔本儿，杀两个赚一个。"此时我竟一股血勇之气涌上来，抓住眼前的杀手，想跟他同归于尽！

显然他也意识到我的企图，猛然向后退一步，将我搡到地上，惊怒间抡起刀便要砍："找死！"

刚才我已用尽最大的勇气，此时一旦倒地，就连动的力气也没了，只能死死闭住双眼，等待死亡的降临——

我已经感觉到刀锋将日光晃在眼皮上，又感觉到刮起的罡风格外森凉，忽听得一声熟悉的呼叫："选侍快跑啊！"

只见林顺冲出，将举刀的刺客狠狠掀出去，那刺客站在我跟前，本就离悬崖边沿极近，这一推之下，虽未退得多远，只一小步，便滑下陡崖，直坠下去，"啊"一声渐渐消失在深深的山壑之间。

"呀！"林顺拾起坠崖刺客掉落的刀，哆嗦了一下，趁另一人愣神的空当冲上去。可他毕竟只是个手无缚鸡之力的内监，那刺客微微皱眉，大刀一挥。

“不要！”我不由得捂嘴惊呼，眼睁睁地看着林顺的血喷溅到我的衣襟上，脸上也感觉到一阵温热渐凉，我知道，那是生命逝去的温度。

他明知道自己敌不过的，只是为了替我再争取一点儿时间逃跑啊，林顺……我内心震撼悲痛，跑！跑！

可我不过刚刚爬起身来，那刺客已经一脸不耐地掐住了我的脖子，将我晃到虚空中。显然同伴的死激怒了他，只见他眼角微微抽搐，咬牙切齿道：“老三离不开女人，你下去陪他吧！”

我叫不出声来，只能死死抠住他的手，脚尖勉强够着陡崖的边沿，耳边刮过呼呼的风，眼前只是一片刺目的光晕，直让我要落下泪来。

陡然面前一声惨呼，掐着我的手立时卸了力气，我的身子直直向外倒去，眼见着就要跌下去！忽地一只有力的臂膀将我拽回来，拽入他的怀抱里，是朱常洛！他突围出来，赶在千钧一发的时刻救回我。

抱住他就好像找回了安全感，可渐渐地，我也察觉出不对来，他怎么像站不稳了似的，一阵阵摇晃。我收回环在他身后的手，只见手心里满满的都是鲜红的血。

更多的杀手逼近，朱常洛浴血重衣，脸上汗水混着血水流下，胸膛急剧起伏，我都能听见他迅疾的心跳声。

好几把刀同时以开天辟地之势向我们砍来，朱常洛暴喝一声，仍强撑着举剑格挡，我看见他身上好几处伤口汩汩冒血。大刀压着长剑，逼着我们退向绝境，脚底不断有石子噼里啪啦地掉落下去，触目惊心。

朱常洛蓦地将长剑上的大刀通通震开，却没受住反挫的力道，脚下一滑，便向陡崖下溜去。我下意识拽住他不肯松手，身子一斜，也一并下去了。

几乎同时，“嗖嗖”几声，没看清是什么，面前的杀手就倒了一半，陡然有人抓住我的手腕，身子蓦地在虚空中顿住，止住了下落的势头。

抬首一看，竟然是公孙徵！

他手臂上青筋暴起，咬着牙硬着一口气，一手抓着朱常洛的小臂，一手攥着我的手腕，腰间缠了好几道粗壮的青藤，这才没被我们拽下去。可这样一拉一拽，也非常人所能承受。

“小心！”朱常洛疾呼道。

只见仅剩的几个刺客换了近身的匕首，缓缓靠近，公孙徵下意识地看了一眼腰间的软剑，却腾不出手来，他不能回头，所以不辨敌情。陡然间，一人发难，将手中的匕首狠狠地向公孙徵后背扎去，公孙徵闷哼一声，脚下一绊，便将那人踹飞。手略微松了一松，又很快握紧，即便如此，我与他紧紧相握的唯有几根手指了，再看朱常洛那边，也从手臂滑到了手腕。

众刺客见一人得手，胆子都略大了些，纷纷上前，却又顾忌着自家性命，行事更加谨慎了。

“这样下去，我们都得死！公孙——放开我！”朱常洛大喊。

“放开我！”我与朱常洛异口同声。

低头看一看脚底的深渊，似乎没有刚才那般可怕了。公孙徵来了，他们俩联手，一定可以杀出重围，只要他能活着，我就没有什么不甘愿的了。

我看见那匕首上泛着幽绿的光芒，越来越近。是啊，再这样下去，我们三个一个也活不了，选择已迫在眉睫，公孙徵会怎么选，似乎毋庸置疑。朱常洛之于他，于公，是太子，于私，是兄弟，可当我抬首看他时，竟从他的眸子里捕捉到一丝犹豫。

来不及了！他与我的手上都是冷汗，我挣了几挣，手指便快要滑出他的掌心。就在我要掉落的那一刻，他猛地向前一够，复又将我的手腕紧紧攥住，同时，另一边，已经没了朱常洛的踪影！

他飞快地坠落下去，我甚至看见他抬首对我们微微笑着。

“不——”我凄厉地大喊，向他伸手，可他下落得那样快，一瞬间便消失在缥缈的层云之中。

公孙徵以迅雷不及掩耳之势抽出腰间薄而利的软剑，猛拍地面，借力弹起，我也跟着飞身而上。再睁眼的时候，面前的刺客已然悉数倒下，而我所立之处，已经是结结实实的地面了。

可是，朱常洛……

我回望深不可测的山壑，泪水终于夺眶而出，他身受重伤，又跌下山崖，只怕……心中的剧痛就像巨锤，击得我呕出血来，我们说好要生死俱在一起的，他明明答应我，临了还是选择让我生。

远方，残阳似血，映得山林好像着了火，有飞鸟在林子的上空不断盘桓。我就那样静静地望着，望着，待心中的纷乱缓缓平复，待冰冷麻木的手脚慢慢回暖，内里陡然升起一股坚韧的力量，我不能放弃他。

公孙徵从一旁的丛林里拉出更多的青藤，开始将它们绞在一起，他望向我，眸中亦有坚定：“我们一起去找他。”

“你也觉得他没有死，对不对？”我不自觉地微微笑，泪水却止不住地滑落。

他定定地看着我，点点头。

生要见人，死要见尸。无论朱常洛是生是死，我都不会让他一个人孤孤单单地在下面。我甚至想，也许他被树枝挂到，也许下面有一片湖水，也许他被好心人搭救……他还没有死，若我们早些到，就能早些救他。

心里怀着这样一点儿希望，虽然微弱渺茫，却足够让人从绝望的黑暗里爬出来，身体里也有了力气。我爬起身来，帮着公孙徵拖扯藤蔓。

天黑了，习惯了宫中的万千灯火，我竟不知，还有如此漆黑的夜晚，没有星星，没有月亮，伸手不见五指。我时刻警醒着，不要被这黑色湮没，熄灭了心中的小小星火。

青藤坚韧非常，我力气小，穿插得吃力，加上藤蔓表皮粗粝，不用看我也知道自己的手成了什么样子。公孙徵一手拿着火把一手摆弄着藤子，瞥见了我的手指，不动声色地将火把递给我：“你把这个拿好，给我照着亮，那些都留着我来做，接头的地方关键，若打得不结实，就危险了。”

我微微一滞，接过火把去。

待所有的藤条结成一条藤梯，公孙徵拾了根枯枝，在火把上点燃，朝陡崖下扔去，盯着那下落的火光看了许久，终于道：“长度应该够了。”说罢，将绞好的藤蔓一点儿一点儿放下山崖去，又将一切检查了一遍。

他看了看我，道：“好了，你只管将火把举高，照着咱们脚下，我背你，上来。”说着转过去屈身半蹲。

犹疑了一瞬，便照他说的做。

“抓紧我。”公孙徵叮嘱了一句，背着我慢慢从崖口下去，眼前只有刀削斧砍般的峭壁，四面都是呼啸的夜风，偶尔还有两声奇怪的动物鸣叫传来，我不自禁地将手臂收紧了些。

他一顿，依旧敏捷地攀着藤梯向下滑。

不知是不是因为背着我，公孙徵动作渐缓，他的后背湿透重衣，他额上的汗珠一滴接一滴地滚动，滑落到眼角，我忍不住伸出袖子为他擦去。

遇上稍大而平坦的石头，我们便休息一下，公孙徵的手不曾离开那藤梯，每每只休息了一小会儿，便简短地说一声“上来”，我们就继续向下滑。

不知又这样滑了多久，我拿火把朝下面晃了晃，喜道：“到了，到底了！”

听到我这样的一声呼叫，公孙徵仿佛如释重负，加快了手脚的速度，几乎是凭空地滑了下去，却不想离地面还有一段距离，一个不稳，我们一起摔倒在地。

虽然摔得痛，我却来不及在意，心里只觉得不太对劲儿，转身只见公孙徵倒在一旁，一动也不动，我拾起火把一瞧，我的衣襟上，他的整个后背上，都是血！

原来湿透衣衫的，不是汗，是血……

他两手抓住我和朱常洛之时，刺客趁机拿匕首刺伤了他，我心心念念想着朱常洛的安危，竟忘了他的伤！

心中歉疚，我伸手要扶他，却听他虚弱道："别动伤口，有毒。"

"你怎么样？"顾不了那么多，我从背后扶住他的双肩，用自己的肩膀给他支撑。

公孙徵微微苦笑："刚刚在半途，我的眼睛就看不见了，说了又担心你害怕。"

毒素已经蔓延到眼睛了吗？待侵入脑中，岂不是就晚了？

"我们已经安全到底了。现在最重要的，是你的毒要怎么解。"我强自镇定，刚刚那一路，他竟是凭着直觉摸索下来，背后伤口开裂，还背着我，可想而知有多艰辛。

他从衣襟里摸索出一个青瓷的小瓶子，倒出一把药，仰头送进嘴里："下来之前，我已经吃过了，现在我的眼睛也不是全然看不见，说明毒素也算抑住了些。我再把剩下的吃了，应该可以撑到明早。还要劳烦你替我清毒，务必在明早之前。"

第二章

白兰幽谷两相顾

我壮着胆子在附近摸索了一圈，想找一个栖身之所，竟然还真有，不远的山壁上有一个不大的山洞，在夜幕中黑黢黢的，我忙掉头去找公孙徵。

搀扶着他，我俩踉跄地走到洞口，只觉一阵沁骨的幽凉袭来。手里的火把被公孙徵接过去，他挡在我身前，脚步虚浮地率先进去，来到洞中，又借着火光将四下里照了一照。这个山洞虽说不大，却也有一室之地，足够我们容身了。地上有个石坑，里面有燃烧过的痕迹，旁边还有一只焦黑的铁锅、一个腐朽的木桶，散落着两只满是缺口的土碗。

有人住过的！

“太好了，东西都是现成的，”我扶他靠着岩壁坐下，“我去找些柴火来。”

他将手中的火把递给我：“别走远了，洞口就有些枯藤，再找一些又细又枯的树枝来，先用着吧。”

我依言照办，拾枯树枝的时候，忽地意识到寂静中隐隐传来流水声。爬到一处略高的地方，发现不远处波光粼粼，一条小溪正缓缓流淌。我忙将拾得的柴火抱进山洞，又提了那木桶，直奔溪边去。

深一脚浅一脚地来到溪边，匆匆忙忙地打水。听见下面淅沥沥地漏着，我又慌忙往回走，眼光一瞟，看见几株有用的草药，拿火光照了照，竟然是金银花。只不过金银花素喜光，长在这里，免不了花叶细瘦。

金银花能解百毒，甚至能解砒霜的剧毒，公孙徵一定用得上的。

看书上说，一般的虫蛇都怕火，我拿火把在草丛边上晃了晃，再小心地伸脚踏入草里去，却不想那里竟然是个沟。草密密匝匝冒出地面，其实里面已经长得老高了，我就这样没防备地跌下沟去，惊得一声呼叫，火把顺势脱手，也不知甩到哪里去了。

所幸这个沟也不是太深，我没什么大碍，只是先下来的那只脚崴到了，一时火辣辣的。周边黑乎乎的，什么也看不见，只听见自己心跳如擂鼓。

直到慢慢地适应了黑暗，目能视物，我才缓缓向那几株金银花爬过去。我将花叶采摘下来，拿外裙兜住，系得紧紧的，才从沟里爬出来。

这样一阵折腾，木桶里的水早就漏得一滴不剩，火把也灭了，我提起木桶，摸黑去了河边，再打一桶水。

我没了火把，看不清脚底下，打水的时候一滑，差点儿掉河里。一路走得战战兢兢，歪歪倒倒，心里又急，怕没走到水又漏光了，实在绊得够呛。

终于快到洞口，里面隐隐有火光射出，照亮了路面。火折子在公孙徵身上，看来他已经把火生起来了。

木桶里的水虽没有漏完，却也差不了多少了。我将剩余的水倒进锅里，缩手缩脚地架到火上去，又掬了一点儿水出来洗那两个土碗。

公孙徵苦笑道："选侍从没做过这些活儿吧？"

"既在宫外，先生就不要叫我选侍了。"

我将金银花的花和叶倒在地上："我还找到了好东西呢！"

"哦，什么？"公孙徵向虚空中伸出手来。

我将金银花放在他手中，他将手凑到鼻尖下面嗅了一嗅，微微一笑："金银花，果然好。"

"花拿来煮水喝，叶留着为你敷伤口。"说着，我便将手边的花和叶分开来，花全部丢进锅里，"只是不知你的毒要怎么清，具体的我该怎么做？"

我虽看过《本草纲目》，知道金银花解毒，可疗毒这一目的确非我所擅长，只能问他自己了。

"这毒的毒性并不强，只是随着伤口深入骨髓，侵入内里，才显得剧烈，只需刮骨疗毒，再辅以金银花，差不多可愈。"公孙徵面目淡淡地说道，仿佛说的是别人的身体。

“刮骨疗毒……”这样的方法，我只当是《三国志》里的故事，竟是真的，可是要剥开血肉……我不由得心里发慌。

“你只需一步一步照我说的做即可，”公孙徵递给我一柄短刀，“来，别怕。”

我捏了捏手心，接过短刀。

转首只见公孙徵已经背对着我，解下血迹满满的衣衫，露出结实白皙的后背。那伤口开裂犹如恶鬼大张的口，皮开肉绽，黑色的血液瘀结，在他的背上显得异常狰狞！

“你先用水将伤口洗净，然后用刀尖将泛黑的皮肉都剜掉。”公孙徵侧头淡然道。

我只有将裙幅上装饰用的丝布扯下来，缠在手上蘸水，然后擦洗伤口。

洗去黑色毒血，只见伤口翻卷的边沿果然透着乌色。我攥了攥手中的短刀，还是下不了手，终于道：“关二爷刮骨疗毒，对面还有马良与他对弈，不如我们说说话？”

“说什么？”

“就说——先生你。”

“好。”公孙徵顿了顿，方道，“其实没什么可说的，记得我还很小的时候，就遇见了师尊青冥先生，他说我根骨不错，要收我为徒，父亲便做主让我跟着师尊上山去了。”我动了手，他的声音丝毫不变，我的胆子也跟着稍稍大了些，将刀尖又深入了一分，“只是自从我上山学艺，就极少回去探望双亲，如今来到京师，见面的时候就更少了，‘父母在，不远游’，我自觉惭愧。”

我只专注于手里的动作，许久，没听见他继续说下去，便道：“这就说完了？”

“是，本就是极寻常的，没什么可说的了。”公孙徵轻道，我却从他的声音里听出一丝惘然。

“才开始呢，先生就说完了，这刀子揽溪不敢动了。”我故笑道。

他亦轻轻一笑：“不如你问，我知无不言。”

蓦地想到汉岳，我便直问道：“先生照实情说，与我哥哥是什么时候认识的？”

“汉岳？若我说，在你托我找他之后才认识的，你信吗？”

我早就怀疑了，却道：“公孙先生的话，我怎敢不信？”

“我只知道你不信，才有此一问。不瞒你，在你托我找他之前，我们的确就已经有了交情。不然，纵我有天大的本事，京师这么大，我也不能三天内便找到他。”

“哥哥初来京师，一个认识的人也没有，又是怎么与公孙先生认识的？”

“你哥哥是个真性情、有血性的汉子，为人仗义，又善结交。我们俩结识，也不算稀奇。”公孙徵微微一顿，“不过还真要谢谢一个人。”

“谁？”

“是一位温姓的公子，名曦。”

原来是冷苏苏心仪的那人，脑中蓦地闪现初到京师时，那河岸边泠泠弹奏的《风入松》。

彼时我虽仰慕他的琴声，却因戴着帷帽，不曾有过一面之缘，事隔这么久，竟还能从别人的口中听闻他的名字。

“想那温公子必是人如其名，温如朝曦，才能得苏苏姑娘青睐有加。”

冷苏苏一贯率真、勇猛、可爱，我一直佩服她身上我所没有的那一股“劲儿”，忍不住道：“苏苏姑娘人长得美，性子也是难得的直率活泼，谁若娶了她，定是一辈子的欢喜幸福。”

“可有人偏偏喜欢琴瑟和鸣，岁月静好，两人默契宁和地度过一生。”公孙徵轻轻一叹，“若那样的人面对苏苏，终是不够如意，岂不是耽误了她。”

他言下之意，只怕所指的就是温公子，果然，他又道：“对温公子而言，只怕苏苏太过吵闹了。”

听罢他的话，我不由得苦涩地一笑：“我也是个最喜静不过的人，说话声、摩擦碰撞声稍稍刺耳了一些，我便不舒服的。从前烟绕在我身旁，我总嫌她聒噪，觉得她若能安静些就太好了，可现在失去了，我才知道那样热闹的好处。现在倒嫌身边太静了，一点儿生气都没有。”

想起烟绕，我总是感慨良多，道：“沉静的人往往就缺这么一点儿生气，温公子别失去了这珍贵的热闹，才如我这般追悔莫及。”

他又顿了一顿，才道：“我一定转达他。”

这厢话说完，他让我做的这第一步已经接近尾声了，我专注于最后几刀，他亦没说别的话，一时安静下来。

黏稠的黑色血液顺着背不断流下，覆盖过一层又一层干涸的血迹。我又撕下一块干净的裙幅，重新舀了水，将伤口周围清洗了一遍。看着那被我生生挖出的血洞，仍不断冒出混着毒汁的血液，我皱了皱眉，狠心将温水浸润的布条覆上去。

我清晰地看见公孙徵的背脊微微战栗了一瞬，不过只一瞬，便恢复如常。洗净的伤口血肉里虽不见了乌色，内里却仍然透着黑气，伤口在我手中几乎扩大了一倍，深可见骨。

公孙徵蓦地开口说话，声音略微带着沙哑："毒肉可都剜掉了？"

"剜掉了。"

"好，"他递过来一个小瓶子，"这是止血的药粉，你先将血止住，然后将伤口撑开，把骨子上的黑色刮掉，最后缝上伤口，就成了。"

我用沾满血的手接过那止血药，看着他的伤口愣神。

他许是见我久未应答，又道："你不用怕，其实刚刚也没多疼，你尽管下手。"

"不是，"我眼见着黏稠的黑血又慢慢涌出，向下蜿蜒而来，顿感不妙，"既挖净了，怎么还有毒血流出来，若这时将血止住，岂不是让毒素混在了血液之中？"

他沉思了一会儿："毒素定是随着血液向周边扩散了，不如等一等，待毒血流尽，就可以进行下面的步骤了。"

"现在什么时辰了？"我不安地向山洞外的天空看了看，若到了天明时分，公孙徵的毒仍未清完，只怕压抑的药性过了，毒素猛蹿入脑，到时，便是华佗再世，也无力回天了。

毒血何时才能流净？任公孙徵自己也答不出。我蓦地心里一动，既然毒素只是向周边扩散，岂不是与被毒蛇咬了一口很相似，只需要人将毒吸出……

可顾忌我与他的身份，共处一室已然逾越礼制，怎可再有肌肤之亲……但转念一想，又有什么比得上眼前一条性命呢？能掌握在手的事情，就不要交给天了。

终于，我极不自然地为他擦了擦血痕，轻声道："不如，我将毒吸出来。"

"不必……"

顾不了那么多了，我便将脸凑过去，嘴唇贴上他的伤口，用力吮吸。他战栗地让了一下，却被我抓住，最终也由着我了。

连吐出几口腥黑的血液，再看那伤口，流出的血已然是鲜红的颜色，可见此举还是有奇效的。

我欣慰一笑，心中也放宽了些，却蓦地发现此时我们的姿势着实暧昧。刚刚我抓住他时太过慌乱没注意，自己竟一只手攀着他的肩，一只手搂在他腰前，若让人看见，定要误会了。

就算这里没旁人，我也不自禁地红透了脸颊，忙放开他，强自镇定地拔开药瓶的塞子，将止血药倒在伤处。

公孙徵忍不住呻吟一声，缓了一缓，轻声道："多谢弟妹高义。"

我窘迫地说不出话来，摇了摇头，完了才想起他看不见。

待血止住，我依言扒开伤口，只见白惨惨的皮肉，仍有几丝血渗出来，里面隐隐有一缕青黑，我声音微颤："血已止住，我刮了？"

"嗯。"他静静地深呼吸。

人都道疼痛至极便是深入骨髓，可又有几人真正尝过这入骨的疼痛？刮骨之声悉悉刺耳，我能想象的疼痛必不比实际之万一。

公孙徵整个人微微颤抖，汗水横流了一背，却哼也未哼一声，足见是极力忍耐了。蓦地响起他压抑得略微变调的声音："刚才说到哪儿了？"

"说到苏苏姑娘和温公子。"

"既然我自己没什么可说的，不如就说一说温公子，他……他如今也可谓进退维谷，你既托我许了他一个嘱咐，不如就再多帮他一点儿。"

"揽溪愿尽绵薄之力。"

我虽未见过他的长相，可总觉得如同故人一般，加上他是公孙徵的朋友，他既肯说，想来必是能说，一时倒也没想起避忌人家的私事。

于是伴随着寒凉的刮骨声，公孙徵将温公子的事情缓缓道来。

这温公子，本是京师一门大户人家的长子，幼年时被人贩子拐卖了，好不容易脱身，还学了一身本领回来。认了母亲，却因为种种原因不能与父亲相认，其间的复杂，一时也道不清楚。母亲在他之后，又生了个弟弟，那家老爷的侍妾也生了个儿子，老爷宠爱侍妾，便有心让侍妾的儿子承袭家产爵位，他见母亲常常伤心，便留下来帮助弟弟。

母亲心中本就对他愧疚，又知他为了母亲和弟弟付出许多，渐渐地，竟有心让他向老爷承认自己长子的地位，也就是说，让他取代原本弟弟应得的东西。

“如今，一面是心苦难言、未老先衰的母亲，一面是亲密无间的弟弟，你说，温公子要怎么选？”

“还没听你说，温公子自己的想法呢？”我怪道。

“他没什么想法，只要亲人过得好，他怎么样都可以。”

“那他是个什么样的人呢？”

“他……温公子本就是心系江湖之人，向往自由，不愿置身于利欲纠葛之中。若不是为了母亲和弟弟，他应该早就离开京师了吧，一叶扁舟江湖远。”

我蓦地想起，自己闻他一曲《风入松》之后，送的便是八个字：“欲走不走，将留未留。”想来那时，他已萌生去意，却又舍不下家人，内心矛盾焦虑，全展现在琴音上了。

“既然如此，有弟弟替温公子行孝道，温公子何不成全自己？将弟弟扶上位，温公子已经尽了做儿子与做兄长的心，母亲与弟弟心下明白，感怀亲情，想必也足够。温公子还是越快离开越好。”

“为何？”

“一则，温公子生性如是，何必勉强自己；二则，若弟弟知道母亲曾有那样的想法，只怕……”我没说下去。

良久，才听公孙徵低声道：“你所言极是。”

伤口内骨子上的毒素已去，我轻声道：“快好了，我这就替先生缝线。”

幸而我随身带有锦囊，里面就有针线，我不会缝合伤口，只好像做女红一般将开裂的皮肉缝好，然后揉烂金银花的叶子，小心地敷上伤口。

做完这一切，我着实松了口气，再看公孙徵，他的头轻轻靠在石壁上，微微合着眼，苍白的面容上尽是虚汗，仿佛已是倦极。

我拈起他沾满血污的外衣，帮他穿上。眼光一瞟，便看见他肩上一个颜色略深的圆点状疤痕，微微凸起，应该是我被囚禁在繁综楼时，刺他留下的伤疤。

心下略微动容，我转身将铁锅里熬煮而成的金银花水盛入干净的碗里，吹凉些，喂给他喝。他喝完那一碗热腾腾的药，额头很快又沁出汗来，我拿袖子为他擦了擦。

替他疗伤之时，我聚精会神，生怕出点儿岔子，此时松懈下来，一股深深的困意直涌而上，我走到另一边，倚靠着石壁，很快也沉沉睡去。

“阿洛——”我的声音在山谷里回荡，层层叠叠，尾音渺茫。

我们将周围都找遍，四处不见朱常洛的踪影，可我心里却一点儿也不失望，这里有水，也有人迹，朱常洛既没摔死在山崖之下，那么他活着的可能就更大了。

我们沿着水向下游找去，不知过了多久，渐渐有些走不动了。公孙徵毒素虽清，可身体仍虚弱。我就更不用说了，平日里哪里走过这么崎岖遥远的路，脚掌感觉黏糊糊的。我不敢说，也不敢看，怕看了更加走不动。

从昨天下午起，我便没吃过东西，早上也只吃了公孙徵找来的一个涩果子，现在饿得直打跌。我深一脚浅一脚地强撑着往前走，四下张望，竭力呼唤着，一整个上午过去，声音都沙哑了。

“我们休息一下，吃点儿东西再走。”公孙徵伸手过来搀住我，让我坐在阴凉的大石后面等他，“你等着，别乱走，我去去就来。”

许是太累了，我又迷迷糊糊地睡过去，没过多久，朦胧间一股异香袭来。我挣扎着睁开眼，便看见公孙徵在不远处生了堆火，举着两个树杈烤着什么，旁边放了三五个早上吃过的那种酸涩果子。

他满头是汗：“快好了，过来吃吧。”

我走进一瞧，树杈上赫然搁着两片鱼肉，正滋滋地冒着焦香气。

公孙徵将我的神情都看在眼里：“这条鱼我可抓得辛苦，你若不吃，便先吃这些果子吧，等会儿我再为你摘一些来。”

这山谷之中，就这么一条小河，除了果子，也就只有河里的活物了。若我不肯吃鱼，他也未必真让我顿顿吃野果，可他毒伤未愈，我又何必让他为难呢。

“闻起来倒是很香。”我过去坐下。

公孙徵很是细心，将鱼头鱼尾去了，只留下躯干，还剖开来成两片状，看着一点儿也不可怕，想来这样烤得更酥软。

“好了。”他将其中一个树杈伸到我面前，我接过去，拿手去碰，却被烫得不轻，他见了忍不住笑，“小心。”

试探着尝了一小口，这鱼肉外焦内嫩，并没有意料中的腥气，反而带着丝丝甜味。许是饿了，我肆无忌惮地吃起来。想来也知道，我现在鬓发散乱，面上都是尘土，衣衫又脏又破，实在没什么好顾忌的了。

吃完了抹抹嘴，才发现公孙徽竟一直含笑看着我，见我呆怔，又将另一个树杈递过来：“这块也好了。”

我忙尴尬地摆手：“先生吃吧，我再吃两个果子就好。”说罢，抓过两个野果，在衣裳上擦干净。

待收拾完，灭了火堆，我们没多休息，就继续向河流的下游找寻。转过一个弯，渐渐地，阳光烈了，我脚里出了汗，越发疼痛起来。许是脚疼的缘故，走路也虚浮了，不由自主地打晃。烈日刺眼，光晕时而拉长时而缩小，我蓦地眼前一黑，就什么都不知道了。

再醒来时，天竟然全黑，我伏在一个人的背上，感觉像是在走上山的路。借着他手里火折子的微光，我看见汗水滑过公孙徽的侧脸，心里不由得感到狼狈又歉疚。

“我们这是要去哪儿？”我开口问，嘶哑的声音连我自己都吓了一跳。

“看见山间那一点灯火了吗，应该是处人家，我们去那儿过夜。”

说罢，他将我向上兜了兜，我只觉胸前又一阵温热的濡湿感，只怕他的伤口又流血了。

公孙徵背着我，爬到那山腰上，果然看见一座修葺整洁的白石头小院子，木门前放了把早已枯萎的艾草，上面悬了一盏晦暗的小灯，在微凉的夜风中飘摇。

公孙徵搀扶着我，朝院子里面喊道："我们是过路人，天色已晚，妹子又得了急病，还请主人好心，行个方便！"

等了半晌，无人应答。可透过门缝，只见灯火摇曳，绰绰人影，明显里面是有人在的。

"主人可否行个方便，让急病的妹子借住一宿？"公孙徵微微提高了音量。

我见公孙徵气息未平，血亦渗了半个后背，爬了这许久的山都是为来这里。求了两遍，里面的主人却故作不闻，不由得倔强心起，拉扯他道："既然人家不愿开门，就算了，我已经好多了，哪里都能睡，走吧。"

可公孙徵拽得我丝毫动不得，深深吸了口气，声音越发大了："主人必有一颗仁慈之心，请你帮帮忙吧！"

我虽疑惑他的坚持，心中却一动，故意提高了声音道："算了，这人八成是个聋子，听不到的！"

未多久，门果然开了，一个罩着一身黑衣的女人探出了身子，面目隐藏在风帽里，冷冷出声："小丫头出言不逊！你以为我不知道这是激将法吗？我出来就是告诉你，我不是聋子，我也偏生不让你进！"说罢，就要关门。

公孙徵眼疾手快，一手撑住门："前辈勿要与在下这不懂事的妹子计较，她得了急病，您行行好，收留我们一宿，明儿一早我们就走。”

那黑衣女人竭力压门，却敌不过公孙徵一只手的力道，蓦地恨恨道：“她得了急病？我还得了传染病呢！”说罢，将头上的风帽一把扯下，露出一张凹凸不平、嘴歪眼斜的奇丑面貌来。我未有准备，不由得吓得腿脚一软，跌靠在公孙徵身畔。

“怎么，吓着了？我这得的可是麻风病，传染的，还非要进去住吗？”她见我惊慌的模样，更加肆意，竟向我啐一口。

公孙徵微微侧身，那口水便飞溅到他颊边，他缓缓正过身子去，行礼道：“这见面礼在下替妹子接下了。主人若不方便，就让妹子一人住进去，在下宿在外面便是。”

先不论唾面之辱，麻风病无药可医，就是不死也残废，公孙徵替我挨这一口唾沫，若他真的染病……我心里一时五味杂陈。

那丑陋女子将我二人重新打量了一番，用怀疑的口吻问道：“她真是你妹子？”

“岂会有假。”

“你们两个叫什么？”

“在下公孙徵，”他与我对视一眼，“妹子叫公孙溪。”

丑陋女子探究地看了我们两眼，眼光稍稍黯淡了些：“就凭你替她挡了这一下子……都进来吧。”

她“吱呀”一声打开门，不再看我们，率先进屋子里面去。

“主人宅心仁厚，多谢。”公孙徵同那黑色的背影说道，搀扶着我跟上去。

室内灯火通明，一时竟照耀得我们两个有些睁不开眼。

丑陋女子泡了两杯茶递给我们：“我叫阿拂，人称一声拂婆。来者是客，先喝杯茶。”

拂婆刚刚在门前，好不端的便啐人，说要将麻风病传给我，此时又冲茶给我们喝，实在是有些阴晴不定，我不由得起了防备之心。

她将茶盏递与公孙徵，冷不丁看向他腰间，伸出的手蓦地一缩，“当”一声，茶盏重重地搁在桌子上，她抬眼厉声质问道：“你这腰带哪儿来的？”

问罢又伸手胡乱去摸，摸到腰带上一处，再看眼中竟已泛出了泪光：“你是……”

这显然也是公孙徵意料之外的情形，他疑惑地向拂婆望去，眸中的神色一点儿一点儿转变为震惊：“姑姑！”

拂婆仿佛惊醒，忙低头拉上了黑色的风帽，瘦弱的身躯止不住地颤抖，黑色的风帽下面划过几道晶莹的长线。她时不时发出隐忍的声音，似竭力克制着胸臆里的呜咽，许久，才勉强镇定地低声道：“少主。”

公孙徵伤心道：“姑姑，是谁把你害成这个样子的？”

“没有人害我，是我自己……是我自己的命。”拂婆擦了擦脸，忽地意识到我在一旁，便道，“不如先将这位姑娘送去休息，姑姑再与你说说话。”

她既称我为姑娘，又与公孙徵相熟，自然知道我不是他妹子了。她看了我一眼，又看了看公孙徵，微微叹了口气，便引我们到后面的厢房里去。

到了一处厢房，拂婆推门进去：“房间里东西倒不缺，只是这儿就我一个婆子独住，没人伺候，姑娘只能自己动手了。”

我答应着：“谢谢拂婆，已经很好了。”

拂婆看了一眼公孙徵，率先出去了。公孙徵扶我坐到床边，生了火，搁上水壶，来到我跟前，欲言又止。

虽然，我也对他和拂婆的身份感到好奇，可我知道不该问。

我仍记挂他颊边的那一口唾沫，竟鬼使神差地伸出手去，还未碰到，又醒悟地触了电一般收回来，尴尬地停留在半空：“她……”

“她是个好人，是我的姑姑。”他退后了一步，盯着我的手看，眼眸垂了一瞬，“我为你诊过脉，你有身孕了。”

我瞪大了眼睛，有些难以置信，复杂的情绪堵在嗓子眼儿，最终化作一声惊叹。

双手不自觉地抚上小腹，我由衷地笑了，却说不出话来。

“如今你的身子最重要，你放心休息，明日我便下山，继续找阿洛。”不知为何，公孙徵不肯看我，笑意也微微僵硬。

也许他是可怜我吧，可怜我怀有身孕，夫君却生死不明。

腹中的生命仿佛为我注入了一股新的勇气，我轻轻拉住公孙徵的臂膀，他微微一怔，目光望向我，我道：“不知你信不信，我觉得阿洛一定没事，现在这种感觉就更强烈了。也许你明天就能带他回来，对不对？”

他凝视了我片刻，道：“对。”

喜悦冲淡了担忧，我躺在床上，越来越坚信我的预感。待朱常洛回来，知道我们有了孩子，他一定会和我一样高兴的。我幻想了许多他知道自己做父亲时的情景，不由得勾了嘴角。

伴随着窗台上的月光和外面隐隐约约的虫鸣，我渐渐睡了过去。

这一觉着实香甜，连个梦都没有。

直到我感觉有人在摸我的手腕，意识才渐渐清醒过来。睁眼只觉阳光刺目，略适应些，才发现拂婆黑沉沉地站在我的床前，刚刚收回手，袖管微动。

拂婆突然问了一句："你怀孕了，是他的吗？"

"他"是谁？我反应一瞬，公孙徵？我飞快地摇头。

"哼，亏我还杀了只鸡。起来吃饭，我要出去一趟。"

"天气炎热，拂婆要去哪儿？"我问道。

"采药！"拂婆利落地戴上斗笠，语气愤愤，"公孙的毒未清彻底，尚需调理。"她朝门边走了几步，又忍不住回头道，"真不知道你这娇弱女子有什么用，缝个伤口也能七歪八扭的，难看至极！"说罢，掀门而去。

缝合伤口时光线昏暗，我也不是故意的……

我一个人坐在床上，有些发蒙。怔忪了片刻，才发现屋里的小木桌上摆了热气腾腾的饭菜。凑近一看，一罐蘑菇炖鸡汤、一碟炒青菜、一碗炖鸡蛋，还有一大钵子白米饭。

脚已经不怎么疼了，用完饭，我就在这白石头砌的小院子里遛遛。院子里种了好些大树，浓荫如盖，清凉宜人，房子后面还有一块菜地，绿油油的，煞是可爱。

院子里我最喜欢的地方，还是门前的葡萄架子。木架边的棕黑老干龙蟠虬结，藤叶嫩绿，藤尖曲卷着成若干小圈，上面还结着三两串青色的葡萄，晶莹剔透。

我踮起脚尖摘下一颗，擦了擦，放在嘴里一抿，酸得直眯眼。想吐出来，又怕拂婆发现了不会有好脸色，只好忍着了，回味了一会儿，却又觉着这味道甚好。

忽地外面传来敲门声，我问："谁呀？"

好一会儿，才听见一个稚嫩胆怯的声音问道："姐姐，你能开开门吗？"

听声音，是个小孩子，是我多心了，这荒山野岭的，哪里有什么坏人，许是常来找拂婆的吧，别让我吓着他。

我随即打开门，果然是个小男孩儿，缩手缩脚地站在门边，只是衣服破破烂烂，脸上也脏兮兮的。我心里闪过一丝古怪，不以为然，弯下腰来笑眯眯地看他："你有什么事吗？"

"姐姐，我饿了，你家里有吃的吗？"他举起手指含在嘴里。

刚刚的饭菜，我一个人也没吃完，于是我笑道："有啊，你等着。"

我不过刚刚转身，便听见他朝外边叫道："快来呀，这家有吃的！"

心中一惊，回身只见一群乞丐般的人，男女老少，通通冲进来。我避闪不及，被推撞了几下，本能地护住肚子，退到围墙边上。

慌乱中有人踩掉我一只鞋，然后一个妇女很快弯腰拾起，套在自己脏污的赤脚上，目光直勾勾地寻过来，盯住我脚上的另一只。她伸出了青白的手臂，我忙将另一只鞋踢给她。

他们人多势众，我不敢阻拦，只能任他们在屋里翻箱倒柜，时不时还发出东西碎裂的声音。

突然从屋子里面走出几个几近赤膊的男子，蓬乱着头发，胡须遮脸，黑乎乎的脸上只有两个眼珠子发亮。他们径直向我逼过来，我吓得夺门而逃，却被拽回来。

“说！吃的东西都在哪儿？是不是都藏起来了？”

我惊慌地挣扎着：“不知道！”

“你不是这家的人吗，怎么会不知道？”另一人道，“桌上明明有饭菜，难道是凭空变出来的吗？东西呢，说！”

中间一人眯眼打量我：“你们看她穿的戴的，一定是贪官家里养的小老婆，她既然不肯说实话，来，都抢下来！”

话音未落，两旁的人便上来撸我手腕上的镯子，扯我的耳坠，甚至伸手欲掏我胸前的玉佩……

屋子里的人又全部拥出，围了过来，一个半大的女孩儿尖声嚷道：“我衣服破得不能穿了，我要穿她的！”

她这一声嚷就如同豁开了道口子，十几只手同时向我伸过来，每个人的眼中都放着异彩：“是我的！是我的！”

我被围堵在冰冷的墙角，面前是这么一群破坏力极强的人，个个如同凶兽，眼中放着饿狼般的光芒，似乎随时都会扑过来，将我撕成碎片。

陡然，我摸到腰间有一样硬物，抽出来一看，竟是公孙徵的短刀。后面的妇孺见了刀，都惊慌地往后退去，可不过一瞬，人人脸上都换了一副疾恶如仇的神情，又慢慢逼近。

我没有办法，只好将刀子放到自己喉间，试图威胁他们不要再靠近了，中间那人阴森森地笑道："你可想清楚了，饿死的人都被我们煮来吃了，可那些都太瘦，应该没你好吃。"

他这样说，竟有人冲我咽了咽口水。

当今世上竟然还有人吃人的惨事发生！我该怎么办，还有腹中的孩子……难道，我是落到了地狱吗？

后背紧贴上冰冷的围墙，我已经退无可退……

公孙徵！我在心中大喊，绝望地闭上了双眼，再次陷入了深深的黑暗……

噩梦连连，我只觉时而如坠冰窖，时而似受业火煎烤，明明脑子里清醒得很，可眼皮子就是睁不开，一番挣扎下来，又是冷汗涔涔。

脑海里一瞬不停地翻腾着，直让人想呕吐，这样熬煎了许久许久……我渐渐听见，旋涡中隐约有一个熟悉温柔的声音在唤我，一声，又一声。

"别怕，我回来了。"他说。

"常洛！"我大喊，猛地睁眼，重重地喘息着，听见迅疾的心跳回荡在自己的胸腔里，一身一脸都是黏腻的汗水……我没有死。

挣扎着起身，只觉身上犹如千斤重，怎么也起不来。直到公孙徵迷迷糊糊从被子上支起身来，微微抚额，我才得以脱身，惶惑地望着他。

他面上犹带压痕，一缕发丝从额前垂下，亦有些发蒙。

“你醒了！”他立时反应过来，略微有些许局促，“荒山野岭的也没有退烧药，你烧了两天了，高热对孩子不好……”

一番话说得颠三倒四，反而闹得他微微红了面颊，他起身，负手站在一旁，肃了一声：“别无他法，便给你盖厚了些，许是发汗难受，你总是掀被子，我便帮你压……压着些，不想竟……竟……”

竟然就睡着了，公孙徵“竟”了许久都没说出来。从前见他都是一副温润君子的模样，折扇一开一合，嘴角带笑，冷定自持，哪里见过这番窘迫的样子，我不由得心中莞尔。

僵了一会儿，他迟疑地将手中的帕子伸到我面前，微微垂目，似乎有些懊丧：“擦擦汗吧。”

我接过，那帕子还带着他手心的温热，心中也跟着暖了：“公孙先生，谢谢你。”

“我去给你盛碗汤来。”他三步并作两步地出去。

流了这许多汗，虽退了烧，人却虚晃晃的，出了被子身上便冷起来。见床边有件蓝色的女式衣裳，我便拿过来披上了，看身量，应该是拂婆的。再看身上盖的被子，竟有三床！

公孙徵再回来时，手里端了碗鸡汤，面上已是如常镇定模样。

我接过鸡汤，舀了一勺放到嘴里，舌头木木的，没味觉，立即又舀。碗和调羹却被公孙徵不动声色地移到了他手里：“小心烫，你这样喝待会儿舌头就起泡。”他细致地吹了吹，鲜香味涌到我面上，我望着嘴边黄澄澄的汤汁，怔了一怔，便抿了调羹。

就这样慢吞吞地喝着，我心里的异样感越来越强烈，略略向后退了退：“我不想喝了。”

“你现在身子太虚弱了，就算不想喝，也要为孩子想一想。”他继续吹着调羹。

我只好喝了，双手轻轻抚摸上小腹，担忧道：“我怎么又晕倒了，孩子没事吧？”

“放心，只要你好好吃饭，营养跟上，就没事。你只是受到了惊吓，加上之前的劳累饥饿，才病倒了，已经无碍。”

我蓦地想起那些饥饿迫切的脸庞，欲将我撕碎吞噬的眼神，僵直向我伸来的青白手臂，不由得打了个寒战，问道：“那些都是什么人？”

“是一群从怀柔县来的流民，饿坏了，为了一口吃的，人都红了眼。”他察觉到我神色不对，抚慰道，“你不用害怕，他们也不是坏人，说的话都是吓唬你的。我跟他们好好讲过道理，现在都老实了。”

我惊道：“他们还在这院子里？”

“是啊，一时之间又让他们去哪儿呢，”公孙徵神色微微黯然，复又恢复如常，故意道，“就算他们遭遇可怜，此举是无心之失。可冲撞太子选侍、皇长孙之罪，也不能就这样罢了，只要选侍一句话，我便将他们押到顺天府治罪。”

“既然是无心之失，便罢了。”

“选侍仁厚。”公孙徵勾了勾嘴角。

“怀柔县出什么事了吗，怎么会有流民？”我蹙眉问道。

他一顿：“你深居宫中，可能不知道。万历二十四年时，皇上便派人去收矿税，以增加宫中收入。起先只收河南、山东、山西、陕西这四个地方，不知怎的现如今连怀柔这边也收了。”

看他嘴角的苦笑，我隐隐也知道是一笔乱账，收税的狐假虎威，欺男霸女，向上邀功也好，损公肥私也罢，闹得百姓流离失所，无家可归了。

“于天下苍生，此乃万恶，可于现在的我们，不得不说它来得刚刚好。”

“怎么说？”

“眼看着已近七日，太子离宫太久，终将惹来怀疑，不如让太子自请去怀柔镇压乱民。我替他写折子，托人呈上去，也许还能抵挡一阵子。怀柔那边，只有再去想办法了。”

听了他的话，我心中惴惴，暗暗地攥紧了被角：“我们不找他了吗？”

他听我这样问，迟疑了片刻，将手里的碗和调羹放到一边，郑重地对我道：“这是为了大局，你若真信他还活着，就要为他回来之后的局面铺陈，而不是一味地找他，让别有用心的人钻了空子，是不是？”

我缓慢地理解着他话里的意思，终于轻轻颔首：“那我要怎样做？”

“我送你去蓟州与汉岳会合，或者……直接送你回扬州。”他注视着我，眸中有我看不懂的东西。

“你要送我走？不行！”我一口回绝，“为什么？”

“我们没能找到阿洛的踪迹，不知道他究竟是生是死，若他……真是回不来了，郑氏姐弟先于我们掌握确切的消息，你回宫岂不是危险！”他眉目间隐隐有焦虑之色。

“若真如此，你谎称太子去怀柔镇压乱民，也是欺君之罪！”

“我孤身一人，怎么样都不难。可你，我不能眼看着你一人在宫中自生自灭。”他蓦地眸光一动，“你腹中怀着阿洛唯一的骨血。”

我们同时沉寂下来，许久许久，他继续游说：“你先找个安全的地方住下，好好将孩子养大，待太子回朝，便将你们母子接回来……”

“若他回不来了呢？”我身子微微晃动。

“平平凡凡一世安稳，也是好的。”

我蓦地强打起精神，挺直了脊背：“不，我已经想好了。我若不回宫去，只怕郑贵妃更加笃定阿洛去怀柔县是假，到时候再掀波澜，就瞒不住了。就算阿洛还活着，流落在外，她再下杀手也不难，然后让三皇子取而代之，事情岂不是到了无法挽回的地步？而我回宫去，安安然然地待着，她反倒忌惮，忌惮我们握有她的把柄，忌惮阿洛身在暗处，也许还能为阿洛争取一些时间。正如先生所言，哪怕常洛活着的概率只有万分之一，我也要守着这个希望，为他的大局，回宫。”

“你既然决定了，自然遵从你的意愿。只是……”他眉间隐忧尚存，“只是你的决定现在不光关乎自己一人，你要慎重。”

“我想好了，我要回宫。”我坚定地说。

“好，无论你做怎样的决定，我都会竭力保你周全。容我稍做安排，还要先安置好那些流民。三天后，我便送你回去。”

说罢，他收了见底的碗，转身便走：“你休息吧。”

“等一下，”我轻轻扯住他的衣袖，又很快收手，略略不安道，“你不在的这两天，能不能把那柄短刀放在我身边？”

公孙徵微微蹙眉：“不行。”

正当我失望的时候，他不知从哪儿摸出一张小臂长的微型弓弩，随手又夹了几支细细的尖锐竹箭安上。我一眼认出，那竹箭便是当日我与朱常洛落崖之时，发出“嗖嗖”几声的东西。

“这珑弩小巧又轻盈，对臂力的要求也不高，女子最为合用了。”他为我从安装竹箭直到发射的过程全部演示了一遍，再递与我。

我接过，不知道要怎么拨，一时失手，竹箭便快快地落地。

公孙徵笑了笑，一只手托了托我的手臂：“这样拿。”一只手环过后背直到身前，摆好我的手势，面颊直贴过来，瞟了一眼弓弩，拿手指一个点，“眼要看这里，再试。”

我对准了一拉一放，微微用劲儿，果然远了许多，也准了许多，心中欣喜，与他对视一眼，他也正带着笑意地望我——

两张面容贴得那样近，近到只一瞬，笑容便化作尴尬与无措。

他猛地起身就走，走到门边，又蓦地站住了，道：“我给你武器，是让你保护自己的安全，不要再拿它对着你自己了。”

公孙徵走后，我一个人待着无聊，便跟着拂婆去看园子。

她斜看了我一眼，手里拿着铲子恨恨地刨着土：“我该说你傻还是太天真，放那么一屋子流民进来，把我碧绿碧绿的小菜全给糟蹋了！”

“拂婆，对不起。”我无措地看了一眼小菜园，满目疮痍，已经不复最初的生机盎然。那些流民饿得不行，连生的青菜都那样吃了。

“起初我不放你们进来，也是害怕流民，谁知道，放进来的两个比二十个流民还麻烦！”

后来辗转到了厨房，我让来让去总是挡住拂婆的路，见她隐隐的怒色，我忙讨好道：“拂婆，我来帮你添柴！”说罢便蹲到灶前，殷勤地将一把一把的柴扔进去。

拂婆拿起锅，灶上的火蓦地一蹿老高，吓得她“哎哟”一声，挥舞着锅铲吼道：“你给我出去！”

拂婆其实是个嘴硬心软的人，锅里煮着鸡汤，我都看见了。

我只好回到房间，坐在床边拿珑弩射着玩儿。瞄瞄这里，又瞄瞄那里，最终决定还是射面前那一堵土墙了。

就这样射了三天的珑弩，拂婆推门来看，吓了一跳，指着墙面呼道：“你把这墙射成我的脸了，谁给我抹平？”她不耐道，“走吧，送你回去了。”

她拔下几支歪斜的竹箭，取下墙上挂的斗笠，扣在我头上，拖着我便走。

“我们去哪儿？”

“都说送你回去了，怎么比我个老婆子还啰唆。”拂婆冷冷道，“待走出这个山坳，送你与公孙会合，我便不管了。”

“公孙先生人呢？他在哪里？”

“你管他作甚。”拂婆只顾拉着我往前走，像拉着一头牛，“你能不能快着点儿？”

我们沿着山间小道走了许久，这些小路都很隐蔽安全，有些地方看起来甚至像新伐开的。走着走着，我蓦地顿住脚步，说什么也不肯走了，问拂婆：“公孙徵人呢？”

“他在前面。”

我愈加肯定拂婆是骗我的了，她跟我说话，哪里有声气越来越小的时候？而且从刚刚开始，她便不肯看我的眼睛了。

“你不肯说实话，我不走了。”我壮着胆子威胁道。

若拂婆此时大发脾气，我被她吓一吓，还是会乖乖跟着她走的。谁料，她轻轻地叹了口气：“你们两个就知道为难我这个老婆子。公孙为你探了这条路出来，他自个儿偏要走山谷的路去，说是去引开伏兵，你以为我不担心啊？要是碰上锦衣卫里的‘七朱’，他就死……哎，你去哪儿？”

“我要回去找他。”我说完便往原路跑。

拂婆一把扯住我：“别添乱了，你回去只会拖累他。”

“谁说的？”我扬了扬手中的珑弩，“我会射竹箭，越来越精准了，我回去可以帮他。”

“这玩意儿能射几步远？你还是跟我……”

一只鸟从树上掉下来，落在眼前，身上插着支竹箭，“扑棱棱”地扇着翅膀，我收了珑弩，抬手示意她看。

拂婆愣了愣，再看我时目光中多了一分深沉：“你可想清楚，自己还有着身子，女子在这个时候，并不用讲义气。”

“公孙徵于我有义，我岂能对他无义。”

拂婆凝视着我，肃然道：“记住你这句话。若你夫君真的死了，你讲义气，就别缠着他，你若缠着他，他为了你……”她欲言又止，“走这边，可以抄近道。”

她没说完，我却不是完全不懂，心里略略忐忑了一瞬，便快步跟上去了。

拂婆说，若要设埋伏，必设在崖口的地方——黑鸦嘴。那地方，飞岩就如同黑鸦的喙，所以才得此名。

我们到的时候，谷底俨然正一番激斗，黑衣杀手中翻腾着一袭白衫，是公孙徵无疑。他身形如鹞似鹰，轻若鸿羽，穿掠在细密的刀光之中，手中剑气吞吐，三两下便可攻退一人，只是无奈敌方人数太多，难以脱身。

“太远了，我们再下一点儿。”我与拂婆相互搀扶着，哗啦啦地滑下去一段，举起珑弩比一比，“这里还有些屏蔽物，可还是远了些。”

“这有何难，人是活的，远了就引他们走近些。”拂婆说罢，竟站起来将手里的一把石子朝杀手堆里扔去，我懂了她的意思，也佯装地射了几箭，果然，有几个杀手回望我们，便提刀向这边走来。

“好了。”我瞄准，将珑弩拉到极致，“啪”一声弦响，竹箭“咻”地出去，远处的人应声而倒！

我欢喜地与拂婆对视一笑，我又连发了几箭，来人陆续受伤倒地，见公孙徵身边的杀手也所剩无几，我们便爬起身来，慢慢向谷底滑去。

“小心！”公孙徵在远处大喝，我立时惊觉，只见一个受伤的杀手持刀踉跄而来，抬手给他一箭，同时刺入他身体的，还有公孙徵的长剑。

他竟将手中长剑破空掷来，力道不止，甚至贯穿了杀手的身体，他又徒手制伏了最后两人，足尖一点，便向我们的方向飞掠过来。

一一察看了余下中箭的人，公孙徵拔出长剑，怒目扫过来，面色不善：“我不是让你们走小路吗，怎么过来了？知不知道很危险！”

这是我第一次看见他生气，心里直发慌，见拂婆开口欲说什么，只怕都要赖在我头上，于是我忙抢着答道：“是拂婆担心你！”

“什么？明明是你，你非要有情有义！”拂婆措手不及。

公孙徵左右各看一看，不由得气笑：“还不走？”

狭窄的谷口旁，歇了架不起眼的蓝布马车。公孙徵轻轻抚了抚拂婆的臂膀，眸光温柔扫过她几缕浅浅的白发：“姑姑……待这阵子过了，我便来看你。”

“行了，你以大事为重，姑姑这儿不用你挂念，去吧。”拂婆蓦地又拉住他，“可姑姑还有一件事求你。”

“姑姑吩咐便是。”

“你若真为姑姑好，就别告诉你义父，我在这儿。”拂婆轻轻道，垂眸间忧伤几重。

公孙徵迟疑了一瞬，答道：“好，徵儿答应姑姑。”

“拂婆，这段日子给您添麻烦了。”我由衷道。

“知道就好，”她也不客气，只是眸中的郑重让我惊心，“你是个好姑娘，记得自己说过的话。”

相互道别，拂婆拉起了黑色的风帽，拨开树枝和叶子，走进隐蔽起来的小路入口，她脚步顿了顿，却没有回头。

我总觉得，拂婆身上一定发生过许多惊心动魄的事，不自觉便道：“她是你姑姑，不过近四十的年纪，为什么要让别人叫她‘拂婆’呢？”

“我姑姑是个怪脾气，她让你叫什么你便叫什么吧。”公孙徵微微一笑，掀开车帘，“来，上车。”

马车停在了城门前，我将窗帘掀开一条缝，只见车外黄沙漫漫，哀鸿遍野，衣衫褴褛的人们坐在路边，双目失神。不知从哪里传来的哭声，飘荡在灰蒙蒙的天上。

“张哥！”公孙徵招呼了一声，不远处跑过来一个人影。我定睛一看，不正是那日说要将我煮来吃的男子吗，光膀子外面套了个黑布褂子，灰扑扑的。他来到车前，远没了那日凶神恶煞的神情，恭敬道：“公孙先生，您可来了。”

“来，咱们先搬东西。”公孙徵下车，引着张哥从马车后面的夹板里卸了几把，只听问，“怎么回事，城门外怎么聚集了这么多人？”

“流民都念着京师之地富庶，拥来的人口不在少数，可城门守卫不让进去，这么多天了，也不见有救济出来。大家都撑不住了，已经有人活活饿死了。”张哥悲道。

“这些粮食肯定不够，先让大家吃上一口吧，维护秩序的事就交给你和兄弟们了。你向大家说，我一定尽快弄到粮食过来。”

“谢谢公孙先生！小民替怀柔县的百姓们给您磕头！”

“快起来！事情务必办好，便是谢我。”

张哥连声答应。

公孙徵一声“驾”，马车又缓慢地前进起来，透过帘缝，我看见有个流民正哆嗦着扒一个人的外衣，那个人躺在路边，蓬头垢面，人事不知。

缝隙一闪而过，那面容身形却熟悉得紧，我忙道：“停一下！”

我飞快地掀开车帘，几乎要钻出窗子。马车虽停，却由着惯性行了一段，相隔甚远，看不分明。我忙掀开帘子出去，公孙徵问：“怎么了？”

“是他！”我不顾一切地跳下车，往回奔去，公孙徵紧跟过来。

黑灰下那人脸色惨白，面颊深陷，右臂血迹斑斑，似乎成了几截。可他无论变成什么样子我都认得，是朱常洛。

流民粗暴地将他掀起，继续扒他的衣裳，见我盯着，一双眼睛亮得可怕：“我只扒死人的衣裳，你们莫管闲事！”

我几乎是扑过去，与那人撕扯，我抢过朱常洛，将他护在怀里，忍不住痛哭出声：“他没有死，他没有死！”

公孙徵忙伸手在朱常洛颈部一探，喜道：“别哭，快扶他上车！”

公孙徵细细察看了他的伤势，皱眉道：“他伤得太重，我们不能进京。”

“那我们去哪儿？得有能容常洛慢慢养伤的地方才好啊。”我替朱常洛擦了擦脸，发现那都是血和尘土凝成的黑痂，擦也擦不掉，更遑论那断臂，见之心碎。

公孙徵沉吟片刻：“我有一个去处，这就走！”

浑浑噩噩，心乱如麻，也不知马车究竟行了多久，而朱常洛一直没醒过来，待马车停时，外面已然天黑了。

马车外似乎有说话的声音，是公孙徵：“……你们在村口帮我找一间不起眼的房子，别惊动任何人，包括义父。”

“是，少主。不知是何人受伤，让公子不惜带他到这儿来？”

“是我的挚友。记得再准备一些治伤的良药，内伤外伤的都要。”

“属下明白。”

不久，马车继续行进，来到一间小小的茅屋前停下。他们移出朱常洛，我下车来，才看清刚刚在马车外与公孙徵说话的两个汉子，他俩一胖一瘦，皆是一袭粗布麻衣，寻常庄稼人的打扮。

“这是我挚友的妻眷。”公孙徵道。

两人向我一抱拳。

公孙徵遣走了二人，将朱常洛背到床上，他拿出火折子，点燃几根昏黄的蜡烛，递我一支道：“我现在就为他治伤，你放心，去隔壁房间休息吧。”

我望着伤重的朱常洛，摇摇头。

“别看，我怕你受不了。”公孙徵微微叹了口气，“为孩子想想吧，何必逞强。”

他既这样说，我便离开了。不久，听见那边“啊”的一声痛呼，又过了很久，烛光灭了，四处一片漆黑。

公孙徵去附近的城镇上寻药。朱常洛已经睡了一天一夜，我守着门前熬煮的中药，眼前的药罐咕嘟咕嘟直冒气，顶得盖子跳来跳去。

好歹捡回一条命，就算缺手断脚，也无妨的。念及此，我勾了勾嘴角。

“咳咳，咳咳……”

我回过神来，将热腾腾的药汁倒出一碗，拿粗布隔着端进去。

朱常洛咳嗽得佝偻了身子，我忙放下药，为他拍背，蓦地，他睁了睁眼，又耷下眼皮。

我悲喜交加，唤他：“阿洛。”

这一次，他是真的睁开双眼，喉间喘息着，却说不出话来，抬了抬手，最终只能无力地垂下。他只是静静地看着我，眸中似蕴了百般波澜。

我费尽力气，将朱常洛扶起靠在床头，端过药来，拿粗瓷的调羹舀起药汁，喂到他嘴边，可不知为什么，他不肯张嘴。

是太烫了吗？我又吹了吹，自己试过，再喂给他。

可朱常洛仍是不肯张嘴，只是看着我，眼睛一眨不眨，任药汁顺着下巴流下去。

我拿袖子为他擦了擦，柔声道："阿洛，咱们喝药，这药虽苦，可你也常对我说，良药苦口，喝了便好了。"

说罢，我再喂他，他仍是不肯。

"我们有孩子了，"我拉过朱常洛的手，放在我尚显平坦的小腹上，微笑道，"你快些好起来，我们一家人团团圆圆地过日子，好不好？"

他眸中水光一晃，面色有了一丝动容。良久，他用尽全力抬起那只尚好的手，挥开我手里的药碗。

粗瓷碗飞出去，碰上门槛，碎片飞溅，滚烫的药汁洒了我和他一身。

我不明所以，呆愣愣地看着他，说不出话来。

他再无旁的动作，只是看着我，其中有我不能理解的情绪。

那一罐药汁，他一滴也未沾。

到了下半夜，我也熬不住趴在桌子上睡着了，只是睡得浅，忽听得木门"吱呀——"

以为是公孙徵回来了，我抬首一眼，两个黑衣人提着明晃晃的大刀，悄悄潜入了房间，他们已然来到床前，朝床上的人形举刀劈下！

“不！”我撕心裂肺地叫喊，扑过去，却被他们甩开。

那两人掀起床上的被子，道声：“不好，竟然跑了，快追！”

两人敏捷地蹿出门去，我见床上是空的，也急忙疾步跟上去。

一出门便看见公孙徵与那二人交上手了，两人似乎不敌，没过几招便转身遁走。

“阿洛不见了！”我急道。

不知为何，公孙徵叹了口气，没有说话。

第三章

玉桥惊魂湿重衣

我们将四周找了个遍，也没找到朱常洛半分身影。

公孙徵道："既已知太子还活着，不如我先送你回宫，我来找他，也免去你受累颠簸，伤了身子。"

知道朱常洛还活着，我心里略踏实了些，可他那样重的伤势，会去哪儿？他又为什么消失了？我心里更多的仍是担忧，只能寄托于公孙徵，而我能为他做的，便是先回到宫中，替他斡旋。

公孙徵驾车入城，之后转入偏僻的巷子，一会儿向西，一会儿向南，九折十八弯，外面时而传来闹市上的喧嚣声，时而又恢复寂静，不知绕了多久，终于停下来。

掀开车帘便瞧见一扇后门，厚重的木门颜色深重，石槛上长着青苔，看着别有韵味。

公孙徵扶了我一把："到了。"

"这是哪儿？"我跟着他迈入门槛，四下打量着这个随性别致的小院。

"我家。"

公孙徵的府邸？我心下蓦地一宽，他总能神不知鬼不觉地进到朱常洛的书房，其中定有玄机，我们到了这儿，已算安全了大半。

他的屋子并不大，走了一段也没瞧见一个下人。他领着我径直穿到书房，关上门，倒了杯茶递给我："先休息一下，待会儿还有一段路要走呢。"

我点头，目光扫过他的腰间，看见他的腰带破开一道口子。

他循着我的目光看去，微微蹙眉，自嘲道："几日不练功，身形变慢了。只好再找隔壁的李奶奶给帮着补补了。"

见公孙徵平日里的穿戴，也知他是一位得体讲究的公子，又岂会不舍得换条腰带，这腰带一定对他很重要。想着这一路他的细心回护，我也不知要如何回报，便道："公孙先生若不嫌弃，就交给我补一补，我的女红虽不好，这样一道口子却还是应付得了的。"

他又低头摸了摸那道口子："多谢，可是我这里没有针线。我这屋子不大，就我一个人住。"他略微有些尴尬地笑笑，"往来的也都是同我一样的大老爷们儿，最多加上一个冷苏苏，都不是有针线的人。"

我摸了摸袖子，却想起装针线的锦囊早在遭遇流民的时候丢了。休息了一会儿，外面已然暮色四合，算着时间，也该出发了。公孙徵取下墙壁上的一幅兰花图轴，按下墙壁上一个小小的铜钮，只听见“哗——”缓重绵延的一声，墙壁訇然中开，露出一条向下而去的石阶。

公孙徵先行下去，点燃了几盏壁灯，又转回来扭动第一个灯罩，身后的门便慢慢合上了。他不由分说地抓住我的手，一面往下走，一面用手里的火折子点燃一边的壁灯。我试图默默地抽回手，却被他狠狠抓紧，他低沉的声音在走道里回荡：“这条台阶又高又陡，这样我才放心。”

虚空中只有我们两人的脚步声，显得尤为寂静。前面便是一面墙，墙的另一面，应该就是朱常洛在慈庆宫里的书房。

若设计一致，只需扭动第一个壁灯的灯罩，门便会开了。我向公孙徵指了指那灯罩，他却抬手示意我停下，然后敲了墙面三声，间隔中别有节奏，立刻，墙那边传回敲击声，间隔的节奏恰恰相反。

公孙徵颔首：“是云横没错。”

我听见他肯定，正要扭动灯罩，却只觉他拉住我的手，将我拽近他身边。昏黄的灯火下，他眼中明明灭灭，几度欲言又止。

“先生可还有什么话要嘱咐我？”

他将一把匕首塞到我的手里：“保护好自己……”

门“哗”一声开了，云横从外边拧了机关，光亮涌进来，我脱开他的手，迈向墙的另一边。

皇宫本就是一个囚笼，有着噬血的凶兽。可我为了他，回到这个凶险之地，也是心甘情愿。

这一步，我迈得决绝快意，内心坚定。

公孙徵称要在书房里找点儿东西，云横带我去一旁的暖阁里，眼里含泪，几番欲言又止，只是埋着头服侍我换衣裳。我不忍见她那悲戚的模样，便与她说话：“你回来几天了？”

“三天。从公孙先生那儿得了信儿，知道太子……奴婢便赶回来，等着接应选侍。”云横声音瓮瓮的，不知是不是因为哭过。

“好了，别弄了。”我拉住她微微颤抖的手，“我不在的期间，都是怎么说的？”

“王安守着您的寝殿，说您生着病，胡太医也每日定时来请脉，应该没人起疑的。”

“哦？可有什么人来探望我？”

“听王安说，太子妃亲自来过一次，然后就数刘淑女来的次数最多了，不过都被他敷衍过去了。奴婢回来这三天，刘淑女也来了一次，拉着奴婢问了许多您的病情，很是关心的模样。”

“她有心了。”我看着她泛红的眼睛，微微笑道，“别哭了。”

她反而掉下泪来：“选侍瘦了。”

“无妨，刚刚好像大病初愈的模样。我知道你为太子担忧，为我担忧，如今太子不在，便由我替他撑着，你要帮我。”

云横连连点头，她的泪水溅到我的手背上，温温的。

待梳洗穿戴完毕，出了暖阁，公孙徵仍候着，他举手一揖：“待亲眼见选侍出了书房，安全回宫，在下便回去了。”

我蓦地想起来，问云横道：“你随身可带了针线包？”

我接过云横的针线包，让她出去等我。

公孙徵仍是推让："这样的小事怎敢劳烦选侍亲自动手，在下……"

"先生只当做做好事，让我略尽绵薄之力，以报先生这一路的照顾，心里也舒服一些。"

他闻言倒也不再推让，两个人就那样站在灯下，我埋首在他身前，仔仔细细地挑出断面的织线，小心地缝合。

夜风携着花香吹得满堂馥郁，他胸前的发丝微动，拂上我的面颊，痒痒的。我力求缝得不露痕迹，很是耗时，想来他也不好意思催促我。

"好了！"我又看到他腰侧冒出一根线头，便伸手过去，"还有这里。"

我不过刚刚触到，公孙徵便不动声色地退了一步。凭手指的感觉，那里仿佛缀着一颗圆状的东西在腰带内里，贴身置着，想来对他来说很重要。

我略微尴尬地收回手，公孙徵先开口笑道："从小到大，也只有姑姑这样给我缝过衣服。"

我轻轻笑起来："若你下次去看拂婆，便让她瞧瞧。"

"为何？"

"拂婆觉着我女红极差，为你缝合的伤口很难看，那只是个意外。"我有些不好意思。

公孙徵面有惊诧，毫不掩饰地单手抚背，不安问："有多难看？"

我更不好意思了，为难道："是有些难看的。"

他拧了一会儿眉，道：“算了，反正我也看不见。”

我抱歉地一笑：“若先生不嫌弃，以后这条腰带便一直交给我来缝，当作我给先生赔罪。”

月光潋滟，映得他眸色清亮，白衣胜雪，他微微一怔，抚了抚缝合得极光滑的腰带，没有说话。

王安派人将万荷台周围清了一遍，就亲自过来接我了。我一出书房便见他立于阶下，眸光微动，嘴唇微微开阖，终于镇定道：“奴才恭迎王选侍回宫。”

“劳烦安公公。”

王安提着宫灯，在几步前照路。我由着云横搀扶，一步一步，缓沉郑重。三人势单力薄，却是为了一个人，一个目的，拧在一起。我心里很踏实，毫不畏惧，不问前程。

阖宫之中，知道内情的，也不过王安、云横，还有我。郑贵妃虽是罪魁祸首，却也不能确定朱常洛真的失踪。我回来，便是想好了以攻为守，替朱常洛隐瞒掩护。我知道，他不会抛下我和孩子，他一定会回来。

回到万荷台，便见玉翘她们几个正忙得脚下生风，见了我，笑逐颜开，请安道：“可盼着选侍了！”

云横扶我到厅里，我望着她们置的满满一桌子菜，闻到熟悉的香味，只觉格外温馨。从前虽也觉得我万荷台里暖意融融，却也没今天这么强烈。

她们只知道我悄悄离宫，安然无恙地按期归来，都是一片雀跃欢快，个个说话带笑，总拿亮晶晶的眼睛看我。

我亦笑，搁了筷子：“你们这样看着我，让人怎么吃？”

“整整十日不见，奴婢们心心念念的都是选侍，这下当然要好好看看了。”

“可不是呀，选侍不在，咱们这万荷台里就没了主心骨，个个无精打采的，都盼着选侍回来呢。”

你一言我一语，我听在心里，不由得有些慨然。

玉翠为我夹菜，玉翘给我倒茶，白芷在一旁打扇，白术又端了点心来。蓦地胃中一阵翻腾，我知道，肚子里的小家伙闹我了，“哇”一声，将刚刚吃进去的东西全部吐出来。

这四人都吓着了，惊慌地问：“选侍这是怎么了？”

白术急得将菜挨个端起来察看：“莫不是菜出了问题，将选侍吃坏了？”

我忙摆手，却说不出话来，转身又吐。

还是云横镇定，道：“选侍不舒服，我扶她去休息，你们不要大惊小怪的，将这里收拾收拾，待会儿送碗姜汁来。”

“需要请太医吗？”白芷担忧地问。

“不用。”说罢，云横扶我回寝殿。

将房门关上，我接过云横递过来的茶水漱了漱口，才喘过气来，轻轻苦笑：“你知道？”

她微微颔首：“公孙先生特意嘱咐过的。可她们几个小丫头见选侍回来高兴，做了一大桌子油荤，奴婢也不知选侍是否要说明怀有身孕，就没拦着。”

“昨天还好好的，倒扫了她们的兴。”想到刚刚几个丫头欢喜的模样，我心里略略有些愧意。

“选侍不必介怀，现在最重要的就是养好身子。选侍可有心要先瞒着有身孕的事？”

“这哪里瞒得住？”我摇头道，“先不论我的反应这样剧烈，待日子一长，肚子显出来，可要怎么瞒？”

“可若不瞒住，奴婢怕咱们势单力薄，保护不了小皇孙。”

我沉默一瞬，道：“不，现在这样的情形，反而是宣之于众更安全。这是件喜事，我若不主动上奏，一旦露了出来，有人便可以趁势大做文章。又或者，既然无人知晓，他们悄悄地做手脚，暗害我的孩儿，我们岂不是有冤无处诉？我怀的是太子的第一个孩子，若是男孩儿，便是皇长孙，太后、皇上，还有皇后，都会重视，那些人想对我下手，就没那么容易了。”

“选侍说得有理，”云横若有所思，“太子不在，若他们生出事来陷害你，小皇孙还能是一张最有分量的护身符。”

“最重要的，还是迷惑郑贵妃一党，他们见我既敢带着身孕回来，定要耗尽心思来猜度我们的意图。到时候，公孙先生自会使出障眼法，让他们更加摸不着头脑，从而为太子争取更多的时间。”我轻轻抚摸尚还平坦的小腹，叹道，“只是我这个做母亲的，孩儿尚未出世，便让他与我一同冒此奇险，实在于心不忍。”

云横抚上我的手背，犹豫了一瞬，第一次超脱身份尊卑，将我轻轻揽住：“选侍别害怕，太子一定很快就回来了。”

从地道里出来，我便一直在笑着，此时蓦地听她这样安慰我，我竟再也撑不下去，忍不住滚出泪来。

胸臆间的一阵涌动将我从沉睡中唤醒，我本能地坐起身便扒着床沿吐起来，却只呕出了些清水。

云横听见动静，端了温热的生姜橘皮红糖水来，道："选侍慢点儿喝，会好些的。"

玉翘终于忍不住问："云横姐姐，选侍这到底是怎么了？你不告诉我们，我们这一颗心就一直悬着哪！"

云横这才道："选侍这是有了身孕，小皇孙闹腾，受着累了……"

"呀！"玉翘惊喜地掩口，跪地道，"恭喜选侍！奴婢这就告诉姐妹几个去，让大家都跟着高兴！"

"哎，你这丫头，"云横忙叫住玉翘，叮嘱道，"选侍还没来得及上奏，只房里的几个人知道就行了，先别告诉旁的人。这几日都做些清淡养身的菜来，切忌生冷油荤，早膳煮小米薏仁粥就好。"

玉翘一声答应，欢欢喜喜地告退了。

我喝完手里的糖水，果真好了许多。这一番折腾下来，一定是睡不着了，索性穿好衣服起来，让云横替我梳妆。

看了看台面上的脂粉，我吩咐云横道："找个妆匣子把这些东西都收起来，暂时都用不上了。"

"是。"云横答应着，替我绾了头发，仔细别上一支簪子，又捏起一股，拿梳子梳了一会儿，开口道，"有件事，奴婢寻思着还是得告诉选侍。”

“什么事？”

“是有关贝淑女的。”

想来我不在的时候，贝淑女又找云横闹过了。“虽然太子还没答应解了她的禁足，可我会去向太子妃求情，让太子妃做主先放她自由，你让她再等等。”

“不是。贝淑女，去了。”

我有点儿没明白：“去哪儿了？”

“死了。”

“什么？”我大惊，问，“什么时候？怎么死的？”

“就在您出去的第二天，贝淑女服毒自尽了。”云横的神色变得有些古怪，“可若说贝淑女要自尽，先前一点儿苗头也没有，她还问过奴婢，您可与太子为她说情呢。”

依她前番的模样，心心念念地盼着朱常洛解了她的禁足，人虽憔悴了些，却不至于到想不开的地步。贝淑女是个强硬的人，她一心只想与朱常洛破镜重圆，怎么也不会在得到答复之前去寻短见。

其中，会不会有什么隐情？

“贝淑女现在何处？”

“听说已经葬了。”

“这才几天？怎能如此草率！”我心中的疑虑更甚。

云横微微一叹：“出事之后，因着太子不在，太子妃又软弱，咱们慈庆宫里连个拿主意的人都没有。太子妃将此事上报给太后，太后说贝淑女自尽是皇家之耻，便将她草草葬了。”

如此一来，又要去哪儿找线索呢？

“贝淑女是服的什么毒？”

“鹤顶红。”

又是鹤顶红。贝淑女打哪儿来的鹤顶红？

我深深吸了一口气：“你陪我去仪英阁走一趟。”

云横为难道：“选侍怀有身孕，不宜去那凶煞之地。再说……为了您母子安全，咱们还是不要惹祸上身为妙。”

“现如今，不早点儿将真相弄清楚，我这心里头难安，弄明白是怎么回事，我们还可以防范着些。贝淑女说不定是知道了什么，才被灭了口，我们去仪英阁找找线索，总比坐以待毙强。”

用过早膳，我们便去了仪英阁。这里比贝淑女在的时候更加萧索了，院子里的花草无人理会，早已倾颓，生出乱草，物是人非。

蓦地一个人影从廊柱下现出，定睛一看，竟是琉璃，她见了我，也不行礼，只是直勾勾地盯着我看，许久，才幽幽出声：“王选侍来晚了。”

“你还在这儿？”

“我……不知道要去哪儿。”琉璃有些恍惚，忽地身子一软，跪倒在地，凄声道，“我家淑女是被害死的，无人做主，奴婢哪儿也不能去。”

屋里基本还是原样，只是少了那么个人了，指尖划过桌面，沾上细细的灰尘。

我四下看了看，在桌边的锦凳下面发现一只瓷白的小瓶，凳子锦面上的流苏密密垂下，刚好将瓷瓶遮掩，不易发现。

拾起来，我打量一番，只见瓶身光洁，什么记号也无，刚准备凑过去闻一闻，就被云横制止：“选侍别乱来，若这里面装的是鹤顶红，哪怕只是闻闻，也能中毒的，还是先让奴婢收起来，回头给胡太医瞧瞧。”说罢，便从我手中接过去了。

我将边边角角的都看了个遍，再没有更多的收获了。我见琉璃失魂落魄的样子，有些不忍：“你跟我回万荷台，怎么样？”

她摇摇头，一句话也不说。

我轻轻叹了口气：“那你就好好待在这里，不要乱跑，更不要胡乱猜测，做出冲动的事。有我在，必不会让你家小姐去得这么不明不白。”

“谢谢王选侍！”琉璃哭着跪拜。

刚刚走到万荷台的九曲桥前，迎面来了许久不见的刘淑女。是了，云横也道，她之前来探望我许多次的。

她行礼问安，关切地问：“王选侍的病可好些了？”

云横伸手搀住我，我向她那边倾了倾，道：“劳烦刘淑女挂心了，我好多了，只是卧床养病的几日闷得慌，这才趁着天道不热，出来走走。”

她过来搀扶住我另一边，笑道：“此前妾身来探望过多次，可选侍不适，妾身也不好打扰。如今见选侍出来走动，妾身这就放心了。”

“我在病中，虽没能见刘淑女一面，可淑女的心意，我都放在心上了。刘淑女可是还有别的事？”

刘淑女腼腆道：“妾身想为太子做几个能常佩戴在身边的香囊，可妾身愚钝，只怕不合太子心意，想待选侍身体好些，为妾身参谋参谋。选侍可知道，太子什么时候能回来？妾身做得慢，只怕太子回来的时候还做不完呢。”

我不动声色地将目光扫上她的脸，只见她含羞带笑，一双小鹿般的眸子望着我，无辜又纯净。我笑道：“我哪说得准，太子总不过要回来的，你哪天做好哪天送他便是了。”

她应了一声，似乎有些失望，也没再多言。

刘淑女告退后，我忽地觉得有些累。

云横问：“选侍可要传午膳？”

我无力地摆了摆手：“一点儿胃口也没有。”

“奴婢特为选侍准备了一道‘丁香梨’，选侍不如先用一点儿？”

丁香梨是什么梨？我不由得好奇，云横总能在吃的东西上翻出层出不穷的花样，勾得我心里直痒痒。

云横吩咐下去，不一会儿，玉翠便端上来两个雪梨的下部，果肉晶莹剔透的，里面汪着一口蜜水。

我向云横笑道：“怎的不见丁香啊？”

云横将勺子递与我，侃侃而谈：“选侍有所不知，这丁香梨的做法，很是讲究。雪梨只取下部，挖去果核，用竹签在梨肉上均匀地戳出十五个小孔，将丁香一粒一粒地插入小孔内，再密闭蒸熟，除去丁香，浇上冰糖汁，便如选侍现在所见的样子，对妊娠呕吐很有作用的。”

我拿勺子剜下一块梨肉吃下，只觉入口绵软，果然清甜中带有一丝丁香的气味，不由得笑问：“你打哪儿懂得这样多？”

“胡太医带给奴婢一本妊娠期间专用的食谱，说是丽嫔嘱托的。想来丽嫔比选侍早怀上几个月，是过来人，知道其间的辛苦，特别嘱托奴婢好好照顾选侍。”

如意这一份关怀，让我心中动容，我知道，无论什么时候，她对我都是最情真意切的。再吃那梨，更觉得清甜了，不由得弯了嘴角：“丽嫔近来怎么样？”

“有皇上细心呵护，胡太医悉心照顾，丽嫔很好。丽嫔说，如今虽不方便见面，可她与选侍要各自珍重，以后还要在一起逗娃娃呢。”云横说着，也笑起来。

我脑海里自动浮现出那情景，瞬间发觉，我原本以为将独自走过的这一段路，其实并不是我一个人。朱常洛虽不在我身边，可我身边还有如意，有云横，有万荷台的一大家子，不会很难过。

第二天，我特意起得极早，准备妥当，去向皇后请安，自然，也将有了身孕的事上奏中宫。皇后大喜，拉着我说了一上午的话，这不要吃，那不要碰的，叮嘱了许多。

又隔了一日，来了位年长的公公，宣读太后懿旨，召我咸安宫觐见。

太后静心礼佛，不喜人打扰，极少召人觐见。对于我这样极少面见太后的孙辈媳妇来说，太后召见，是莫大的荣耀。

咸安宫是一处僻静之所，位于后宫中偏西北的位置，而我们慈庆宫在外朝的东南位置，相隔甚远。而以我太子选侍的身份，在后宫中还达不到坐轿的等级，走是要走很久的。

幸而太后垂怜，念着天气炎热，便让我太阳落山后再去。我午睡起来，便按着规制穿戴齐整，待太阳稍稍蔫了，便让云横和小栗子陪着，进入内廷。

这个时辰阳光虽不毒了，可地上还是涌起一阵一阵的暑气，我额头上不由得沁出一层薄汗。走到一座高起的汉白玉拱桥前，我看着那一层层的阶梯眼睛都发花，可又恐晚了对太后不恭敬，只好硬着头皮爬。

云横搀着我，小栗子跟在后面，一步一步，终于，走到最后几阶了。我与云横同时踏上一步，那台阶似乎湿漉漉的，脚下只觉不寻常地一滑，我意识到的时候已经晚了，整个人蓦地向后仰倒！

小栗子没料到，大惊失色，情急中抓了我一把，却只扯到衣袖。夏季天热，穿的都是冰绡的料子，哪里受得住大力，只听耳边“刺啦”一声，袖子裂开了，我便栽倒下去！

身后就是又高又陡的石阶，这样一摔，就算侥幸留存一命，腹中的孩子定然没了。刹那间我心中犹如有一把急急的大火掠过，将所有的希冀与坚强烧了个精光，隐隐生出绝望来。

陡然一个人影从栏杆外面翻上来，从背后抵住了我。那人的手指狠狠地握住一旁的石栏，滑了几寸，死死卡在栏与柱的相交处。我们又一同退后了两步，竟停住了！我脚上早已没了力气，只好将身子撑在栏杆上。

回头一看，竟是冷苏苏，这一瞬间，她定也用尽了力气，累得直喘。不知是因为后怕还是心中庆幸，我鼻子一酸，眼泪就要出来。冷苏苏立马大喝一声："别哭！"

她这一声还真将我的眼泪给吓了回去，还未缓过神来，只见小栗子从我们身边飞奔过去，惊呼道："云横姐姐！"

云横一动不动地躺在地上，她与我同时栽倒下去，结结实实地摔下这又高又陡的石阶。

"云横！"我踉跄而下，扑在她身边，"醒醒！"忽地感觉到手上一阵热流，抬起手，整个手掌都被鲜血染红了，不由得吓得坐倒在地。

"还愣着干什么，快把云横送去治伤啊。"冷苏苏出言将我们惊醒。

我回过神来，道："此时回去也太远了，小栗子，你背云横去丽嫔的绛雪轩，胡太医说不定还在那儿呢。"

小栗子答应着，立刻将云横背起来，拔足而去。

"还好公孙先生有先见之明，让我入宫来帮你，若我不来，后果简直不堪设想。"冷苏苏瞧我的样子，一时半刻也走不了，便道，"你在一旁坐一会儿，我上去看看，到底有什么猫腻！"

我虚弱地坐到一块白石上，脑子里嗡嗡作响，翻来覆去全是云横的鲜血……

冷苏苏下来良久，才难得地柔声问道："可好些了？"

我颔首，微微蹙眉道："我就是想不明白，又不曾下雨，那样高的桥面上，怎么会有水呢？"

“那哪儿是水啊，那都是油！分明是有人刻意要害你！”

我心中一惊，道：“还好你及时赶到，谢谢。”

她豪气地一摆手：“不用谢。公孙先生既然将你和孩子的安全交给我，从今天起，就由我来保护你，没人再害得了你，放心！”

冷苏苏虽然大大咧咧的，可我知道她的确有一些本事，再加上她笃定的语气，我听了只觉得莫名心安。

“太后还等着呢，我们绕路过去。”我强打起精神，撑起身子。

来到咸安宫，皇后也在，我垂眸进入，肃穆行礼，只听太后道：“起来吧，九姑，请王选侍坐。”

我道了谢，一位年纪稍长的姑姑过来扶着我坐下。

皇后上下打量了我一番，怪道：“揽溪，你这衣裳怎么了？”

“妾身不小心滑了一跤，衣裳是身边的人情急之下拉扯所致。”我老老实实交代。

皇后惊道：“可摔着了？身子可有什么不适？”

太后面容也是一肃：“你肚子里怀的是太子的长子，皇上的长孙，哀家的重孙，怎可大意？”

我从座椅上滑下来跪住：“妾身知错，往后一定万分小心。”

太后抬了抬手，一旁的九姑复又扶我坐下，太后的目光在我撕破的袖子上逡巡了几圈：“身子可有哪里不舒服，要如实说。你是在哪儿滑的？”

“妾身所幸被身边的人接住了，觉得没什么大碍，只是腿脚有些扭伤而已。”我犹疑了一瞬，“妾身在离咸安宫不远的那座汉白玉拱桥上滑了一下，不知是谁在那台阶上洒了油，妾身没留意脚下，便滑倒了。”

“那座拱桥最是高陡，这若是摔下去，就是独你一个也受不了，更别说腹中的孩子了！”皇后后怕道。

“来人，去请赵太医。”太后面色变了变，若有所思，“这事不能怪你。那拱桥是汉白玉的不错，洒上油的确会很滑，你将鞋子脱下拿来哀家看看。”

我依言脱下右脚的平底绣鞋，九姑拾起鞋子，将鞋底翻转向太后面前。太后不过看了一眼，便冷冷笑道：“这样的伎俩，宫里竟然还有人用！”

我不明就里，内心疑惑。太后又道：“也拿去给王选侍看看。”

从九姑手里接过鞋子，我一看那鞋底，竟然光光溜溜的，不由得疑惑更甚，九姑解释道：“这种鞋底，新做来是有横棱的，只不过那横棱是用面粉掺了东西做来障眼的，走两步就全磨光了，然后这鞋底就变得光滑无比。别说踩在油上面，就是稍稍不稳，也会滑倒。”

太后蓦地一拍桌子，沉声道：“是谁这么大的胆子，哀家的眼皮子底下也敢耍花腔，是看哀家老了不中用了吗？”

皇后忙劝太后息怒，宫人们忙跪了一地，太后叹道：“都起来，又不是你们做的，不用跪。”

房间里一时噤若寒蝉，太后微微闭目：“要将做手脚的人揪出来，也不难。只是哀家不想这宫里头太乱。你答应哀家，事情就到你宫里做手脚的那个人为止，不要再追查下去，多生事端。”

我恭声答道：“全凭太后做主。”

太后命九姑给我换了一双新鞋，叫了谭公公进来，将那双面粉做底的鞋交给他，吩咐道：“你去王选侍的万荷台走一趟，传哀家懿旨，将做这双鞋的人揪出来，砍了双手，逐出宫去！”

我听着心惊，知道太后这是杀鸡儆猴，警告幕后主使其中的关系厉害。另一方面，将人逐出宫，也是让我不要追查。那么，太后心里一定是有数了，才使得两边平衡。

从咸安宫出来，我与冷苏苏径直去了如意的绛雪轩，明佩站在门后，见了我忙一礼道：“选侍快进去。”

“云横！”我急切地唤道，进去只见云横躺在床上，头部包着一圈雪白的绷带，隐隐有血色透出。

如意向我做了个噤声的手势：“云横刚刚已经醒过来了，服了药，才睡下。”

我心里的大石顿时放下大半，轻声问：“她怎么样？”

胡堂平道：“所幸都是皮外伤，脑部虽受到撞击，但也不严重，好好休养，不久便能痊愈，选侍放心。”

“那就好。”我松了口气，转首去看云横，她的发丝凌乱，面色白得几近透明，让人看了心疼。

只听身后胡堂平又道：“选侍的脸色也不太好，微臣待会儿开一副补气安胎的方子，派人送去万荷台。您二位说话，微臣先告退了。”

我应了一声，如意便允他告退，两人轻声说着什么，一直到门外去，好一阵，才见如意进来。我见云横睡得安稳，才算彻底放心，与如意去外厅坐。

厅里只见冷苏苏已经自顾自地倒好了茶，大咧咧地捏着点心吃，看了我一眼，咕哝了句：“折腾半天，都饿死了。我都说了云横没事吧？”

如意见了一笑：“这是谁家的姑娘，怎么没见过？”

不等我开口，冷苏苏已经主动地自我介绍了：“我叫冷苏苏，是公孙先生……还有她的朋友。”冷苏苏极潇洒地朝我的方向抬了抬下巴。

“这次也多亏苏苏救我，才没有酿成惨祸。她是江湖儿女，不拘小节，你别见怪。”

如意笑：“什么见怪不见怪的，从前我也是个最不爱拘束的人了，你当我入了后宫，能变个样吗？苏苏姑娘若觉着我这儿的点心好，就多吃点儿。”说罢，吩咐宫人又上了两盘。

冷苏苏吃得高兴，立刻跟如意亲热起来。

我听她俩说着话，见桌上有一盅乌梅，便伸手拈了一颗，放在嘴里，只觉滋味极佳，酸酸甜甜的，胸中的郁气一瞬间烟消云散。

如意见状笑道：“这是胡太医亲自做的，好吃不说，还能缓解妊娠反应，待会儿你拿一罐回去。”

冷苏苏也放了一颗在嘴里，顿时眼睛放光：“真不赖，我也可以拿一罐吗？”

我俩一怔，忍不住笑，如意答道：“好啊，这有什么问题。”

看着如意笑意盈然的面庞，比从前丰润了许多，我由衷道：

“见你很好，我也欢喜。”

她拉着我，目光里有嗔怪：“可是若你不好，我亦感同身受地难过。太子不在你身边，你更要照顾好自己。就像今天，怎么会摔倒呢？我听了有多担惊受怕，你可知道？”

“今天发生的事的确有古怪。”我微微皱眉，把事情一五一十地讲给她听。

如意深思片刻道：“这么说，是有人算准了你要从那儿走，并且还在鞋子上做了手脚，想害你摔下来没了孩子？”

听了她的话，我总觉得有哪里不对，终于心中一凉，我冲口问：“知道我有身孕的也没几个人，他们是怎么知道的？”

知道我有身孕的，不过身边几个宫人和皇后，前前后后也不过三天时间。他们得到了消息，便实施了计划，动作真快！是皇后身边出了问题，还是我身边有内鬼？我只觉得不寒而栗，想来想去却没有头绪。

“你不打算查清楚吗？”

“我何尝不想查清楚，可太后已经明说了，不许查。我与太后作对，便是扰乱后宫，岂是我担待得起的。”我无奈道。

冷苏苏在一旁道：“那做鞋的宫女不是要被赶出宫去吗？我出宫去寻她，问上一问，太后身处后宫，一定不知道宫外的事，这不就行了。”

“不可。”我断然道，“太后虽然不想让别人查，不代表她自己也不查。那宫女本是死罪，太后却将她逐出宫去，就是放的一个诱饵。那宫女身边一定有太后的人监视着。你若真去了，到时候太后追溯到我们身上，便是不尊懿旨的罪名，所以，这条线索已经不能碰了。”

“那怎么办，这不能查那不能碰的，连谁害咱们都不知道，让我这个奉命保护你的人，还睡不睡觉吃不吃饭啊？还有云横，她摔得这么惨，我可忍不了这口气！”冷苏苏怒道。

“对了，云横。”她这番话倒是提醒了我，“云横与我一同摔下来，她的鞋子若防滑，说不定还可以站住脚，拉我一把，这说明……”

“云横的鞋子也有问题！”如意惊讶地接道，立刻吩咐人将云横的鞋子拿过来，一看鞋底，果然是光溜溜的！

我是选侍，云横虽在慈庆宫里地位高，却也是奴婢，我与她的鞋子，自然不可能是出自同一人之手。我将手中的鞋子翻来覆去地看，发现那针脚也与我的那一双不同，这说明，万荷台里还有一个内鬼，也是存留的另一条线索。

那么，这双鞋子，究竟是谁做的？谁，有那么大的能耐，在我万荷台潜伏那么久，还能探听到最机密的事情？

第四章

佳肴岐黄成双计

回到万荷台，我并没有声张，只要云横醒过来，便可得知那个人是谁了。可我还是忍不住暗暗审视身边的每一个人，想起回宫那日他们欢喜的模样，我几乎不敢相信那个可怕的人，就藏在他们之中。

此时，他们依旧围绕着我，就好像一家人一样。可我却不得不防备着，因为不知道到底是谁，我不得不对每一个人都防备，心里不由得泛起一阵酸楚。

云横第二天便醒了过来，我没急着问她，经过一夜的思考，我反而更能沉住气了。

待我俩一谈，事情便有了眉目。

当晚，夜有些深了，屏退了众人，只留了小栗子在门前，我对云横道："让白芷给我端碗银耳汤来。"

不一会儿，白芷便端着托盘来了，她小心地将盛有银耳汤的瓷碗从托盘中移到我面前，笑道："听说银耳汤对孕妇最好了，奴婢每晚都为选侍准备着呢。"

我自然知道她每晚都做了，只是我都没有喝。我瞥了一眼那碗剔透的汤水，冷冷道："加了红花还是麝香？"

白芷蓦地抬头看我，面上惊慌，却只是一瞬即逝，转而竟有几分释然："奴婢听不懂选侍的意思。"

"白芷，我是不是薄待了你？"我目光如隼。

她跪下，摇头道："没有。"

"那你为什么帮着别人来害我？"

白芷冷冷回道："奴婢一直忠于选侍，选侍说奴婢害您，要讲证据，不能冤枉奴婢！"

"证据？你送给云横的鞋就是证据！那鞋底的玄机，你比谁都清楚，还要拿出来看吗？"

本以为云横的鞋是从针工局领的，若真要一环一环地查下去，不是个简单的事。谁料这鞋竟是白芷直接送给她的，也是因为这样，云横才一点儿防备也没有，让白芷得手。

"你也无须再抵赖了，那鞋子上的针法与你做的所有东西都对得上，是你做的不假。我只是不明白，你为何要背叛我？"

她冲我一笑，竟格外悲戚，却又带着一丝傲慢："不为什么，我高兴，就好像你们这些人，只要高兴，杀人害人就像儿戏一样！"

她继续道："不要说什么你和别人不一样！我曾经也以为，你是个好主子，你不一样，可到头来，你们这些人都是一个样！王揽溪，你也是个双手染血的恶人，你这样的人，怎么配有孩子……"

"闭嘴！"云横急了，上去就是响亮的一巴掌，将她掴倒在地。

白芷伏在地上颤抖，我以为她在哭，直到她支起身子，我才看清楚，她竟张着嘴，无声地笑着，笑到发抖，她用手指着我："就因为你想扳倒秦端妃，御用监这么多人，全都成了陪葬！你晚上就不做噩梦吗？你还以为自己是个纯洁柔弱的女子，是个好人吗？笑死人了！哈哈……"

"选侍，她疯了，别听她说的！"云横不知将她怎么样才好，颇有些无措。

我才发现，自己的双手竟然也在颤抖，我攥紧了拳头，竭力克制住，冷然道："是，我早已是被仇恨驱遣的人，哪里还是什么好人。你既然知道，就将幕后主使痛痛快快地说出来，免得和小月一样遭罪。"

小月就是被太后下令砍了双手的宫女，听说当时谭公公还让慈庆宫里所有的宫人来观刑。白芷一定是看见了的，不可能不害怕。

果然，她一怔，眸中流露出恐惧，却很快被疯狂的赤红取代："没有人指使我，是我自己想杀你！我日日见了你，都想一把将你掐死！"她忽而压低了声音，神情说不出的诡异，"可后来，我又想到了另一个好办法，还有什么比一个母亲失去孩子更痛的呢？哈哈……我知道你现在心里一定恨极了我，杀了我吧，让我死！"

见她一心求死，我忽地明白了些什么，想起似乎见过白芷与一个内监举止甚密，可我一向对下人在这些方面不严苛，所以也没上心，难道那个人是御用监的？

我缓声道：“你不用在我面前成痴若狂，你若不肯说实话，我就砍了你的双手，只将你好吃好喝地圈着，不让你死。我就不让你死，让等你的人，一直等着。”

白芷听了，才是真的怕了，面色萎靡：“你真狠。”

她自顾自道：“我真没想到，我入了宫，阿京会跟着我追到宫里来，哪怕做太监，耽误一生。”她长长地一叹，“我起先恨他，后来恨我自己，再后来想通了，做宫女和太监也没什么不好，等老了我就与他对食，只要有感情，就是真夫妻。谁料，他就这样毫无预兆地下了东厂大狱，再也没有回来！”她狠狠地瞪视我，里面全是浓浓的恨意，“他真是冤啊，这一切都是因为你！我恨极了你！”

“是，那天我得知你怀孕的消息之后，就去找了姜贵妃。小月是她的人，听她吩咐做了面粉底的鞋子，趁你要面见太后，众人忙碌间将原本给你准备的鞋子调包了。而我，早在前一天晚上便将我做好的鞋子送给云横姐姐，待知道你去觐见的时间，再偷偷通报给姜贵妃，她便会派手下的人去你必经的险地泼上油。”

“只可惜，你命真大。”白芷眸中流露出怨毒，这个神情我觉得似曾相识，对，是青萍。

“云横就跟你的亲姐姐一样，你为了害我，连她也一并害了，就不感到愧疚吗？”

白芷微微一怔，眸中的怨恨化作晃动的波光，半晌也没有说话。

“云横，给她令牌，放她出宫去。”我长长地叹气，疲累地闭上眼睛。

她蓦地一抹眼睛，颜色又狠戾起来：“不必了，你不用假惺惺的，我知道自己难逃一死，我也不想去别的地方。”说罢，便起身推门出去，行至一半，她又回过头来，“不妨告诉你，贝淑女也是姜贵妃杀的。”

“为什么？”

“她知道了不该她知道的事。”说罢，便头也不回地走了。

“选侍……”云横犹疑了一瞬，问道，“您打算把白芷怎么样？”

白芷和白苓都是云横一手带出来的，她一向爱护。只是这一次，事态严重，任她再如何偏袒自己底下的人，也不能为她辩护一句。

“你觉得，应该拿她怎么办？”

“奴婢不知道。”

云横不是不知道，是不敢说。我从身上摸出一块令牌，递给她：“交给她自己决定。这是公孙先生留给我救急用的，你让她一早出宫吧。”

云横的手颤了颤，终于还是接过去，“扑通”跪在我面前：“选侍以德报怨，奴婢替白芷谢谢您！”

那些女孩子都是云横看着长大的，虽然云横的年纪不大，可就跟她们的娘一样。我不是不怪白芷，是不想让云横伤心。云横没有帮着白芷隐瞒，而是选了我，我心中十分感念。若这样做，云横心里能舒服一些的话，我愿意。

可终究还是迟了，一会儿玉翘就急匆匆地来通报：“选侍，白芷……去了。”

“怎么去的？”

“她一回房间，就抓起剪刀自裁了。”

“我累了，想休息，云横说怎么办就怎么办。”我顿了顿，又道，“照顾好你云横姐姐。”

玉翘答应，便告退了。

作为一个母亲，最不能容忍的，就是有人要害我腹中的孩子。她既不肯相安无事，向孩子伸手，我断不会给她第二次机会。对于姜贵妃，我不会继续毫无作为了。

郑贵妃树大根深，一时难以除去，我就先折她的左膀右臂，去其党羽，第一个是秦端妃，第二个自然就是姜贵妃了。

烟绕的仇，他们以为我忘了吗，还是他们忘了？

我让玉翘找来了琉璃，屏退众人，便将贝淑女之死与姜贵妃有关的事告诉了她，我问她：“你想替你家小姐报仇吗？”

琉璃郑重地点了点头：“奴婢愿意做任何事情。”

“好。我先问你，姜贵妃，或者她身边的什么人，可曾见过你？”

“不曾，奴婢只在慈庆宫中替小姐做事，陪着小姐出入后面的，常常都是碧玺，后宫里应该无人见过奴婢。”

贝淑女死后，碧玺也失踪了，只怕凶多吉少。

我心中的计划渐渐清晰，招手让琉璃近到我身边来，轻轻与她耳语……

秋天来了，大雁南飞，在一望无垠的蓝天上犹如镌刻上的笔墨。

气温没有丝毫下降的痕迹，我乏懒地靠在榻上，小小鞋袜在手里织了两针，便搁下了。

这一个月来，我只将重心都放在调养身子上，鲜少出门。按时按量喝着胡堂平给的安胎药，闲时便看看医书、话本儿，做做小孩儿的小衣服，只是整个人极容易累，三两下便要睡。

感觉手中的东西被人接过去，我睁开眼，是云横。她将东西放在篮子里，轻声道：“选侍若累了，就不要勉强。”

我微笑地颔首，从她手中接过一张字条儿，展开一看，便合上给她：“老这样歪着，是容易困乏，你陪我出去走走。”

云横答应着，与我默契地对视一眼，熟练地点火将字条儿销毁。

就这样闲散地走着，待走到徽音门外的园子里，不多时，便有一人从隐蔽的假山后面现身。

此人正是常出入姜贵妃宫中的太医徐瑞，医术精湛，不然也不会年纪轻轻便被指到姜贵妃身边伺候。他眼下不到三十的年纪，正是年轻气盛，野心蓬勃的时候，内心自然比别人多一分活动。

我笑一笑，让他免礼："徐太医，之前送到府上的，可还满意？"

徐瑞亦笑，眸光收敛而深沉："王选侍，那些东西，您还是收回去吧。"

"哦？为何，徐太医可是嫌两位美人不够漂亮？"

"美人够美，银两也颇丰，王选侍对微臣，实在厚爱。"徐瑞一揖，"所谓'识时务者为俊杰'，微臣对东宫早有仰慕之心，时至今日才终于有机会为王选侍效力，怎么还能收选侍的好处呢？"

若说他心在仕途，不爱美人，我信，可要说他不稀罕那些银两，我是断断不信的。就算他不喜奢靡，可是人身在朝堂之上，哪里打点不需要钱银？他肯做这么多，还不是为一个"利"字。

我心下了然，道："徐太医就放心留着，只当是为太子办事了，那两个女子，徐太医若嫌粗鄙，便留着当丫鬟使唤。"

"既是王选侍的一番心意，微臣就不推辞了，谢选侍。"徐瑞嘴角一弯，"微臣此次约选侍相见，是要将这大半个月的情形通报给选侍。"

"徐太医请说。"

"一个月前，姜贵妃宫中来了个很会做羊肉的宫女，菜肴的式样做到现今，还没重过样呢。姜贵妃极爱吃，两日必吃一道。可姜贵妃本就脾胃失调，体内肝火旺盛，羊肉性阳，加上秋燥，这不，就生上了面疮，影响容颜。微臣今日入宫，就是替姜贵妃瞧病的。"

"那姜贵妃可病得严重？"我淡漠地问道。

“不严重，只需暂时戒食羊肉，往洗脸水里滴些白醋，便可恢复容光。微臣已经反复告诫姜贵妃不可用羊肉，若姜贵妃不肯听劝，原本小小的面疮只怕要加剧了。”

“加剧了，又怎么样？”

“若病情再加剧，微臣只有开些清火调理的方子，方子里的药绝对没问题，只是终究有几味药与羊肉相克。”徐瑞一垂眸，似笑非笑，“若姜贵妃不能做到谨遵医嘱，微臣也无能为力了。只怕整张脸都会溃烂，就算日后好了，也是一脸的疤痕。”

“哦，那就烦劳徐太医好好替姜贵妃调理了。”我只觉胸中的郁结，松动了些，又松动了些。

“微臣定当竭心尽力。”徐瑞意味深长地答道。

这样看来，若姜贵妃烂了脸，只能是咎由自取。只要她能克制住不吃羊肉，病情便可转好。可是我与徐瑞都深深地知道，她不可能，不可能克制住自己的口腹之欲。

是，没错，那做羊肉的宫女不是别人，正是琉璃。经过一番调查，我们得知姜贵妃喜食羊肉，便想办法让琉璃更名换姓，彻底换掉身份。现在的她是为万寿节特调入宫的厨子，做的羊肉菜肴偶然一次入了姜贵妃的口，便让姜贵妃主动向皇上讨要去。

羊肉固然好吃，可与容貌比起来，姜贵妃再笨再傻，也不会失去理智。其中，自然还有别的玄机了，徐瑞说他自有办法，让我别管。我也是后来才知道，他弄到了阿芙蓉，听说，那是一种能让人上瘾的药物，每次只需那么一点儿，便让人再也离不开了。

姜贵妃说什么也要吃羊肉，谁劝也没用，要怪，也只能怪厨子做的菜肴太鲜美，而姜贵妃，太贪嘴，没有人会怀疑到别的地方去。

而徐瑞，只管用些偏生与羊肉相克的东西就行了。白醋是对皮肤很好，要是别的原因引起的疹子面疮，用白醋洗过，定能使皮肤恢复水嫩细滑。可常人不知道，白醋偏偏与羊肉相克。姜贵妃不能暂戒羊肉，白醋洗脸只会让她的面疮越来越严重，再经过各种草药一催发……那一张貌美如花的面容，不知道会变成什么样呢。

姜贵妃空有美貌，亦无子嗣，皇上对她，并不像对郑贵妃那般宠爱，更多的是对着她不用动脑子，亦可享受温香软玉，这些年来，也成了习惯。

以色事他人，能有几日好。只需毁掉她赖以生存的容貌颜色，在这个美女如云的后宫之中，她很快就会被人取代，变成一个被遗忘的可怜人。

想到这儿，我不由得心里畅快。

后来的事情果然如我们计划好的一般，姜贵妃的脸毁得不成样子，哭闹个不休。皇上已经被烦得不愿意见她了，倒是常去探望如意，又晋了两位美人的位分。郑贵妃见她那样不争气，也对她闭门不见。

至此，她已是穷途末路了。

我只当什么也不知道，与世无争地闭门休养。如今有了身孕，不能与有毛的动物接触，想来想去，养一只乌龟，没事就把它倒过去，再看它自己翻起来。

云横进来，向我低声道："选侍，出事了。"

“什么事？”

“琉璃不知从哪儿知道皇后有一颗金色南珠，竟然误导姜贵妃去要，说是那宝贝研磨成粉能治脸，姜贵妃这时已经向坤宁宫去了呢！她已经急红了眼，状若疯癫，若与皇后争执起来，就连现在的地位也保不住了。”

看来琉璃是把姜贵妃往绝路上逼，她对贝淑女的感情不会比我对烟绕的少，自然对姜贵妃的恨也不会比我少。

琉璃费尽心思推动了这场好戏，何不让这场戏发挥最大的作用？

“云横，你去前边告诉张公公一声。”

云横最是玲珑剔透，自然明白我的意思，我知道由她去说，分寸拿捏得绝不会出问题。她答应了一声，快步离去。我决定先行一步，和苏苏去坤宁宫看看。

进门便见一片狼藉，姜贵妃竟将所有瓷器都打烂了，东西胡乱地散落在地上，她不顾一切地徒手扒拉锋利的碎片，疯魔般地喃喃：“在哪儿，在哪儿？”

我惊觉出声：“姜贵妃，坤宁宫岂容你放肆！”

可是她置若罔闻，指尖上沾满鲜红的血，目光中透着一种狂乱的执着，依旧四处翻找着，各类器皿通通不放过，倒过来猛地摇晃，见没掉出东西，就发疯般地扔去一边。

“揽溪，快过来。”皇后由宫人们护在身后，神色惊惑，招呼我去她身边。

我快步来到皇后身边，问道：“姜贵妃这是要干什么？”

“你看她的脸……”我顺着皇后轻颤的声音望去，姜贵妃蒙着月白的面纱，可面纱上斑斑的血点触目惊心，半透明的面纱之下已不见玉色。

“姜贵妃非要本宫的南珠治脸，本宫不肯，她便发了疯似的找，吓人极了，这儿没人能拦得住她。”

姜贵妃遍寻不见要找的宝贝，又哭着求皇后：“皇后娘娘，娘娘！臣妾从前做得不对，您大人有大量，原谅臣妾，求您拿出那颗南珠，救臣妾一命……臣妾以后一定唯皇后娘娘马首是瞻，求您救命啊！”

皇后架不住她这般声嘶力竭，有些为难，手指不由得轻抚上腰间一处，却又坚定道：“那颗南珠对本宫很重要，本宫不会给任何人。”

我向皇后腰间看去，只见大红的腰带上微微凸起一个点儿，仿佛缀着一颗圆状的东西在腰带内里，贴身置着，看起来极是眼熟，一时之间却又想不起来在哪儿见过。

苦苦哀求了良久，姜贵妃见皇后不答允，又变脸诅咒，纫兰姑姑正要发作，却被皇后拦下：“由着她。”

姜贵妃哭闹了许久，软硬兼施，也得不到皇后只言片语的答复，不由得崩溃，一下子跪在满是碎渣的地上，膝盖上立刻晕出血色：“我知道皇后为什么稀罕那颗南珠，不就是因为那珠子是你唯一的念想？若皇后将南珠给我，我就把当年的真相全部说出来！”

皇后不自然地闪避道：“陈年旧事，本宫已经不想知道了。”

当年的往事皇后不是不知道，再听一遍也只是再刺痛一次罢了。

“皇后娘娘，您可要三思啊，是珠子重要，还是孩子重要？您听了我的话，说不定就可以把皇子找回来了。”姜贵妃难得急中生智，以此引诱皇后。

皇后身子晃了一晃，面色急剧变得惨白：“你……你知道他在哪儿？”

“我虽然不知道皇子现在在哪儿，可我知道当年的真相！咱们要先说好，我说出来，你就必须把金色南珠交给我！”姜贵妃按捺不住内心的焦急。

不知为何，我清清楚楚地听到，身边的皇后松了口气。

皇后思虑了一番，终于答道：“好，本宫答应你，你将事情如实说来，本宫就把金色南珠给你。”

我没想到皇后会答应，不由得惊道：“娘娘……”皇后捏了捏我的手心，疑惑之中，眼光瞟到门外明黄色衣袍的一角，我心知是皇上到了，生生住了口。

姜贵妃背对着门，自然是不知的，犹自作聪明：“我不放心！皇后娘娘先让我看见那颗南珠，我才肯说。”

“好。”皇后当着她解下大红的腰带，腰间还佩有一条玉带，只见金黄色的柔光一闪，腰带内里果然缀着一颗拇指大小的金色珍珠，夺目生辉。

见救命的宝物近在咫尺，姜贵妃欣喜若狂，忙将一切交代出来：“皇后娘娘，当年抱走您皇子的人，其实不是王恭妃，是那个宫外来的稳婆。当时，孙皇贵妃颇得圣眷，便对您起了不臣之心，见您马上要诞下嫡长子，心中嫉恨，便买通了那宫外来的稳婆，将皇子抱走了。”

“那为何又扯上了王恭妃？”

“那就是后话了，皇后您想，若真是王恭妃所为，为何时隔三年，王恭妃才被郑贵妃捉住了马脚？您诞下皇子后，过了两年，郑贵妃才入宫的，她当时依附孙皇贵妃，与王恭妃假意交好，只是为了找准时机，拿那颗珠子诬陷她！好让皇长子没了依靠，她们也好少个对头啊！”

皇后道：“你休要胡言！孙皇贵妃已经仙逝，岂容你肆意诋毁。郑贵妃温婉贤淑，深得帝心，哪里会是你口中的恶毒女子，还不快快住口！”

姜贵妃以为皇后是真的不信，生怕拿不到救命的南珠，立马急了，辩驳道：“皇后娘娘，你一定要相信臣妾啊，臣妾虽然入宫晚，却一直在郑贵妃左右为她效命，所知所言绝无一丝虚假！臣妾发誓，所言但凡有一句不实，就让臣妾不得好死！”

门外明黄色的衣角一动，皇上陡然大步迈入，一把抓住姜贵妃的衣领，将她提至眼前，阴沉道：“那你说！朕的嫡长子去哪儿了？”

姜贵妃纵使再不会察言观色，也能看出那山雨欲来的气势，顿时吓得结巴起来：“皇……皇上……万……万福……”

在那样大的动作之下，姜贵妃的面纱直直掉落下来，她抢救不及，立刻露出溃烂流脓的脸颊，混着暗黑的血痂，好生可怖。

皇上微微皱眉，眸中流露出无法掩饰的嫌恶：“快说！”

“其实臣妾也知道得不多……”姜贵妃畏惧地看了一眼皇上，看了一眼皇后，“听说，有宫女从孙皇贵妃那儿将皇子偷出了宫，只遗留下一颗原本缀在襁褓里的南珠。至于出宫之后皇子流落到了哪里，臣妾是真的不知道啊……”

“嚼舌的丑陋贱人，休要再胡言！”皇上将姜贵妃狠狠掼在那堆尖利的碎瓷片里，姜贵妃痛得一声尖叫，放肆地哭起来，争辩道：“臣妾没有！”

“来人，将姜贵妃带回去，封宫！”皇上断然下令，一丝犹豫也无。

立时进来两个威猛的侍卫，一左一右，将姜贵妃架出门去，姜贵妃犹不知自己究竟何处触怒了皇上，还不甘地高声喊叫：“皇上，臣妾没有乱说！臣妾所言句句属实啊，皇上！”

那声音渐渐地远了，最终消失在初秋升腾起来的寒意里，留下一片空寂。

皇上面有余愠，我知道此时并不是我说话的时候，可事关王恭妃的清白，没有比这更好的机会了，心下打定主意，正欲上前禀告，却被皇后紧紧地一把拉住。她许是知道我的想法，向我极缓慢地摇了摇头。

为什么？我想了想，明白过来。

郑贵妃做下的种种，皇上并非全然不知，只是因为爱之深，所以选择包庇。皇上认为她没有做过，那么，郑贵妃便没有诬陷王恭妃，孩子还是王恭妃偷走的。追溯回去，她有罪，我怎么能为她求情呢？

我若为王恭妃求情，就是说郑贵妃有罪，那我的下场……只会与姜贵妃一般了。

“皇后……”皇上没能说下去，微微地叹了口气，“这么多年来，委屈你了。”

是啊，这样的伤心事，却要被人一次又一次地拿出来利用。皇后只是垂眸苦笑，言语间透着一种明了的凄清：“臣妾生下的公主早夭，是臣妾自己福薄。”

皇上听皇后这样说，紧绷的面容渐渐舒缓成释然，过来牵起皇后的手：“你一定累了，朕送你去休息。”

我忙行礼恭送，抬眼望见帝后相携的身影，只觉得有一种怪异悲伤的和谐。

第五章

千钧一发忽闻归

是夜，姜贵妃暴毙。没过几天，皇上便揪了孙家的一个错处，冠以严罪，一家老小全部流放，就连过世已久的孙皇贵妃也被迁出了定陵。

自此，皇宫之中涌起一股暗流。姜贵妃宫中自不必说，那天夜里，所有的宫人都下了东厂大狱。而后，又牵连出许多王恭妃、已逝孙皇贵妃二十多年前的旧宫人，也通通下了狱。

这其中的因由，也只有我们知晓了。

我站在窗前出神，也不知云横在我身后等了多久了，她见我回过身来，才轻声道：“选侍，琉璃已在大狱里咬舌自尽，您可以放心了。”

放心？我有些恍惚，是啊，她死了，再说不出什么来。徐瑞为求自保，也会对此事避而远之，我们安全了。

我欲言又止，只是不由得叹了口气。

“选侍是在心疼琉璃？”云横悲哀地一笑，“其实对于一个忠心护主的奴婢来说，能亲自为主子报仇，于愿足矣。她心里一定很快活。”

“她不是奴婢。”我深深地吸了口气，定定地看她，“烟绕不是奴婢，你也不是。”

所谓主仆情深，实则金兰之义，有时候女子之间的感情，更加情真意切。

皇上将孙皇贵妃从定陵里赶出去，是为自己从未谋面的嫡长子生气。皇上杀姜贵妃，却是为另一个女子遮掩。

“毓德宫那边可有什么动静？”

“没有，皇上还是照去，每逢夜宴，依旧召郑贵妃相陪，就同往常一样，恩爱非常。”

最是无情帝王家，对于不爱的人，皇上是真无情，可对于他一心深爱的人，他也可以称得上是普天之下最难长情，却又最长情的人了。

这些天来，宫中被抓去了许多老人儿，皇上要查清楚的事，一定已然水落石出。陷害后妃、太子亲母，不是小罪，可皇上待她依旧，甚至为了替她遮掩，急匆匆杀了自己另一位宠妃灭口。

我从而更加领悟了，为什么当初，卫宁妃会那样说，“以她在皇上心目中的位置，此举无异于蚍蜉撼树”。

皇上对郑贵妃爱甚，几十年如一日，早已超过我的想象。就算有人列出她无数不可饶恕的罪状，可只要皇上爱她，我们这些蝼蚁，也撼动不了她分毫。

真是让人，感动又憎恶。

我忽地感到有些无力与绝望，眼前一阵阵发黑，伸手去扶窗框，却抓了一个空，还好云横眼疾手快扶住我。闭眼缓了一会儿，眩晕感渐渐消失，我才敢慢慢挪步。

低头一看，袖口划了道小口子。云横道："奴婢为选侍更衣。"

"不用了，我全身没力气，不想折腾，口子不大，你就这么给我缝缝。"我小心地靠坐到软榻上，把手臂搁在小几上。

云横见我吃力，不忍道："也好。"立即掏出针线包，抽出几根颜色相近的丝线与衣裳的颜色比对，穿针引线……

见云横缝补的针法，正是和那日我替公孙徵缝补的针法一样，我脑中顿时闪过了许多画面——

皇后大红的腰带上微微凸起一个点儿，仿佛缀着一颗圆状的东西在腰带内里，贴身置着，当时就看着极为眼熟，一时之间却又想不起来在哪儿见过，可是现在，我想起来了。

一条红腰带，一条白腰带，颜色不一样，可那凸起的大小和弧度，都是极为相似的，我应该不会记错的。

我心中一惊，冒出一个大胆的猜测，却又狠狠摇摇头，想把那个荒唐的联想赶走。可那个想法一次又一次地冒出来，根深蒂固一般，直到最终，内心的理智告诉自己，那个猜测极有可能是真的。

公孙徵可能就是皇后的儿子，是大明王朝的嫡长子。

心中顿时犹如擂鼓，咚咚咚敲得我头昏脑涨，耳鸣眼花，这个猜测，我自己都不敢相信！

一时间，许多的疑问从我脑子里一个接一个地冒出来……他为什么来到朱常洛身边？朱常洛知道他的身份吗？皇后知道他的身份吗？知道以后又会怎么样？我仿佛看到一排滔天巨浪迎面扑来，之后便是一阵天翻地覆，其间的纷乱不是我全凭猜测能够理清楚的，不由得又是一阵眩晕。

我一点儿一点儿勉力镇定，说到底，这只是我的猜测，也许公孙徵腰带上恰巧是缀了颗珍珠，也那般大小，却是白珍珠呢？

金色南珠旷绝一世，不会有第三颗，是与不是，我只消一看，便能知晓。

“选侍的脸色不好，可是累了，歇一歇吧。”云横收了针线，关切道。

此时，犹如千百个尖啸在我脑子里乱窜，嘈杂得很，我按了按太阳穴：“无妨的，苏苏姑娘呢？”

“苏苏姑娘在院子里捉麻雀玩儿呢，选侍找她？”

我点点头，不一会儿，冷苏苏便兴冲冲地跑进来了，衣衫上尽是灰尘，刘海被汗水濡湿了，却挡不住明亮如星的双眸。她大咧咧地抹了一把汗，将桌上凉的凉茶一饮而尽：“你找我？”

“来，擦擦汗。”我将手巾递给她，心底里莫名地竟有些羡慕，“怎么想起来捉麻雀了？”

“这不是无聊嘛！你动不动就要休息，又不能和我玩儿。”她抱怨了一句，咕哝道，“公孙徵在就好了。”

“不知道公孙先生回京师没有？”

“你找他吗？你找他！”冷苏苏仿佛大喜过望，“一定有很重要的事？”

“也不是什么很重要的事，”我连连摆手，差点儿忘了编好的托词，“就是想问问他太子的情况，还有……啊，对，我也觉得无聊得很，想再弄只乌龟来养养，宫里也没有好的，就想托他……”

“这两件事很重要啊！”冷苏苏挥舞着手脚兴奋道，“一个是太子的安危，一个是你和宝宝的喜乐，简直太重要了！快点儿让他入宫吧！”

我不明白她为什么这么高兴，加上有点儿心虚，结巴地答：“好啊。”

“不行！”冷苏苏又蓦地截断我，“不行，他进宫办完事，可说走就走了，我和他有言在先，又不能跟去，不如你派我出宫去传话，好不好？”

“啊？”可我也要见公孙徵，才能找机会印证我心中的猜想。

我还没想好怎么办，又听冷苏苏道：“不行！”她踌躇了半晌，才懊恼道，“公孙徵说了，不让我自己去找他……不如，我们一起出宫？”

“出宫？”我为难道，“不方便吧？”

“哎呀，有什么不方便的，”冷苏苏压低声音道，“你忘了，书房里有一条密道，直通公孙徵的家，我们去嘛！”

见我犹豫，她马上黏过来：“去嘛，宫里好闷的，这样我很快就会病倒的，到时候谁来保护你啊？你就当陪我出去透透气，好姐姐，我们去嘛，啊？”

云横在一旁道：“选侍去也无妨，万荷台有奴婢替您挡着，只说选侍养胎，没有人敢为难。”

想了想，为将心底的疑惑探个究竟，便答应了。

我们从地道里出来，只见天色已经暗了。书房里没有点灯，阴沉宁谧，一堆堆的书叠放得整整齐齐，足见主人是个爱收捡的人。

冷苏苏“咦”了一声，跨着大步四处看了看：“他今天怎么没在书房啊？”

“公孙先生是不是不在家？”我迟疑道。

“不会，他一定在家的。”冷苏苏忙摆手，“你不知道，他这个人呀，外表年少，内心实则住着个老夫子，天黑了就不出门了，看看书，洗洗睡，特没劲儿。”

我笑了：“你怎么知道？”

“呃……我家温公子说的，约公孙公子宜早不宜迟，若迟了，他就睡了。”冷苏苏随口道，把门打开，拉了我就走，“反正他家就这么大点儿，不在这儿，就在那儿，走，那边去看看。”

她还真是自来熟，不对，看她这轻车熟路的模样，只怕没少来。

院子里也没有，正厅里也没有，书房对面的屋子里隐隐透出灯光，我还没来得及想清楚那是什么地方，冷苏苏就已经拉着我破门而入了。

见着一块仙鹤朝阳图案的屏风，我心里大叫不好，可是已经迟了。我拽不过冷苏苏，慌乱间连捂眼睛也忘了。

公孙徵家里就这么几间房，书房对面……是卧房。

在卧房里，不是洗澡就是睡觉了，可没人会点着蜡烛睡觉，所以……

公孙徵正在一只木桶里，陡然见两个女人闯进来，任寻常里再冷静自持，也不由得吓了一跳，猛一收长腿，“扑通”一声水花溅得老高，弄得水渍满地都是。

“啊——”冷苏苏一声怪叫转了八九十个弯，震得我耳朵疼，她尖声道，“公孙徵你个流氓，洗澡也不知道锁门？”

公孙徵脸都气白了，半晌才道：“这是我家，我锁什么门！”

“我不管！你这样被别的女人看光了你知不知道！”

“你就是‘别的女人’，还不快出去！”

公孙徵那样温文的人，寻常也是能言会道的，可偏偏冷苏苏就像是他的克星，与她说话，就是秀才遇到兵了。

两个人火气上来，一个也不管眼前是个赤裸的男人，一个也不管自己还泡在水里，就那样你一言我一语的，像小孩儿一样吵起来。

我只觉脸上火辣辣的，摇摇头，努力驱赶脑中的躯体，掰开冷苏苏的手就急往外走。

眼角余光瞥见屏风旁摆的一只凳子，上面放着一叠整洁的衣物，还好，我的脑子没有完全乱掉。知道腰带也许就在里面，情急之下，我只好靠过去，脚下假装一绊，便如愿带倒了凳子。

凳子倒地，发出极大的声响，我借着屏风的遮挡，趁机在散乱的衣物中翻找。

“怎么了？”屏风另一边传来公孙徵焦急的询问，然后是他“哗”一声出浴的水响，冷苏苏一声更脆利的尖叫。

我翻找的速度与他窸窣披衣的速度竞赛，他很快赤脚过来，右手一把将我捞起，左手已经滑上脉搏，按了许久。

抬眼便望见公孙徵专注的神情，眉峰微蹙，唇角紧抿，水珠滑过眉梢眼角纷纷落落，打湿了我的衣襟。他随便披着一件衣裳，来不及系紧，我的肩臂紧挨着他裸露的胸膛，透过薄薄的衣衫，可以感觉到湿润的热力。

“可有哪里不舒服的？”他目光中的焦虑，让我心中蓦地一跳。

我忙心虚地摇摇头。

公孙徵眸光微抬，看了眼倒地的凳子，轻声道：“是我不好。”他扶起我，让我靠坐在他的床上。

“你陪着王选侍，我去书房把衣服换了。”公孙徵似乎没兴致与苏苏继续争下去，拾起散落在地上的衣物，头也不抬地走出门去。

冷苏苏跟着出去了：“等等我嘛！”

“我换衣服你跟着干什么？”

“你刚才……嗯！嗯！”

两个人的声音渐渐远了，我看了看依旧倒落在地上的凳子，心里不由得暗暗发急——

那堆衣物里，没有那条腰带。

再出现，公孙徵衣冠楚楚，腰间系的正是那条神秘的腰带，后来冷苏苏又吵着肚子饿，他便让我们等着，去了厨房。

“公孙先生经天纬地之才，我们坐等他一个男人下厨，不太好吧？”我拽了拽冷苏苏。

“哎呀，经天纬地之才就不用吃饭了吗？我们不来，他还不是要做给自己吃。”冷苏苏不耐道，“我问你，你会做饭吗？”

我略微尴尬地摇摇头。

“我也不会呀！那我俩去不是给他添乱吗？”冷苏苏毫无愧色，教育我道，“你呀，什么都好，就是有时候太见外了，这样很难相处的知不知道？”

不一会儿，四个菜就上来了，都是家常的菜色，清炒菜心、白烧笋鸡、小葱拌豆腐、蒸蛋。色香俱全，特别是那盘小葱拌豆腐，鲜白色上面的星点儿嫩绿，十分可人。

冷苏苏伏在桌上挨个闻了一遍，大赞：“公孙公子的手艺越发精进了，不如咱们喝一杯？”

公孙徵放好碗筷：“别胡闹，王选侍怀有身孕，你又是个一喝就晕的主儿，一会儿还能回去吗？还有一钵汤。”

趁着公孙徵去取汤，冷苏苏拉扯我道：“晚上我是不回去了，要回去你自个儿回去，听见没？”

说罢，她自顾自地去角落里取了个坛子来，盖子揭开，屋里立刻酒香四溢，她又摸出两个杯子，拿酒斟满，望着我嘻嘻笑了一下：“你自己倒杯茶呀。”

还真没人管得住她了，公孙徵来了一看，也只是瞪了她一眼，拿她没辙。

冷苏苏猛灌两杯，大口吃菜，满足道：“嗯，不错！公孙公子，别说，你的菜真是越做越好吃了，没以前那么咸了。”

“咸也没见你少吃。”公孙徵冷道。

“那不是给你面子嘛！”

“谢谢啊。”

“不用谢！”冷苏苏大手一挥，又拿坛子来倒酒，却被公孙徵一把按住。

“忘了，你三杯必倒，这是第三杯了。”

“没事，我都跟揽溪商量好了，今晚就睡你家！”

公孙徵一怔，一不留神酒坛子就到了冷苏苏手里，第三杯立马斟上。

他转头看了眼酣畅淋漓的冷苏苏，一脸放弃，只向我道：“我待会儿给云横通个信儿。”

三杯酒下肚，冷苏苏只死死地盯着公孙徵看，就快要盯出个洞来，她蓦地“嘿嘿”傻笑，伸手去摸公孙徵的下巴：“你真好看。”那神情，就仿佛浪荡子调戏良家妇女。

公孙徵眼也未抬，熟练地躲过，将那盅蒸蛋推到我面前：“这是专给你做的，多吃些。”

我指了指冷苏苏，惊疑未定：“苏苏要怎么办？”

“不用管，接下来该哭了。”

话音刚落，冷苏苏果然放声大哭起来，两只手掐住公孙徵的脖子摇晃：“你为什么不喜欢我？为什么，为什么……”

“唉！”我惊慌地站起，却见公孙徵淡定地示意我坐：“你数三个数。”

一，二，三。

“咚！”冷苏苏重重地扑在桌上，一动也不动了，靠近些细听，就能听到她均匀的呼吸声。她……睡着了？

公孙徵无奈地摇摇头：“每次都要来这么一出，睡着就好了，我都不知道自己是希望这一幕是早些来还是晚些来。”

我不由得莞尔：“我给公孙先生倒酒。”

他忙接过：“我自己来。”

忽地，事情有了转折，与往常都不一样——冷苏苏蓦地支起脑袋，愣了半晌，然后“哇”的一声，吐了公孙徵一身！

我闻见那味道，也忍不住干呕起来，公孙徵立刻手忙脚乱地将冷苏苏整个拎出去了。

待我在院子里缓过气来，公孙徵已经从书房里出来，为难地看了看自己衣服上的污渍，没有走很近：“书房里间有张小床，她没事的，你放心。”

我点点头，陡然发现此时正是个好时机：“公孙先生将外衣脱下来吧，你收拾屋子里面，衣裳交给我洗就好了。”

“不用了，你就去我的卧房休息，今晚你就睡那儿，要是嫌闷，就在院子里坐会儿，我拿艾草来熏着。”

我在院子里坐了会儿，发现公孙徵在院子里种了各个品种的兰草，绿叶纤细修长，如同主人一般幽雅。

赏玩了一会儿，夜似乎深了，草丛里冒出零碎的虫鸣声，月亮又大又圆，黄澄澄的，甚至可以看见其中的阴暗斑点。一个人坐着也无甚趣味，加上有点儿冷，我便进屋里去了。

吹了蜡烛，我平躺在床上，只等公孙徵睡去，我就潜去偷看他的腰带。

被子上一股幽兰气味，陌生又熟悉，我翻来覆去，忽然摸到了一样东西，触手冰凉，似乎是一个香囊。我翻身坐起，借着明亮的月光，才看清，那香囊正面，绣着一个“温”字。

是温公子的香囊？手指隔着锦布摸到一个弧形的薄片，还有两段窄长形状的东西。我顿了一顿，心知自己不应该拆开看，可是我因为与温公子有着特殊的一“面”之缘，又听公孙徵说过他那么多事情，我对他，着实起了好奇心。

我将香囊打开，那一片弧形薄片竟是一片略长的断甲，染着浅粉的颜色，这颜色向来是未出闺阁的少女们惯染的，倒也没什么特别。

再看那两段窄长的木片，是被折断的，拿起来一拼，正是一支寺庙里求的签，上面有字：“潭柘寺灵签，中，昙花一现终何意，朝朝魂梦空挂牵。”

翻过来看背面，上面亦有字，像是后来有人写上去的，柳体行楷：“一现亦求。”

不过昙花一现，他哪怕日日夜夜地牵挂，也要求得，可见用情之深。只是他既然这么喜欢，为什么要把这支签折断呢？

各人的世界，仅凭几样东西，又岂能知晓，我将香囊收起，压在枕头下面。我本不明白为什么冷苏苏会是公孙徵这里的常客，看来是因为温公子常常过来，她才来的。

她是眉目间盈盈落花之意的有心人，只可惜那温公子流水无情，心系旁人，不甚怜惜。

正厅里的灯光灭了，我又躺了许久，估摸着公孙徵应该睡熟了，才起身。

还好，他睡觉也没有锁门的习惯，门一推就开了一条缝，没发出任何声响，我堪堪从缝里溜过去，心中不由得庆幸。

今天的月格外明亮，如同从窗子外泼的一地水银，映得整个屋子里似乎都泛起荧光，看起来溶溶的。

公孙徵躺的床应该是现支起来的，不宽。他平静地睡在流水般的月光中，面颊上浮起一层银粉，长发墨一般泼洒了半张床，薄薄的衣摆流泻在床沿上，好像仙境里的人。

他的衣裳挂在一个木架上，最上面，就是那条陈旧典雅的腰带，我屏住呼吸，放轻脚步向那边移动，越来越近……

就在我的手指离真相只差一毫米的时候，身后陡然伸出一只强有力的手臂。脚下只觉一空，转瞬间我被压到床上，他的一只手甚至还锁着我的喉，四目相对，是我从未见过的冷酷狠戾！

我怎么忘了，公孙徵是习武之人，警觉定然高于常人。

公孙徵也被我吓了一跳，触电般松手弹开，他皱眉道：“怎么是你？”

我只觉心口“咚咚”狂跳得厉害，慢吞吞地爬起身来，垂眸想着借口：“我……我不……不，我有些不舒服，所以来找你。”

他紧皱的眉峰慢慢舒缓，神色在月光下有几分柔和：“可吓着你了？”

“没有，”我尴尬地一笑，回过神道，“太晚了，打扰了公孙先生休息，我这就回去。”

他将我按下，道：“既说了身体不适，我怎么能让你就这么回去？”

修长的手指仔细搭上我的脉，他眉目低垂，凝神诊了好一会儿，可能没觉出什么，又不放心地诊了一会儿，问道：“觉得哪里不舒服？”

“头晕得厉害。”我说了个平日常犯的。

他听着似松了一口气，微微笑道：“没有大碍，应该是晚上吃得太少了。”

我忍不住又问：“阿洛什么时候回来？你找到他了吗？”

他摇摇头，又宽慰道：“你放心，我一直都在找阿洛，一定能找到。等他回来，你们一家三口和和美美地在一起，就圆满了。”

此时此刻，我只能相信他。

“还晕吗？我去煮一碗糖水鸡蛋，吃了就不会晕了。”公孙徵将被子盖在我身上，“马上来。”说罢，也没披件衣裳，就这么快步出去了。

我没忘记自己的目的，见他走远，便从木架上取下那条腰带，翻过来一看，只见一颗金色的明珠在皎洁的月光中熠熠生辉！

公孙徵真的是皇后的孩子，是大明朝的嫡长子！

身子微微摇晃，我似乎真的眩晕起来……如果这是他的真实身份，那么他真的会尽力找朱常洛吗？

没有了朱常洛，他就成了最有资格登上皇位的人……但凡他有一丁点儿野心，就不会让朱常洛活着回来了。

会不会打从一开始，一切都是计中计呢？那个奇怪的村子，那两个称他为“少主”的村夫，刺客，朱常洛的消失……

我应该相信他吗？

木然地放下腰带，我的脑子越来越晕了，所有的东西在一起旋转，转得我连眼睛也不敢睁开了。

也不知是真晕了，还是睡着了，那天夜里，我没有等到公孙徽的糖水鸡蛋，第二天睁开双眼的时候，发现自己回到了卧房的床上，昨晚的一切，都好像一场梦一般。

回到宫中，较之从前，我愈加深居简出，只是时常去探望太后。

一日午后，我去咸安宫向太后请安，到时发现太子妃也在，我忙笑着告罪：“妾身惫懒了，比不上太子妃贤孝，以后要向太子妃学学，多来陪太后您老人家。”

太后微微一笑：“现如今你身子重，不必介怀，待日后诞下皇长孙，只怕天天抱着他来给哀家瞧都不够呢。”

太后蓦地咳嗽起来，颇有些止不住，直咳得面色潮红，我忙问道：“太后这是怎么了，可召太医来看过？”

太后咳嗽着摆手，说不出话来，还是一旁的九姑道：“太后一向身康体健，也就是这两天，时常莫名地咳嗽，太医也没看出大问题来，只说是秋燥喉咙痒呢。”

“妾身那儿有些自己做的枇杷膏，止咳有奇效，待会儿妾身亲自送来。”

这样一顿折腾，太后只道乏了，便让我俩一同告退，临走时道：“你们同在慈庆宫里，都是自家人，以后互相间要多走动，相熟似姐妹才好。”

太后的话，我自不敢违逆，不过自从肚子渐渐大了之后，我是真的越发懒散了，想到出了门就要行礼免礼的，就先觉着累了。之后也只是去了太子妃的徽音殿一次，见着了有趣的东西，便让人给太子妃送去。

太子妃还是孩子心性，见东西有趣，很是高兴，也不顾太子妃的架子，时常来看我，她身边的嬷嬷也渐渐柔和起来。

相处之下，太子妃的确心性纯良，惹人怜爱，又琴棋书画无一不精，举止端方。我只觉最初心中对她的隔阂，也随着相处的融洽渐渐消弭了。她的确当得起太子妃这个头衔，只是有些稚气未脱罢了，假以时日，太子妃母仪天下，也是顺理成章。

一日晃过一日，转眼间，秋去冬来，窗外的最后一片落叶也归入尘土，一场接连三日不歇的冷雨之后，紫禁城已然彻彻底底地进入了寒冬，而我，也接近临盆之期。

后来，刘淑女也常与太子妃一同过来，一次带来了一匣香料，说是从暹罗国运进来的。

“王选侍，听说这香料能够安神益气，起到安胎的作用，京师的王公贵戚都抢着要。”刘淑女压低了声音道，“妾身特意让人捎进来给您的。”

我忍不住一笑，刘淑女惯常胆小，如今能为我私相授受一番，足见真心了。

“既然这么神，不如就点一支来闻闻。”太子妃好奇道。

我让玉翘将香料点上，青烟缥缥缈缈地逸上去，如祥云一般铺陈开来，味道带着一股淡淡的暖香，十分好闻。

我是惯不点香的，却也真心赞道：“的确是好香，劳刘淑女费心了。”

太子妃与刘淑女前脚刚走，冷苏苏后脚便赶进来，火烧眉毛般地跳脚：“怎么办怎么办？我闯祸了！”

她平日里可是个把天捅出窟窿都不怕的主儿，什么事还能吓着她？我忙问：“出什么事了，静下来慢慢说。”

她又跳了两跳，眼神惊恐，脸色煞白：“我在御花园里遇到三皇子了，他涎皮赖脸地对我动手动脚，特别恶心。我想到他把汉岳害成那个样子，就想教训教训他……”

我心里一惊，只怕她手里没个轻重，追问道：“你把人怎么了？”

冷苏苏一愣，大眼珠半晌才转了一转，眼泪直淌下来，呜咽道：“我……我好像把他打死了！”

“你想清楚，别乱说话！”

“我摸了他的鼻息，没气了，有人发现了，外面都是侍卫，怎么办啊？呜呜……”冷苏苏虽一向蛮横，手里捏着把剑挥来挥去，却也是从未杀过人的，这一来，杀的竟还是三皇子。她终究是个小女孩儿，这样一吓，六神无主，登时一屁股坐在地上。

我安慰她道："你别怕，我这就叫云横和王安来，让他们送你出宫去，你只要出了宫，见到公孙先生，就什么都不用怕了。"

不知是不是因为听到公孙徵，她一把抱住我，哭得更厉害了："他一定会骂死我的……"

王安很快安排好一切，让冷苏苏换上宫女的衣服，跟在他身后去书房，我心里不由得为她捏了一把汗。

目送他们走了，我才卸下一口气，后退两步，顿时瘫坐在椅子上，陡然间，自腹部蹿起一阵剧痛，仿佛一道闪电般将我劈裂，我痛得不能自持，忍不住呻吟出声，云横闻声进来，"哎呀"一声，扶我去床上躺着，慌乱道："选侍只怕要生了，奴婢这就让人去请太医！"

疼痛犹如一波惊涛骇浪将我席卷，我几乎痛晕过去。不知过了多久，我从混沌中渐渐清醒，隐约间觉得似乎没刚刚那么痛了，睁开眼睛，只见云横在身边守着我，轻声道："选侍不用担心，太医已经来过了，稳婆也都在外面候着了，说这是临盆前的阵痛，选侍要有个准备。"

我虚弱地摇摇头，只觉全身都是剧痛过后的疲累，可间歇的疼痛和笨重的肚子让我怎么睡都不安稳，只能缓慢难受地翻着身子。

忽地，我似乎听见极远的地方隐隐有哭声，断断续续的，也不真切，宫里寻常是不许哭的，难道是我的幻觉？

可是看云横的神情，便知道不止我一人听到了，她面有不安地道："选侍歇着，奴婢出去看看。"

过了好一会儿，她才回来，面色愈加地不好看，我虚弱地开口："怎么了？"

她顿了顿，道："没事，是选侍听错了。"

我害怕那三皇子真的被冷苏苏打死了，不由得急道："我听错了？你也听错了吗？我现在没力气出去亲自看，你可不要瞒我，到底是谁在哭？为什么哭？"

云横见我生气，跪下垂泪道："选侍别急！眼下最重要的，是你平安诞下小皇孙，你这样动气，于孩子于你，都是有害无益啊！"

正在此时，门外传来吵嚷的声音，闹哄哄的。云横用手巾抹了一把脸，沉静下来，立时肃了容颜，起身霍地打开门，厉声道："谁人在此高声喧哗？妨害了王选侍生产都担待得起吗！"

只听外边一个尖细的嗓音道："云横姑娘，老奴是来传太后懿旨的，还请王选侍出来接旨！"

不知为何，外面一时竟鸦雀无声，云横走了进来，跪在地上低声道："奴婢本不想在这个关头告诉选侍，可太后病重，只怕时间不多了。"

原来，那哭声是……太后仁德，广施恩泽于宫人，定然是众人为太后在哭。

我如遭重锤，脑子里嘤嘤嗡嗡地响起来。太后对我们孙辈向来严慈并济，我心中敬重她老人家，不久前我们还一同说着话，共享天伦，看起来一点儿征兆也没有，怎么会……

缓了一缓，我强忍疼痛，让云横扶我起来："去接旨。"

我疼得没法起身，玉翘与云横两边架住我，几乎是瘫在地上听那公公念完懿旨上的内容，接旨时连手都在颤抖了。

懿旨的意思很简单，召我病前侍候。

就算我再怎么疼痛，与太后病重相比，都不能成为推托的理由，我让云横和玉翘给我更衣，便强忍着向咸安宫去了。

那公公看着有些眼生，一声不响地在前边引路。我支撑着走了一段，疼痛竟自行消减了些，见云横玉翘担忧的模样，忙低声道：“刚刚许是被冷苏苏那个丫头给吓得，不是产前的阵痛，我这会儿已经好了。”

这话说了之后，仿佛刻意印证一般，竟真的一点儿疼痛都没了。

寝殿外面跪了一地哭哭啼啼的嫔妃宫人，公公引着我径直穿过去，云横玉翘只能留在外面。进去一看，只有帝后二人和郑贵妃在里面，我顾不得行礼，奔到床边，一看之下，眼泪忍不住直坠下来。

是什么病，能在这么短的时间里，将原本略微富态、紫禁城中极贵的妇人折磨到形销骨立？那深凹的眼眶不复神采，那塌陷的面颊失去了光泽，太后嘴唇颤抖着，似要说什么话，费尽全力却只能发出喘息声，看着让人心疼极了。她干枯的手指伸向我，仿佛想抓住什么。

我擦了擦眼睛，上去握住太后冰凉的手，挤出一个笑：“太后，小皇孙来给您请安啦。”

太后吃力地点了点头，终于挤出几个字：“洛……别……”

皇后听清楚了，忍不住别开脸去，焦急道：“太后这是惦记着洛儿呢，这孩子怎么还不回来？”

心中沉沉地一坠，也不知朱常洛现在到底怎么样，我克制着，尽力不流露出一丝悲色。可我见一旁郑贵妃隐隐斜睥的笑意，笑意中暗含着三分狠毒、七分凌厉，便知她多少也得了些端倪，心中顿时升腾起一种不祥的预感。

果然，转瞬间，郑贵妃已然换了一副泫然欲泣的担忧神情：“臣妾只怕……只怕……太子殿下回不来了。”

“太后面前，胡说些什么。”皇上隐有不悦。

“臣妾不敢妄言！圣上，这段日子以来，我们只怕让奸人给蒙蔽了。太子迟迟不归，至今杳无音信，其中定有内情，臣妾要为太子陈情喊冤！”郑贵妃眼含热泪，拉扯着皇上的衣袖苦苦道。

有心人一听，便知她这一番话着实奇怪，太子不归的内情她是怎么知道的？郑贵妃又打什么时候起，为太子喊起冤来？可朱常洛已然七月未归，众人狐疑不定，自然被她所煽动，这个头，起得当真是极好。

“你说清楚。”

郑贵妃眉目间闪过一丝快意与狠戾：“臣妾要告太子选侍王揽溪谋害当朝太子，她的亲夫！大胆王氏，太子究竟在何处，还不从实招来！”

我扶着腰慢慢跪下去，垂眸平静道：“妾身只知太子去了怀柔县镇压流民，旁的一概不知。”

皇后虽为朱常洛焦急，可终究是信我多一些，忙道：“王选侍与太子情投意合，怎会谋害，贵妃说话可要讲证据。”

郑贵妃曼声道：“若没有证据，臣妾也不敢胡乱猜测，皇后要证据，臣妾这就拿出来……”

“够了！”皇上不耐地打断，刻意压低的声音里怒意勃发，“也不看看这里是什么地方！咸安宫岂容得你弄一拨人来吵嚷，太后凤体不适，这样妨碍她老人家养病，简直有违孝道。”

我抬眼只见太后颤抖干瘦的手无力地垂在床边，心中一酸，想我大明以礼治天下，皇上终究还是以孝为先，这样一来，郑贵妃也不好发难了。

话说至此，已是很重了，谁知，郑贵妃继续道：“皇上错了，‘孝’也分很多种，皇上认为让太后安心养病是孝，臣妾却以为，太后此刻心心念念记挂着孙辈们，对太子尤甚，我们就应该在太后面前将太子的下落查清楚，让太后安心。”

这世上，除了郑贵妃，哪里还有第二个人敢说皇上“错”！皇上却不以为忤，反而将沉沉的面色散了些去，若有所思。

郑贵妃知道皇上听进去了，了然一笑，道：“皇上也亲眼见，太后的病情实在不好，只怕要挨个见孙子们了，可太子不在，太后也不能见常洵、常治后面几个孩子，这样耽搁下去，怕是不好。不过我们常洵一直跪在外边，只要皇祖母一声召见，他就来了。”

朱常洵在外边跪着吗？我倒没注意到，他没事就好，因着太后病重，将他急忙召过来，冷苏苏想必可以安全了。

郑贵妃这一招好生高明，一方面执意要查朱常洛的下落，将我的罪名坐实，证明朱常洛已死；一方面让太后越过朱常洛，见她的儿子朱常洵，这样一来，就算朱常洛不死，也脱不开“不孝”的罪名。若他真死了，这也为朱常洵日后入主东宫又铺上了一级台阶。

“好。”皇上的神色晃动了一瞬，终于开口，“务必问出太子的下落来，让太后见太子和诸位皇子。”

得到了皇上的准允，郑贵妃侧过脸来，阴暗光线中对我森森地一笑：“本宫手中人证物证俱全，断不会冤枉了你。”

手轻轻抚上浑圆的肚子，我蓦地有了勇气，勉力跪直了身子，镇定道：“贵妃尽管拿出来，妾身也好奇了呢，愿与人证对质。”

她轻蔑地看了我一眼，如同即将要碾死一只蝼蚁：“孙姑姑，传两位人证。”

孙姑姑领命，从门外带进来一男一女，两人规矩行了礼。男的穿蓝边银甲，似是锦衣卫的人，女的就是寻常宫女的装扮，我看着还觉得有些眼熟。

“这位是锦衣卫将校孟毓，皇上可还记得，太后初病时，臣妾便向皇上提议，差人速去怀柔县召太子回宫，这是皇上钦点的人。”

皇上只一颔首，问道：“你去怀柔县查到了什么，只管说出来。”

那孟毓道：“微臣到了怀柔县，见那儿的百姓生活似已步上正轨，想来太子的事情已经办得差不多了，便向怀柔县县令请求面见太子，可那县令百般推托。微臣迫不得已，夜探府衙，却发现里面根本没有太子的踪影，调查之下，竟查出太子从来就没去过怀柔县，微臣已将那县令下狱，随时可再提审。”

“王选侍不是要对质吗，对此又有何高见？”郑贵妃向我逼问道。

我丝毫不乱，只道："妾身只是居于深宫的无知妇人，外面的事又如何能知，只能猜想是太子微服的缘故，所以这位大人才没能找到太子。"

"王选侍倒是会避重就轻，"郑贵妃转向皇上道，"若是派的旁人去，王选侍这空子倒也钻得，可去的是堂堂锦衣卫将校，只要太子真的在怀柔县，又怎会找寻不到？孟毓又为何说太子从未去过怀柔县？皇上圣明，定知道锦衣卫的分量，不用臣妾多说，也知其间必有诡诈了。"

皇上略一皱眉："就算太子不在怀柔县是真，王选侍一个身怀六甲的柔弱女子，深居内宫，怎能说太子就是她谋害了？"

"听第二位证人说完，便能真相大白。"郑贵妃胸有成竹地一笑，示意瑟缩在一旁的小宫女回话。

那个宫女"扑通"一声跪在地板上，战栗了半晌，才开口道："奴婢是慈庆宫太子妃身边的宫女小玫，时常随太子妃去万荷台探望王选侍。一日，太子妃将太后送的镯子落下了，便让奴婢去万荷台问问，走到园子里的一处假山后面，便听见有两个人在说话，听声音像是王选侍和她的侍婢云横，奴婢细听她们谈话的内容，登时吓得走不动道了……"

"她们说什么？你只管大胆说出来，皇上会为你做主的。"郑贵妃义正词严道。

我听她自称是太子妃身边的小玫，心道不好，唯恐她是真的趁我们不备捉住了把柄，可往下听去，只觉得不甚可信。一则，太子妃未曾将镯子落在我万荷台；二则，我与云横深知隔墙有耳的道理，断不会在园子里乱说话的。

果然，她越说越荒唐："奴婢躲在假山后面，只听那云横问道，'选侍现今有何打算？'王选侍道，'待诞下孩儿，身子轻便，自然要寻机会出宫，一走了之，到时候只做我意外身死的样子，还要靠你为我敷衍后面的事'。云横答应，只道，'选侍放心'。过了一会儿，云横又问，'太子当真不会回来了吗？奴婢害怕太子回来，揭发这大逆不道的事，不只选侍活不了，奴婢也要跟着遭殃呢'。只听见王选侍冷笑一声道，'我亲眼见他在我面前咽了气，自然错不了，你不用怕，日后我再派人来安排你出宫，恢复你自由之身'。……"

那丫头描述得绘声绘色，跟说书一样，好不伶俐，全然没了刚刚胆怯的模样，听得我又腹痛起来，后面还有好大一章篇幅，可我已然疼得听不进了。

只听那一句"亲眼见他在我面前咽了气"，帝后二人的面色便"唰"地一变，也不知信了几分。我有心辩驳，却因疼痛加剧，只能咬紧牙关，说不出话来。

"王选侍怎的不说话？可是不知道该如何诡辩了？"郑贵妃冷着面色甩袖道，"只需用脑筋想想，便可推断出事情始终。定是这大胆王氏，与人有私，暗中勾结，还竟敢谋杀储君，妄图出宫远走高飞，自以为能瞒天过海！她身边的人都是帮凶，必要严刑拷打，才肯招出她与那奸夫之间龌龊的勾当！"

我这样一个深宫弱女子，自然不能做出那许多事。郑贵妃知道宫外有个人在暗中梳理安排一切，却不知那个人是公孙徵，她这样诬蔑诋毁，不过是想借此将公孙徵咬出来，从朱常洛的军师重臣，到我，里里外外将太子一党彻底摧毁。

我只觉一头一背的冷汗，强忍着疼说道："若真如贵妃所言，妾身大可与太子一同消失，早些诈死，又何必留在宫里呢？"

"这便是王选侍你的聪明之处了，你若与太子同时失踪，必定要查，徒惹了怀疑。你料定了只要在宫里，还有个肚子做护身符，就没人会怀疑到你身上，想着亲眼见这一阵风波过去，再做打算，是也不是？"

我无力再支撑，略略伏在地上喘息，只闭目等她更猛烈的袭击。

这时张公公在门外通传："皇上，太子妃求见。"

皇上沉沉的目光中有一点锋锐似针尖，扫过泫然欲泣的皇后、咄咄逼人的贵妃，还有匍匐于地的我，帝心不可测："宣。"

太子妃一进门便跪在我身旁，急切道："臣妾愿为王选侍做证，王选侍身怀皇孙，安分守己，终日都是与臣妾在一起闲话休养，不像是有别样心思的，还请皇上明察。"

身旁还有一人扶起我，让我倚靠在她身上，我勉强一看，是云横。她此时眼泛泪光，银牙欲碎，极力扶我，定是见我的状况不好，心里急。

太子妃竟将云横也带了进来，云横聪明伶俐，自可弥补我此时不能辩白的短处，可是若皇上偏信一词，她岂不是危险，此时她恰好进来，也不知是吉还是凶。

“太子妃来得正好，本宫刚好有些话想问你。”郑贵妃以攻为守，遥遥一指地上的宫女，“这个小玫，可是太子妃身边的人？”

“是。”

“太子妃是否让小玫去万荷台取过镯子？”

“是，可是臣妾很快便找着镯子了，差人唤她回来，其间的时间……”太子妃急忙争辩。

“让她去了就好。”郑贵妃不由分说地打断，面向皇上道，“可见这个小玫，没有说谎。”

太子妃到底年轻，一时被堵得说不出话来，倒是云横在一旁叩首道：“奴婢自知这里没有奴婢说话的份儿，可照小玫所说的，奴婢也脱不了干系，若闭口不言，最后只怕也难逃一个死，所以奴婢如何也要为王选侍、为自己开脱两句，奴婢说完，若能存留贱命，自会去领板子。”

皇上两眼一盯，直欲将人看透：“你说。”

“皇上也知道，奴婢自幼在太后身边长大，十五岁时太后亲口将奴婢赐给太子，承蒙太子不弃，封奴婢为打理近身事务的女官，这一晃就是七八年。王选侍进宫时，太子看重，才让奴婢过去伺候，前后也没有多少时日。从前奴婢听命于太后，太后将奴婢许给太子，嘱咐奴婢要好生照顾太子。奴婢是太子的人，照顾王选侍，往简单了说，是为太子分忧，也因着王选侍一心一意对太子，奴婢才更加用心罢了。奴婢是忠于太子的，断不会与旁人同谋，杀害太子，奴婢发誓，若有异心，罪不容诛！”云横红着眼睛狠绝道。

“皇上明鉴，云丫头是太后与臣妾看着长大的，云丫头孝顺又贤惠，对太后、对太子，若说她有别的心思，臣妾不信。”皇后怜爱地看着我们，帮着说话，“揽溪这孩子，初入宫之时也在臣妾的坤宁宫内住过一段时日，当时臣妾病着，她仔细照看臣妾病体，后来也救了皇上不是？揽溪医者仁心，性子纯良温和，她还怀着洛儿的骨血，怎会去杀孩子的父亲？这也太荒唐了！照那小玫所说，揽溪岂不是要丢下自己的孩子，独自离宫？这个小玫没生养过，自然不懂做母亲的心思，贵妃，你我都是做母亲的人，敢问哪个母亲会扔下自己的孩子？这说不通的，贵妃不要被一个妖言惑众的宫女给蒙蔽了。”

郑贵妃听了一笑，似无心的一般：“皇后娘娘，您是做母亲的时日不久，所以才觉得孩子弥足珍贵，不是每一个人都像您那般慈母心肠。王选侍若真的连自己的夫君都肯杀，抛下孩子又能算得上什么？”

“你……”皇后气结。

皇上拿眼睛一瞟，只轻描淡写地一句：“贵妃放肆了。”

太子妃似又想起一事，忙道：“臣妾想到，太子离宫的期间，王选侍因病一直在万荷台里将养着，从未出门半步，绝没有机会去谋害太子，这样总可摆脱嫌疑了吧？”

“太子妃太天真了，本宫这样物证，正好可以为太子妃解疑。呈上来，这次，断让王选侍主仆俩无话可说，认罪服法！”

只见孙姑姑进来请了安，捧出手里的物证，“咕咕，咕咕”。我勉力偏头一看，脑子里顿时一片轰然，是白鸽！

慈庆宫里养了白色、灰色两种鸽子，灰鸽子养在朱常洛的书房后面，由王安打理，是朱常洛直接与外界通信最快捷的方法之一。而白鸽，是由云横掌管，她虽将重心都转移到我这边，可是朱常洛那边有些事是她惯熟的，便还是由她打理。那养白鸽的鸽笼就在万荷台后面的小林子里，若想搜自然可以搜到……

“皇上，这是侍卫截获的信鸽，上面有字条儿。”郑贵妃将字条儿呈上，“臣妾已命人将信鸽放飞过，确是落在万荷台无疑，臣妾已命人去里面搜查了。”

皇上擎着那张小小的字条儿，手指渐渐颤抖起来，额上暴出几条青筋，半晌，才迸出几个字来：“让侍卫搜查完立即来回话！”

我只觉身体里的血液都凝固了，冻成了冰凌，刺在骨肉里。如今人证物证俱在，眼睁睁地被人诬蔑，我却百口莫辩，不由得隐隐透出了绝望，心里的城墙倾颓，身体上的疼痛更加肆无忌惮，已经支撑不住了。

忽地听得云横一声惊叫：“血！选侍只怕要临盆了，就算天大的事，也等选侍诞下皇孙再说，皇上！”

太子妃在一旁哭道：“父皇，王选侍肚子里的是太子的骨肉，是您的皇孙！求您看在太子的分儿上，先请太医给王选侍看看吧，这样下去非出人命不可啊！”

皇后亦跪在皇上脚边，哭求着：“皇上，先罔论王选侍是否冤枉，若太子真的有个万一，这就是他唯一的骨血，还请皇上顾念！”

“皇上，若王氏罪名坐实，她肚中的孩子还指不定是谁的孽种呢，臣妾是心疼太子，竟为这样的一个女人所害，实在是可悲可怜啊！臣妾言尽于此，一切还请皇上定夺。”

皇上隐忍道：“还是等侍卫回话再说。”

外面忽地嘈杂起来，我只当是侍卫来禀报，眼前的黑色渐渐弥漫上来……

只听门“哗”的一声大开，一个熟悉的声音朗声道：“父皇，儿臣回来了！”

第六章

污水泼身口难言

听云横说，那时我已然支撑不住，被安置到咸安宫的一处偏殿内分娩。太医早前便说过，我身体虚弱，加上忧心焦虑，分娩只怕不易，可我没想到竟会这样难。反反复复地不知道痛晕过去多少次，汗透重衣，后来连参汤都用上，一阵剧痛过后，终于听到孩子响亮的哭声。

几个婆子还在我身边忙碌，一时恭贺声此起彼伏，其中一个忙抱着孩子出去报喜："恭喜太子！是个麟儿！"

我欣慰地一笑，只觉痛极累极，眼皮子沉得很。

朱常洛回来了，我仿佛一个在迷雾中走钢索的人，原本摇摇晃晃就快要掉下万丈深渊，可下一步忽地踩到了平实的地面。他一回来，所有恶意的谣言猜测通通不攻自破，情势急转直上。我知道，后面的事再不用我担心，有他在，我和孩子就能倚靠他，围绕他，一家三口，共聚天伦。

这大半年来，身心第一次如此轻松，我沉沉地睡去，嘴角噙着笑意。

一梦无痕，醒来已身处万荷台的卧房之中，云横刚好推门进来，似乎激动得不知道说什么好了，只是笑。

我亦是笑："快把孩子抱来我看看。"

她欢喜地答应了一声，大步走到门边招呼奶娘，两个奶娘抱着大红色的襁褓进来，请安道："奴婢娄氏、吕氏给王才人请安，恭喜才人麟趾呈祥。"

"才人？"

"才人有所不知，帝后见了皇长孙十分欢喜，感念才人劳苦功高，皇上晋了您的位分，太子才人，仅在太子妃之下。"

"恭喜王才人。"两位奶娘又笑着恭贺。

我让她们起来，令云横重赏："你们一定要好好照顾皇长孙，我自然不会忘记你们的好处。"

奶娘娄氏忙笑道："是，奴婢们定不负王才人所托。皇长孙那么可爱，任谁见了都喜欢，奴婢们心疼得很呢。"

云横知道我迫不及待要看孩子，便从奶娘手中接过襁褓，凑到我面前，我小心地伸手抱住，松了怕摔着他，紧了怕弄疼了他，实在是无所适从，心中激动又忐忑。

瞧那肉嘟嘟的脸颊，微张的小口，眼睛还睁不开呢。我忍不住轻轻将唇碰在他的粉面上，温温软软的，还带着股小孩子特有的香味，只觉怎么也看不够，怎么也亲不够，爱不释手。

这孩子就是我的至宝，看着他，我就什么都忘了，直到云横催我休息，将孩子抱走，我才想起朱常洛：“太子呢？”

云横垂眸道：“……太后薨逝，太子在宝华殿守灵。”

太后病重，我那日见了，心中便有数了，此时得知太后仙逝的消息，心中更多是悲痛，我问道：“太后见着小重孙了吗？”

云横点点头：“太后很喜欢小重孙，笑得合不拢嘴，最后也是含着笑去的，很快很安详，一点儿痛苦也没有。”

也许是因为这样，我才得到皇上亲口晋封的殊荣。

念起太后对我的照顾，我有些躺不住，却也知自己现在的身子，不便去宝华殿，只能喃喃道：“我也该去为太后守灵的。”

“太子妃在那儿，便是代表慈庆宫里一众女眷了，太子吩咐，让您安心休养呢。”云横想起什么滑稽的画面，蓦地笑起来，“咱们太子是第一次当父亲，您是没瞧见他的模样。”

“什么模样？”

“又惊，又喜，又怕，还差点儿掉泪了呢。”云横牵过我的手，“太子来看过你，只不过你睡着了，他就这样牵着你的手，直看了许久，都快把你看到眼睛里面去了。”

我捏了她一把：“你什么时候也学会这样说话了？”

“奴婢说的都是事实。”

我看向窗外，虽已近冬至，却也时常有阳光晴好的时候，昏黄的日光看起来暖融融的，雀跃在光溜溜的枝头，直跃到人心里去了。

我在黑夜里莫名醒来，只觉得有一双灼热的视线笼罩着我的脸庞。

一个高大的身形伫立在黑暗中，吓得我“腾”一下欲起身，却没能爬起来，惊叫就卡在喉咙里，下一秒，灯亮起来，映出来人面容。

是朱常洛。

那日他开门进来时，我已然昏厥，根本没见着他，之后他来看我，我也深陷在沉睡中，今天才算是我这大半年来看见他的第一眼。千言万语从心里奔涌上来，根本不知道该先说哪一句，齐齐堵在嗓子眼儿上。半晌，才一笑，竟有眼泪“啪嗒”落下，打在锦被上一声响，在这寂静的夜里格外清晰。我道：“怎的来了也不出声，怪吓人的。”

不知是不是因为光线太暗，他的一双眼眸那样黝黑，有一点儿陌生。可是他一笑，便恢复了从前的模样：“我就是来看看孩儿，看看你，一会儿就得走了。”

“哦……孩儿睡得可好？”

“他睡得很香。孩儿的名字我取好了，就叫‘由校’，校正的‘校’。”朱常洛将灯放在远一些的桌角，他的面容一霎便隐入黑暗之中，看不清面容。他又道，“你睡觉还是这样轻。很晚了，你好好休息，我以后再来看你。”

“什么时候？”见他转身欲走的背影，不知为何，我心里一阵莫名的恐慌。

他轻轻一笑，道：“很快。”

我呆呆地靠在床边，若不是桌角那一盏微弱的灯火闪烁着，我几乎以为这是一场梦。之前，我想象过千百种我们见面的场景，都不似这般寥寥几语，冷冷清清。我想念他温暖有力的怀抱，希望他能将我揉在胸膛里。我也不知那一瞬的陌生感从何而来，不过一闪即逝，却也让我心惊。

想起灯火映照下那一张略微沧桑的脸，想起他在宫外时受的重伤，加上这几日守灵，亦是身心疲惫，人变得深沉了些，也没什么奇怪吧。

朱常洛答我“很快”，果然第二日便来了，门一开一合，漏入些许风雪的冰凉气息。校儿“哇”的一声大哭起来，房里的人齐齐请安，孩子哭得更甚，奶娘“哦哦”地哄着。宫人又将火炉挪到朱常洛跟前来，端茶递水，一时间房间里忙乱起来。

“孩子给我抱。”我听着那哭声不忍，对奶娘道。

“给本宫。”朱常洛一手扯开竹青色的披风，王安在身后接过。他烤去身上的寒气，将校儿搂在臂弯里，轻轻地晃了几晃，一脸的疼爱之色，“校儿不哭，爹爹来了。”

孩子似乎听懂了一般，渐渐止住了哭声，安然睡去。朱常洛坐在床边的锦凳上，将孩子缓缓交到我怀里，嘴角笑意盈然：“这孩子长大了一定最听我的话。”

“是了，娘亲怎么哄，都要哭上一阵，爹爹一来，就给足了面子，小东西。”我笑着刮了一下那挺直的小鼻梁，端看道，“孩儿的鼻子最像你，嘴巴也像你。”

朱常洛一笑："眉眼却是有些像你的。"

奶娘娄氏在一旁笑眯眯道："依奴婢看，皇长孙的眉眼也像太子殿下，只是多少跟着娘亲柔和了些，漂亮得不一般哪，长大了一定是个美男子，真正的人中龙凤。"

这本是一句寻常逢迎的话，朱常洛却面色变了，嘴角的笑意渐渐冷凝，一时间屋内的气氛骤降。宫人们虽不知原因，却也乖觉噤声。

虽说主子说话，奴婢不该插嘴，可万荷台一向将这些个规矩看得淡薄，朱常洛也并非不知道。出了万荷台他该是什么样子便是什么样子，可在我这儿，他一向"入乡随俗"惯了，今天是怎么了？娄氏也没说错什么。

娄氏早已经不知所措地跪下了，连连请罪："奴婢知错，太子殿下恕罪。"

朱常洛忽而一笑："你说得没错，赏。"

娄氏一怔，忙又谢恩，神情局促，后怕不已。一旁的宫人都将头埋得死死的，似乎极害怕的模样。

如此情状，我心里不由得起了一丝困惑，看看身侧神情依旧的人，觉得哪里不对，却又看不出，他明明，还是那个朱常洛啊。

第二日一早，奶娘抱孩子来请安，竟不见娄氏，取而代之的是一位客氏，动作麻利，甚是有经验。进出的宫人侍奉得愈加勤谨，脑袋却埋得更低了，我心中的困惑更强烈，拽住一个宫女问道："娄氏人呢？"

那宫女一副快哭的神情，跪下磕头："奴婢不知道，奴婢什么也不知道。”

我有些着恼，道：“你若不肯说清楚，我便让太子将你赶出去。”

她一听“太子”，似乎吓得不轻：“太子殿下若知道奴婢在您面前嚼了舌根子，奴婢就没命活了！”

“我不说，他又怎会知道。”我吓唬她道，“你若不肯说实话，我现在就将你处置了。”

“王才人饶命！”小宫女哭道，“娄氏失踪了！”

“什么叫‘失踪了’？”我皱眉。

“没人见娄氏出宫，可她就是没了踪迹，消失了。”

这么大一个活人，怎么可能凭空消失呢？我心知也问不出什么来，道：“算了，你出去，叫云横进来。”

“是，是！”小宫女如蒙大赦，连滚带爬地跑出去。

恰逢云横端着一盅炖品进来，差点儿被撞上，笑道：“哟，这是怎的了？才人要吃这小妮子呢？”

往日下人这般慌张的模样，怎么也是要说两句的，可自打校儿出生，万荷台里一直喜气洋洋的，云横更是随和了，斥责的话索性不说了。

我有些茫然：“也不知她怎么回事，我不过问了问娄氏，她就吓成这样。”

云横搁下炖品，垂眸低声道：“才人就不要问了，何苦为难这些下人。”

“他们为什么怕我？你看他们个个瑟缩的样子，看着就来气。”

“这些宫人都是太子选来伺候才人坐月子的，他们自然唯恐伺候得不周到了。”

“他们怕的不是我，是太子。”

云横牵了牵嘴角：“太子终归是太子，总是需要些威严在的。”

我一时无言，云横又道：“只要太子待才人如初，旁的又有什么重要呢？”

夜里校儿哭个不休，朱常洛的臂弯“摇篮”也失灵，待校儿入睡，已经是深夜。

朱常洛将手里的茶盏转了一转，又转了一转，仿佛在想什么事情，我让宫人都下去，道：“很晚了，歇下吧。”

他回过神来：“好。”

侍候他洗漱完，我立在他身前，仔细替他系着里衣的衣扣，蓦地抬头，只见他温温润润地注视着我，一如往昔。我故作寻常，开口问：“今日怎么没见娄氏？”

“新来的客氏不好吗？”他淡淡道。

“那客氏做事麻利，经验丰富，的确是很好。”

“那就行了，”他转身坐到床上，“睡吧。”

我闭了会儿眼，却越来越清醒，小心地翻身，只听他道：“无妨，我也没睡着。”

我向他的肩窝靠了靠，道：“你是不是有什么事瞒我？”

他反问道：“为什么这样问？”

“你不爱说话，也不爱笑了。”

若是从前，他一定会捏着我的脸颊笑道：“又冒傻气。”可他长久的沉默让我心里越来越不安，我攀着他追问道：“你失踪之后，究竟遇到了什么？”

他避开我的目光，眼珠淡淡地转向一边：“没什么，只不过教我看清了一些东西，懂得该如何做好一个太子罢了。”

他的话，我听不懂。一种异样的失落缓缓从心底涌起，我平躺下身子，木木地望向帷帐的顶端。

忽听得他问道：“那么，你呢，你有没有什么事情瞒着我？”

“没有。”我脱口而出，说完才想起公孙徵身世的秘密，可朱常洛已经回来了，也是，公孙徵岂会害他。他的秘密，就算要告诉朱常洛，也应该由公孙徵亲口告诉他才是。

我再一次斩钉截铁道：“没有。”

许久都没得到回应，我转头看他，只看见他的背影，也许，我说完第一个“没有”的时候，他就已经睡着了吧。

这一夜，我们背向而眠。

转眼，又要过年了，可因太后大丧，年节一切从简，相比从前，少了几分热闹。

今年是太子妃第一次在慈庆宫过年，年三十儿晚上自然要安排一番。正月初一，依旧是元日夜宴，可巧校儿正月初一满月，朱常洛怕那天忙起来，没了与孩儿亲近的时候，就另安排了二十九晚上在万荷台提前聚一聚，就我们一家三口。

二十九一早，万荷台里的宫人就全忙活开了，加上校儿满月的喜庆，满园子张灯结彩的，好不热闹。

王安极早就过来了，欢欢喜喜地请安道："奴才祝皇长孙身体康健，一辈子平安喜乐。"说罢又不好意思地挠挠头，"奴才不识字，说得不好，还望才人不要怪罪。"

"安公公说到我心里去了，能一辈子平安喜乐，就是最大的福分了。"我微微一笑，王安素来老成，知道这深宫之中什么才是最珍贵。

"才人可能还不知道呢，昨日皇上降下圣恩，说咱们太子稳定流民有功，特许太子年节之时探望恭妃娘娘。太子让奴才一早来万荷台接皇长孙呢，恭妃娘娘见着小孙儿一定很欢喜。"王安喜滋滋地道。

我只一笑："我这就让两个奶娘抱着小皇孙跟着你去。"

"等一下，安公公，太子没说让我们才人同去吗？"玉翘在一旁问。

"这……"王安偷瞧了我一眼，为难道，"听说太子妃为了这件事，求见了皇上许多回呢，再加上……"

"太子妃是正妃，理应由她与太子同去，"我拿眼觑玉翘，"我让你准备的事都做完了？"

玉翘忙退到一旁去。

"倒不只是因为这个，"王安赔笑道，"才人也知道恭妃住的地方，的确是远了一些。太子顾念才人的身子，这大冷天的，也是怕您累着病着了。太子说了，从恭妃娘娘那儿回来，径直就与小皇孙过来。”

“我知道了，你去吧。”

王安忙答应着退下了。

我缓缓踱了两步，看着雾气中的九曲桥，略略有些出神。云横在身边道：“才人诞下皇长孙，向皇上要的恩赏便是让太子与恭妃见面，才人为何不向太子说？”

“我这样做，本就不为邀功，说与不说，又有什么重要的。”我对朱常洛的付出，都只要他欢喜，就足够了。

等到傍晚，几乎快到戌时了，外面的寒风胡乱刮着，冬天的天，黑得很快，远处的天空就如同一块渐变的墨玉，美得妖异。

忽地有个徽音殿里的小内监慌慌张张地来报：“王才人，太子让奴才来通报，今儿晚上，恐怕不能来万荷台了。”

“出什么事了吗？”

“是……是恭妃娘娘住的地方年久失修，大风刮下了瓦片来。本是要砸着皇长孙的，可是太子妃冲了过去，救了皇长孙，太子妃被砸中了头，还在昏迷中没醒来，太子尚在旁边守着呢。”

“什么？”我猛地站起来，“太子妃可伤得严重？皇长孙有没有事？”

“没有，没有，”内监连连摆手，“太子妃无碍的，皇长孙没伤着一分一毫。”

我松了口气，慢慢坐回椅子，目光扫过满室的灯火辉煌和一大桌子的菜肴，道：“多亏太子妃相救，校儿才没有受伤，我若不去看看，心里着实过意不去。”

那小内监倒是很利落的："奴才这就陪您去徽音殿。"

出了屋子，才知道真正的冬天是什么样。我勉力拢了拢袖子，起先指尖是冻得发痛，现在已经不痛了，冻得发麻。虽有云横扶着我，可大风一卷，依旧是寸步难行。

云横不能进寝殿，只能等在廊下，我自行向里走，只见门虚掩着，一路不见宫人。我轻轻地推开门，两边昏黄的烛光，也不甚明亮。

几面帷帐之后，一男一女的身影，互相依偎着。男子开口说话，那熟悉的沉稳嗓音，是朱常洛，那女子，自然是太子妃了。

他环着她纤弱的身体，不慌不忙地舀着碗里的汤药，勺子碰撞在碗沿上，发出悦耳的"叮叮"声："来。"

"臣妾才不要喝，好苦的。"太子妃娇声道。

"听话，喝了才好得快。"他温声劝道。

太子妃嬉笑一声："臣妾这一时半刻只怕是好不了，怎么也要十个月呢。"

"你呀，"他柔声嗔怪，"怎么这样糊涂，连自己有了身孕都不知道，这样不管不顾地冲过去，若伤着了肚子里的孩子，可怎么好？"

"太医不是说，臣妾才一个月的身孕嘛，臣妾自己都不知情呢。就算臣妾知情，当时哪里顾得了那么多，那是太子的孩子，也就是臣妾的孩子，只要校儿没事，臣妾如何都不要紧。"

朱常洛半晌没说话，缓缓将女子紧紧拥入怀中。

不知何时，我的手攥紧了面前的帷帐，此时一用力，竟将那帷帐扯下来，“哗啦啦”一阵声响，里面的人显然被惊动，齐齐看过来，太子妃更是惊叫出声。

我一直觉得朱常洛怪怪的，可那种感觉就好像水里的一条游丝，无法捉摸。此刻我明白了，他整个人不只沉郁了，他更是不曾触碰我，不曾抱过我，不曾牵过我的手，不曾揽着我入眠，不曾亲吻我的脸颊，从前最自然的亲密，他都没再做过，就连惯常坐的床沿也改成了一张锦凳。

我想着他，盼着他，十月怀胎都在担忧惊怕中孤独地熬过来了，终于等到他回来，却是这样刻意的疏离，究竟是为什么？我想不明白。

“我，朱常洛，只会让自己真心喜欢的女子诞下孩儿，我，只要我们的孩儿。”

他说过，他不会让别的女人有他的孩子的，起初我不信，可是当我相信的时候，他又打破了誓言。

“什么人？”朱常洛厉声喝道。

我缓缓跪下去，仿佛软倒，说不出话来。

他直直冲过来，蓦地掀开面前的帷帐，微微一怔，皱眉道：“你怎么来了？”

我勉力挺直了脊背，朗声道：“妾身恭贺太子、太子妃……”却说不下去。

“你起来。”他声音冷硬。

我在他脚下叩首：“妾身听闻太子妃为救校儿受伤，特来探望。只是不想惊扰了二位，还望太子恕罪，妾身这就走。”

“等一下。”太子妃唤住我，扶着脑袋下床来，我略略看了她一眼便敛了眸光。屋内被火炉熏烤得和暖，她只着了嫩粉色的肚兜儿，外面披了一件月白的透薄轻纱，曼妙的身形若隐若现，腰肢细软。

“王才人快起来，说什么惊扰不惊扰的。”太子妃扶我，桃花般的面容上露出一抹羞涩，“我正想明日去找你呢，这头一胎，我什么都不懂，有好多问题想问才人。”

“有什么吩咐，太子妃尽管召妾身来徽音殿便是。”

“才人这样说，我就放心了。正好有一事要劳烦王才人呢。”太子妃一副天真依赖的模样，“这几日我总是睡不着，问刘淑女要那暹罗国来的香料，她说上一次全送给你了，一点儿也没剩下，这不，我只能厚着脸皮找王才人要一些了。”

“妾身回去让人立刻送来。”我自知笑得很难看，只想快些带着孩子离开，“妾身想将校儿一并带回万荷台，以免他晚些啼哭，扰了太子妃休息。”

太子妃冲朱常洛粲然一笑：“王才人如今最舍不得的就是校儿呢，一会儿见不着都不行。”

我从和暖的寝殿里退出去，云横忙接过校儿。外面不知何时下起雪来，大雪混在风中如同刀刃，全无飘飞时的柔美，吹翻了风帽，打在面上，犹如掌掴。我就立在那园子里的风雪之中，任由云横在一旁焦急地询问拉扯，一动也不动。

这样挺好的，真的，等风雪将躯壳吹得够冷了，才不会觉得心里冷了。

我病了，没日没夜地发着高热，也不是风寒，太医说不上来是什么病，只开了退烧的方子。

“我想看看校儿。”张合着干裂的嘴唇，我轻声喃喃道。

“才人，太医嘱托过，婴儿体弱，渡了病气就麻烦了……”玉翘为难道。

“算了。”不知不觉，竟滑下两行泪来。

正在这时，小栗子在外边通报：“才人，徽音殿那边请您过去一趟。”

我只一言不发，暗自咬紧了牙关，眼泪急急地流了满面。云横见状，高声道：“太子妃要的香料，不是昨儿连夜就送过去了吗？”

“你就说我病了，待身子好些，就去太子妃跟前请罪。”我略略抬高了声音，才发现一夜之间嗓子竟变得如此嘶哑难听。

“奴才遵命。”

恍惚了一会儿，门外又传来通报，听着似是王安：“才人，太子在慈庆殿等您呢，请您过去一趟。”

我蓦地坐起来，却将口边的话生生忍下去，这猛地一起身，连头也晕了。我缓了好久，待情绪平复了些，才沙哑道：“安公公，我着实病得不轻，可否请太子殿下通融，待妾身病好些了，再去请罪。”

王安似迟疑了一瞬，道：“才人好些休息，奴才这就去向太子通报。”

云横帮我顺着胸口，含泪道：“才人刚刚出月，就这样不爱惜身子，若落下病根，就是一辈子的事！您就消消气，何必与自己的身子过不去呢？”

“云横，我真想扯着他的领子问一句‘为什么’，却连自己都觉着好笑。喜新厌旧，秋弃夏扇，本就寻常，我若真问了，岂不是白白惹人耻笑？”我吸了口冷气，似笑非笑。

云横皱着秀眉，良久才道一句：“太子，终归是太子。”

是呀，他是太子，我让他独宠我一人，只与我一人生儿育女，若当真说出来，只怕会被当成疯子。

可我不是疯子，只是怀着那么一点儿渺茫的希冀，唯愿一生一世一双人罢了。那一点儿希冀，已经被现实碾成齑粉，灰飞烟灭了。

不过多时，门突然打开了，寒气一瞬便侵入房内，逼得我咳嗽起来，光线一暗，只见两个魁梧的侍卫挡在门前，声音震得窗棂上的雪末簌簌直掉：“王才人，太子慈庆殿有请！”

这架势，好生威武慑人。

我一笑，开裂的唇角淌下血：“还请太子、太子妃稍等片刻，容我梳洗更衣。”

两个侍卫一左一右，“吱呀”一声掀开慈庆殿厚重的大门，只见朱常洛与太子妃并齐坐于正中，下首坐着刘淑女，两旁立着两三心腹，俨然一幅审案的光景。

我定了定虚晃的身子，还未请安，太子妃已经哭着冲到跟前来，抬手就是一记响亮的耳光，打得我眼前直冒金星，耳朵里嗡嗡作响。

朱常洛只是静静看着，若有所思，并没有阻拦的意思。太子妃似还不解气，又反手重重打了我一巴掌。我静静伏在地上喘息着，嘴角的血一滴一滴落在地板上，只倔强地抬首看朱常洛。

他的每一个表情我都不会放过，我要看看，他就放纵别人这样打我？

“够了，有本宫为你做主，太子妃记得要恪守礼制。”朱常洛一挥手，王安立刻上来将太子妃拉开。

太子妃不甘心地指着我，哭道：“王揽溪，你真狠毒！你有孕的时候，我对你百般照顾，百般迁就，还跑去咸安宫为你求情。之前，我甚至还为了救你的孩子被砸伤了头部！可你呢，你恩将仇报！你杀了我的孩儿，你杀了他……”

我杀了太子妃的孩子？心中震惊，只见朱常洛面若冰霜，高高地俯视着我，终于，阴沉地开口道：“王才人，你可知罪？”

“我不知！”我撑起身子，冷冷地开口。

朱常洛闭了闭眼，疲倦地一挥手，刘淑女便将一只木匣放到我的面前，打开道：“这东西，王才人不会不认得吧？”

我勉力镇定下来：“认得，这是太子妃要的香料。”

“是，是我自己张口管你要的，可这哪里是香料，明明是杀我孩儿的凶器！昨天夜里，这香料才燃了半支，我就……”太子妃痛哭失声。

“王才人，东西终究是从你万荷台出来的，出了这天大的事，你可脱不开关系啊。”刘淑女道。

我只一声冷笑：“刘淑女说得是，可说到底，这香料最初还是刘淑女献出来的宝贝，你怎么能将自己撇得那样干净？”

刘淑女不肯示弱：“是，当初是妾身将这香料赠予王才人，可妾身送您的时候，只是香料而已，那日我们三人还点过一支，您当时并无异样，足证妾身清白。可昨夜，太子妃不过燃了半支香料，就小产了，这说明什么？你还想不认账吗！”

“那我就请问刘淑女了，这好好的香料，要怎么才能将那害人的药掺进去，表面上看着还是一个样？妾身愚钝，实在想不出那么多聪明的法子。”

“来人，宣徐太医。”太子妃银牙欲碎，“王揽溪，今天由不得你狡辩！”

来人是徐瑞，他躬身行礼：“微臣见过太子、太子妃，”他似笑非笑地看了我一眼，“王才人。”

“当着王才人的面，徐太医，劳烦你再说一遍。”

“是。”徐瑞蹲下身，与我面对着面，伸手折断一支香料，举在我与他中间，缓缓用指腹将香料碾碎成粉，馥郁的香气从他的指尖浮起，“这暹罗国来的香料，质地细密，遇水不溶，故而能够将其浸泡在药水之中，待香料吸收饱满，再晾干即可，随后点燃香料，药力随着香薰弥漫开来。孕妇只需吸入半支的工夫，便能小产，与服食的效力相当。”

徐瑞撇下手中的残粉，道：“王才人精通药理，红花的效果一定也是知道的。”

我不由得低声质问他：“你我无冤无仇，为何要这样害我？”

徐瑞亦低声道：“我与姜贵妃也无冤仇。王才人，你真是糊涂了，在毓德宫与慈庆宫之间，我选了慈庆宫，所以才帮你除去了姜贵妃。可在这慈庆宫里，太子妃和你，你说我选谁？”

我只觉得脊背一阵阵地发寒，半晌说不出话来。

“你还有何话说？”朱常洛面无表情。

“你信他们？”我凄然问道。

他眉心一动，一字一字道：“证据确凿。”

“我只问你！”我的眼泪簌簌往下掉，“你信他们还是信我？”

他始终冷漠地俯视我，不发一言。心中那一点点希冀的火光渐渐寂灭了，连带着黯淡了眼眸，我只觉心里越来越冷。

许久许久，他深深地吸了一口气，仿佛从心底涌起的痛心疾首：“太子妃才十四，性子纯真无邪，还能拿自己的亲生骨肉来诬陷你吗？”

我忍不住冷笑连连：“是呀，她才十四，天真无邪，自是不像我恶毒有心计了！我害了那么多人，两手沾满了鲜血，若反说是她陷害我，哪里能说得过去呢？”我禁不住笑得发颤，道，“可我入宫的时候也不过十四五！我是怎么一步步走到如今这步田地的？我也不知道，为什么自己成了这样……在你眼里，成了这样！”

我不想哭的，可我控制不住，控制不住将这长久的委屈化作眼泪，就算双手掩目，也遮不了我的卑微与痛。

在他们看来，我已经无可辩驳了，刘淑女向朱常洛行了一礼，曼声道："现下只需太子下令搜查万荷台的宫人们，看到底是哪些个狗奴才撺掇王才人做下这等大逆不道之事。"

"不必了！我认。"我害怕牵连甚广，万荷台里不知要消失多少人，忙道，"我认，是我一个人做的，无须再牵扯旁人。万荷台的宫人一概不知情的，放过他们。所有的罪责，我一力承担。"

"只怕你承担不起！"太子妃发怒道，"我肚子里的是太子的嫡亲血脉，你犯的是滔天大罪，罪无可赦！"

心里太冷了，渐渐地，冷得我仿佛麻木了，反倒像是镇定下来的模样。

我在太子妃脚下叩头，恍然道："任凭太子妃处置。"

太子妃笑了，笑中带着浓浓的恨意："好，很好，你杀了太子与本宫的孩子，杀了你都不够解恨！本宫便罚你'幽闭'之刑，你可服气？"

太子妃所说的"幽闭"，见于《吕刑》，对女子施行的宫刑，她这是想让我再也不能生育，以此来惩罚我。

我苦笑道："你就这么恨我？"

"杀子之仇，岂能不恨！"

身受"幽闭"之刑的人，多是流血过多死了。我怕痛，也不愿遭受这种羞辱，可我想活着，我不能扔下校儿。

"等一下。"朱常洛蓦地开口，怒道，"本宫知道后宫里惩戒女子有很多花样，可是慈庆宫里不许！"他转向太子妃，道，"'幽闭'？谁教你的？东宫里永远不许动用这种非人的刑罚，哪怕对一个下人也不能！都记住了吗？"

见朱常洛发怒，太子妃隐隐也有些害怕，所有的人都跪下，齐声道：“记住了。”

“至于你，”他咬牙极力隐忍道，“你做事都为校儿想过吗？你这样怎么配当他娘？”

我无话可说。

“王才人犯下的过错，罪不能赦，本该赐三尺白绫，可念及她刚刚诞下皇长孙，于社稷有功，暂且留下一命，以观后效！”朱常洛对我道，“你杀了太子妃的孩子，德行有失，校儿……就交给太子妃抚养。”

“不要！”虽然我没有杀她的孩子，可我心里着实害怕，不知道她会怎样对待我的校儿！

我以为我没有眼泪了，可这个时候泪水还是急急地滚出来。我踉跄到朱常洛身侧，死死抓住他的手，拼了命地求他，求他不要夺走我的校儿：“别人可能不知道，你又岂会不知，母子分离，是最残忍的事啊，你这是要我的命！你这样做，不光我会恨你，以后校儿也会恨你！”

“校儿不会恨我的，”朱常洛硬生生掰开我的手指，我们两人的手上都是血痕，“因为，我会是最好的父亲。”

“哪个好父亲会让孩子离开娘……你不如将我们母子一并杀了，省得日后孩子像你一样痛苦！”我急得口不择言，戳到了他的痛处，他抬手狠狠地挥开我，手背打在我的脸上，响亮清脆。我一时怔住了，只觉脸上热辣辣的，忘了继续求他，唯有眼泪静静地流下。

朱常洛勉力定了定脸色，似痛苦，似痛快：“王揽溪，你‘才人’的封号是父皇给的，我无权褫夺，从此以往，你还是王才人，依旧住在万荷台，没我的手谕，你不得出万荷台一步！若有违抗，就不要怪我做出更无情的事来！”

我是校儿的娘啊，不管怎么样，我都不能让他们将校儿从我的身边夺走，此刻我心里唯有这一个想法。我猛地起身，夺门而逃。

身后传来朱常洛气急败坏的声音：“来人，给本宫抓住她！”

第七章

静水流深终难掩

回万荷台抱了校儿，我转身就跑，直往书房的方向跑去，留下身后内监宫女一片诧异的询问声。

我已被逼到了绝境，我要出宫！只要不和校儿分开，去哪儿都可以！

我慌慌张张地跑到书房前，“哗啦”一声掀开门，门前站了一个人，铁青着脸，正是朱常洛。我被他吓着了，转头就跑，可一瞬间呼啦啦出现了两队人，列队成半个圆，举起手中长刀，将我围在中央。

朱常洛缓缓从屋檐下的阴影里踱出来，蓦地卡住校儿的襁褓，我流着泪摇头，不肯松手，他也毫不留情，用上的劲儿越来越大。校儿“哇”的一声哭了，哭得撕心裂肺，那哭声让我万箭穿心，我急忙松开了手，眼睁睁地看着朱常洛让别人将校儿抱走。

我每每扑上去抢夺，都被他无情地挥开，终于，送走了孩子，他转过身来一把抓住我的衣襟，将我提进书房。

他“啪”地摔上门，将我推到墙上，发出一声暴怒的吼声，一拳打向墙面，带起凌厉的风，我只是看着他流泪。

他狠戾的目光仿佛要将我看出洞来，急急地喘息着：“你说，你要去哪儿？”

“你把校儿还给我……”

“你去找谁？”他对我的话置若罔闻，鼻尖就快要抵上我的鼻尖，怒声逼问道。

“我哪儿也不去了，我只想守着校儿，好好当娘，你把他还我……”我只哭着重复那几句话，希望他能够像从前那般对我心软。

“早知今日，何必当初呢？我告诉你，你最好乖乖地待在这儿，哪儿也别想去，要是让我知道，你去找谁，我就杀谁！”

他撇下我，怒气冲冲地走了，留下大敞的门，呼呼地灌入打着卷儿的干风。校儿被他夺走了，他将我最深的羁绊留在慈庆宫里，现在就是赶我走，我也不会走。

我搬去了万荷台后面的小林子里，那儿有一间装杂物的屋子，屋子后面养着一群鸽子。

这屋子小，容不下许多人，也就拗不过云横，由她跟着我，再就是小栗子，说什么也不肯走，大冷天的就蹲在窗户下面，吸溜鼻子。

王安倒是来了一趟，不外乎就是劝我回万荷台住，别苦了自个儿。我自陈是戴罪之身，让朱常洛将万荷台里的宫人都减了去。他没说同意，也没说不同意。我在这儿住了一段时日，王安也再没来过。

我的病还没好，那日一阵闹腾，更是加重了。云横要请太医，也被我拦下了，我现在只觉得疲惫，想躲在这儿，不想见人。

高热烧得我浑浑噩噩，不分日夜。恍惚间一双冰凉的手，温柔有力，隔上不久便会在我的额上探一探。我勉力睁睁眼，模糊只见一袭飘逸的白衣。

渐渐地，烧退了，我撑开眼皮，只见云横在我面前细心地吹着汤药，我哑着嗓子问："有人来看我了吗？"

"才人看错了，这里一直是奴婢在照顾，"云横顿了顿，又道，"是玉翘来过，为才人送些用的。"

"玉翘？她穿的月白衣裳？"

"是。"云横舀了一勺汤药，递到我唇边，"才人，你这病可千万马虎不得，稍有差池，便要落下病根，年纪来了是要遭罪的！你看，这墙不知哪儿还透着风呢，咱们还是先搬回万荷台住，待病好了，才人再过来，奴婢也愿意陪着你。"

"算了，满眼物是人非的地方，如何住得？"我苦笑道，"见着分外诛心，倒是好不了了。"

云横道："全听才人的。"

病去如抽丝，我这样歪在床上，一晃十几日便过去了。这段时日，难得的清静，容我想了很多事情。

我想起了白芷，想起了整个御用监，想起了姜贵妃宫里的宫人们，甚至想起了很久以前的青萍、青叶。想得最多的，还是烟绕。

没想到，第一个来探望我的人，竟然是太子妃。

门框不高，她优雅地微微低头，脱下披风，交给一旁的宫女，然后让她下去了。

她面上一片和暖，恍然道："哎呀，瞧本宫这记性，本要带校儿来给你看看的，你不知道，这个时候孩子长得可快了，一天一个样。"

明知她故意戳我的痛处，可还是不由得心痛。她见我的脸色难看，无声地冷笑起来。

"妾身不知道何处得罪了太子妃，让太子妃花那样大的心思来对付妾身？"这样的争来斗去，我如今只觉得疲累。

"你问我为什么？因为有你在，永远没人拿我当真正的太子妃！"她将原本如花的笑靥撕碎，狠狠道，"你比我先进宫，太子宠你，太后皇后也高看你一眼，就连慈庆宫里的下人，什么事都还记着千万要顺着你万荷台的来！我呢？我呢？他们眼里都没有我，都把你当主母了！"

"可只有你是名正言顺的正妃娘娘，你又何必与我这卑微的妾室计较？"

"知道自己是妾室就好！可我还嫌你不够低，只有把你踩到泥土里，让你回归你该去的位置，我才能安心！"太子妃冷冷一笑，面露得意之色，“你应该也猜到了，我根本就没怀孕吧？”

我苦笑：“妾身从来没有僭越的想法。”

“就算你没有，可从我嫁到这慈庆宫来所受到的薄待已经让我恨上了你！我是正妃，可太子怕你伤心，连洞房花烛夜都没来看我一眼，你说，我该不该恨你！”太子妃深深地吐了一口气，“现在好了，太子已经不爱你了，若是以你从前在太子心中的地位，就算我小产十次，他也会想着法儿地护着你。你自己丢了靠山，就不要怪我对你下手。”

我有些不懂：“什么意思？”

“你是真不明白吗？”太子妃流露出一丝幸灾乐祸的意味，“你可以怪我陷害你，可千万不要怪我夺走了你的校儿，是太子做得绝。你一定是做了什么让他生气了，他才这样惩罚你，你当真不明白吗？”

我不由得怔住了，想起那天他问我的话：“那么，你呢，你有没有什么事情瞒着我？”

难道，他是若有所指，才故意问我的吗？

太子妃似乎很欣赏我此时的脸色，笑道：“看来我是给你提上醒儿了，话说完了，我该走了，至于你——”她四下欣赏了一遍这简陋的屋子，“也算有自知之明，你就在这儿老实待着，我会好好照顾你的儿子的。”

连续几个夜晚，我都做着同一个噩梦，梦里朱常洛抱着校儿，带着令人发寒的笑意，不管我怎样痛苦哀求，他都置之不理，转身跃入深不见底的悬崖，我去抓，每每抓个空，一个人在醒不了的梦里，悲恸欲绝。

这一夜，我又做这个噩梦了，不管我怎么努力，都醒不过来，只能眼睁睁地看着两个我最爱的人掉落悬崖，我伸过手去抓——

与从前不同，我居然抓住了！

心中一惊方醒，手指微动，竟真的抓住一只手。我屏住呼吸，只见床帘规矩地合着，我的手从帘缝中垂落到外面，外边的人……是谁？

我猛地坐起来，猝不及防地掀开帘子。那人就立在床边出神，一身月白的袍子，玉冠束发，眼睫微垂，正正对上我的眼睛。他握着我的手不由得一颤，松开欲走，却也迟了。

“公孙先生？”

他倒是很快平复下来，脚步顿住：“王才人，你的病情有些反复了。”

朱常洛已经回来了，想起此前对公孙徵的怀疑，我不由得有些惭愧。手掌温热的触感仿佛还留存，我模糊记起高烧时似乎也有一双这样的手，还有……那一袭飘逸的白衫，正如眼前这一抹温润。

“又劳烦公孙先生了。”

我如常客气，却发现他深邃的眼眸注视着我：“你一直在叫他的名字。”

我心中轻微晃动，垂首道：“是吗？我只是做噩梦了。”

“日有所思，夜有所梦。”他终于忍不住发问，“为什么？”

我略略不自在地笑了一下：“什么为什么？”

“此前的事，我已经知道了。”

我不由得苦笑：“是我善妒，手段狠毒。”

“我是问你，为什么不辩解！”我第一次见他这样大声，其间夹杂着怒气，“我费尽心思地找他回来，为什么你们成了这样？”

我心中一瞬间百味杂陈，公孙徵都相信我是冤枉的，为什么朱常洛就不相信呢？

避开他探寻的目光，我淡淡道：“没什么好辩解的，从谋算秦端妃开始，我利用了卫宁妃，更让整个御用监的人都赔上了性命。那时起，我就已经是一个心思缜密、手段毒辣的女人了，就算我妄图向他隐瞒，他也知道了我究竟有多可怕。所以，如今我再做下多么骇人的事，也不稀奇了，不是吗？”

公孙徵看着我，眸中尽是怜悯与不忍。我知道，自从朱常洛掉下山崖，他就经常趁我不注意时，用这样的眼神看我。

“你与我第一次见时，并没有什么不同。”公孙徵道。

第一次见？我与公孙徵，第一次见是什么时候？是青萍在黑暗中追杀我，我脚下一软就跌在他面前？彼时我柔弱又无助，怎么会与如今这个满腹算计满手鲜血的女人一样呢？

他仿佛知道我心中的想法，道：“我见你的第一次，并非你见我的第一次。可无论哪一次，你还是那个你。”他抬起手轻轻抚上我蓬乱的头发，“你千万不要被自己的执念害了，一个人是会改变很多，方法、手段，可只要本心不变，目的不坏，你就还是你。”他将我轻轻拥住，安慰道，“你受的伤太痛了，才会做出一些应激的反应，都忘了吧，这不是你一个人的错。”

我哀道："我该怎么做，才能找回我的本心？"

他轻拍我的背脊，就好像哄小孩子："没事的，没事，很快，一切都会过去的。"

我不由得落泪："我想校儿了。"

良久，他轻声道："我们带校儿出宫吧，离开这里。让我照顾你们，我们住到山里面，种几亩田，过最普通平凡的生活，好不好？"

我想起他一直以来对我的神情态度，隐约明白了几分他的情意，却是再也不能自欺欺人了。

此时我竟还倚靠在他的身边，岂不是让他误会得更深了。我挣开他的手臂，擦擦眼睛，道："公孙先生别说胡话！"

"我是不是说胡话，你真的不知道吗？"他眸中有痛意，犹豫了一瞬，终于还是说出来，"我爱你，很早，很久，甚至在朱常洛之前，比朱常洛深重。"他眉峰紧蹙，"我本以为，这辈子我都不会说出来了，可自从他掉下悬崖之后，上苍冥冥之中仿佛又给了我一点儿微弱的希望，让我心里的念头又活了过来。不用你说，我也知道自己错得有多离谱……你是我兄弟的女人，你……你们现在也有了孩子，可是心一旦活过来，想法就不受控制地疯长，幻想，它把我的理智吞噬了。"

我脑子里有点儿发蒙。

"你过得好，我便不必来，可你过得并不好。"公孙徵认真道，"我想带你走。"说罢，他捧起我的脸，略一停顿，还是深深地吻下来。

与朱常洛的肆意、灼热不同，这是一个轻柔、微凉、小心翼翼却坚定的亲吻，带着些许白兰的气息，我竟然下意识地闭上了眼睛。

只不过一瞬，我便惊醒，双手竭力推搡他。公孙徵看着文秀，力道却是我不能相比的，此时竟是纹丝不动。他的舌渐渐转辗出越来越深重的情绪，他皱着眉，似乎越来越纵情，我禁不住他俯身的压力，被他压倒在床上。

我伸手在枕边胡乱地摸索，终于摸到睡前卸下的簪子，扬手就要向他的肩头刺去，却又鬼使神差地停了手。

我想起自己被囚禁在繁综楼，得了风寒，快被饿死的时候，是他闯了禁宫，我以为他是杀手，情急之下就如同现在这样，拿簪子狠狠刺入了他的血肉，鲜血沾湿了他的黑衣，甚至滴落在我的眉心……

我不过犹豫了一瞬，手指向簪尖攥了攥，再次重重地刺入他的肩头。

公孙徵终于停下了动作，微微斜看了眼肩头的发簪，悲凉地笑了一声，缓缓起身。

我狠狠地推他："你滚！我的孩子、夫君都在这儿，我哪儿也不去！就算像条狗一样赖着，我也只会赖在这儿！"不知何时，我已经流了满面的泪水，"公孙徵，若你再对我有一丝一毫的冒犯，我定将你这个登徒浪子昭告天下！"

他的衣衫都被我扯得扭曲了，几缕乌发散落在颊边，他只是静静地看着我，眸光粼粼。

我冷睥着他道："滚，永远都别再来！这是我的家事，用不着你管！"

我坐在桌前，望着黑漆漆的窗外，不知为何，脑海里都是他临走前的那个眼神……那个我无法描述的眼神，似悲伤，似怜惜，似心痛……甚至有一丝丝绝望，那个眼神如同一只重锤，将我的内心撞得嗡嗡作响，许久都不能平息。

只听见门"轰"的一声破开，剑刃带着肃杀的寒意横在我颈前，冷苏苏两眼红红的，眉目间怒意勃发："你跟公孙徵说了什么？"

"三皇子还在到处找你，你不该冒冒失失地入宫的。"

"你到底对他做了什么？"她愤怒地质问我，手里的寒剑随着她的动作颤抖着，在我颈上擦出了细细的血痕，"你到底做了什么残忍的事，让他亲手将所有的兰花都摧折！"

那些兰花……

"公孙徵生性内敛，喜怒不形于色，虽然他没说过，可我知道，那些兰花，就是他的心境。他欢喜的时候，就会多种上一株；难过的时候，就会移走一株。他说过，不愉快只是暂时的，所以只用移走，待欢喜的时候再种上便是。你知不知道……你与朱常洛大婚的时候，他将所有的兰花都移走了，用了许久的时间，才一点儿一点儿将兰花移植回来。可这一次，他竟因为你，把兰花都毁了！我都不敢想象，他心里成了什么样子！"

"这样最好，最好。"我面上露出恍惚的微笑，"苏苏，你劝他离开京师，让他远走高飞也好，隐居山林也罢，总之不要再蹚宫里的浑水了。我这是为他好。”

冷苏苏流着泪摇头：“他哪里会听我的劝，远走高飞，隐居山林，他心里想的伴侣从来都不是我！”

往日灵动的双眸此时只是空洞地流泪，我微微惊讶地看着她，被她面上难抑的悲伤所震慑。

“难道你还没看出来？他一直在身后默默地爱着你，而我，在他身后爱着他。”

“你……你喜欢的人不是温公子吗？”

“温公子就是公孙徵，公孙徵就是温公子！”她哭着截断我的话，“你初到京师，遇见的弹琴男子就是他！他说，你一语便能戳中他的心事，是难觅的知音；他说，那日你拂过的每一个音律，都刻在了他的心上；他说，他不过看了一眼你面纱下的笑靥，就止不住地倾心而去！我苦苦追着他跑了那么远，他都不为所动，甚至避之不及。可你只用了不到一炷香的工夫，纤纤素手拨了一支曲子，就让他死心塌地爱了你这么久！”

我终于知道，他所说的第一次见我，是什么时候了。

“那日的相遇之后，他在京师里苦苦地找寻你，就好像我曾经追着他那样。好不容易见着你的表哥卢汉岳，却得知你就要嫁给他最好的兄弟。那天晚上，他第一次没有把我赶走，因为他顾不上，他在我面前喝了很多很多酒，说了很多很多话……我理解他，我深切地明白，爱情就有这样的力量，明明才第一次见，却好像是一生的羁绊。我对他，就是如此，那么，这世上最理解他痛苦的，不就是我了吗？”

冷苏苏冷笑两声，手里的长剑“哐当”一声落在地上，瘦削的身躯无力地靠在门边：“就算如此，他还是去了你们的婚礼，甚至亲自为你们弹曲！你可知他素日里有多傲气？却甘愿为你们做一个奏乐人！此后你经历过的重重险阻，哪一次他不是尽全力在帮你？你都是知道的。

“就连诊脉，他为你用的时间也比别人长。他说，因为他一度心跳得太重，都盖过了你的脉搏。就像个傻子一样，你断的一片指甲，他也当宝贝藏着。朱常洛看着生气的一支签文，却是他求之不得的缘分！上元节的时候，明明看见你们郎情妾意地在一起，心里会止不住地发酸难受，可他担心你们的安危，还是悄悄地跟去了。他的目光，只投射在你一人身上，你走快，他便走快，你一个踉跄，他几乎就要飞到跟前去，见你被人撞倒了，他连最上乘的功夫都用上，就为去扶你一把，然后还得悄无声息地遁去。甚至，他知道你想看十五的烟火，千方百计传信给皇后，约你去祺轩楼。

“后来我与你相见，他百般嘱托要我隐瞒他的身份，以‘温公子’的名义打幌子，我也借这个机会要挟他、威胁他，倒与他亲近了不少。我很高兴，我知道，那个时候，他分明是想跟你划清界限的，假以时日，也许，他慢慢地就能不爱你了，他的眼睛，就能看见我了。可人算不如天算，后来你们出了事，他日渐掩饰不住对你的感情，恨不得为你拼了命去。这一步，万劫不复，他一旦陷了进去，就不再是从前那个平和淡然的公孙先生了。

“我眼见着他傻，自己却更傻，只能跟在他身后，看着他一心都在你身上，奢望着，他哪天也能想起身后还有个我。好几次我都想掉头走了，刚一转身却又后悔，我已经恨得想离开他了，可心里却知道，自己舍不得也离不开他。想着一气之下走了，人山人海里还得重新找寻，生生忍得心脏刺痛。”

灯光昏黄如豆，微微跳跃着，随着她的话，我想起了那一曲《风入松》，想起了香囊里的粉色指甲，想起了折断的签文背后书写的四个字——“一现亦求”，想起他关切的目光、眸中浓情，想起他流血的后背，想起他立于身前遮风挡雨的伟岸背影，想起那一场在身后乍开的烟火……

原来我的脑海里，竟有这么多与他相关的画面，我竟才发现。

那天夜里，冷苏苏说了很多，说公孙徵，说她自己，说那些我从来都不知道，也从来没想到过的事。那些话，就好像流水一样从耳朵流进我的心里，将我好不容易建立起来的城防工事冲得土崩瓦解。这是我第一次将兵刃对向公孙徵，却不想伤了他十分，也自伤了五分。

而冷苏苏呢，她的爱恨一如第一次相见时的浓烈。那日在公孙徵府上，她醉酒的模样，现在想来，他们俩在我面前说过不少别有深意的话，只是我没在意过罢了。

佛偈有云：人生在世如身处荆棘之中，心不动，人不妄动，不动则不伤。

其实后面还有：如心动则人妄动，伤其身痛其骨，于是体会到世间诸般痛苦。

是不是我们都不该心动，这样，就不会痛苦了。

之后很长的一段时间，公孙徵、冷苏苏，再没有出现过。听说如意在正月里诞下了小皇子，晋升为丽妃，她是足月生下的孩子，倒比我稍稍晚些了。

我由衷地为她高兴，很想探望如意和她刚出生的宝贝，喃喃道：“真想去绛雪轩看一看。”

“听说丽妃也向太子提过，让才人去一趟，无奈太子那边一直没回应呢。”

不用云横说，我也能猜到，有他将我禁足的命令在，短时间内，我是不可能轻易出万荷台了。

“其实……依奴婢看，太子也只是生气，倒也不是真想将才人关在万荷台里一辈子，才人也该想个法子，让太子有个台阶下不是？”云横试探着说道。

我摇头道：“我已认罪，还要怎样服软？”

“奴婢是怕，才人这般闭门不出，是将太子拱手让给了旁人。”云横咬咬牙，终于说出来，“奴婢听说，最近慈庆宫里新晋了一位李选侍，很是得太子的恩宠。才人若这样不管不顾下去，哪天真失去了太子的心，再想重获宠爱，夺回孩子，就难了！”

“既然太子有了新人，我又何必在这个时候去讨没趣呢。容我再想想。”

我答应云横想想，却每每思绪飘远，终没想出个法子来，只是这样成日在屋子里待着，脸色苍白得像个鬼，整个人都萎靡不振的。

忽地有一天，云横通报说，刘淑女想见我。

我懒懒地披了件衣裳："让她进来。"

"只怕还需才人移步紫骊轩了，"云横激动道，"太子已经下令将她关起来了，倒是您已经被解了禁，您之前的冤屈，已经洗刷干净了！"

我不由得奇怪："这都是怎么回事，你说清楚。"

"事情是这样的，徐瑞受命为李选侍日常请脉，不知怎的，竟色迷心窍，欲行不轨之事。李选侍向太子好一番哭诉，说那徐瑞威胁她说，若不从，他有的是办法让她像王才人那般失宠。故而对那徐瑞认真审讯，才为才人洗白了冤屈！"

"哦？以我对徐瑞的了解，他步步谨慎，并不是贪图女色的人，那话也不像是他说的话。"

"若换了旁人，徐瑞不一定栽跟头，可是——"云横伏在我耳边轻声道，"奴婢也才知道，李选侍是打雁儿楼暗里选进来的清倌儿，有的是本事。"

"雁儿楼？"听这名字也知道是什么地方了。

"才人有所不知，雁儿楼是奚照在京师里安的点，许多信息都是从那儿获得的，里面也培养着许多能人异士。李选侍的确漂亮，却不像是太子亲选放在自己身边的。若让奴婢猜，倒可能是公孙先生安排入宫，为营救才人而来。"

我心里猛地一动："所以说，那些都是李选侍的计谋了？"

"是，毕竟……那日房间里究竟发生了什么，只有李选侍和徐瑞知道，就看太子信谁了。”

太子宠信李选侍，自然……可云横都知道李选侍来自雁儿楼，朱常洛就会不知道吗？我心里不由得敲起鼓来。

“徐瑞招了些什么？”

“徐瑞说所有的事都是刘淑女指使他干的，是他在您送去的香料里做了手脚。”

“刘淑女为什么要这样做？”

“她说……是为了一箭双雕。”

我与云横别有深意地对视了一眼。

云横继续道：“徐瑞被判了流放丰州，刘淑女犯下谋害皇孙和诬陷太子嫔妃的罪，已赐下了三尺白绫。”云横顿了一顿，“是太子妃亲自下的令。”

丢卒保车。

徐瑞犯下两项重罪，仍得活一命，自然是有人为他做了担保，让他说了该说的，咽下了不该说的，而对刘淑女，除了灭口，别无他法。

这个时候，刘淑女要见我，她又想对我说什么呢？

果然，不多时，小栗子便过来传了解除我禁足的口谕。

紫骊轩的门前侍卫严守，气氛肃杀，我径直穿进去，倒也没人拦我。两个侍卫一左一右打开寝殿的门，只见刘淑女穿戴整齐，两手搭于膝盖，端坐在小圆桌前，桌上热腾腾地温着茶，摆着一盘莲子糕。她面上带着平静的笑容，就好像约我闲谈一般。

“这还是你第一次来我的地儿呢，从前在伏元殿里，然后搬到慈庆宫，你都没上我这儿来过。”刘惜芳涮了杯子倒茶，“不过妾身身份低微，又不受宠爱，你没将我放在眼里，也是应该。”

“我从来没有看轻你，你无须妄自菲薄。那不过是你自己的自卑作祟，与人无尤。你若将那钻牛角尖的劲儿用在这些正途上，任谁都会高看你一眼，你也不会被太子妃这般利用，落得如斯下场。”

“被她利用？”刘惜芳冷笑一声，“你错了，是我利用她！不只她，还有贝淑女、云横、白芷，甚至我的亲姐姐！我利用过的人很多很多，我成的事也很多，只是你们都还被蒙在鼓里罢了。”

她面上尽是得意之色：“下了骒丸的合卺酒，你应该还没忘吧？你查得不错，是贝淑女所为，可你不知道的是，那些都是我挑唆贝淑女做下的。她是个直性子，也不聪明，眼见着朱常洛那样宠你，恨你恨得牙痒痒，那段时日里可听我的话呢。可她越用越不趁手，最后竟心软妥协，倒戈向你。我也是为了不暴露身份，只好从姜贵妃那儿取了鹤顶红，将她除去。”

“贝淑女是你杀的？”

“是啊。”刘惜芳轻描淡写，犹如她碾死的不过一只蝼蚁。

“她要提剑杀你，是因为知道了你一直利用她？”

“是。不过她那么蠢，若不是我故意让她知道，她只怕死也只能是个糊涂鬼。”

我看着她那莫测的面容，心里泛起了一丝寒意：“你这岂不是多此一举？”

“怎会？”她轻轻笑，“王揽溪，亏我还觉着你聪明。你想啊，贝淑女权柄在握时死了，和失宠遭冷遇时死了，哪个掀起的波澜更大？前者只怕会惹来锦衣卫调查，而后者，挑上你们都不在宫中的日子，一切由太子妃做主即可，事便轻易了了。”

太子妃竟也参与其中……

时间与事件一一对上，脑子中很多疑团迅速解开了，我冲口道：“你是郑贵妃安插在太子身边的内鬼，对不对？”

“对。”刘惜芳一口承认，眸中竟有莫名的兴奋之色，“慈庆宫只知道在宫人里一遍又一遍地清查内鬼，却不知隐藏最深的人，是我。事到如今，也没什么好隐瞒的了，起初我只是奉命在‘妖书案’的紧要关头，分散朱常洛的注意力罢了，包括你盗取令牌，也是我利用你……”她的眼神蓦地变了变，似温情似悲伤，又转而犀利，最终归于冰冷，“自然，那也是我为了姐姐的私心。”

“我本就是平凡女子，不想入宫，可惜家道中落，我也认了，这么多年来，除了姐姐，就没有人在乎过我。朱常洛只将我当个物件儿摆在一旁，不冷不热的。我的幸福毁了倒也罢了，他还要将我姐姐送去给那个老怪物，我想救姐姐出去，走投无路之下，只好做了郑贵妃手中的棋子。”

朱常洵毁了她的脸，谁又想得到，她会站到那一边呢？

“烟绕救了尚衣监的证人桂子，也是我得到了情报，告诉了郑贵妃。白芷也是受我诱导，反水做了我的内应。起先她说什么也不肯，我跟她说，只要她听我的话，她死后，我一定会将她与阿京合葬，可是——”她不可抑制地笑出声来，“阿京的骨灰早就和别的死人混在了一起，我是骗她的啊，哈哈哈……”

我的手指在杯壁上捏得青白，终于不能忍，将杯中的茶水尽数泼在她的脸上，心中的怒气不住翻腾。

刘惜芳渐渐收敛了笑意，淡淡地抹了一把脸上的茶水：“你生气了？你生气了。好，好极了，你不知道，我有多么喜欢看你气恼痛苦的模样。”

“你真是个疯子。你叫我来，就是要告诉我这些？”

“我为你们做了这么多，若你全然不知，岂不是太无趣？”刘惜芳冷冷地斜睥了我一眼，“活到现在，我是够了，也让你高看我一次。”

“今天之前，我的确没有看低你，可现在，我也不会高看你。”我冷道。

“你先别生气，我还有很多事没告诉你呢。”她转而微笑，笑意中的毒针莹莹闪光，“还记得你被囚禁在繁综楼时，那些最令你恶心的鱼头吗？你难道不好奇，是谁出卖了你？”

我的习惯，除了近身侍候的五个人，再就是如意，都不是外人，会是谁？白芷？不会，彼时，御用监还没出事，她还不曾受人蛊惑，不是她。

“你就没怀疑过云横吗？”

我不是没怀疑过云横，可人和人在一起生活久了，总有一种直觉。

“你胆子真的很大，无论我怎么刻意将线索向云横身上引，你还是将她留在身边。可这件事，云横脱不了关系。你一定觉得她有苦衷吧？”刘惜芳别有深意地一笑，笑得我心里打了一个激灵，“也不错，她的确有把柄在我手中。那个秘密，她求了我好久，让我千万不要告诉你，我既然答应了她，就要做到，但是，我只答应了她不告诉你，可没答应她不告诉太子殿下。太子殿下若知道那个秘密，说不定比你还生气，不会轻易饶她了。”

“你！”我猛地站起来就往外走。

“等一下！这还不是最重要的！”刘惜芳叫道。

现在，云横就是最重要的了，我不理她，急急走到门边。

“你不听会后悔的！”

我鬼使神差地停住了脚步，她的话将我的脊梁骨一分一分地冷凝：“其实烟绕出事的时候，太子并非不知情，而他最终的选择，不用我说，你现在也知道了。”

我淡淡道：“他是对的。”

“他的确是对的……”她没再说下去，“你就自欺欺人吧。”

我快步向慈庆殿走去，身后传来刘惜芳凄厉的笑声：“朱常洛，你毁了我，毁了惜华，我也不会让你好过！她知道了！她全都知道了……”

我疾走到慈庆殿前，生生停住了脚步。我只顾着着急，根本就没想好要怎么与朱常洛斡旋。我知道，自己决不能闯进去直接向他要人，那样只会徒劳无益，甚至火上浇油。

虽是白天，可大殿里灯火辉煌，丝竹乐声悠扬绕梁，靡靡香暖，一列身披薄纱的女子如同轻盈的彩蝶，曼妙舞动，彩袖挥得一片斑斓。

我缓下脚步，站在舞阵之外，远远凝视朱常洛沉醉享受的神情。他身侧的女子不时微笑着喂他一块水果，为他斟酒，他则亲昵地将女子搂在怀里，笑意盈然。

没有我在身边，他依旧过得如此快意。

王安俯身在朱常洛耳边说了什么，他的目光才投向我，嘴角的笑意不减，眸光却一分分冷凝，直到我默默下拜，他才示意人都下去。

他身侧的女子走向我，行礼道："妾身选侍李氏，久仰王才人贤良之名，今日终于得见，真是荣幸。"

我这才注意到眼前的丽人，柳眉细细，唇若花瓣，一双柔媚的眼睛微微上挑，眼波含情，更兼肤白细腻，腰身不盈一握，果真殊色，甚至比曾经的卫宁妃，还美。

"李选侍快请起，久闻选侍有沉鱼落雁之容，今日一见，果真宛若仙子。"

朱常洛锐利的眼神似已将我看透："你找我何事？"

李选侍两厢看了一眼，识趣道："太子与王才人有话说，妾身就先告退了。"

我极力压下心中的波澜，道："四下里也不见云横，就来问问你。"

"我派她有事。"

"我什么时候才能见到她？"

"如何也要三天。"

三天？三天只怕万事皆成定局，没想到，朱常洛也有对我打太极的一天，我急了：“我就不和你绕弯子了，刘惜芳到底与你说了什么？云横现在在哪儿？”

他狐疑道：“你是真不知道，还是装不知道？”

“我若知道，就不会来问你了。”

朱常洛看着我思忖了片刻，才道：“她在宫外有了男人。”

我一听，只觉手脚发麻，云横鲜少出宫，怎么会在宫外有男人？刘惜芳又为什么说，云横害怕我知道，甚至因此受人挟制？

“你入宫的时间不短了，自然也知道，云横虽说是个宫女，却是当年太后给的，虽没提位分，却也是我的人，她这么做，是个男人都不能忍！”朱常洛咬牙，面上黑沉沉的，原来刚刚的风流劲儿都是在掩饰怒气。

此时若触怒他，云横便是死路一条。

“让我见见她。”

“你干什么？”他眸中闪烁着不信任的光芒。

“我与云横主仆一场，看在这些年的情分上，她多少也能听进些我说的话，这次云横的确错了，我让她认错、认罚，只求你看在她勤勤恳恳了这么多年，饶她一命。”

“你要见她，可以，你还要劝劝她，说出那男人是谁。”他意有所指，道，“我的人，若胆敢背叛我去找别的男人，我一定将那男人碎尸万段，让她痛不欲生。”

我心中漏了一拍，惊疑地与他审视的目光对视。

王安奉命给我引路，直走到慈庆宫东北角，他拿出一大串钥匙打开一道玄铁铸造的小门，燃了火把照出向下的阶梯，这竟是一所地牢。

走下阶梯，蓦地阴冷起来，空气里弥漫着潮湿腐烂的味道，直走到很靠里面，王安才停下，点燃墙上的一盏壁灯，道："就在这儿了，太子吩咐了，不能开牢房门，您二位就将就着说说话。奴才先出去了，就在门口。"

云横闻声走到牢槛前，见是我，跪道："奴婢对不起才人。"

"你对不起的是太子。"

她没有说话，只是俯身叩首。

牢槛的柱子极粗，间隔得又极密，我几乎看不全她瘦弱的身子，见她趴在地上一动不动，再多责怪的话也说不出了。

半晌，我喟叹一声："那个人是谁，你就说出来吧。"

"连你也这样说？"云横抬起头，怔怔地流眼泪，"我将他招出来，他必死无疑，你会让自己心爱的人去死吗？"

"我是怕你自身难保！"我冲口而出，不由得带了哭腔，"说呀。"

"揽溪……"这是云横第一次直呼我的名字，逾越了主仆的身份，她哽咽道，"我真的不能说。他的名字，只会烂在我的肚子里。"

"那你就让我眼睁睁地看着你死吗？自从烟绕去了，我最信任的人就是你，我们俩相互扶持着走了这么远，同甘共苦，若你再出事，我就真的是一个人了！抓你的人若是别人，我跟他拼命也要护得你周全，可如今那人是常洛啊，你让我怎么办？"

云横泣不成声，半晌才道一句："我辜负了你的信任，也对不起烟绕，你切不要为我忤逆了太子，你放弃我吧。"

"绝对不可能，我不会放弃你。"我一字一字道，"你若不肯说，我也不会逼你，就在这儿陪着你，直到你肯说了，我们就一同出去。他们要你死，我也陪你。我如今身处什么样的境地，你也不是不知，死了也不一定不好。"

"休要胡说！"云横急了，"你这是威胁我。"

我只席地而坐，不再多言。

寒气从地上一丝丝地往身子里蹿，久未流通的空气令人胸闷，只听云横幽幽叹道："罢了，说给你听也好，说不定你知道了，就不会这样执着于救我了。"

这是什么话？

她定是为受刘惜芳挟制的事而愧疚，我道："那时我受困于繁综楼，虽有人拿鱼头来捉弄我，可公孙先生随后便赶到，想也是你通风报信的，我不怪你。"

"才人就没听刘惜芳说，她是拿什么要挟我的吗？"

"什么？"

云横挪动身子靠近我，附在我耳边道："我在宫外爱上的男人，是汉岳。"

"是汉岳。"

这几个字如同响雷一般徘徊在我的脑海里，我惊得浑身一颤，心都跳到嗓子眼儿来。

云横泪流满面："你说，现在，咱还能将他招出去吗？"

这个答案掀起了我心里的滔天巨浪，我忍痛含泪道："你怎么可以？"

"我知道，自己不该对汉岳有丝毫妄念，我对不起烟绕，对不起你。最初帮汉岳筹备嫁娶之时，我什么也不敢想，只是羡慕，羡慕汉岳对烟绕的一往情深，甚至羡慕到忍不住向往，只不想回宫后一时疏忽，被刘惜芳误会，只能为她要挟利用。可就在蓟州照顾汉岳的时日里，我亲眼见他是多么痛苦，彼时太子与才人遇险，无人顾得这边，我唯有与他寸步不离，生怕辜负了才人的信任。那样一日一日地相处下来，不知何时，那种心疼变了质，我也只能忍着，不敢说。直到有一天晚上，他想着烟绕喝醉了酒……将我错认成烟绕，我们……我们……才人，我的心已经由不得我了。到现在，刘惜芳说的，都成真的了。"

"混账。"我咬牙骂道，又不忍，心里如同刀割一样。

"才人，你不用怪汉岳，他心里自始至终都只有烟绕一个人，是我一厢情愿，对不该爱的人动了情，活该要一个人遭报应。可是，只用我一个人，就够了！"

如果真让云横一个人承担，他岂不是更混账。烟绕可能不想汉岳有别的女人，可是她一定更不想他那样混账。

我勉力镇定道："你说得不错，汉岳是我哥哥，我和你一样，不能眼睁睁地看他死。可是，我也不要你死。"

"才人，你不怪我？"

我摇摇头："我不怪你，烟绕也一定不会怪你的。我们还要谢谢你，有你那样爱着汉岳，那样照顾他，全心维护他……这是他的福分。”

云横哭得说不出话来。

“好了，”我替她擦泪，“我一定拼全力救你出去，可是你要答应我，如果你能够出去，再不要和汉岳联系了，这样对你、对他都好。”

云横迟疑了一瞬，点头：“我明白，我不能再害他了。”

“你等着我。”我认真道，替她理了理头发，起身离去。

四月的午后，阳光和暖，空气中洋溢着阵阵花香，与地牢截然两个世界。一片白色的绒毛落在我的眼睫上，我用手取下来，不由得顿住了脚步。

王安见我不走，也停下来候在一边。我问他：“这柳絮是打哪儿飘来的？”

“回才人，那边的河堤上有不少老柳树，应该是那边吹来的。”

朱常洛看了一眼我红肿的脸颊，微微皱眉：“这是怎么弄的？”

“地牢里空气污浊，灰尘遍布，想是起了湿毒，好痒啊。”我伸手去抓，被他一把捏住手腕，指尖沾上了血色，想必我的脸上也十分可怖。

“你要怎么处置云横？她已经知错了，也答应绝不会再与那人联系，你就放她一条生路吧，我求你了。”

“你求我？”他目不转睛地看着我，蓦地一声嗤笑，“说来也怪，你求我从来都是为了旁人，倒没有为自己求过我。”

我只能希望他有一点点心软，终于，他的眸中闪过一丝松动的神情，手掌放开我的手腕，转身道：“云横在我身边也待了七八年了，她为我做了多少事情，我心里有数。我也不愿将事情闹大，只要她能回心转意，供出那个男人是谁，好好地待在宫里，我只当一切都没有发生过，慈庆宫里管事的宫女还是她。”

“太子宽仁！只要太子能原谅云横，她一定都会照你说的做。只是那地牢的确不是女子待的地方，我不过待了一个时辰，脸就这样奇痒难忍，云横只怕也熬不住。要她招出那男人是谁，还尚需时日，不如你先放她随我回去，容我再劝她几日？”

朱常洛愠怒地一拂袖：“不肯说就是还未知错。”

“不，她知错了！只是，若她的一句话就能置人于死地，就是换一个陌生人她也于心不忍啊。云横你又不是不了解，就给她多一点儿时间吧？”

“好，我可以答应你。不过，刘惜华的前车之鉴我还没忘，送云横出宫的事情你不是做不出来。你若执意带云横回去，我只好先将校儿送到李选侍那儿，什么时候云横招了，我就把校儿送回万荷台，若云横跑了……你就永远不用见校儿了。”朱常洛探究着我的神色，“怎么样，你选吧。”

我忍住内心刀绞般的思念之苦，勉强笑了笑：“你多心了，我一定让云横快些说。”

“最好是。”他冷峻的面容稍稍和缓了一点儿，“你放心，我会常去看校儿的。”

我轻声道："我也想去看他。"

他终究还是一颔首。

王安在门外通报道："太子，晏大人来了。"

我心中欣喜，行礼道："妾身就不打扰太子正事了，这就告退。"

"站住。"朱常洛道，"不要以为我不懂，你那脸上是柳絮过敏，以后别再玩儿花样。"

我了解他正如他了解我一样，我怎会认为，他不知道我是过敏呢？我只是在赌，赌他对我还有不忍心。

第八章

摔琴相别酬知音

云横自从回到万荷台，就再没有出过房门。朱常洛让王安暂兼其职，底下的人不明所以，更加捕风捉影，反而让流言蜚语越传越荒谬。

我实在想念校儿，便由玉翘陪着去李选侍那儿。李选侍住在仪英阁，从前贝淑女住的地方，她说那地方宽阔敞亮，她就是喜欢，朱常洛便给了她。

走到半路，迎面来了一位端方美艳的女子，正是李选侍。她笑着向我行礼，道："怎的在这儿就碰上了，都怪妾身起得晚了。太子已经吩咐过妾身，才人会上妾身那儿看校儿，只是理应妾身先去才人的万荷台请安，怎能让才人纡尊降贵呢？"

"哪儿的话，我不会在意的。"我由衷笑道，"我还要谢谢你，还了我一个清白。”

“不如边走边说，”李选侍与我并肩而行，压低声音道，“不瞒才人，这件事要谢，您还得谢公孙先生。只是前些日子，太子不知与公孙先生生出什么嫌隙，让晏语南顶替了先生的位置。如今妾身虽稍得太子眷顾，可照妾身看，太子心尖子上的人，还是才人。只恐日后公孙先生有了什么变故，才人念及他的旧好，从中斡旋才是。”

她……果然。只是朱常洛又与公孙徵生什么嫌隙呢？

我虽不知前因后果，但是她的意思，我很明白，于是道：“公孙先生和李选侍的恩情，揽溪铭记于心，若真有事，我绝不会推辞。”

“那妾身就先谢谢才人了！”她极是欢喜，忽又觉着不妥，道，“妾身也是奉命行事，还请才人替妾身保密。”

奉命？自然是奉雁儿楼的奚照公子之命了。可她为公孙徵说好话时的模样，眼睛里浮着波光，怎么看，也不像是“奉命”那么简单。

我只一笑：“是。”

见校儿第一眼，我几乎落下泪来。他长大了许多，不像从前那样只哭，他还会笑了。我们逗他玩儿，他还会发出“咕咕”的声音，明亮的黑眼珠骨碌碌地转，可爱极了。

看着他白嫩的小脸儿，时间“嗖”的一下跑得飞快，我根本就舍不得将眼睛挪开，可几乎一眨眼的工夫，都到中午了，我只好忍痛告辞。

“王才人留下用午膳吧。”

“不了，已经叨扰太久了。”我又不舍地看了孩子几眼。

李选侍看在眼里，脸上不由得流露出怜悯的神色：“才人想来看校儿，随时都可以来，妾身会吩咐下去的。您就把仪英阁当在万荷台一样，若妾身不在，您就直接找奶娘。校儿留在妾身这里，您请放心。”

我由衷道：“谢谢你。”

“哪儿的话。妾身送才人。”

起先，我还算忍耐，只是越看校儿越舍不得，渐渐变得每日都去。

天亮得越来越早了，那日清晨我如常去仪英阁。刚入宫门，便听着断断续续的悠扬琴音，正是从奶娘们惯带校儿去的小园子里传来的。

转过一个拐角，只见白衣出尘的男子坐在碧绿的草坪之中，身后一棵淡粉色的樱花树正簌簌落着花瓣，微风轻吹，便是一场暖香花雨。

校儿坐在他的腿上，两个人像是竞赛一般地互相吹气，校儿哪吹得出气，时不时被他弄得咯咯发笑。

他面前端端正正放着一把琴，四周散落着各式各样的东西，有鲜艳的小拨浪鼓、小木棒、小毛球，甚至有一本《蒙学十篇》。他随手拨一串琴音，清凌凌的，校儿就目不转睛地盯着颤巍巍的琴弦看。

我站在那儿，一时看得出神，不想出声惊扰，直到两个奶娘给我请安，公孙徵循声望过来，我才略微尴尬地笑了笑。

校儿适时地向我伸手，咯咯笑个不停，打破了我们之间的尴尬。我将他抱进怀里，却发现他仍紧拽着公孙徵的一根手指，怎么哄也不肯放。

公孙徵一笑，吩咐奶娘："给才人拿张垫子来。"

我就这样抱着校儿，在他身边坐下，问道："公孙先生怎么在这儿？"

公孙徵道："太子命我为皇长孙师，启蒙宜早不宜迟，我便时常过来陪着校儿。"

仪英阁有李选侍做主，想必公孙徵还算方便。

上次李选侍提过的晏语南，现任刑部侍郎。自从"妖书案"吕坤辞官之后，刑部侍郎一职，人选换了又换，终于由此人坐定，想来也有些本事。

可公孙徵怎么办，校儿识字怎么也是三岁以后的事，难道朱常洛知道了公孙徵的身份，所以才剥夺了他的职位？他尽可以赶他出京师，为什么要将他留下？

绝世琴音无人能懂，满腹经纶空付青天，公孙徵心中不知做何滋味。

校儿攥着他的那根手指，堪堪就往嘴里放。我回过神来，忙拉住那柔嫩的小胳膊："怎么还咬人呢。"

公孙徵逗弄着他的小下巴，噙着笑意道："校儿快半岁了，不久就要长牙，这才开始喜欢咬东西。"说着拾起另一边的小木棒给我看，"这是我给他用花椒枝削好的磨牙棒，到时候就用得上了。”

那小木棒磨得光溜溜的，很是细心。

“谢谢你。”

“我喜欢校儿，本就要为他做的。”

从那日起，我便常遇见公孙徵陪着校儿，此处僻静，少有人走动，左右只两位奶娘侍候。这样晒了两天太阳，虽然校儿一直很欢喜，大人却实在无聊。

这日，公孙徵摆了棋盘来，一人一钵棋子，我执黑，他执白。校儿坐在我怀里，兴致缺缺，无精打采。

“校儿看不懂围棋的。”我拿起鲜艳的小拨浪鼓摇晃，吸引他的注意。

“有一样比围棋简单的，叫作五子连珠，校儿现在对什么都好奇，多做几遍给他看，他慢慢会懂的。”

黑棋先下，白子再下。我下一颗棋子，便数一个数，逐渐在棋盘上排列成直线，公孙徵则将白子随意散落在四周。待下了四颗棋子之后，我便拿一颗黑子让校儿认仔细，摸清楚，然后放在那四颗棋子的末端，告诉他道：“五。”

这样反复几遍，校儿并没什么反应，公孙徵说启蒙孩子要有耐心，我想着校儿才这样小，倒也不急。两个大人望着棋盘上零星点缀的棋子，终于按捺不住，真刀实枪地博弈一局。

五子棋虽然规则简单，却有着许多攻防技巧，我们一来一去，将棋盘都快摆满了，还没分出个输赢，满眼的黑白布阵看得我眼花。

公孙徵蓦地一笑：“你赢了，‘双三’。”

“哪儿？”我揉揉眼睛。

“这儿，”他拈了白子堵住我一边的三颗棋，又用手指了指另一边的三子连珠，“你下这边就赢了。”

“看来是无意间堵棋堵出来的，”我笑，拿手指了指他的白子，“你也赢了。”

“是吗？”他眯着眼看仔细，也笑，“看来我们都太关注对手的棋，而忽略了自己的。”

校儿早已经趴在我胸口睡着了，肉肉的脸蛋随着我的轻笑微微颤动，我看着他可爱的模样，内心竟涌起久违的欢欣。

李选侍若得空，也常过来，我见她在一旁看着无趣，便换她到我的位置玩玩儿。公孙徵简单给她讲了规则，两人先重复了几遍平日里给校儿看的步骤，也算让李选侍熟悉熟悉。

“你还没告诉校儿，这是‘五’。”公孙徵温言提醒，颠了颠怀里肉乎乎的小人儿，“校儿，快看小姨拿的什么？”

校儿靠在他怀里，眨巴眨巴眼睛，“咕”了两声算是应了。天气逐渐热起来，小孩儿又怕热易乏，校儿在公孙徵的怀里不安地扭了几扭，嘟着小嘴睡着了，额头上微微沁出了汗珠。

我找奶娘取了把折扇，拖了垫子过来，坐在校儿旁边，轻轻地给他扇风，直见他小小的眉毛渐渐舒展，这才宽了心。公孙徵的前襟也被汗水濡湿了，他仍是风度翩翩地按下一颗白子，却不得不举袖擦汗。

也是，这样一团小东西黏在怀里，他只怕也热得很。这几日都是他主动提出要抱校儿，我见校儿喜欢，也没多想。

微微偏了偏手腕，我只做寻常的模样，依旧看着校儿，却也为他送了些风去。

“你输了。”

公孙徵并未落几子，隔一会儿便徒手指出李选侍一处缺漏，一局下来，李选侍已然面红耳赤，讪讪地起身：“还是王才人来吧，妾身不太擅长此道，让公孙先生笑话了。”

“无妨。”公孙徵垂眸淡淡道。

我笑道：“李选侍贵人事忙，哪儿像我们这些闲人，只会卖弄几子，算不得什么的。”

她只是看了我一眼，垂首道：“你们玩儿，妾身还有事要先走。”

看着李选侍走远的背影，我微微皱眉，冲公孙徵道：“李选侍是女儿家，脸皮薄，你把人羞走了。”

公孙徵只是不说话，无奈地摇摇头。

后来李选侍又来了几次，公孙徵对她似乎总透出似有似无的冷漠，渐渐地，李选侍也就不来了。

时辰尚早，可骄阳似火，炽烈阳光透过树叶，在地上投出明亮的光斑。玉翘为我打伞遮阴，却也抵不住一阵一阵的热浪袭来，额头上的汗沁出一层又一层。

刚走进仪英阁，便碰见李选侍，身后的三个宫女一人提了一个食盒。

我微微一笑道：“天天到李选侍这儿来，倒有几日没见着主人了，李选侍这么早便要出去？”

“是啊，太子让妾身每日必去书房伺候，妾身只好少陪了，怠慢了王才人。”

稍稍寒暄了两句，李选侍见着我额上的汗，从袖中取出一柄象牙骨丝绸面折扇，在我面前“哗”地打开，面上牡丹妍丽，画工精致。她为我扇风，一股清凉异香扑鼻而来。

“王才人冒着烈日走这么远，真是难为了，妾身这扇子上的香薰能解暑热，才人还要为校儿保重身体才是啊。”李选侍关切道。

“谢谢你，一会儿进了屋子，也就不怎么热了。太阳这么烈，我俩就别站这儿了，你快去吧。”

“那妾身就先告退了。”

不知为何，这扇子上的异香冲得我有些不舒服，许是我惯不爱这些的缘故。

公孙徵已经到了，正举着校儿转圈圈呢，惹得校儿咯咯笑。他见我来了，长臂一收，将校儿揽在怀里，一大一小齐齐笑着望我。

整日同校儿在一起厮混，公孙徵也越来越不像样子了，我渐渐发现他孩子气的一面。

我故意忍住笑，板着脸问道：“怎么不转了？”

“我知道你担心，我们保证以后不这么玩儿了。”公孙徵举起校儿的小手，信誓旦旦。

“算了吧，上次你也是这么说的。”

公孙徵一笑：“校儿喜欢嘛。你要信我。”

校儿刚刚玩儿了举高高，很是兴奋，在公孙徵怀里打滚蹭口水。

“我今天给校儿准备了一样礼物。”公孙徵从袖子里拿出一个木头疙瘩，竟是一个小小的人形雕塑，他将木雕放在我旁边一比，满意地点头，“像！校儿，喜欢吗？娘亲！”

校儿一把抓住木雕，挥舞着嫩藕般的小手臂，洒落一串笑声。

我心中也欢喜，却忽地头重脚轻起来，身子一晃，公孙徵闪身抢住我，将校儿交给奶娘，只凝神把脉。

客氏道：“王才人莫不是中了暑气？”

公孙徵缓缓摇头，道：“吕奶娘照顾好皇孙，客奶娘去找人请太医来，快去。”

两位奶娘忙应了。

公孙徵勉力扶起我，让我靠在他的肩上：“来，去里屋躺一躺，会好一些。”

我倚着他，艰难地挪步，走到里面，几乎是跌在床上，连带着他也倾斜了身子。正在此时，忽听得门边一声石破天惊的怒吼：“你们！”

恍惚间一个人箭步上前，是朱常洛。他“噌”一声拔出雪亮的长剑，斜削过来！

我忙推公孙徵的胸膛，可他稳如磐石，丝毫不动。他的手依旧紧紧地托着我，手臂却在剑光下绽开出一朵血花，鲜血淅沥沥地流下去，濡湿了我的衣裙。

“给我分开！”朱常洛眼睛赤红，持剑相向。

我手脚虚软，挣扎也是徒劳。公孙徵揽住我，毫不示弱道：“我说过，若你不能护得她周全，让她受伤，我就再不会放手了。”

他竟当着朱常洛的面说出这样的话来！

“公孙徵，你不会不知道，我这辈子虽恨我的敌人，却更恨背叛我的人。”朱常洛怒意勃发，剑尖一抖，“我早该杀了你！”

“不行！你不能杀他，他是你兄弟！”我挡在公孙徵的前面，对着寒光闪闪的长剑，竭尽全力喊道。

朱常洛微微一晃，十分震惊，可他的震惊，似乎并不是因为事情本身，分明是：“你怎么知道？”他面上的神情急剧变化，隐隐又泛起黑色的杀意，不过这次，是对我。

刚才那一句，我也是情急之下脱口而出，此时被他杀神附体般的神情一吓，清醒了不少，只好继续道：“公孙徵是与你从小一起长大的交情，你们情同兄弟，你不能杀他！他这一路帮了你多少，你比我清楚，他从没有背叛你。”

朱常洛一声冷笑：“是，我与他情同兄弟，可他觊觎兄弟的女人，还不是背叛？还有你！我还没来得及跟你算账，你倒还敢维护他？”

我字字泣血：“我与公孙先生之间的清白，天地可鉴，日月可证，我从没有做过对不起你的事！”

公孙徵亦道：“从来都是我一厢情愿，与她无关。”

“你们当我是傻子吗？”朱常洛擎着剑步步逼近，剑刃离我的面颊不过寸许，“你为什么搬到小林子里住下，不肯回去？公孙徵深夜去同你幽会，你们当真以为我不知吗？回宫的这一路，你们孤男寡女，就敢说，没有一点儿肌肤之亲吗？甚至，可能更早的时候，你们就好上了，不然在悬崖边上的时候，公孙徵也不会选择救你，把我扔下去。想必把我除去，你们就可以长相厮守了……”

想着那段时日里我的煎熬，被他想成如此不堪的样子，我几乎扑上去：“你住口！”

“对于谋士而言，太子是未来的主公，我承认是我保护不周。可我也知道，她是女子，下去必死无疑。你虽受伤，却有武艺傍身，手中还有一柄长剑，比她生还的可能性大得多。”公孙徵第一次流露出痛苦的神情，“你能回来，我比任何人都高兴，心里也一直对你愧疚。如果那个时候能选，我宁愿掉下去的是我自己。”

朱常洛似有一丝动容，却又瞬间恢复了冰冷：“真是说的比唱的还好听。你们不知道，我掉下去摔断了胳膊，害怕杀手追来，一直躲在草丛里。天黑之后，见山洞里燃起了火光，便前去看看，”他的面上浮现出厌恶与狰狞：“真是好香艳的场景。”

内心此刻的轰鸣犹如孤岛沉入海底，我只觉浑身的血液都冰凉了：“别说了，你若不信我，就杀了我，何必这样折辱我。”

“看你们相依相偎的样子，真像一对亡命鸳鸯。”我看着他厌弃的神情，缓缓翕动的双唇，感觉自己渐渐地，好像从水里漂起来一样。

“王揽溪你别忘了，我说过，敢碰我的人，我会杀了他，我一定杀了他……”黑暗中，一个声音重重叠叠有如幻影回声，像个索命的幽魂，冰冷的双手摸上我的颈项，伏在我耳边细语。

那双手越掐越紧，紧得我喘不过气来，蓦地惊醒坐起。我看见微弱柔和的日光下，他背对着我，一袭月白衣衫，墨发披散，手里握一卷书，闲适舒淡，我几乎脱口就要喊他的名字。

男子蓦地转身，淡淡道：“你醒了？”

“是，”我立刻敛了面上的表情，平静地问，“你将他杀了？”

朱常洛缓缓放下手中的书，冷然道：“若我杀了他，我们还能回到从前？还是你要与我反目成仇？”

坐到梳妆镜前，我拿起梳子细致地梳头，对上镜中他探究的眼神。我搁了梳子，道：“我们之间走到今天这一步，与他无关。”

他的眼神软化了一些，终于微微叹了口气：“我还有事，走了。”

心脏在抽痛，一下，又一下。我又举起梳子梳头发，不能停，不能停……动作若停下，便会发现双手已经颤抖得不听使唤了。

青丝被木梳根根扯断，却没有丝毫疼痛的感觉。

镜中人眉心的一点红痣盈盈欲滴，就像一滴血，你为什么哭？你不该为他哭，他谁也不是。

云横轻轻地来到我跟前，奉上一杯茶：“才人喝水。”

她瘦了，两只眼睛没有了从前的神采，我垂了垂眼眸，随口问：“玉翘呢？”

“奴婢让她回去了，以后还是由奴婢来服侍您。”

“也好，毕竟还是你懂我的多。”

我们相默无言，各怀心事。许久，云横道：“才人也认为，公孙先生就这么死了吗？”

公孙徵在朝野中虽不起眼，可他在太子一党中，却也曾是最靠近核心的人物，人人都恭称一声“公孙先生”，岂能没个交代，就这样没了？

“太子亲口说的，就算不是，我又能如何证实？”

云横忽又道：“丽妃娘娘诞下小皇子后，才人还没去看过呢，不如找个时候去看看？”

是了，如意总该知道些什么才对。

刚走到绛雪轩门前，恰好遇上明佩和两三个宫女内监从场子上经过，她见着我，轻轻推了身侧的内监一把，喜道：“快去告诉丽妃娘娘，慈庆宫的王才人来了，跑快些！”

明佩迎上来，行礼笑道：“王才人终于来了，您再不来，娘娘就快把嘴皮子念破了。”

我不由得打量她，笑道：“总觉得没几日不见，明佩长成大姑娘了。”

她有些不好意思，道：“瞧奴婢不懂事，哪儿能让王才人在这儿站着，您快跟我进去。”说罢，转身为我引路。

如意立在阶下候我，明亮的阳光洒在她的锦衣华服上，金丝线绣作的花纹闪烁着耀目的光彩，衬得她艳丽的容颜比从前更多了几分高贵稳重。可她一见我，依旧如同从前那个跳舞的小女孩儿一样，唤一声“揽溪姐姐”，扑过来抱住我。

眼中翻滚着泪意，如意用手帕蘸了蘸泛出的泪花：“我还以为再也见不到你了。”

“怎会。”我轻轻拍了拍她的背。

时光荏苒，岁月如梭，我们各自经历沧桑困苦，一颗心早不如从前那般稚嫩感伤，一双眼也早已流干了泪水日渐干涸，如今难得相聚，纵然内心百感交集，却也只有微微的泪光，印证内心的激动沸腾。

“好了，你我可都不许伤感了，我可不是来看你的，我是特意来看我的小宝贝，听说皇上赐名‘常浦’，快抱来我看看。”

如意的神色似乎有些奇怪，她顿了一顿，吩咐明佩：“把浦儿抱过来。”接着遣退了所有下人。

我从明佩手里接过浦儿，摇晃着哄他，可那孩子只是睁着双大眼睛，不哭也不笑，也不发出一点儿声音。我心下奇怪，见如意的神色黯淡下去，笑道：“这孩子一看就乖巧，又那么漂亮，长得像你。”

如意苦涩道：“校儿像这么大，都会笑了吧？”

“孩子发育有早有晚，你无须太挂心的。”

她点点头，让明佩将浦儿抱下去。

我见她难过，内心歉疚，轻声道：“我应该早点儿来看你们的。”

“无妨，你也是自顾不暇。”如意拉着我的手坐下，“我知道，有人设计陷害你和公孙先生。”

“我知道是谁做的，可我不知她究竟出于什么动机。”想起李选侍那把扇子送出的异香，而朱常洛找来的时间那样巧，我不得不怀疑她。

“你有没有想过，你所说的那个人，也不过受人指使，所以她的动机只是利益交换。奇怪的是，整件事情，只针对公孙先生一人，而你毫发无损。”

“那会是谁？”我蓦地惊住，若换旁人构陷，朱常洛信了，都不可能这样轻易饶过我，除非，他本就知道整件事是个圈套。也许他是怀疑过我与公孙徵的关系，可他更想利用我置公孙徵于死地！

他为什么这样做？就因为公孙徵对我有意？还是因为，他已经知道了公孙徵的真实身份……

“公孙先生真的死了吗？”

“还是让太子亲口告诉你的好。”如意别有深意，“太子对你，仍是心软的，你若肯低头，对他顺服，不久便能与他重归旧好，亲密无间，他还有什么不告诉你？”

我心中忍不住酸涩：“我不是未曾对他服软的。”

“为了云横？”如意笑着摇摇头，“实质上，你还是在和他对着干。”

我终于强撑不下去，以手掩面：“我只是没想到，自己也会到需要刻意取悦他的一天。”

如意握了握我的手：“别的女人要讨好太子，哪怕尽心尽力地服侍，他都不一定喜欢。而你，只需要一点点示弱，一点点示好，他便会心疼你，怜惜你。你心里这样犟，傻不傻？”

我轻轻地叹了口气：“我知道该怎么做了。”

如意贴身取出一个不起眼的乌木小盒，塞到我手里，道：“我替姐姐出个主意，这个你拿去用，见太子的时候涂在唇上。”

我打开一看，里面是颜色艳丽的口脂，所剩无几，我疑惑道：“我有的。”

“这个不一样，是从波斯国运过来，偷偷弄进宫的，男子只要尝一点儿，就离不开你了。”

我心底的悲哀更甚：“我不想对他用这种东西。”

“并不是真的让你用。这样东西，太子认得，你只要让他知道，你有这个心思就够了。还有，你用这一次，就不要再用了，不然……”如意仿佛忍痛，“不然，下个孩子可能会跟我的浦儿一样。”

“什么意思？浦儿到底怎么了？”

“这种媚药里面含有曼陀罗花，能让人产生幻觉，同时也有麻痹的作用。我作下的孽，报应在浦儿身上，我不是个好娘亲。”如意伤心道。

我用力地握紧掌心，乌木的小盒硌得手心疼：“这东西是不是朱常洛给你的？”

不知为何，我的声音颤抖起来。

如意掰开我青白的手指，道：“你别怪他……太子答应我，待他登基主事，便放我和稽无循，带浦儿离开。”

“你找着稽无循了？”

如意笑着点头：“无循说，他可以帮我治好浦儿的病。”

她面上微微泛着欣喜的光泽，一脸期待和幸福……

夕阳西下，天边的红霞像是青蓝色的丝绒着了火，一直蔓延到尽头，染红了半面天空。我站在殿外直看到最后一枚星火落尽，才转身走进慈庆宫。

我准备好了，乌发梳得齐整，别了一朵小小的嫩荷，着一身浅粉的衣裙，食盒里是朱常洛最喜欢吃的菜，手里还有三株盛开的莲花，清香袭人。

若是从前做这些，是我心甘情愿，单纯地希望他欢喜，可不知何时，我竟对他生了畏惧之心，想逃得远远的。他给如意用那样的媚药，甚至要杀公孙徵，为此还不惜利用我……哪怕会伤害我作为女人的贞洁名誉、自尊心，他也不在意。

而我，还要去向他俯首顺从吗？

慈庆宫里静谧幽暗，只有案上的一盏孤灯亮着，映着朱常洛紧锁的眉头。我没有唤他，自顾自地将大殿里的灯点亮，仔细一看，殿里的陈设还与从前一样，我找来一个大瓷瓶，盛水插花。

朱常洛感觉到光线的变化，才抬首看了我一眼，接着又看了一眼，没有说话。

我将食盒里的碗碟摆上桌子，垂眸轻声道：“该用晚膳了。”

他用疑虑的眼神看我，又看看那几盘菜，那几样菜肴的卖相与御膳房的相去甚远。他微微皱眉，有些不悦：“你跑这么远，就送这样的菜给我吃？”

我忙端起碟子往食盒里收：“妾身这就去换。”

他似解过味来，拉住我的手：“这都是你做的？”

我不由得呼痛，挣扎着想收回手，却抵不过他的力气。他凝视着我的手，上面有刀口，有血点儿。刀口是切菜时不小心划下的，血点儿是荷花根茎上的刺扎下的。他沉默着，面色变得越来越难看，终于将我一撇，怒道：“这一次，你求我，又为谁？”

“我不为别人，为我自己。这段时间，我想了很多，为什么你不像从前那般对我了，想来想去，是我没有尽到自己的本分。可我又不知道自己能做什么，就想着为你洗手做羹汤，尽心尽力地照顾你，旁的什么也不想了，只要你能多看我一眼……”我不由自主地落泪，跪道，“自从嫁给你，我从没有别的想法，我……我是清白的，我没有……”

我的泪是真的，说不下去也是真的，我嘴上每多辩驳一分，心反而就灰了一分，说到最后，我只觉得屈辱。

朱常洛的神情渐渐柔软下去，静默了半晌，伸过手来为我擦泪：“我知道，别哭了。起来。”

我勉力爬起身来，却腿脚一软，倒在他的怀里，他低头看我，只隔着一个手掌的距离。

泪水从眼角疾疾滑落，我哽咽着问：“阿洛，你是不是不爱我了？”

他的眸中闪过一丝刺痛，轻轻摇头，揽住我腰腹的手臂用力收了收，低头吻过来。他蓦地停滞，盯着我艳丽的红唇看了片刻，伸出手指将上面的颜色狠狠擦去，然后重重地吻下。

他的亲吻，一如从前炽烈，我默默承受着他久违的热情，只觉温柔渐少，情欲渐浓。他霸道凶狠地攻城略地，仿佛无情地噬咬着只属于自己的猎物，毫不怜惜。

鬓边的嫩荷在枕榻之间辗转，分离成一瓣瓣，零落残缺……

醒来是在殿边的暖阁，外边的青白色光亮隐隐地透过窗户纸，他似乎早就醒了，指腹擦过我的眼角："怎么哭了？"

"这段时日，委屈你良多。刘淑女已然处置，至于太子妃和李选侍，我心里也有数的。"见我闪躲不语，他终于道，"公孙徵没有死，我没有杀他。我还没到那一步。"

我向他依偎得更紧，道："他助你良多，你若杀他，恐遭人诟病。他也救我多次，他若因我而死，我良心难安。"

朱常洛叹道："我该怎么处置他才好？"

"你既已相信我和他是清白的，为何还要处置他？"

"他承认自己喜欢你，我终不能容这样一个人在你身畔。"

"把他逐出京师，命他永远都不许回来。我只会在宫里陪你一辈子，再也不会和他相见。"

"揽溪，你不知道，公孙徵他，不只对你存有妄念，甚至对皇位有所图谋。"朱常洛皱眉，"他在蓟州有一支军队，寓兵于农，训练有素。养兵千日，用在一时，天知道他想做什么！我若放了他，便是纵虎归山，我不能不防他！"

军队？我蓦地想起那两个农民装扮的人，唤他作“少主”。

“那天夜里，你还记得吗？那两个刺客，一胖一瘦，只怕是知道了我的身份，想替公孙徵杀了我。他们暗中定有所谋，公孙徵，还不够可疑吗？”

“我知道你自有分寸。”

“抚顺城近日与女真部族的战事吃紧，不如就派公孙徵前去助阵，待平定边疆，我许他衣锦还乡。”

第二日，朱常洛便许我将校儿接回来。我从林里的屋子搬了回去，如今又接回了校儿，万荷台里又重新热闹起来。

不知是不是因为多出了许多生人，校儿总是哭闹个不停，就算两个干练的奶娘也没有办法。他冲我伸着双手双脚，含混不清地叫着：“呜！呜！”

是“五”！校儿最先学会说的话，不是“爹爹”，也不是“娘亲”，竟然是“五”……倒也不枉费公孙徵的一番苦心。

我有些怔怔，吩咐道：“拿颗黑色棋子给校儿看看。”

宫人虽然疑惑，也只能照我的吩咐办。奇了，校儿看见奶娘手里的黑子，几乎瞬间停下了呜咽，眼珠子专注地盯着，仍响亮地叫：“五！”

我心中一酸，却有了法子：“去将鹤鸣秋月琴取来。”摆正了琴，将校儿抱在怀里，学着公孙徵的样子，时不时拨一串音律吸引校儿的注意。校儿盯着琴弦，咧着小嘴笑呵呵的，甚至拍打着小手小脚，可能是先前哭得累了，不一会儿就睡了过去。

他睡了，我却一夜未眠，对着那张琴，呆坐良久……

第二日云横为我梳头，玉翘在一旁理着脂粉首饰，她蓦地惊呼一声："这簪上怎的还有干涸的血痕？可是划着才人了？"

那样深重的血痕，岂是划伤便能沾染上的？我别过眼睛不肯看，轻轻道："将这支簪好好收起来吧。"

玉翘应了一声，拿帕子将簪子包好，放入首饰盒的底层。

待玉翘出去，我长长地叹了口气。

云横从镜中看我，垂眸道："军令已下，公孙先生今夜便与一位锦衣卫总旗一同出发，赶赴抚顺城，是从宫里直接走的。"

"今夜？"

"是，出玄武门。"云横专注地摆弄我的长发，许久，才问，"才人可是要去送送？"

是夜，月圆，只有丝丝缕缕的云萦绕在银盘边缘，月光明亮得就与从前的很多个回忆一样。携琴上高楼，楼虚月华满，可我并非要弹《相思曲》，所以无须断肠弦。

我坐在玄武门的城楼上，着一袭素衣裙，戴着青纱的帷帽，面前摆着的正是鹤鸣秋月琴。

未多时，只听厚重的宫门"吱呀——"开启，一前一后两骑快马呼啸而出。后面的那人一袭锦衣卫的官服，前面的那人，依旧是一袭白衫，月华将他镀成银色，衣袍飘飞，周身散发着一层莹莹的光润，仿佛下凡的谪仙。

铁蹄飞快，掀起尘土万千，只是这么一会儿工夫，骑马的人已经离城门很远很远。

我手指轻扬，勾抹劈挑，琴音铮铮而起，正是初见时那一曲《高山流水》。

汤汤流水从天际而降，蜿蜒过高峰，不曾畏前途艰险，流淌于石缝，黑暗中排除万难，激流咆哮，孤胆将军铁枪寒，静水流深，一腔柔情从此消……

“此曲《高山流水》，也并非什么十分难得的曲子。公子好古曲，想来也是听过的，小女子选这首曲子，不过是借此告诉公子，曲由心生。曲谱是死的，人的心境却各不相同，公子再弹古曲，由心便好。”

河边初见，我少女心性，未谙世事，一曲《高山流水》，安宁如世外桃源，之后的一切，恰如流水一般，不曾停歇，不能回头，流过繁华市井，流过荒凉沙漠，早已不复桃源里的清澈，染尽沧桑。

果然曲能映心，曲谱未变，是人变了，可我不得不承认，他仍是我的知己。

“叮——”一声余音绕梁，在虚空中久久不息。一曲终了，我舒了口气，将眼光放到远处，天地辽阔，四下寂静，我轻轻呢喃：“不要回来，也不要死。”

愿君万事遂人愿，万箭齐发亦能全身而退，自此远离庙堂险恶，自由自在，逍遥江湖，只做自己喜欢的那么一个人。

琴音初起时，那两骑便停下了，伫立在原地，此时一曲终了，那袭白衣忽地掉转马头，向城门这边疯跑起来，锦衣卫紧跟其后。

我见他这样不管不顾地飞驰而来，手掌轻轻抚摸过琴身，终于心下决然，双手托起了鹤鸣秋月琴，向城墙外面扔去。

底下传来木质琴身“哗啦啦”散架的声音，我闭上眼睛想，我与他在这世上仅有的维系也终于消失了。

远处的马蹄飒踏也应声停下，他伫立了片刻，太远，隔着纬纱，我看不清他面上的神情，他亦看不见我，一如最初的相见。终于，他再次掉头，风驰电掣地消失在远处的黑暗里……

我知道，我再也不会弹琴了。

第九章

挺击阴谋冷人心

公孙徵终于活着离开了，我想对他说的话，尽付在琴声里，没有遗憾，再无牵念。

刚走到万荷台门前，就看见朱常洛身边的内监韩本用在亮处底下候着，我心里一跳，不由得顿住脚步。

韩本用见了我便直直一跪：“王才人，恭妃娘娘去了。”

“什么？”我惊问。

“恭妃娘娘去了。”

“太子呢？”我微微缓过神来。

“太子请了皇上的圣旨，赶去养性斋见恭妃娘娘最后一面了。”

我转身欲走，却听韩本用在身后道：“王才人，皇上只许了太子、太子妃二人与恭妃见面，奴才只是循例来告诉您一声，您……”

我明白他的意思，长长地叹了口气：“那我就在万荷台候着，有什么消息你立刻来通知我。”

这二十年来，朱常洛是想着他娘亲，才一步步挨到今天。他费尽心力地想当太子，不似别人恋栈权位，是想着有一日他登基主事，才能将他的母妃从那暗无天日的冷宫里放出来，如今恭妃薨逝，他又该何以为继？

约是丑时的时候，韩本用终于来了，请我去慈庆殿一趟。

路上，韩本用沉默了许久，终于道：“太子拿着剑，不让任何人进慈庆殿，奴才们也是没有法子了，安公公说来请您。”

“无妨，我整夜都在担心他。”我只觉自己的声音都被夜风吹散了。

慈庆殿就像一座沉寂的墓穴，一丝光亮也没有，甚至我觉得，它就如同朱常洛此刻的内心，原本微弱的希望也都覆灭了，唯剩一具空壳。

我推开殿门，轻轻唤他，无人应答。我只好擎一盏微弱孤灯，缓缓向里面走。

忽地脖子上一凉，眼前出现的面容犹如来自地狱的厉鬼，血红的眼，苍白的唇，披散的发，杀意凛冽。

我举过灯：“常洛，是我。”

他定定地看了我片刻，似终于认得我，“哐啷”一声长剑坠地。他抱住我，似乎用尽全部力气，我几乎承受不住，手一松，唯一的光亮坠地而灭。

他禁不住地颤抖着，口中发出类似于野兽的呜咽，已是极力隐忍。我轻轻抚摸他的背：“哭出来。”

他动了动，似摇头，越发剧烈地颤抖，我们就这样在黑暗里拥抱了许久，他才慢慢停下来。我不顾他的闪躲，摸索着他的脸，上面湿漉漉的，是他不肯示人的泪。我想起了去年上元节的那一夜，他躲在养性斋墙角的模样，忽地懂得了，这种时候他为何不想让别人找到他，因为他实在太狼狈，他不想让别人看见。

“从懂事起，我没有一刻不在恨他……”

我知道他指的是谁，低声道：“可他是你的爹爹……是皇上。”

“皇上又怎样？他一时兴起，就毁了母妃一生！他整整关了她十几年，不闻不问，母妃的眼睛都哭瞎了！”朱常洛手足无措，“你知道吗，母妃瞎了，她流着泪望着我笑，她摸我的脸颊，她说，她能挨到现在，见我长到这么大，死也瞑目了……可母妃死了，我还没有救她出来，没了母妃，这么多年来我争夺的一切，还有什么意义？”

我竭力抱住他痉挛的身躯，只好一遍一遍地告诉他：“你还有我。”

他的双手捧住我的脸庞，两只眼睛在黑暗中亮了又暗，暗了又亮：“是，我还有你。”他将我死死地揉进胸膛，“我只有你了，你不要离开我，千万不要。”

我微弱地叹息道：“我不会。”

这一夜过去，一切仿佛都回归平静，恭妃的葬礼安安静静地办了，一如她生前，毫不张扬，与世无争。朱常洛在灵前跪了整整七日，直至晕倒了才被人送回慈庆宫来，大臣们皆言太子“至真至孝”。

朱常洛自从回到慈庆殿，就不怎么出门了，不去书房，甚至连那位晏语南也再没有来过。我在他身边伺候着，见他书桌上渐渐积了一层灰，他就好像已经放弃了一般。我只作不见，好好地陪着他，一步也不曾离开。

朱常洛吩咐过，不许任何人来慈庆殿打扰，我们过了几天平淡的日子，每天一睁眼看见的第一个人就是对方。如此相依相伴，默契相对，让我内心有一种朴实的安全感，甚至觉得，要是能这样一直下去真好。如果可以，真希望不再争夺，可我心里明白，只要我们还在这宫里一天，就是不可能的。

可是，我没想到，风暴这么快就重卷而来……

我正在朱常洛身侧沏茶，忽听得大殿外传来几声惨叫，不由得手腕一晃，他立刻稳住我的手，低声道：“我去看看，你待在这儿别出来。”

我放心不下，悄悄跟在他身后，刚出殿门，便看见一个衣衫褴褛的大汉举着根木棍大喝着劈过来，他身后倒着两个内监。

“常洛，小心！”情急之下，我顾不上许多，飞奔过去挡在朱常洛的面前。那大汉的面目十分可怖，仿佛被火灼过，唯独剩下一双形状刚毅的眼睛。他此时已飞至我面前，一丝惊异从眸中掠过，可木棍仍毫不停滞地向我挥过来，击在我的颈边。

我被击得向后倒去，被朱常洛撑住，眼前黑了黑，颈部剧痛，不由得软倒。那大汉看了看我，又看了看朱常洛，竟没有继续下手，就在这个空当，韩本用已经带侍卫拥进来，三两下便将那人制服。

“奴才们营救太子来迟，太子恕罪！”

“岂有此理！光天化日之下，刺客竟能直闯到慈庆殿行凶，守宫与巡逻的侍卫都死了吗？”朱常洛怒道，“还不去禀告皇上，着人护驾，若还有旁的歹人可怎么是好？”他将我打横抱起，大步迈向殿内，“让太医速来！”

太医替我看了看，道一声“无妨”，开了几贴膏药，便告退了。

朱常洛轻轻拂开我的发丝，注视着我受伤的颈部，眼底满是心疼：“你傻不傻？”

“看见你有危险，我终是奋不顾身的。”我轻轻一笑，闭上眼睛道，“我有些头晕，你去忙，让云横守着我就好。”

他替我放下帘子，便离开了。

听着脚步声越来越远，我缓缓地睁开了眼睛。我是有些头晕，可我此刻比任何时候都神志清醒。容貌可以毁去，可那双眼睛十分熟悉，我想，我是认识他的。而他，亦是认识我的，才在木棍挥出的最后一刻收了力道。

帘帐被微微掀开，是云横。

“你来得正好，扶我起来。”

“太子说您头晕得厉害，这会儿可好些了？”云横扶起我，细心地为我垫上许多软枕。

“云横，我问你一句话，你如实答我，这么些日子过去了，你对汉岳可还想念？”

只觉云横的手一颤，她默默地跪下，轻声道：“奴婢自知，不该想他。”

可终究还是想着他，不是吗？

我让她起来，叹气道：“我不是怪你。若今晚我就放你出宫去找他，你敢是不敢？”

云横摇头：“奴婢不出宫，奴婢不能为了一己私欲，害了才人！”

“我岂是为了你的一己私欲，我是为了汉岳，为我自己。还不明白吗？烟绕因我而死，我也毁了我哥哥的幸福。幸而老天开眼，让你这么一个体贴温柔的好人去爱他。我真为他欢喜，成全你们，我心里的愧疚感也能得以减轻。”

我将目光远远投射到洒下微光的天际：“如今京师里的局势，你比我清楚，风云诡谲，指不定哪天，风暴就来了。公孙徵一走，汉岳在京师就没了可以依靠的人，你带他离开这儿。回扬州也罢，去哪儿都行，最重要的是两个人平平安安地过日子，远离这里的是非纷扰，多好。”

“汉岳他心里只有烟绕一人，勉强不得。”云横垂眸，眼底尽是婉转哀伤。

“我从小与哥哥一同长大，他这个人看起来粗枝大叶，却是粗中有细，重情重义的人。你这样照顾他，这样守着他，他心里其实都知道的。”我攀住云横手臂，身子软软地溜下床，“我也没有旁的法子了，只能求你，希望你能让他放下仇恨，开始新的生活……烟绕也会感激你的。”

云横惊慌失措地将我扶起，泪盈于睫，忧心忡忡道：“咱们慈庆宫里刚刚出了刺杀太子的大事，才人莫不是知道些什么，才想法子将奴婢支开？奴婢就这样仓促地走了，心里也放不下。”

“说你聪明，有时候却傻，我此时让你走，的确是与刚刚发生的事有关，却不似你想的那般。”我与她轻轻耳语道，“我刚刚为太子挡了一棍，他正念我的好，我此时放你走，他才不会与我为难，懂了？”

云横只是怔怔地望着我，不说话。

“出了宫，便是颠沛流离，浪迹天涯，若你不愿意，想依旧留在宫里过安逸的日子，我也不会怪你……”

“我去！”云横蓦地打断我，望着我微微笑，眼神雪亮，“就算是浪迹天涯，与他一起，也是雪月风花！”

雪月风花，她说得真好，看尽了这紫禁城里的肮脏，我又何尝不向往外面的雪月风花？可我只能留下，这里有我的孩子，还有我爱的人……不，我现在都有些不确定了，他还是不是我一直爱的那个人。

我想起来了，回忆里那双形状刚毅的眼眸，它们的主人叫作——沧澜。

他已经与惜华远走高飞，却又毁面而回。他明明身怀绝世武功，能够在宫中长驱直入，却只打晕了几个内监。他都到了慈庆殿的檐廊之下，也不曾真正伤害到我和朱常洛，最后还轻易地束手就擒……

这一切都是为什么？我想我已经有点儿明白了，也是因为如此，我才让云横远远地逃开。

也许现在的朱常洛，已经阴狠到不会放过任何一个背叛过他的人，哪怕那个人，曾经是融入他血肉的左膀右臂。

我与云横决意先回万荷台，途经书房时，见王安手底下的小严子带了几个人在那儿守着，心道看来云横是走不了密道了，哪儿有就在人眼前，两个人进去，一个人出来的道理。

回到房间，我想了想，拿出此前公孙徵交给我应急的令牌，又添了些银子，一并交给云横，嘱咐道："你什么也不要带，拿着令牌，只说是出宫替太子办事的。以后你们用银子的地方不会少，这些你拿着。"

"奴婢怎么能要才人的银子呢……"云横为难道。

"别在这些上面磨蹭，走吧。"我塞给她，用力握住她的手。

云横终于点了点头，跪下流泪："奴婢知道，就算向才人说一千声谢谢，也不能表得万一，下辈子，奴婢还伺候才人，就算结草衔环，也要报才人的恩德。"

她这一走，也许这辈子就再也见不到了。我拉她起来："云横，你知道的，我从来没把你当宫女看，当你是照顾我的姐姐。自我入宫以来，你一直用心帮我，要说谢，我也要谢你。你不用对我感恩，只要你和汉岳哥哥好，就算是帮我了。如果余生还有缘再见，唯愿你我无怨无悔。”

“是。”她盈盈笑道，“云横，就此拜别揽溪，保重。”她一步一回头，最后，终于下定了决心似的，快步走起来，再没有回头了。

十天了，我一直想去找他，想当面问问他，问他能不能收手，放了沧澜和惜华，就算他们当初逃走，可毕竟，都曾是他的知交故人。

朱常洛也没有来过，他没来问我云横去哪儿了，没有质问我为何要去向公孙徵送别，也没有关心我挨了那一棍，还疼不疼。事到如今，他都顾不上了，他已经下定了决心，旁的都顾不上了。

我终于还是去了慈庆殿找他，底下的内监道：“皇上今日召太子、郑贵妃与几位重臣于建极殿觐见，说是为给前段日子的‘梃击案’一个说法，太子刚刚走了。”

心中不由得一凛，这么快就要定案了吗，那沧澜的罪罚岂不是也要定下？我拔脚就跑，心道一定要追上朱常洛，让他无论如何也要保住沧澜。沧澜已经为他做成了事情，他起码要保证沧澜与惜华活着离开，不是吗？

我心中焦急，正脚下疾走，忽听得一声熟悉的呼唤：“揽溪。”

是许久未见的皇后，她似乎憔悴了很多，面上多了一些细纹，我忽地就想到了公孙徵。他远赴战场，皇后一定是知道的，如果皇后知道他就是她失散多年的孩子，作为母亲，她岂不是更忧心，想必心里是极苦的。

皇后牵了牵嘴角，勉强牵出一个笑容："走这么快，去哪儿啊？"

"听说皇上召太子觐见，我为他担心，想去看看。"我垂眸道。

"既然如此，你就与本宫一起，未得皇上召见，你要如何进建极殿呢？"

进了建极殿，一番行礼完毕，我默默立于皇后身边，朱常洛见了我，仿若不见，依旧是静默沉肃的神情。

皇上瘦得厉害，从前饱满的两颊凹陷下去，鸡皮鹤发，宽大的龙袍好似挂在身上，空荡荡的，与一年前比，显得衰老了许多。皇上紧抿嘴唇，面目严肃，沉声道："十日前，竟有人持棍闯到慈庆殿的沿廊下，危及太子，情状恶劣，举朝惊骇，一时流言如沸。朕虽身体抱恙，久不临朝，却不能坐视不理，十日前便下旨令法司严查，今日召各位来，就是要将事件公开审理，给各位一个交代。"皇上顿了一顿，鹰眸在大殿里扫了一圈，哂道，"也省得有人说朕偏私，朕，绝不会偏私！"

皇上话音刚落，我便瞧见一旁的郑贵妃面色苍白，不自禁地晃了一晃。

大殿正中跪下一人，臃肿的身形，费力地磕头道："微臣刑部郎中胡士相，给皇上请安，给各位贵人请安。"

"胡大人，你给说说。"

“是。罪人张差，蓟州人士，起先是由巡城御史刘廷元大人审的，他说此人是个疯子，满嘴吃斋讨封的，什么也问不出来……”

“朕是问你，没问刘廷元！”皇上蓦地狠拍扶手，吓得胡士相一个哆嗦。

胡士相诺诺连声，道：“依微臣看，此人的确是个疯子。他说自家柴草被人烧了，他怒极便到京城告状，击鼓鸣冤，进了东门不认得路，便埋头乱撞。半路遇到两个男人，给了他一根枣木，告诉他拿着枣木从那儿走便可申冤了。之后便稀里糊涂地闯入了慈庆宫。”胡士相自知这口供含糊，自己都有些不信，说话的声音越来越小。

“你没问问他，给他枣木的两个人，是谁？”

“那罪犯不肯说啊。”

“启禀皇上，微臣有话要说。”从众臣中又站出来一位男子，稍稍年轻些，面目沉稳，“微臣刑部提牢主事王之寀，也曾参与问案。”

“说。”皇上点头。

“刘大人与胡大人皆认为张差疯癫，微臣却以为他是在装疯，他不是疯了，他是不敢说。所以微臣私下里又审问过张差，得到了与之前不同的答案。”王之寀话音未落，我便清楚地看见那两位大人又哆嗦了一下。

“据张差言，是两位老公公将他从蓟州带到京师来，让他住在一所大宅子里，好吃好喝供着。十日前那一天，两位老公公领着他过了厚载门，给他指了条道儿，让他进去打杀。”王之寀顿了一顿，“那两位老公公，一位叫刘公公，一位叫庞公公。”

话说到此，人群中已泛起些微议论之声，王之寀拱一拱手，道：“微臣得知这些证言，只是冰山一角，微臣当时立即禀报给陆梦龙大人，相信经过陆大人一番审讯，事情已经水落石出了。”

“陆大人。”皇上示意道。

“微臣刑部员外郎陆梦龙，参见皇上。”陆梦龙精瘦干练的模样，留着一把花白胡子，“微臣其后组织了十三司会审，当着二十多位刑部官员的面，张差已经全部招认了。微臣问他，‘你从未来过皇宫，为何认得路？’张差答，‘有人指引’。张差主动招供，那两位老公公已经养他在京师里的大宅子里将近一年了，还给了他一个金壶一个银壶，臣又问，‘他们为何给你金银？’张差答道，‘打小爷！’”

小爷，就是太子了。此言一出，非同小可。陆梦龙冷然道：“张差还招出了蓟州的李守才、马三道、姐夫孔道，经微臣派人核实确已无误。据这几人的招供，那两位老公公，就是郑贵妃的贴身太监，庞保、刘成！”

一时间群臣激愤，人人声讨，呼啦啦跪了一片。

“皇上恕臣直言，只怕此事是有人想让福王上位，将太子取而代之！”

“皇上切不可被妖妃迷惑！”

我今天才见识到，大明朝的臣子们原都是这般直言相谏，话语间毫不客气，就差指着郑贵妃的鼻子骂了，也难怪皇上怕了这帮言官。

皇上心烦，狠狠拍了下扶手，底下的声音才渐渐小了。

“你怎么说？”皇上阴沉地问郑贵妃。

郑贵妃自不会这样简单就认罪了，她一如从前那般哭着跪到皇上面前：“臣妾什么都不知道啊皇上，谋害太子这样歹毒的事情，绝非臣妾所为……”

“皇上！”陆梦龙双手奉上几张供纸，凛然道：“这里是张差所述口供，和庞、刘两位公公画给他的线路图，还有马三道、李守才、孔道三人的口供，幕后指使已昭然若揭，请皇上过目！”

皇上从张公公手里接过那几张口供，皱着眉细细翻看，将纸张扔在郑贵妃面前，叹道：“你自己看。”

郑贵妃难以置信地翻着那几张纸，仍不肯放弃，反复道：“皇上，臣妾是冤枉的！臣妾是冤枉的！”

“朕相信你有何用？要求，去求苦主。”皇上微微睁眼，向一直沉默的朱常洛看了一眼。

郑贵妃大惊，她一下子坐倒在地，久久未言，似是不敢相信，一直维护她的夫君，今日竟对她不管不问了。

朱常洛忽地跪下叩了个头，沉声道：“父皇，儿臣自知天资愚钝，不配这太子之位，可儿臣从未想过与人相争。儿臣力有未逮，如今更是因此累及性命，不如将这太子之位拱手相让，也算是为父皇排忧解难了。”

他这一番话寓意颇多，皇上还未言，大臣们又一句接一句地激动起来。

“太子是皇长子，仁厚宽和，怎么说也轮不到旁人来取而代之！”

“太子也是皇上亲子，较之别的皇子更是孝顺体恤，皇上要珍之爱之啊！”

郑贵妃听着那些大臣的话，仿若醒过神来，竟然半跪半爬地到朱常洛身边，呼道：“这事若是我指使人做下的，我郑氏满门，全部不得好死，鸡犬不留！”

“这是朕的家国大事，谁在乎你家？”皇上勃然发怒，说起话来丝毫不留情面。

“皇上要怎么样才能相信臣妾，臣妾真的做不出这般伤天害理之事，臣妾……臣妾要与庞保和刘成对质！”郑贵妃哭得妆都花了。

“太子办事向来严慈并济、公正无私，这件事朕就交给太子自己来办，若太子揪出了幕后黑手，是杀是剐朕都不会多言一句。”

郑贵妃这次是真的吓着了，竟慌乱无措地向朱常洛叩首起来：“太子殿下，本宫没有害你，我真的没有害你……那个什么张差，本宫根本就不认识！”

“郑母妃，郑母妃！”朱常洛忙拉郑贵妃，却拉不住，只好也向她叩首起来，“儿臣受不起！”

如今，只要朱常洛的一句话，只要他坚持要严查，眼前的这位就会堕入万劫不复之地。在场的人都为此捏了一把汗，希望朱常洛正式解决了那个麻烦，结束这长达二十多年的国本之争。

就连我也以为，朱常洛会在今天，将一切做个了结，可是——

他扶起梨花带雨的郑贵妃，向青着脸色的皇上道：“父皇，儿臣相信郑母妃是清白的。张差罪大恶极，妄图以卑贱之躯犯上作乱，是他一人所为，与郑母妃无关。儿臣斗胆做主，将罪人张差凌迟处死，庞保、刘成二位公公，既是郑母妃宫里的人，儿臣就不僭越了，交由郑母妃处置。”

显然，这个结果十分合皇上的心意，皇上僵硬的面容一分分地显露笑意，几不可闻地松了口气，赞道：“皇儿果然英明大气。”

蓦地站出来一个人，不疾不徐道：“皇上，微臣晏语南，有事启奏。”

皇上面色不善道：“何事？”

“皇上，微臣以为，这所有的事情，不过因为福王尚未离京就藩，才让有些人想入非非，揣度上意，逆行其事，导致国本不稳。要想止住这如沸流言，堵住天下悠悠众口，还是让福王早日就藩的好。”

皇上闻言，嘴角的笑意凝固了一瞬，道：“爱卿所言甚是，朕这就下旨，令朝中各部，准备福王就藩事宜。”

郑贵妃一听，身形晃了几晃，几乎晕过去。她这下只怕是真的明白了，他们没机会了。

我将目光轻轻地投在朱常洛貌似恭谨的面容上，看见他嘴角泛起隐隐的笑意。

朱常洛让我在万荷台等他，玉翘准备了几样小菜，一壶好茶。我独自静坐在九曲桥中央，看日落西沉，夜幕降临，等着他，唯听得耳边传来风将荷叶吹得哗哗作响的声音。

不知过了多久，他终于来了，挟着一身酒气，面色绯红，歪歪斜斜地坐到我身边，自饮自酌道：“嗯，好酒！”

“这是茶。”我冷声道，“你此刻在喝酒，有人却要割肉。”

“割肉？”朱常洛按着额头，微微眯着双眼，似在努力找回神志，“凌迟？那个刺客？他罪有应得。”

“真是难为你，醉成这样，还在说谎，那人根本就不是什么刺客，他是沧澜！”

朱常洛默然。

这便是认了。他的态度让我心里升腾起恼怒，问道：“你就一点儿也不难过？”

“我为什么要难过？”他反问我，“今天是本宫最高兴的一天，这一步至关重要，你看，我走得如此完美漂亮。今天，我终于知道扬眉吐气是什么滋味了！”

“可你的故友却因为你设的局将要惨死，你怎么可以只沉浸在阴谋得逞的欢喜中啊朱常洛！”我拼命摇晃他，以为能将他摇醒。

“沧澜不是故友，他只是个叛徒！”朱常洛一把推开我，眼睛里布满了血丝，仿若痛心疾首，“你管那么多干什么，我才是你的夫君，你只为我想就好。”

“阿洛，人要有良心，沧澜走之前，全心维护你，走之后，也没有做对不起你的事，你怎么能够这样利用他，让他送死？”

“良心？良心有什么用。郑贵妃策划刺杀我是真，我不反击，只会落个尸骨无存！所以，我只能将计就计，以刘惜华威胁沧澜，让他杀了郑贵妃原本雇的杀手，取而代之，从而配合我演了这么一出‘东窗事发’。郑贵妃不是没有害我之心，只是被我揭发出来罢了。如今她惹了众怒，福王再不能提，父皇亦感念我放过了他最爱的女人，我的太子之位，时至今日才算是稳固了，你懂不懂？”

“可你为何非要选择沧澜？他们已经离开皇宫了，远离这些是是非非，你为何不肯放过他们……”

我话没说完，就被朱常洛狠狠地拉近，他似笑非笑地道：“这是他自己选的，谁让他有了软肋呢？”

我的心中膨起对他前所未有的畏惧，颤声问：“惜华呢？你把她怎么样了……”

“我没把她怎么样，是她自己选择自尽的，她以为自己死了，就没有什么再能威胁到沧澜了，殊不知沧澜临死前，都以为她将好好活着，心甘情愿地赴死。你说，这对情人在黄泉路上相遇，会不会感激我……”

我怒不可遏，狠狠地扇了朱常洛一耳光，他似未反应过来，脸上还留着略微兴奋的笑意，只是随着笑意渐泯，流露出寒凉的森然。

“如果说，逼公孙徵远赴战场之事，我尚能拼命劝服自己理解你，今日轮到沧澜，这一件一件，我对你，剩下的唯有失望了。”我只觉得心冷，连带着手脚都冰冷了。

他的眼神就像是钉子，尖利慑人，嘴角却带着笑意：“让我猜猜，你这样生气，真的只是因为沧澜吗？还是你真的已经爱上公孙徵了，忍到今日，终于要为他鸣不平？”

他仔细观察着我的神色，又忍不住笑出声来，扔开我：“就算是真的，也没什么，我能让他公孙徵上战场，就能让他有去无回。三个月之内，便会传回来他战死的消息。他死了，我便能够安心了。你，也就收心了。”

许久，我才从震惊中回神，整了整衣袖上的褶皱，下拜道：“恭贺太子殿下，您终于练就一身精钢铁骨，再无软肋。”

没了情谊与珍惜，可不就没了软肋，只是那样一个人，不知道是可喜还是可悲。

不待他反应，也不曾细看他神情，我转身离去。

那夜下雨了，下得很大很大，朱常洛独自伫立在九曲桥中央，大雨激起荷塘里的水雾，仿佛将他湮没了。我就站在窗子旁边，看着他，又看不分明，不知不觉已泪流满面。雨一阵一阵的，待最后一阵大雨下过，骤雨初歇，水雾渐渐散去，那个地方，已经空无一人了。

第十章

双日心寒相决绝

第二日午后，王安便来传话：“王才人，太子让奴才向您说，他昨儿个说的都是酒话，做不得真的，您千万别往心里去。”

我没有多言，只默默地一颔首。

“那，这个……”王安双手呈上一只锦盒。

我瞥了一眼，竟是我早上刚刚让玉翘想法子送去雁儿楼的密信，上面写的是让奚照快些去营救公孙徵的消息。云横走了，我竟连一封信也送不出去了。

“太子没看，什么也没说，只让奴才拿来还给才人。”王安小心翼翼道，“既然太子都说了，昨夜里是酒话，才人就不要太当真了。”

一场秋雨一场凉，温度直直地向下滑落，朱常洛与我很默契地再没有相见，他时常趁着我午睡的时候来看看校儿。有几次，我听见他的脚步声在门外徘徊、停驻，而最后，还是离开。

倒是王安每隔几日，就要往万荷台跑，归还我试图用各种办法送出的密信。起先，他还劝几句，最终是无奈，只能默默地一遍遍跑腿罢了。

一个月之后，竟听说太子妃病逝的消息，李选侍便成了东宫之中最得恩宠的女人。不久，朱常洛又收了几个美人，晋了几个侍妾的位分，其中一位淑女也有了身孕。听了，便过了，心中竟不似从前那般难受了。

福王就藩的事虽然繁杂，可没过多久，一切都准备妥当，皇上、郑贵妃无话可说，只能让福王远赴洛阳。我本想在福王出宫之前，施行计划，为烟绕报仇，可我每每一踏出万荷台，就有人跟上我，只要稍有动作，便遭人阻拦，想来是朱常洛怕我给他横生枝节，特意安排的。为此，我终未能成事，只能眼睁睁放那仇人离开。

就在福王离宫之后的第五日，天色暗下去，玉翠来到我身边，悄声道：“才人，云横姐姐回来了。”

“她在哪儿？”我不由得心惊。

“就在小林子您住过的那间屋里。”

“你留在这儿，若有人来，你先敷衍着，让人去后面告诉我。”我嘱咐几句，忙向后面去了。

没想到，与云横一同来的，还有冷苏苏。云横失魂落魄地坐在窗前，一双眸子空洞洞的，屋里的气氛十分怪异，让人莫名地有些害怕。

“云横，你怎么回来了？”她仿若没听见，只看着黑乎乎的窗外。

我又望向冷苏苏，她瞧了我一眼，目光闪避，心虚一般。

“公孙先生去了抚顺城，你可知道？”

“知道，听奚照大哥说了。”她答得不冷不热。

“你现在，已经不肯陪着他了吗？”

冷苏苏微微动容，道：“一面是公孙徵，一面是我们女真部族，我若到了那儿，真不知道该帮谁，如何去得？”

我暗自攥紧了手心，终于死死拉住她的手：“你一定要救他。”

“什么意思？”

“我不能与你细说，抚顺城里有人要害他，你把消息带出去，救他！”

冷苏苏明眸微转，似明白了，决然道：“我这就去，你放心，只要我冷苏苏在，绝不让任何人伤害他！”她拔脚就走，忽地在门边顿住，不放心地看了看云横，道，“你们两个人，都要保重！”说罢，背影就消失在黑暗中。

保重？我走到云横身边，才发现她竟然消瘦了那么多，两颊微微凹陷，腕骨伶仃，加上神情恍惚，嘴唇苍白的模样，如同遭过重创。

心里隐隐升起不祥的感觉，我轻轻地拉她的衣袖，生怕一用力，她就会散架一般：“云横，发生了什么事？你别吓我。”

她似这才感知我的存在，缓缓地转过头来，开口唤了一声“揽溪”，眼泪毫无征兆便滑下来了。她恍若游魂，鼻息间似乎只凭着一口气：“汉岳说，他要为烟绕报仇，他要去路上截杀福王。”

“他人呢？”我急了，见他不答，疯了一般地追问，“汉岳现在人呢？”

“汉岳一去，就没回来了，他说，若不能报仇，便永远不能拥有新的开始，我愿意等他，一直等他，可他为什么还没回来，他是不是……死了？”云横费了好大的力气，几乎呕出血来，才吐出最后两个字。

“不会的！没回来，不一定是死了！你等着我，你就在这儿等着，我现在就去问个清楚！”

汉岳，我的哥哥，他人机灵，武功又好，绝不可能那么容易死的。我这样想，心里一遍又一遍地说服自己，好像这样就能镇定些。

跑出万荷台，我又忽地站住了，我要去问谁呢，朱常洛？还是王安？就在我恍惚的时候，前边拐角处走过来两个内监，正有一搭没一搭地聊着天。

“哎，你听说没，前几日有刺客在路上伏击福王。”

“咳，听说那些个歹人全部当场伏诛，身首异处，死得惨哪，这还不算，枭首示众，脑袋在菜市口都挂了好多天啦。”

“你说，这都是些什么人啊，连福王都敢动。”

“谁知道啊，反正和咱们没关系……”

那两个内监渐渐走得远了，我不知道自己何时已经瘫坐在地上，又过了多久，只觉腿软得站不起来，一口气长长地吸进去，却颤抖着吐不出。

我费尽了力气爬起来，在黑暗中踉跄前行，直直去往书房。

我疯了一般翻看他所有的抽屉，什么也没有，直到拉到一个上了锁的小屉。我依稀记得他曾丢了什么东西在窗前的工笔花鸟青瓷瓶里，我上前一摸，果然摸出一柄小巧的铜钥匙。

我不自禁地哆嗦，捣弄半晌，终于“哗啦”一声，拖出抽屉，里面装满了纸卷儿，就着晦暗的月光，我找出最近的日期，慌手慌脚地展开——

“与人无尤，于己无悔。”

是汉岳的字迹。

我仿佛听见巨大的轰鸣声在脑中炸开，不，是真的听见了，我撑着桌子站起身来，强忍着眩晕。只见门开了，朱常洛站在正中，面带杀意，他身后黑暗的天幕，被一道闪电劈开。

我丝毫不惧，狠狠地将手中的纸卷儿掷向他，那纸卷儿轻飘飘的，“啪”一声撞在他的胸口，掉落在地上。他看见是我，眸中闪过一丝讶异与惊慌，迟疑地拾起地上的纸卷儿，展开来看。

一看之下，他骤然变色，将纸卷儿紧紧攥入手心，唤我：“揽溪。”

我只觉胸闷得很，仿佛喘不上气来，半晌，才颤声道：“汉岳的头颅，可还挂在菜市口？”

朱常洛神色一黯：“我早就派人去了，只是还未找到破口……”

他这样答，便是认了。刚刚那一句问出，我便觉万箭穿心，剧痛难当。他的回答，有如补上一剑，贯穿了我的身躯。我浑身发寒，不住地颤抖，终于忍不下，干呕一声，只见殷红的血液从指缝间流出，滴落在地上。

朱常洛一把揽过我不自觉向下溜的身子，用他的衣袖拼命擦我的嘴角，擦我的手。

我从未想过，自己还会经历一次生不如死的剧痛，可世事无常，命不由我，我再也承受不起了，却也只能承受。

心口就快炸开，痛得我说不出话来，我恨透眼前这个人，恨不得杀了他！

我用尽全身的力气挥手向他刺去，匕首深深地没入他的胸口，鲜红的血迅速开出一朵花来。

杀意勃发，我竟未意识到自己何时拔出匕首来。

我杀了他，真的杀了他，这个令我爱恨交织的男人，我有些恍惚，难以置信地看着自己颤抖的手。

朱常洛却很平静，罔顾淌血的伤口，只是眉峰微蹙，苍白着脸色，看着我。

我对他惨然一笑，又将染血的匕首狠狠扎入自己的心口，我终于又呕出一口鲜血，支撑不下，眼前一黑。

醒来是在万荷台，我挣扎着起来，问："云横在哪儿？"

"云横姐姐在后面的屋子里，没人知道的，才人放心。"玉翘低声道。

梳妆台上搁着一枝小小的粉荷，还有一张叠好的纸，我目光瞥过，轻声问：“这是谁送来的？”

玉翘迟疑了一瞬，答道：“是太子。您昨日前脚刚去了后面的小林子，太子后脚就来找您，可把奴婢们吓坏了，只能说您出去了，太子便留下这两样东西。”

我伸手取过那张纸，展开来，上面是他熟悉的字迹：“今年花谢太匆匆，料来明朝花更红，岁岁与共。”

如今看来，这就好似一个笑话。我将依旧娇嫩的花随手扔在地上，无声冷笑。事情发生之前、发生之后，他都没有告知我一字，这些，不过是他的愧疚。他只是看我像个傻子一样毫不知情，着实可怜，为他自己心里好过一点儿，才做的，不是吗？

我“腾”地站起来，打开门走出去，宫人们都已经识趣地下去了。朱常洛负手而立，转过身来看着我：“我已着人将汉岳好生安葬了，你放心。”

“你杀了我吧。”我心中的疼痛闪电般蹿遍每个神经，“刺杀太子，是不赦之罪。”

“没有人刺杀我，我没有受伤。”

那一如往昔的温润目光啊，如今我已不忍直视，我在他面前端端正正地跪下，声音听起来就好像一缕游丝：“妾身自请陪皇后娘娘住入英华殿礼佛，静醒自身，濯涤内心，为已故亲人抄经超度，亦为大明、为天下百姓祈福，还请太子殿下准允。”

他顿了顿，温声道：“明天就是校儿周岁宴……”

“也是我哥哥头七。”

他一时语塞，良久才道：“罢了，我若骗你，你会更难过。事情一如你想的那样，汉岳……是最好的人选。”

“妾身谢太子殿下直言相告。”我几乎不支，狠狠咳嗽。

“如果这样会让你好过些，你去吧。”

“谢殿下成全。”我叩首道。

收拾了东西，走到门边，只见小栗子正对着我端端正正三叩首，吞吞吐吐道：“才人，林顺公公没了，太子身边一直缺……缺个伺……伺候的人，奴才想去……想去殿下身边做事。”

我终是别无他言，道：“你去吧。”

皇后自皇上病了便一直住在英华殿里潜心祈福，已经半年有余。

皇后叹道：“皇上身体一直抱恙，这半年来更是腿疼得厉害，他又讳疾忌医，不肯让太医诊治。本宫实在是没法子了，才搬来英华殿礼佛祈福，见他这样受罪，我心里也不好受啊。”

我见皇后几欲垂泪，心下不忍：“妾身的针灸之术大有进益，不知过了这样久，皇上还肯不肯信任妾身。不如母后带妾身去看看，若皇上执意不愿，也不用勉强，事在人为，不过一试罢了。”

“若皇上肯治呢？”皇后似乎从黑暗中瞧见了一丝曙光。

“妾身当全力以赴。”

我随皇后走了一趟，可惜皇上仍是不肯，在寝殿外等候时，张公公出来，向我一揖：“老奴见过王才人。”

我忙还礼：“张公公。”

张公公低声道：“皇上的情况……其实我们心里都有数，皇上心里也有数，这腿，只怕是没法治了。”

我不敢说话。

“皇上的腿病犯起来，疼得是大罗神仙也不能忍受，每每抽起阿芙蓉，才能暂时缓解，王才人知道阿芙蓉吗？”

“阿芙蓉？”我心下惊异，阿芙蓉，它虽是止痛的良药，却也是缠绵入骨的毒药，一旦沾染上，是极难戒掉的。

“只要能减轻皇上的痛苦，如今旁的咱也顾不得了，只是有一点，奴才不得不让王才人转告太子殿下——”张公公压低声音道，“这阿芙蓉，听说来自西竺，不是我大明本土的产物。皇上讳疾忌医，也不肯让太多人知晓，现在这点儿药膏，全凭郑贵妃弄来。”张公公微微皱眉，“可郑贵妃每次给得不多，说是这药膏难弄，老奴总害怕，将来有朝一日，郑贵妃会拿这阿芙蓉威胁皇上……”

话说到这份儿上，我心下了然，郑贵妃如今掐着皇上的咽喉，将来威胁皇上将皇位传给三皇子，也未可知，我行礼道：“妾身代太子谢张公公。”

“不必，不必，”张公公忙摇手，“太子登基，是众望所归。老奴不便与您在此长谈，这就告退了。”

事情重大，我虽心里恨他，却做不到知而不告。回到英华殿之后，我认真想了想，或许我能够以此为筹码，重新为自己和校儿打算。

这段时日，朱常洛也来过几次，想接我回去。我心中打定主意，恰逢玉翠来给我送东西，我便让她向朱常洛捎句话，说我想校儿了。差不多傍晚的时候，朱常洛来了英华殿，王安机灵，立刻让几个内监将我的东西都收拾了拿上，当着旁的宫人，我也没多言，只自顾自地走出去。

朱常洛道：“你面色仍是不好，我特意让人抬来软轿，上轿吧。”

我立即向他行礼：“妾身卑微，按照宫规，不能在内廷里坐轿，太子若走累了，上轿先行便是。”

我转身继续走，他没再多言，只默默地跟在我身后。

这条路，似乎很遥远，我们一直走到天黑。我以为自己对他厌恶已极，可一想到前方就是尽头，也忍不住放慢了脚步。

朔风呼啸，犹如刀锋，不知从何处吹来红艳的梅瓣，从眉眼前飘飞而过。时光如梭，不知不觉，又到了红梅绽放的时候。我忽地想起他曾经为我推窗探梅的样子，那天的风也是这么大，吹起他的长发与绶带，他就像个天真的孩子。我不由得顿住脚步，回首望他，他向来步子大，此时为了迁就我的速度，只是漫不经心地慢慢晃着，双眸低垂，若有所思。

就在朱常洛意识到我的停驻，正要微扬嘴角的时候，我飞快地转身过去，催快了步伐。

我不能原谅他，我拿什么原谅他。我的心，早就毁灭成灰了。

“校儿在慈庆殿等我们。”朱常洛将我的回首当成示意，快走两步到我眼前，“你不是想他了吗，我们一家人，很久没在一起用膳了……”

如果今夜就是离别，在一起用最后一顿膳也好，我只是微微一颔首，却看见他眼中久违的雀跃。

仿佛许久未见校儿了，他又长大了许多，向我蹒跚地走来，伸出两只短小的手臂。朱常洛一弯腰，一把抱起他掂了掂，面上不自觉地笑开了："这小子又沉了不少！"他见我此刻的神情，微微一怔，将校儿递过来，"你抱。"

我知道，一见到校儿，我便卸下了全身的铠甲，不自禁地变得柔软，我小心地接过他，细细地看他。过了这不算短的日子，校儿一点儿也不与我生分，抱着我的脖子，将嫩嫩的小脸儿凑过来蹭，含糊地叫："狼！"

我微微一笑："是娘，不是狼！"

朱常洛见我终于笑了，也稍稍自在了些："快过来坐下，想着接你回来，我特意嘱咐人做了你和校儿爱吃的菜。"

我抱着校儿，将菜弄得碎了，再喂他吃。校儿胃口很好，不一会儿就吃了小半碗，然后就吵着要下地玩儿。

朱常洛只在一旁看着，眼中满含柔光，见校儿闹腾，便让奶娘进来将校儿领出去了。我们两人一时相对无言，气氛略略有些尴尬，我只看着桌上的菜肴出神，良久，夹了一筷子麻辣肚丝放在朱常洛碗里，轻轻道："吃饭吧。"

他滞了一滞，亦为我碗里添了一勺虾羹。

我们一直没说话，只各自静默地盯着自己面前的碗。这段时日，我一直吃得少，没多久便搁了筷子，看着灯下那张日渐成熟的面容，许多回忆翻涌而出……

我终于下定决心，开口道："太子殿下，我有事想和你说。"

"何事，你尽管说，只要我能做到，我一定答应你。"他见我让步，以为还有商量的余地，看起来很是欣喜。

“我知道了一个秘密，事关皇位继承，对你很重要。我们在一起已经三年了，凭这些年的情分，我也该告诉你。可如今我们走到这一步，都已经身心俱疲，无可挽回，你能不能答应我，我将那个秘密告诉你，作为交换，你放我和校儿离开。”

“离开？去哪儿？”朱常洛似乎未缓过神来。

“出宫。”我干脆道。

良久，他道：“你若还在生我的气，可以去皇后身边住，多久都可以，等你不气了，我再接你回来，无论多久，我都等你。”他的脸隐隐变得铁青，“可是出宫，你想都不要想。”

“我不是一时冲动，我考虑了很久，”我无力地叹了口气，“经历了这么多，汉岳甚至落得个身首异处的下场，我和你，已经无法再继续了。我也不想让校儿在这个危险的皇宫里长大，我只愿他平平安安的，就算平庸些也无妨。我想带他出宫去，做个与世无争的老百姓，你就答应我吧。”

“校儿也是我的儿子！你凭什么带他走？”他竭力平息上涌的怒火，“他留在我身边，我又怎会让他受苦？”

“我只有校儿一个孩子，不像你，以后会有更多的妃嫔，更多的儿子，我不能见他受任何伤害。就算你一直爱重校儿，也不能阻止旁人对他动心思，后宫女人之间的钩心斗角，你见得还少吗？”

“你是他的娘亲，你也可以保护他。”朱常洛的声音倏忽冷了下去，“出宫，你究竟是为了校儿，还是你自己？”

“为校儿，也为自己。我已经厌倦了，厌倦这个嗜血之地，”

我定定地看着他，“也厌倦了你。”

他的面色瞬间白了，有些失神，却没说话，蓦地发出一声笑，仿佛自嘲。

我垂眸平静道：“你选吧，是要唾手可得的皇位，还是一个想离开你的女人。”

“没有你那个秘密，我就得不到皇位吗？”

“凭太子手里的筹码，也不一定，只是不会让你如想象般的容易。”

他许久未说话，似在认真斟酌，终于道：“好，我放你们走，可你当初是从宫门进来嫁与我，今日离开，非我所愿，所以我不许你再从宫门出去。你要答应我，出宫之后绝不另嫁他人，一辈子，都只能守着校儿过活。”

“这不用你说，我也会做到。”

“那么，你所知道的秘密，是什么？”果然，孰轻孰重，他如今分得最清楚了。

“明日我离开的时候，自会放一封密信在你书房里。”我知道，我这次若不能成功，以后只怕再难出宫，所以才这般谨慎，以免朱常洛反悔。

朱常洛一口喝干杯中的酒，不再看我，面目隐隐生出几分冷酷，朝外边吩咐道：“王安，送王才人回万荷台。”

我打开门，奶娘正领着校儿在台阶下玩儿呢，我轻轻一笑，向校儿招手：“校儿来。”他跌跌撞撞地走过来，扑到我怀里，我抱起他，“今天就跟娘亲回去，好不好？”

朱常洛未多言，只在殿中自斟自饮。宫人们见状，虽心下疑惑，却也不敢多问，让我抱着校儿离开了。

是夜，我简单收了些银钱，还有当初姨娘、烟绕留给我的念想，校儿要用上的物品，打了小小一个包袱，宫里的东西一样也未动。

云横帮我照顾着校儿，时不时才露出一个淡淡的笑容。她精神好多了，只是越发沉默，从前她便话不多，可眼前这个人，时常呆立在一旁，紧抿着唇，眼角眉梢都透露着哀伤，已经不是从前那个云横了。

我又何尝不是呢，我想对云横说劝解的话，可我说不出，因为没有谁比我更了解那些语言的无力，根本透不过痛极之后的麻木。

我努力挤出一个笑容，蹲下身子："校儿，云横姨娘和我们一起走，好不好？"

校儿拍着小手，含糊道："嗷！"

云横笑了笑，只是摇头。

第二日还未天亮，我便挽着包袱，抱着校儿，悄悄地离开。校儿还睡着，小脑袋枕在我的肩上，细细的呼吸均匀地喷洒在我的颈边。其实出宫之后去哪儿，我还没想好，汉岳没了，我无法向姨娘与姨父交代，想来这辈子都不会再踏足故土。也许我会找个陌生的村庄住下，靠做些女红养家。又或者像拂婆那样隐居到山里，全凭自给自足地活下去，可无论怎么个活法儿，我都会让校儿快快乐乐地长大。

将密信夹在桌上的书里，我开启墙壁上的机关，快步走进密道。自从公孙徵离开京师之后，想必已许久没有人从这里走了。我走过一级级的阶梯，走入黑暗森寒的地下，只听见自己的脚步声空阔地回荡在虚无的空气中。

我忽地觉得有些不太对，却又说不清，这一切来得似乎太过轻易，让人心生怀疑。可我又明明已经踏出了这最关键的一步，走过这段湿冷的地道，尽头就是我要的生活了。

心里的异样感越来越磨人，我不由得加快了脚步，不知过了多久，终于来到了密道的尽头。

拧了拧最后一盏壁灯，面前的墙壁丝毫未动，我没能迎来意想之中的光亮。

我不由得急了，拼命拧那个机关，可一点儿用也没有。我又抠那墙上原有的细缝，发现这道门已经被人用灰浆封死了，任我如何捶打踢踹，那道墙仍是纹丝不动。

我筋疲力尽，背靠着冰冷的墙壁，绝望地滑到地面上。

公孙徵都被遣走了，怎会还留着这道门？朱常洛就算肯放我走，也一定不肯放了校儿，哪里会那样轻易就答应……我看着面前长长的甬道，感觉这里就像一个现成的坟墓。

许是密道里太冷了，校儿醒过来，蓦地大哭，无论怎么哄也哄不好。如果只是我一个人，就算死在这儿，我也是不会回去的，可我怀里还有校儿，他还小，我怎么忍心让他随我折腾。

我只能选择重新回到那黑暗中，一步一步往回走，我不知道，密道那头等待我的会是什么。

石壁缓缓开启，朱常洛就站在我面前，眼神如同来自地狱的使者，嘴角噙着一抹可怖的笑：“你真的以为，能逃出我的手掌心吗？”

我不自禁地后退，心里莫名涌起畏惧，我知道，这就是朱常洛的另一面，一直深深隐藏的阴暗面。或许，这才是真的他，是我不曾真正了解的他。

就在我几乎要掉头跑下台阶的时候，朱常洛上前来一把夺过校儿，转身大步就走。校儿吓得不轻，哭得声嘶力竭，可他根本不顾，只飞快地走着。我不知道他在盛怒之下会做出什么，害怕极了，只能拼命追。

我直追入慈庆殿，忽地听得身后的门“嘭”一声关上，转眼间朱常洛的手已经掐上了我的脖子，将我抵入墙角。挣扎间，挥舞的手臂撞落了一旁檀木架上的物件，乒乒乓乓摔了一地，我哭着踢打他，尖叫道：“你把校儿还给我！”

他手上用劲儿，几乎让我窒息，盯着我的眼神十分狠戾：“从今天起，你再也别想见到他了。”他的眸中蓦地闪过一丝痛苦，“谁都可以离开我，唯有你和校儿不行！”

“你把他怎么样了？你把他怎么样了！”我几乎疯了。

他对我的追问置若罔闻，转手掐住我的后颈，迫我至他眼前：“——你是我的。”

“我不是你的！”我瞪视着他，把一直深藏在心里的想法一股脑儿倒出来，“我谁的也不是，我是我自己的！我可以选择爱你，也可以选择离开你，你若是真的爱我，就尊重我的选择，放我出宫！”

“真是闻所未闻的谬论！”朱常洛掐得我直发晕，他的神情瞬间阴森起来，“再提出宫，我怕自己真的会杀了你，想离开，除非你死。”

他又嘲弄地笑起来：“我劝你趁早死了这条心，抚顺那边已经传来消息，公孙徵所在的西路军全军覆没了！”

他的神情蓦地狰狞起来，凝视了我片刻，蓦地狠狠吻下来，激烈又粗暴。我闻到他嘴里未散的酒味，拼命闪躲，两只手臂极力将他向外推，可我与他力量悬殊，终是不敌。我蓦地爆出一声尖叫：“你这样，我们就真的完了！”

朱常洛微微一怔，紧接着眸中的怒火更盛，掐住我后颈的手蓦地用力，抓住我的后领向下一扯，几乎勒断了我的喉咙。外衫立刻七零八落了，裸露的肌肤寒凉，他身躯的阴影挟着不可抑止的怒气，狠狠覆盖下来……

这是一场怎么也醒不来的噩梦，满室的狼藉，几乎没有一样完整的东西，我缓缓闭上眼睛。朱常洛只是自顾自地整理了衣衫，一言未发，拂袖离去，留我瑟缩在暖阁的榻上，将锦被裹紧了又裹紧。我从没有这样从内心深处害怕一个人，他，变成了一个恶鬼。

我被他彻底囚禁在暖阁里，每天会来三五个陌生的宫女服侍我沐浴更衣用膳，收拾凌乱的房间。她们个个只低垂着眉眼，仿佛对房里的一切视而不见，包括我，每天只是来将任务快速完成，然后退出去，一句话也不会多说。

一连几个夜晚，朱常洛都是醉醺醺地来，曾经我依赖沉迷的气息已被浓重的酒气取代，演化成最可怕的噩梦，周而复始……

他给我戴上了脚镣，每一次的反抗，只会换来他更加严酷的惩罚，就这样一次又一次，几乎将我的身心摧毁……终于，我不敢了，再也不敢了，甚至看见他投在地上的影子，都会禁不住瑟瑟发抖，我彻底沦为了他的禁脔。

我对所有的东西都失去了兴致，成日只是坐在窗前，呆怔怔地望着天空出神。想啊，世上怎么会有鸟儿这种自由的存在，翅膀一展开，就能尽情地舒展，了无牵挂，它们在外面的广阔天地间翱翔，而我只能坐在这一扇四四方方的窗子面前，为什么人活得还不如一只动物？

门“吱呀”一声被推开，我忙擦去面上未干的泪痕，朱常洛气我动不动就掉泪，几次差点儿把我的眼睛挖出来。

他关上门走过来，周身依旧氤氲着一股酒气，看着我的眼眸里，布满了血红。他蓦地蹲下身打开我的脚镣，冰冷的手抚上我磨得血肉模糊的脚踝：“疼吗？”

我猛地一缩，浑身的汗毛都竖了起来，他抬首看我，面色含伤：“你就这么怕我？”他垂下头，轻轻地撩起我的裤管，手指轻轻触碰，似在察看那些伤口。

“是我疯了，怎么能这样对你。”他喃喃道，将我从椅子上抱起来，我不知道自己是不是又无端触怒了他，恐惧从心底升起，下意识地挣扎了一下。

“别动。”他用极轻的口吻道，甚至可以算得上温柔，可我仿佛听见最可怖的威胁，立即浑身发僵，一动也不敢动，任由他将我放到床上。

他躺到我身边，让我枕着他的臂弯，轻轻将我圈在怀里。许久，感觉到他在我的额上浅浅一吻：“我不会再像之前那样对你，别怕我。”

我只蜷缩成一团。

“今天我没醉。”他苦笑一声，“不喝上两杯，我根本不敢来见你，可前几日总是一喝便多了，我知道自己做了不少错事，伤到了你，我……”他轻轻地抚摸我的后颈，我忍不住颤抖一下。

他长长地叹了口气：“就快到了，待我登基做了皇帝，我只许你，做我的皇后。”

可我从来就没想过要做皇后，我要的，从来不过就是他当我是一个有喜怒哀乐的人，不只是爱，还有尊重。

“父皇快不行了，他想单独召见你，你明天随我去一趟。”头顶传来他平淡的声音。

我内心挣扎了许久，仍是不甘地问了一句：“你是因为这，才忽地换了态度对我吗？”

他轻笑了一声，听不出喜怒，反问道：“你在乎吗？”

按理说，皇上九五之尊，本不会在这么重要的时候，单独召见我这样一个微末的才人，我虽疑惑，却也忐忑。

去往乾清宫的路上，我只不远不近地跟在朱常洛身后，照宫规来说，却是最为得体恭顺的。张公公站在廊下，远远见我们走近，忙下阶相迎，行了礼，道：“请王才人跟老奴进去，还请太子殿下在偏殿喝杯茶。”

我只管垂眸跟着张公公走，进到内里的寝殿，只见皇上躺在龙榻上，面容更为枯朽，已经奄奄一息了。张公公凑到皇上跟前，低声道：“皇上，王才人来了。”

皇上虚弱地招了招手，似乎是让我到身前去。我见张公公点点头，忙起身上前。皇上微微睁了睁双眼，看清楚是我，又挥挥手，张公公就下去了。

寝殿里四下无人，我跪在皇上面前，只听得他沙哑微弱的声音断断续续道：“朕身边……如今已没有可担大任的人，你是个好孩子，能不能帮帮朕？”

皇上此时只是一个日薄西山的无助老人，我点点头：“但凭皇上吩咐。”

他枯瘦的手指哆嗦着伸到床褥下摸索，终于一颤，摸出一根银针来，他无力地举起银针，朝自己的喉咙比画：“……杀了朕。”

“妾身不敢！”我惶恐地叩首。

“你听朕说……朕现在被迫断了阿芙蓉，难受……难受得很，全身一时如坠冰窖，一时又如业火灼烧，骨子里就好像有虫蚁在不停地噬咬。”皇上痛苦地呻吟起来，“朕很痛……朕的身上都开始烂了，这样拖着只是受罪，你就帮帮朕，让朕解脱吧！如果是你做……太子必不至于杀你，若是别人，就不好说了……”

皇上一边说，一边将细细的银针硬塞到我手中，我推也不是，接也不是，最后那根针，还是到了我手中。皇上累极，喘息不停，儿乎就此断了气息。

我怔怔地看着手中那根细长的银针，一瞬间竟真有如他所愿的冲动，这样一根细针，就算做下了，也看不出吧。

就在我犹豫的时候，蓦地旁边伸出一只手，抽走了那根针。我转头一看，不知何时，朱常洛已经进来了，他细细端详了那根银针，微微皱眉："父皇有什么要求，尽可以向儿臣说，何必为难她一个妇道人家。"

皇上一边咳嗽一边笑起来，气若游丝道："朕如今只有任你摆弄的份儿，哪里敢要求你？"他勉力撑起身子，向外面看了看，"你怎么进来了，张康禄呢？"

"张公公身体微恙，以后只怕不能来父皇身边伺候了。"朱常洛的模样一如既往地恭敬。

皇上听了，未发一言，颓然倒回软榻之中，苦笑道："好，好，张康禄伺候了朕一辈子，你要好好照顾他。"

"是，儿臣遵旨。"

一时殿内寂静，良久，皇上不堪折磨，呻吟声犹如苟延残喘的兽类，他颤声道："洛儿，朕求你……看在父子一场的情分上，给朕一个痛快，你也可以快些登基，对你我都好。"

"父皇的话，儿臣不敢不听，可儿臣尚未准备好，还差一块调遣锦衣卫精卫队的兵符，不知父皇能否交给儿臣？"

"兵符？兵符……"皇上眼睛睁得极大，眼珠乱转，仿佛在极力回忆那块能够让他解脱的兵符究竟在哪儿。

"太子要的兵符，可是这块？"身后传来一个妩媚的女人声音，我循声望去，只见郑贵妃依旧一袭金丝艳丽的华服，婀娜地走来。

“贵妃？兵符为什么在你手里？”皇上气得猛咳起来，手指胡乱地揉皱身下的锦布。

“皇上，对不起，”郑贵妃作势一礼，漫不经心，“您是一撒手，人事不知了，臣妾与洵儿却还要活，臣妾只好偷拿了这块兵符，关键时刻拿来讨好未来的帝王，保全性命而已。”

“这么说，郑母妃是愿意将兵符交给儿臣了？”朱常洛微笑道。

“自然是了，如今大局已定，本宫不是那没眼力见儿的主儿，只是希望太子殿下大人有大量，能够不计前嫌，放过我们孤儿寡母，若能保全性命，本宫愿意双手奉上兵符，恭迎太子登基。”郑贵妃笑意盈盈，躬身将兵符举到朱常洛面前。

朱常洛接过那兵符，对郑贵妃虚扶了一把：“只要郑母妃一言九鼎，儿臣定保您与福王一世富贵，性命无虞。”

这两个人，在一块兵符面前，如此迅速地冰释前嫌，甚至结成同盟，公然论起新皇之事，我尚不能忍，更何况床上一息尚存的老皇帝。这位气息奄奄的老人已经被气得说不出话来，只能瞪着浑浊的眼珠，面部痉挛，伸向空中的手指不住地颤抖。

“父皇，儿臣还有事，这就携才人王氏告退。”朱常洛拉起我，转身欲走。

“洛儿！”皇上似乎费尽了全身力气，喊出这样一声，手指死死地抓住朱常洛的衣袖。

“父皇，您千万别再继续为难儿臣了，儿臣是天下皆知的仁孝太子，怎么可能做出弑父杀君这等禽兽不如的事情？”朱常洛面不变色，“就算父皇心甘情愿，儿臣也怕落人口实，郑母妃，您说是不是？”

郑贵妃只一笑，微微颔首。

“您要是觉得痛，就忍一忍，因为您这点儿痛与母妃悲惨的一生比起来，真的不算什么。”朱常洛终于忍不住流露出快意，狠狠抽回袖子，“儿臣孝顺，不会让父皇轻易地去了，相信母妃在天之灵，也会觉得儿臣做得对！”

“对了，太子，皇上这一生最爱美人，不如到时候让几位皇上最钟爱的嫔妃陪葬，也免得皇上以后在地底下觉得孤独，如何？”郑贵妃一边为气得动弹不得的皇上抚胸，一边谈论皇上的身后事，如同闲话家常般坦然。

朱常洛并未回头，冷笑一声道：“父皇此生最钟爱的女人，不正是郑母妃你吗？”

郑贵妃娇笑连连，如蜜的声音里却溢出恶毒：“话虽不错，可翊郎此生让我等过太多个孤寂的日夜，我也要让他尝尝等我的滋味。”

朱常洛听罢只一笑，拽着我头也不回地离去，徒留下身后焦急而又绝望的喘息之声……

直走到慈庆宫内，我终于鼓起勇气甩开朱常洛的手，倒退两步，防备地道：“你还要继续锁着我？”

他缓缓将被挣开的手背到身后，看向别处：“王安，送王才人回万荷台。最近我可能没空去看你，校儿……暂时先留在我身边，你随时可以来看他。你自己好自为之。”

我知道他所谓的“好自为之”是什么意思，只是静默不语，他等了等，见我不答，便径直走了。

万荷台里四处都有朱常洛布下的暗线，我是不用逃了，日子就这样浑浑噩噩地过着。我也很少去看校儿，就算是想念得心慌，也只是专找朱常洛不在的时候去看，一次碰见他回来得早，我几乎是转身就逃了。

我跟他，真的完了。

冬天的风冰冷刺骨，不分昼夜地呼号着，我常常站在屋外的廊下，望着眼前凋敝的荷塘发怔。

今天午后刚刚下过一场冷雨，地上的水洼都结了一层薄薄的冰，远处的天空上飘浮着半透明的薄云，太阳也只是颜色略淡的一轮，仿佛云淡天青，看着十分心静。

忽然之间，阳光大盛，天空中出现了两个明亮的圆状物体，其中偏东北方向的那一个周边还有耀目的光环。

玉翘捂嘴惊呼：“怎么出现了两个太阳？”

“别乱说话。”我心下一沉，转身回房。

自古君主只有一人，又何来两轮明日？

当晚深夜，玉翘进来，在我耳边低声道：“才人，李选侍在外面求见，奴才说您睡下了，她却怎么也不肯走，您可要见她？”

无事不登三宝殿，我轻声道：“让她进来。”

“很晚了，李选侍有什么话，不妨直说。”

“我来是想告诉你，公孙徵没有死。”我正为她斟茶，不由得手一抖，茶水洒了出来，弄湿了锦绣成团的桌布。她看着我，继续道，“他受了重伤，被人送回蓟州医治，太子之前就知道了，可能顾念着兄弟之情，一直没有动作，可今日不知为何，太子蓦地杀心又起了。”

来不及为他欢喜，心又沉下去，今日天有异象，两日当空，朱常洛知道他还活着，终是不肯放过了。

我将茶盏轻轻放在她面前，道：“只要公孙先生不回宫，这天地之大，江湖之远，太子想杀他，并不容易。”

“可坏就坏在，他一定会回宫。”

我心中重重地一跳：“为何？”

“因为你。”李选侍定定地看着我，“太子传出了你病逝的消息，又刻意传出你还活着，只是被软禁。他料定公孙徵会入宫来探个究竟，然后，他便会布下天罗地网，等着公孙徵。一旦他出现，就会将他认作刺客，当场诛杀。”

我没有说话，心里压抑了许久的东西一瞬间涌出来，他好赖没死在修罗场上，我怎么能让他因为我来送死呢？

“如今慈庆宫戒备森严，等闲消息是递不出去了。今日若不是我在书房里伺候，碰巧听见晏语南和太子谈话，也不会知道这么重要的情报，我真是一点儿主意也没有，不然也不会来找你。”

我悄悄地打量她的神色，只见深深的忧虑与憔悴，她蓦地苦笑了一声：“放弃了公孙徵那样无欲无求的男人，我以为凭我的美貌手段，至少可以俘获太子。他有太多的欲望和平凡男人的缺点，我一直想着从他身上，将你在公孙徵那儿欠我的讨回来。”她若有所思地看着我，“可到了最后，我只能羡慕你，至少在那个悬崖边上，那两个男人同时都想让你活。”

两个人一时相顾无言，我道：“夜深了，你回去吧。我若想着了法子，就让人去告诉你。”

为了以防万一，我没有打算告诉她，也没有打算告诉任何人。

这是我最后能做的事。

我连夜写了一封密信，第二天便让云横将她手里出宫的令牌和密信一并带去给如意。云横一向是等如意回信之后再带回来，所以怎么也会在那儿等如意将信看完，我相信，如意不会辜负我的嘱托。

信上告诉她，朱常洛已经答应了郑贵妃挑选嫔妃殉葬的要求，我让她想法子和稽无循逃出宫去，帮我把云横带走。想着云横会把我之前逃跑不成的事告诉如意，我也没想隐瞒，只说朱常洛现在对我很好，校儿也不能离开父亲，我已经回心转意了，决定留下来，让她勿念。

我细细想过，公孙徵之所以要入宫来探，是因为没得到我是生还是死的确切消息。我只需将两条虚无的消息其中任意一条落实了，并且做到阖宫皆知，便不用愁消息出不去，他知道之后，自然也不必再入宫来。

是生，还是死？

皇上病重，宫中为了冲喜，闹得比往年更加喜庆。上元节臣宴，皇上已病至无力下床，所以由太子暂行储君之责，依旧召群臣于皇极殿赴宴。

上元节臣宴之后，才是家宴，所以此时皇极殿在座的，都是朝中重臣，各位元老亲王，无一女眷，我，本也是不应该出现的。

天空飘起了漫漫白雪，一大片，又一大片。我披着风帽，独自行走于这冰雕玉琢的世界，回忆随着大风席卷而来，我恍惚回到了那年逛灯市的夜晚，如梦似幻。那是我此生最快乐的时候，我突然好害怕，自己随后就会将这份珍贵的回忆忘了……

韩本用守在门边，见了我忙一行礼，道："王才人，太子与诸位朝臣在殿内宴饮，您可有事？"

"我有极其重要的事情要亲口告诉太子，你务必帮我通报一声。"

"这……只怕没这个先例，奴才怕……"他忽地瞧见我的脸色，似乎吓了一跳，道，"奴才去问问。"

我在廊下等候着，听着殿内觥筹交错的喧闹之声，只觉分外遥远，胸口的血气翻涌起来，我忙勉力忍住。不一会儿，韩本用就出来了："太子请您在偏殿稍候，殿下一会儿会过来更衣。"

"韩公公，你再帮我通报一声，我真的有急事。"每一次呼吸，我的胸口便如火灼烧，分外疼痛。

韩本用为难道："才人，宫有宫规，后宫女眷岂能随便出入臣宴，您就稍等片刻。"

我怕再多等一会儿，连站立的力气也都没了，忙一把拨开他，妄图闯入殿门。左右侍卫将我拦住，冰冷的铁甲将我与殿内的欢宴隔离开来。

我唯有拼尽全力高呼："太子殿下，妾身有要事禀告……"一言未尽，我刚刚全力压制在喉头的一口鲜血，已经喷涌而出，落在白璧无瑕的地板上，犹如绽开的红梅。

"传太子旨令，传——才人王氏觐见！"

我自知鬓钗散乱，血污湿透衣襟，吓人得很，侍卫的寒甲"哗啦"一声，左右归位。我几乎是跌入门槛去，虚浮地摇晃了两步，倒在冰凉的玉质地面上。我勉力支撑着爬行，沾血的手留下一痕一痕徒劳的印记，我看见满室的灯光映照在地面上，仿佛星星……

四座皆惊，殿外一声声"传太医"渐行渐远。我几不可见地微笑了一下，今日之后，这些王公大臣，都会好奇我这位太子嫔妃在中毒身亡之前拼了命要奏报的究竟是何事，从而在京师中掀起一阵众说纷纭。我的目的，也就达到了。

朱常洛向我疾步而来，我看见他惊慌的神色，恍惚还是从前那个轻易便能牵动我喜怒的少年。

"揽溪！"他抱住我软倒的身子，胡乱地擦我嘴角的血迹，"这是怎么了？"

"我中毒了。"我竟朝他微微一笑。

"什么毒？谁下的毒？"他嘶声问道。

"是……是鹤顶红，治不了了……"我咳出点点血红，道，"你要……要好好照顾校儿，不要……让任何人欺负他……欺负他是没娘的孩子……"

“治得好，一定治得好的，你别胡说，太医一会儿就来了！”他不停地擦我口中溢出的血，我也分不清，是我的身子在剧痛中痉挛，还是他在颤抖。

“你说，我死了便会放我出宫去，还算……不算数？”我轻轻地笑，眼角却落下泪水，“我实在不喜欢这里。”

“只要你好好的，我什么都答应你！什么都答应你……”看着他心痛若狂的面容，我心里蓦地涌起一阵酸楚。

我这辈子都不可能原谅他了，还好，这辈子很快就要结束了。

黑暗渐渐将我吞没，疼痛也慢慢抽离，我知道，这一次我将永不苏醒，不知为何，我竟在迷蒙中松了口气。

呵……

无论怎样的疼痛与绝望，终成过往，终成过往。

第十一章

南柯一梦江湖远

断烟似离绪，冰雪深掩浅塘。

半杯绿蚁了残荷，香殒西风雨。

唱江东，铁马冰河，王孙岂忆柔情？轩窗往日，双杯对月圆。

又是上元佳节，虽繁景依旧，却与故人别。

曾记携臂猜灯，一对璧人，惊觉流年偷换，心念不初，甘味俱成辛。

此生种种，皆作烟消云散。

“揽溪——揽溪——”

是谁？我挣扎了许久，终于醒来，只觉胸腹间有如火灼般的疼痛，不由得呻吟出声。

门“吱呀”一声开了，一袭白衣飘然而入，黑发披散，眉目如墨画山水一幅。他定在那里，凝视着我，神情一如往昔，沉静深远，温润多情。

一别之后，恍如隔世。

明亮的窗外传来笑语人声，花香鸟鸣，公孙徵逆着光走来，他轻轻地拥我入怀，直到感觉到温暖，我才肯定，这一切，都是真实的。

我还活着。

我不由得喘息起来，想说话，却发现自己一个字也说不出，只能发出气流声。不知是惊是悲，泪水直直淌下。

“没事了。”公孙徵温然道，“别急，你的声带受鹤顶红所伤，暂时还不能说话。”他将手掌摊在我面前，“有什么想说，就写给我。”

指尖微触那温热，却写不出一个字，千言万语涌上心间，只渐渐化作一股难以言喻的复杂味道，留存在喉间，哽得人酸痛。

良久，他缓缓回握我颤抖的手：“别怕，有稽师兄在，你一定会好起来的。就算最最不济，你从此不能再说话，也没什么妨碍，你想说的，我都懂。”

垂眸看着他指节分明的手，我竟真的感觉到久违的心安，轻轻颔首。

还好，如意也同我们在一起。她闻讯赶来，直哭了好一阵，红肿着双眼瞪我道：“无循说，得亏你服下的毒药放得太久，失了些效力，不然就算有锦囊里的那颗良药，也回天乏术。”

那毒药是我在贝淑女房里捡的她喝剩下的，想来是放久了些的，没想到，我竟然因此侥幸活过一命。

她还告诉我，胡堂平居然就是稽无循。他本自言是稽无循的朋友，一直守在如意身边，帮如意挡下八方而来的明枪暗箭。如意有孕，自己搜罗了些药，想暗地里打掉，不想差点儿送命。那一次，素日里冷静淡漠的胡太医方寸大乱，如意说："他当时的神情，我一辈子也不会忘的。"

自此，如意才开始怀疑胡堂平的真实身份。

凭借自己对稽无循习惯的了解，如意对他百般试探，他总是做出与稽无循相反的反应，如意更加笃定，他就是稽无循。世间哪有完全相反的两个人，他越是掩饰，越是可疑。终于如意当面揭穿了他，让他滚，还威胁他要告诉太子，可他不肯，他说……他回来，就是为了守护她。

再后来，如意得知自己的孩儿生了病，稽无循一直照顾着她和孩儿，就算是冰凌一样的心，也终是一日一日渐渐化了，更何况，如意本就对他有情。

有情人终成眷属，如今看来竟是一件极难的事。烟绕、云横、卫宁妃，后宫中千千万万等待着的女人们，我自己，得到，失去，甚至从未得到，谈不上失去，不幸福的人那么多，才显得那一份幸福有多么值得珍惜。

之后将养的两个月，公孙徹、如意和稽无循，时常交替着陪我，偶尔四个人一起说说话，极其热闹。后来也不知他们是否有意，如意与稽无循来得少了，多是公孙徵与我独处，待得久了，渐渐变得习惯熟稔。

公孙徵时常坐在我身边，泡了一壶好茶细品，轻摇手中的折扇，将他的身份、他的过往，如轻缓水流一般，慢慢地全部告诉了我，没有一丝隐瞒，而我，只需静静地听着。

原来温将军是皇后入宫前青梅竹马的好友，当年出事之后，皇后便暗中向温将军求助。温将军帐下有一女将，智勇双全，遂派那名女将潜入宫中，冒充宫女，才将还是小小婴孩的公孙徵抱出，那名女将，就是阿拂。

郑贵妃联合父弟，拉拢佞臣，自成一党，为了排除异己，又许是怀疑到温将军窝藏了皇子，便诬陷将军谋逆之罪，欲将温家抄家灭族。温将军得了消息，趁他们奸计未行，先自请了镇守边关，可那些歹人杀心既起，又怎会轻易放弃。眼见着圣旨又追过来，温将军无奈，只好带了温家军，住到蓟州的深山里，从此自建了工事，组建了这样一个如同世外桃源般的存在。

“义父说，若害得只他一人性命，为‘忠’之一字，他必领圣旨，可他身后还有几万温家军，他不为自己，也要为这几万忠义之士的无辜性命，他只好率领众人，忍辱负重，躲入山中。”

之后，温将军便将公孙徵当自己的亲生孩儿抚养，并取名“温曦”。再后来，青冥先生云游到此，见公孙徵与他有缘，便带上山去做了入室弟子。之后青冥先生驾鹤西去，四士名动京城，公孙徵为掩人耳目，便自行换了名字。

温家军寓兵于农，保一方平安十余载，最近又剿了八仙山十二匪寨。公孙徵联合了几位老臣，意图为温将军洗清当年谋逆的罪名，亦为隐藏这么多年的温家军正名。上元节臣宴那日，公孙徵本就潜藏在群臣之中，这才刚好救了我。

“太子可答应了？”我写道。

公孙徵笑了笑：“如今他手中的兵权仍是不多，我们既公开支持他，他断没有理由拒绝。”

可朱常洛忌惮公孙徵的嫡长子身份，又怎肯轻易纵虎归山？公孙徵又是如何才让朱常洛放我出宫的？难道朱常洛真以为我死了，因为我临死前求了他，才放我离开了？

“太子虽然势力大增，可是想要夺得皇位，仍是险中求胜，他分身乏术，无暇顾及我们的。温家军已然正名，我们很安全，你不用多想，好好养病才是正经。”公孙徵仿佛真能看透我的心思一般。

门口的药罐咕嘟嘟冒着泡，顶得盖子哐哐作响，公孙徵出去倒了一碗浓黑的药汁来，道：“来，药又好了。”

日子就这样一天天地过去，我竟奇迹般地痊愈了，除了仍旧不能说话，渐渐行动自如，一切如常。

随公孙徵回来住了这么久，若非因病耽搁，早该拜见家主，公孙徵只笑：“我义父义母早想来看你，只是因为你一直病重未愈，他们都是武人，不爱拘泥小节，是不会怪你的。”

“我如今既已痊愈，理应拜访，只是不能说话，你要帮我担待。”我认真在纸上写道。

一丝笑意缓缓在他嘴角漾开："你不必紧张的。他们都是顶随和的人，保你一见就觉得亲切。"

我虽不至于紧张，可一见公孙徵的义父义母，却还是傻了眼。

温将军虽年近五十，却因长年习武，看起来比较年轻，英武非凡，又带些端然儒雅的气度，胸前长须飘飘，十足一位美髯公。

再看温将军身侧站的，不是拂婆吗？我揉揉眼睛，是拂婆没错！她脸上的疤痕依旧，只是她不再着黑衣风帽，头发也都干干净净地梳到后面，看上去没有那么阴暗诡异了。

我这才想明白过来，公孙徵为什么要说保我觉得亲切了。他倒是平常模样，躬身道："义父、义母。"

我勉力镇定，随着他行了一礼。

"义父，揽溪的伤尚未全好，还不能出声，她是特来拜访您二位的。"公孙徵笑道。

"姑娘客气了。"温将军又道，"她的伤，你和无循还要上心啊。"

"还用你说，曦儿这段日子不是全在照顾她吗？"拂婆道。

温将军也不生气，笑吟吟地道："都站着干吗，来，坐。"

我有些不敢看拂婆那张冷冰冰的脸，我知道她一心为公孙徵好，也记得自己答应过她什么，可我仍拖累了公孙徵这许多，我对不起她。

忽听温将军道："不知不觉说了这么久，都快到饭点儿了，揽溪姑娘就留下来同我们一起吃饭吧。"

我看了看公孙徵，又望了望拂婆。

拂婆轻飘飘一记白眼过去："你倒是会留人，饭却要我来做。"接着咕哝道，"本以为成了将军夫人，好歹能有两个丫头伺候了，不想什么都还得自己做。"

温将军好脾气哄道："穷乡僻壤的都只能自家顾自家了，再说，我不是只爱吃你做的菜吗？"

拂婆"哼"了一声，走到门边蓦地站住，回首硬邦邦地道："丫头，跟我去厨房。"

来到厨房，拂婆并没有说什么，我拿手指蘸水写道："我没忘记自己答应的事。"

"可是我改主意了。起先我总怕你缠着他，耽搁他，牵扯他一趟又一趟地蹚浑水，可那些都是曦儿自愿的。"拂婆长叹道，"你应该也知道，太子有多忌惮曦儿，他本不该入宫犯险，可也是为了你，明知是龙潭虎穴，他也闯了，他说无论如何，他也要再问你一次，肯不肯随他出宫。"

"曦儿就是这样，你能看到的，永远只是他为你付出的十分之一，你若问他，得到的也只不过是他轻描淡写的回答。"拂婆微微皱眉，"我们曦儿是个好孩子，我希望你能珍惜他。"

我垂眸盯着案板，写道："我配不上他。"

"你说了不算。"拂婆微微一笑，"世上有一种人，一辈子只认定一个人，认定了就什么也改变不了，曦儿就是这种人。只有你在身边，他才肯幸福。"拂婆说罢，手中忙碌起来，"我老婆子言尽于此，我知道，你们年轻人的事，自己有主意的，我今天就是想告诉你，你们的事我和他义父都不会阻拦干涉，但是——"拂婆抖了抖手上的水珠，把一整篮子菜都放在我面前，“做菜，你是非学不可了。”

于是以桌上中间为界，两旁摆了一样的菜色各两盘。温将军拿着筷子，不解地问：“这是什么意思？”

“这边的是我做的，那边的是揽溪做的，咱们吃我做的，他们俩就吃那边的，咱们各吃各的。”拂婆将两边的菜碟分得更开了些。

“还是不懂。”温将军摇头。

“嘿，就是让她用心，别偷懒。”拂婆小声咕哝道，“看那么难吃的菜，她准备让曦儿吃几次。”

我不由得脸红，刚刚那些菜我是想倒掉的，可拂婆说这里不比皇宫，一根菜梗也不许浪费，没想到，她竟来这一招。

公孙徵看了看盘子里的菜，似是不信能有多难吃，见面前的小白菜颜色尚好，便随意地夹了一筷子放进嘴里。几乎就在入口的那一刻，他甚至来不及咀嚼，就猛地一低头，差点儿吐出来。

他忍了忍，还是咽了下去。

温将军见着好奇，道：“什么味啊，我尝尝。”说着伸出筷子来。

拂婆拦道：“你可想清楚，尝了她做的，可就不许吃我做的了。”吓得温将军忙将筷子缩回来。

拂婆转过身盛饭，得意地问：“曦儿，那咸得发苦的菜叶怎么样啊？”

“尚可。”公孙徵趁此机会夹了一大筷子拂婆做的菜，放在我碗里。拂婆就好像背后长了眼睛一样，蓦地一回首，警惕地看桌上的菜碟，温将军忙打掩护，装模作样地夹了一筷子："不错，好吃。"

公孙徵笑了笑，示意我吃饭，自己又夹了点儿咸菜叶，和着饭吃起来。

在如此高压之下，我的厨艺突飞猛进，拂婆见目的达到，也就不再一菜两份了，只是一同吃饭似乎成了习惯，谁也没提要分开。我每天与拂婆一起做饭，然后大家欢欢喜喜地一起吃饭，竟感到久违的家的感觉，我心里很珍惜。

拂婆擦了擦手，唤我道："我来做个鱼汤，你快去叫他们来。爷俩估计在场子上练武，又玩儿得忘形了。"

我忍不住笑，点点头。

可场子上一个人影也没有，我转到后面的院子里去找，刚走到墙角边，就听见公孙徵说话的声音。

"……怎么会这样，揽溪现在不是好好的吗，鹤顶红都已经排出，人也是能跑能跳，你现在告诉我她只剩一年的寿数，我不信！"

我脑中一时恍惚，以为自己听错了，他们说的，是我？

稽无循道："我也是拿不准，不想平白让你们害怕，这段时日一直尝试着各种各样的办法，只可惜……鹤顶红已经毁损了她大部分的内脏，现在勉力支撑只是在吃身体的老本儿，很快就会走向衰竭。公孙，没有把握的诊断，你何时见我胡乱说过？"

良久，只听公孙徵沉缓道："孤花宫尚存一粒还珠丹，本就是师父炼下的丹药，被他们抢去的，为今之计，只有去取那丹药试一试了。”

“公孙你忘了，六年前，孤花宫掳附近的村民试药，师父带我们大破其禁宫，还杀了他们的情花宫主，孤花宫与咱们荡浩山结下血仇，这几年一直蛰伏，从未放弃过报仇。你去他们那儿取药，不是自寻死路？”

“大不了，再闯一次便是。”

我缓缓地后退，抚着胸口勉力平静，刻意放重了脚步走过墙角，微笑做了个“吃饭”的口型。

稽无循微微一滞，道：“如意和浦儿还等着我呢，你们吃，我这就告辞了。”

我转头去看公孙徵，他的神情中有不可抑制的悲痛溢出，我只作不知，做了一个疑惑的表情看他。

他渐渐伸出手，抚上我的脸颊，终于只是擦了擦，笑道：“有灰。你先进去，义父去村东头了，我去叫他回来。”说罢急忙转身，大步离去。

拂婆说得没错，我能看到的，永远只有十分之一。我在原地站了良久，待完全回过神来，才回到厨房，而拂婆已经杀完鱼了。

我向拂婆指了指鱼，写道：“教我。”

拂婆略微诧异：“曦儿说你怕鱼的，你切姜。”

我微微红了脸颊，继续写道：“他喜欢。”

拂婆眼中多了几分宽慰，点点头。

已是人间四月天，阳光正好，不冷不燥，清风正好，携来一丝淡淡的花香与暖意。小径的两旁都是拂婆种的花草，虽不是什么名贵品种，有些甚至就是在路边挖来的，可每一株都生机勃勃，花开鲜艳，植株青绿可人，美得质朴纯真。

这是我每天回房的必经之路，不长不短，刚刚够温暖心房。

我拉开公孙徵宽大的袖幅，手指在上面写道："我想去看名山大川，可愿相陪？"

"好，你想去哪儿？"

我不知道有哪些地方，只好进一步描述道："大湖大海。"

他想了想，道："那就去太湖。"

"听你的。"

"那好，我这就去准备，租马车可能要进城，你有什么要买的告诉我，我一并买回来。"公孙徵也有些高兴起来。

"我想骑马，你教我。"

"不行，"他一口回绝，"骑马太过劳累，你的身体经不起路上颠簸的。"

"既然是游玩，路上也不必太赶，我还没骑过马，答应我。"我可怜兮兮地望着他，抓住他的手臂晃了晃。

公孙徵终于松口："姑且试试，可是你要答应我，若不行就不要勉强。"

我忙不迭地点头。

如意听说我们要去太湖，也央求同行。耐不过她，只好如意、稽无循、公孙徵和我四人一起出发，正好有个照应。

我们商量路过附近的城镇，添置一些要用的东西，然后就一路策马去太湖。刚一进城，就看见城门边上，有差役正张贴黄榜。我们骑着马，居高临下，很容易便能看见，是朱常洛登基的告示。

街上人人奔走相告：“太子登基了，吾皇万岁！”

“他终于得到他梦寐以求的了。”如意轻轻道。

在得到那个位置之前，他一定又历经了几番腥风血雨，只是那些纷纷扰扰，都与我无关了。我默默地催促马儿离开，公孙徵在一旁道：“快走吧，不要太惹眼。”我们一行四人转入巷子，快速离开那人声鼎沸之地。

广阔无垠的湖面上浮着一叶扁舟，烟波浩渺间，我与公孙徵于舟上相对而坐，赏景品茗，怡然自在。远处天水一色，蔚蓝若幻，起伏的山峦之间雾气萦绕，犹如水墨沾染，仿若仙家居处，让人不由得心醉神迷。

公孙徵从身后取出一个长条状的布包，打开来，竟是一架鹤鸣秋月琴，略长的琴身，精致的雕纹，琴弦上闪烁着柔和的光泽，有着特别的韵味。

他轻轻拨动琴弦，侧耳倾听流畅清灵的琴音，几乎陶醉：“此情此景，真当弹奏一曲。”

我在小几上写道：“赏景泛舟，一杯清茶足矣。”

他笑：“不谙风雅。”

我未应他，眼睛却忍不住一次又一次看向那架琴。

“是不是一模一样？”公孙徵察觉，双手一送，将琴送到我身前来，“你摔了我的琴，也不说赔我，现在我自己重新做了，一首曲子总要弹吧？”

我摇摇头，写道：“我不再弹琴了。”

四目相对，他似乎已将我看透，温润的眸中流露出痛惜：“为什么你明明喜欢，却不肯承认？”

他借琴问情，我却无言以对。

捧琴的手丝毫没有收回的意思，他问：“是因为阿洛？”

“不。”

公孙缓缓将手里的琴搁下，迟疑了许久，道：“苏苏嫁人了。”

冷苏苏？她嫁给谁了，她放弃公孙徵了吗？我心里的疑问几乎瞬间齐出，而我，一个也问不出口。

何必问，何必问，她怎会心甘情愿嫁给别人！

手指下未写完的残字渐渐干了，我从未想过，她那样倔强勇敢的女子，有一天也会妥协。

“萨尔浒一役，西路军全军覆没，我中了毒箭，战到最后，终是不敌，我以为我死了，醒来却在女真部族的地牢里。身边的战俘一个又一个被处决，却迟迟没轮到我。直到一天，来了一个男人，他命人蒙住我的双眼，带出了地牢，我们走了很远的路，摘下眼罩时已经到了离抚顺城不远的郊外。他自称是苏苏的兄长，他们的父亲是大将冷格里，他还告诉我，我的性命是苏苏答应与皇九子巴布泰完婚换来的，让我永远不要再出现在苏苏面前，不要打扰她新的生活。”

“她现在说不定……”我想安慰他，可“幸福”两个字就是写不出。

公孙徵看了，轻轻道：“是啊，离开我这个不爱她的人，她说不定会幸福。”

可被迫离开自己心爱的人，要有多大的运气，才能遇上一个彼此心动的恋人？

而此刻，我是衷心希望，巴布泰是她能够托付终身的良人。

“苏苏的兄长还替苏苏转达了一个请求，让我永远不要参与大明与女真的战争，她说她会心痛。”公孙徵怅惘道，“我几乎快被她动摇了……她是个好女孩儿。如今我才懂得你当年的话，有些热闹喧嚣，只有待失去了，才知道它弥足珍贵。”

命运弄人，我看向湛蓝无际的天空，却看不出个答案。公孙徵轻轻扬手，琴音泠泠而起，正是《风入松》，此刻听来，少了几分洒脱，多了几分惆怅。

我承认，打从一开始，公孙徵就吸引着我，他为什么会用那样的眼神看我，他对我的关怀照顾，都一分一分地打动了我的内心。可我一直在用全部的力量抗拒着他，因为我知道，在这个世上，有比两厢情动更贵重的东西，我既已有良人，又何必贪心呢？

而后世事无常，历经艰难，他对我的一片赤诚，我岂会真的看不见，只可惜如今我虽恢复了自由之身，却已是将死残存。他应该与一人白头偕老，写意江湖，而不是被我这个短命鬼拖累，徒然心伤。

我既然明白自己的心意，又如何能让自己的私心耽误他？

短命如何配得长情？那琴，我终究是接不得的。

今天天气极好，洁白的云如同随心挥舞的一笔，丝丝缕缕地浮在蔚蓝的天空上，让人说不出的心情好，十分适合踏青。

我来到公孙徵的房门口敲门，没有人应答，他一向起来得早，难道是练功去了吗？

小二路过我身边，我忙拉住他，指了指房间。小二道："您是问这房里住的客官吗？他昨儿夜里就退房了，您不知道？"

我听罢就往外走，刚好碰见如意经过院子，她一见我便神情闪躲的模样，步子都加快了。我忙上前拦住她，扯过她的袖子写："公孙徵人呢？"

"啊？啊……我不知道，不在房间里吗？"如意笑得勉强。

"别瞒我。"我知道，自己的脸色正急剧地苍白下去。

如意瑟缩道："听他们说，好像是'孤花宫'。"

那三个字就好像一个惊雷打在耳边，我不由得身形一晃，一颗心直直坠下，果然，他还是去了。

我推开如意搀扶的手臂，快步向马厩走去。如意着急地在身后追问："揽溪姐姐，你要干什么？"

我顾不得答她的话，也顾不得其他，牵出我惯骑的小黑，翻身上去，我此时心里只有一个想法，就是去找他，把公孙徵找回来。

没跑出多远，身后便传来疾速的马蹄声，稽无循扬鞭赶到我前面，拦住我的去路，小黑长嘶一声，停了下来。

稽无循勒马，皱眉道："你去哪儿？公孙徽将你托付给我照顾，你若出事，我没法向他交代，回去等他吧。"

我坚决地摇头，一字一字做出口型："我不要还珠丹，我要他回来。"

"你都知道了？"稽无循微微惊讶，"那你更该明白，他是为了你。"

可那还珠丹是那样随便好拿的吗？我说不了话，不想与他在此浪费时间，拉扯小黑准备绕过他。

稽无循跟到我身侧，并肩而行："你知道去哪儿找他吗？找不到又当如何？"

我不理他，扬鞭催马，飞驰而去。

不一会儿，稽无循赶上来，叹气道："我带你去，孤花宫。"

我一直不知与荡浩山相距不远的孤花宫，竟然就隐藏在离太湖极近的地方。当时请公孙徽相陪一同游山玩水，以为这样便会离孤花宫远些，他便没有机会去取还珠丹，没想到他提出来游太湖，一切反倒入了他的计划。

"穿过前面那片林子，就是入口了。"稽无循道。

前面隐约有不少人在林子前徘徊，竟像是宫中锦衣卫的飞鱼服。我怀着疑惑驱马靠近了些，为首之人瞧着十分眼熟，竟是朱常洛的心腹军师晏语南！

晏语南似乎也认出我来，不由得惊讶，直到他身旁的锦衣卫将我二人拦住，他才吩咐锦衣卫道："这是我的故人，你们先下去。"

待锦衣卫离得远了，晏语南才若有所思道：“你还活着。”

我拾了路边的一根长枝，在沙土上写道：“晏大人，好久不见。”

稽无循道：“王姑娘身中剧毒，如今尚未复原，毁损了嗓音，故不能说话。”稽无循开门见山道，“阁下来这邪宫入口，凶险之地，不知所为何事？”

“这位是？”

“哦，在下不过是受人之托，照顾王姑娘的一个乡野郎中罢了。”稽无循云淡风轻道，“阁下有什么意图，不妨直说，既然您与王姑娘是故人，说不定咱们彼此还能有个商量照应呢。”

稽无循这话有意思，对方是几十个锦衣卫，我和他就两个人，还能是我们照应他们吗？可他一副不卑不亢的模样还真唬人，加上刚刚他一言便点出这里是“邪宫入口”，只怕晏语南也不相信他是什么乡野郎中了。

晏语南略一思量，拱手道：“公子爽快，在下也不相瞒，在下此番前来，是为，求药。”

“还珠丹？”稽无循淡淡问。

“你知道？”晏语南略惊。

“传说能够活死人肉白骨的奇药，身为医者如何不知？”

晏语南面上不由得流露出些微警惕：“你们，难道也为此奇药而来？”

我与稽无循对视一眼，他心领神会道：“还珠丹是孤花宫首位宫主传下的镇宫之宝，就凭我一个破郎中，还带这么个病秧子，阁下不要开玩笑了。”

晏语南立即松了一口气：“那二位前来，是为……”

“哦，我们找人。”稽无循略略瞥了我一眼，“在下的幼弟不懂事，误入了孤花宫，在下想着去托人说说好话，把那不知天高地厚的小崽子领回去。”

“报！”一个锦衣卫上前来，“晏大人，前方毒草藤蔓交错，总旗大人询问是否再换线路探寻。”

“如何再换也是一样的，让高总旗务必想办法拿下。”

“是！”

我指了指稽无循：“他知道如何进去。”

又互相对视了一眼，稽无循镇定道：“是，我同孤花宫的采药人有点儿交情，不过时日有些久了，只能凭着记忆走走看。”

“如此甚好！整队集结。”

在稽无循的指引下，我们很快便穿过玄妙曲折的丛林，来到一片空阔之地，不远处的山壁上有一道高大的铜门，关得严丝合缝，唯有一条血色的溪流汩汩地从门中央流出来，长长地蜿蜒而下，流过我们的脚边，流入满是尘土的地下。

几个锦衣卫警惕地靠近，试着推了推铜门，其中被称作高总旗的精壮汉子，掌中翻出一把薄刃，越过中缝，三两下便弄断了另一边的机簧，他猛推了一把，铜门应声而开——

公孙徵！

他白衣浴血，长剑撑地，被孤花宫的弟子团团围住，唯有一双雪亮逼人的眼睛，还有那长剑上淅沥沥流淌的鲜血，让敌人不敢再贸然上前半步。

我忽地看见二楼横梁的阴暗处有一个如同蝙蝠般倒挂的人，他不动声色地一挥手，檐上顿时掠过好几个黑影。我心里顿时升腾起不祥的感觉，而眼前的铜门才打开一人侧身的宽度，我急得忘了自己说不出话，大呼一声："公孙，小心！"

几乎就在同时，我仿佛听见了羽箭离弦的嗡鸣声。来不及多想，我从那一人宽的门缝里飞奔出去，用我这辈子最快的速度、最大的力气，向他撞去，我心中只想，将他撞出那个范围，他便能安全。

他被我撞得一个踉跄，转眼锋锐的箭尖旋至眼前，我已无处可躲，不想公孙徵又贴了回来，抱住我一个转身。我清清楚楚地看见，那枚尖利的箭尖钻入他的后背，鲜血喷溅而出，落上我的脸。

头顶传来一阵夜枭般的笑声，刚刚那个横梁下的黑影跃出。亮光之下，惨白的脸上妆色浓重，一身深紫色的披风，明明身形伟岸似男人，一张口却又妖异得很，不男不女："还珠丹乃我宫圣物，岂容外人觊觎？公孙徵，你已中毒箭，若无解药，不出三天，会死得很难看！你将还珠丹完璧归赵，本宫主便大发慈悲，给你解药，如何？"

"我只求药，不求生。"公孙徵轻声嗤笑，"师父说过的，你这妖怪的解药可吃不得。"

"我不需要这药了，"我摸着他后背上温热的液体，心里直打鼓，脸上却勉力微笑出来，"你看，我现在能说话了，我会渐渐好起来的，你把东西还给他。”

“别犯傻，孤花宫的解药，毒是可以解，却让人武功全废，到时如何离开？倒不如速战速决，自求一线生机。”公孙徵转向我，眸光温润如水，“就算你能自行痊愈的可能是十中之九，我也不能用那一成来赌你的性命，这药，我必须拿走。”

“我问你，你当初为什么要亲身犯险，救我出宫？”

“自然是为了让你自由，真正的舒心快活。”

“你几次出生入死，都是为了我，我又怎么能自私到为了自己，理所当然地拿你的性命来换，你救我出宫，却又赔上自己性命，让我怎么办？”

他略略苦笑：“只要你好，我心甘情愿。”

“公孙徵，你还不懂吗？我愿与你走下去，有一天便是一天，一个时辰便是一个时辰，没了你，我便一个时辰的快活也没了。你是选择给我一年的欢乐，还是一辈子的痛苦？”

他的眸中渐渐浮现出激动欢欣的涟漪，用力握住我的肩膀：“揽溪，你这是回答我了？”

我只向他伸出手，公孙徵定定地看了我片刻，终于将腰间的锦盒解下来交给我。

上面那位阴恻恻的宫主道：“商量得怎么样了，公孙徵？你这药便是为这女人偷的吧？为了一个女人，你居然来这里偷东西，实非君子所为！”

公孙徵勾唇一笑：“我从来没说过自己是君子，只不过世人都知道自己不是君子，而又希望旁人都是君子，这才装装样子罢了。”

趁着他们俩斗嘴，我与稽无循目光交错，他略一点头，我便猛地将手中的锦盒向晏语南扔过去。稽无循凌空一跃，半途补上一脚，那锦盒便不偏不倚地正落在晏语南怀里。

“晏大人，你要的还珠丹！”我扬声道。

事已至此，我们要自己脱身，只好将晏语南推出去。他既要这还珠丹，就只当帮我个忙了。他带的几十个锦衣卫，个个都是高手，想必出这孤花宫，定是性命无虞的。

四面立时炸开了锅，宫主再顾不得我们，直直向晏语南的方向掠去：“来呀，保护本门圣物！”

此时稽无循也落到了公孙徵的另一边，搀起他道：“走！”

公孙徵一声呼哨，小白小黑立刻奔至眼前，我们三人翻身上马，绝尘而去。

听稽无循说，孤花宫行踪诡秘，轻易不会在闹市里露面，我们大隐隐于市，遂来到常熟，择了一家药铺对面的客栈住下。

公孙徵几乎是跌下马来，喷出一口乌沉沉的血，落在雪白的皮毛上，极是可怖。稽无循略略皱眉，一把架起几乎脱力的师弟，轻轻叹了口气：“真是能忍。”

将公孙徵扶到床上，稽无循迅速取了纸笔，龙飞凤舞地写了一气，递给我道：“你让小二端盆热水上来，再照这些去买药，其他的都交给我。”

我走到门边，忍不住回头，只见公孙徵的脸色煞白得可怕，几近透明。我从未见过他如此虚弱的时候，就算那日在山洞内，也是他镇定地告诉我该怎样一步一步为他疗伤，给了我黑暗中支撑的勇气。

可如今，他就那样静静地躺在那里，毫无生气，竟还是因为我。

待我将药买回，稽无循已经将伤口收拾得差不多了，盆里氤氲着血色，旁边一个沾染着血迹的箭头正泛着幽幽的蓝光。

“你将药煎与公孙喝，一日三次，这药是延缓毒性的，要救他的命，我还要出去一趟。”稽无循替公孙徵脱下剪得破碎的外衣，嘱咐道。

“师兄要去哪儿？”我心中慌得很，忙问。

“公孙所中之毒，配制得实在精妙，要破解研制出解药，短时间内绝不可能。我只好再夜探孤花宫，打得那宫主说出真方子来……”稽无循蓦地顿住了，似在公孙徵的袖子里摸到了什么东西，他摊开手掌，只见一粒白色的药丸滴溜溜地在指间打转儿。

稽无循看了看双目紧闭的公孙徵，又看了看手中的药丸，苦笑了一声，将手伸到我面前：“收好了。”

“这是什么？”

“还珠丹。”

我不由得讶然，看着那粒珍贵的丹丸，缓缓接过。

“我这师弟，从小就聪慧，可有时候，我又觉得他傻得很。”稽无循取了桌上的长剑，转身欲走。

这一路上他饱受箭毒的折磨，自知性命堪虞，却不肯拿出这丹药来服下，不是傻又是什么？

“师兄不用去了，”我心中一酸，几乎在瞬间就定了主意，“这还珠丹能够活死人肉白骨，给公孙服下，他不就有救了吗？”

“这是他给你的。”

“他希望我活，我又何尝不希望他活。”我扶他起来，欲将那粒救命的药丸塞入他的嘴里，可他牙关紧咬，一丝缝隙也无。

公孙徵垂下的手蓦地抓住我的手腕，力道极大，却连眼睛也睁不开。

我心下酸楚，对他道：“好好好，还珠丹我存着，你放心。”

听我这般说，他才手劲儿一松，彻底晕了过去。

稽无循外出寻方，我惦记着去买压制毒性的药材，又不放心假手旁人，即刻也出了门。

走到一处略微荒僻的地方，忽地冒出两个大汉，捂住我的嘴将我拖到角落。

“好了，你们先下去。”

眼前出现的不是别人，正是晏语南，他换了一身不太显眼的衣裳，额边垂下些许碎发，面颊上落了一处浅浅的剑痕，显得有些狼狈。

“晏大人，你这是做什么？”我按下怒意，整理歪斜的衣裳。

晏语南冷冷道：“王才人，你可把我们害惨了。”

“对不起。”我自知理亏，虽说本是想将还珠丹顺手给了他，却不想公孙已将丹药偷龙转凤，我的确是将他们害惨了。

晏语南面色稍缓，低声道：“王才人，你害了我们这些人不要紧，可不能害了皇上，皇上病重，等着还珠丹救命呢，那丹药若在你手里，还请您念在与皇上往日的情分上，交给下官。”

我知道宫中的忌讳，若不是到那一步，谁敢说“皇上病重”！可朱常洛登基不过半月，怎的就病了呢？

他一声“王才人”，将我拉回了久远的往事里，我摇了摇头，赶走脑中纷乱的思绪。

“没想到，王才人面对皇上的生死，却比皇上面对你的生死，镇定得多。”

我微微一笑：“晏大人还是唤我旁的，王才人已经死了。”

“是，的确，大家都以为你死了，皇上也以为你死了，所以才会追封你为‘孝和皇后’，成日陷在对你的回忆里，才会因你茶饭不思，让小人钻了空子，落到现下卧床不起的境地，你真要对他如此绝情冷漠，不闻不问吗？”

我面上仍是冷漠：“如何至此？”

晏语南叹了口气：“皇上对你终日思念，每夜总是陷入梦魇，郑贵妃便进献了十个美人，起先皇上也不肯接受的，可那十个美人……均与你有几分相似，有的是模样略同，有的是气韵神似，皇上接连宠幸那十个美人，眼见着就病了。司礼监秉笔太监崔文升私下同皇上煎了药来，皇上服下之后，病情更重，上吐下泻，自此一病不起了。”

那崔文升从前是郑贵妃的内侍，这里面定然有着极大的阴谋，朱常洛喝那东西煎来的药，岂不是糊涂了！

晏语南踌躇了片刻：“王才人，你若还担心皇上，不如就随下官回去，皇上是因你病的，兴许见着你，病就好了呢。

“再说……宫里还有皇长子，万一出了什么事，宫里没人护着皇长子，他还那么小，又不懂得自保，可要怎么办，你是他的亲生母亲，岂能不管他？”

我不由得打了个寒战，校儿，我的校儿！是啊，若朱常洛真的出事，校儿他失去了父母的庇佑，岂不成了砧板上的肉，任人宰割，有心之人怎么肯放过他？

我思虑了半晌，终于道：“待我回去向公孙先生交代一声，就随你回宫。”

“这……”晏语南的神情蓦地变得有些古怪，“公孙先生没同你说吗？”

“什么？”

“那日，他坚持要带尚存一息的你离宫，皇上本是不肯的，后来……作为交换的条件，公孙徵服下了一种来自苗疆的蛊毒，若他再踏入皇宫一步，便会蛊毒发作而亡。”晏语南神色复杂，“若你向他实说，他一定不放心你独自回宫，这不是害了他吗？”

直到最后，朱常洛都没忘记提防他那个昔日里最亲近的兄弟，他也没放弃利用我。

我真的，还要回去吗？

热腾腾的饭菜放在桌上，这些都是公孙徵最爱吃的菜，不知道他闻见弥漫而开的香味，会不会提前醒过来？

我写了封信，告诉他，我回扬州省亲，月余便回，回来便答他那个问题。

若我，还能够回得来的话。

他沉睡的面容宁静而安详，不知道以后还有没有机会再见，我俯身试着摸了摸他乌黑的发，迟疑了片刻，便转身走了。

第十二章

青梅枯萎竹马老

我们日夜兼程，每到一个驿站都换一匹快马，我渐渐感觉到自己的身体吃不消了，却因为担忧朱常洛和校儿的安危，不敢懈怠。

途中还遇上两次伏击，幸而有锦衣卫护卫，耽误得不久，我们便安然到达了京师。

晏语南领我来到公孙徵的故居，在内迎接的竟是王安，他看见着束袖便装的我翻身下马，难以置信道："真是王才人！"

"太……皇上怎么样了？"我急问。

王安欲言又止，摇摇头，蓦地眼睛发亮："皇上一直想念才人，若他见了你，说不定病就能好了。"

我不置可否，转身向晏语南行礼告辞，晏语南不语，只长长地一揖，已说明了全部。

“走吧。”我轻轻喟叹。

曾经封死的暗道又重新被开启，王安提了灯，在前方引路，我们一前一后地行走在又陡又长的地道里。那幽深空阔的隧道瞬间勾起从前那些梦魇般的回忆，我不由得打了个寒噤，看着前方王安瘦削的后背和灯光下斜斜的影子，开口问：“校儿，可还好？”

“皇上生病之后，皇长子便由李选侍抚养着，宫里这么多双眼睛看着，吃穿用度上自然短不了皇长子。”至于旁的，他没有说。

走出连接地道的书房，满目皆挂白，我心下大骇，脱口道：“这是为何！”

“是……是太后崩了。”

“怎么会？”我如遭雷击，半晌才回过神来，“太后尚年轻，身子也无甚大病，这才不过一年的时间，她怎的就去了？为何民间未听得丧讯？”

“太后是自尽身亡，是皇上登基前不久的事。您也知道，登基的事是一点儿变故也不能有的。皇上也是万不得已，这才决定待大行皇帝发丧下葬定陵的时候，再宣布太后的丧讯，与大行皇帝一同下葬。”

我想起自己刚入宫那会儿，太后还是皇后，她一直对朱常洛很好，对我也很好，那种慈爱的感觉，就跟亲生的母亲一样。

“你可知道，太后为什么会自尽？”

“奴才不知，不过听说，是为了皇上。”

“怎么说？”

“听太后宫里伺候的宫女说，太后自尽前留了遗书，只言‘为吾儿’。”

我不由得心中大恸，她不是为了朱常洛，是为了公孙徵！她一定是怕自己的存在会成为朱常洛对公孙的威胁，才会选择自尽。我不敢想，公孙徵知道之后会有多难过，他的娘亲，这一辈子都在牵挂他，甚至为了他的活，选择了自己的死……

我没有再多言，风吹得白幔飘摇，满目的哀戚。

听闻李选侍以照顾皇上为由，直接领着校儿搬去了乾清宫，她做何打算，昭然若揭，我与王安商议之后，他让我扮作宫女，混入乾清宫内。

朱常洛卧病于寝殿最里面的位置，寝殿中间搁着一座巨大的檀木雕花屏风。我与几个宫女在屏风外伺候，这几个宫女都是王安自己的心腹，垂眉顺目地看着简单，却是心里明白的人，总留些无关紧要又不起眼的事给我随便做着。屏风里面的事从来不等我去，外边来了人便掩护我站在最后面的角落里，不让人察觉。

当日，朱常洛便召集了许多人来，看样子似乎都是位高权重的朝臣，其中，也有晏语南，他目不斜视，随着众人山呼万岁，在一群重臣中并不起眼。

空旷的寝殿里回荡着朱常洛的咳嗽声，接连不断，那声音显得他的身躯仿佛只剩一具空壳，显出不似年纪的衰老，和着里面校儿那小孩子不谙世事的天真笑语，竟有种说不出的悲哀。

终于，里面的咳嗽声暂歇，一个虚弱的声音缓缓道："方爱卿可来了？"

一个年逾六十的着内阁大学士官服的老头儿恭谨道："老臣及三位内阁大臣、各部尚书等重臣都在这儿，但凭皇上吩咐。"

那声音已虚弱得几乎不像他的声音，只隐约有一丝熟悉，挟着咳嗽从屏风后缓缓传来："朕这几日身体欠佳，不能临朝，一切大事都烦爱卿们操劳了。"

方阁老忙领头道："皇上天恩浩荡，臣子们不敢不竭尽全力报效国家。"

朱常洛幽幽长长地叹了口气："朝中政事方爱卿可代朕朱批，太子年龄尚幼，还望众位爱卿竭力扶持，而后宫妻妾尚未来得及册封，方爱卿可依旧例拟定名分。"

他这口气，竟像是交代身后事，方阁老忙宽慰道："皇上正值春秋鼎盛，偶染小疾，本无大碍。望万岁安心调养，不要误信流言，作践龙体啊！"

"朕的身体，朕自己知道。"朱常洛顿了一顿，声音仍是如常，"寿宫可齐备？"

各位大臣面面相觑，皆噤声不敢言，一时寝殿里寂静异常，连风拂帷帐的轻微声响都能听见。良久，才听方阁老为难道："皇上放心，待潭柘寺的高僧为大行皇帝再抄完九九八十一遍经文，便行安葬，天寿山地宫已修葺完备……"

朱常洛苦笑了两声，打断道："朕是说朕之寿宫。"

我听他那两声苦笑，不知为何，心里也漫起一阵苦味。

众大臣吓得齐齐跪下来，方阁老颤声劝道：“太医院御医已禀报，皇上目前不过是体质虚弱而已，怎会天崩地裂？皇上休要自己吓唬自己，吓唬臣子们哪！”

“太医院一帮子庸医，自己无用瞧不出来，只会说无大碍，也只敢说无大碍！朕信不过。”不知是气是急，屏风那边又重重地咳嗽起来。

“皇上龙体为重，不要动怒，皇上若信不过太医院的太医们，臣当传檄天下，广招名医，为皇上医治。”

“听说鸿胪寺有官员来进药，为何至今还不送来？”

“鸿胪寺丞李可灼上奏言他手中有仙丹可治皇上病症，但臣与内阁诸臣计议，以为不可轻信，已将李可灼斥退了。”

朱常洛只略略提高了声音，便如同喘不过气来一般，焦急道：“太医无用，仙方又不可信，难道叫朕束手待毙？”

方阁老擦了擦额头上的汗，叩头道：“臣万死不敢！只是李可灼的话不可尽信啊，还请皇上三思！”

“索性朕已经到了这个地步，还有什么不可信的？传旨下去，朕要试试这个仙丹。”他的声音中透出比秋风还萧瑟的凄凉。

“是。”方阁老无奈答道，想来皇上召集了这么多大臣，总还有旁的话说，便问，“皇上可还有什么吩咐吗？”

“有……”这一次，朱常洛停顿了许久，才道，“李选侍伺候朕也有段时日了，亦身兼抚育太子的重任，劳苦功高，朕欲册封她为皇贵妃，各位爱卿可有异议？”

“只要皇上同意，亦无不可。”礼部尚书出列道。

忽地，一道红色的艳丽身影旋风一般地闯入大殿，越过屏风，不知碰落了什么，顿时一片丁零当啷的混乱。屏风那头传来孩子“哇”的一声啼哭，只见李选侍拉着个步履蹒跚的小男孩儿出来，那孩子，正是我的校儿。

校儿小小的身量几乎被扯得斜着悬空，委屈地瘪着小嘴，一张脸哭得通红，鼻涕眼泪糊得到处都是。

我身子一晃，几乎忍不住要冲过去，从她的手中将校儿夺过来！

她将校儿半拉半拽地带出殿门，殿门外立刻传来女人严厉的斥责声：“母妃是怎么教你的……”

我已经听不清李选侍在说些什么，耳朵里充满了她尖锐的声音，犹如锋锐的指甲在挠我的心脏。我心如刀绞，那是我的校儿，且不论他生来便身份尊贵，是大明未来的继承人，他还那么小，怎能承受大人阴险的用心，恶毒的迁怒？

众目睽睽之下，李选侍如此气焰嚣张，而朱常洛已无余力。大臣们都惊得蒙了，眼睁睁地看着这不可思议的一幕发生，待回过神来，均是敢怒不敢言。

斥责声持续了一会儿，终于，校儿走了进来，站在群臣中央，小脸儿上还带着泪痕，极不情愿地道：“她要封皇后！”

如此，事情再明了不过了，朱常洛定是受了李选侍的胁迫，才这般召集群臣，最终将话题引到这里。

拿年幼的孩子胁迫卧病在床的夫君，为的，只是皇后的宝座，她为了权势，可谓不择手段了。

“皇上要封李氏为皇贵妃，臣等毫无异议，必定会尽快办理！”礼部尚书断然道。

“臣等附议。”

“好，就依孙尚书所奏。”

各位大臣反应奇快，立时斩断事情发展得更麻烦的可能。李选侍哪里斗得过那些朝堂上身经百战的老臣子，她恨恨地将他们看了一圈，猛地一甩广阔的袖子，头也不回地离开了。

待大臣们皆散去，我找个由头出了乾清宫，躲到厨房后面抹泪，心里是说不出的难过。当着朱常洛与众大臣，李选侍对我儿尚且如此，在没人看见的时候，还不知道怎么样呢。

忽地听见身后一句奶声奶气的问话：“你哭什么？”

这慈庆宫里，断没有别的孩子了，我惊在当下，不敢回答，也不敢转身，只三两下飞快抹掉脸上的泪。

校儿跑到我身前来：“你也是来偷木头的吗？放心，我不会告诉别人的，你别哭了。”

我点点头，细细地看他，连一根头发丝都不愿放过，圆圆的脸盘，大大的眼睛，睫毛扑棱扑棱的，很像他的爹爹。

他见我这样看着他，也不忸怩，微张着小嘴招招手，示意我蹲下来。他也细细地看我，左看看，右看看，又从袖子里摸出一个小小的木头疙瘩，看一眼我，看一眼它。

“你是坏人！”他蓦地恼怒起来，双手全力推我，我竟不知小小的人儿还有这么大的力气，一时坐在地上。

他将手里的木头雕像举到我眼前，大声道："喏，看清楚了，这个才是我娘亲。云姨说了，娘亲已经死了，宫里长得像娘亲的人，都是坏人！"

校儿手里的木雕，竟是公孙徵给的那个，不知经过多少次的摩挲，散发出温润的光泽。

"我……"我说不出话来。

"说！又是谁派你来的？"

小小的孩子，稚嫩的脸上满是戒备，我心疼得厉害，不禁伸手想揽他入怀。他又狠狠地推开我，戒备恐惧之色更甚。

"校儿！"一个女子疾步走来，一把将校儿抱入怀中。校儿环住她的脖子，大哭起来，指着我道："云姨，坏人，有坏人！"

原来校儿口中的云姨，是云横。她看到我，倏忽一惊，低声哄道："莫怕莫怕，校儿乖，她不是坏人，她是……"

我站起身来，忍住泪笑道："我是你云姨的好朋友。"

校儿这才止住哭声，抽噎着疑惑道："云姨，她为什么也长得像娘亲？"

云横继续哄道："因为她不光是云姨的朋友……她还是你的小姨，当然和娘亲长得像啦。"

校儿欢喜了一阵，又问："小姨是谁？小姨陪我玩儿！"

"是是是，我们都陪你玩儿，好不好？可是你要答应云姨，跟谁都不能说，包括你父皇，不然小姨就要走啦。"

"嗯！君子一言……"小小的人儿正色道，却想不起后面的话来。

云横好容易将校儿哄走。我问她：“当初你为什么不离开？”

“我该为你留下来。”

我与云横对视，终于忍不住抱在一起。云横拍了拍我的肩背，似乎想说什么，又说不出来。

“校儿还小，事情发展到如今的地步，可还有什么挽回的法子？”我能问的人，还是只有她。

“除非皇上能够立刻好起来。”云横皱眉道，“若是太子大些，再有各位朝中大臣的扶持，也是不怕的。可校儿还太小，怎挑得起这副担子？只怕日后有沦为傀儡之忧，甚至有性命之虞。”

我深知她所说的道理，不由得抚上藏在腰间的还珠丹。公孙徵宁愿自己被毒死也要留给我，若我将这药丸给了朱常洛，岂不是又辜负了他？这样做，又置他于何地？

可是，我就这样眼睁睁地看着朱常洛死吗？若真山崩地裂，主少国疑，就算我活着，我一个没了名分的妇道人家，又能保证护着校儿长大成材吗？

千百个念头在我脑子里翻转，可最终做出的决定，是我最不愿。我本该报他再造之恩，却不得不又狠狠伤他一次，为了校儿，我唯有对不起他了。

打定主意，我从腰间摸出装有还珠丹的锦囊，递与云横：“这里面是一颗能够活死人肉白骨的奇药，你可有法子给皇上服下？”

云横不禁露出惊讶之色，迟疑地接过，盯着那个锦囊，也不打开看，不知想着什么。

“你不信我？”

“怎会。”她恢复镇定，“你是校儿的娘亲，我当然信你。如今我已回到皇上身边当差，很是方便。上次皇上提了要试鸿胪寺丞李可灼进献的仙丹，我到时将两颗药丸调换一下即可，你放心。”

我点点头。

“如今情势复杂，郑太妃一党、李选侍，各有各的算盘，咱们还须谨慎些，随机应变才行，咱俩不宜久谈，各自小心。”云横用力握了握我的手，转身离去。

第二日一早，鸿胪寺丞李可灼果然进献仙丹。云横拿与朱常洛服下，不过半日，乾清宫里便传出皇上要用膳的消息。顿时人人都欢喜起来，乾清宫的宫人们走路生风，妃子们个个诵经还愿，宫外群臣亦一清长久的焦虑。

朱常洛这一好，情况急转直上，一切明朗起来。

为了不引人注意，我想着尽快离宫为妙。公孙徵那么聪明，我得快些去见他，交代还珠丹的去处，否则他一定生好大的气，就算负荆请罪也无用了。

傍晚时分，朱常洛已然大好了，甚至下床在殿门前走动了些。宫中众人愈加雀跃，均是大大地松了一口气，这半个月来，终于能睡一个安稳觉了。

是夜，云横道皇上大病初愈，需要绝对的静养，只留了三两个宫女在屏风外值守。长久以来的疲累一经松懈，宫女们都不太情愿了，想着我在屏风外帮把手也无妨的，便替了班。

大约快到寅时，忽听得屏风那边传来极大的呕吐之声，紧接着是一连串比以往更甚的咳嗽，似乎喘不过气来了。

云横秉烛飞奔过去，又极快地出来，灯影下脸色惨白，王安就在殿外，此时闻声赶来，只听云横低声道："皇上不好了。"

"这，怎么会这样！不是都快好全了吗？"王安一跌脚，急急往殿内去看。

几个宫女慌作一团，被云横支使了去叫人。我看着眼前的人影晃来晃去，半晌才问云横道："顾命大臣可差人去请了？"

"请了。"云横哽咽了几声，道，"趁现在无旁人，你去见他最后一面吧。你若肯见他这一面，他死也瞑目了。"

他真的要死了。

我恍惚地摇了摇头，又狠狠地摇了摇头。

云横伸过手来，抹掉我脸上的痕迹："别让自己后悔。"

鬼使神差地，我挪步走过屏风去，床头一摊暗红色的血触目惊心，我在原地站了许久，再挪不动步子了。金黄色的锦被上堆满了明纹暗绣，灿若朝霞，却越发衬得那个卧病的人形容枯槁。

那深凹的面庞，晦暗的脸色，白纸般的唇，连垂在床边的手腕都枯瘦得伶仃模样，青筋尽显，宛若垂暮老人，哪里还有一丝一毫从前少年的影子？

这真的是朱常洛吗？

他深陷在锦被和软枕中间，薄得像个纸片。他又虚弱地咳嗽起来，起身呕了一口血痰，重重地靠了回去，无力地微微掀了掀眼皮。

他似乎看见了我，却只是静静地看着，很久很久，无声地苦笑起来，合上了双眼。

“常洛……”

朱常洛蓦地看向我，眸中由茫然转向疑惑，转向震惊，又转向疑惑，他用沙哑微弱的声音问道：“是你？”

他似乎在心中肯定，原本黯淡的眼眸放出异彩来，喃喃道：“是你！”

他向我伸出嶙峋的手来，衣袍随着身子晃荡，整个人似乎要倒下床来。

我忍不住上前一步，却又立时站住。

他紧紧抓住我的手腕，微微有些颤抖，他神情焦急，快速地翕动着枯裂的双唇，最后只道出一句：“揽溪，我……我有好多话，想……想跟你说……”

我顿时又恢复了冷漠，试图甩开他的手，淡淡道：“皇上认错人了。”

“怎会……我不会……不会认错你……”他盯着我，目光如炬。

“药来了！”屏风外传来宫女急乱的声音。

云横端药立于屏风外面：“皇上，服下药便会好些了。”

“你不用骗朕了，”朱常洛微微苦笑，“朕的……身体，自己知道。”

他转而向我，声音异样的温柔：“揽溪，我就……就快死了，你高不高兴？”

“你只会害了校儿！”我恨心又起，“你抛弃了那么多珍贵的东西，得到了这个皇位，为什么不能继续那样杀伐决断、绝情弃爱，做一个冷面冷心的帝王？偏变得如此可怜！”

……让人恨不起，斩不断，甚至连遗忘也做不到了。

“可是啊，我却很……却很高兴，这样，我很快……很快就能追上你了。”他似乎已然糊涂了，对我的斥问置若罔闻，“从前的事，我每个日夜都在……都在后悔，我……我也不明白，自己明明是爱你的，为什么……为什么那个时候的我……眼前却是漆黑一片呢？你肯来接我去，是不是……是不是愿意原谅我了？”

我恨极了他如今无力的样子，咬牙切齿道：“不，我不会原谅你。直到你死，我也不会原谅你！”

他的眼眸复又黯淡下去，却又笑起来：“果……果然，我设想了很多遍，这个场景，你每一次，都是这样……这样回答我的。”说罢，他又急促地咳嗽起来，呕血不止。

“你这不是催他的命吗！”云横急忙走进来，搁下药碗，给朱常洛拍背顺气。

“我愿意死在她手里！”直到此时，他仍不放手，不顾前襟、床边都是喷溅的血点，“揽溪，你……你知道吗，其实，在……在这个世上，毒药……就是解药，解药就是……毒药，如果……如果你不肯……原谅我，恨我，就亲手，喂我服下……这碗药，好不好？”

“……这辈子……我们就算互不相欠，来世……再也不见，怎么样？”

“好。”

我一勺一勺喂朱常洛服药，此时的他安静极了，浓稠苦腥的药汁也甘之如饴，乖得像个孩子。

思绪不知何时飘远，飘回到那个年少不知愁的时候，他总是不耐烦，恶狠狠地喂我吃药，可是见我苦得直皱眉，又会抱出糖罐来递与我。

“好苦。”朱常洛微微咳嗽，挡住汤匙，勉强支撑着在床里边摸索，竟摸出记忆中那个透明的琉璃罐子来，里面装满了冰晶似的糖块儿。他费了好大的劲儿，也未拧动盖子，我欲接过，却被他按住手。他拉扯着嘴角一笑，依稀有年少时顽皮的影子，声音却虚弱得几乎不闻：“这……这种力气活儿，自然……自然该交给……男人……”

“哗——”一声，盖子终于开了，同时，一大口鲜血从他的口中喷涌而出，染红了晶莹剔透的糖块儿。

他松了手，透明的琉璃罐子应声落地，碎片四溅开来，鲜红的糖块儿滴溜溜地在玉石地板上打转儿，好慢好慢，似乎永远不会停下来。

我时常想，每个人一生的轨迹，就是一条河，因缘际会，两河交汇，待两人无法再并肩奔流的时候，便各自转了弯。

但是，即便分离了，一个往东，一个往西，相隔万里，不复再会，可曾经融合在一起，便再也回不到初见之前的泾渭分明。

我以为自己已将他留下的所有痕迹抹没了，到头来发现，他早已成了如今的我存在的一部分，杀不死的。

泰昌元年九月初一，光宗朱常洛，驾崩。

可能因为他真的死了，我才不再执着于将记忆中的他杀死。

第十三章

血映朱砂是故人

乾清宫里哭声一片，我早已没有身份留在这里。我恍惚地退出来，却猛地被人拉到宫殿侧面。

是王安。

蓦地一照面，我才发现，短短的时日内，他竟也老了，眼下细细的皱纹里尚留有残泪。他一皱眉，纹路更深，显露出焦虑之色：“才人哪，你还有责任未完。”

我微一点头。

王安越发焦急起来：“乾清宫里独不见李选侍和太子，奴才担忧得紧，若李选侍挟持未来天子，事情岂不是大大不妙！”

王安一语惊醒梦中人，我不由得一个激灵，打起精神来。朱常洛尚在时，当着众位大臣，李选侍都那般嚣张跋扈，若校儿落在她手里，不知事情要往何等荒唐的境地发展。

事关国体，岂可儿戏？若引得山河动荡，奸人趁此兴风作浪，苦的又将是黎民百姓。若眼睁睁看那一切发生，而无力回天，岂不是世间黄泉，再无颜面！

一个不起眼的内侍给王安躬了躬身子，悄悄耳语一番。

“此时最重要的，便是找到太子，拥太子登基。”

“正是！”王安压低声音，“奴才派人注意李选侍的行踪，刚刚得到消息，李选侍携太子，就在不远的暖阁里。”

“差人再去通知顾命大臣，我们先去救校儿。”

“是。”王安做了个手势，远处的内侍略一点头，很快便消失了。

校儿还在李选侍手里，事情不宜张扬，王安将安排吩咐下去，我们二人悄悄前去暖阁。

此时暖阁门前排了四五个气势汹汹的内监，个个举着棍棒，恶狠狠的模样。我见为首之人眼熟得紧，便又走近些瞧。

“别过来！李选侍吩咐，太子已歇下了，任何人不得打扰，再走近些，打杀你！”一个矮胖的内监吼道。

为首的内监制止他，亦认出了我，棍棒几乎脱手，难以置信问：“……才人？你不是死了吗？”

“小栗子？你……”

“才人若是来探望太子的，还请明日再来。”王栗回过神来，生硬地回我，灯光下垂着眼眸，似乎不敢直视我。

“你明明知道，我此时前来，并不是那么简单。”我亦冷静，单刀直入。

“那就请才人见谅了，恕奴才不能放行。”他几乎咬着牙，声音中夹着一丝苦涩，“奴才如今已然改了姓，唤作李忠，还请才人莫再唤错了。”

我听着刺心，还是忍不住问：“你为何到李选侍底下做事？”

“奴才去旧主宿敌处做事，的确有悖旧主情义，可是怪只怪才人无用，一面好棋却下到如斯地步！奴才辗转流离，受尽欺凌，不过想活个人样罢了……才人帮不了奴才，奴才只能自谋生路……”

“小栗子，你怪我，我无话可说。”我心里觉得他可怜，不自觉又上前一步。

“说这么多废话作甚！”矮胖内监急了，朝我挥棒打来。

“才人！”

只听一声闷响，矮胖内监擦着我的肩膀倒下去，王栗举着棍棒，微微喘息。

他猛一跺脚，将暖阁的门一把掀开，径自离去，留下那三个内监面面相觑，最终也哆哆嗦嗦地溜开了。

暖阁的正厅内亮着昏昏黄黄的烛光，分外幽暗，其中立着一个模糊的人影，人影取下烛台，光亮映在她的脸上，正是李选侍。

她半蒙半昧地牵动嘴角：“你果然还活着。”

“是。”我坦然地走进那片昏暗，见里屋的门关得严实，还上了一把锁，想来校儿就在里面，我不动声色地转回目光：“不管怎么说，我还是要谢谢你，谢谢你照顾了校儿这么久。”

“我是不会将他还给你的。”李选侍冷然脸道，“这个时候，谁抓住了太子，就是抓住了权势，我还指望着当太后呢。”她脸上闪耀着贪婪，一挥衣袖，“我要执掌整个后宫，做皇上名正言顺的母亲。”

“你喜欢他吗？”我蓦地问，“你与校儿亲近了这么些日子，只是想得到权势利用他，你可喜欢他？”

“是，一开始，我的确很喜欢他，因为，公孙先生喜欢，我不过爱屋及乌罢了……可是后来，我真的很不喜欢他，因为，他是你的孩子！公孙先生喜欢他，也不过爱屋及乌罢了！”

忽地，里屋传来校儿的声音，嚷着要喝水，李选侍顿了顿，转身开了锁进去。

王安以眼神询问我，是不是该闯进去夺下校儿，我微微摇了摇头。

只闻里面茶壶触碰杯盏的声音，一会儿，她才出来，立即锁了门。

“其实，你还是很疼校儿的。”我心中竟升起一股由衷的感激。

“校儿惹人疼爱，我终是抵抗不了他的可爱，只是每每想起公孙先生，又想起你来，总是忍不住要迁怒于他……”李选侍黯了神色，“所以校儿对我，并不十分亲近，这一点，想来很遂你的心愿。”

“你若对校儿还有一点儿怜悯喜欢，就让他随我去，你这般死死抓住他不放，会害了他的！”我晓之以理，动之以情，“你想想那日，朝中大臣的态度，若你挟天子与他们对峙，根本毫无意义。”

“我不甘心，不甘心！我没有得到任何一个人的爱，如果又得不到权势，最终老死宫中，那我这一生到底是为什么？”

“这宫里大多数人的一生，也没有为什么。我知道你要什么，你只需将他暂时交给我，待他顺利登基，我保你做太后。”这一刻，我忽地觉得她可怜。

“才人……”王安也没想到，我竟会说出这样的话来。

“你？”李选侍惊讶，忽而又大笑，“就凭你？若你有这个能耐，为何不自己做这太后？”

“因为我活不长了。”我淡淡道，“如果你对校儿好，我宁愿是你做太后，做他名正言顺的母亲，而不是因为你我之争，让奸人钻了空子。”

她若有所思地盯着我，明知故问：“奸人是谁？”

“自然是郑氏党羽。”

她怎会不知，若郑氏果真有所行动，那便是天翻地覆，江山易主，到时郑氏成了太后，李选侍，便什么都不是。

“好，我答应你。”

王安即刻去里屋抱出尚在睡梦中的校儿，就在我们临出门前，李选侍又一把扯住校儿的胳膊：“等一下！”

外面传来一阵纷杂的脚步声，伴随着一声声高呼：“太子殿下——”

各位顾命大臣已连夜赶入宫中，此刻正是寻找太子而来。

王安与我对视一眼，将李选侍一把掀开，疾步向外走去。我架住扑上去的李选侍，道："校儿登基后，你再见他也不迟。"

她置若罔闻，绝望地呼道："校儿——"

"王公公！"晏语南率先迎上前。

"太子殿下在此！"

"臣等这就恭迎太子殿下于文华殿登基！"众臣高呼，说罢，几人便七手八脚将校儿放入一顶小宫轿。

晏语南道："王公公还是随我们文华殿走一趟为好。"

王安点了点头，不放心地看向我，问道："才人刚才对李选侍的承诺，不是当真的吧？"

"真的也好，假的也罢，我不过一介平民，说的话自然不算，此等大事还是交由大臣们定夺。"是的，我骗了她，因为我知道，贪恋权位的人会变得多么可怕，"如今夺出校儿，万不可再让校儿落入她手里，不然随便一道圣旨下来，后果难料。"

晏语南拱手道："是！待太子殿下登基，臣等立刻让李选侍搬出乾清宫！"

"太子就交给你们了，前殿不是我能去的地方，我便在乾清宫等消息。"

"才人放心！"

四下高挂的白幔飘飞，在微亮的天光中泛着凄惨的青色，乾清宫里犹自传来丝丝缕缕的哭声，被呼号的风斩得支离破碎。

经过这提心吊胆的一夜，一切仿佛尘埃落定，我身心俱疲，拖沓着拾级而上，简直耗光了所有的力气。

先找云横，有她和王安在，我踏实不少。

甫一迈入大殿，只听身后的门訇然关上，几道寒剑森森地架上我的脖子！

“大胆妖女，胆敢行刺皇上！”一声大喝，殿上之人不是别人，正是昔年宠冠后宫的郑氏，如今的郑太妃。她美丽如旧，雪肤花貌，此时正一脸凛然，不复以往的娇柔妩媚。

“郑太妃，别来无恙。这，又是玩的什么花样？”我丝毫不惧。

郑氏冷冷一笑：“你毒死大行皇帝，还在此装模作样？李太医！”

李太医手中拿着一只碗，他将碗底的药物残渣示意我看，然后取一根银针探入，乌黑色瞬间顺着银针蔓延：“大行皇帝最后服下的药物里有砒霜！”

听闻此言，大殿里的众多女眷都哭得更伤心了，射向我的目光仿佛利箭。

“当时在殿内的人均可做证，是你！最后服侍大行皇帝服药的，就是你！”郑氏仿佛十拿九稳，“云横。”

一直潜藏在阴影里的人，缓缓上前一步，是云横，她低敛着眉眼，看起来与往昔并没有不同。

郑氏将云横拉到中间来：“云横跟随大行皇帝这么多年，她说的话，大家总是信的。云横，你只需实话实说，最后服侍大行皇帝服药的，是不是她？”

云横沉吟了半晌，不曾抬眸，低声道：“是。”

“是不是她，让你用一颗假的药丸，调换鸿胪寺丞李可灼大人进献的仙丹，害得大行皇帝病情加剧，最后干脆一碗砒霜毒死了大行皇帝？”

“是！”

我不敢相信，站在我面前的是云横。我没有毒死朱常洛，那么，会是谁下的毒？我不由得惊出一身冷汗，不敢想下去。

郑氏满意地冷哼两声：“来人，将这大逆不道的贱人……”

“慢着！奴婢还未说完。”云横蓦地看向我，眼眸中满是坚定，“她是让我以一颗假药丸调换李大人的仙丹，可是奴婢没有从命，害死大行皇帝的，还是李可灼！最后的砒霜，也是奴婢下的！”

“你……”郑氏顿时气结。

“而真正指使李可灼和奴婢的，不是别人，正是你，郑太妃！”云横指着郑氏大声道。

一时殿里惊诧之声四起，女眷们都对郑氏指指点点，窃窃私语起来。

郑氏环顾四周，慌乱道：“你们……你们切莫听她胡言乱语！她，云横与那贱人私交甚好，如此才妄图替她顶罪罢了！只是，你为何要拉上哀家！”

“云横姐姐，不是你的罪过就别乱认，这是要诛九族的死罪！

你跟随大行皇帝一辈子，怎么会是你杀了他呢？”与云横相熟的宫女哭着劝道。

“这是我与朱常洛之间的私怨，不便宣之于众。”云横泰然道，“曾经，我只想一辈子好好服侍他，以报先太后的大恩，可后来，我只想报仇！我想报仇，才与你结盟，如今目的已达到，自然再不会助纣为虐，诬蔑无辜的人，更何况，是揽溪。”她走到我身边，目光变得哀恸温柔。

当初她执意不肯出宫，又重新获得朱常洛的信任，蛰伏这么久，竟然是想替汉岳报仇……一时间，百种情绪涌上心头，我不禁落下泪来。

郑氏却蓦地大笑起来，脸上流露出阴鸷狠毒：“你以为你说出一切，就能扭转局面吗？不过是多死一个罢了……”她指向四周的女眷们，“我郑家的人马就快要攻入皇宫，这天下，就要姓郑了！到时候，你们都得死！”

殿内顿时惊叫一片，女眷们惊慌失措，互相拉扯，向门边拥去，疯狂地拍打着殿门呼救，可殿门就像一面玄铁一般纹丝不动。

“别白费力气了，我儿杀进来之前，这门是不会开的。”她对我笑道，“这个时候，我郑家人马应该已经攻到文华殿，杀了那个奶娃娃和那一帮子迂腐的老东西了！”

我心里一阵急痛，不由得身形一晃，却感觉到背后有一股力量托住我，转过头看去，最终，扶着我的，还是云横。

“啧啧啧，真是可怜。烟绕的仇，你尚未得报，你和你的孩子又要死在我的手上。王揽溪，你终究还是斗不过我！”说罢，她大笑起来。

提起烟绕，提起校儿，她的话对我而言，字字诛心，可与她斗了那么久，我又何尝不知道她的软肋是什么？

我只冷笑了一声："我并非输给你，我是输给了神宗皇帝，他都肯处处回护你这个一丁点儿也不想爱他的女人，我能有何办法？"

"住口！"郑氏一掌掴在我脸上。

我偏要一吐而快："你才可怜，被囚禁在毁了你一辈子幸福的人身边，就没有一刻开心过。你以为自己会恨他一辈子，斗他一辈子，到头来却发现，自己爱上了他，你才是真的可怜。"

她被我戳中痛处，两眉倒竖，几乎要拔剑杀我，却只听殿外来人焦急叫道："郑太妃！郑太妃！不好了，他们……他们攻进来了！"

"来了便来了，有什么好大惊小怪的？"郑氏不耐道。

"不是不是！福王与郑国舅正与禁卫军鏖战，谁知遭到后面一队人马的夹击，郑国舅战死，福王被生擒，现在就在乾清宫外啊太妃娘娘！"

"什么！"郑氏几乎晕过去，勉强支撑着问道，"后来的人马什么来头？"

"是温家军！"

郑氏命人抓住我和云横，打开了殿门，女眷们一哄而散，她也顾不得那许多了。

温家军已行进到乾清宫前，整整齐齐，黑压压的一片，远处依稀还见战后的火光与硝烟。

为首的正是温将军、拂婆，还有公孙徵。此时的他，高冠束发，身姿矫健，他手执寒剑，剑尖正指着朱常洵的脖子。那个没用的胖子哭丧着脸，几乎快要尿裤子。

我不由得轻蔑地笑了，郑氏见状，狠狠地掐住我的脖子，咬牙切齿道："你笑什么？"

我冷冷道："你在这后宫之中，机关算尽，营营碌碌一辈子，只可惜儿子无用，是个扶不起来的烂泥，我突然觉得你更可怜了。"

她尚来不及发作，只听朱常洵杀猪般惨叫一声。

公孙徵拿剑尖拍了拍朱常洵肥硕的脖子，又嫌弃地在他肩上蹭了蹭，吓得他一阵哆嗦。公孙徵不紧不慢道："大胆郑氏，与福王密谋造反，如今事败，人证物证俱在，不立时服罪，还待如何？"

"你放了福王，不然……我杀了她！"郑氏强撑道。

"她……是谁？"公孙徵故作疑惑，转而义正词严道，"我等前来勤王，清君侧，诛妖邪！岂会为了两个宫女受要挟？"

"郑太妃，我数到三，你若还不服罪，我便替皇上一剑杀了这叛臣贼子！"公孙徵不顾福王慌乱的求救求饶，冷冷地开数，"一……"

等了片刻，郑氏尤不死心。

"二……"

蓦地见剑光一闪，血色飞溅，三根手指斜斜飞出，掉到殿前的玉石台阶上来，兀自弹动。

朱常洵颤抖地举起自己残缺的血手，呆看片刻，发出剧烈的哀号。

郑氏腿一软，跌坐在地上。

“三！”公孙徵举剑。

“不要！我认罪！认罪！”郑氏几乎是从台阶上滚落下去，抱着她哀叫的儿子大哭起来。

温家军一拥而上，即刻制伏了剩余的叛军。云横趁乱夺下一把剑，便往脖子上抹！

“不要！”我伸手去抓云横手里的剑，剑划破了手心，只见鲜红的血滴滴答答地流下来。

“揽溪，我对不起你，对不起校儿……”长剑叮当一声坠地，云横跪倒在地，血，喷涌的血，不停地从她的脖子上流出来。

“如果你真的觉得对不起校儿，就好好活着，替我照顾他，为什么非要这样？”我拥住她，却哭不出泪了。

云横轻轻地摇头，道：“我活着……只会让你为难，我不再……不再是那个云……云横了。”

我像从前那般替她捋了捋额边的散发，微笑道：“你还是你，一直都是那个体贴善良的云横。”

她朝我微微笑，仿佛释然，缓缓闭上了眼睛，那抹一如往昔的暖意，定格在嘴角。

我突然不那么难过了，我爱的人一一离去，不过是先行一步罢了。人终是要死的，之后尘归尘，土归土，好梦噩梦，不过一世成空。

王安同我安置好云横，默立良久，问道：“才人想如何处置郑氏和福王呢？”

我沉默不语。

王安继续道：“宫里知道前尘往事的人已经不多了，皇上问了奴才，也托奴才问您和公孙先生。”

我微微叹了口气：“福王是皇上的皇叔，动了他，于皇上声誉有损，朝臣也不会同意。”

“遥想当年，奴才深知您心里的苦楚。”

恨之一字，根本不可能自行消弭，唯有解了恨，一颗心才能够得以重生。而我，尚未解恨。

“请皇上赐福王一壶酒吧，此酒断不会伤害福王性命，只因这酒里的东西，来自荼弼沙国，神宗皇帝服过，我也服过。这东西，抄检秦端妃时定有剩下的，还要劳你找来。”

“奴才遵命，福王乃皇家血脉，此举甚妥。另郑氏勾结外戚，企图谋反，罪大恶极，才人以为如何？”

“只将她囚于宫中即可，衣食不缺，有病必医，好生奉养，万不可让她早死了才好。”

“才人是为皇上仁善之名。”王安深深一揖。

是，也不是。我要让她从此骨肉分离，让她尝尽孤苦，一如当年恭妃。她爱神宗，我偏要让她活得好好的，受尽回忆的折磨，就算她之后寿终正寝，神宗身侧亦无她的位置。从这一刻开始，我要让她失去一切，生不如死。

我不会原谅他们，永远不会，可我该原谅自己了。

“听说，你托王安为郑氏党羽手下的叛军说情了。”公孙徵来到我身侧，“我竟比你晚了一步。”

“无辜的人，不该为复仇者的愤怒陪葬。”

我静静地站在廊前，看着他的侧颜，内心仿佛有钢丝缠绕了一道又一道，手里紧紧攥着锦囊。这个锦囊里，有还珠丹，云横将它还给我了。

公孙徵欲言又止，只作寻常，问道：“手可疼？”

“疼。”我纵有千言万语，也只是轻轻地依偎着他，依靠在他身侧。

时间，要是停驻在这一刻该多好。

一点儿温热，滴在我的眉心，我抬起头，并无惊讶，该来的总是要来的，只伸手轻轻擦去他嘴角的血。

从前我只知道，朱砂点成的痕迹已然可贵，却不知真正能历经轮回的，是血。下一世，你一定要早点儿遇见我，不，一定要让我早点儿认识你。

他轻轻一笑：“药丸送人了？”

我避而不答，只问他：“这蛊毒发作，还有多久可活？”

他淡淡道：“不多不少三个月，和你差不多前后脚吧。”

我拿出锦囊，倒出那颗还珠丹。

“若是你舍不得皇上，自己吃，就须得眼睁睁看着我死。若是给我吃，我就要受你所托，辅佐皇上。你知道我志在江湖，又于心不忍，所以，做不出选择，对吗？”他倒将我的心思看个透彻。

公孙徵朗朗一笑，接过我手里的还珠丹，往手心里一捏：“我有个主意。”

“什么？”

他笑道：“我也是刚刚知道，这根本就不是什么灵药，就是颗糖丸。师父他老人家耍孤花宫，最终耍到他徒儿了。”

我愣了半晌，不由得勾了嘴角：“一颗糖丸，还需要什么主意？”

“现今我手里尚有一颗真正的药丸——你别管哪里来的，只说，敢不敢赌。”

“赌什么？”

他伸出手，变戏法儿一般，手心里冒出两颗一模一样的药丸：“你先选。三个月后，咱们一生一死，死的那个就算解脱，生的那个，就回到这皇宫之中，陪校儿一辈子。”

我伸出手，却迟迟选不出。

“你想了这么久，是想选到生的还是死的？”他笑问，又认真道，“其实无论是毒药还是解药，你余给我，我都会咽下去。既然你选不出，就由我先选。”公孙徵说罢，拈起其中一颗。

“我就要你手中的这一颗。”

他笑了笑，放在我手心，将另一颗丢进嘴里。

“不如继续上次没走完的行程，如何？”

“活下的再回宫来？”

“是。”

“那你想去哪里呢？”

“出海。”

“出海？别闹，若剩下我，也回不来的。”

“出海的话，我们可以坐在甲板上，晚上可以看见很多很多星星，一定很美！如果遇到一个无人小岛，我们就上去住，每天看日出日落……”

“你有没有听我说话？”

“……还可以自己动手做间小屋子，开垦些园子。若遇上好的玉石，我便为你制极好看的棋子……”

“还有……”

我知道，还有很多，很多，只是这一生有时太长，有时又太短。

大明皇后·揽溪传

江蕊 著

壹

CNS PUBLISHING & MEDIA 中南出版传媒
湖南文艺出版社
HUNAN LITERATURE AND ART PUBLISHING HOUSE
博集天卷 CS-BOOKY

图书在版编目（CIP）数据

大明皇后：揽溪传：全两册 / 江蕊著 . —长沙：湖南文艺出版社，2018.1
ISBN 978-7-5404-8478-1

Ⅰ . ①大… Ⅱ . ①江… Ⅲ . ①长篇小说—中国—当代 Ⅳ . ① I247.5

中国版本图书馆 CIP 数据核字（2017）第 320255 号

上架建议：畅销 / 古代言情

DAMING HUANGHOU：LANXI ZHUAN：QUANLIANGCE
大明皇后：揽溪传：全两册

作　　者：江　蕊
出 版 人：曾赛丰
责任编辑：薛　健　刘诗哲
监　　制：于向勇　秦　青
特约策划：蓝色城　优阅优剧
策划编辑：徐　娅　葛忠雷
文案编辑：苏会领
营销编辑：刘晓晨　罗　昕　刘　迪
封面设计：胡椒书衣
版式设计：徐　倩
出版发行：湖南文艺出版社
（长沙市雨花区东二环一段 508 号　邮编：410014）
网　　址：www.hnwy.net
印　　刷：三河市中晟雅豪印务有限公司
经　　销：新华书店
开　　本：875mm × 1230mm　1/32
字　　数：419 千字
印　　张：20
版　　次：2018 年 1 月第 1 版
印　　次：2018 年 1 月第 1 次印刷
书　　号：ISBN 978-7-5404-8478-1
定　　价：65.00 元（全两册）

若有质量问题，请致电质量监督电话：010-59096394
团购电话：010-59320018

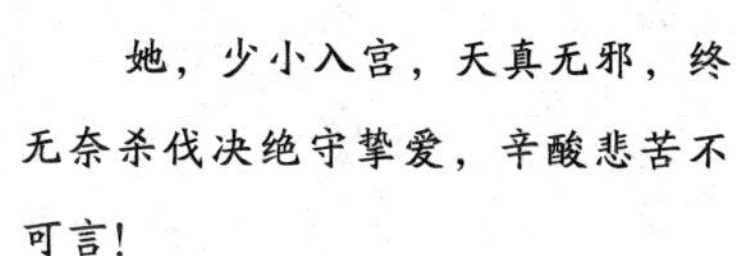

她，少小入宫，天真无邪，终无奈杀伐决绝守挚爱，辛酸悲苦不可言！

她，历经三朝，扶持二帝，改变了晚明局势，为大明王朝续了一口气！

目录

当我再一次靠近时，他终于没再将我推开，只听他缓而重地叹了口气：“明天就是我的死期，你何必与我一同赴死……”

“一起死吧。”我轻轻打断他，安稳地闭上眼睛。

只感觉朱常洛慢慢缓缓地收着手臂，将我越抱越紧，他干脆利落地答道：“好。”

楔子

雪，坠得细密。

血，融在雪里，分外鲜红。

学士府的后院之中，种满了殷红的梅花。回廊下，小小的茶炉正咕嘟咕嘟沸腾着。

忽而一阵风吹过，花瓣冲起，混着雪片漫天飘飞，晃晃悠悠，落到女子的裙裾上。女子二十出头的模样，坐于茶炉旁，温温柔柔地护着九个月大的肚子，见花景甚好，不由得向身侧催促："你再去看看老爷，怎么还不来？"

只见一道雪刃横到脖颈前，来不及惊叫，另一边出现的手死死捂住她的嘴，沙哑低沉的声音吐在耳侧："别动！"

花瓣持续地落下，只余细细的风声，后院墙外响起一阵嘈杂，金铁声、脚步声、马蹄声、叱骂声……由远至近，又由近至远，仿佛过了一百年那么久。

眼前的匕首颤抖、稳住，又颤抖……终于，在门外的声音彻底消失之后，“当啷”坠地，来人倒在地上没了知觉。女子吃力地起身，壮着胆子踢了踢，见没反应，才靠近打量。

是一个瘦削的少年，浓黑粗直的眉，一身黑衣劲装早已湿透，贴在身上，被刀剑划破的地方，露出翻卷的血肉。他死死护住胸前的包裹，那布包忽地动了一动，探出小手来，竟是个出生未久的婴儿。

女子看了看那个恹恹的孩子，又摸了摸自己的肚子，跺脚。

“啊！”少年从噩梦中惊醒，甫未平息，又惊慌失措地找“布包”，滚爬地跌下床来。

女子刚好进屋，忙搁下手里的碗，抢上去：“切莫再乱动了。”

“我的东西呢？”少年重重捏住女子的肩，冷然问道，丝毫不知自己已经淌下眼泪来。

“孩子饿了好几天，总要吃点儿吧？”女子丝毫不惧，“你可知道自己差点儿就死了。”

少年闻言，不由得松了一口气，却又即刻露出防备的神色：“你是谁？为何救我？”

“我叫流霜。依我从前的脾性，闯进家里的带刀小贼，必要敲断双手双脚才好，如今有了自己的骨肉，也见不得旁人遭难了。”流霜口气软了软，“你呢？小小年纪，为何孤身带个婴孩，还受了这么多伤？”

少年只是抿紧嘴不说话。

“你不肯说，我便不问了。”

“夫人，”少年咬咬牙，“我乃不祥之人，怕累及夫人全家。今夜，我就走。”

流霜未来得及回答，只见一个小丫头急匆匆地跑进来，小心翼翼地看了一眼少年，说道：“老爷让奴婢告诉夫人，孙大人带了一些人进咱们府里来了，说是为了京师安全，搜捕要犯。”

“老爷可说，是哪位孙大人？”流霜皱眉。

“说了说了，是京卫指挥同知孙衡，孙皇贵妃的表亲。”

少年听闻，神色立变，挣扎着去摸匕首：“我现在就带孩子走。”

“你此时出去，正好入了套！”流霜按住少年，吩咐丫头道，“你去告诉老爷，让他想法儿拖一会儿，我自有办法。”

“你有什么办法？”

流霜从衣箧里找出一套朴素的女人衣服：“只能先委屈你扮作我的贴身侍女了。”她搓了搓少年的脸，“你本来就是个女子嘛。”

为了应付眼前这一劫，此时“少年”乖乖地坐在梳妆镜前，任由流霜将自己粗黑的眉毛修得细细的，又描得长长的，再将妆容画浓些，竟真如同换了一个人似的。

“你叫什么名字？”

“少年”看着镜中柔婉的女子，有些恍惚：“我叫阿拂。”

“孩子已经换了襁褓，与下人们的孩子混在一起，我让我最亲的奶娘照看着，称作她的孙子，你放心吧。”

看着染血的旧衣和绷带在炉火中燃烧成灰烬，阿拂点点头，又摇摇头，将袖子里的匕首攥紧。

“夫人，老爷与孙大人来了。”门外的丫头通报。

尝与夫君说到这京师里的不平事，流霜本就对这为虎作伥的裙带之臣没好印象，待孙衡进来，一见之下，果然獐头鼠目。

“王夫人，恭喜恭喜。”

“都这个时辰了，孙大人还在忙公事，这京师的安危，都是仰仗孙大人了。”

“王夫人说笑，说笑！”孙衡的目光在室内逡巡起来，在阿拂身上停顿一瞬。

“我们这小小学士府，就这么几口人，不知孙大人找到要犯没有？”

“今天多有冒犯，给夫人请完安，这就告辞了。”孙衡低头看了看炉灰，微微皱眉，“夫人有恙？这屋子里好大的药味！”

“唉，可不是，这身子就没爽利过。听说大人膝下已有好几个孩子，必定最懂得体贴的。”说罢便要歪下去，“站了一会儿头晕起来，大人勿怪。”

“如此，便不继续打扰了。”

“大人……”孙衡身后的侍卫欲言又止。

“搜也不是不可，”流霜微微笑，眼光却对一家之主王元驭发狠，“旁的男人碰过的东西妾身都不会要了，老爷给买新的便是。”

王元驭向孙衡苦笑：“还请大人给我个面子，我的俸禄多少您还不知道？”

孙衡只笑笑："夫人好生休养，告辞。"

是夜雪停，只是寒风呼啸，将一院子梅花几乎拔个干净。

王元驭替行动不便的妻子缓缓梳着乌发，二人小声聊着白天发生的事。孙皇贵妃的爪牙找的"要犯"是一个女子和一个婴儿，甚至不惜冒犯学士府，结合最近京师发生的事……

"给那男婴换襁褓时，我见着一颗硕大的金色南珠，不似普通富贵家所有。难道是京师里哪位皇亲贵戚的家室？"流霜怪道。

王元驭半晌不言，脸色蓦地沉下来："一个月前，皇后娘娘生下了一位公主，不过公主早夭。如果这两件事有关系……"

流霜忙掩上夫君的口，对视的眸光惊异，五味杂陈。

窗子轻响三声，外面传来阿拂沙哑的声音："大人、夫人，兄长寻来，阿拂此时便带小公子走了，大人和夫人的深恩，阿拂无以为报，在此叩谢！"言罢响起重重几声。

流霜欲起身，却被王元驭按住，待窗外全然没了声响，王元驭才无奈道："怎敢留她？"

一夜，夫妻二人都没能合眼，差不多到丑时，忽听得外面传来大喊："走水啦！快来人！走水啦！"可再凝神一听，又悄无声息了。

"出事了。"王元驭胡乱披上衣服，对流霜道，"我出去看看，你别乱跑。"

门开的一瞬，焚烧的气息随风钻进来，窗纸渐渐被映红，看来火势不小。浓烟从各处的缝隙钻进来，屋里已然待不住了，流霜呛咳不停，终于也披了衣服去开门。

开门后只见一片汪洋火海，流动的红色火焰像吐着舌头的巨蛇，舔舐着一切。奶娘正找过来，见她顿足道：“霜儿啊，快走快走！”

“元驭呢？”她急问。奶娘却只顾拉着她走。

忽地，从房梁上倒吊下一个黑衣人，凶恶的眼，红色的刀，一刀横贯过来，奶娘的脖子上立刻出现一条血线，接着鲜血喷涌而出，喷溅到墙上，喷溅到花叶上，融化了栏杆边的残雪。

流霜被吓得叫都叫不出，腿一软瘫在地上，眼见那刺客脚尖一点，一星刀光直向面上来，却已然没了躲避的力气。

陡然，侧边的门板整个掉下来，击打在刺客身上，王元驭从里面冲出，趁机扶起妻子：“这边！”

“啊！”流霜蓦地捂住肚子，浑身战栗，“元驭，我肚子好痛！”她咬咬牙，眼圈却红了，“你走。”

“说什么傻话？”王元驭正欲横抱起妻子，只见刚刚的刺客已经追至跟前。

一个瘦削的身影从屋顶落到廊下，赫然是阿拂。阿拂拔出双剑，微微侧头：“大人带夫人先走，这里有我！”步法微变，双剑起势，大有一夫当关之态。

这一个月来的每一天，于阿拂来说，都是死战。如今婴孩已安然送出，她便只差报恩这一样事要做。

一阵风过，掀起枯败的荒草，掀起似霰的残雪。

半白的马车在路面上留下慌乱的痕迹，它跑得太快了，近乎失控，左摇右靠，流霜就在颠簸的车中痛苦呻吟。

家中的亲仆为了送他们出来，无一不在身后挣扎悲鸣，成为刀下亡魂……昨日还宁和的一个家，已然成为修罗炼狱！

什么人敢杀入学士府？看来他们猜测得没错，这个婴孩来自宫中，有人想杀人灭口！

王元驭一介书生，对生孩子一窍不通，而离下个能落脚的地方，还远得很，此刻他只能搂着妻子干着急，不停地为她擦汗。流霜心里明白，当下的光景，只能靠她自己一人之力了，心里发了狠，咬着嘴唇忍痛。

终于一声啼哭，流霜虚弱苍白的面上略微一笑，几乎晕过去。

“大人、夫人！前面不远就是路口了，咱们到底是北上还是南下啊？”驾车的是一同逃出的老奴祥叔，他佝偻着腰，顶着打旋的风雪，大声回问。

王元驭老家是北方的望族，他们本意是回去投靠，可追杀之人同样知道他的底细，这北方，只怕是不能去了。

“去扬州。”流霜断断续续道，“我老家已无人了，只有大姐嫁去扬州，他们定然不知的。姐夫开了镖局，庄子里都是些会功夫的，多少安全些。”

王元驭只死死盯着夫人的脸，牙关紧咬，终于狠狠将她抱住：“你千万别有事。”

流霜郑重道：“你我一定要护得女儿周全，若我因此死了，也别和她说这些，让她一生平安喜乐就好。也别急着去寻我，记着了？”

“胡说。”

王夫人喟叹般一笑，不再反驳。

马车向另一个岔路颠簸而去，越来越快，渐渐变成一个小点，原本广袤无痕的雪地上，除了深深的车辙，还留下一道断断续续的线——

那是从马车上落下的血痕。

第一章

前路茫茫女儿愁

清明时节雨纷纷，路上行人欲断魂。明朝万历年间的扬州清明，已甚少显露哀戚的模样。

我一早携了小丫头烟绕去祭拜故去的父母，回到城中，时辰尚早，却已是热闹非凡。尤其是湖边，桃花灼灼，仿佛邻家笑靥，梨瓣翩翩，宛若幻境飘雪，柳浪闻莺，曲院风荷，桥头拍手人齐笑，街边玉喉劝莫悲。

“看哪，好大的鹞子！”烟绕捂着嘴惊呼，瞪着眼睛看天上。我们扬州这边俗称纸鸢为“鹞子”，顺着她的目光看去，果真，飞得老高仍有一个巴掌那样大，若在地上，只怕五个烟绕也盖得住。

烟绕立马来了兴致，扭将上来：“小姐，我们去放鹞子可好？”

“可是，午间要与姨娘一同吃饭。明日便要出发了，想来姨娘有许多话要嘱咐我，所以特意让我们早些回去呢。”我为难道。

“要说话不是还有下午和晚上吗，哎呀小姐，我们放一会儿，就只放一会儿，保证午饭前回去。”烟绕一边说一边摇晃着我的手撒娇，蓦地正色道，“小姐，这可能是我们在扬州过的最后一个春天了，等以后进了京师，进了皇宫，哪里还有这份儿自在！”

她说得不错，我闻言心下一动，两人对视一眼，默契一笑，便牵着手向卖纸鸢的铺子跑去。

买了只燕子样式的纸鸢，我向老板借了笔墨，在纸鸢背上书上一行字：“惜春长怕花开早，何况落红无数。”

“姑娘的字写得真好看，只是不知道是什么意思。”老板在一旁夸道。

我向老板道了谢，只一笑，并不答。烟绕一把扯起纸鸢，随口道：“小姐这是惜春呢，假文人，一股子酸腐气，老板别理会。”一边说，一边撒腿开溜。

“你个丫头，反了天了！”我作势要打。

“小姐，来追我啊！”烟绕一边退一边笑着扯线。金色的阳光下，笑靥灿烂，鹅黄的百褶裙盛开如菊，直温暖到心里去。

这个疯丫头，她不是不懂我，而是太知道我了，才这样偏生扯着我快活。

娘亲早早便去了，爹爹辞官离京，带我来到扬州，这里是娘亲的老家，直到三年前，爹爹也病逝，我成了孤女。

如果不是烟绕打小陪着我，真不敢想象我要怎样走过这一路的孤寂悲苦。她对我来说，名为丫鬟，实则已与姐妹无异。

爹爹去后，我便寄居在姨娘家里，姨娘是娘亲的亲姐姐，一直对我疼爱有加。前些日子，家里蓦地接到来自京中的圣旨，让我入宫为皇长子选侍。姨娘一家不愿我远嫁入宫，姨父急急给我物色像样的婆家，想悄悄订了亲事，将此事搪塞过去。

那可是圣旨啊，如何搪塞？我年纪虽小，却也知轻重，不愿连累亲人。

“哎哟！”只听烟绕一声惨叫，打断我的思绪，可是立马一声比她叫得更惨，惊得我一跳，忙循声赶上前去。

“你这个小姑娘，怎的还倒着跑路的，把老头子我撞散喽！”一个穿着道服的脏老头儿直直地躺在地上，却梗着脖子，声如洪钟。他的白发被泥垢沾染得灰黑，袍子稀烂，似乎只是些布条挂在身上，似乞非乞。

烟绕不甘示弱，怒目圆睁道：“嘿，我说，我脑袋后面又没长眼睛，你不能躲开呀？”

“老头子一把干骨头，哪里躲得过你小丫头身轻似燕！我不管，你赔我！”那脏老头儿耍起无赖来。

我见围观的人越来越多，上前搀扶道：“老人家，咱们起来说话好不好？”

脏老头儿躲开我，急道：“别碰我！我这浑身的骨头都不对了，你还碰我！”

我有些无措，忙拉扯烟绕，低声道：“我们是小辈，给他道个歉得了。”

烟绕大声道：“我才不给这无赖老头子道歉呢！”

“嘿，你说谁无赖？”脏老头儿几乎要跳起来，却又平平直直地躺下去，“我不管，你们赔我。”

“我赔你个……”趁烟绕一个“屁”字还没出口，我忙捂住她的嘴，讪笑道：“老人家，您说说，要我们怎么赔？”

烟绕挣开我的手，恨道：“王揽溪你能有点儿出息不？”

脏老头儿皱着眉摇摇头，两臂抱胸道：“该怎么赔就怎么赔。”

我将身上的银子全掏出来：“您看，这些够吗？”

脏老头儿瞥了一眼我手中的银子，还是摇头：“我不要银子，不能吃不能喝的，还得自己去买。你去，给我买口吃的和一件衣裳来。”

“你还使唤上人了你！”烟绕气得炸起来。

我忙将她拖走，只听那脏老头儿在身后施施然道：“快去快回，我就躺这儿等你们！”

“老板，三屉包子、一壶酒。”

“你还给他买酒？王揽溪你疯啦？”烟绕挥舞着双手，把伙计递过来的酒推回去，“不要不要不要！”

我见她炸毛的猫一般，心里好笑，面上却道：“还不是你，有哪个姑娘家倒着跑？这下撞了人，还不息事宁人哪。”

“这也要怪我？”烟绕咬牙，“我看他就是故意的，讹上咱们了，不能助长这种歪风邪气，听到没？”

“你以为我不知道他是故意讹咱们的？”我“嘿嘿”一笑，“昨天整汉岳剩的巴豆粉末，你还有吗？”

烟绕从袖子里掏出个小纸包，愣愣道：“有啊，怎么啦？”

“你以为我为什么要买酒？”

整人归整人，脏老头儿的衣裳那样破，实在让人有些不忍，我还是给他买了件新的，希望他日后想起来，不至于全是跑茅厕。

脏老头儿见着东西，一骨碌爬起来，抓起几个包子，啃得满脸是油。他一见着酒瓶子，两眼放光，扔下包子，小心地端起瓶子，耸了耸鼻子，闻闻瓶口，连连点头：“不错，不错！”

烟绕心中定是狂喜，却装作不情愿的模样：“你可满意了？我们可以走了吧？”

“等等，”脏老头儿搁下酒瓶，双手夸张地一抹额发，“我老头子也不是骗吃骗喝的人，这样吧，我就送这位姑娘一样东西。”

他在胸口掏啊掏，掏出一个褪色的泛白蓝布袋，见我不接，硬塞到我手里，大方地摆摆手：“不用谢。”

烟绕刚给他下完药，自然十分警惕，夺到手里打开看，一脸嫌恶道：“这是什么？黑乎乎的丸子，不会是你搓的泥吧？”

“什……什么乱七八糟的！”脏老头儿激动得都结巴了，“这是我好不容易炼制的仙丹，可以活死人肉白骨，十年光阴才得一颗，我一出手就给了你们三颗，还不是看在这壶酒的分儿上！”

烟绕终于忍不住大笑起来：“这样厉害的‘仙丹’，你怎的不拿来换吃的和衣裳呢？”

“你当我什么人都给啊。”脏老头儿小声咕哝道，“这姑娘这么傻，还不是苦了我徒儿……”

我向来不信这些街头狗皮膏药，加上他此时自说自话起来，又形状疯癫，搞不好那丸子真是他身上搓的泥。事情既已解决，我便拉着烟绕道：“好了，走吧。”

“姑娘，姑娘，别走啊，老头子还有话要送你！”

“什么话？”烟绕奇道，“小姐，就听听他说什么。”

脏老头儿摇头晃脑道：“佛偈有云：人生在世如身处荆棘之中，心不动，人不妄动，不动则不伤。姑娘须记得要守住本心才是。”

我笑一笑：“大师穿的道袍，怎的又说佛语呢？”

脏老头儿低头瞧了瞧自己的衣裳，疑惑道：“这是道袍啊？”

一耽搁，已经快到午饭的时间了。我拽着烟绕好一通跑，才赶回来。

姨娘站在屋门口等着，见我们跑进院子，急忙迎了上来，抽出手绢给我擦汗，薄责道：“天也热起来了，跑什么！回汗了得风寒可怎么好。”又转过头来说烟绕：“你也不拖着小姐。”

“夫人可冤枉奴婢了，”烟绕好不容易喘过气来，委屈道，“您可不知道小姐，放鹞子的时候只管拍手叫好，使着奴婢可劲儿跑，累得奴婢两腿像面条，眼看时间到了，便又拽着奴婢一气儿跑回来，奴婢哪里还有力气拖住小姐。”

“明明是你自己拿着鹞子杆儿不松手的……”我嬉笑着去挠她。

“好啦，”姨娘也被我们气笑，“两个不让人省心的丫头，去净手洗脸，吃饭。”

用百合花瓣泡的水净完手，洗好脸，待到花厅里的桌前一看，都是我素日爱吃的菜：扬州狮子头、兰花扒鲍脯、蟹粉山药羹、蜜汁捶藕……梦姨又端上来一盘我最爱的西湖醉虾，道：“小姐今天可要慢吃好吃，这全是夫人亲自做的呢。”

待姨娘先坐下，我腻在她身边：“谢谢姨娘。”

“谢什么，姨娘若能天天给你做菜才好呢。”姨娘爱怜地拂去我额边的一缕碎发，“早知道你会离我们这样远……唉！”

姨娘与姨父在扬州开着一家镖局，成日里也是忙，姨娘只要得空便做上一桌子的好菜，只是那样的时候终归是少的。想来，在这临别之际，姨娘竟是在愧疚未能为我多做几次菜。

我听着眼眶发热：“姨娘，溪儿已经觉得很幸福了。”

“唉，唉，”姨娘笑着答应，用手绢拭了拭眼角，掩饰着转头招呼，“烟绕也过来坐，今天也特地做了你爱吃的，拆烩鲢鱼头。”我虽长在扬州，却是向来不吃鱼的，鱼头的确是烟绕的最爱，姨娘有心。

“谢谢夫人，”烟绕也不忍心，小心劝慰道，“夫人放心吧，烟绕跟着小姐进宫，必定会拼着性命保护小姐的！”

“我知道，你们两个丫头都很乖。”姨娘强打起笑颜，“好了，别说了，吃饭吧。”

这么大一桌子菜，就我们三个人？“表哥呢？”

“娘——我饿！”这家伙，陡然出声吓得我们三人齐齐一跳。

闻声望去，只见表哥卢汉岳可怜兮兮地跪在门槛外面，不知道已经埋伏了多久，终于等到我问起他了。

“我让你跪在哪里？跑来这里碍眼。”姨娘板起了面孔。

“揽溪妹妹，我饿！”汉岳立马转脸望向我，一个劲儿地使眼色，“妹妹自己坐在那里吃香喝辣，哥哥跪在外边风吹日晒，妹妹如何忍心？”

被他这样一说，是人都不忍心了：“姨娘，再大的错也要让他吃饭啊。汉岳哥哥怎么了？”

“这个孽子！昨日，我让人准备今日要用的食材，夜里想起来不放心，便去厨房看，正碰上这个孽子在厨房偷酒，当真是喝得……连亲娘都不认识！”姨娘恨恨地一甩手，仿佛极尽厌恶，“就让他跪在院子里的井边，乏了刚好洗洗脸。”

“使不得！少爷混混沌沌的，跌进去可怎么好？”烟绕后怕地说。

汉岳别扭着闹了个大红脸，半晌才嗫嚅着：“娘，娘，我喝酒还不是因为妹妹要走，我舍不得。”

这样的一句话，让好不容易维持的气氛又凝滞了下来，姨娘重重地叹了口气，愁道：“喝酒误事。你这样不稳重，我如何放心让你送你妹妹入京？”

家里几个得力的人都跟着姨父去太原做生意了，姨娘要坐镇总庄，汉岳虽然年岁不大，却跟着姨父去过不少地方，扬州到京城的路，他也独自领人走过，眼下是送我入京的最佳人选。我与他是从小一同长大的情谊，他自是极愿意送我的，再加上烟绕的缘故，却已经是非送我们不可了。

汉岳一听，着了慌，撩起袍子挪着膝盖欲退：“娘，您就让我送揽溪妹妹吧，我这就回去乖乖跪着……”

“起来吧，”姨娘又重重叹口气，“自己去厨房拿副碗筷，来吃饭。”

“谢谢娘。”不知道汉岳已经跪了多久，此时费了极大的力气才勉强扶着门框半站起来。

烟绕忙上前扶他坐下：“少爷坐吧，奴婢去拿碗筷即可。”说罢，便向厨房去了。

“吃完饭，汉岳就去收拾自己的东西，安排好去京城的马车。溪儿随我进里屋说话。”

听着姨娘的吩咐，汉岳只点头，噤若寒蝉，唯恐再抚逆鳞。我不住地夸姨娘的手艺好，烟绕虽坐在桌上，却顾着给每个人布菜，爱吃的拆烩鲢鱼头也没动几筷子。

吃完饭，漱过口，我便随姨娘进屋里说话。

姨娘屋中整洁素雅，一如往昔。百合花交错着插在水晶花瓶里，花香馥郁，直达心肺，让人觉得有说不出的温柔暖意，分外舒适。

姨娘仍未展眉，我与姨娘同坐，奉上一杯上好的龙井，劝慰道："姨娘可别生汉岳哥哥的气了，哥哥是重情之人，心疼我一去那样远，和您的心思是一样的，舍不得亲人哪。"

姨娘接过茶杯，怜爱地抚着我的背："都说女儿是娘贴心的小棉袄，汉岳要有你一半懂事我就阿弥陀佛了。"姨娘眼中氤氲起一层哀伤，"我这是享了你娘亲的福气。"

我亦动容："姨娘对我就跟亲娘一样，吃穿用度和哥哥都是一样的，甚至还给溪儿请先生，都好过了一般富贵人家的女儿，是溪儿有福呢。"

"可怜的孩子……"姨娘流下泪来，"你娘生你时便去了，你爹爹也走了。我与你姨父生意忙，不曾管你什么，一切都只不过循你爹还在时的旧例……你爹是大学士，才华横溢，你两岁便能背诗，姨娘万万不肯让你落了俗了。"

"姨娘实在担忧啊，你呀，才十三，平日里看书说话，是个最文静不过的，骨子里却都是反的。"姨娘面露忧色，"宫里的人，个个都不是好相与的，姨娘虽没有进过宫，但是姨娘见得多。大户人家但凡妻妾多些的，总会出些乱七八糟的事，更别说宫里了。你爹说过，国本之争，凶险万分，可不能沾染。没想到，时至今日，太子人选仍未定论，而你，还是被卷了进去。"

虽不知为何，京师里还会有人惦记远在扬州的已故人之女，我隐隐地害怕，可是口里还是说道："既然逃不脱，唯有正面应对。溪儿入了宫，自当小心谨慎，收敛自己的性子，与人和气，让姨娘安心。"

姨娘答应着，又叮嘱道："还有，汉岳将你送到，你一定要嘱咐他快些回来，别让他在京中玩儿。他回来了，我才能得知你们这一路平不平安，我才能放心。”

说起汉岳哥哥，我心下一动：“姨娘，溪儿有个请求，还请姨娘应允。”

姨娘柔声道：“你说吧。”

“哥哥、我与烟绕，是从小一块儿长大的，这么久了，姨娘应该也看出来了，哥哥与烟绕情投意合，所以，我不想带烟绕进宫了。烟绕相貌好，跟着我读了不少诗书，性子也好，除了出身差一点儿，其他均是配得起哥哥的。还请姨娘成全他们。”

姨娘闻言不禁皱眉：“是汉岳让你来说的，还是那丫头？”

“不是，不是，”我急忙摆手，“烟绕一心想跟我进宫，哥哥大概也是不忍我独自一人，他们提都没提过。”

姨娘神色稍微舒缓些，慢慢道：“卢家本不是什么官宦世族，我与你姨父也并非势利眼。烟绕是我看在眼里长大的，知根知底。汉岳这个样子，她又能管他，自然是再好不过的了。只不过，你初入宫，没一个自己贴心的人，只怕吃亏。还是先带烟绕去吧，待你有了一两个自己人，再让烟绕出宫，如此比较稳妥。”

想着烟绕估计也不肯抛下我一个人，只要姨娘答应成全他们两个，我就算是放心了。烟绕还小，等一等也无妨，到时候，我快些放她出宫便是。

“你平日里穿得也太素淡了些，姨娘给你备了些首饰和衣服。扬州虽不比京师天家气势，却也是富庶之地，断不可让人将你轻瞧了去。”姨娘说罢，便拉着我去里间看衣裳了。

第二章

风携公子窥娇颜

临行前自然是免不了姨娘的一番嘱咐，都是之前说过好多遍的，汉岳唯唯诺诺只顾点头，乖得跟只小鸡似的。因已是拖延了好几日才出发，我们决定改走京杭运河，便雇了辆马车往码头去。

离开姨娘的视线，汉岳转眼恢复了本来面目。马车里那样宽敞，偏挤着烟绕坐，袖着手，一会儿又吵嚷道："快快，烟绕，把我包里的炒瓜子拿出来。"

烟绕护住包袱："你向来吃瓜子吐得到处都是，多脏啊，还是别吃了。"

汉岳翻了翻眼睛，猛地扑上去，两人争抢间，发白的蓝布袋掉落下来。

汉岳眼疾手快，抄起布袋打开，捏出一粒黑黑的丸子研究道：“咦，这又是什么好吃的？”

烟绕嫌恶地捏住鼻子，道：“一个破道士身上搓的泥，你一口气全吃了吧。”

“道士？”汉岳左看右看，蓦地叫起来，“这个东西我知道，浑黑的丸子上一点红，错不了！”

“什么？”

“这还珠丹，乃活死人肉白骨的灵丹！五年前，定安镖局从蓟州护送一颗还珠丹，目的地不详，不想在第三天夜里就被击杀，全队无一活口。为了这么一颗丹药，江湖上不知掀起多少腥风血雨。你们哪儿来的，还三颗这么多？”

不待我答，汉岳立即将还珠丹放好，折了布袋塞给我：“这三颗灵丹你贴身带着，对谁也不能说，明白了？”

我和烟绕乖乖点头。

走水路虽说是极快的，却也用去了一个月的时间。船终于靠岸，已是柳絮翩飞的时节。

我素来沾不得柳絮那样的东西，记得小时候有一次，汉岳将柳絮吹到我脸上，直疼痒了半个月才好。

“烟绕，帷帽带了吗？”我转头，见烟绕已经拿出了一顶青纱帷帽。

“我惯戴的白纱的呢？”

“姨娘说你那顶白纱的用了多年了，该换顶新的了，还说这顶漂亮。”我接过一看，略饰珠翠，却不累赘，的确别致，只是……

烟绕接过去一边给我戴，一边了然道：“青纱虽不比白纱视物清晰，却也不至于行动受拘，并且大方妍丽，很配小姐今日这身衣裳。”整理好面纱，又打趣道，“等闲也看不到小姐的美貌，省得一些登徒浪子找麻烦。”

“越发饶舌了。”我笑道，试着四处看了看，的确如烟绕所说，都还算分明，只是看不清人的面貌。

刚上岸，便听见有人租送我们来的船，几乎同一时刻，只闻“琤”一声，琴声清越，让人如感冰雪覆额，缓拨的几声尾音悠长，如同松柏泰然，傲于群山。接着便是几个利落干净的弦音连扫，如同雪珠泼玉，声声脆利。后又几个绵长的转音，如风掀松涛阵阵，由急到缓，渐渐抚平之前的肃杀之意，终缓缓而下，流于淡然。

一行人竟听得痴了，我不禁感叹道：“泠泠七弦上，静听松风寒。古调虽自爱，今人多不弹。已久不闻《风入松》了，不想今日能闻。”

“难得，姑娘也识得古曲《风入松》吗？”弹琴的人站起来，听声音是个年轻的男子。

“幼年时曾听家父弹过，家父身后便再无闻过。公子雅奏。”

“姑娘清听，令尊想来也是极风雅之人。在下不过偶然得此古琴谱，也不曾听他人弹过，还请姑娘指教。”男子谦逊道。

我略微踌躇，还是照内心真实所想说出来：“欲走不走，将留未留。”

“哦？”他不置可否，“愿闻其详。”

“公子所奏《风入松》，与家父所奏并无大的出入，有些细节略异，也是因为抚琴者的理解不同罢了，倒也显得公子匠心独具。”可能是面纱的缘故，我的胆子大了起来，“公子琴音虽辽阔，却含了一丝黯然、一丝徘徊，实与古意相违。既然一时不能下定决心离开，不如暂且留下观望，公子以为如何？”

闻言，男子默然，似乎在眺望远方的船只。他默然的时间越久，我越后悔，只怕说得不对，反而贻笑大方。

忽地只听他道：“山中石多真玉少，世上人稠知音稀。”

他又道：“在下好古曲，古曲却难求。姑娘是个行家，不如弹奏一曲，好让在下长长见识？”

他这样说，我若推诿，那之前的一番见解实在有纸上谈兵之嫌，我只好答应，在琴前坐下。

垂眼看琴，我不禁眼前一亮，赞道：“好琴！”刚才便觉琴声清绝，定非俗物，此时见来，竟是世间难求的鹤鸣秋月琴！时值夕阳西下，柔和的霞光洒在七弦上，莹莹亮亮的。我不禁覆手上去，如此圣物，怎可辜负？

一拨一勾，一弦一音，琴声庄重泰然，余音袅袅，宛若平地拔起巍峨大山，顺着幽凉的山口进入，一路芳草异树如行云倒流，令人心情恬淡。指尖轻划，流出一串珠圆玉润，仿佛瀑布高泄，一跌一顿，几可见玉带高悬。信手续续，时急时缓，仿佛巨龙入潭，振聋发聩，似感到沁凉入心……高山、流水、古松、青苔，我渐入佳境，似人琴合一，造出一个宁静安逸的桃源仙境，连自己都深陷了进去。

一曲终了，众人皆无声。

良久，烟绕恍惚道：“小姐，烟绕刚刚好像做了一个梦！”

“巍巍乎若泰山，汤汤乎若流水。传说伯牙善鼓琴，钟子期善听。伯牙鼓琴志在高山，志在流水，但是伯牙所念，钟子期必得之。子期死，伯牙以为世间再无知音，乃破琴绝弦，终身不复鼓。《吕氏春秋》有云，此‘高山流水’寓意伯牙志在高远，小姐雅奏乃是一片祥和安宁，曲能映心，小姐胸怀旷野，与世无争，另有妙趣。”

我闻他竟将我曲中之意分析得分毫不差，也有伯牙遇子期之感，喜不自胜。还好有青纱覆面，不至于非要故作矜持。我暗地里不由得欣慰一笑，正逢风从水上来，混着花香馥郁，吹入面纱，沾染上我的眼角眉梢。

“此曲《高山流水》，也并非什么十分难得的曲子。公子好古曲，想来也是听过的，小女子选这首曲子，不过是借此告诉公子，曲由心生。曲谱是死的，人的心境却各不相同，公子再弹古曲，由心便好。”

男子连连称道，顿了一顿：“恕在下冒昧，可问姑娘芳名，府上何处？也好再共赏佳曲。”

他这一问，如同一盆雪水兜头泼下，我一个激灵，便醒了，我是要入宫的人，怎好与这陌生男子在码头边弹琴论诗？更罔论互通姓名，难不成还让他入宫去寻我？

念及此，我再不应答，拉着烟绕掉头便走。

“哎，姑娘！”我不由得顿下脚步，只听他继续道，“在下唐突了佳人，自知无礼，却是一片赤诚。”

“你怎知我是佳人？”我侧头丢下一句，便头也不回地走了。

鹤鸣秋月琴做工考究，连琴弦也刚韧一些，刚刚在兴头上并不觉得什么，此时手指热辣辣地疼起来，加之兜头的冰雪，冰火相煎，让我难受，抬指一看，水葱似的手指上竟断去了一截指甲。

直走到好远，才由莫名其妙的烟绕拉住我：“小姐这是怎么了，说得好好的怎么说走就走了？”

“烟绕也糊涂吗，我既是要入宫的人，又何必与他人多做牵扯呢？”也不知为何，我心下稍稍黯然。

烟绕沉默良久，惋惜道：“那位公子长得很好看呢，与小姐还那样合得来，奴婢从未见小姐与谁这样合得来，所以疏忽了。”她又长叹一声，“真是可惜了。”

也许吧，我虽不知他长得好看难看，而烟绕所说，的确是我黯然的理由。可是从接到圣旨的那一刻起，我就知道自己的归宿了，既如此，何不将人与心都收好，只待交托给那个已注定的男子，省去许多虚妄的苦楚。

只望皇宫里那人，是值得我托付终身的良人。

许久不见汉岳跟来，难不成，他与刚才那位公子还能有许多话说？他莫不是将我出卖了吧？正踌躇间，便听见码头那边有声音。

“烟绕，你有没有听见什么动静啊？”我将信将疑。

烟绕走远几步，侧耳听着，忽地大叫：“小姐，有人在喊救命！好像是少爷的声音！”

这一下将我俩都吓着了，烟绕慌得手脚都不知道往哪里放了：“少爷怕水，莫不是掉到河里去了吧？”

“别在这儿自己吓自己，快去看看！”我拉着烟绕便往码头那边跑，本也没走多远，不过几十步便看见汉岳在岸边跳脚：“救命，快来人！有人掉水里了！”

快步赶到，只见不远处一个女子正在水里挣扎，看她那样乱扑腾，显然是个不会水的。天已经快黑了，这又似乎是个僻静的码头，此时岸边除了我们，竟再没有旁的人了。

离落水女子不远处就有一条小船，我忙大呼：“船家，船家！救命啊！”只是无人应答。

再这样下去，只怕她会没命。我是会水的，只是稍大便知道害羞，已是许久没游过水，不过救人要紧，此时什么也顾不得了。念及此，我踢掉鞋子，摘下帷帽，拔下头上姨娘郑重插上的金簪，吸了口气就跳下去了。

烟绕没防备，登时吓得惊叫，见我无恙，向女子游过去，才稍稍和缓了神色，不放心地叫道：“小姐当心！”

春天气候慢慢变暖，而水还是极寒的。初入水时只觉冰冷刺骨，竟冻僵了似的，动也动不得，待一点点适应了，那女子已无力，又借着水的浮力，倒也不算沉重，所幸距离不远，我将她拖到岸边，尚有力气爬起来。

汉岳用力按压女子的腹部，迫使她将水吐出来。我环视一周，依旧是没有半个人影，蓦地想起来，问道：“刚才那位公子呢？”

“泅水走了。”汉岳头也未抬地答道。

我与烟绕都以为自己听错了。这女子又是如何掉到水里的呢？

“怎么回事？你从头说清楚。”

“刚才，你们先走，我正与那位公子说着话呢，凭空便冒出了这小女子，扯着公子的袖子叽里呱啦说了一堆我听不懂的，公子烦恼，便跳上了一艘空船。”汉岳朝水上那艘一动不动的船努努嘴，“然后对女子说，如果她跟上船来，他便跳下去，可是女子还是要跟去。”

“然后呢？”这故事听着奇特。

“然后他就真的跳下去啦，从船那头。这女子原本还站在岸上呢，如此想不开，也跟着跳下河去了，”汉岳感叹地摇头，“说要跟着，死也要跟着，真是厉害。”

“你说谁想不开？”溺水的女子幽幽从面前坐起，怒视汉岳，吓得他一屁股坐地上。

“本姑娘只是一着急，失足了而已。”

女子浑身湿透，对襟的藕衫和浅紫百花裙都贴在身上，曲线毕致。她发髻松散，浸湿后更显乌色，发梢贴在小麦色的面颊上。一双眼睛黑水晶般大而圆亮，眉鼻高挺，是个深具异域风情的美人。

她见我这样看她，也同样打量着我，看着看着她的神色就不对了："你！就是刚才那个与他谈情说爱的女人对不对？你以为你蒙着脸，我就不找你了？"说着便要跃起来与我拼命一般。

烟绕护着我，怒道："你这人怎不识好歹？"

女子口中的"他"，应该就是那位公子了，看来她对我误会甚深。我刚准备与她解释我们只是"弹琴"，没有说爱，一阵夜风吹来，我不禁打了个极大的喷嚏，一时震慑众人。更不妙的是，我话已到口边，猝不及防，咬到了舌头。

我捂着嘴，眼泪簌簌地落下来，倒也把那跋扈的女子吓到了，她红着脸结巴道："你……你哭什么，我又没把你怎么样。"她爬起身来，强自镇定，"原以为你不同以往那些娇滴滴的汉人女子，也不过如此！不过说到底，你救了我的命，我们女真女子不是不明是非之人，我欠你一个人情。"

说完她转身就走，蓦地又停下脚步，侧头道："只是，你不要再见他了。"

不知是水珠还是泪珠盈于睫毛，让她的侧影更加凄楚美丽。原来她是女真族的女子，汉话竟这般流利，于爱如此大胆奔放，不管他人如何看，我是钦佩至极的。也不知她与那位公子又有怎样的故事，能让她追爱如此。

"如此执着情深。"同为女子，烟绕颇为感动，怒意俱消。

我眼光一扫，见鹤鸣秋月琴还摆在那儿，想来是公子一心想脱身，匆忙之间落下，叹道："光执着有何用，若她懂他，便知将那鹤鸣秋月琴拿回去，他自然会去找她了。"

第三章

明里笑靥暗里刀

结果鹤鸣秋月琴却是被我拿回去了。

天色已晚，也不知公子一时会不会回来，将琴扔在这里，却又怕外行的人做出焚琴煮鹤的事。

取走他人心爱之物，我自知不妥，却也无法抵挡鹤鸣秋月琴对我的诱惑。明知再相遇不知何夕，却还是慰藉自身，想着以后完璧归赵便是。

第二日清晨，我与烟绕便从玄武门进宫了。进宫前，汉岳絮絮交代了许多，仿佛姨娘附体。我们三人终归未尝过离别愁味，虽知再见之期遥遥，心中却也没有十分难过。

神武门内早有一位姑姑在等，这位姑姑略微年长，年纪四五十的样子，此时见我，笑得极为和善，却让我无端感觉畏惧。她微微福了一福："王姑娘来得真早，奴婢刚刚到呢。"

我急忙还礼，和气笑道："姑姑好。劳烦姑姑了。"

她道了声"不敢"，便为我们引路，再无多话，毫无寒暄的意思，我只好将许多疑问都咽了下去，不自觉地连脚步都放轻了。我的笑僵在脸上，也不知该不该放下。

我只是目光平视，端庄地走着，凭余光打量着这个传说中的皇宫。穿行在巍峨的殿宇之间，只见黄金琉璃瓦、朱红牡丹香，却非世间等闲富贵，独显天家恢宏气势。

走了许久，日头渐渐大了，直走得我口干舌燥、腿脚酸软，才终于停下。只见"毓德宫"三个大字，笔墨横姿，宫殿雕栏画壁，煞是辉煌。毓德宫原名永寿宫，嘉靖十四年才改名为毓德宫。这毓德宫离皇上所在的乾清宫与养心殿最近，向来是最得宠、最尊贵的后妃才能够居住的地方。

姑姑引我进入正厅，留下烟绕在外头，依然是那副笑脸："这里是郑皇贵妃的毓德宫。太后静心礼佛，皇后久病未愈，如今宫中事务均由郑皇贵妃一手操持。王姑娘能够入宫，也是我们娘娘的恩德，此时娘娘正在养心殿伺候皇上，娘娘交代过，选侍只消在此等候即可，娘娘很快便回来。"

"民女谨遵皇贵妃之命。"我还想问那姑姑几句，不想她垂下眼帘，看也不看我，只道："奴婢还有事情要忙，先行告退。"说完匆匆行了一礼，撇下我一个人便走了。

我口渴得紧，独自在此颇有些手足无措，主人不在，岂能随便动人家的东西，失了礼节。

想了想，姑姑也没说让我坐，于是我只好忍着长久行路的不适，规规矩矩地站到室外的门边，迎候皇贵妃。刚刚入宫也没个人与我讲讲规矩，我只有事事谨慎为妙。

时间似乎格外难熬，大约过了一个时辰，站到小腿肚子都颤了，饥渴交迫，也不见郑皇贵妃回来。沿廊外白晃晃的阳光照得我眼都花了，看地上影子的方向，似已到了午后。

仿佛过了一个洪荒之久，终于听见内监尖细的声音叫道："皇贵妃驾到——"

昏花中只见一袭华美闪耀的翟衣亮丽夺目，我行请安礼："民女王揽溪给皇贵妃请安，皇贵妃福寿安康。"

许是站得久了，猛地一落身，只觉头晕得厉害，身子不禁晃了一晃，我恍惚间听得一声轻笑，很快又没了，可能是错觉。

香风一阵，郑皇贵妃俯身拉住我拘在身前的双手，扶我起来，笑盈盈道："你怎么站在这儿，等久了吧？"

"没有多久，无妨的。"我垂眸笑道，已觉十分力不从心。

"是个懂规矩的好孩子，"郑皇贵妃轻拍我的手背，"瞧这小脸儿煞白的。王姑娘累了，青叶，带姑娘到偏厅休息。"

我行礼告退："谢皇贵妃娘娘恩典。"

"你好生歇着，本宫让人于你将住处打点好了，晚些来与你说说话。"郑皇贵妃柔声说道，甚是和善。

我又谢恩，语罢，人堆里出来个容貌文秀的小丫头，怯生生的，向我规规矩矩行了个礼："奴婢青叶，给王姑娘请安，王姑娘这边请。"说罢，便引我向偏厅去了。

到了偏厅，第一件事便是就近寻个锦凳坐下，青叶见我苦不堪言的模样，翻过桌上一只青花瓷的描金杯子，一边倒水一边轻声道：“王姑娘可是腿酸了，奴婢手上的功夫勉强堪用，等下为姑娘按按可好？”说罢，冲我粲然一笑，清纯可人。

“好啊。”我真挚地回以一笑，“不过还得先麻烦你，去门前看看，有没有一个穿浅蓝颜色衣裳的姑娘，叫作烟绕，你带她进来。”

“是，”青叶见我和气，胆子稍稍大了一点儿，“奴婢能伺候您是奴婢的福气，怎是麻烦呢。”

说罢，青叶便出去了。待茶凉了些，我便迫不及待地喝了一杯，接着又倒了两杯茶凉在一边。我心想烟绕站在日头底下，等会儿回来指不定要如何嚷着干渴呢。想着想着，竟趴在桌子上睡着了。

许是太累了，我睡得极沉，不一会儿，便听见一人仿佛在极远的地方声声唤我，醒来只见烟绕笑道：“小姐好睡，口水都快流到地上了。”

青叶在一旁听着也笑，我佯嗔：“你这丫头，没个正形儿，也不怕青叶年纪小的反而笑话你。”

“烟绕姐姐是姑娘的家生丫鬟，青叶怎么能比呢。”青叶乖巧道，用托盘端上两份精致的菜肴，“姑娘还没用膳吧？已过了午膳的时间，这是皇贵妃娘娘特意吩咐小厨房做的淮扬菜，不知道合不合您的胃口。”

一碟清炖蟹粉狮子头、一碟松鼠鳜鱼，香气扑鼻，这才算真正将我从睡意中唤醒了。我早就饿得前胸贴后背，烟绕向来比我饿得快，只怕更甚。我与烟绕默契对视一眼：“青叶，伺候我用膳是烟绕惯做的，你也忙半天了，先去休息吧。”

青叶答应一声，便告退出去。过了一会儿，烟绕到门边探头探脑看了一遍，才关好门，快步过来。

“知道你饿了，快坐下吃，有你最爱的鱼呢。”我已然食指大动，先叉了个狮子头。宫中规矩烦琐，丫鬟与主子同桌吃饭只怕不合规矩，所以才支开青叶，一同吃了便罢。

可是烟绕似乎并不为吃饭，她坐在我跟前，肃着一张脸：“有件事要告诉小姐。”

“说吧。”

“刚刚我站在门外，原以为皇贵妃与小姐在里头说话，见姑姑出来，就跟上去想与她套套近乎，懂点儿奴婢的规矩也成。只见她出了毓德宫的门，便四下张望，如同做贼般小心。我心下奇怪，跟着她直走到一片竹林，远远便听见她请‘皇贵妃万安’，然后走进竹林与那里面的人絮絮说了些什么，她们便一同哄笑了起来。我心里害怕，就先跑回原来的位置站着。后来你也知道的，我们足足等了一两个时辰，才见皇贵妃回宫。小姐你说，她们这是什么意思？”说到最后，烟绕不禁有些恼怒。

听完烟绕的话，我缓缓放下筷子，沉吟道：“还能是什么意思，是皇贵妃在给咱们立规矩呢。那位姑姑不过是个下人，若没皇贵妃的指示，敢这样怠慢吗？她们都是笑面虎，咱们更要谨慎些才好。”我换双筷子夹了松鼠鳜鱼放在她碗里，微笑道，“不过是些零碎的委屈，应付过去便罢了，何至于生气？”

“烟绕只是个下人，没什么委屈的。我是替你气啊，小姐！”烟绕略略拔高了声音。

我做了个噤声的动作，示意隔墙有耳：“宫里本就与外面不同，人家给的下马威，你我心知肚明即可，可不要再拿出来说了，听见没？只要不丢了性命，怎样都是好的。”

半晌，烟绕终于道：“我听小姐的。”

说罢，我们各自沉默吃饭，不知是不是刚刚吃急了，我不禁有些饱了的感觉。

不久，郑皇贵妃款款而来，我这才有心细细看她。盛宠二十年不衰的皇贵妃是什么样子？只见她肌肤胜雪，纤秾合度，一双妙目睥睨着，笑意雾一般地蒙在脸上，好不真切。

接过烟绕手里的茶碗，我恭恭敬敬地递给郑皇贵妃：“娘娘请喝茶。”

“这是下人做的事，王姑娘不必亲力亲为。”郑皇贵妃接过，随手放在桌上，“你也坐。”

她不经意般打量一番烟绕：“这是王姑娘带来的家生丫头？”

我答“是”。

烟绕不卑不亢地请安道：“给皇贵妃请安，皇贵妃福寿安康。”

“长得不错，配得起你。”郑皇贵妃笑着看我，吩咐道，“起来吧。”

“烟绕，去看看青叶在做什么，也学着点儿。”烟绕答应着便告退了。

“你有十三了吧？”郑皇贵妃笑问。

我答道：“刚刚十三。”

郑皇贵妃拉过我的手，似感慨道：“王大学士辞官离京那年你刚出生，一晃十几年都过去了。天妒英才，听说几年前王大学士撒手人寰了，只苦了你这孩子。”

“有皇上与皇贵妃挂念，民女不苦。”

“唉，真是个懂事的好孩子。”郑皇贵妃将我拉得离她很近，“皇上与本宫的确惦念着你，所以这次本宫向皇上请旨让你入宫，也是为了不让故臣之女孤苦流离。皇长子敦厚，必好好待你。”

敦厚？我琢磨着这个可褒可贬的词，也是，皇长子若不是敦厚，也不至于太子之位至今空悬。二皇子早夭，其他皇子太小，郑皇贵妃有意立自己的儿子三皇子为太子，唆使皇上与属意皇长子的大臣们两相对垒。如今，我是郑皇贵妃请旨为皇长子纳的选侍，待嫁到皇长子身边，他能信我吗？我蓦地发现，自己已经不知不觉地被她置于十分危险的境地。

我不禁冷汗涔涔。

“谢皇上与娘娘体恤关怀。”我木然道，脑子里一片空白。

“好了，时辰也不早了，本宫已命人将昭华堂收拾出来，等下就由孙姑姑带你过去。”郑皇贵妃悠悠起身，“孙姑姑。”

从门外进来的人，正是早上领我入毓德宫的姑姑，原来她姓孙。

孙姑姑一脸难色：“回娘娘的话，潘姑娘说昭华堂宽敞，已经让人把东西先搬进去了。”

“本宫让你传话，让她住紫茗轩，你没传到吗？”郑皇贵妃只是淡淡的，可是孙姑姑已经吓得直哆嗦，慌忙跪下：“奴婢不敢！奴婢传到了，可是潘姑娘说她带来的人多东西多，王姑娘她……”孙姑姑没说下去，只是看了我一眼。我懂她的意思，我身边只有烟绕一人，轻装简行，不比人家。

“既然如此，娘娘何必为难，民女去往紫茗轩便是。”我不想多生事端。

郑皇贵妃转身斜觑我，目光如同两道雪刃：“一个刚入宫的女孩儿家哪儿来那么多主意，让她住哪儿便住哪儿，本宫最嫌恶不听话的人。”说罢，拂袖而去，再不多看我一眼。

心被刺得发凉，最后爆出一阵恶寒，那句话，何尝不是说给我听的？在这暮春时节，我情不自禁地打了一个哆嗦。

两个小内监拿好东西，我们便随孙姑姑去往昭华堂。到跟前才知道，昭华堂与紫茗轩竟是比邻而建。一眼望去，紫茗轩的确显得小气了些，而昭华堂既宽敞又亮堂，难怪潘姑娘择优而居。

紫茗轩门前，好几个内监佝偻着腰，小心翼翼地捧着物件鱼贯而入。蓦地，紫茗轩里传来一声杯盏碎裂的声音，伴随着一串叮叮哐哐，只见瓷白的碎片随着冲力破门而出，直冲到孙姑姑脚边来。孙姑姑微微一缩脚，眉头皱起来，却不多做言语。

“她是什么东西，一个没母家撑腰的孤女也敢到宫里来放肆！也敢跟我叫板！”然后是些更难听的话，身边的人胡乱劝着，一时沸反盈天。

我似对紫茗轩里越来越尖厉的叫骂声充耳不闻，温言问道："潘姑娘是什么人？"

孙姑姑自然是闷罐子般，多的话不会多说半句。青叶犹犹豫豫的，似乎是被那骂声惊着了，半晌才道："回王姑娘话，潘姑娘的父亲是兵部武库清吏司的正六品主事，潘姑娘与您同一批选入宫，特封为三皇子的选侍……"孙姑姑一个极凌厉的眼风杀过去，吓得青叶一个哆嗦，再不敢多言。

兵部？郑皇贵妃儿子的选侍？不用细细琢磨，这答案不是昭然若揭吗。

用脚将仍旧滴溜溜打转儿的瓷片踢到一边，我含笑道："孙姑姑小心。只是这位潘姑娘好大的脾气。"

"宫里是有规矩的，选侍的规制用几个人、用哪样规格的东西，任谁都不能僭越。"孙姑姑刻板的脸上又堆起笑来劝慰我，"别人的话王选侍听着也别吃心，奴婢自会禀告了皇贵妃娘娘，让娘娘裁决。"

我依旧笑道："姑姑送到这里即可，回去吧。"

孙姑姑依言告退，烟绕立马拉着我跑进昭华堂，用力摔上门，恨恨啐一口，脸都憋红了。我拉住她的手，示意她别发作，可她此时却是忍不得了。

"不就是个正六品的主事嘛，她就这般猖狂？想我家老爷……"

我给烟绕使眼色："青叶还在这里，岂容你胡说。"

青叶闻言跪下，望着我信誓旦旦道："姑娘放心，奴婢不会说出去的。”她眼里含泪，哽咽道，“只求姑娘入皇长子宫里时能带奴婢走，奴婢愿意从此追随姑娘，绝无二心。”

她是郑皇贵妃宫里的人，我不能不防，更别说带她一同入皇长子的宫中。可是她是我入宫以来第一个对我真挚一笑的人，我心里知道。看她楚楚可怜的样子，倒也不似装出来的，也许真的身陷什么难言的境地。

我淡淡道：“任家父昨日种种，业已作古，你也听到了，如今我只是个孤女，连个六品主事的女儿都可仗势任意辱骂欺凌，你还要跟着我？”

青叶膝行到我跟前，拉着我的裙子哭道：“奴婢愿意！奴婢见姑娘对烟绕姐姐，便知道姑娘是个心善的好人，奴婢跟着您就不会再挨打了！”

说着撩起宽大的衣袖给我看，只见新伤旧痕狰狞地遍布她原本洁白如玉的胳膊上，还有些许已干的污血粘在袖子内面。我不禁倒退两步，而烟绕已经忍不住惊叫了一声。

我从惊吓中缓过神来，肃然道：“谁打的你？为何？”

“一日午后，皇上来找娘娘，恰逢娘娘外出未归，皇上……皇上便临幸了奴婢。”青叶红着脸垂下头去，“娘娘回来后，皇上说了此事，让娘娘给奴婢最末的位分，说完便走了。可娘娘说奴婢出身低贱，若皇上再传召奴婢，才给奴婢位分。皇上只是一时兴起，早把奴婢忘了呀！从那天起，娘娘总是找奴婢的错处，动辄便让孙姑姑拿鞭子抽打。”说着，青叶又大哭起来，“奴婢自知微贱，从不敢奢望皇上雨露，也未奢望过有什么位分，只是再这样下去，奴婢终有一天会被折磨死的！姑娘救我！”

郑皇贵妃在后宫竟如此一手遮天！

“你真的一点儿不想位分与皇恩？”我将信将疑地问道。

青叶不住地磕头：“奴婢不敢，奴婢不敢！”

我不忍，拉她起来：“别磕破了头，我到时尽力一试。”青叶见我答应，才肯起来，满脸泪痕，想起来又要磕头谢我，我拉住她，怜悯道，“快去洗把脸吧。”

待青叶离开，烟绕半晌才叹道：“郑皇贵妃当真手段狠辣。”

“是啊，”我凝望着紫茗轩的方向，“不只手段狠辣，而且心机深沉。用一个住处，便挑拨起别人对我的敌意了。往后只怕日子难过。”

皇上宿醉未醒，太后静心礼佛，皇后久病卧床，一律免了晨昏定省，只是郑皇贵妃为毓德宫主位，我现居她宫中，自是要去向她请安。

昨夜闲来无事，与烟绕、青叶玩儿猜字谜，一时高兴便玩儿得晚了，今天又早早起来，只觉身上乏得很。嘱咐了烟绕梳普通的朝月髻，再簪了支普通的玉簪，一切收拾妥当，时辰尚早。我满意地打量着镜中人，蓦地发现额上多出一个点子来，惊叫道：“烟绕快来看！”我凑近镜子用力擦，也不见掉，“这是什么？”

烟绕扒拉开我的手，仔细端详了一下，喜道：“小姐眉心一点红，长了颗美人痣。”

“怎么说？”我奇道。

“古代女子都认为在眉心画一点红十分妩媚，故称为美人痣，唐代时也曾是风靡一时的妆容。小姐浑然天成，足见老天爷都认为小姐是美人。”烟绕向来嘴似蜜糖。

又细细看了两眼，我恼起来：“不喜欢。”原本光洁无瑕的脸，多长出这么个点子，我实在不能释怀。

烟绕见我恼怒，又拿话来哄我：“还有个说法，这美人痣是上辈子的情人点的印记，以作三生之后重逢之用，是连转世都抹不掉的痕迹呢。”

“那它怎的现在才长出来？”我拿眼觑她。

“这不是就快见到皇长子了嘛，它长出来，好让皇长子一眼就将小姐你认出来啊……”

我听着不对，便挠她：“小妮子敢拿话羞我。”

烟绕转身便跑，差点儿撞到身后的青叶，青叶亦笑道：“这样的痣也叫观音痣，保佑姑娘逢凶化吉，福气大呢，姑娘可别恼了。”

烟绕一把将我从锦凳上拉起来，理了理衣裙上的褶皱，利落道：“时间到了，小姐快走吧。”她明知我怕疼，又揶揄道，“若小姐实在不喜欢，回来烟绕替你用针挑了便是。”

若留个疤，还不如长着呢。我真是说不过她。

刚到门前，便听见里面莺声燕语，看来我倒比人晚了。待通传，我才进去，只见郑皇贵妃正与一娟秀的女子说笑。女子眼风一扫，显然已是看到我这么个人站在那儿，却依旧说着话，不加理睬。终于我找了个空，落身行礼道：“民女王氏给皇贵妃请安，皇贵妃福寿永年。”

郑皇贵妃似这才瞧见我，忙唤我起来，掩口笑道：“潘姑娘好幽默，本宫许久没这样开怀过了。”又向潘氏介绍我说，“这位是王姑娘。”

我微一欠身，展颜道：“潘姑娘好早。”

她只是略一颔首，脸上颇有得意之色：“民女侍奉娘娘，不可谓不尽心。”我与她同一批入宫，她这样算是失礼，可皇贵妃也没说什么，好像昨日逆她心意的是我，而非潘姑娘。想来也是了，昨日的事本就是她一手挑拨，潘姑娘又是她与兵部的纽带之一，怎么会真的生气呢。

“是了，你最忠心孝顺。”郑皇贵妃又望着我含笑道，“你也坐，一起听听潘姑娘说笑话。”

闻言，潘氏仿佛更有兴致了，接着说起笑话来。左不过是些书里面的，跟扬州市井上的笑话比起来，实在算不得什么。我在一旁瞌睡都出来了。

蓦地又听通传：“贵妃娘娘驾到——”

我与潘氏急忙起身，见着一袭珠翠环绕的影子便落身行请安礼。

只听得一声冷笑，贵妃无视我俩还拘着礼，向郑皇贵妃气道：“皇贵妃宫中的奴婢仿佛世外桃源里的人呢！”

“妹妹何出此言？”郑皇贵妃惊诧道。

“妹妹托姐姐的福气，也算熬到了贵妃的位置，昨儿个刚行的册封礼，今天清早特来向姐姐道谢，不想还没进门就先得了一声‘顺妃安康’呢。”贵妃冷道。

郑皇贵妃肃然道：“怎会？妹妹封为贵妃的消息，本宫早已下旨，晓谕六宫，昨天晚上本宫还特意吩咐过孙姑姑，哪还有如此不识相的？孙姑姑。”

听得女子强忍的痛呼，我心里陡然涌出一阵不祥的预感。微微侧头，只见孙姑姑扭着青叶进来，猛地一搡，青叶便跌跪在地，已然吓得声都变了，连声求贵妃和皇贵妃“饶命”。

“姐姐替妹妹做主吧，”贵妃勃然变色道，“定要掌烂了这蹄子的嘴！”

“掌什么嘴呀，妹妹先坐，”郑皇贵妃见了青叶，瞬间变得淡淡的，“惹得妹妹如此生气，既是青叶说错了话，杖毙亦不为过。”她的嘴唇娇艳如花，却吐出恶毒的汁液。“杖毙”两个字被她云淡风轻地带出来，再是轻巧不过。

闻言，贵妃面色稍霁：“都听姐姐的。”这才冲我们勉强一笑，“两位姑娘快起来吧，都是本宫疏忽，一时气急，倒让小辈们看笑话了。”

郑皇贵妃厌烦地挥了挥手，只见上来两个内监，将青叶一边一架就要拖出去。我并未起身，大着胆子，欠身道：“民女请两位娘娘明察，昨夜青叶一直与民女在一起，并不见孙姑姑来知会，所谓不知者不怪，还请两位娘娘饶恕青叶吧。”

“哦？”郑皇贵妃慢条斯理地扬了扬眉，“孙姑姑。”

孙姑姑向我行了个礼：“回王姑娘话，奴婢昨夜来时恰逢青叶在厨房沏茶，与她说得真切，听说姑娘在房间里猜字谜，奴婢不想扰了姑娘雅兴，便没有进去问安，还请姑娘莫怪。”

她既说出了我昨晚在干什么，也是想证明自己确是与青叶说过话的，我一时语塞，只能道：“还请皇贵妃娘娘念在与青叶主仆一场的情分上，从轻发落。青叶伺候民女很是尽心，也请娘娘看在民女的薄面上，放她一条生路吧。”

“原是王姑娘念着主仆一场的情分呢。”潘氏掩口一笑，摆明了在此煽风点火。

“王姑娘，”贵妃幽幽唤我，“就算皇贵妃娘娘不说什么，本宫也不得不提醒你一句，你一介小小的平民女子，娘娘肯高看你一眼已是给你面子，你却要自知身份！居然敢为了个卑贱的宫女忤逆娘娘的意思。”贵妃冷哼一声，很是不屑，“莫说是一个宫女，就是你，如此不知高低，拉出去也是娘娘英明！”

我知道，不只在这深宫里，在这世上大多地方，人命的确因为身份地位的不同而分了贵贱。可此时我心里对她那一番话实在抵触，不愿苟同，但只能寄希望于郑皇贵妃一时心软，放过青叶。

“王姑娘只是年轻不懂事，妹妹又何必吓唬她。”郑皇贵妃笑向贵妃言，又转而招手示意我过去，我不敢犹疑，起身过去，垂首立在一旁，只闻她用极小的声音说，“本宫一直以为王姑娘是个聪明人，若非如此，本宫也不会因为青叶‘说错话’便要杀她。如今你也应该明白，在这后宫中生存是多么不易了，有大树倚靠，才是正道。”

说错话？显然她所指的并不是此时青叶的过错，那是……昨天？她都知道了！如此，今天发生的一切也都是她安排好的吧。她想用青叶的血昭明我的渺小，只是为了逼我就范，替她在皇长子宫中做事罢了。我就算不是聪明人，如今也明白了。

我的身体如同僵住一般动不得，强自镇定道：“皇贵妃实在高看民女了，民女平庸，只是个守本分的女子。出嫁从夫，女子是倚靠丈夫而活的，除此之外，民女别无他想。”

闻言，郑皇贵妃顿了一顿，仿佛听到了比潘氏所述更好笑的笑话，蓦地大笑起来：“孩子话！从未有人敢在本宫面前，教本宫‘三从四德’！”终于忍住笑，我竟不懂她此时是怎样的表情，似笑非笑，似怨非怨，斜觑着我，“皇家男子的恩情最是靠不住，你若不为自己筹谋……”她的眼神幽幽在我脸上打了两圈，止住了话。

皇家男子的恩情最是靠不住？这已不是我该听的了，连贵妃也俯首不敢吱声。半晌，我才规规矩矩垂首行礼道：“皇贵妃是皇上心尖儿上的人，天下女子都比不了皇贵妃的福气。还请皇贵妃以万金之尊，怜悯这些卑微的宫女。”

“好，本宫就听你一言，打发青叶去浣衣局，免了杖毙之刑。只是本宫与你说的话，你想好了再答本宫。”

一只冰凉的手托住我的下巴，迫我扬起脸来，护甲上的珠宝硌得我生疼。我只得抬眼看她，却看到如深潭一般的一双眼眸，充满似笑非笑的探究，仿佛已将我看个通透。

她蓦地一抽手，道声“乏了”，便丢下我们这一摊子人，由孙姑姑扶着入了里屋。不一会儿，孙姑姑出来，传话道：“皇贵妃娘娘说，王姑娘身边不能少了伺候的人，让青环跟去。”

如此我们便散了，青叶直接被带去浣衣局，剩下那个叫作青环的宫女，木偶一样跟在我身后，她就像一个年轻的孙姑姑，脸上的笑都是刻上去的。

没走多远，烟绕便抓住我问：“青叶怎么了？”

我以眼神示意她，毫无语气道：“青叶说错了话，已经被皇贵妃打发去浣衣局了。”烟绕会意，再不多言。

一直等到傍晚的时刻，青环去布置晚膳，我俩才找到说话的空隙。

烟绕朝门外斜斜扫了一眼，面色难看：“那丫头是来监视咱的？”

“差不多。”我心中仍有疑惑，“烟绕，昨晚我们喝茶了吗？”

烟绕一时没明白我为何突然转移了话题，愣了愣，道：“小姐忘了，昨晚咱们喝的扬州米酒，青叶没出过京城，说给她尝尝鲜的。”

是了！我蓦地严肃起来，悄声道：“从此刻起，无论青环在不在，我俩须得谨言慎行，有话也要小声点儿说。”烟绕会意，缓缓点头，忍不住小心地打量起四周来。

我拉住她：“就装作和平时一样，不要落了刻意。”想到青叶，我心中泛起阵阵酸痛，半晌才道，“幸亏不是你。”

若事情发生在烟绕身上……我真的不敢想。

第四章

一石二鸟计不成

一连三日，除了向郑皇贵妃晨昏定省，我哪里也没去，最多在毓德宫里的园子透透气，话也不大敢说。一个泥偶般的青环在一旁盯着我眼都不眨，直叫人心里烦闷。

毓德宫的每一处都是一幅精致华贵的风景画，园子里的花草都是精心侍弄过的，彼时正生长得热烈，煞是艳丽夺目。雨后初晴，我与烟绕游玩赏花，若抛开身后的跟屁虫不论，倒还是分外怡然。

忽听得紫茗轩里闹出极大的动静，我从容越过脚下的树枝，不以为意。

起初我可是被吓了好大一跳，以为她们屋子里走水了，后来才听青环说，郑皇贵妃特让潘氏每天这个时辰都去给皇后送药。

想那潘氏甚是感到荣耀，定想着法儿地要让我知道的。

那动静闹哄哄地直往宫门去，不知怎的却又折到园子里头来，园间小径，唯有狭路相逢。我轻轻拂开指间盛放的芍药，含着笑意点头：“潘姑娘这是去哪儿啊？”

我知道，她唯恐我不问，如此正中下怀。她倒也不似当初对我的敌意，如沐春风般笑道：“皇后这些日子的汤药都是由我照看的，我每日这个时辰都要亲自去坤宁宫，看到皇后喝下汤药才能安心呢。”

“潘姑娘能者多劳，为皇后娘娘与郑皇贵妃娘娘分忧，实在让我羡慕不已，真是望尘莫及。”我说着口不应心的话，望她只是单纯想在我面前炫耀炫耀，完事快些离开罢了。

她倒也不谦逊：“我能得郑皇贵妃娘娘信任看重的福气，你的确不能相比，可王姑娘有王姑娘的闲散清福，我也羡慕得很呢。”她忍不住掩口嗤笑，眉目间皆是得意，“还请王姑娘让路给妾身过去，皇后娘娘的汤药若冷了，岂是你可担待的？”

我不愿与她浪费唇舌，再不言语，让了她又如何。

她见我乖乖就范，好似真就高我一等，趾高气扬地走起来。偏不巧的是，此时她眼睛长在头顶上，自然不见我刚刚绕过的树枝，一脚踩上去，脚底一滑，整个身子后仰着摔下去，连带压倒了身后捧着汤药的宫女，看样子摔得不轻。

一时场面混乱，众宫女连拉带拽终于将从云端跌落的潘氏扶起来，雨后径上还有积水，污渍浸透了她华美的缕丝百蝶穿花凤尾裙，树叶挂在她凌乱的发髻上，浓烈的药香弥漫，尽数洒在她的上衣上，看起来好不狼狈。我见她瘪嘴要哭的架势，便不好意思地笑了。

她怒视我，却疼得说不出话来。身边的宫女急道："潘姑娘这样去见皇后定是失仪了，万万不可，重新梳妆只怕耽误了时辰……"

"那还在此废什么话，快回去替我重新梳妆啊！"潘氏怒急，忍着疼叫喊出来。

"姑娘，真的来不及了，耽误了时辰是重罪，罚的都是奴婢们，还请姑娘怜惜奴婢们！"那位宫女跪下叩头，其余的都跟着跪下了。

一时念到了青叶，我不禁心软，面上依旧是淡淡的："潘姑娘若放心，就交由妾身替你走一趟吧。还有备用的汤药吗？"

为首的宫女听罢，眼前一亮，连声说有："如此甚好。潘姑娘也跌得不轻，只怕要请太医来瞧瞧才好。"

见潘姑娘不耐烦地挥开宫女欲搀扶的手，我心下了然，道："潘姑娘就安心养伤吧，伤好了，明日便可继续为各位娘娘分忧。我定会向皇后娘娘禀明潘姑娘的一番良苦用心。"我勾了勾嘴角，"皇后娘娘的汤药若冷了，岂是我们可以担待的，我替潘姑娘走一趟，总好过误了时辰吧？"

她知我所言非虚，只好由宫人搀扶着一瘸一拐地回了紫茗轩。不一会儿，刚刚为首的宫女便拿来新的汤药递给我，放在提篮里，谢了我好大一通。

坤宁宫在乾清宫后面，离毓德宫本也不远，不过宫里说不远的地儿走起来也没有想象中近，我只得加快脚程。

所幸到坤宁宫时辰尚早，廊下立着位姑姑，素净温和的模样，与我行礼："奴婢纫兰给您请安。"然后不疾不徐道，"恕奴婢眼拙，似没见过您。"

我颔首笑道："纫兰姑姑好。民女王氏入宫不久，未曾面见皇后凤颜。今日潘姑娘伤了脚，换由民女为皇后娘娘奉药。"

"王姑娘稍等，待奴婢进去通报。"不一会儿，纫兰姑姑复又出来，笑迎我入内，"皇后娘娘正说闲得发慌呢，王姑娘快请进。"

垂目入内，我依规矩行礼："民女王氏揽溪给皇后娘娘请安，皇后娘娘千岁。"

只听皇后让我起来，和颜悦色道："你就是指给洛儿的孩子？"想来"洛儿"就是指皇长子朱常洛了，我觉得脸上热热的，点头应是。

"样子极是文静端庄。"皇后似是与纫兰姑姑笑言，又听得温温和和一声，"你坐吧。"

虽常说皇后重德不重貌，可眼前的皇后却是极美，端雅文秀，气度不凡。此时一袭织金龙凤纹的红色大袖衣，红罗长裙，未加霞帔，也未着凤冠，乌发只由一支镏金嵌宝石凤簪松松绾着，简单却不失母仪天下的风范。

"你这样瞧着本宫做什么？"皇后笑吟吟地问我。

我更见窘迫，只好答："民女失仪。民女只是觉得皇后娘娘风姿高绝，甚美。”

“本宫已然红颜老去，哪里还当得起‘甚美’二字，你呀，莫要哄本宫了。”皇后口里虽这样说着，面上却带了一丝恬淡的笑意。

纫兰姑姑亦在一旁笑道：“娘娘可见过哪位哄人的将自己哄成个大红脸？足见王姑娘真心。”

我从烟绕手里接过提篮，小心端出一盅汤药，笑道：“娘娘只顾拿民女取笑，都快忘了这汤药了，凉了更见苦口，娘娘还是趁热服用吧。”

见那药盅，皇后与纫兰姑姑的笑似乎都滞了一滞，可皇后立刻从容接过：“还是王姑娘细心。”说罢，掀了掀盖子便准备喝下。

“娘娘还是当心为妙。”纫兰姑姑挡下，从旁边的桌上取来一根银针，探在药里，一会儿取出，银针光亮如旧，可见无毒。

纫兰姑姑向我行一礼道：“还请王姑娘莫要多心，这毕竟不是……咱们自己宫里的东西。”岂止不是自己宫里的，还是郑皇贵妃送来的，自然要多加小心了，若皇后出事，只怕我也脱不了干系。

想到这层，我恳切道：“纫兰姑姑顾虑的是。只是汤药虽无毒，可药理上许多药材互相犯着忌讳，民女略知一二，娘娘不介意的话，就让民女代为试药吧。”

“这……”不顾皇后的阻拦，我拿起调羹舀起一勺，抿在嘴中细细品尝，似乎没有问题……不对，怎么尽是些普通的滋补药材？说白了，这只不过是一盅可有可无的调理身子的补品，哪里需要郑皇贵妃日日让人按时送来？她岂是真的尽心？

“可有什么不对？”纫兰姑姑忙问。

我放下调羹，笑道：“没有。”

皇后抚了抚我的手臂，感慨道：“你这孩子，竟亲自为本宫试药，若是有个万一，岂非让本宫于心难安？”

“这药是民女送来的，若真如皇后娘娘所说，民女才会一辈子难以释怀。”我盯着皇后的眼睛，深深看进去，希望能将我心里的意思传达，“皇后娘娘觉得今日的汤药与往日的相较，在口感上有什么不同？”

皇后道：“有啊，觉得比往日更苦口。纫兰，把准备的山楂羹端上来，也让王姑娘尝尝。本宫最爱吃纫兰做的山楂羹了，酸酸甜甜的，嘴里好受些不说，更是开胃健脾。”

纫兰姑姑微一踌躇，便答应着去了。

我不解，轻声问：“为什么支开纫兰姑姑？”难道连皇后的贴身姑姑都能被人收买？

“她不是纫兰，”皇后的神情蓦地凝重下来，“纫兰是本宫的陪嫁丫鬟，在本宫身边二十多年，本宫岂会分辨不出。她们以为容貌、声音、举止就是一个人的全部吗？殊不知，一个山楂羹就能将她们全部出卖了。”

“纫兰姑姑去哪儿了？”我不禁担心。

皇后皱眉，眸中的哀恸似汹涌的波澜，再不能掩饰：“本宫自身难保，唯愿她是有福之人，能逃过这一劫。”

“奴婢有事禀告。”要知道主子在说话，下人擅自插嘴是大罪，烟绕定是知晓什么重要的事情，才不得不说。

“她是你的陪嫁丫鬟？”皇后细细打量着烟绕。

“她叫烟绕，与民女情同姐妹。”

“你知道什么便说吧。”

烟绕答声是：“启禀皇后娘娘，奴婢初到毓德宫，颇有些不识路，今早误打误撞来到一个荒废的偏僻柴房，从门缝往里看，见到一位被捆绑的妇人，长得极像刚才那位姑姑。”

沉吟片刻，皇后道：“你确定？”

“奴婢确定。”烟绕眼力向来极好，这我知道，她说确定，便是八九不离十了。

“你去小厨房找纫兰姑姑，问问山楂羹是怎样做的，都不必急着过来。”烟绕机智聪慧，我相信以她的能力，拖住个假纫兰绰绰有余。

烟绕与我默契一视，答应着下去了。

“今日这汤药难道有问题？”皇后面露忧色，倾斜着药盅细看底子上的渣滓，“本宫只觉得今日的味道并无往日那般涩口，别的也没什么。”

我据实以答：“今日的汤药不过是再普通不过的补品，一丁点儿性烈的成分也无，这才是民女的困惑之处，还请娘娘将所知直言相告。”

闻我所言，皇后的脸色急剧晦暗下去，甚至惊脱了手，药盅沉厚的底重重打在桌面上，发出巨大的声响，怎的竟比听见有毒反应还大。恍了恍神，皇后却是很快镇定下来，仿佛对这一切早有预料："她终于还是等不及了，非要取了本宫的性命去！"

我扶住皇后瘫软的手臂，愈加困惑："娘娘何出此言？"

皇后缓缓道："因为本宫本就中了奸人下的毒，需得在每日酉时之前服下解药，才能活命，若未服下解药，便只会暴毙而亡。"

所以，潘氏每日送来的是解药吗？怎么到我手里，便成了补药了……脑中电光火石之间想到了潘氏身边那个伶俐的宫女，药也是她替我备的。

"已是多久的事情了？"我心中隐隐泛起一阵寒意，那用心险恶的阴谋已然呼之欲出了。

"是在二月二龙抬头那日的夜宴之上，本宫疏忽了。"皇后似不经意般瞟一眼窗外门边，"向来经郑皇贵妃手的东西，本宫是不会碰的。可是那天郑皇贵妃蓦地转了性，当着众妃嫔的面亲自给皇上和本宫斟酒。本宫见她给自己、皇上都斟的一壶酒，酒壶是本宫派人准备的，也没有问题，而酒杯是本宫刚刚用过的，也不会有问题。碍于皇上与众妃嫔的面，本宫不能不喝，却不想，她已事先给皇上和自己吃了解药，独独让本宫中了毒！"

这样算来，郑皇贵妃利用此毒牵制皇后已有两个月之久，为何直到今时今日，才下定决心取皇后性命？我的思维越来越清晰敏捷，心里却越来越害怕，先罔论郑皇贵妃出于什么原因要除去皇后，她欲借皇后毒发之事除去我，我心中已经再清楚不过了。她本欲拉拢我为她一党，在皇长子宫中与她做内应，岂料事情不成。我虽入宫不过几天，对郑皇贵妃的行事风格却也耳闻了不少，依她那顺者昌逆者亡的性子，除去我，势在必行。

只是我哪里料得到她如此诡计多端，那日她拿青叶逼我就范不成，也答应让我回去好好思量了再答她，却不想这么快便设下今日之局。

好缜密的心思，好一个一石二鸟之计，好一位郑皇贵妃！

“皇贵妃一党与本宫之间的明争暗斗，早已不是什么新鲜事。皇后的权位，本宫知道有奸小觊觎，本宫不担心自己，实在是担心洛儿。”皇后双手死死攥紧袖沿，扯得缎布似要开裂，惶然道，“本宫若去了，让郑皇贵妃取而代之，她成了皇后，她的儿子便成了嫡子。‘有嫡立嫡，无嫡立长’，她的儿子成了名正言顺的太子，那我们洛儿便没有容身之地了。他们又岂会放过洛儿，只怕洛儿性命堪虞！”

且不论皇后出事，郑皇贵妃会将我一同除去，就算我侥幸逃脱这一回，嫁给了皇长子，他命途多舛，只怕我亦只会孤苦无依，惨淡收场。虽未见面，可从圣旨下达那一刻起，我们就已经是同生共死的命运了。哪怕为自己，我唯有奋力一搏。

事已至此，我退无可退，可是我除了自己看过些药理医书，一点儿经验也无，照本宣科开开已有的方子可以，哪里能够解毒？可如今时间紧迫，除非有回天逆命的仙丹……

等等！仙丹？

我从袖子里摸出脏老头子给我的蓝布袋子，被自己荒唐的想法惊呆了。

呆愣了半晌，我落身跪到皇后面前，紧紧握住她冰冷的双手：“娘娘，民女这里有一丸药，传说有奇效，可民女不敢欺瞒娘娘，这药丸来路不明，也不曾试过，不到不得已民女实在不敢用……还请娘娘决断！”

皇后深深吸入一口气，勉力镇定了心神，哑声道：“之前本宫也宣过心腹太医，连他也束手无策。用吧，死马当作活马医。”

我与皇后将彼此的双手握得更紧了，才发现手心里腻腻的都是冷汗。生死一线，唯有一试！

刚过酉时，便见郑皇贵妃领着一众妃嫔浩浩荡荡地向皇后的寝殿过来。那般迅疾的脚步，使裙摆拂低了绿草，衣袖擦落了红花，她似乎已经迫不及待地要来验收她精心策划的成果。

我立在廊下，从容一礼，朗声道：“民女王氏给各位娘娘请安，各位娘娘福寿安康。”

为首的郑皇贵妃让我起来，略一挑眉，曼声道：“王姑娘向来甚少出毓德宫的门，怎么此时竟在皇后宫中？”

面前一众花花绿绿珠光耀眼的女子，艳绝的面容加上凝固的笑意，仿佛如此掩饰了喜怒哀乐，便能无坚不摧。而我，唯有戴上与之同样的面具，才能勉强抵抗。

我含笑，温然道：“为皇后娘娘奉药本是潘姑娘之职，不想潘姑娘脚伤不便，便托民女代劳，为皇后娘娘奉药。”

郑皇贵妃左后亭亭立着的正是骄横的贵妃姜氏，那日因为青叶一句“顺妃”便大发脾气，不依不饶，我为青叶求过情，在她眼里，早成了不可赦之人。她妩媚抬眼，却赏了我一记凌厉的眼风：“奉药的时辰早已过了，王姑娘既完成了要任，怎的不快些回宫去，难道是想学关公身在曹营心在汉不成？”

话音未落，我便见郑皇贵妃微微皱了眉头，她这话的确蠢。虽说皇后与郑皇贵妃不睦是后宫心照不宣的事，却也由不得她“曹营汉营”地明说出来，皇后是中宫之主，如此置郑皇贵妃于何地？

“姜贵妃此话差矣，且不说民女一介女流，比不得关公英雄人物，就说皇贵妃操劳六宫之事，仍日日牵念皇后病情，可见后宫之中妃嫔间情意深厚，哪里能用三国乱世作比？有皇后与皇贵妃娘娘英明治理后宫，大唐盛世差可拟。”我说罢，向郑皇贵妃依依一礼。

“你……”姜贵妃还欲辩驳，郑皇贵妃微微向左方扫了一眼，示意她噤声：“姜贵妃的确错了，不及王姑娘会说话。”

姜贵妃年轻貌美，却跋扈有余智慧不足，亦无子嗣，能排下众美人，位贵妃之尊，只怕少不了郑皇贵妃的提携。或者……正是因为她的美丽与无脑，郑皇贵妃才肯选她为自己的爪牙和争宠的工具。青环虽口风极紧，这几天我却也从她嘴里撬出一点儿东西。

“皇贵妃谬赞，”略微踌躇，我心知她看在眼里，“皇后娘娘今日服过药后精神极好，邀民女下一盘棋再走，民女不敢推拒，便一直陪着皇后娘娘下棋。”

“哦？”郑皇贵妃欣喜道，“下棋？如此可见皇后凤体安康了，不如让众妃嫔进去给皇后娘娘请安。一晃几月都未见皇后，臣妾们实在忧心不已。”身后的几个妃嫔连声称是。

“不行！”我脱口而出，自知反应有些过激，敛容道，“皇后娘娘刚刚睡了，下棋劳心，一时困倦了也是有的，还请各位娘娘改日再来探望。”

姜贵妃怒目相向：“改日？改至何日？岂是你说得的，这里众多妃嫔，个个都是你的长辈，你不要太放肆了！”

从郑皇贵妃右侧缓缓踱出一人，神色颇为冷傲：“王姑娘一会儿说皇后娘娘精神极好，都有兴致下棋了，一会儿又说娘娘精神不济，困倦睡了，说到底，都是姑娘一面之词！而且如此翻覆，实难不叫人疑心！皇后娘娘的身体状况究竟如何，臣妾们听了姑娘的话，更为担忧，还是叫太医现下便看一看才好。”

若没猜错，她便是郑皇贵妃的另一得力助手——秦端妃了。传闻秦端妃冷艳高贵，多谋善断，更为陛下诞育一子一女，宫中地位仅次于郑皇贵妃。她这一番话说得有条有理、有情有义，更是揪出我的致命弱点，可见传言不虚。她向郑皇贵妃一礼：“林太医刚刚替臣妾诊过脉，想必还未走远，凭皇贵妃娘娘吩咐。”

郑皇贵妃隐秘地浅笑：“去请。”

“娘娘明鉴，事关皇后身体康健，民女不敢说谎。”我微有些慌乱，“下午太医已经来过了，说皇后娘娘需要静养，照此时这般吵闹，实在于皇后病情无益……”

“如你所说，多言无益，只待臣妾们与太医一同进去看一看，便什么问题都没了。”秦端妃冷笑着，目光让人不寒而栗，

“王姑娘如此阻挠，让人实在疑心，怎么潘姑娘每次奉药来都无事，王姑娘来了这么一回，皇后娘娘便闭门不见。”她声如莺啭，言语却像毒蛇吐着芯子，“不会是王姑娘在娘娘的汤药里动了什么手脚，只待糊弄住我们，好脱身吧？”

她的话如同一道惊电，点燃了枯草，众妃嫔顿时噼啪燃烧起来，语声如沸，恐惧、惊诧、探究、嫌恶……各种神色被夹带在眼风中齐齐飞向我，我唯有装作不见，垂眸道：“端妃娘娘素日里定是爱说笑的，民女哪儿来那样大胆子，又为何要害皇后娘娘？”

“为何，受何人指使，送到宗人府上了刑方知。”她似断定皇后已经为我所害，坐实我的罪名一般。

我见不得她那副阎王定案的样子，亦冷笑道：“端妃娘娘颇有西汉时宁成之风，若为官，定是酷吏，手下不知多少冤狱。”

“王姑娘放肆了，”郑皇贵妃幽幽开口，蓦地端正了颜色，“今日本宫等必要面见皇后，让开。”

“既得皇后娘娘吩咐，恕民女不敢放行！”我亦坚决。

“本宫定要看看，你究竟做了什么不可见人的事，莫不是真如端妃所说，毒杀了皇后？”姜贵妃上前推开我，愤声道，“来人，给本宫将这居心叵测的贱人押下，听候发落！”

我被她掀倒在地，转眼便见两个内监如狼似虎地扑过来——就在这千钧一发的时刻，殿门“吱呀”一声，开了。

“贵妃怎知是下毒，可是亲眼瞧见了？”

未见其人，先闻其声，我见众人瞠目结舌，惊惧得不轻，不由得松了一口气，率先一礼：“民女王氏给皇后娘娘请安，皇后娘娘千岁千岁千千岁。”

众人仿佛这才回过神来，忙不迭地请安山呼千岁。姜贵妃冲在最前面，这么一来吓得不轻，连行礼也不会了，趴跪在地上不敢起身。

皇后顿了半晌，也不叫起来，轻移莲步，越过门槛，毫不留情地踩在姜贵妃华美的裙幅上，离她白嫩的柔荑不过半寸。她的玉指明显地颤抖，全然没了刚才嚣张的气势。

皇后轻抬我的手臂，示意我平身，我起身便稳稳扶住她。

“本宫身上还未全好，有些短精神，谁知只是睡觉也不得安宁！”皇后语气极重，分毫不留情面，“本宫这才只是生病，还没怎么样呢，你们便罔顾本宫命令，说免了晨昏定省，这样兴师动众地来是干什么，要造反？”

见向来温和的皇后发怒，众妃嫔一时噤若寒蝉，郑皇贵妃不想我们还有这一手，完全背离了她的计划，忙着盘算怎样收场，亦不发一言。

终于还是姜贵妃惶然道：“皇后娘娘息怒，臣妾等担忧娘娘的病况，夜不能寐，零零散散地来又怕扰了皇后清静，所以约好了一并来探望。”

“众位妹妹的心意本宫领了。”皇后略微和缓了口气，“郑皇贵妃。”

郑皇贵妃听见皇后唤，答了声是。

“本宫卧病期间，六宫之事由你掌管，人多事冗，本宫知你辛苦。”皇后蓦地话锋一转，冷冷道，“可放任妃嫔在本宫门前吵嚷，扰本宫养病，可是你失职？既你统领六宫事务，你便自己判吧。”

“谢皇后娘娘宽宏大量，”郑皇贵妃垂首道，“今日之事是臣妾失职，臣妾愿意自罚俸禄一年，姜贵妃、秦端妃罚俸半年，其余众妃嫔罚俸三个月。在皇后娘娘病愈之前，臣妾等万不敢再有打扰娘娘的举动，违反者重罚。臣妾替众妃嫔再谢娘娘恩德。”

“既知道错了，都起来吧。”皇后终于下了赦令，可怜众妃嫔均是弱质纤纤，礼行得久了些，不免腰酸腿软，又不敢哀声叫唤，一时愁云惨雾。

皇后见了不忍：“各位妹妹担忧本宫病情，想来也是关心则乱，除了郑皇贵妃、姜贵妃、秦端妃以外，其余妃嫔便免于责罚吧。”皇后眼光游走在她们三人身上，“本宫想你三人向来圣眷深重，往日的恩赏丰厚，少了那些子俸禄，想必也没什么，若你三人认为本宫有失偏颇，现在便可以告诉本宫。”

三人齐声道：“皇后娘娘英明。”皇后的确英明，不可因此惹了众怒。

“病来如山倒，病去如抽丝。本宫尚需要静养，依旧免了晨昏定省，待本宫好些，自会召各位妹妹前来叙话。”皇后笑看我，拍拍我的手背，“揽溪甚合本宫心意，有揽溪照顾，相信本宫康复得极快。”

皇后笑着颔首：“皇贵妃，让揽溪住进坤宁宫来，你没意见吧？”

郑皇贵妃亦笑着答："娘娘能看重揽溪，是她的福气。只要利于娘娘凤体康健的，臣妾一千一万个愿意呢。"

"好。大家站在这儿说话也好半天了，估计也乏了，今日便散了吧。"蓦地皇后又转过身来唤郑皇贵妃，"纫兰在你宫里吧？"

我看见郑皇贵妃身形一滞，今日时局扭转之快，的确够让她咋舌："娘娘恕罪，臣妾不知。"

"纫兰去你宫里找潘姑娘了，只怕不知道揽溪已经将药送到了呢，说不定倒因伤耽搁了……潘姑娘不是脚伤了吗？"皇后轻轻一笑，转过身不再看她，"让纫兰亥时之前回来，把揽溪的东西也一并收过来。"

之所以说让纫兰姑姑亥时之前回来，也是给郑皇贵妃时间，让她妥善一切。皇后有心大事化小，相信她不会看不明情势。

不过戌时一刻，皇后身边另一位修梅姑姑便进寝殿里来，泣道："娘娘，纫兰回来了。"

一同进来的还有皇后宫里的喜公公，他佝偻着腰身，利落地行请安礼："奴才桂喜给皇后娘娘请安，娘娘千岁。"一抬头，果然人如其名，脸庞白胖，一张喜庆的面孔。

皇后道："着你打听的事如何了？"

"打探出了。"喜公公说起正事来毫不含糊，面上虽一团喜气，语气却严肃，"阁臣王锡爵大人前几日又密奏皇上，敦促立皇长子为太子，皇上却想出'三王并封'的主意。"

“三王并封？”

喜公公答：“是。皇上让王大人拟一道封三位皇子同时为王的谕旨。”

“王大人做何反应？”皇后急问。

略顿了一顿，喜公公别有深意地吐出两个字：“驳回。”

皇后登时松了一口气：“王大人也不容易。”

能顶住来自皇帝的压力，王大人自然是不易。三位皇子同时封王，便确保三位皇子的地位是相同的，实际上降低了皇长子的地位，而提升了三皇子朱常洵的身份。这样，以后若再册封三皇子为太子，就显得名正言顺了。

“王大人又提出由皇后娘娘抚养皇长子，则长子即为嫡子，可立为太子，并举出汉明帝马皇后、唐明皇王皇后、宋真宗刘皇后均抚养妃子的孩子为例，可皇上又提出‘待嫡’。”

待嫡？便是等待皇后产下嫡子的意思？本朝立太子向来遵从祖训“有嫡立嫡，无嫡立长”。不想立长子，“待嫡”的确不失为一个好的借口。借口……人人都明白这只是一个借口，可又有谁敢明说？

正是因为“待嫡”，郑皇贵妃才这样急着向皇后下手，妄图取而代之。这样，她的儿子便成了名副其实的“嫡子”，余下的事情便都是顺理成章了。

“待嫡……”皇后喃喃，不禁流露出怅然若失的样子。

虫鸣依旧，静夜无声，风入殿凉，唯有轻如蝉翼的帷帐阔然飘荡，若振翅欲飞的蝶。

第五章

淤泥促成两心惜

皇后娘娘派一位肖女史教习我宫中礼仪，每日练习一个时辰即可。除此之外，早晚向皇后娘娘请安便是最大的事情了。

余下的时间，我是极自由的，坤宁宫里有许多好书，我向皇后要了几本每日翻翻，坐不住了便出坤宁宫走走。出了坤宁门便是宫后苑，此时已至暮春初夏交替时节，落英缤纷，芳草鲜美，苍松翠柏，茂林修竹，格外雅致浪漫。没了在毓德宫里管制威胁的紧张之感，我看落花也只觉是美的。

一日我去给皇后请早安，见院子里的杏树梨树花团锦簇，粉色梨白的花瓣漫天飘飞，如梦幻仙境，不由得贪看住了，待回过神来，已然稍晚。

刚刚进门便听见皇后笑道："揽溪今日怎的晚了？"

我亦笑着请罪："皇后娘娘恕罪，揽溪给皇后娘娘请安，娘娘千岁。"

"本宫不是要问你的罪，"皇后与立在一旁的纫兰姑姑相视一笑，"你来就没遇上什么人？"

路上遇到的，左不过都是坤宁宫里的宫人，也无甚特别，我茫然摇头，不知皇后所指。

"没见着一位风度翩翩的少年郎？"见皇后神情，我大致猜到那人是谁了，只颔首浅笑着摇头。皇后惯爱拿我与皇长子开玩笑，直到见我不言语了，才肯作罢。

皇后心情极佳，摆手道："罢了罢了，小女儿家脸皮薄，本宫不与你玩笑了便是。洛儿今早过来看本宫，本宫实在高兴。"

皇长子原本是王恭妃的孩子，而王恭妃住在冷宫里，皇后不忍心那样小的孩子受罪，自己亦无所出，这许多年来一直把皇长子当自己亲生的孩子抚养，舐犊之情，今日可见。

"皇长子来得最早，可见对皇后娘娘的孝心，民女还要多多学习才是。"愉悦仿佛会传染一般，见皇后难得开怀，一室人都被感染了，不由得喜笑颜开。

"洛儿一直谦恭孝顺，皇上好不容易许了他出阁读书，本宫知他丝毫不敢懈怠，给本宫请过安便要去读书，难为了这孩子一片孝心。你也是个孝顺孩子，本宫看得出。请安不在于早晚，在于是否真心。若这宫中妃嫔人人都揣着真心来向本宫请安，本宫也不会随随便便免了晨昏定省。"

朱常洛父母俱全，却处境尴尬，虽有皇长子之尊，却也要在虎狼环伺之下提心吊胆地生活，竟比我父母双亡更痛心。

皇后笑道："洛儿不只来向本宫请安，还托本宫带给你一样礼物。"

一个他还未见过面的微末之人，他知道我？

"纫兰，抱过来。"皇后笑吟吟道，"足见洛儿对你用心。"

纫兰姑姑胸前抱了雪白的一团，小心地将那小东西放在我的裙子上，我一见便欣喜："小兔子！"

那小兔子通身雪白，灵动的耳朵时不时抖动一下，红宝石一般的眼睛，小嘴嚅嚅地拱我的手指头，我试着抚摸它，暖暖的，绒绒的。我生怕吓着它，落手格外轻柔，而它只是乖巧地看着我。

我声如蚊蚋："谢皇长子恩典。"

"不如让你们见一见，由揽溪亲自向皇长子道谢，可好？"

我着实被皇后吓得不轻，吞吞吐吐道："皇长子出阁读书甚是辛苦，还是让皇长子多多休息吧！"

"洛儿总是要来本宫这儿的，你们不过顺便见一面，能碍什么。婚期虽远，但是你们早些熟悉，也胜过你蓦然过去浑然陌生。"皇后笑道，"他知道你救了本宫，很想见你。"

我只好点点头。

"好，好，纫兰，你去安排吧，就定今日晚膳。"皇后欣喜道。

纫兰姑姑见皇后高兴，欢欢喜喜地答应着出去了。

皇后道："你俩虽还未见面，但是本宫一瞧便知，你们乃是佳偶天成。"

回到房间时辰尚早，寻常正是看书的时候。一本《太平广记》翻开了一半，摊在桌上，纸面上落了几片淡粉的花瓣，定是从窗外吹进来的。落花有意，焉能不惜？我轻轻合上书，将那几点香雨夹在其中，再让烟绕换一册给我。

我向来看书一目十行，识能知意，颇为自矜。这半日里，虽不至一个字也没看进去，却总觉得脑子里蒙着层雾似的，好好一本书，味同嚼蜡。

烟绕拿出一套青色水仙裙衫，道："就这套吧，再梳一个鹅胆心髻，缀上前日皇后娘娘赏赐的嵌宝石蝶恋花形簪。"那簪上的蝴蝶翩然欲动，简单却颇有一番巧思，配上水仙花，便有了新的意境，十分合我的心意。

"小姐如此清新脱俗的模样，才好让皇长子一见不忘。"烟绕笑道。

我赏了她一记白眼，抱了小兔子坐在廊下吹风。

我两手将小兔子举到眼前，与它的灵动的眼睛对视。对了，还没给它取名字呢，见它毛茸茸雪白的一团，像个圆球，就叫"雪球"吧。

雪球蓦地狠命蹬我，我一时不备，手一松，只见那绒绒的一团东奔西突，一眨眼的工夫已经跳远了。

我拔脚："快追！"

烟绕拦我："小姐别去，奴婢这就去叫人找。"

"等叫人来就晚了，它那样小一只，丢了哪里还找得到！"

雪球到底还小，腿也短，此时追赶总算还见得着影子，我二话不说，朝那快速闪动的白色团子跑去。

雪球在前面跑，我在后面追，再后面还有一个烟绕，我们仨就在偌大的坤宁宫宫后苑里兜圈子。偶尔一两个宫人遇到，总要稀奇地多看几眼。

要么怎的说“狡兔三窟”呢，宫后苑里的假山上多的是洞，雪球钻一个进去，我与烟绕便要围着假山转好几个圈，直累得我两腿发软。

蓦地，只见那白影“唰”地从另一边的洞里蹿出来，小粗腿一蹬，闪入一排小树林里。我眼疾脚快赶上去，利落地扒开两边茂密的枝叶，却只见一个抽干的泥塘，可惜我实在冲得太快，脚底的枯叶打滑，此时想刹住已是不可能了。

停住！停住！停住！我闭着眼睛默念，可身子已经腾空了，似乎都闻到了淤泥的水腥气，忽地手腕被人一拽，接着撞入一个宽广的怀抱，我如同抓着救命稻草一般死死攥紧他的衣袖，后怕地看了看黑乎乎的泥淖，转头便见一张尚显稚嫩的面容，是个俊秀少年。

少年就那样似笑非笑地注视着我，温热的气息拂过我的面颊，彰显着微妙的距离。

从小到大，我从未与男子脸对脸相隔这样近，哪怕是汉岳也未曾有过，不禁“腾”的一下面红耳赤。我大力推他，却未推动，自己反倒向后一滑。他的手稳稳地托住我，只轻轻一拉，便又恢复到刚才的距离："别乱来，再动你我都得滑下去。"

脚底下腻腻的，似乎是一个稍缓的坡度，淤泥没过我的小腿，凉凉的。听了他的话，我的确不敢再动了，却忍不住僵直着身子四望："雪球……"

"雪球？"少年微微蹙眉，举起另一只手，不细看还以为他捏着一个泥巴团子。我仔细端详了一下，见它耷拉的长耳朵动了动，却不好意思在人前称它为"雪球"了。此时的雪球已非雪白，之前绒绒的毛和着泥巴贴在瘦弱的身躯上，瑟瑟发抖，如同一只老鼠。

我偏开几乎靠上他肩部的头，只微微颔首，忽听得他一声轻笑："这畜生有那么重要吗，你要为它跳塘子？"

此人出言不逊，行为也不十分顾忌，饶是长得好看些，也让我心中略微不快："其实畜生懂得许多，只是说不出来罢了，总也好过世人愚钝，不懂也偏要多上几句。"

显然他并不愚钝，听得出我在影射他，只笑道："有趣。"他晃了晃手里的"泥团"，用雪球的屁股对着我，"拿好。"

我接过黏糊糊的雪球，忽地发现自己正无声无息地向下滑，他竟然松了手？顾不得许多，我一阵乱抓，蹭得他一身的泥巴，抓住了他的衣襟。

他面无表情地拨开我，刻意伸胳膊拔腿地活动筋骨："唉，愚人就先上岸了。"

我果然"咕咚"一声，滑入更深的泥淖，整个人僵直得像个木头桩子，生怕眼睛眨巴两下，都会陷得更深。

心中着急，他不会真将我独自留在这里吧？可见他那轻狂样子，又实在觍不下脸来求他，手伸出去，又缩了回来。心里不禁怪起烟绕，怎的大半天了也不见她过来寻我，让我落入这样难堪的境地。

他侧着头似等了一等，见我仍无反应，竟真的两臂一撑，爬上岸去，如此我更不肯开口求他了。奇怪的是，他上了岸，也不离开，我俩就这样一高一低地对峙着，暗中较着劲儿。

黑黑黄黄的泥水顺着他的衣摆流下来，淅沥沥地淌了一大片。他的衣襟上，甚至脸上也有泥点子，显然是我掉下去的时候又溅了他一身，我心中不由得有些愧疚，可事已至此，我骑虎难下，也不知该当如何。

“你还挺倔。”站了良久，他表情微变，瞧不出喜怒。

忽地听见内监特有的尖细的声音惊道：“皇……您怎的弄一身泥啊！”

他转身走到岸边蹲下，伸手笑道：“还不起来吗？要凉快也够了，一会儿人可就多起来了。”天知道我等他给这个台阶等了多久，顾不得素日矜持，我抓住他的双手。

那双手有力而温暖，阳光在他身后渲染成彩色的光晕，映得少年的笑柔和而纯真，长长的睫毛被镀成金色，全然没有了刚才捉摸不透的模样。

刚刚压抑的感激顿时涌上心头，我回应他一个真切的微笑——

少年的笑越发深了，在我全部力气都坠在他手上时，他蓦地松了手！

我眼睁睁地看着他——松了手！

一阵风刮过，我跌入冰冷的泥塘里，几乎是本能地拼命挣扎。待我攀着塘壁的石子枯草站稳，发现泥水只是齐大腿，只是这一番坠落挣扎，弄得满头满脸都是泥浆子，好不狼狈。

“哈哈哈！”少年蹲在岸边看我，几乎要笑岔了气。

“你！”我气愤不已，猛地一指他，带起一串泥水，直溅到他脸上。

他仍是不管不顾地大笑，垂下一只手来：“来来来，我拉你上来，这次是真的……哈哈哈！”

我心中发狠，管他是谁，扯下来再说，握住那只手用力一拽。

“哈哈！哎哎……喂！”他一时不备，被我扯得倒栽下来。

我和他一同蹲在树荫下面，像两只刚刚上岸的落水狗，面前摆着一坨僵硬的泥巴团子，是死掉的小兔子，不久前它还是活蹦乱跳的“雪球”呢！

我俩赌气地对视一眼，不约而同地狠狠将脖子扭向一边，鼻子里重重出声：“哼！”

小内监围着我俩团团转：“两位祖宗！先回去把衣裳换了吧！”

“我不！”他飞了我一记眼刀，“今儿个谁先走谁输！”

“你赔我兔子！”我甩手道。

“嗬，我还没找你算账呢，还敢叫我赔兔子？你拉我干什么？”泥巴人立刻化身乌眼鸡。

“谁让你故意摔我来着！”我不甘示弱。

眼看要成水火之势，那小内监忙插到中间来：“二位主子听奴才一句，这塘子晦气得紧，咱还是快些回去换衣裳吧！”

“如何晦气？你倒是说来听听！”泥巴人掀了掀衣裾，没掀起来。

“这不是什么好事，奴才本不该说的。”小内监道，“半个月前，浣衣局走失了一个刚去的宫女，宫里都搜遍了也没找着，玄武门处也没她出宫的记录，若是掉到清水池子里早该浮起来了，这不就这么几个泥塘子没找。本来宫里也不会为了一个宫人兴师动众地翻泥塘子，可是巧啊，她的姐妹就在这塘子边上发现了她随身的玉佩。那姐妹又是太后娘娘宫里的，求了太后娘娘，这才让把莲花都拔了，把池子翻了个底朝天。喏！还真找着了，只怕死了有段时日了，都不能看……”

“行了。”少年瞧了眼我的脸色，“吓着人了。”

从开头说是浣衣局刚到的宫女，我就陡然生出一股极不祥的预感，心里越听越沉，如同一根丝线拽着，拉得疼，我脱口而出：“那宫女是不是叫青叶，原先在毓德宫当差的？”

那内监愣了一愣，答：“是。”

“嘣”一声，丝线断了，心若千斤，直坠下去。是青叶！我原想她暂时待在浣衣局，总算安全，我不与她联系，可以让她不惹眼，待到入皇长子宫中的时候，我再带走她也不迟。不承想，她刚去了浣衣局便遭了毒手！

青叶对她而言毫无威胁，她竟也不肯放过，她岂止心机深沉，简直残酷无情。

“你认识那个叫青叶的宫女？”少年问。

我“嗯”了一声，便仓皇走了，心里感到悲哀，我哀的不只是青叶，还有宫中这诸多女子的命数，包括我自己。我对青叶，分外悔愧，这将是我心中一根永远的刺。

就这样踉踉跄跄地往回走，我知道自己现在是个什么样子，一身的污泥，鬓发也散乱了，面白如纸，恍若游魂，宫人们都避着我走，生怕跟什么是非扯上关系。

忽地发觉有人似乎一路尾随着我，转身一看，是刚才那男子身边的小内监。他见我立即行了一礼，我深感疲惫，无力问道：“你跟着我干什么？”

“主子怪奴才多嘴，让姑娘烦心了，特让奴才一路跟着，安全护送姑娘到地儿，才能回去。”小内监惶恐道。

他既这样说，我不好再赶他回去，看他的样子很是机灵，只是年纪还小：“你叫什么？”

“奴才王安。”他冲我咧嘴一笑，小猴儿一样。

“他是谁？”我问道。

他只是笑一笑，躬下身子。

一进屋子便见烟绕坐在桌前闲闲喝茶，她见我的样子，似乎一点儿也不惊讶，倒显得有些兴奋：“小姐回来了！怎么样？”

什么怎么样？我向她展了展泥泞的裙幅：“我掉进塘子里了，也不见你来救我，倒先回来喝茶。”

烟绕小心观察着我的神色，迟疑着开口：“小姐这是怎么了？好像不大高兴似的。”

“没什么。”我不想告诉她青叶的事，怕吓着她，只道，“我想洗个热水澡，自己洗就好了，不用来服侍了。”

上午精心挑选的一套青色水仙裙衫已经毁了，烟绕又为我重挑了一件浅粉色莲荷短衫：“这个颜色好，素雅、柔和，莲荷绣得精巧，也不至太过寡淡，失礼于皇后与皇长子。”

后又挑了浅白宽裙幅绣金线百褶裙相配，再加上福寿翠玉宫绦，发式还是梳鹅胆心髻，只是换了与衣裳纹样相似的碧玉荷苞初绽簪子，一溜儿通透的玉珠坠下，凉凉地落在耳际。

向镜中打量，手指拂过眉心那一点殷红的痣，如同血一般。如果这真是上一世的爱人留下的印记，是你吗？你见着我，便能认出我吗？

天未暗，华灯初上，坤宁宫内一片灯火通明，琉璃灯反射着五彩奇异的光，绚丽夺目。

正厅内更是亮如白昼，映得屋内每一个角落都熠熠生辉。皇后正坐中央，凤冠璀璨，秀发乌亮，容光焕发，像是年轻了好几岁似的。屋里的每一个人都洋溢着一股子欢快，让人不得不被感染。

而皇后娘娘能够如此高兴，都是因为皇长子。她久居后位这么多年，深陷在女人之间的明争暗斗之中，绝不是一个毫无心机的软弱妇人，可是对这一个并非她亲生的孩子，却是一番难得的真心，让我由衷敬爱。

屋里只有皇后和纫兰、修梅两位姑姑，还有几个布置餐桌的宫女，皇长子还未到。我笑着请安：“揽溪给皇后娘娘请安，娘娘千岁。”

皇后亲自扶我起身，问修梅姑姑：“洛儿不是早下学了吗，怎么还没到？”

“刚才皇长子身边的人过来说，皇长子有些事情耽搁了，事情一了马上过来。”修梅姑姑劝道，“娘娘别急，皇长子挂念着您，估计正赶过来呢。”

“找人去传话，天渐黑了，让皇长子慢着点儿，咱们等他。”皇后叫住修梅姑姑，细细叮嘱道，“叫人把坤宁宫外的那一条路照得亮堂堂的，一块暗地儿也不许有。”

皇后让我坐，不过说了一会儿话，喜公公便进来通传：“娘娘，皇长子到了。”

“快传。”皇后喜盈盈，我起身立在一旁，垂眸候着。

只见一袭海蓝色宝相花图案袍子加一双黑面双蛟暗纹的鞋，听得一少年朗声道：“儿臣给母后请安，母后千岁。”这声音熟悉得紧，仿佛在哪里听过。容不得我多想，我向他的方向一礼：“民女给皇长子请安，皇长子长乐安康。”

“免了吧。”他的声音里带着掩不住的笑意，让我更加困惑，抬眸一看，我便知道他笑什么了。眼前这位，不正是下午将我摔进泥塘，还僵持了好一阵的乌眼鸡吗。他早知道我是谁，还让王安隐瞒自己的身份，不就是为了相见这一刻，欣赏我被惊吓到的模样吗。

他似乎很满意我此时的神情，笑意更甚：“揽溪姑娘见着我似乎很是惊讶，可是我脸上有泥？”

脸上有泥，不正是在暗示下午之事，我亦不甘示弱：“皇长子见了民女却很是欢喜，定是尊驾得偿所愿。”

“本宫就说这两个孩子般配，这就说上话了。”皇后慈爱地笑着，打量着我们二人，不住点头。

“儿臣晚了，请母后，还有揽溪姑娘恕罪。”朱常洛面向皇后，又恢复成一本正经的模样，“浣衣局里有宫女出了事，母后在养病，本由郑皇贵妃代为处理，只是查了许久都没有头绪。皇奶奶都问起来了，儿臣为皇奶奶、母后分忧，刚刚便是领了皇奶奶的懿旨，着人办那事。”

“什么事，竟然惊动了太后？”皇后急问。

朱常洛看了我一眼，道：“半个月前，浣衣局丢失了一个宫女，宫里都搜遍了也没找着。直到前几日，她的姐妹才在宫后苑的一个荷花塘边上发现了她随身的玉佩。那宫女是皇奶奶宫里的，便求了皇奶奶做主，这才在塘子里找着了。”

“哎呀，”皇后以手巾掩口，惋惜道，“怎的掉到池子里去了？是哪个荷花塘？”

“宫后苑浮碧亭旁边的小塘子。”

“那里？”皇后慢慢放下手巾，若有所思，“浣衣局的宫女，没事去那么荒僻的地方做什么，这不合常理啊。”

朱常洛颔首：“所以儿臣找陈公公一同调查此案，陈公公精明，刚刚着手便有了头绪，不过半个下午，已经破案了。”

“陈矩廉洁公正，你算是找对人了。”皇后称赞道。

司礼监掌印太监陈矩，之前肖女史提过的，虽位高权重，却谨守着“祖宗法度，圣贤道理”八个字，不扰官不害民，不滥用职权，为人精明正直。自从他掌管东厂以来，东厂抓捕的人数渐少，京师秩序也日趋平稳。

“据查证，这名宫女是被郑皇贵妃宫里的张英推到池塘里淹死的。”他顿了一顿，“这宫女叫青叶，原先也是在毓德宫里当差的，后来因为犯了错，才被郑皇贵妃撵到浣衣局去。张英已经承认与青叶有私人恩怨，不小心将人推进池塘，陈公公已经让结案了。”

皇后听罢，沉吟良久，方道：“如此也罢。这宫里向来命如草芥，罔论一个小小的宫女，能够劳动宫里几位人物为她费神，算是她的造化了。”皇后起身，仿佛不愿再继续这个沉重的话题，“用膳吧。洛儿难得来看母后一次，待会儿说些高兴的。”

青叶不过一个小小宫女，这皇宫里的冤魂千千万，她不过是其中一个。我知道，如果没有朱常洛，事情的结局不过是在郑皇贵妃的手里不了了之，青叶的死，将会连个交代也没有。虽然未能揪出真正的幕后主使，但这已经是他能做的全部了。

我不由得感激他的仗义之举，隐约消去了些被他捉弄的气恼。

按规矩我是不能与他二位同坐的，皇后反复言明只是寻常晚膳，让我坐，我便不再推拒。

传了膳，各色菜肴一道接一道地上来，摆了满满一桌子，还倒上了香甜可口的桂花酒。朱常洛与我分别说了几句祝酒的吉祥话，哄皇后笑得合不拢嘴。

皇后示意我们再举杯，笑道："本宫只盼你们两个孩子合得来。"我以袖遮掩，将那酒喝下，不过三杯酒下肚，我已觉得脸似火烧。

朱常洛似乎也有点儿不好意思，轻咳一声，夹了一筷子糖醋鲤鱼给皇后："母后多吃菜。"迟疑了片刻，也为我夹了一块，"你也多吃些。"

我怕极了那块鱼，差点儿忍不住把碗藏起来，幸而皇后笑着开口制止："揽溪不爱吃鱼的。"他的筷子夹着那块鱼，顿时停留在碗的上空，放下不是，收回来也不是，十分尴尬，全然没了下午那般轻佻的样子，倒像个背不出诗文的少年。果然皇后面前，不只我招架不住。

念了他的好，我勉强将下午的乌眼鸡忘掉，也不愿为难他，举碗接下："谢皇长子。"举箸碰了碰嘴唇，当是尝过了。这鲤鱼烧得糖醋味颇重，掩盖了鱼腥气，也不算全然倒了胃口。

记着皇后爱吃八宝野鸭，我也恭敬地为皇后奉菜，抬眸只见皇后笑意深深，以眼神示意着我。皇后曾交代过我朱常洛的喜恶，我都用心记过的。扫了一遍这众多的菜肴，我夹了万字麻辣肚丝轻轻放在他碗里："味道重些开胃，皇长子尝尝。"朱常洛眸子中光影一晃，一定是惊讶我竟知道他的口味。

都说酒过三巡菜过五味，人会渐渐随和起来。朱常洛由这万字麻辣肚丝说起，说到湘菜，再说到湖广地区的风土人情，都是皇后惯爱听的，我也一同听着，慢慢便懂了皇后为什么爱听各地的风土人情了。那些女人不曾去过的、与皇宫截然不同的地方，真让人心驰神往。

撤了晚膳，用茶水漱过口，又上了极好的碧螺春。皇后与我多是听朱常洛说着，偶尔问上一句，打趣两句，气氛怡然，不知不觉夜已深了。

“本宫已许久未这样尽兴了，只是时辰太晚，本宫该歇息了。”皇后送我们直到廊下，恋恋不舍地看了看坤宁宫里万千的灯火，“你们可得像这样多来陪伴本宫。”

朱常洛与我各自应了，又听皇后吩咐：“坤宁宫里虽然安全，却不免有动物出没吓人。洛儿，你就替本宫送揽溪回房吧，刚好从坤宁门走，离你的伏元殿也近些。”

“母后不说，儿臣也正这样打算呢。”朱常洛笑道。我二人向皇后行了告退的礼，等到寝殿的灯亮了，才离去。

一路无多话，只是他问了一句“你还好吧”，我答了句“还好”，便不知道再说什么了。我与朱常洛就这样保持着一人的距离，默默走着，气氛怪异。

直快到房门口了，我踌躇片刻，才望向他诚恳道：“青叶的事情，还要多谢皇长子。”

“我让人将青叶运出宫好好葬了，你放心吧。青叶的事情算是了结了，可是要如何处置张英，我想听听你的意见。”

“按规矩该当如何？”

他稚气的脸一本正经：“自然是以命偿命。”

“无论皇长子怎样罚他，还请留他一条性命吧。”

“你当真这样想？为何？”朱常洛似乎对我这样的回答颇感兴趣，“不想杀了他为青叶出口恶气吗？”

沉吟良久，我才缓缓开口：“他也不过是个替罪羊罢了。宫里的下人都是可怜人。”

听了我的回答，朱常洛似乎有些意外，愣了愣神，方道：“你所说的与我所想的理由不同，却也是另一番道理。”

无人在旁，他又恢复了大咧咧的神情：“不怪我了吧？”

我只当作没看见，低眉顺眼道：“民女岂敢，民女还要多谢皇长子今日的仗义之举。”

他蓦地凑近了瞧我，一副探究的模样，一声“哦”拉得老长：“只是我不禁怀疑姑娘此话是否真心哪，下午姑娘瞧着我的眼神和今晚可是截然不同的。”

我本是真心道谢，他却想着法儿地要抬杠，我不由得反唇相讥：“皇长子承让，您人前人后，也是两样呢。”

谁料他不怒反笑，一双眸子如同两汪黑潭，漫天的星光落进，他拊掌笑道：“好了好了，本性暴露。”

我只暗暗白他一眼，咕哝道：“泥巴人，乌眼鸡。”

他只作未闻：“你一个鱼米水乡的来人，居然不吃鱼？”

“要你管。”

“女人翻脸果然比翻书还快。”

“我这人三句就翻脸，以后你就知道了。”

“以后？”他若有所思地咀嚼我话中的字眼，不怀好意地一笑，“是，我俩的账，慢慢算。”

梦想终究是梦想，我一直在心中描摹和皇长子第一次见面的场景，是多么郎情妾意，只差天上落花瓣，没想到我俩第一次见面，差点儿要打起来。

匆匆行了告退的礼，我刚走了两步，又听他在身后喊道：“王揽溪，你穿这身衣裳丑死了。”

“又不是给你看的。”我咬牙道，跺了脚便跑进屋里去。

第六章

两小偏是有嫌猜

一转眼，半个月过去了，朱常洛并没有找我算账。

我俩只偶尔给皇后娘娘请早安时碰上，人前他自然是一副谦恭礼让的模样，就算眼前只有我们两个，他也是背手静立，不曾越礼一分，看起来十分少年老成。

想来他贵人事忙，不会与我认真计较，我也就松懈下来。

一日，请完安同去，他忽地叫住我，将我扯到一旁，低声问道："你知道你现在住的屋子，之前住的是谁吗？"

我摇摇头。

他大大地舒了一口气，夸张地抚胸道："那就好！那就好！"说罢抬脚便走。

"是谁呀？"我好奇心上来。

“没谁。别问我！”他一边摆手，越走越快，一眨眼就没影了。

这人说话怎的说一半？他说“别问我”就好像“来问我呀”一样，讨厌得紧。

我偏偏不问他，挨了半日，心里痒得似猫挠，终于遣了烟绕打听看看。

不一会子，烟绕拉了一个小丫头来，愤愤道：“小姐，她明明知道，就是不肯说。”

“为什么不说？”我奇道。

“王姑娘恕罪。”小丫头委屈道，“皇长子吩咐过，让奴婢们不要多嘴，皇长子也是为您好，奴婢不能说。”

他吩咐的？为我好？

我心下疑惑，哄那丫头道：“来，你悄悄地告诉我，我不说，皇长子不会知道的。”

小丫头咬了咬唇，仿佛内心斗争了片刻，终于凑近来道：“从前有一位风光无限的昭仪娘娘，她失宠之后，形状疯癫，皇后便收留她住进来，可是后来她自杀了……听说是上吊死的。”小丫头用手往窗前的房梁上一比画，“就是在这儿！”

见我和烟绕骤变的脸色，小丫头忙慌张地补救：“可是这儿从来不闹鬼！真的！一次也没有！”

是夜，狂风大作，门窗不安地振动着。蓦然，一声脆裂的炸响，窗外浓重的黑暗亮白一片，闪了几闪，惊得人肉跳。

我翻来覆去，还是睡不着，不知怎的想起白天那小丫头说的话来，又想起往日看的志怪小说里，恐怖的事情多发生在这样雷雨密布的黑夜，不由得越来越害怕，拉了被子蒙住头，不一会儿就闷了一头汗，又拉下被子，怎样都不好。

黑暗中，仿佛有一丝幽怨的呜咽，混在呼啸的风中，藏在树叶的声响中，从振动的窗缝飘荡进来。

一定是我听错了！

我拉起被子，只露了只耳朵凝神细听，那声音断断续续，仿佛女子哭声，好不可怖，却是真实存在的。

“烟绕，烟绕！掌灯！”我终于忍不住叫起来，披着被子跳下床。

半晌，烟绕才披着衣裳过来，手里拿着一盏昏暗的小灯，她睡眼惺忪地问：“小姐，怎么了？”

我紧紧抓住她，灯上的火苗一晃：“你可听见什么声音？”

“奴婢都睡着好久了，没听见什么声音啊……”她蓦地顿住，也凝神细听，眸中的不耐慢慢转为恐惧，低声道，“好像真有。”

“把灯都点起来……”我话未说完，只听窗子“哐哐”响了两声，不似风吹。

我俩对视了一眼，面色都煞白了，等了片刻，正待点灯，窗子又“哐哐”响了两声，紧接着“哐哐哐哐——”急剧作响，终于“轰”一声大开！

一个黑乎乎的东西在窗棂边上晃荡，我似乎闻到了一丝血腥味，窗外惊电闪过，照得一切恍若白昼，只一瞬，我看清了，那……那是——

一颗人头！一颗长发披面的人头！

猛烈的风将它的长发吹进来，仿佛活动的触须，有点点滴滴的冰凉打到脸上。

烟绕抬手摸了摸鼻尖，飘了一声："血……"两眼一对，就晕过去了。我这才尖叫起来，拼命把烟绕拖到桌子底下，躲起来。

暴雨"唰"的一声下起来，伴随着阵阵电闪雷鸣，不一会儿，晕倒的烟绕打起小呼来。

桌布垂地，我不敢看外面，只装作它也看不见我，哆嗦了一晚上，待到天色欲曙，实在太困，才靠着桌腿迷迷糊糊地睡着了。

"小姐，小姐，"烟绕将我摇醒，做贼一般，"没了。"

我瞬间惊起，探着脑袋四处看了看，确定安全，才从桌子底下爬出来，腰酸背痛，有些恍惚："烟绕，昨天晚上你看见什么了？"

"小姐……是人头，"烟绕声音都颤了，"是不是那位昭仪娘娘啊？"

我捂住她的嘴，壮着胆子向窗边走去。

"小姐！"烟绕拉住我，我干脆环住她的手臂，拉她壮胆，"大白天的，没事了。"

看见窗沿上残存着被雨水稀释过的红色，烟绕开始往回缩了，我又将她拉回来，突然看见花园的土壤里，隐约也有红色的痕迹。

顺着浅浅的血色寻去，来到一片矮矮的树丛前，我和烟绕你推我我推你，终于还是由我去扒开那片枝叶，我探头探脑地看过去，只见那儿横卧着一根竹竿儿，竹竿儿尖上连着一根线，线的另一头系着令我俩几乎吓破胆的“人头”。

假头发下面系着鸡内脏，旁边还有个熄灭的火堆，灰里面隐约埋着几根鸡骨头，还真是不浪费啊！

虽然没休息好，可晨昏定省却不能废。

今早，请安又遇上朱常洛，他心情不错，嘴角带笑，说话的声音都比往日亮些。我似乎有点儿想明白过来了，带着疑惑偷偷看他。

“昨日那样大的雷雨，揽溪是不是没休息好，瞧这小脸儿煞白的。”皇后娘娘关切道。

终于，我捕捉到他嘴角强忍笑意的抽搐。

生生抑制住怒气，我只好点点头。

“看这天色，今夜的雨只怕也不会小些，我这大老爷们儿自然不怕的，王姑娘可怎么办哪。”朱常洛无耻地叹了口气。

是夜，果然又狂风大作，电闪雷鸣。

差不多的时间，那呜咽之声又来，只不过这次换了门：“哐哐哐……”“轰隆隆”一声，天际处一道闪电，门外一片青白，长发飘飞的人头赫然就在门外，影子映在门纸上，在一明一灭的电光中显得格外张牙舞爪。

桌上点了一支微弱的烛火，整个房间不见明亮，更显阴森。

室内的门环上拴着细绳，我与烟绕藏在黑暗处，一人一边，缓缓地将门拉开，“吱呀呀——”

我以眼色示意烟绕，她朝桌子上的烛火又吹又扇，那烛火却偏偏不灭。正巧，这时来了一阵怪风，一下子就将那小火苗扑灭。

真是天都助我。

我一袭白衣飘出来，披散的长发被风刮得几乎直立起来，露出惨白的面庞，幽绿的眼睛，血盆大口——眼皮涂上了夜光粉，在黑暗中如狼似鬼，血红的嘴巴一直延伸到颌骨，有着诡异的弧度。

画完这妆容，大白天我都不敢照镜子。又一道闪电撕破天幕，一定将我的脸照得格外清晰。

“妈呀！”只听一声惨叫。

我觑着眼睛偷看，朱常洛吓傻了，他身边略高半头的男孩儿拉了他就跑，手里的竹竿儿都忘了扔，慌忙逃窜中，两个人“哎哟”一声，又摔了个叠罗汉。

“哈哈哈哈……”看那两人跌跌撞撞地跑远，我和烟绕相视大笑，我得意地舔了舔唇边的红色果酱，烟绕做的，可甜了。

第二日，我早早地便去皇后娘娘那儿请安，等待良久，皇后出来了也未见朱常洛。平日里，朱常洛怎么也会候着皇后出来，今日未到，真是百年难遇。

皇后也感到奇怪：“咦，洛儿怎的还没到，可是有什么不好？喜公公，快差人去伏元殿看看皇长子。”

陪着娘娘聊了会儿天，又用了早膳，朱常洛才姗姗来迟。

他眼圈乌黑，比我昨日还要夸张，我忙垂下眼眸不看他，忍了几忍，才没笑出来。

“洛儿昨天夜里没睡好吗，怎的这般憔悴？”皇后娘娘关切道。

恶作剧的始作俑者，怎会不明白昨夜也只是一场恶作剧，他回去想明白了，此时只偷偷地瞪我。

我眼光一飘，只作不见，向皇后笑道：“昨夜风雨大作，定扰了皇长子好眠。”

他像被踩了尾巴的猫：“我才不怕！”

皇后笑了：“又没人说你是因为怕，这是怎么的，瞧这孩子。”

我肆无忌惮地朝他微微一笑。

我这一笑惹出了事。朱常洛不知又想出什么鬼点子，第二天早上给皇后娘娘请安的时候，一定要请娘娘和我去花园里赏花。

“我是惯不爱出门的，你们也知道，只怕本宫不去，洛儿才欢喜呢。”皇后又打趣我俩。

朱常洛居然不否认，站在一旁嘻嘻笑道：“母后，儿臣自觉这段时日没好好陪过揽溪，这才想带她四处逛逛，赏赏花。”

“这才对喽，趁这时辰天还不热，快去吧。”皇后笑道。

初夏时节，我却后背一凉，笑得好不僵硬：“娘娘，揽溪昨日寻得了有意思的棋谱，本想着与娘娘对弈，不如……与皇长子改日吧。”

“好啦，棋什么时候不能下？揽溪这是害羞了，快去吧。”皇后将我推出去。

一出殿门，我便快步走：“皇长子，我突然想起一桩急事，先告辞了。”

他拦住我：“行了，我知道你没事。今天你随我去，两人把话说清楚，之前的恩怨就一笔勾销，今后好好相处，如何？我也不想以后娶个女人回去，两人天天斗鸡似的。”

我见他说得坦诚，便应了他，随他往花园的方向走去。

朱常洛只顾直冲冲地走，我只好跟在后面，走了许久，脚脖子都酸了，终于忍不住叫了他一声，不肯走了。

“就在这儿了，喏。”他又拉着我走过一个拐角，前面出现一棵冠子极雅致的大古松，松下有一扇窄小的木门，红漆脱落，腐朽斑驳。

“这是哪儿？”我更疑惑了。

“这是刘公公的花房，刘公公是宫里专门负责奇花异草的总管，他这儿的植株才金贵呢！寻常的花草御花园里便可见的，我也不带你看了。”朱常洛推了推我，“我与刘公公打好招呼了，你直接推门进去便是。”

我警觉道：“你不进去？”

他略一迟疑：“进去，怎么不进去，我这不是让你先看吗？”

我不相信他，任他怎样推我、拉我，我都抱着树不松手。朱常洛无奈，向我伸出手，不耐道：“你拽着我，有什么危险我俩都跑不了，这样行了吧？”

我盯着他的手思考了片刻，一把死死攥住，朱常洛试着甩了甩：“很好，很好。”

轻轻一推，门果然开了，我朝门缝里瞧，却不想身后朱常洛又推我：“磨蹭什么，做贼似的。”

脚背撞在门槛上，我一下子摔了进去。等一下——狗！

眼前的这个，说是狗，脸长得却像狼，说是狼，可没有这么大的狼啊，站起来估计比我都高。它见我们闯进来，立刻龇出锋利的獠牙，眼露凶光，隐隐发出呼噜噜的咆哮，吓人极了。

我吓得整个人都僵了，酸疼的腿更加酸疼，都不知道怎么办好，忽地感觉攥住的手正悄悄地往回缩，向身后一看，好嘛，朱常洛大半个身子都已经溜出门去了。

我怒从心头起，恶向胆边生，也不怕闹出动静了，死死抓紧朱常洛的手，一把将他扯住，他拼命地往外挣，我只好拿门夹他。

“你松开！”

“我不！”

“你下狠手啊！”朱常洛勉强伸进来半个头，无耻地笑，“胆子也忒小了吧，没瞧见这畜生拿链子锁着吗？”

仿佛对他的话抗议似的，那大狗更凶了，叫唤起来，跟打雷一般，微微向后一倾，腿一蹬就扑过来！

“没拴链子！”我大叫一声，打开门便跑。

大狗一阵风似的，转眼蹿到我们后面，一人扯下几块裙幅，我摸了摸残缺的衣摆，想象那是我的腿，几乎快哭了。

朱常洛一点儿也不仗义，仍大力地甩手：“松开，你在拖我后腿，知不知道！”

“我不！”我紧紧绞住他的手指，“还不都怪你！”

他气结语塞，边跑边大呼：“沧澜，救命啊！”

我也喊：“烟绕，救命啊！”

烟绕果然没离开很远，想是听见我呼救的声音，从前面的路口迎上来，她定睛一看，看见我们身后的大狗，“妈呀”一声，跑得比谁都快，一溜烟儿就不见了。

“沧澜！沧澜！”

一个劲装少年应声从树上跃下，似是从天而降的神将，手指一弹，剑刃出鞘，照亮了点墨一般的眼睛。他此时虽出场帅气，可我仍认出他就是那晚和朱常洛一起装神弄鬼、被我吓得屁滚尿流的男孩儿。

大狗丝毫不惧，咧着白森森的利齿与我们对峙，时不时狂吠几声，吓得人肉颤。

偏偏朱常洛此时还道：“别真伤了这狗，隋如意知道了还不杀了我们？”

沧澜不动声色地后退：“那我们还是跑吧。”

我们一动，大狗便追，这一跑，几乎又跑了小半个后花园。

跑到一回廊处，朱常洛往左，我往右，握紧的手拉得我俩撞了个满怀，他急道：“这边！”

“这边！”我又往右。猛地使劲儿，手却蓦地松了，我重重跌在地上，可还来不及痛，大狗已经追至眼前。

朱常洛呢？我慌乱地四下望了望，已经没他的影子了。

大狗一步一步地向我逼近，喉咙里发出威胁的呼噜声，我只能一点一点地往后缩，不知不觉已经缩到回廊尽头的角落。

原来这边是个死胡同，难怪朱常洛要跑那边，可他就这样把我扔下，也太不负责任了……我鼻子一酸，眼泪说来就来。

“小姐，小姐！别怕，烟绕来了！”烟绕突然从回廊那边冲过来，一把护住我，冲越来越近的大狗喊叫，“去！去！”

我抱住烟绕，拼命缩脚，生怕它血盆大口一咬，就咬掉我的脚——突然，我发现，那大狗虽凶，却有些呆，此时它直盯着我的绣鞋看，都快盯成斗鸡眼了，居然还有些讨好地吐出舌头哈气。

绣鞋上有个缨子，只怕它是喜欢这个，我试着晃动缨子，果然，它直随那个缨子转眼珠。

“看，皇长子。”烟绕轻轻扯了扯我的袖子，低声说。

果然，廊柱后躲躲闪闪的人影就是他们，见没有异状，他们才从廊柱后面出来，迟疑地往这边挪。

胆小鬼！负心汉！我气不打一处来，摘了缨子朝他扔去，大狗见缨子飞出去，“嗷”的一声，转头朝他扑过去。

朱常洛下意识用手接了缨子，又把那烫手的山芋扔给沧澜，两人慌乱中抛来扔去，大狗看得眼花，猛一甩头，将沧澜一把扑倒。

沧澜与大狗在地上滚来滚去，刚挣起来，又被扑倒，他死死捏住大狗的嘴：“快把它弄开啊！”

朱常洛急得团团转，四下里连根木棍也没有，他竟三下五除二解下自己的腰带，两手一握，套上大狗的脖子，将大狗从沧澜上方勒下来。

大狗身子虽沉，却不笨重，不知怎的一扭，便和朱常洛面对面地厮打起来，借着重力一扑，也将他扑倒在地。

寸长的獠牙几乎快咬上朱常洛的脖子，亮晶晶的涎液滴在他的衣襟上，朱常洛涨红着脸，用力制着大狗，他刚刚褪了腰带，又经一番厮打，此时衣冠不整地被大狗压在下面，一人一兽，不堪入目。

我忙摘了另一只鞋上的缨子，上前几步，朝回廊的另一边远远扔去，大狗见了，忙松开朱常洛去追缨子，趁这个空当，沧澜一把扯起朱常洛。

可谁知，那大狗咬了缨子，又吐出来，原地转了几圈，还是朝朱常洛他俩追去。急乱中，他俩三两下爬上一座假山，大狗身子重，冲不上去，只在下面咆哮，围着假山疯跑。

“快去伏元殿找隋如意，这狗听她的！”朱常洛喊道。

“哦哦！”烟绕忙答应，拔腿就走。

我拉住她，朝朱常洛喊道：“你不把事情说清楚，我是不会去的！”

“揽溪，好揽溪，我错了，我认错！我只是想吓你一吓，没想到这狗没拴链子！你瞧，我后来不是回来救你了吗？”朱常洛委屈道。

我就知道他没安好心。

“烟绕，我们回去，不要管他们了！”我重重地“哼”了一声，故意高声说给他听。

“我知道你不会的，我等着你救命啊！”

我回首一看，只见他在假山上蹦蹦跳跳，拼命朝我手舞足蹈，心中暗暗好笑，只转身快步走了，任他的声音在身后渐渐消失。

“小姐，我们真不管皇长子了吗？”烟绕怯怯问道。

“哪儿能呀，去伏元殿吧。刚刚差点儿跑岔气了，咱慢慢走，让他好好等一等便是。”我轻笑道。

勉强压了压惊，到了伏元殿门前，只见一个小内监蹲在门槛子边上，在一个小盆子里洗着什么，直洗了一盆黑水，脸上也抹得花猫似的。

烟绕上前道：“皇长子找隋如意姑娘，你快去将她找来。”

那小内监倒殷勤，答应了一声，便往门里跑，跑了两步，又退回来，为难地摊开乌黑的手掌：“姐姐们让我把这两个石子洗干净了，不洗干净不准进去呢。”

我一看，哪是什么石子，分明是两块碎了的墨条儿，定是人家捉弄他呢，忍不住直言：“你这是墨条儿，哪儿能洗干净呀！”

“什么是墨条儿？”

宫里居然还有人不知道何为墨条儿？

“跟煤炭一样，整个都是黑的，洗干净就没了。”

“哎呀，那怎么办，洗没了，姐姐们越发不会让我进门了！”小内监急道。

知道人家捉弄他，他第一个反应竟然不是生气。我心里想帮他，便从地上捡了两个大小相当的白色鹅卵石，塞到他手里：“人家要白的，你给白的不就完了吗？”

小内监盯着那两个鹅卵石看了一会儿，终于开窍，咧嘴一笑，伸手一拍脑门儿，又拍了一脸黑汁，他兴冲冲地往里走：“就是！就是！”

“我倒要看看，是谁非把黑的说成白的！”不一会儿，一个高挑个儿的姑娘便冲出门来，语音里带着笑意，一双灵动的大眼睛微微一转，便是万种风情。她含笑瞅着我，鬼灵精的样子，笑起来像个蜜桃一般，让人一见就喜欢：“这位姑娘别见怪，大家与这小子混玩儿呢。”

“如意姑娘？”

我与她耳语一番，把朱常洛“白登之围”的事原原本本告诉她。

隋如意听了“扑哧”一声笑出来，也不急，拉住我道：“原来就是你，奴婢早就劝皇长子不要闹了，他偏不听，这下好了吧，偷鸡不成蚀把米！”

“现下正晌午了，估计他又热又饿，你就快去把那只狗牵走，救救他的命吧。”说罢，我们又齐笑。

“等等，奴婢去拿些糕点。”隋如意狡黠地一笑，分外动人。

沧澜伸长脖子望着，见着我们，远远地就在挥手。朱常洛已经热得无精打采地瘫在假山上。这晌午的日头分外毒辣，别说人受不住，就连那只凶神恶煞的大狗也贴在石缝的阴影里，热得吐舌头。

假山上的两个人一动，大狗立马警觉地一跃而起，朝上狂吠，隋如意忙上前几步，招呼大狗："小花，来。"

被称作"小花"的恶犬转头看见隋如意，立刻"呜"一声，扔下战局，跑到她脚下谄媚地摇尾巴。

隋如意嘻嘻一笑，喂小花吃糕点："你最喜欢的桃酥，多吃点儿哦。"

两人这才从假山上爬下来，朱常洛见小花顺服，大咧咧地放下心来，一边擦汗一边伸手拿隋如意手里纸包的桃酥吃："怎么来得这么慢啊你们，看我这汗！饿得快啃石头了！"

"不能吃！"隋如意尖叫，吓得朱常洛手里嘴里的桃酥都掉下来。

然而厄运并没有改变，小花一跃而起，照朱常洛的屁股就是一口。

"啊！！！"

皇长子被狗咬了屁股，皇后下令不准传出去，留他在坤宁宫内休养。

此时我正站在他的床前，忍不住地冲他抿嘴乐，他瞪了我半炷香的工夫，都不带眨眼的。

任谁被瞪那么久也不自在了，我道："你看我做什么？如意姑娘我也替你找来了，你不和狗抢吃的，不是什么事都没有？”

“我是想说你出去啊，知不知道害臊？”他咬牙，指了指自己敷药的屁股和光溜溜的两条腿。

敷得那么厚，能看见什么？我将目光转向别处：“谁看你了。”

“洛儿啊！”皇后娘娘由纫兰姑姑扶着，几乎是冲进门来，“严重不严重？”

朱常洛一笑：“母后放心，无碍的。”

“你这孩子，平日里很让人放心，今日怎么这样不小心！知不知道猫狗抓咬，可以死人的？”皇后又问，“太医怎么说？”

“太医说按时换药就好。”喜公公笑着说，“皇长子，要不要让人把那畜生杀了给您解气？”

“那畜生和如意要好着呢，杀了如意该伤心了。反正我再不碰那畜生便是了。母后，我连它一根毛都不碰。”朱常洛定是想起与小花搏斗的场景，脸上起了一层恶寒。

“好好好，听你的。本宫还是不放心，这敷药就行了吗？”皇后忧虑不减。

我突然想起小时候，汉岳撩猫逗狗时也没被少咬，于是道：“启禀娘娘，在民间有一土方，相传可解猫狗抓咬之毒。”

“揽溪快说。”

“从咬人的狗身上取一撮毛下来，烧成灰，敷于伤口，便可解毒。”

皇后听了，即刻吩咐人下去准备。朱常洛又瞪我了。

“母后，虽然我被狗咬了，但是揽溪还是帮了我很大的忙，我想让她留下陪我吃饭，好不好？”朱常洛突然向皇后说，这下轮到我瞪他了。

“好，这样才好。揽溪啊，这几天你就多过来陪陪皇长子，知道吗？”皇后见我俩“日渐亲密”，好不欢喜，“本宫就先走了，不打扰两个孩子了。”

送走皇后，傻烟绕略显欢欣地问：“皇长子，咱们中午吃什么呀？”

朱常洛恨恨一笑：“全鱼宴。”

在朱常洛那儿扒了三天白饭不说，一进他的卧室，里面搁了好几个缸子，随处可见摇头摆尾的鱼。偏偏不知道他跟皇后娘娘说了什么，每天早上我去请安，随后皇后便让喜公公直接送我过来，来了又走不得，真是忍无可忍。

终于我去找了隋如意，向她控诉朱常洛的恶行。我决定发起反击，于是壮着胆子拿桃酥和恶犬小花套近乎，没多久它就冲我摇尾巴了，摸着它被剪缺了一块的毛，我邪恶地笑了。

趁朱常洛午休时人都不在，我和隋如意牵了小花，悄悄溜进来。天热，朱常洛趴在竹椅上，吹着过堂风，脸贴着手臂，睡得安逸。

“阿嚏！”他打了个喷嚏，看见我伸在他鼻子下面的狗毛，顷刻将眼睛睁得溜圆，再一看，见门口龇牙咧嘴的小花，全身一弹就要爬起来，无奈扯痛了伤口，狰狞道：“你干什么？”

我慢悠悠地打开手里的纸包，是小花最爱吃的桃酥，只要有它，小花就会听我的话，可谓：桃酥在手，天下我有。

往小花跟前丢一块，它立刻吃了，意犹未尽地舔舔嘴，殷切地望着我。

朱常洛音调都变了：“你不是专程让它来咬我的吧？”

“不是不是，皇长子殿下，您也知道，我最怕鱼了，刚好小花喜欢吃，我就带它来啦。以后只要您这屋子里有鱼，我就带它来，用膳时有鱼，我也带它来，你说好不好？”

说着，我往小花的前面一步又放了一块桃酥，它上前吃掉，前腿迈进门槛来，继续殷切地望着我。

“你居然拿这破狗来威胁我……”

我又放一块，小花又上前一步。

“……快把这破狗弄出去！你喜欢狗，我为什么不能喜欢鱼？”

我又放一块，小花已经近在咫尺了。

“我答应你！答应你！快把它弄走吧！”朱常洛把脸埋进枕头里。

其实有如意在外边拽着绳子呢，小花最多到我身边来，怎么也咬不到他的，胆小鬼！

“你再欺负我，我就关门放小花。告诉你，小花现在跟我好着呢……”我话还没说完，只觉得小腿一痛，不禁“哎哟”一声，回头一看，恶犬小花正咬着我的小腿肚子，一双狼眼盯着我手里的纸包，一眨也不眨。

一个转眼，我和朱常洛一人一张竹椅趴着，伤口上都裹着狗毛烧的灰，面面相觑。

这狗，好蠢。

我，也好蠢。

我的伤口新，他的伤口深，这伤仿佛要养到天长地久。皇后说把我俩放在一起趴着，也有个伴儿，于是我们就这样大眼儿瞪小眼儿。

一开始，我们都赌气不说话，不过这样无聊了半天，朱常洛便提议道："我们下象棋吧？"

"为什么不下围棋？"我问。

"你的水平都够和母后下了，我傻啊？"他自以为聪明道。

"象棋就象棋。"我"哼"了一声，丝毫不惧。

棋盘架起，棋子摆上，不过几个回合，便杀得他只剩个"将"了，朱常洛摆来摆去都是那一个"将"，终于恼羞成怒："士可杀不可辱，你将军行不行？"

"啪。"我拿过河的卒子拍掉他的"将"："将军。"

接下来几盘，他越输越惨，终于铁青着脸推了残子："不玩儿了。"

"那玩儿什么？"

他眼珠转了转，贼兮兮地朝门外看了看，小声说："我们玩儿炕饼子吧？"

"什么炕饼子？"我奇道，他一个皇子，还知道炕饼子？

"就是……"他四下找了找，最终瞥到我头上，手一伸拔下绾发的唯一一支扁平玛瑙簪，笑道，"这个刚刚好。"

朱常洛熟练地示范给我看，他手握簪尖，用扁平的那一头铲入细腻的红木棋子底下，手一抖便利落地将棋子翻了个面，一看就是老手。

我释然："哦，过家家啊。"

"玩儿吗？"他两眼放光。

没想到，人前少年老成的皇长子，恭顺有礼的皇长子，私底下居然还玩儿过家家，我内心着实将他鄙夷了一番："三年前我就不玩儿了。你几岁了？"

"十二啊，你又多大？"他反问我。

朱常洛长得高，观他之前的行为举止，我以为他怎么也十五六了，没想到，他居然比我还小一岁。

比他大又怎么了，年纪又不能改小："十三。"

他果然哈哈笑："原来是'老姐姐'！"

"大一岁就叫老？别叫了，难听死了。"我气道。

"老姐姐！老姐姐！"他还来劲儿了。

"再叫我老姐姐，信不信我揍你？"我恐吓道。

他忙护住屁股道："让我不叫你'老姐姐'也可以，我饿了，带我去找吃的。"

"等一下烟绕一定会过来的，到时候让她去拿一点儿来不就行了，我们两个瘸子，出去跑什么呢？"

"你就不觉得闷得慌吗？"朱常洛难受地扭了两扭，"等他们来，我都饿死了，趁这个机会出去透透气不好吗？"

被他这么一说，我也觉得趴不住了："哪儿有吃的？"

“当然是母后的小厨房了，里面多的是好吃的，咱们就去那儿！”朱常洛满脸兴奋，咬牙从竹椅上挪下来，拉我一道，“走！”

此时刚过晌午，正是小厨房没人的时候，我俩一瘸一拐地溜进去，悄悄掩上门。

朱常洛四处揭锅掀盖，翻找了一通，看样子熟门熟路，他皱眉道：“奇了怪了，怎么一样能吃的都没有？”

我凑上前瞧，果真，除了拿水发着的生食材，一样能吃的熟食都没有，连往日常备的糕点也没有。我扯了扯他的袖子：“估计是天太热了，东西容易放坏，我们回去吧，待会儿吩咐他们给做新鲜热乎的。”

“不，来都来了，没东西吃到嘴里，更饿了。这种满心期待被打破的感觉，老姐姐你懂不懂？”他皱眉，不肯罢休，又四处翻起来。

终于，在一个不起眼的小筐子里找出两个红薯，他一把塞给我：“就它了。”

我捧着那两个泥巴果子，茫然道：“这是生的吧，给我干什么？”

“做给我吃啊。”

我还给他：“我哪儿会啊！”

“不会就学。”他不接，推着我来到灶前，循循善诱，“可简单了，把火一生，把红薯往里面一丢，就好了。”

“说得简单，你倒是做啊。”我又推给他。

“君子远庖厨！”他又推回来，威胁道，“你不做给我吃，我以后永远叫你‘老姐姐’。”他见我依旧不情愿的样子，又道，“你要听我的话，我以后就叫你‘溪妹’。”

我打了个寒噤，把红薯扔到他怀里。

他一把拉住我：“你想啊，我看起来都快十八了，都叫你‘老姐姐’，外人还不得以为你二十大几啊，我要是叫你‘溪妹’，人家才知道你十三。考虑考虑？”

我内心深处竟然觉得他说得很有道理，鬼使神差地接过了两个红薯。

趴在灶台下面又吹又扇，里面的柴火也没燃起来，倒漫了一屋子的黑烟，我咳嗽得不行，朱常洛也呛得快断气：“听说……咳咳，油易燃得很，不如倒点儿，咳咳，在柴火上。”说罢，他把菜油淋在一堆木柴上，捡了一根扔进去，果然，火苗一下子就冲起来。

“我不行了！”他扔下装菜油的壶，跑出门去，“哗”一声把门关上。

我把红薯扔进火堆，扇了一会儿，越来越觉得不对劲儿，只觉呛得厉害，也更热了。我瘸着腿去开窗，窗子居然锁上了，转眼一瞥，只见灶台边上刚刚淋过菜油的木柴全部燃了起来，我急忙去推门，慌乱间又碰倒了油壶，只一瞬间，火势就蔓延开来。

而门，居然也上锁了。

我愕然，忙用力拍门，大声呼喊：“救命啊！着火了！皇长子！开门啊！快来人开门啊！朱常洛！”

我用尽全身的力气去撞门，去拍门，许久外面都没有反应。火势越来越大，浓烟在屋顶翻滚，乌云般越压越低，房梁都已经摇摇欲坠了，炙热的火焰几乎要把我烤化了。就在我委顿于地，以为自己就要这样葬身火海之时，门“啪”的一声被踹开。

只感觉到一个人将我半拖半抱地救出火场，我已经无力睁眼了。

“醒了！醒了！”

我费力地睁开眼睛，只觉被一个人抱着，我的头就枕在他的颈窝，这人低头看了我一眼，只轻轻道了一声：“溪妹，我不是故意的。”

一时不知身在何处，我只认出了人群中有烟绕，好像还有……皇后娘娘，眼睛一眨，竟掉下泪来。

“皇长子，撒手吧，让揽溪姑娘躺好。”纫兰姑姑将那人与我分开，扶我躺下。

朱常洛身子一溜，便跪在床前：“母后，儿臣知错了。”

“你何错之有？”此时的皇后面若冰霜，格外严肃。

“儿臣没有照顾好揽溪，儿臣知错！”他回过头来看我，似是有心解释，“儿臣当时出去找水喝，怕黑烟引人注意，才掩上了门，可儿臣没有上锁啊！儿臣虽顽劣，却也知道轻重，断不会拿揽溪的性命开玩笑。”

皇后轻轻叹了口气：“这段日子你暂且不要来找揽溪了，让她好生休养吧。”

朱常洛一把抓住皇后的手："儿臣知道错了，您骂我罚我都可以，就让我陪着她吧，当作赔罪，母后？"

我也道："皇后娘娘，此事不怪皇长子，揽溪也有错，要罚就连我一起罚吧。"

皇后叹了口气："你们两个孩子，都是好孩子，可这才几日，不是伤了这个就是伤了那个。姻缘天定，本宫还要再找人合一合你们两个的八字才稳妥。在这之前，洛儿，你不要来找揽溪，听见没有？"

朱常洛点了点头，忍了忍，终于道："母后，若我俩八字不合，您是不是要将揽溪送回扬州去？"

皇后冷淡道："或回扬州，或由本宫做主，嫁与京中王孙贵族，终是要出宫去的。"

我垂下头，隐隐有些难过。

皇后嘱咐我好生休养，便起驾离开。朱常洛一言不发，只跟在皇后身后。我看着他离去的背影，却不想他蓦然回头，四目相对，视线不肯收回。终于，他转身迈出门槛去。

第七章

洞房花烛梦忽破

一个月过去了，这一个月里，我一次也没见过朱常洛。

天气渐渐炎热起来，窗外的知了叫个不停。眼前这一局棋，看着又是我快赢了，皇后棋艺绝佳，我连赢三局，是从未有过的情况。

“罢了罢了，这棋不下也罢，揽溪棋艺微末，娘娘不屑与揽溪相较，一直神游太虚呢。”

“瞒不过你。”皇后勉强一笑，“揽溪啊，本宫不让你和洛儿相见，你可怪本宫？”

“怎会。”我踌躇了片刻，方道，“只是……若皇长子与揽溪八字不合，还请皇后娘娘做主，放揽溪回扬州吧。”

“怎么，你不愿再见洛儿了？”

我垂眸，终于摇摇头。

“本宫那样说，是吓唬洛儿的。这一个月来，他一直追着本宫问你的消息呢，生怕本宫将你送出宫了。”皇后笑了笑，“本宫福薄，没有自己亲生的孩儿长在身边。洛儿虽不是本宫亲生的骨肉，可本宫照看他长大，早把他当作自己的至亲了。洛儿聪慧，是帝王之才，可他若不能登上九五，只怕没有活路。”皇后爱怜地抚了抚我的鬓角，“你嫁给他，就要陪他面对以后的危难起伏，揽溪，你怕不怕？”

怕，我怕，怕这是非诡谲，怕这狡诈人心，可是我此时坚定地看着皇后的眼睛道：“我不怕，女子若嫁得如意郎君，便是一场好梦。”

皇后沉吟片刻，对纫兰姑姑吩咐道：“让桂喜去请皇长子。”

不一会儿，朱常洛便到了。

“溪妹。”他看着我，气息未甫，笑了笑，欲言又止，终于转过身子去，“不知母后召儿臣来，所为何事？”

皇后斟酌了好半天字句，才踟蹰道：“洛儿你……可与戴士衡往来密切？”

闻得“戴士衡”的名字，朱常洛似乎了然，微笑摇头：“儿臣不认得此人。”

“果真？”皇后疑虑未消。

“儿臣懂母后的意思，此次郑皇贵妃‘妖书案’与儿臣的确无关，”朱常洛既已知道皇后担心什么，便一口气说下去，“随后的《忧危竑议》也非儿臣所为。让母后忧心了。”

“那是谁……”皇后思虑良久，忽以手按额，仿佛头疼一般，“母后老了，还是你给母后说说清楚吧。”

“是。”朱常洛从容不迫道，“前几日，吏科给事中戴士衡弹劾刑部侍郎吕坤所上的一篇《忧危疏》，连带吕坤之前所作的一本《闺范图说》，指他‘机深志险，包藏祸心’，‘潜进《闺范图说》，妄图结纳宫闱，逢迎郑皇贵妃’。”

“《闺范图说》？本宫这里倒是有一本，昔年陈矩出宫，见本宫极爱民间藏书，特意带回的，本宫瞧着也没什么不妥啊。”皇后奇怪，吩咐下面的人将《闺范图说》从书房里取来。

朱常洛接过翻了翻，轻笑道：“这是最初的版本，也就是吕坤的原版。母后定然不知这本书后来个中的变化。”

“变化？”

朱常洛还是不咸不淡地一笑，继续道：“这本书原是吕坤采辑历史上贤妇烈女的事迹编撰而成，郑皇贵妃也是从陈矩处得到的，竟命人增补了十二人，以东汉明德皇后开篇，自己为终篇，并亲自加作一篇序文，然后重新刊刻了新版的《闺范图说》。尽管新版的《闺范图说》与旧版有许多相同之处，但毫无疑问，其与吕坤作此书的初衷已大相径庭，人们多将两版混为一谈，所以说，吕坤极其冤枉。”

皇后并不接话，若有所思一般，朱常洛只好继续道：“母后也不用吃心，郑皇贵妃一直受朝野瞩目，不得人心，此举又的确愚蠢，如今有她操心的，事情只怕还没完呢。”

“本宫有什么好吃心的，她不过是想借此抬高自己的地位罢了，自以为是地敢与先代贤后相较，岂不是自取其辱？”皇后浅笑，“本宫只是可惜了世家大儒吕坤，就这样无端被牵连。”

朱常洛似有犹豫，终于道：“儿臣私自猜测，这件事，本就是冲着吕坤来的。”

“怎么说？”

“世人都知道父皇宠爱郑皇贵妃，这件事虽可让郑皇贵妃慌乱一场，却还不足以扳倒她，策划整件事情的这个人，定是熟悉宫闱之人，不过是借用郑皇贵妃的恩宠和朝野间对他的诟病，料到帝必偏，人必言，而……儒必畏惧人言，退之。”朱常洛顿了一顿，仿佛整理着思绪，“其实戴士衡的弹劾只是个引子，整件事真正点燃引信的火苗是那篇《忧危竑议》。”

“何为《忧危竑议》？与吕坤的《忧危疏》又有何关系？”不光皇后，我也有越听越糊涂的感觉。

“吕坤上《忧危疏》，不过是请父皇节省宫廷用度，对百姓轻徭薄赋，以安定天下，是臣子惯唠叨的话，本没有问题。可此时出现了一个化名‘燕山朱东吉’的人作了一篇跋文《忧危竑议》，意在吕坤《忧危疏》的基础上竑大其说。其中指，《闺范图说》中以汉朝明德马皇后开篇，而马皇后由贵人入主中宫，是吕坤讨好郑皇贵妃故意所为，而郑皇贵妃刊刻此书，是为自己的儿子朱常洵做太子铺路。又说，吕坤疏言天下忧危，却唯独不涉及‘国本’这一天下大事，其用意不言自明。”朱常洛说着说着，竟失笑，“谁都知道为了儿臣出阁读书的事情，父皇已经恼了这群啰唆的大臣，这才几日，任吕坤有天大的胆子，也不敢追得父皇没有喘息的余地，不言立太子之事岂不是正常？”

燕山朱东吉，此人在文中抨击郑皇贵妃所为，貌似是支持朱常洛入主东宫的，而朝野上下多是尊崇祖宗礼法，坚持“无嫡立长”，立皇长子为太子的大臣占多数，若如此暗指，也不算意外。

“此人化名‘朱东吉’，明显是想将注意力引向儿臣，绝非善意，且文字间暗藏机锋，可见城府颇深。”他慢慢敛了笑，眼中含了一种深意，“若儿臣能得此人，便是添了绝妙的军师。”

皇后见朱常洛分析得头头是道，又闻矛头真正所指并非他，不由得缓缓松下一口气，笑道：“公孙先生有经天纬地之才，又处事沉稳，还不够做你军师的？”

朱常洛似有不服：“公孙也不过比儿臣大一岁，玩心不减，现下不知道跑到哪里去了，亏母后还赞他沉稳！”

“不过公孙的本事，儿臣也未全然见识。”朱常洛笑笑，“他与那‘燕山朱东吉’斗法，谁输谁赢还不一定呢，来日定要让他们会会，好让公孙也不要那么自大！”

左一个公孙右一个公孙，嘴里贬损着，神情间却极是称赞。

听皇后说，十多年前，皇长子有一阵子格外多病，娘娘心中忧虑，便为皇长子请了位教习武艺的先生，让皇长子练练拳脚，强身健体。那位先生便是“青冥先生”。青冥先生带来一个徒弟，名公孙徵，与皇长子年纪相仿，与皇长子一同练剑，同吃同住，感情甚好。

“母后且放宽心，静观其变吧。”朱常洛一双眸子温温地转过我，对皇后恭谨道，“儿臣也是时候找回公孙了，母后保重，溪妹保重。儿臣先行告退了。”

说罢，他便向皇后行了告退的礼，我忙起身也对他一礼：“近日气温反复，皇长子也请保重身体。”

不过一个月没见，他侃侃而谈的模样较之那个要炕饼子的顽童，简直天壤之别，又或许，这不过是他不为我所知的另一面吧。

之后许久再没见过朱常洛。连日闷在屋子里，我有些待不住了，终于等到天降大雨，雨后初晴，清风送爽，就携了烟绕出去走走。

信步走着，享受着难得的雨后清新，不拘走到哪里。

只见一大片湛蓝澄净的湖，岸边的碧树红花倒映在水面上，时而有雪白的飞鸟掠过，在清波上一点，景致辽阔。湖上有汉白玉九曲桥如同玉带浮水，我与烟绕踏在其间，又逢清风徐来，不由得身心俱舒，如置仙境。

九曲桥，美就美在那一曲三折之间，翻过青玉石板，又转过一面蝶恋花画墙，竟是柳暗花明，只见一条笔直的松木长廊浮在湖面上，两旁的莲花荷叶密密匝匝，花色各样，荷叶青碧，高低错落有致，连空气中都氤氲着柔和的暖香。

长廊尽头依稀出现一个竹青色衣衫的人影，轮廓熟悉，我轻快随意的脚步不由得一滞，顿在原地。那人影也在原地晃了两晃，仿佛也在认我。

是他？

离得太远，根本看不清，只是一种感觉、一种希冀，是他。我们两个人对立了一阵，又几乎是在同时迈出步子，向对方不疾不徐地走去。

知道你就在那里，所以不疾，不徐。

惠风扑面，如柔荑轻抚，廊下的护花铃叮叮作响，清朗而悠远，荷叶翻滚如碧浪滔天，花香更烈。

果然，他含着笑，如此笃定安然，随着一步步靠近，我们愈加看清彼此的面容，不由得笑意更甚，脚步的速度却依旧如故。内心安定，我们这样面对面地走来，仿佛命中注定，绝不会错过。

此生，遇见你，我愿意。

他从袖中拈出一枝小小的淡粉色荷花，娇嫩水灵的花瓣开着正好的弧度，约两寸长的花茎青翠欲滴，显得优雅颀长。他垂眸，专注地用修长洁净的手指耐心清理花茎上的小刺，一点儿一点儿，直到花茎光滑如玉，才将那朵荷花簪入我的鬓发，眸子映着湖光盈盈："本就打算送你的，谁想这就遇上了。"

荷香浮动，萦绕在我发际，他微微闭眼，低头轻嗅，仿佛沉湎于荷花的气息之中，又似乎陶醉于此情此景。暖香中混合着暧昧的气息，让人感觉好像踩在云朵里，周身温软。

突然，一只蜜蜂晃到我眼前来，我顿时感到唇角一阵剧痛。

我只敢拿眼神向朱常洛求救，他捧着我的脸细看："别动，我帮你把毒刺取出来。"

他迎着光看了许久，蓦地将嘴唇覆上来，吸吮我的唇角。

“唔，你！”我猛地推开他。

他吐出一口血污，看着我莫名地笑出来：“揽溪，随我去见娘，好吗？”

想来他所说的“娘”定是王恭妃，我指了指自己肿胀的嘴角：“这样？”

他点点头，还是笑。

听闻王恭妃独居养性斋，那是后宫中一处偏僻的所在，我随朱常洛走到一面斑驳的宫墙前，抬头打量一番，才知道宫里竟然还有这样破败的宫殿。

朱常洛扯开墙上葱郁的爬山虎，面前现出一扇矮小的木门来，上面的红漆都落完了，裸露着腐木的黑色。门环上还缠着一条锈迹斑斑的锁链，朱常洛三两下便将锁链解下，我俩轻手轻脚地溜进去，把这小门掩上。

空阔的院子里一片清冷，只有蜿蜒的藤蔓泛着幽幽的深绿。我随朱常洛直直走进敞开的殿门，只见一个干瘦的背影坐在窗前。简单齐整的发髻在阳光下闪烁着几丝灰白，她似乎在缝制衣裳，根本没意识到来人。

朱常洛立住，不说话，只静静凝视着恭妃的背影，许久许久，才哽声唤道：“娘。”

恭妃停住手里的活计，片刻，又继续穿针引线。

“娘。”朱常洛又唤了一声。

“洛儿？”恭妃缓缓地转过身来，眸中的惊讶渐渐被泪水取代，“娘以为自己又听错了。”

朱常洛吸吸鼻子，绽出一个笑容：“娘，又做什么呢？你眼睛不好，应该多休息才是。”

恭妃忙从篮子里取出一件白色的衣裳：“这是娘给你做的睡袍，娘这里分不到好的料子，你穿不出去的，只这料子舒适，就想做给你歇息时穿。”

“娘做给洛儿的，洛儿一定穿。”

“来，娘给你比比。”恭妃将睡袍往朱常洛身上贴着看，懊恼道，“哎呀，怎的又短了一截，上次你来，明明量好了尺寸，我怕你长得快，分明特意做大了些的，怎么……还是小了。”

朱常洛上一次来，一定是很久以前了，他又强自笑了笑：“短点儿好，这大夏天的，长衫笼袖怪热的。”

“是吗？”恭妃复又高兴起来，兀自喃喃道，“我的洛儿长这么高了，真好，真好……”

“娘，这是揽溪。”朱常洛拉我到恭妃面前来，不好意思地挠挠头，“孩儿就要娶她了，特带她来见您。”

我微微有些脸红，怯怯地请安。

恭妃笑着扶我：“好标致的姑娘，你叫什么？”

“民女王揽溪。”

她看着我，赞叹道：“洛儿的眼光真好，揽溪姑娘一看就是温柔文静的人。”

朱常洛笑道：“是。”

我悄悄翻他一眼，向恭妃道：“皇长子也是沉稳体贴的人。”

天色不早了，说笑起来时间总过得很快，我们告别了恭妃，又悄悄离开，朱常洛要先送我回坤宁宫。

他目视前方，嘴角带笑，手指又爬过来，握住我的手，一直紧握着，仿佛从此生长到一起，血脉相连，筋骨相接，不能分开。我们暂时放下了这皇宫里的禁锢，又退回到一个月前，放肆顽劣。

走过一段长廊出去，景物仍显偏僻，突然见一个衣着光鲜的大块头从一座假山后面冒了出来，一边向我们过来一边提裤子。我依稀看见假山后面还有什么动了动，准备细看却被朱常洛猛地将脑袋拨过去，捂住眼睛，只感到他温热的气息拂过额头：“你这丫头怎么男人系裤子也看，毫不避讳！”

我挣扎着要解释，却被他拉着走了好几步出去，一个猥琐的声音迎面而来：“哟，这不是皇兄嘛！”朱常洛这才撒手，眼前只见一个又高又胖的男人，正不怀好意地上下打量我，“这是父皇哪位新晋的嫔妃吗？瞧着眼生，怎的与皇兄如此亲密，皇兄真是少年风流啊。”

朱常洛皱了皱眉，眸色变了：“这是我的选侍。”

我垂眸平静道：“伏元殿选侍王氏见过三皇子。”虽还未入伏元殿，可是此刻唯有如此介绍自己，才能让三皇子无话可说。

“哦？原来是新嫂！”他口中虽这样称着，目光却如同两只肮脏的手，仍肆无忌惮地在我身上扫来扫去。我心中嫌恶，不由得向朱常洛身后缩了缩，谁料他竟说出更无礼的话来，“模样是不错，配一个爹不疼娘不爱又铁定坐不上太子之位的皇子，有些可惜了，不如做本宫的侍妾，如何？”说罢，便哈哈大笑起来。

受他这般调戏，简直奇耻大辱！只是他的言语，羞辱朱常洛才是本意。

“兄友弟恭，做弟弟的不恭敬，就不要怪我这做哥哥的不友爱了。”不知道为什么，朱常洛若有似无地向假山的方向睇了一眼。

朱常洵为那一个警告所震慑，全然没了起初的嚣张气焰，气呼呼地走了。

盯着他那个肥胖的背影，朱常洛眸中幽暗流转，我摇了摇我们仍紧握的手，道：“别理他。”

朱常洛歉然道：“揽溪，你还没嫁过来，就跟着我受气了。抱歉。”

“从今往后，我们便是一体的，共荣辱，同生死，你又何须道歉？”

虽然一直知道朱常洛身为皇长子，在这个皇宫中却处境艰难，可是我一直不能领会他的处境究竟艰难到什么地步。今日一见，连如此蠢笨的人都敢仗着郑皇贵妃挤对他，我除了心疼，说不出别的感受。这么些年，他都是这样过来的吗？

刚刚入宫之时，我将自己的命看得很重，唯恐行差踏错便稀里糊涂地丧了命。直到今日才发现，我渐渐将自己看得并没有那般重了，出现了一个人，我将他看得比自己还要重，为了他，我可以冒很多危险，做很多从前不愿做的事情。

此后，后宫之中便多了一个我，尽力支持他，为他筹谋。我知道，终有一日，没人再敢像今日这般给他羞辱。

一切如朱常洛所料，《忧危竑议》势头不减，吕坤畏惧人言，忧虑不堪，借病致仕回家，“燕山朱东吉”的目的已经达到。

朱常洛恭恭敬敬地作了一揖，正经道：“今日儿臣来，是有事求母后成全。”

“怎么说？”

“此‘妖书案’虽是冲着吕坤来的，却也能发现那‘朱东吉’看不惯郑皇贵妃，找了她好些麻烦，这段时间有她忙的了，定然无暇在后宫生事。所以儿臣想求母后，将儿臣与揽溪的婚期提前。”朱常洛说着，自己脸先红了。

皇后见他窘迫的模样，不禁“扑哧”笑出声来：“我们洛儿等不得了。”

他倒也不否认，旁边的纫兰姑姑、修梅姑姑、喜公公都轻轻笑起来，我坐在一旁，不自在起来。不过第一次见朱常洛闹个大红脸，比初见时可爱多了。

朱常洛走到皇后跟前耳语两句，皇后神色微变，却马上恢复如常，含笑道：“既然洛儿都开口了，母后自然成全。只不过这是原本就定好的婚期，若要提前，唯有去请皇上赐婚，明日你便同母后走一趟吧。”

第三日清晨，皇上身边的魏朝公公就到坤宁宫宣旨了，婚期提前至中秋佳节，因为选侍并非正妻，便也没有多么盛大，只是我们当事之人在乎罢了。

只剩不过一个月的时间，听说三皇子的婚事也一并提前，为两场婚礼需要赶制的物品繁多，后宫上上下下都因此忙了起来。

直到入伏元殿的前一天，烟绕才终于将凤冠霞帔取回来，还带回了一肚子气，我拿起凤冠端看，问她："谁得罪你了，这样气鼓鼓的？"

"小姐你别看了，这东西做得连唱戏的都不如！"说着，她一把从我手中扯下凤冠，带落了几颗珠子。那几颗珠子噼噼啪啪在地上弹跳着，滚出老远。

"小姐，对不起，奴婢口没遮拦，小姐别往心里去。"烟绕似想叹气，又念喜期将至，生生忍住，放下手中的凤冠，拉着我勉强笑道，"没事没事，奴婢将这几颗珠子重新穿一穿就好了，小姐你看，是双凤翊龙冠，好不气派！"

"好了，怎么说的都是你。"我拉烟绕坐下，给她倒杯茶，"跑累了吧，说说，谁得罪你了？怎么得罪你了？"

"还不是司珍司那起子好吃懒做的小人，才走到门口便听见里面说什么，都怪皇长子要提前婚期，害她们忙了一整个月。奴婢本装没听见，不与她们计较，谁料取来的凤冠做成这样，明日新姑爷把小姐你的红盖头一掀，'啪嗒啪嗒'掉几颗珠下来，走得满地都是，还怎么成婚啊……"

我听她说得有趣，忍不住笑出声来。

"小姐你还笑！"烟绕气急，哭起来，"她们还给那什么潘选侍做三龙两凤冠呢，呸，一群趋炎附势的东西！”

“既知道她们是趋炎附势的，又何必生气。”我敛了笑，“成婚是女子一辈子的大事，我真正在意的，是嫁给他，其余的，都不重要。”

烟绕闻言，利落地一抹眼泪：“奴婢今日定给小姐将那凤冠修补结实了，让小姐明日漂漂亮亮地出嫁！”说罢，便沉住气，专心致志地研究起那顶凤冠来。

烟绕找来丝线和许多个小篮子，将整个凤冠都拆了，然后将材料分门别类地放在各个小篮子里，看得出材料都是好的，栩栩如生的龙凤、光润的南珠、血红宝石，烟绕竟要凭着记忆将凤冠重做一遍！

凤冠没做好，她连晚膳都不肯吃，就那样在桌前一连坐了好几个时辰，专注地穿珠引线，直到我要歇下了，她还在灯下的篮子里翻找。

“先歇息吧，光线暗，对眼睛不好。”我唤她也不理。

“明日早些起来做便是。”我又劝。

烟绕终于不耐地回答：“哎呀，小姐你别添乱，睡你的，明早有明早的事，要好好梳妆呢，奴婢还有一会儿就做完了。”

可是那灯光一直未灭，我半夜醒来，还依稀见她一直忙碌的身影，心里不禁一动，烟绕，来日我定予你一场风光的婚礼。

天还未亮，烟绕便来唤我起床。我迷迷糊糊地睁开眼，只见她容光焕发的模样：“小姐快醒醒，咱们得梳妆了！”

这妮子到底睡没睡觉？看着倒像兴奋过头的模样。

肖女史又讲了不知第几百遍婚嫁时的规矩与禁忌，才开始为我梳选侍规制的发型。檀木梳一下一下轻理着我的长发，只听肖女史那严肃却不乏慈爱的声音说着吉利的上头词："一梳白头偕老，二梳举案齐眉，三梳子孙满堂，四梳比翼双飞，五梳永结同心……"

莫名地鼻子一酸，眼中泛泪，这种感觉，仿佛母亲正在为我梳头送嫁一般，而父亲，似乎就站在一旁慈祥地笑，他们看着我走向幸福，一定也很高兴吧。

一应准备俱全，已过了半日光景，等快到吉时时，却仍不见朱常洛来。毓德宫的方向远远已经可以听见迎娶时的礼乐声和鞭炮声，我只是看着镜中的自己，芙面朱唇，眉间一颗美人痣特意用胭脂点出，更显盈盈欲滴，心里满是安稳。

不一会儿外面就一阵嘈杂，新郎新娘婚前是不允许见面的，烟绕忙替我盖上鲜红的盖头。只听屋里的人一致向来人恭贺道："恭喜皇长子与王选侍喜结连理。"

他的声音亦透露着一股欢喜，朗声道："赏！"

"溪妹。"朱常洛轻轻唤我，与烟绕一同小心扶我跨出门槛。他的手心依旧温热，不同以往的是，有些微微濡湿的感觉，他稳稳地托着我的手，揽着我的背，我只管放心大胆地随他而去，什么也不怕。

"咦，皇长子，怎么没有奏乐的和花轿？"刚出宫门，便听见烟绕奇道。

"那都是婚嫁必不可少的热闹，为夫本不想让咱们的婚礼有缺憾，可是派给咱们的那一队乐师奏的乐的确让人不忍卒听，只怕娘子不喜欢，倒成了咱们大喜日子的噩梦，所以为夫另请了四位精通音律的先生，还请娘子上马，莫要嫌弃为夫寒碜。”

听他酸溜溜地说了一堆，我不由得笑道：“都听官人的。”

他小心扶我上马，自己也翻身上来，轻轻将我环在胸前，温言道：“坐好了。”

许是得到他的指示，身后立刻奏起乐曲，筝声悠扬，笛箫相随，琴瑟和鸣，相比远处的热闹，此曲更得我心。

就这样随着醉心之曲，信马由缰，慢慢悠悠地走了许久。我盖着盖头，却也猜到此时定然有许多双眼睛惊奇地望着我们，略略不安道：“此举恐不合规矩吧？”

只听头上嗤笑一声，他低柔的声音近在耳畔：“今日众人皆往东边去了，没人管我们的。”

不知怎的，我竟从中听出一缕低落伤感，于是轻笑道：“正好，落得个自在！”

马停了，应该是到了伏元殿了，他先下马。我此时犹如瞎子一般，只能伸着手，待他扶我下马。谁料只听得周遭几声欢呼叫好，感觉身子一轻，他竟将我横抱下来，我不由得惊慌失措，盖头都差点儿掉了。

“皇长子如此宠爱新妇，今后可是要怕老婆的！”不知是谁放肆喊了一句。可是朱常洛似乎并没有放我下来的意思，径自越过火炉，扬长直入。

新娘在过门之时，婆家通常是借由跨火炉的动作，观察新娘肢体是否敏捷，考验动作是否闺秀。朱常洛这样直接抱我越过，已表示万分的宠溺了。

我不由得轻轻挣扎闹着要下来，若由他直接抱到长辈面前，成什么样子。他终于拗不过，将我放下，又庄重小心地牵着我的手，护在我身畔。

由他牵引我入正厅，听他朗朗唤了声“母后”，我亦随之唤“母后”。皇后高兴地连说了几个“好”。

“可还等父皇？”我听见朱常洛轻飘飘地问了一句。

皇后沉吟片刻，道：“吉时尚早，等吧，本宫已经让桂喜去请了。”

站立良久，我只觉得朱常洛的手心越来越凉，到最后只剩冷汗。终于听见一个人疾步进来，仿佛是桂喜，为难道：“启禀皇后娘娘、皇长子，中秋宫宴已经开始，皇上让咱们不必等他了。还说皇长子新婚，也不必参加宫宴，陪伴新妇即可。”

朱常洛似失望，又似松了口气：“中秋宫宴大宴群臣嫔妃，极为重要，我知道了。”

“吉时已到，那开始吧。”皇后打着圆场。

我用力握了握朱常洛的手，他亦用力回握我。在喜公公庄重的唱喏下，我与他——我的良人，心怀恭谨，端端正正地拜了天地。

“送入洞房——”

随后，朱常洛凶悍地将那些要闹洞房的人赶出去，他挨着我坐下，颇有些不自在道：“来的宾客虽不多，却免不了年少时交的几个损友闹腾，怕待会儿说出什么浑话来吓着你了，才让他们都散了。”

我只能点点头，也不知道他看不看得见。

那一双熟悉的手，缓缓地掀开我那绣金丝的盖头，红烛高照之下，我微微眨了眨眼睛，以待适应满室的吉庆鲜红和光亮，再睁开，正对上他亮晶晶的眼神。

“你真美。”

我只是一笑，依旧说不出话来。

朱常洛从小几上端过合卺酒，我俩总是弯错胳膊，最后一齐笑出声，这一笑，才没了刚才那般紧张：“你像这样娶过几次？”

“一次。”他只是凝视我，快口答道。

“我怎知道你已经有两位淑女了，还不算侍妾？”我也是不久前问了肖女史方知的。

“洞房花烛夜便要与夫君算账吗？”他失笑，“可是像今天这样娶一位女子，还是第一次。”

他缓缓挽过我的胳膊，我们终于对视着喝下手中的合卺酒，他始终凝视着我，眼波盈盈：“第一次，这般心动。第一次见你时，便心动。”

我害羞一笑：“你就哄我吧，初见我掉到泥塘子里，好不狼狈，何来的心动？”

“哪里，那日之前我已经见过你了，只是你还不认识我而已。我第一次见你，是在坤宁宫的一棵花树下，你沉醉于花雨间，天真烂漫，粉色的花瓣落在你的发鬓上、面颊上、衣襟上，风一吹，衣袂飘飘，如同天女下凡一般，我这辈子也忘不了那一幕。”朱常洛忘情地述说着，我竟不知还有那样一刻，早让他瞩目于我。

不知是因为酒，还是他的话，我不禁觉得有些飘飘的。他的眉目在我眼前缓缓放大，嘴唇就着酒香吻向我，不过轻轻地触碰，就惊得我向后一跳。他一只手拉住我，一只手抚着我的背，温热的气息喷洒在呼吸之间：“别怕。”

这一吻，缠绵悱恻，由浅入深，由柔情至霸道，由轻微到炽烈，由僵硬转默契，唇舌转辗间，我能感受到他情意的深沉与澎湃。他的眼中情浓，手缓缓下滑，正欲解开我的衣带，我只觉心跳异常剧烈，剧烈到难以承受的地步，蓦地化作一阵剧痛！

我不由得拧眉捂心，他亦停下了动作，哑声问道：“怎么了？”我已经痛得说不出话来。

第八章

当时只道苦难咽

是夜我心痛如绞，直冒冷汗，如此良宵，毁于一旦，我心中又是疑虑又是恼怒，更多的是对朱常洛感到内疚亏欠。

朱常洛起身倒了一大杯水喝下，整了衣冠，到床边为我掖了掖被子，沉声道："我去请太医，让烟绕进来服侍吧。"

"不要……"我伸手紧紧拉住转身欲走的他，猛地一动作，只觉心脏又是扯着一阵疼痛，不由得眼冒金星，缓了许久，才虚弱道，"不要走。"

他伸手擦了擦我额上的冷汗，轻轻印上一吻，爱怜道："我不走，只是心痛症可大可小，只能去请太医来瞧瞧。娘子听话，为夫一会儿就回来，很快，很快很快。"

"不要，大婚当夜就请太医多不吉利，"我还是不肯撒手，又疼又急，眼中泛泪，拼命将他向身边拉，“你陪着我就好了。”

“真不打紧吗？”他仍旧不放心，面露忧色问道。我忍着剧痛勉力颔首，他这才无奈地脱鞋上来，靠坐在床边，将我揽在怀中。他捧着我的脸庞，大拇指轻轻擦去面颊上零落的泪水，无奈又心疼地笑，“孩子似的。”

我忍不住想哭，只好难为情地将脸深深埋进他的怀里，双臂环住他的腰。他怀里有股暖香，淡淡的，却温和地将我包裹，渐渐舒缓了我因为疼痛而紧绷的身躯。

待醒来，朱常洛不在屋里，烟绕进屋子来伺候我沐浴。看见未收的酒杯，我不由得起了疑心。我从袖子里掏出一方干净的帕子，又拿了烟绕的帕子，分别从昨夜我们喝过的合卺酒杯子里沾了一点儿残酒，然后将沾过自己杯子的放入袖内，沾过朱常洛杯子的交给烟绕收好。

“这是？”烟绕不解。

我将事情和心里的猜测原原本本地告诉烟绕，道：“我也只是怀疑，先不要告诉皇长子。”如果我的猜测是真的……想到这里我只觉更加乏力。

不一会儿，朱常洛便引一个穿绿色官服黄鹂补子的中年男子进来。烟绕替我放下帐子，只闻得朱常洛沉声道：“这是胡堂平太医，医术高明，人品可靠，有事都可以宣胡太医过来。”

胡堂平只是向朱常洛拱了拱手，并不多言，朱常洛似知晓他的习惯，随即唤烟绕一同出去了。

他在床边放下枕手的软垫，示意我将手放上，供他诊脉。两根手指看似随意地搭在我的手腕上，也不多时，便收了回去，顺带着毫不客气地将软垫抽走。我腕下蓦地一空，不由得看他，却因隔着纱帐，看不清面容。

“选侍最近可曾误食什么药物？”清冷的声音透过帐子传来。

听他这样说，好像已经知道我身体不适的原因了，我略微沉吟，还是将袖里的帕子抽出，递给他：“胡太医瞧瞧，可是这帕子上的东西？”胡堂平接过帕子，只远远地一嗅便皱眉道：“好烈的药，且分量不轻，不过是因为混在酒里，味道才勉强掩盖住了。”

“这是什么？”

“是‘骤丸’，骤丸是中原人自己取的名字，这种药只来自茶弼沙国，据说提炼自多种药物，专用于治疗心疼病。只是此药效力太猛，太医院一直是不主张用的，选侍本没有此病症，却误服此药，才会出现心疼的状况。这种外来药物，一般由茶弼沙国那边的传教士带入，量少珍贵，一般富贵的人家也弄不到。”

“可伤身？”我心中惊怕。

“此药效力甚烈，对身体伤害很大，好在选侍的底子好，调养一个月，便可恢复。此药若每日下一点儿，渐渐地侵蚀身体，比这样一次的用量更为伤身，若量再大，即会暴毙。选侍平日里须得留心。”

我唤烟绕进来，让她将沾过朱常洛杯子的帕子拿出来，胡堂平急忙接过，仔细嗅了嗅，又嗅了嗅：“这个倒是没有。”

胡堂平又问：“选侍为何不愿让皇长子知道呢？”

“事情尚未查清，皇长子知道了不过是平添心忧，既然我身子没有大碍，也就罢了。”我的语调听似云淡风轻，可心里实在想查出，究竟是谁如此歹毒，又潜伏在何处。向旁人说“罢了”，不过是想让事情暂时平息而已。

对，旁人。朱常洛肯说胡堂平一句“人品可靠”，便是在暗示我此人一直是为他所用的，可以放心，但他毕竟只是忠于朱常洛，并不是我，也不能排除可能忠于这伏元殿里别的什么人，不过第一次见面，我不得不提防着他。

“微臣的心思与选侍是一样的，一切都是为了皇长子。”胡堂平恭谨道，言语中有一丝率直，又有一丝深意，“皇长子宠爱选侍，宫里的人都看得出。只是微臣既为之谋，便为之计深远，不想皇长子为了您，破坏了原定的计划，得罪了不该得罪的人。”

原定的计划，不该得罪的人……这么说，那个人是谁，胡堂平心中有数了？我心中急迫，猛地一掀帐子：“那人是谁？”

可是胡堂平已经垂眸行了礼：“微臣去为您开方子，先行告退。”

“这胡太医说话奴婢怎么有些听不懂呢，”烟绕瞥了一眼那个远去的背影，咕哝着，“阴阳怪调的。”

“算是个爽快人了。”能把话说到这一步，宫里已经少有，刚刚我只是急了，也没真指望他能告诉我，谁是那个不该得罪的人。

无论是民间还是宫中，敬茶请安都是大婚后第一天做媳妇应有的规矩，早上离开伏元殿时，心痛已经没有那样明显。可药刚抓来，根本没来得及熬，自然也未喝到嘴里去，折腾了半日，竟又剧痛起来。好在此时我们已经上了回去的软轿，纵使疼得大汗淋漓，也不至在人前失仪。

回到伏元殿，我乖乖躺下，疼痛却丝毫未减。

见王安在一旁没头苍蝇似的乱转，朱常洛挥手道："还嫌这儿不够乱是不是，该干吗干吗去。"

"不是……"王安为难得脸皱得像包子，凑到朱常洛耳边嘀咕了几句什么。朱常洛听完立刻面色一沉，看了我一眼，低声问："他到哪儿了？"王安又答了一句，朱常洛的面色就更难看了。

我体谅道："你去吧，这么多人照顾我，还能不放心吗？"

他点点头，温柔道："你服了药，好好睡一觉，醒来我就在眼前了。"

朱常洛他二人正走到门口，恰有个小宫女一阵旋风似的撞进门来，还掂着个药罐子，差点儿泼了王安一身。王安吓了一跳，正欲发作，只听后面传来一个声音，冷静自持："新来的小丫头毛手毛脚的，冲撞了皇长子和安公公，还请恕罪。云横待会儿便罚她。"

"哟，云横姑娘，许久未见了。"王安殷勤招呼。我侧了侧头，只见门边出现一位月白衫子的清秀女子，浅浅地一笑，向朱常洛端正行了一礼，莺声道："云横给皇长子请安，皇长子长乐安康。"

"起来吧。"朱常洛指了指小宫女搁上桌子的药罐，皱眉问，"怎的连这个一同提来了，不知道好好地倒一碗端来吗？王安倒也罢了，烫着王选侍怎么好？"

听朱常洛这样问，小宫女早吓得跪在地上，却不甘地咕哝道：“这都是胡太医吩咐的……”

云横一个眼神便让小宫女噤声，只听她不紧不慢地道：“皇长子教训得是，是奴婢们思虑不周。只是胡太医吩咐过，王选侍的药必须趁热喝，一会儿也凉不得，且一次只能喝半盅，每隔一炷香的时间就要再服。半盅量少易凉，下人们跑来跑去次数多了，时间上也怕出岔子，奴婢这才让白芷把药罐端过来，再用棉套子套上，药就不易凉了。”云横这一番话说得在理，她向我这边望了一眼，又笑道，“皇长子紧张王选侍，事事都为选侍着想。奴婢们见了，自然也愿意为您与选侍分忧。”

朱常洛听了此番解释，也点头道：“云横办事，我自然放心。”

“皇长子不嫌奴婢们粗笨就好，白芷还小，不懂规矩，请皇长子莫怪。”

听得云横为自己求情，白芷忙俯身道：“白芷多嘴，请皇长子恕罪。”

“无妨。”朱常洛有事在身，再不多言，疾步离开了。

云横吩咐了白芷准备汤药，便向我跟前来，规规矩矩行了礼，柔声道：“奴婢云横，从今往后便是选侍贴身的宫女，选侍有事都可以吩咐云横去办。”

“你叫云横？我的陪嫁丫头刚好叫‘烟绕’，云横烟绕，乍一听还以为你俩是姐妹呢。”我奇道，世间巧妙的事情还真是不少，只是这个时候，不知道烟绕又跑去哪儿了，一回来就不见了踪影。

云横只一笑，如果说初见她是一副清清冷冷的模样，此刻一笑，便如冰消雪融："奴婢已经见过烟绕了，烟绕想着选侍至少要喝一个月的汤药，说选侍最怕苦，正忙着腌制扬州风味的蜜饯呢，所以就由奴婢来伺候选侍服药了。"

说着，白芷就端着那半盅汤药来了，远远地便闻到冲鼻的苦腥味，一见果然汁液浓黑。云横见我愁眉苦脸的模样，竟似忍不住一笑："选侍见着药的神情果然如烟绕所说的一样。"

谁知道烟绕背后又编派我什么了，要不是看在她去给我腌蜜饯的分儿上，看我不挠她！

捏鼻子皱眉地灌下去那半盅，我只觉脸都熏黑了，我打小身体好，极少生病的，偶尔喝那么几天药，都嫌苦恶心，如今直要喝一个月！想到一炷香的时间之后、再一炷香之后，一日之后、再一日之后，我都要喝这样直苦到骨子里的汤药，我唯有欲哭无泪。

可又有什么办法，良药苦口利于病，我总要快些养好身子才行。

终于服完了六个半盅的汤药，我被熏得眼前直发黑，盖上被子便睡着了。

昏昏沉沉地不知睡了多久，一睁眼，便只见一点昏黄的灯光，慢慢在眼前扩大，渐渐扩大成一圈又一圈的光晕。

朱常洛在灯下看书，神情专注，他抬首见我正看着他，冲我一笑："我说过的，你醒来我就在眼前了。"

喝了三日药，哪怕伴着最爱的扬州蜜饯，我也已经苦不堪言了。烟绕端着那催命的半盅黑汁，追着我满院子里跑，我拼命挥手："我已经好了，实在喝不进那东西，放过我吧！"

烟绕好话歹话说了一大箩筐，又追着我不肯放，直累得气喘吁吁："小姐，你别跑了……"

"你别追！"我蓦地转身指着她，倒吓得她马上立住一动也不动，不由得心中得意，正想溜得远远的，两边胳膊突然被人从身后掐住，吓了一跳，正欲挣扎，却听是朱常洛："哪里跑！"

云横从身后走出来，含笑向我款款行礼："云横给选侍请安。"

朱常洛也在身后"嗤"一声轻笑，掐得我越发紧了，并且立刻证实了我不妙的预感："烟绕，把你家小姐的药端过来。"

"唉！"烟绕欢欢喜喜地应了一声，"奴婢重新倒盅热的来，还请皇长子将小姐看住了。"

嘿，这小丫头！我犹做困兽之斗，拼尽了全力也抵不过朱常洛轻轻一拽。他将我制在怀中，还能腾出一只手接过烟绕递来的药，苦腥味一阵一阵地飘过来，我厌恶地别开脸，他却将那药盅直搁到我嘴边："喝了，你若听话，便由我喂你喝，你若不听话，我就揍你，选吧。"

令人恶心的苦味逼得我只觉百爪挠心，我继续挣扎道："帕子掉屋里了……"

朱常洛"嗖"一声从我袖子里抽出帕子来，举到我眼前。

"刚刚才喝过了，是烟绕记错时辰了！"我又叫。

"小姐，奴婢追您都耗了三炷香的时间了，药都该换热的了！"烟绕在一旁跳脚。

朱常洛转了转眼珠："无妨，一炷香的时间说短不短，说长不长，咱都在这日头底下站着，也不差这一炷香的时间，怎么样？烟绕，给你家小姐换温的来。”

几个人在大日头底下戳着，还不得中暑？我颓败道：“好了好了，我喝。”

就着他的手，我屏住呼吸，一口气喝干了那半盅汤药，苦得我直打哆嗦，那口苦气却像怎么都咽不下去，我只好一次又一次尽力吞咽。

“你看……”朱常洛刚刚松开我，一句话都还未念叨完，却不想我竟一阵呕吐，不仅将刚服下的药尽数吐出来，连带之前用的早膳都吐了出来，势头依然不竭，胃里的东西呕了个干净，便呕清水。

朱常洛一时吓住，忙吩咐云横让人去召胡太医，他过来扶我，却不想我蓦然发难，推了他一个趔趄。

都只当我是撒娇耍赖，才不肯喝药吗，要是喝得下，又何必如此乔装作态，那玩意儿——简直不是给人喝的！

他又凑近来，我推他，却只能徒然挥舞手脚，被他捉住领子提溜进去了。

不一会儿胡太医就来了，我这才算第一次见着他的真容，瘦削的脸颊，眉目平和却不苟言笑，依旧拿出一个枕手的软垫来，这一次放了三根手指在我手腕上，愁眉诊了许久，才慢慢舒缓了面色道：“选侍早上吃的什么？”

“糯米粥。”烟绕忙在旁边答道。

“选侍近日身体虚弱，导致脾胃也跟着虚弱，吃的难消化了。”胡堂平抽回软垫，慢条斯理地说道。

“粥还难消化？”烟绕惊奇地睁大眼睛。

“不是粥，是糯米，”胡堂平淡淡道，“这是常识。加上刚刚选侍跑得急了，气未甫平，心中又抗拒服药，才会导致如此。”若不是我看错，他竟微微笑了，“也无大碍，容微臣再给选侍开一个健脾开胃的方子……”

还开？我勉力想挤出个笑，却掉下两串泪，讪讪道：“既无大碍，就不要麻烦了。”

我这两行令人尴尬的泪彻底惊呆了在场的人，倒也不是有多难过，脸上还笑着，竟是不自觉便落下来。只见朱常洛与胡堂平的神情由惊讶，渐渐转至憋笑，直忍得面部抽搐。

“选侍这般害怕喝药的，微臣还是第一次见。”胡堂平自知失态，努力肃了肃面容，“待微臣稍稍修改方子，再让下人熬药时放适量的蜂蜜，既可以缓解苦味，对身体也是有益无害的。若选侍依旧觉得不适，再召微臣想想法子吧。”

我悄悄擦了眼泪，点一点头，怎么都是好的，只想他此刻快些走吧，真是羞煞我。

胡堂平告退，我便垂首向朱常洛规矩一礼道：“妾身累了想休息，恭送皇长子。”

“你生我的气了？”他拦住我的去路，“我怎知你反感那汤药如此厉害，不是也为你好吗。”

哪儿是生气了，我是此刻出了大丑，不好意思见人了。

我只是绕着他走，他又拉我：“以后我决不迫你喝那恶心东西了，可好？你就说一句话嘛。”

我直接转身进了里间：“烟绕，送皇长子。”

用完午膳，按往常的习惯便要午睡，许是这几日晚上睡得好，我闭着眼假寐了良久，一睁眼，还是一片清明。

朱常洛身上那一股形容不出的暖香，对我来说，比任何宁神的药物、香薰都管用，凑在他身边，温温热热的触感，令人安定的气息，便可安抚所有疼痛焦躁，让我沉睡到天明。

想起上午的事，我不由得心中懊恼，我知道，是我任性了，可是人已经被我赶走了，要怎样才能让他回来呢？想着想着，越发睡不着了，起来百无聊赖，念着许久未碰过琴了，便吩咐烟绕将鹤鸣秋月琴取来。

信手便弹了那日听得的《风入松》，有意改了一些细微之处的指法与节奏，可总是止不住地走神，指间不由得迟缓，音调也零落了。

如此弹琴，不能专心致志，谈何畅快。我心不在焉地弹了半句，骤然停下，最后一个音颤悠悠湮没在空气中，无以为继。

恰逢烟绕进来通报：“小姐，刘淑女前来拜见。”

“快请进。”我闻言起身，对镜整了整衣衫发鬓。

皇子有一位正妻，妾室分为淑女、选侍、才人三个品级，以淑女为末，才人为尊。在娶我之前，朱常洛尚未娶正妻，但是也有刘淑女、贝淑女两位淑女级别的妾室。我虽入宫比她二人晚些，却是选侍的品级，略高一级，她二人来拜见我，也是规矩。

说是刘淑女拜见，眼前却来了三位佳人，一位是之前见过的隋如意，另一位也是沉鱼落雁之姿，刘淑女虽蒙着粉色的面纱，却可见身态婀娜。

听云横提过，刘氏姐妹最初不过和隋如意一样，进宫为舞姬。昔年皇三子朱常洵大闹教坊司，朱常洛与其争执，朱常洵竟以匕首偷袭，其中妹妹刘惜芳为朱常洛挡了一刀，破了相，朱常洛便收她为第一个淑女。尔后，才又娶贝淑女。

刘淑女轻轻柔柔道：“淑女刘惜芳给王选侍请安。”

刘淑女的左后方是一位面容沉静的女子，相较刘淑女穿着打扮简素得多，却独有一份书卷气，内敛而大方：“妾身刘淑女家姐刘惜华，给王选侍请安。”

隋如意也按照规矩行了礼。

“快快请起，”我心里对刘淑女很是敬重，离座扶她，含笑道，“来我这儿不必拘礼，都坐吧。”

“奴婢身份低微，也能坐吗？”隋如意天真烂漫地笑问我，倒不像是真有此一问，那口吻带着玩笑与随意，让人倍感亲密。

“什么低微不低微的，随你自在，好不好？”我拉她坐，吩咐烟绕，“上安顶云雾茶，再上点儿我们扬州风味的莲子糕，给三位尝尝。”

“王选侍是扬州人？”刘淑女惊喜地问，然后用扬州口音问了一句，“家住何处？”

她既然能用地道扬州话问我，便是地道的扬州人了，我也忍不住惊喜，答道：“南下河巷子，离运河不远呢。”

“这可太巧了，我们家之前也住那附近呢。”

“这不就是，有缘千里来相会嘛！”隋如意在一旁拍手道。

如此，几人很快便熟稔了。

原来这几人均是朱常洛派来的说客，刘淑女笑道：“皇长子对选侍极好，给的人也都很好，既然说起了，不如让奴才们见见正主儿，都巴巴儿盼了许久了呢。”

“是吗，那让他们进来吧。”既然提起，我也有些想见见他们，毕竟，从此他们就是我身边最近的人了。

不一会儿，云横为首，便进来六人，都带着笑，极是齐整体面的。云横率着他们行礼，然后为我介绍。先是她身后的两位略成熟些的宫女，与她年纪相仿：“这是玉翠、玉翘，是跟着奴婢的老人儿了，干练沉稳。”又领出两个小丫头，其中一个正是那日见过的白芷，“这是白苓、白芷，极是聪明机灵的，还有……”

旁边一个小内侍急忙忙地接过话去：“奴才王栗，叩见王选侍！”

我见他一脸火烧眉毛的模样，也不知他在焦急个什么，不由得好笑，再一细看，正是那天在门口洗墨条儿的小内侍，便逗他：“栗公公打哪儿来啊，这么急？”

“回选侍话，奴才刚刚在门口呢，就从那儿来。”他话音刚落，屋里的人都笑了。

刘淑女掩口道：“栗公公是出了名儿的慌张胆小，这张脸成日就这副心急火燎的神情。”

“是，是！奴才天生的！奴才天生的！”王栗点头哈腰地答，又引来一阵哄笑。

“栗公公，”如意婉转唤他，“前几日您还不姓‘王’呢，怎么，不跟着皇长子姓啦？”

栗公公抬眼一见是如意，忙求饶道：“姑奶奶，您就放小的一马吧。”他摸摸后脑勺，又害羞又无辜道，“这不跟着王选侍身边了，就跟王选侍姓。”

本以为他原就姓王，竟是跟着我才改的，众人都是知道的，此时只是逗他乐子罢了，听他自己说出来，又是一阵笑。

人前云横依旧守着礼，面上淡淡的：“依着选侍的规制，人虽然不多，却都是挑得最好的。还有一位李升公公，为人老成，去司里办事了。”

王栗依旧跟着在一旁嘿嘿地赔笑，见我看他，又大声道：“奴才以后就只为选侍一人尽忠！”

第九章

奇毒惊显连环计

那日傍晚，彩云镀金，霞光漫天，晚膳都已经备好，我站在门前等着朱常洛，想象着他看见我的第一眼，我朦朦胧胧地在一片醉人的红绡下，给他一个最美的笑靥。

等了许久许久，直到天都黑了，华灯初上，才见王安气喘吁吁地跑来，扑在我脚边："奴才该死，奴才该死！皇长子早就吩咐奴才来向选侍传话，今日恐是过不来了。奴才也不知道在瞎忙些什么，竟给忘了！这让皇长子知道了，可要了奴才的小命儿！"

"你快起来吧，我不说就是了。"我知他所言不虚，只是心底难免还是泛起一阵酸而沉坠的失望之感，顿了一顿，才问，"皇长子很忙吗？"

"奴才不敢骗您！"王安用膝盖挪动着稍稍靠近，小声道，

“湖广武昌府来了加急信件，实在是挪不出时间来。”

明面上，皇上不过才刚刚让朱常洛出阁读书而已，“议事”自是不可能的，也亏得朱常洛从不曾刻意瞒我。我渐渐也知道，他并不只是表面上那样一个忍让懦弱的皇子。自古帝王最厌恶的就是有人意图皇位，哪怕是自己的孩子，他的所作所为，让有心的人渲染一番，足够一个“结党营私，意图不轨”的罪名了。

“我知道了，你去吧。”

少了一个人，总觉得房间也空了，声音也寂寥。鸳鸯瓦冷霜华重，翡翠衾寒谁与共？想一想，总不能拖拖拉拉一夜不睡，故决定再弹一首曲，无论如何也要躺着去。

琴音从指间流泻而出，温柔婉转，正是《古相思曲》，只缘感君一回顾，使我思君朝与暮。许是从万荷之中的长廊上对望的那一瞬开始，或是在更早的时候，我便为他在心里种下了相思红豆。那相思萌芽疯狂缠绕生长，可我无知无觉，直到那柔韧的藤蔓勒疼了我，才蓦然发现。

直到一双有力的胳膊从身后环住我，扰乱了琴音和思绪，熟悉的气息让我安定，我不禁侧头蹭了蹭他坚实温暖的胸膛，一抬头，只见一轮大而光洁的月笼罩在头顶。

明月照相思，银光如飞瀑，窗棂上仿佛浮着一层绒绒的白雾，琴弦亦泛着白光。二人的影子投在地板上，纠缠如我心中的藤蔓，仿佛合为一体。

“小猫似的。”他嗤地一笑，我们就保持着那样的姿势，沐浴在凉如柔水的融融月光下。

不久前，朱常洛也曾说我熟睡时像只小猫，格外黏人。半梦半醒间，我总是寻求着那一股暖意，倚在他的怀里，缩在他的背后，靠着他的肩臂。起先他不是被我挤下床去，就是一翻身就压着我被吓醒，爬起来看我睡得好好的，真是哭笑不得。

我想起他摇头无奈的样子，不由得莞尔，这一刻那样美，我轻声，仿佛怕惊破了这美好：“不是在忙吗，怎么来了？”

“来看你，”他笑，又促狭道，“喝药没？”

我心里“咯噔”一下，犹自镇定道：“当然喝了。”

“哦？可桌子上分明还摆着呢。”他怪道。

我忙探过头去看，什么也没有，心中暗恨，又中计了！

“在这儿。”他从背后端出半盅黑乎乎的药汁来，闻着就冲鼻。

“这是什么？”我皱了皱眉，决定装傻，从他手里夺过来，迅速地往钵子里一倒，“看着像残茶，只剩些茶渣子，喝不得了。”

“这次就放过你。”朱常洛忍不住大笑起来，一把揽住我，摸我的头顶，“原本就凉透了，也没准备让你喝。”

我自知逃过一劫，明天醒来又是无数劫难，讷讷道：“什么时候才能不喝了？”

他没答我，从身后变出一个透明的琉璃罐子，里面整整齐齐码着四四方方的小冰晶，好看极了。

“这糖块儿又好看又甜，宫里都没有呢，你就着它吃药，别生我的气。”他把糖罐塞给我，像个献宝的小孩子。

我心里欢喜，接过来，拧了半天却未拧开盖子。朱常洛笑着摇摇头，接过去轻松便拧开，道：“这种力气活儿，还是该交给男人。”

我嘴上不肯饶：“不是忙得不可开交吗，怎的还给我买这个？”

“笨！”他心疼地捏捏我的脸颊，蓦地正了颜色，然后抱我入怀，我感觉到他的胸腔微微震动，诚恳而真实，“你好好记住，无论我身在哪里，再如何忙，心，永远都牵挂在你这儿。”他微微松开我，极近极近地看着我的眼，“记住没有？”

我乖乖点头，他却依旧皱着眉头：“还有，再不许将好好一首曲子弹得如此哀愁，你不知道，我在外边听着，心里做何滋味。”

刘淑女不太爱出门，如意又太爱出去玩儿了，最终常来陪我的，只有惜华，从《诗经》到市井故事，我俩竟十分聊得来。

一日，我俩正在品诗，云横过来通报：“选侍，贝淑女身边的琉璃求见。”

只见进来个伶俐模样的宫女，一身珠光丝绸的粉色衣裳，头上簪了一支玳瑁簪子，颜色虽不大起眼，却是很名贵的。她笑着一礼：“奴婢代我们淑女给王选侍请安。”

“贝淑女有心，你代我谢谢她。”我示意琉璃免礼。

“伏元殿里的事务一直是由我们淑女一手操劳，不然也不会忙得腾不出空来拜见王选侍了。”琉璃神色中透露出一股得意，“不过我们淑女特意让奴婢送来上好的燕窝，说这是极难得的珍品，一定要给王选侍尝尝。”

随从的小丫头端出一个小盅搁到我面前，两人便告退了。

在扬州长这么大，我也不是没吃过上等的燕窝，我揭开盖子，拿银匙搅了搅，只道：“的确是上好的燕窝，贝淑女有心……”

话未说完，蓦地舀起一个纸团来，我与惜华对视一眼，打开纸团，上面写道：“今晚戌时三刻，后园，骤丸。”

“骤丸是什么？”惜华问道。

我将之前中毒的事情告诉她，惜华又问：“为何不告诉皇长子？”

“兴师动众，难免打草惊蛇。”我将这纸团折起来，“就是烟绕看见，也不会让我去。”

“我也不赞成你独自前往，既然我也是知情人了，就让我陪你去吧。”

我见她真心诚意，只好答应。

戌时三刻，我和惜华偷溜出来。后园里，风缓缓地刮过来，手里的灯笼一闪一闪的，我拢了拢披风，感觉到一股说不出的寒气袭来。

等了许久，也不见有人出现。蓦地灯笼又是一晃，我脑中也是电光火石般地一晃，明白过来。刘惜华忽地尖叫一声，狠狠推了我一把。

我一个踉跄，站立不稳，连退了好几步，几乎跌倒在地。待我回过神来，只见刘惜华已经委顿在地，那个人影已经恶狠狠地朝我过来。

来不及多想，我转身就跑，冗长的衣摆、窄小的绣鞋，皆拖累我。那人已直突眼前，手中的器物寒光一闪，就朝我挥来。我奋力跃一大步，躲开那人致命的一击，脚下却一软，直向地面扑去。

我仿佛已经感觉到那寒光追上来，直取我的颈项或者是背心，想来，我还是低估了别人，妄自尊大，今日，竟要以命赔。

我紧紧闭上眼睛，等待面前粗粝冰冷的地面，等待身后疼痛致命的伤口，却跌入一个萦绕着白兰气味的怀抱，接住我顺势蹲下来，以袖掩住了我的双目。

只觉一阵凌厉的风刮过身边，听得身后一声女子的闷哼，还有骨骼断裂的声音。我扒开他的手臂要起身，却被拉回来，正对上一双温润如玉的眸子。我想我是看错了，其中情思缱绻，仿佛对着深爱的女子。

四周虽黑，我却也能够辨认，此人并非朱常洛，且是我从未见过的陌生人，如此，我对他而言不过也是陌生人罢了，又何谈情意呢？

闻见异动，众多内侍从后门那边快跑过来，火把渐渐多了，周遭越来越明亮。那人扶我起身，以身躯作倚靠，环住我，双手不松不紧地握住我的双臂，丝毫没有放手的意思。

怎可当着众人的面与一个陌生的男子如此亲密？心下正焦急，暗自挣扎，那人却毫不识趣，仍不放我。直到李升以及众人都伏在地上请罪，他才将我向旁边的来人一推：“阿洛的宝贝，愚兄可替你护得周全。”

“公孙，改日相谢。”清冷的声音，稳定持重，听不出喜怒。

抬眼一望，正是多日不见的朱常洛。他刚回来，便看见我闯的祸，差点儿丢了命。此时脏了衣裙，散了鬓发，好不狼狈。

朱常洛拉过我，四下打量了一番，问：“伤着了吗？”我呆呆地摇头。

又问：“冷吗？”我依旧呆呆地摇头。

他叹了口气：“看样子是吓傻了。”说罢，脱下自己的外衫，披在我身上，“晚上外边冷。”

感觉到身侧那一道不曾收回的目光，我回望过去，就着火把泛红的火光，只见那个白袍男子静静伫立，腰间别着一柄折扇，目光还是如刚刚那般，温润又深情。刚刚他抓着我不放，可见他这样一副谦谦君子的模样，实在很难把他想象成登徒浪子。

原来，他就是公孙。

李升上前行礼，急道：“皇长子、选侍，惜华姑娘受伤了。”

“伤在哪里，重不重？”

“小臂上划了道口子，血都将衣襟染了半片了，又扭了脚腕，只怕站不起来了。”恍然一道目光投过来，待我寻去却消失不见了。

“去看看。”我说着便要跑去，却被朱常洛钳住，动弹不得。

他对李升道：“快去请太医。”

“沧澜，刺客还是由你亲自看押，我才放心。”良久无人应答，朱常洛皱眉，又唤，“沧澜？”

“是。”沧澜从阴影里现出，一袭玄色劲装，发丝齐齐束着，他垂首应答，脸色灰暗。

“今儿怎么慌神了？”朱常洛重重拍了拍他的肩。

“是沧澜一时松懈，皇长子恕罪。”沧澜看了一眼地上面色惨白的女子，“卑职已经废了她的右臂，皇长子无须太过忧心。”

“好，带她回去审，”朱常洛扶我，又向身后道，“公孙同去？”

公孙先生一揖：“不了，在下于书房静候。”

回去这一路，我将事情原原本本地告诉了朱常洛。刺客是贝淑女宫里的青萍，沧澜将青萍押上来，推她跪下。她一个趔趄瘫软于地，只是恨恨地盯着我，眼睛一眨不眨的，面上带血，很是怕人。

朱常洛微微皱眉，安慰般握住我的手，厉然问道：“是不是贝淑女指使的？”

青萍只是冷笑，恍若未闻，不做应答。

“别等我让人出手。”朱常洛见青萍放肆，目光刻在她脸上，只淡淡地说了这样一句。

青萍嘴角的笑意依旧如刀锋：“悉听尊便！”

我不懂，她刺杀我，是与贝淑女有关，抑或是，她与我有什么血海深仇，非要取我性命不可？

正在这时，李升通报：“皇长子，贝淑女求见。”

“来得正好，传。”朱常洛肃声道。

贝淑女一入房内便跪下磕头：“妾身有罪，请皇长子与王选侍责罚。”

“你有何罪？”朱常洛淡淡问道。

“妾身听闻有宫女刺杀王选侍，”贝淑女惊怕地微微向青萍的方向一瞥，“而那宫女竟是妾身的人，妾身实在惶恐！”

“你有何解释？”朱常洛又问。

“妾身陋质之躯能在伏元殿管事，事无巨细通通放在心上，想着王选侍初来乍到，有好些的东西便想送给王选侍。”贝淑女无辜道，“不承想这贱人借着送东西的便利，暗地里向王选侍下手，妾身实不知情，还请皇长子、王选侍明察！”

她负荆请罪而来，连我都快信服了，可事情的真相是怎样，只有青萍肯说，才能水落石出。朱常洛沉吟了片刻，吩咐道：“先将罪人押下，务必要让她说出真话来。”

青萍顺从地由沧澜拎起来，突然望着我笑着，温柔极了，仿佛她眼前的是另外一个人：“你知不知道，我们两姐妹就快要出宫了，是你，是你害死了她，你真是个祸害！”她蓦然变色，犹如厉鬼，向我扑来，嘶声尖叫，“你是妖精！是祸害！你迟早会将身边的人都害死的！我诅咒你！诅咒你！”

她陡然大叫一声，挣脱开来，眼眸幽深地望向我，诡异地一笑，狠狠向门框上撞去！

青萍如同纸人一般弹开，鲜血飞溅，洒落遍地，我不由得惊叫出声，而贝淑女眼看着那些血滴洒在自己的脸上、身上，已经惊吓得晕过去了。

我想，我知道她是谁了，青萍，青叶，她是青叶的姐姐，那个淹死在荷塘的青叶的姐姐。

第十章

阴差阳错情缠结

房间里的血迹虽然擦去，可是我只要待在那儿，脑海中就会不停地浮现出青萍死前那诡异幽深的一笑，还有那满屋子泼洒的殷红。朱常洛让我暂住在他的寝殿里，公孙先生还在书房等着他呢。

我僵直地躺在床上，疲累地闭上眼睛，脑中不受控制地胡乱闪现着画面，不知何时才迷迷糊糊地睡过去。梦中也满是断续碎裂的片段，每一分每一秒都好像被无限延长了。

一早，我便问云横：“惜华姑娘的伤怎么样了？”

“据说，手臂上的伤挺重的，差一点儿就不能再动了，”云横看了一眼我骤变的脸色，又道，“经过胡太医的精心诊治，已经无事了！”

“我先去看看她。”

惜华住一处僻静的所在，院门半掩，推开只见干净得很，唯有几片落下的竹叶印在地板上，排列成雅致的形状，房间后面隐约是一片竹林，倒是很符合她的性格。

廊下站的丫头我见过几次，名叫胭脂，此时她见我，不知怎的，显得有些慌乱，快走了几步向前，向我请安。从前我只知道胭脂是个羞涩的姑娘，此时她的声音大得反常，吓我一跳。

“惜华姑娘好些了吗，可是休息着？”我见房门紧闭，放轻了声音问胭脂。

“姑娘，姑娘她……”胭脂磕磕巴巴地半晌没说出个什么。

忽听得门“呀”一声开了，一个玄色衣衫的男人探出了半个身子，向我拱了拱手：“见过选侍，惜华请你快进去坐。”

惜华姑娘房里出来个男人，本就令人讶然，我定了定神，眼前这个男人眼熟得很，正是暗卫沧澜。

我微微颔首，不便多言，沧澜倒不以为然，对胭脂道：“你家姑娘吩咐你去泡一壶白梅花茶。”说罢向我示意告辞，便离开了。

胭脂也被突然出现的沧澜吓得不轻，偷着瞧了我一眼，红着脸爬起来一溜烟儿就跑了。

刚刚胭脂那样大声，既已得了信儿，怎的还是大咧咧地从正门出来，让我知道？

我迈入房门，只见惜华半卧在床上，笑盈盈地望着我：“选侍请坐。”

我轻轻拉开她宽松的袖口，只见厚厚的纱布层层叠叠，隐隐透出血色，不由得深吸了口气：“很痛吧？”

“选侍这样为我忧心，就算不痛也要说痛了，”惜华少有地轻松玩笑，“定要你好好承我的情。”

想起这些日子以来，她的善解人意，她的绝妙才情，她予以身边人的照顾与默契，再加上三分心慈，两分义气，我不由得心中感慨，拉着她的手，句句真心：“那样危急的一刻，姐姐竟不顾自身安危救我，如此救命之恩，姐妹之情，叫揽溪如何不动容！”

“哪里有你说的那样重！”惜华不禁有些羞赧，“那刀子朝着你的心脏来，我不过用手臂挡了一挡，刺穿了心脏人便没了，废了手臂人却还是可以活的。”

“宫里的人向来觉得，自己的哪怕一根头发丝也比旁人的命珍贵，姐姐能如此对我，揽溪只觉谢字不足表，若姐姐有什么为难的事情，定要告诉揽溪，揽溪一定尽力而为。”

惜华闻我一番话，倒有些怔怔的，眸中瞬间思绪万千，忽又一笑：“如此，以后便不与揽溪客气了。”

没一会儿，胭脂就端了白梅花茶来了，小心翼翼地偷瞄了我一眼，飞快地上完茶便告退了。

我忍不住笑道：“胭脂刚刚可被吓得不轻。”

惜华亦浅笑，心下了然，顿了一顿方正色道：“惜华无心瞒你。”

此话不假，我抬眼看了看半掩的窗扉，想以沧澜的身手，他们不愿让别人知道的事情，别人便绝对不会知道。

“惜华无须瞒我。”我用力握了握她的手，笃定道。

惜华弯弯嘴角，却不能成一个舒心的笑：“他来看我，我心里很欢喜。”

可那欢喜，为何看着如此悲怆？我不敢问，只道：“你们认识很久了？”

惜华缓缓点头：“久到记忆里已无旁人，从前我总是想，若不能嫁给心许之人，不如一个人将好年华虚度罢了，只要肯坚持，终会得偿所愿的。”她眼波微转，不由得流露出哀愁的情绪，那一丝勉强的笑意也渐渐变作苦笑，“可纵使过程再长再艰难，人如何努力，事情的结果往往不太会尽人意，我怕……”

她颤抖着猛抓住我的手，黯然止住了后面的话，缓缓放手，径自摇了摇头。

“你怕什么？”我见她为难的模样，心中也为她发急。

惜华只是一味地摇头，忽地好似想起旁的来：“瞧我，尽与你说些没用的了。听说昨夜青萍撞死在人前，贝淑女吓得晕过去了，那你中毒的事，就这样算了？”

“可不，贝淑女据说被吓出了病，如今在自己房里养着，说一点儿刺激也受不得，谁也见不得，那件事如何能再提。待她养好了病，只怕事也过去得差不多了，”我想起苦命的青叶，微微叹了口气，“青萍已死，死无对证，还能有什么办法？”

“贝淑女到底还是皇长子的人，你倒也不必将事情做绝，皇长子心中怎会没数。你且与皇长子好好的，某些奸人的诡计便不能得逞了，过去的便过去吧，再有下次，就算你不说话，皇长子也不会轻易罢休的。”

“姐姐的话有理，揽溪记住了。”我替她掖了掖被子，算算时间，也该告辞了，“说了这半天话，都耽搁姐姐休养了。”

“哪里话。”

我又替她小心整了整袖口：“待问过胡太医一些相关的禁忌，看我那里消疤的膏脂能不能用，好用就与姐姐送来。”

“那就劳烦揽溪了。”惜华轻描淡写地瞥了一眼自己纱布缠绕的手臂，平静道，“虽说女子重容貌，可更珍贵的芳华都已经蹉跎了，旁的又有什么好在意的？”

这几日，我一直盘算着怎么向朱常洛开口，替惜华说明情由，忽听云横通报：“选侍，皇长子传召您去书房。”

朱常洛在书房多是议事，只是偶尔传召刘淑女去伺候，我来伏元殿时间晚，贝淑女掌管事务，刘淑女书房伺候，都是原先的习惯，只剩我乐得清闲。

我稍做打扮，简单素雅，云横抱了鹤鸣秋月琴，说是朱常洛吩咐的，便一同去了。

走到书房前，便见刘淑女立在廊下，向我依依一礼，我笑着颔首：“刘淑女在这儿。”

“公孙先生寻了好茶，要听好琴音，妾身无能，皇长子便想到王选侍了。”刘淑女羞赧一笑，“王选侍既来了，妾身先告退。”

“等一下，”想到刘淑女是常去照看惜华的，我忙问道，“有两日没去惜华那儿，她的伤可好些了？”

“伤？好多了，可……”刘淑女欲言又止，“选侍得空，多去看她可好？”

我答应着，心里莫名地担忧起来。

一进书房，便闻见一阵幽幽茶香，公孙先生依旧一袭白衣，见我进来，收了折扇一揖：“在下公孙徵，字音半，见过选侍。”

略有些拘束地答了礼，只见朱常洛噙着一丝笑意道：“公孙先生似还从未如此向别人介绍过自己的名字。”

公孙徵温文一笑：“对阿洛最上心的女子，徵怎敢怠慢？”

我听罢，面上一热，云横在一旁已经将鹤鸣秋月琴安置好，于是过去坐下。

朱常洛瞥见我面前的琴，蓦地惊讶道：“公孙你看，这琴像不像咱俩那一把？”

“哦？”公孙徵颇有兴致地“哗”展开扇子，俯身察看，一股淡淡的旷野兰草的幽香环绕过来，我不禁抬眼看他，想到青萍刺杀我的那个晚上，这个人看我的眼神，有着莫名的情深。可今天，从我进来到现在，他一个正眼也没看我，所以那日，定然是我看错了。

“同是鹤鸣秋月琴，有些相似罢了，是把好琴，可与我们的那一把还是没法比的。好了，快请选侍弹一曲吧，我耳朵里的虫子都痒痒了。”公孙徵站开两步，摇着扇子笑道。

“随便弹一曲，我说你比某人弹得好，他还不信。”朱常洛亦笑。

我道一声“献丑”，手指轻抚，作一曲《云水禅心》，此曲舒缓，最适宜品茗。

一个分神，不小心错了个音，两道目光立时过来，但见公孙徵微微一笑：“曲有误，周郎顾。茶煮好了，我也该走了。”他向桌上那杯热气腾腾、香气四溢的茶水轻轻一挥手，“王选侍，请。”然后站起来告辞。

我收了琴音，起身相送，想着去探望惜华，与朱常洛小小地腻了一会儿，便也先行离开。

刚刚走到廊下，便遇见贝淑女过来，身后跟着的宫女叫作琉珮，手里提着个食篮。贝淑女见着我，恭恭敬敬地行礼问安，倒让我受宠若惊。

贝淑女笑道：“皇长子说得果然没错，王选侍宰相肚里能撑船，一定会原谅妾身的无心之过。”

“发生那样的事，岂是贝淑女之过，外边冷，快进去吧。”

她颔首恭送我，又仿佛忽地想起来一般，欢喜道：“选侍可听皇长子说过了，伏元殿里只怕不日就有喜事了呢。”

“什么喜事？”我问完，看见她幽深的笑容，心中立刻浮现出一种不祥的预感。

“皇长子没向选侍说吗？”贝淑女奇道，“反正是件喜事，就容妾身多嘴，惜华姑娘就快要入宫为妃了，待有了空，还要去恭贺惜华姑娘呢……”

我的心蓦地一沉，脸色只怕瞬间就变了，不待贝淑女的话说完，转身就走。

这哪里是好事，简直是晴天霹雳！惜华知道吗？她愿意吗？沧澜呢，他为什么不对朱常洛说，将自己心爱的女子要过来？

一进门，便能觉出气氛异样，地上是一摊碎裂的瓷片，泼地的药汁散发出浓重的味道。刘淑女在一旁微微拭泪，而惜华，只是瘫坐在软垫之中，面白如纸，目光涣散。

“你们，已经知道了？”我见惜华的模样，心中不由得一阵阵地发慌，极力镇定下来，“惜华可想好了对策？”

“对策，什么对策？”惜华的声音轻飘飘的，仿佛就只是一口气，“入宫不过是早晚的事，现在，时候到了，又何必白白挣扎呢，枉做食言的小人。”

“早晚的事？”我从她失魂落魄的话语中寻了一丝端倪，“你答应过皇长子？”

她恍然一笑，泪珠从眼角滚落，却不答我的话。

我疑惑地望向刘淑女，只见她长叹一口气，愁眉道：“看来家姐不曾隐瞒选侍，妾身就将事情的全部告诉选侍。”她忍了忍泪，才继续道，“其实家姐早在七年前就与沧澜有过一面之缘，两年前家中出事，我们没入教坊司，家姐才再次与沧澜重逢。当时教坊司已为家姐安排了去处，家姐不愿意，唯有答应皇长子，成为入宫的人选。当时，也只有靠皇长子，家姐才能从教坊司脱身，家姐也是不得已才……”

“时隔两年，为何不找机会向皇长子说明？”我急道，“皇长子心地宽和，加上惜沧澜之才，成全你们也不是没可能的呀！”

“怎么敢？我自己一人事小，却害怕皇长子得知我无心为妃，只是欺骗利用他，迁怒于妹妹……”惜华含泪望向刘淑女，两姊妹相视而哭，“惜芳在宫里步步艰难，身为女子，若再没了夫君爱怜，这辈子也就没什么意义了。我怎能为了自己，毁了她的幸福。”

“迟了，说什么都迟了。”惜华失神地喃喃道，“这就是我的命……我认命。”

认命？我今日才知自己内心实在抵触这个词。可是自古女子被框条禁锢着，世上又有几个能不认命？

第二日去惜华住处，盘算千万遍安慰她的话，却不承想不过一天光景，她的病情竟急转直下，差不多到了药石无灵的地步。

胭脂哭着说，惜华自得知要入宫的消息后，就没有再进一粒米、一滴药，手臂上的刀伤又恶化了，发着高烧，虚弱得不似人形。

我站在床前，不由得心生怜悯，苍白到透明的脸色，颊侧一抹异样的霞红，她呼出的气息滚烫，却在昏睡中一直嚷冷。

若不是为我挡那一刀，就算被突如其来的噩耗击倒，也不至于累及性命。惜华，千万不要有事，我不能，让她有事。

思虑了一番，我吩咐胭脂去找胡堂平，然后拉了一旁不停擦泪的刘淑女：“我和你一同去求皇长子。”

“不行！”刘淑女看一眼昏迷中的惜华，放低了声音，“不行，只怕皇长子已经知道了什么，昨天起就不愿见妾身了。如果莽撞闯去，只怕更加触怒，姐姐的事就更为不易了。”

刘淑女拉我出了卧室门，竟双膝跪地，磕了个头，我忙拉她：“这是干什么？”

“选侍可能不知道，皇长子主意一定，便没那么容易更改。而男人的计划，向来也不喜女子多加置喙，只怕选侍去说，也是枉然。可选侍也看到了，姐姐如今是什么模样……”说到伤心处，刘淑女又忍不住滚下泪来，“这样下去，人都没了，当不当妃子又有什么两样。”

“你且不说，我也会想尽办法救惜华，不用跪我。”

她却一个劲儿地不肯，压着哭腔呜咽道：“妾身有话，不敢说。”

“你但说无妨。只要能救惜华的，我都愿意尽力一试。”

她抬首看我，大大的眸子闪过一丝希望的光亮，转瞬泪眼迷蒙，楚楚可怜：“姐姐说过，此前你知她与沧澜的关系，不避事难，仍刻意提起愿意帮她，让她格外感动，所以她特意嘱咐我不要跟你说，让你为难……可妾身已经无人可求了！”刘淑女拉住我的裙摆哭道，“若选侍不愿意，妾身绝不敢有半分勉强，也绝无半分怨怼。”

见刘淑女哭得梨花带雨，我委实于心不忍，死活将她拉起来说话：“你的意思我都懂了，起来好好说。”

刘淑女走到门口左右四顾，阖上门，才悄声道：“昨夜，沧澜来找过妾身，说愿意与姐姐一同离开皇宫。若是在平日里，以沧澜的身手，带姐姐出宫不会有问题，可如今姐姐昏迷不醒，唯一的办法，只有取得皇长子的令牌，才能送她出宫。”

伏元殿里的女眷必须有皇长子的令牌或者手谕才能出宫，手谕要皇长子亲书，自是不可能的，唯一的机会就只有令牌了。

“为了姐姐，妾身胆子再小也愿意去取皇长子的令牌，可皇长子已经防着妾身了，听说也支了沧澜去锦衣卫总署办事。”刘淑女又跪下哭道，“若选侍肯为姐姐取令牌，妾身肝脑涂地也会报答选侍的大恩！皇长子那样疼爱选侍，不会忍心太过责怪选侍的……”

这一次我没有立时拉她起来，脑子里回响着她的话，颇为震惊，她是要我去偷朱常洛的令牌吗？

事情太过突然，我还没有理出头绪，可慢慢镇定下来，回想起过去不久的种种。

“那刀子朝着你的心脏来，我不过用手臂挡了一挡，刺穿了心脏人便没了，废了手臂人却还是可以活的。”那日惜华卧在床上，有些羞赧地说。

我为她偷令牌，犹如当日她用手臂为我挡刀，没了手臂我尚是可活的，而我若不救她，她便唯有死去。她救了我，我又怎可弃她于不顾？

她口口声声要我承她的情，却又怕我为难，嘱咐刘淑女绝口不提，这样好心地的女子，怎可芳华早逝？

刘淑女又说了一阵什么，我没怎么听清，直到她竭力镇定道：“选侍若不愿意，只当妾身没说好了，若姐姐醒着，定然也是不许的。”她揉了揉红肿的眼眶，尴尬起身，不愿我再为难，“妾身去看看姐姐……”

“等一下，”我叫住她，“我答应你。”

难得朱常洛还在伏元殿里，当晚，我便去了他那儿。去时他正等着我一同用膳，满满一桌子的菜，都是我爱吃的。

“我俩许久未在一起用膳了，可要喝一杯？”

“舍命陪君子罢了。”

他朗声笑，拿起酒壶将杯子注满，望了望渐黑的窗外：“天渐渐冷了，喝口酒暖和暖和挺好，无须‘舍命’。”

我顺着他的目光看向窗外：“你窗外那片梅林什么时候开花？”

“现在应该打上花苞了吧？我瞧瞧去。”说罢，他竟然真的跑去开窗，在极暗的光线中努力看树枝，凛冽的寒风瞬间涌进来，扬起他的长发与绶带。就在他专心看枝子上有无花苞时，我将小指弹了弹，白色药粉即从指甲缝里落下，溶入酒中，毫无痕迹。

做完这一切，我心虚得恨不能夺路狂逃，极力压下心中的慌乱，唤朱常洛来吃饭。

我向他举杯，脸上僵硬地笑着，拿杯子的手竟然不自觉地抖起来，我越用力控制它不抖，它就越抖。朱常洛见我反常得很，蓦地抓住我的手：“很冷吗？”然后自己答道，“手是很冰。”

“刚……刚才开了一下窗，吹得有些冷。”我的心瞬间狂跳，神情木木地解释道。

“是吗？”他陡然“哗”的一声拖过凳子，与我坐得极近，长胳膊环过来，将我圈在怀中，“这样有没有好一点儿？”

我脑子里一团乱，只是傻傻点头，一转脸，正对上他挺直的鼻、炯炯的目，忙烧着了一般回过来，只听他的声音蓦地正经了许多：“揽溪，你嫁我，已三月有余了吧？还记得第一次惹你生气，晚上来看你的时候，月亮就是这么圆。”

第一次惹我生气？是为了喝药那次吧，如今想来，竟然觉得很有意思，我笑：“那次你还找了许多说客来。”

他无奈道：“遇上你，我才知道原来女子是这样难哄。”他蓦地箍紧我，脸颊贴过来，“我再不会惹你生气了。嫁我那么久，如今你身体也复原了，不然……今晚留下来。”温热暧昧的气息喷洒在颈边，我不由得感到脑中更乱，心跳更快。

竭力镇定下来，我再次向他举杯，深深望入他的眼，笑道：“先补上合卺酒。”

不一会儿，药力便发作了，朱常洛揉着眼睛喊困，我扶他到床上，却跟着他的重力一同倒在软软的被褥间。将脸贴在他坚实宽厚的胸膛上面，聆听他沉稳的心跳，忽地有些贪恋这一瞬间，用双手钩住他的脖子，就这样躺着。

他在我面前就是个孩子，我问开不开花，他就会马上跑去看黑咕隆咚的窗外，我递酒他都喝，我说话他都信，惹我难过了他都记得，他将我当小孩子一样宠着，我却这样骗了他。

令牌，就在他腰间，或者，就这样躺着就好，明天早上醒过来，就好像什么都没发生一样。

可我还是取了朱常洛的令牌，然后替他脱鞋，替他盖被。我不知道，他以后还愿不愿意让我为他做这些。

一抹云缓缓飘来，遮住了圆月。

轻轻阖上门，我将冰冷坚硬的令牌在手中攥了攥，唤了一声沧澜，只见一个高大的黑影蓦地从天而降，却没发出一点儿声音。他向我抱一抱拳，没有说话，我将令牌递出去，轻声道："令牌在这儿，你拿去。"

他滞了一滞，黑暗中看不清神情，只低沉地道了一声谢。

"等一下，"我怕他一个闪身就不见了，忙道，"我有几句话想问你。"

"请讲。"

"为什么你没有亲自向皇长子提和惜华的事情？"这是我一直想不通的地方，他岂会是懦弱的人？

"你许是知道，皇长子手下四士：兰风谋士公孙徵、菊幽医神稽无循、荷香豪客奚照，还有我——竹影风剑沧澜。"他没有直接回答我的问题，倒是讲起了故事，"我们四士同承师尊青冥门下，师尊仙去了，我们便下了山，来到皇长子跟前。公孙徵是皇长子幼年的玩伴，他来，是为手足之情；稽无循性本爱丘山，可身为大师兄，不放心我们这些师弟，下山来是因兄长之责；后稽无循离开，奚照才来接下大师兄的担子，是为同门之义。唯有我，我来，就是为了自己，为了有一番作为，为了有一天也能够一人之下万人之上。"

黑暗中，他似乎自嘲地一笑："直到几天前，我的想法都没有改变过。以前不肯向皇长子说明白，自然是为了我的前程。身为他的暗卫，关乎他生命安全的盾牌，他自然是不愿意我有任何的软肋和缺陷，我又怎么能向他承认惜华的存在呢？"

"而现在，我没有向皇长子说清楚，反倒选择离开，是因为……"他仿佛极认真地思虑了一会儿，"因为，我似乎有一点儿懂了。"

"懂什么？"

"有一点儿懂稽无循离开时候说的话，他说，'留在这儿失去的只会越来越多'。就算今日我开了口，皇长子将惜华许配给我，但他终有一天不能容忍身前是一副有裂纹的盾牌，他不是换掉我，就是会除去惜华。到那时候，我失去的更多，而这些，将只是个开始……我爱惜华，却以为，远远没有爱到超过自己的前程，可真到了这一天，我却拗不过自己的心。"

说到后来，月已西沉，我俩并肩看漫天的星星，我苦笑："我也算是你短暂的知己了。"

沧澜苦笑："倒是你要怎么办？"

"你就不用管我了，"我装作轻松无畏的模样，"照顾好惜华，快快乐乐地过日子。"

不要辜负了这样一个难得的决定，也不要辜负我。

他颔首："后会有期。"

我学他抱拳的模样："后会有期。"

沧澜微微一笑，留给我一个黑黢黢的背影。他走出两步，蓦地停下，打量了眼身畔的一株梅树，将手掌放在离树不远的地方，黑暗中只见嶙峋的梅枝上绽开点点殷红，正以肉眼可见的速度氲开。最后他一挥袖，一阵风挟着柔软明艳的花瓣扑向我，点点飞红在空中飘摇着，旋转着，沾染得到处都是，如同一个醉人的迷梦。

直到最后一片花瓣落地，我才进寝殿。昏暗的烛光明明灭灭，我静静地在床前跪下，抓紧黎明前的每一分每一秒，仔细端详那个人俊朗无害的容颜。

不管后果是什么，我都愿意承担，除了失去你温柔的注目。

第十一章

妖书案发陷死局

朱常洛用力握着茶杯，指节隐隐发白，只听“嘭”一声，茶水四溅，杯子已经在他手中破成几块。“啪嗒”，一滴殷红的血流过破裂的雪白瓷片，打落在地毯上，悄无声息地洇进去。

想到纸是包不住火的，我跪了一夜，待朱常洛醒来便将事情一五一十地告诉了他。

此时他眸中光影流转，瞬息万变，我将该说的话说完，便不敢再多言，只是默默抽出随身带的帕子，小心翼翼地为他包扎受伤流血的手掌。

许久，他才长长出一口气，似是想将胸腔里憋闷的气都吐出来一样，面无表情道：“替我更衣。”

我越发小心翼翼，替他整理衣领袖口，一颗一颗地挽衣扣。

头顶上方的呼吸只是比平日里重些，我却惊怕难安，手也滑了，一颗衣扣怎么也挽不进去。

终于，他狠狠抓住我的手腕，手上的力道不输捏那只茶杯，捏得我好痛。他手掌上的伤口也裂开了，温热的血液浸过丝巾触到我的肌肤，他把我拉得很近很近，四目相对，眸中的厉色再不能压制："你竟然帮着外人，来算计我？"

他不过一句话，便如重锤，将我所有的心理准备打成碎片，我想辩解，除了否认，却不知从何说起。

"昨晚你给我喝的是什么？"他质问的声音并不大，仍勉力镇定着，可我只觉耳中轰鸣，许久，才嗫嚅着，声如蚊蚋："松神散。"

我不敢再看他，却也知他神色骤变，果然，他气极反笑，冷冷道："若他们给你一剂毒药，你也喂我喝了，是吗？"

"怎会，"我急忙辩解道，"沧澜和惜华只是想离开，绝无半分害你之意啊。"

"人心隔肚皮，你又怎知旁人无害我之意？如此轻信旁人，也不愿与我这个做夫君的商量。"

"如果对你说了，你会让沧澜他俩离开吗？"想也未想，我脱口问道。

"我会将惜华姑娘许配给他，然后升他的官职。他们以为我会如何？"

果然。静静凝视朱常洛冰冷的面容，我心中汹涌的波澜稍稍平复，还好，我为惜华做的一切都是值得的。我默默跪在他面前，反手攀住他僵硬的手腕，哀求道：“我知道自己做错了，你放他们走吧。”

良久，他都未做应答。

“这是你第一次向我服软，竟是为了别人。”说完，他再不顾我，抽回手狠狠挥开，大步走向前，那织花繁复的袖沿打在我脸上，如同一个耳光。

门“哗”的一声大开，寒风直灌进来，吹灭了残烛，吹乱了帷帐，吹得我心里一阵阵发冷。我跌坐在地上，手边是他掉落的外衣，还留有余温。

想来烟绕和云横听见动静，早已候在外边，不多时便快步进来，两人搀着我坐到椅子上，面上皆苦。烟绕急得跺脚：“大清早的怎就能动上气来，昨晚上不是还好好的吗？”

“这次他是真的生我的气了。”我只是喃喃，脑海中不断回放他无情挥开我的画面，越不愿回想，越挥之不去。

“这么冷的天，皇长子连外衣也没穿，就那样气冲冲地出去了。皇长子惯是好脾气，究竟为何事让他如此震怒啊？”

“我……”定了定神，我努力让自己的声音听起来没那么哀戚，“我偷了他的令牌，放沧澜和惜华离开了皇宫。”

她二人不知是惊是忧，半晌说不出话来。

“我知道，你们定要说我糊涂了，”我淡淡一笑，“可我不能放着惜华不管啊。”

烟绕叹了口气：“小姐还是入宫前的那个小姐，一点儿也没变呢。”

云横宽慰我："皇长子若不在乎你，哪里会生那样大的气。待过几日皇长子气消了，选侍说说好话，皇长子又岂会为难？选侍切莫再伤心了。"

"在他面前，我这次终究是做错了。"我一夜未眠，跪得双腿僵硬，此时只觉浑身发软，头脑发昏，"我累了，想休息，你们出去吧。"

如此混混沌沌地过了三两天，其间云横打听来的消息说，皇长子终究还是没派人去追。

"听说，皇长子当日便在书房发现了沧澜暗卫留下的书信，信中请罪之言出自肺腑，并且安排了完备周密的暗卫班值，想来皇长子的气当时便消了一半了。"云横端给我一碟子梅花糕，继续道，"但主要还是因为选侍，若要派人追去，免不了锦衣卫一番查探，只怕牵扯到选侍身上来。说到底，皇长子还是顾及选侍，才放了沧澜暗卫和惜华姑娘。"

"皇长子最近都在书房里，小姐何不去看看，"烟绕笑嘻嘻地挥手，"给彼此一个台阶下，就过去啦。"

可他那日脾气好大，我从未见过他如此震怒，心中犹疑不定，忐忑难安，又足足盘桓了一日，才让烟绕拿了朱常洛落下的那件外衣和我亲手做的一碟梅花糕，一同去书房。

走到半路，竟然下起雪来，洁白有如漫天飘絮，一片一片，缓缓降落，落在暗色的树上、朱红的栏杆上、巍峨的飞檐上，落下了，便了无踪迹。

到书房，只见王安站在廊下笼着袖子，冷得直哆嗦，远远见我，便向我请安：“这大雪天的，选侍怎的到书房来了，快到廊下来避一避。”

“皇长子在里边？烦请安公公通报一声。”

“选侍稍候，奴才这就通报。”

只是许久，都不见王安出来，寒风将雪片一阵阵掀过，好冷，我只觉指尖都冻得刺痛了。

终于，门“呀”的一声开了，我抬头，却是贝淑女，带着一抹玩味的谑笑：“妾身道是谁，原来是王选侍。”她的眼风斜斜向里一飞，“怪不得累了安公公在一旁干站半天，只是这站在里面到底还是比站在这儿暖和许多了。”

她见了我也不行礼，话里的意思不过是嘲笑我一朝失宠，皇长子不肯见我，撇了我在雪里吹风，还连累了王安在一旁罚站。我听懂了，也只一笑：“几日不见，贝淑女越发不知道尊卑了。”

“不知道尊卑的是你！”她立刻反唇相讥，“你仗着皇长子对你好便恃宠生娇，殊不知皇长子对他殿里的每一个人都很好，你是不是太当真了，反而不知道掂量自己的斤两了？”

又一阵寒风刺骨，我禁不住打了一个寒战。那个瞬间我竟然觉得贝淑女说得很有道理，就好像我脑中一直混混沌沌的一个谜题，今天忽得高人指点，终于拨云见日，有了答案。朱常洛对我很好，温柔又宽容，我以为，三人之中，他对我是最好，可是，也许他对每个人都是一样好，让每个人都自认为对自己是最好。

其他的女子，在他面前尚自清醒，知他是夫君，更是皇长子，她们敬他、顺从他。唯有我，以为他对我好，便是爱我，果真恃宠生娇了吗？

若我与她们都是一样的，又有什么特别，更何谈什么爱呢？

“知道我与你的不同吗？”她一定很欣赏我此刻苍白的脸色，故作不经意地从袖子里露出半截信笺，俯身凑到我耳边，压低了声音道，“我能助他宏图大业，你却只会给他找麻烦。”

一丝残忍的笑意渐渐蔓延到她的眼角眉梢，她饶有兴趣地从食篮里拈出一块梅花糕：“咦，看来你这次倒是用了点儿心啊。”抿了一小口，又刻意皱眉道，“只是皇长子不爱吃这种干巴巴的东西，快些拿走吧。”说完，竟一甩手将半块梅花糕扔了出去。

那块梅花糕骨碌碌地滚下阶梯，原本雪白的糕体沾上了泥土，立时灰头土脸，一路碎屑掉落，濒临破碎，直滚到一个人的脚下，才停下来。

那人立于漫天飞雪中，一身白衣若素，唯有墨玉般的一双眼睛，宁静含蓄，正是公孙徵。

他负手而立，见那半块残糕脏兮兮地躺在脚边，竟俯身将它拾起，仔细打量一番：“这梅花糕质地实而不硬，想必入口即化，香气清冽，用的梅花汁子恰到好处，再加上正中描五瓣梅花，雅致脱俗，依在下愚见，正是皇长子喜欢的糕点。”

一席话说得贝淑女面上一阵白，狠狠瞪我一眼，便拂袖而去。

公孙徵这才向我微微躬身，算是见礼，我亦还礼，风吹得脸上一派僵硬，实在笑不起来：“多谢公孙先生。”

“在下实话实说罢了，”他从容移步上来，“皇长子一时脱不开身也属正常，不如由在下将选侍的梅花糕先带进去？”

“如此，劳烦了。”我将食篮递交到他手上。

他微微颔首，便直接推门进去。不多时，王安便出来了，面上倒是看不出什么，也没提旁的：“天太冷，选侍这会儿一定也冻坏了，皇长子让选侍先回去歇着。”

“好。”朱常洛若是肯见我，也不会冷我这许久了，我又何必自讨苦吃。我从烟绕手中接过衣裳，递给王安，“这是皇长子落下的外衣，你替他收着吧。”

王安将衣裳推回来，道：“王选侍先留下吧，赶明儿有机会，奴才会跟皇长子说，还有件外衣在您那儿呢。”

“有劳安公公。”

自那日下起雪来，竟是无穷无尽了，雪越下越大，似有连绵不绝之势。我本就不是个爱出门的，如今彻底遂了愿，成日抱着几本闲书看着，烤烤火，喝喝茶，自顾自做散人。

朱常洛又是几日几日地不回伏元殿，偶尔回了，便歇在贝淑女那儿。后来，刘淑女那儿也去过两次。

贝淑女春风得意，又掌管着事务，见我如今受了冷落，便有凌弱之意，总是找了各样借口，撤走了我院子里好些人。不过经常在眼前伺候的人还是没少谁，终究她的胆子就那么大。

加上有云横替我周旋着，以她在伏元殿里的资历，倒也没什么短我的，除了朱常洛再没有来，日子都是与从前一样。

倒是如意经常来陪我，来了只是与我说笑话，闹我教她弹琴，又闹我学舞。只要她来，我这里便热闹，时间在笑闹中

“唰”一声便过了。

我虽口中认了错，可为着惜华，心中却不认为自己错了，如此胸臆里竟生出一股奇异的气来，将人撑得直直的。原以为会极难熬的日子，竟也不难，一点儿一点儿，无知无觉地，越过越坦然舒淡。

曾经没有他的陪伴就难以入眠的日子，已恍如隔世，难道，我对他的心这么容易便灰了？

终于有一天，如意也这样问我。

“不是的，我在等。”我微笑着答道，专注于桌上水仙半开的花苞。

“等？”

“是啊，这不是宫中的女子最常做的事吗，”我的神色并无半点儿难看，“反正是一等，我只是不愿像别人那般以泪洗面地等，而是按自己本身的模样生活着。一样是等着，却要等得漂漂亮亮的，就算后来没等到，也没有失了本心。”

如意听罢失笑：“真是闻所未闻的高论，听着却似乎有点儿道理。”

她又道：“不知有些话说了，姐姐会不会觉得我小心眼儿。”

“你说。”

“自打惜华姑娘的事过后，刘淑女可来看过姐姐？”

“无端端怎的提起她来？”

“旁人也就罢了，你为了她的姐姐如今受了冷落，她竟看都不来看你，只顾一门心思讨好皇长子，简直就是乘虚而入，难道你就不生气吗？”

“我就是为了惜华姑娘，与她倒真没什么关系，你言重了。刘淑女也是怕受连累，自然会与我划清界限了，何必计较这么多。”

“那她为何不自己去盗令牌，却求了你去，自私自利的胆小鬼，算盘拨得叮当响。”如意颇为不忿。

“好了，刘淑女是有一点儿胆小怕事，却远没有你说的那样重。每个人看重的是什么，就会做什么样的选择，有人看重的是姐妹之情、兄弟之义，有人看重的是海誓山盟、至死不渝，我们是不同的人，却都没有错，懂吗？”

如意别扭道：“你还替她说上话了。算了，我要练琴了。”

别看如意平日张狂，只要弹起这首《秋风词》，便像换了一个人一般，琴声在她指尖流淌，如泣如诉，竟连我也痴了。

秋风清，秋月明，落叶聚还散，寒鸦栖复惊。

相思相见知何日？此时此夜难为情！入我相思门，知我相思苦，长相思兮长相忆，短相思兮无穷极，早知如此绊人心，何如当初莫相识。

斜倚在绵软温暖的贵妃榻上，炉子烘得人暖融融的。可到下半夜，我却瞪着眼睛格外清醒，就这样等啊熬啊，只觉得这一夜非一般地漫长。

终于迷迷糊糊有些犯晕，只听门“嘭”一声似乎是被撞开一样，惊得我坐起来，一看天已经蒙蒙亮了，云横手忙脚乱地关好门，面带焦色：“选侍，你听奴婢说，别急。”

这声“别急”她仿佛是安慰自己一般。

“皇长子自打昨天早上面圣就一直没出来，有消息来，说是被皇上软禁在繁综楼了，也不见送去一滴水一粒饭。”云横终究是急得不行，“皇长子向来谨言慎行，奴婢来伏元殿这么久，还是第一次出这样的事，可怎么办才好？”

“打哪儿来的消息？又所为何事？”

“这，不知道。”

“不要慌，王安呢，他没被一同关起来吧？先将他找来，把事情理清楚了再说。”

我极少出门，消息难免闭塞，只能找到朱常洛身边的知情人，才能知道是怎么回事。

除了王安，还有谁呢？公孙徵。可公孙徵住在宫外，又要怎样才能联系到他呢？

还能怎么办？想不出法子，我决定先去朱常洛的书房看看，说不定有什么线索。

书房前有一片小松树林子，积雪满满地压在松枝上，走在一旁，时而便能听见松枝断裂的声音。忽听得一声巨响，我惊吓中看去，只见一个披头散发的人，浑身湿答答地从松树林子里爬出来，微弱地喊着“救命”。

那身形看着眼熟，我大着胆子慢慢走过去，忽地不远处跑来两个膀大腰圆的侍卫，拦在我们身前，用手中的矛指着匍匐在地上的人大喝：“谁？抬起头来！”

那人将头尽力一偏，露出一副尚且稚嫩的面孔来，我一见，忙大声道："住手！这是皇长子跟前的王安公公。"

两个侍卫也将王安认出来，一边一人将王安架起，其中一人向我拱手道："这位贵人，卑职们也是受陈公公之命，协同东厂寻找王安公公，您看将安公公安置到何处，卑职们也好回去复命。"

看王安的状况只怕身上还有伤，他拼命也要爬到书房附近来，应该是有原因的。念及此，我道："现下离皇长子的书房最近，便去书房吧，还要劳烦二位去请位太医来，给安公公瞧瞧。"

那两个侍卫一口答应，将王安送到书房后，便告退离开了。

烟绕在房内生了火，立时便暖和起来，王安闭目，面上露出难忍的痛楚。

我担忧："安公公可是受伤了？"

王安费力地动了动，仿佛痛极，咬牙道："奴才只怕摔断了腿……不碍事，现下最重要的是救皇长子。"

我见他明明冻得身体僵硬，此时却痛得一头冷汗，面色惨白，颇有些不忍看。王安生得白净，年纪也小，看着分明是一个单薄的少年，却时常做出老成的模样。

"我已经让人请太医过来了，皇长子到底出什么事了？"我内心焦急，却也只能强自镇定。

"皇上以结党营私、犯上作乱的罪名将皇长子囚禁在繁综楼，究竟为何事，奴才也不是很清楚。奴才想着公孙先生一定知道症结所在，得快些给公孙先生报信儿，才能有办法救出皇长子。"王安急道。

"你告诉我怎么做。"

“书房背后有鸽棚，灰色的鸽子便可与公孙先生联络。”王安再也忍不了，扶住腿，痛哼出声。

我让烟绕照顾他，便来到书桌前，撕了一条纸写道：“洛有难，速来书房相商。”想一想，又疾添了一个“王”，随后去鸽棚里取了一只灰鸽子，绑好字条儿，放它飞出去。

许是陈公公吩咐过，太医倒是很快就来了，然而，来的却不是胡堂平。我与烟绕避去里间，只听得外面王安努力压抑的痛叫声。

听烟绕说，她问王安腿是怎么伤的，王安道，准是有人怕他走漏了风声，太快发出朱常洛出事的讯息，便趁他心急不备，将他推到井里。幸而那是口枯井，里面的落叶很厚，他才捡了条命，直到晚上，才敢悄悄爬出来，一直爬到书房附近才遇上我们。

“小姐，你没看见安公公那双手……”说起来烟绕直抹眼泪，“定是爬那枯井时磨的。”

接好了腿，王安终于平静下来，累极痛极，他就那样靠在椅子上，沉沉睡去。

忽听得外边一阵吵闹，我开门出来，站在廊下皱眉道：“何人在此喧哗？”

其中似有谁认出了我，一圈人全部呼啦啦跪下请安，走过来回话的正是我院子里的李升公公，之前贝淑女借故将他调走，我已经十多天没见过他了。

“回王选侍的话，刚刚玄武门的侍卫拿了一个持假皇长子手谕的人，说是咱们伏元殿的人。奴才去一瞧，竟是皇长子的侍妾染画。这不，刚刚接回来便又吵闹不休，奴才也不知如何是好啊。”李升苦着脸道。

一眼望去，粉色衣衫的女子在一群太监中十分分明，此时跪在地上，鬓散钗滑，如泄了气般，手边挽的一个包袱也拖得脏兮兮的，掉出几样普通的金饰来。

“想私自出宫？”我面色一沉，眉头微敛。

“选侍可知道，不知打哪儿来的谣言，说咱们皇长子被皇上囚禁在繁综楼，伏元殿里霎时人心惶惶，风声鹤唳。奴才想，染画绝不是唯一一个有这种念头的人，可皇长子不在，奴才们便失了主心骨，没了主意啊。”

“让染画过来，”我沉声道，“还要烦请李公公，将贝、刘两位淑女，以及众位侍妾都请到正殿去，伏元殿不立规矩是不行了。”

李升一听，诺诺连声。

染画犹疑了一下，还是小心地走到我面前来，咬了咬唇，向我见礼，又自觉地跪下了。

我只冷冷向她道：“宫里有宫里的规矩，岂是你想走便能走的。之前的事情就当没发生过，你好自为之。”

染画听了我的话，也不回答，只是立起身来，低下头忍住哭泣。

我轻轻叹了口气，云横道：“公孙先生到了。”

“正殿那边，就交给妾身吧。”忽听一人道，竟是贝淑女，不知她何时来的。

她继续道：“这次我的立场很简单，外敌来犯，咱们不是应该一致对外吗？”

我微微颔首，不再多言，转身推门迈入书房。

只见公孙徽负手玉立，正面对着门的方向微微出神，我乍然推门进来，他神色晃动了一瞬，便恢复正常，向我一揖。

又是那样的眼神，门开那一瞬，我又看见了他第一次见我时那样的眼神，很深很深，四目相对。很快，他再看我时便已是十分清冷礼貌的目光。

许是我长得与他识得的故人有几分相似？毕竟在我入宫之前，我们从未见过，更谈不上有交情，也许他只是在我身上看到了旁人的影子吧。

我颔首回礼，道：“公孙先生来了。”只是我一直在门前，也不见他，怎的他已经到了屋子里？

“王选侍请坐，我们先一同听安公公说当日的情状。”

王安皱眉，沉吟片刻方道：“那日，皇长子一进乾清宫，皇上便雷霆震怒，让人关了门。奴才进不去，只在门口隐隐约约听了些。皇上先是质问皇长子眼里还有没有他，然后便听见一阵纸页纷乱的声音。皇上骂皇长子大逆不道、以下犯上，其间还有个女人的哭泣控诉声。皇长子辩白不清，便道‘儿臣从未做过这些事情，父皇大可查个清楚再治儿臣死罪’。皇上气极，着陈公公三日查明此案，案子查清楚之前，将皇长子关在繁综楼内，还说‘三日后竖子是生是死便知分晓’！奴才听着害怕，便跑了出来，可奴才没用，耽搁到今日才递出消息，白白浪费了皇长子一日的生机！”

公孙徵霍地站起来，凝神细想，在屋子里来回踱步，直走了两圈，蓦地顿住，面上不由得泛出懊悔之色：“皇长子与在下都疏忽了。”

“公孙先生找到事情的因由了？”王安急问。

“有了些眉目，”公孙徵眸中的光辉亮了又暗，冥思苦想道，“想必二位也知道，三个月前戴士衡弹劾郑皇贵妃，牵扯出一篇震惊京师的《忧危竑议》，是为‘妖书案’。不想事隔不久，今又有《续忧危竑议》，起先，皇长子与在下都以为，定又是有人老调重弹，影射郑皇贵妃，可现在看来，事情远没有那么简单。”

公孙徵走到书桌前，略一打量，抽出一个折子：“这里有一份抄录来的《续忧危竑议》，你们可以看看。”

我接过来，打开细看，看至一处诵道：“曰：何以知之？曰：以用朱相公知之。夫在朝在野固不乏人，而必相朱者。盖朱名赓，赓者更也，所以寓他日更易之意也。”

直至全部看完，我合上折子，递与王安，怪道：“听皇长子说《忧危竑议》机锋深藏，用意莫测，且文采斐然。照我看，这篇《续忧危竑议》可比不上，文法直白，要说震惊的话，便是其中直指‘十乱’姓名，却又牵强了些。”

王安看了看我，又看了看折子，问道：“什么意思？”

“你且看这儿，”我将刚刚诵出的那段话指给他看，“前面说，皇上会让三皇子将皇长子取而代之，立为太子。然后，这里说，怎么看得出皇上会这样做呢？答，看朱赓方知，‘赓’即为

‘更’，寓意以后更替的意思，此话何止牵强，更是荒唐，难怪皇上生气。”

“选侍好眼力。”公孙徵甚是赞同，“不久前，《忧危竑议》那样好的文采，且有理有据，先罔论其真实目的是什么，至少皇上对郑皇贵妃一句责怪的话都没有，反而极是维护，可见皇上的偏私之心。那么，又会有谁，明知皇上不会责罚郑皇贵妃，还非要向她泼污水呢，那不是无用功吗，其目的究竟是什么？”

顺着公孙徵的话思考下去，我蓦地心头一震：“你是说，郑皇贵妃自己？”

公孙徵不置可否：“有郑皇贵妃这个护身符在，榜上有名的‘十乱’反而成了被冤枉的、最无辜的人了，也成了最安全的人。”

那么，谁成了最危险的人呢？我不由得深吸一口气，事实已经全摆在眼前了。

只听公孙徵继续道：“刑科给事中钱梦皋举报了沈鲤、郭正域二人。沈鲤沈大人一向廉洁清明，钱梦皋与沈一贯意见不合。幕后黑手刻意提了朱赓、沈一贯，内阁大臣中唯有沈鲤大人榜上无名，反倒落了炮制妖书的嫌疑。而郭兄正是因不久前‘伪楚王案’与沈一贯生了仇怨，这显然是沈一贯伙同钱梦皋挟私报复。

“为了诬陷郭兄，又牵连甚广，抓了不少人用刑，连高僧达观大师也没能幸免。郭兄曾任皇长子讲官，与皇长子感情深厚，深得皇长子敬重。皇长子眼见郭兄受了冤屈，有人似乎非要将其罪名坐实一般，多番施救不得，便按捺不住去向陈公公求情，谁承想，如此竟是正中别人的圈套了。”

“公孙先生是说，之前这一切，竟都是冲皇长子来的？”王安惊问。

公孙徵缓慢地颔首道：“只要皇长子与犯人牵扯上一点儿关系，那些有的没的便都可以往他身上牵扯了。若有人添油加醋地向皇上告状，皇上怎不会认为这一切都是皇长子计划的？又哪里会不生气？”他冷冷道，“三天，只要将抓去的几人中随便一个屈打成招，皇长子的罪名便也坐实了。”

三天，除去昨天，便只有今明两天的时间了。我身上发冷，不受控制地颤抖起来。

“那可怎么办啊公孙先生？”王安也慌乱起来，“很多细节平日里咱们没注意到的，现下都可能被拿出来当作证据，看来他们这次是想一次将皇长子，还有朝中的异己势力全部除掉。”

“有些关键的地方，自然是要填补的，可动得多了，留下的痕迹自然也就多了。这些可以交给在下，安公公好好养伤，宫中不便之处，在下与公公飞鸽传书。”事情清晰起来，公孙徵似心中已有对策。

我蓦地站起来，声音虚弱得如同鬼魅：“我可以做什么？”

公孙徵看着我，眼中似有忧虑，良久才答我：“就如同选侍刚刚那样，稳守伏元殿。”

可我想见他，我可能从此以后都见不到他了，不知不觉我已经脱口而出：“我要见他。”

“不行。”公孙徵背过身去。

第十二章

绝境相守不求生

时间根本就不够。如意帮着我准备，我依照公孙徵所言努力打通着各处关节。赔笑脸、塞银钱，说通一处，我便欢喜，丑恶的面目我一张也没记住。我没有时间计较，也没有心思计较。那样焦急与仓促，我不知道我们能有几成把握。心跳时而疾如擂鼓，时而又仿佛永久地停止了，整个人都迷糊起来。

恍惚间，我回过神来，竟已经身处这雍容大气的宫殿之中。外面凄风苦雨，呵气成冰，眼前却是灯火辉煌，香料燃烧成的烟气自雕花镂空的铜炉里直直地飘成一线，暗香浮动。貌美的舞姬鱼贯而入，在殿的正中簇成一团，玉臂光洁，彩带鲜艳，正如一朵奇花绽放。

紫禁城里的一夜，有人翘首苦等，有人命悬一线，可那夜夜笙歌依旧，从不为谁改变。是了，这里是建极殿，殿中上座头戴乌纱折上巾、服明黄色之人正是当今皇上。皇上年近不惑，微微有些发福，除了不怒自威的天子威严之外，还有一分风雅。朱常洛的嘴和下巴像极了皇上。

可他虽是朱常洛的父皇，却不喜欢朱常洛，甚至更爱美人歌舞，所以我们唯有投其所好，才有一丝机会。

张公公向我做一个手势，示意可以开始了，我脑中这才算完全清晰起来。定了定神，一个起音，以“羽”为号，身后的管弦丝竹一阵一阵悠悠而起，衔接得天衣无缝。笛声灵动，琵琶跳脱，而箜篌一点一滴，格外清远。众舞姬缓缓升起指间明珠，旋转四散而开，明烛辉映之下，宛如漫天星光璀璨。

如意排众而出，身着七彩璎珞裙，乌发全部绾起作飞仙髻，更显得雪颈修长，一瞬眼波流转，雯明媚一笑，便若那徜徉在星海里的仙子，让身后那诸多美人和明珠都成了陪衬。

乐声渐歇，我手指乍拨，琴声清扬，为一切做一个梦幻美妙的铺陈。如意一臂勾着轻纱，另一边手中也扣着颗明珠，那颗明珠缝在轻纱的端部，此时并不见光亮。玉臂轻挥，柔若无骨，紫色的轻纱飘扬，宛如九霄云烟，朦胧之中那人，一顾一盼，灿若朝霞。

忽见如意手中珠光闪动，已是破空一掷，明珠牵连着紫纱直直高飞入空中，刹那间遥不可及，舞步细碎轻快，繁密有致，一掌宽的轻纱遮过她半张明艳面容，更添了一分神秘与魅惑。

笛声婉转又起，各种乐声渐渐合上，乐声脆而快，如意足尖发力，高跃至空中，将明珠再次掂入高处，落下时的身姿曼妙翩然，轻盈秀丽。在明珠落下的间隙，又做出许多婉转流畅的动作。就这样，众人的心都随着那颗夺目的明珠忽上忽下，眼前的美让人应接不暇，还来不及咀嚼便已闪过。舞者凌空落下之姿真如天女下凡一般，让见惯了歌舞的天子都不由得目不转睛。

要一舞惊艳，无论编排还是舞者，均非绝世之才不可。此舞新颖，难度极高，一时间除了如意，再没有别的好人选，可看着皇上那追随在如意身上的眼神，我心中隐隐升起一种不安。

就算我是第一次见男人眼中那种神色，我也清清楚楚地明白，那叫作——危险。

舞终，如意定格在一个极美的姿态。我一直知道，如意心中有别人，从她弹的《秋风词》里就可以听出来。若她因此被皇上看中，我不知自己会自责到什么地步。

皇上显然很满意这一场非凡之舞，颊边有两抹激动的红晕，他拊掌道："好，很好，赏！"

我来到殿中央，跪在如意身边，乐师舞姬们也呼啦啦地跪了一地："谢皇上恩典！"

皇上大笑着从阶梯上走下来，我垂目所及，发现皇上的腿脚竟有些不便，将目光收得更低。

"起来！"皇上示意我们起身，喜道，"此舞甚妙！真是闻所未闻，见所未见！可将来源出处一一道来？"

"启禀皇上，此舞名曰'摘星'，来源于佛教之中的'星算'。虽知正规佛法之中并不崇尚占卜算卦，可传说远在魏晋时期，敦煌千佛洞便存有古藏文书简，记载有'星算'内容。至唐，丝绸之路兴盛，才传入中原译文版本，此舞正是取‘星算’之中对占卜之前祈求佛光普照的描述，改编而成。”那本讲星算的书在中原存在与否我真的不知道，我也只是在扬州听说书人提起过，入宫不久便听说皇上礼佛，编舞之时我就已想好了这么段渊源了，可谓有备无患。

“朕听你一言，又增长了不少见识，”皇上仿佛还陶醉在刚才的摘星舞里，“朕已经许久没这么高兴过了，说吧，你们要什么赏赐？”

我与如意对视一眼，正待开口，忽听得张公公奏报：“郑皇贵妃到——”

只见郑皇贵妃拥着上好的貂裘，款款而来，长长的步摇轻轻晃动，更显仪态万方。她见了皇上也不行礼，极自然地挽住皇上的臂膀，复又向阶上走去。

再怎么心不甘情不愿，我也只有硬着头皮请安了。

郑皇贵妃拿背对着我们，看也未看我们一眼，让我们都起来，随后屏退了众舞姬乐师。

她忽地笑道：“皇上，这是皇长子身边的王选侍，入伏元殿已经三个月了，皇上还是第一次见吧？”

“哦？”只见皇上脸上的笑意缓缓敛了下去，眸中神色几经变幻，仿佛已经将我们的目的看透，嘴角生硬地抿了抿，“琴弹得不错。”

随后，皇上便当我们不存在了一般，转头关切地问郑皇贵妃：“爱妃不是歇下了吗，夜深露重的，怎么又过来了？”

“臣妾听闻今夜皇上这里有独特有趣的节目，”郑皇贵妃若有似无地向我们的方向睥了一眼，唇角笑意更甚，故作惋惜道，“看来臣妾还是迟了。”

“这个无妨，只要爱妃想看，还有更有趣的。”皇上冲我冷冷一笑，“王选侍既然看过关于‘星算’的书，怎么着也应该略懂一些，那就算算吧。”

“算什么，爱妃说。”皇上脸上的玩味之色，就像一只无形而冰冷的手，忽然间将我推远了，变得捉摸不透。刚刚仿佛唾手可得的事情，也变得不再容易。

“就算——皇长子明日能否回伏元殿，怎么样？”郑皇贵妃笑问。

皇上几不可见地皱了皱眉，不置可否。

我骑虎难下，犹豫再三，只好跪下：“妾身一向对星象占卜兴趣浓厚，皇长子虽为妾身向钦天监讨教了不少，却从不许妾身上窥天命，只允许妾身做一些预测天气的小术法。所以妾身对皇贵妃所提，并无把握。”

郑皇贵妃嗤笑道：“那你便先测个天气好了。”

玉石地板的寒气从膝盖头向我的五脏六腑里钻，我努力克制住手不要颤抖，强作镇定地从左手手腕上褪下一串十八子星月佛珠手链，用力一扯，十八颗颜色各异的珠子便落入我手心，我双手合十，将珠子蕴在掌心。

取出三颗佛珠，在地上摆定它们的位置，道：“明天会下雪子。”

“本宫当王选侍要说个什么稀奇，”郑皇贵妃娇笑连连，“冬日里下雪子本就是常事，王选侍可不要随便说了一个，糊弄我们。”

“星算所示，妾身预测的只是事实。”

“皇上，好没意思啊。”郑皇贵妃依偎在皇上肩上，娇嗔道。真没想到郑皇贵妃还有这样小女儿撒娇的一面，只是她说的是温娇软语，要的却是别人的命。

“最受不了你这样，王选侍，你就遂了皇贵妃的意思，姑且一试吧！”

拿长子的生死存亡换爱妃一笑，我都替朱常洛心寒。冷汗从我的每一个毛孔钻出来，我只觉连背心里的小衣都濡湿了：“妾身斗胆一试。”

用那十八颗佛珠像模像样地摆弄了一番，我心中主意已定，朗声道：“启禀皇上、皇贵妃娘娘，结果出来了。”

“哦？怎么样？”

“结果便是——皇长子明日必回伏元殿！”我一字一字铿锵道。

许是我说得太过坚定，倒将二人震慑，皇上神情肃然，郑皇贵妃怔了怔，才极不自然地冷哼了一声：“依本宫看，王选侍这是想为皇长子求情呢。”

“皇长子的事情，皇上心中自有公断，哪里容得妾身一介妇人多加置喙，”我看了看皇上愈加阴晴难测的面容，微笑道，“妾身所说皆由星算所示，预测的是——事实。”

只怕就算相伴几十年，郑皇贵妃现在也看不穿皇上的心思，事情到这一步，她唯有尽快打发我走才为上策，可她哪里又是那种会轻易放过我的人呢？

只听得郑皇贵妃道："时辰不早了，皇上也该歇下了。只是王选侍回伏元殿路程不短，外面狂风大作，怕是十分辛苦。而繁综楼倒是近，既然王选侍如此笃定皇长子明日便回伏元殿，不如去繁综楼住下，明日与皇长子一同回去。"

"谢皇贵妃体谅。妾身相信自己占卜出的结果。"

"很好，那么，王选侍，请吧。"

我不动声色地谢恩告退，与如意缓缓退出建极殿。刚退到门外的阴影里，我便再支撑不住，靠在墙上长长地松了一口气。

这里不是说话的地儿，如意向我眨眨眼，故意一板一眼道："王选侍，奴婢告退。"

"去吧，小栗子，送如意姑娘回去。"事情一如公孙先生所料，我真得谢谢郑皇贵妃。

张公公底下的一个小内监带我入了繁综楼，来到一间极靠里面的房门前，跟看门的侍卫说了几句，便见其中一个侍卫拿出一串钥匙，拧开门前一把极大的锁。

门开了，我迈进去，夜风呼呼地灌进来，眼前的人举着微弱烛光，似循声来看。风猛地一扑，将他手中的光亮扑灭，门"嘭"地在身后关上，然后是"哗啦"的上锁声。

黑暗中，唯有烛灭的焦味弥漫在空气中，渐渐地，他的轮廓才一点儿一点儿清晰了。我猛地扑上去，死死抱住他，闷声不吭，将冰凉的脸深深埋进那个温暖而熟悉的胸口。他没防备，被我撞得碰着了桌子，“哼”了一声，却只是任由我抱着。

只要还能够见一面，这样抱着，那么前路是刀山还是火海，我都不在乎了。

我以为，差一点儿就再也见不到他了，想到这些，我唯有用尽全身力气去抱紧他，才能安抚自己心里恐怖至极的后怕。

良久，朱常洛如梦初醒一般，狠狠推开我，转身点亮了蜡烛立在桌上，昏黄的光映照着他的怒颜：“你怎么来了？真是胡闹！”

“我想见你。”我走过去。

谁知他又推开我：“快走，走开。”

我抱他，又推开。

当我再一次靠近时，他终于没再将我推开，只听他缓而重地叹了口气：“明天就是我的死期，你何必与我一同赴死……”

“一起死吧。”我轻轻打断他，安稳地闭上眼睛。

只感觉朱常洛慢慢缓缓地收着手臂，将我越抱越紧，他干脆利落地答道：“好。”

良久，我蓦地想起来，破涕为笑：“我还给你带了酱猪肘。”

“在哪儿？”他奇道。

在他惊叹的目光中，我从右袖子里摸出一个油纸包，献宝一般打开给他看，酱猪肘微微带着一点儿我的体温，还没有凉透。

“为什么带酱猪肘？”他似还未反应过来，拉过我右手的袖子闻了闻，忍住没有再次将我推远。

“你不饿吗？他们说你……”饿了两天滴水未沾的人应该不是眼前这个样子吧。我蓦地明白了，看着那包酱猪肘，神情尴尬。

朱常洛看看酱猪肘，又看看我，道：“我很好，吃喝没短我的，昨晚难得清闲还泡过澡，不信你闻闻，比你可香多了。”

他半玩笑半认真道：“可是我晚上没吃饱，此时刚好想吃酱猪肘。”

虽然是哄我，可不消一刻，朱常洛已经将那包酱猪肘风卷残云，只剩下两块骨头。见他在房间里团团转着找东西擦手，我不由得拊掌笑道：“这下可不能嫌我了！”惹得他伸着两只油手便要来抓我，吓得我围着桌子跑了三圈。

笑闹了一番，我终于跑不动了，只好老老实实伺候他洗漱，房间里有水，炭火也旺着，烧点儿热水很快便好了。平日里我虽不亲自动手做，却也是天天见着烟绕和云横做的，此时虽慢些，却也不难。

然后，我们便十指相扣，依偎在窗前看星星。从前，我们好像很少这样什么都不想，只是单纯地腻在一块儿。我心中着实欢喜，嘴角含笑，脑子里胡乱冒出许多念头，蓦地便问他：“你说，他们会不会将我们葬在一起？”

“你是我的选侍，这是自然，只是过不了几十年，我们身边还要多葬几个老太婆进来。”

言中所指自然是刘淑女、贝淑女，还有他几个侍妾，我“哼”了一声，嗔道：“下一世你只许娶我一个，不许有像贝淑女、刘淑女那么多花花草草的。”

“好。”他失笑。

我很认真地思考了一下，问：“那你打算怎么找到我？”

他伸出手指，轻轻触在我的眉心：“不是有这颗朱砂痣吗，你说过，这本就是我上一世为了寻你留下的标记。”

“可为什么这一世我们在一起的时间还是这样短，”我有些急了，“会不会下一世……”

蓦地，他低头吻我，长长的一吻，他的眸子像盈满了星星的湖：“休要胡说。”

“也许上一世我们根本就还没来得及在一起，而这一世相聚的时间虽然不够长，却已经是进了一步，说不定下一世，就能平平安安，平平淡淡，执子之手，与子偕老。”

他说得真好，我狠狠地点头：“帮我将这颗朱砂痣点浓一些，这样就不容易掉了。”我从袖子里摸出他之前送我的宝相花陶瓷胭脂盒，欢喜地举到他面前晃了晃。

“你袖子里还有什么？”他失笑，扯了扯我的袖口。

“没了，”我夺回袖子，瞪视他，“这盒胭脂我一直带在身上，从未离过身。”

他择了一支细小的羊毫圭笔，一只手扶着我的后脑，一只手握着笔，悬在我眼前。

“别动。”他温热的呼吸均匀地洒在我脸上，神情专注，仿佛这便是此时天底下最重要的事一般。

只觉眉心凉凉地一点，我下意识闭眼，却不觉泪又淌了下来。

“好。”他搁了笔，双手扶住我的面颊，见了那两道泪痕，眉峰一皱，眸中却是温柔缱绻，轻轻问我，“害怕了？”

我摇摇头，泪眼迷蒙中看他，是不甘心啊，我只是不甘心……我们相识得那样晚，相聚得又那样少，还有好多好多事情没有做过。他说过要与我在梅林中品酒，他说过元宵节要带我看灯还有烟火，他还说过要我为他生个小孩子，他要教我们的孩子文韬武略、琴棋书画……我们明明要一起看很多次梅花怒放，过很多个元宵佳节，陪着我们的孩子慢慢长大，可是一切都未曾开始，就将结束。

朱常洛不知这瞬间我脑海中转过了多少伤悲的念头，故作轻佻地捏了捏我的下巴：“你才不知道我的遗憾，娶了个如花美眷，却……”

我蓦地钩住他的脖子，看见他的眼中，从惊异到肃然，再到感动，神色一点一滴地变幻，如水波般晃动的瞳仁中，都倒映着我清晰的影子。帷帐重重地落了，如果真的没有明天，何不今日纵情。

待我醒来，只觉天光晦暗，不知时光几何，被子掖得严整，伸手一摸，身侧已是冰凉。

屋里的炭火烧得很足，暖融融的。我披衣起来，见朱常洛立于书桌前，一手背于身后，一手正提笔勾勒，一挥一就，哪怕只一个背影，也器宇轩昂。我痴看了片刻，一时竟想了许多，半晌才将目光收回，蹑足过去，探出头来一看，才发现他正画着一个女子的睡颜。

他画得很像，乍一看我便认出那是自己，却又不好意思认，故道：“这是谁？”

“你说呢？”他笑着反问，不紧不慢地在画中人的鬓边添了一朵小小的荷花。

“你送我荷花的那一次，我们可是偶遇？”

“是。”他轻轻吐了一个字，嘴角的笑意更甚。

随手翻了翻桌旁的一摞纸，上面竟然都是我——弹琴的、笑的，甚至有打瞌睡的，心中一霎思绪万千，五味杂陈：“你都什么时候画的？这么多。”

“前两日闲着无聊便画了。”他故作平淡，却少见地脸红了。

如果知道这便是生命的最后一天，该如何度过呢？两个人在一起，像往常一样过，竟然是最好的答案。

我们在这屋子里找到了许多好玩儿的玩意儿，索性什么也不多想，聚精会神地玩儿起了双陆。我俩不分伯仲，各自有赢有输，这一玩儿时间过得飞快，直到接近傍晚时分，才听见外边有了动静。

张公公遣走了侍卫，规规矩矩行了礼，面露喜色道：“皇长子、王选侍，皇上让您二位先回伏元殿歇着了。”

这，便是放我们走的意思了吗？

我只觉茫然，两个人相互对望了一眼，一切竟好像梦一场，不由得生出一种置之死地而后生的庆幸，心底有一股力量猛地破开绝望，阴霾一点儿一点儿散去。

踏出房门，蓦地见楼板上落的点点白色小颗粒，拈起一看，竟真的是雪子。

一方面公孙徵的筹谋起了作用，查出来的东西有利于朱常洛，再便是皇上礼佛，信了所谓的“星算”，碍于“佛面”，于是就放我们回伏元殿了。

我心中的大石缓缓落地，抬眼望朱常洛，他面上并无半分欣喜，只是淡淡道了一声：“走吧。”

一个差一点儿被自己生父下令诛杀的人，就算活了下来，也不会欢喜。

远远便看见王栗瘫坐在伏元殿侧门的门槛上，他蓦地吓得跳起来，难以置信地揉了揉眼睛，看清眼前人已是狂喜，连请安也忘了，直直向里飞奔，大声叫道：“皇长子回来了！皇长子和选侍回来了！”

有他这一阵吆喝，朱常洛不过刚在正殿里坐定，人基本都到齐了。几位淑女侍妾都赶着与朱常洛说话，言语间关怀备至，一时莺声燕语，好不热闹。伏元殿里的几个管事的在一旁候着，想必还有事要禀报。

我立在一旁，目光轻扫了一遍，拉住旁边高兴得上蹿下跳的王栗：“我房里的烟绕和云横呢？”知道我们回来，她俩不可能比别人来得慢。

“回选侍，云横姐姐帮着王安公公做事呢，还没回来，烟绕姐姐担心您担心得今儿一天都没吃饭，听说您回来了，就先去吃饭了，说是准备妥当了，在屋里候着您。”

我失笑，这个烟绕，又对王栗道：“差个人去如意那儿报个信儿，不过让她这时候别过来折腾了。”

“您真是和如意姐姐想到一块儿去了，如意姑娘早就得了信儿，让奴才跟您说，她找个人少的时候再来与您说话。”

忽听得有人提起我，注目而去见是刘淑女，她正泪盈盈地说：“……若非王选侍是个有主意的，妾身们可要乱成一锅粥了。”

一旁的贝淑女瞥了一眼身边楚楚可怜的人儿，面露细微的嫌恶之色：“谁们乱成一锅粥了？”

我轻轻一笑，对朱常洛道：“妾身所为微末，不值一提。皇长子不知，你不在的时候，多亏有贝淑女主持大局，伏元殿才得以安稳，加上贝淑女长久以来操持伏元殿诸多事务，可谓劳苦功高。各位姐妹一心盼着皇长子回来，却也安分守己，不曾拂了伏元殿哪怕一分面子。”我遥遥一指，点出那个瑟缩在角落的染画，“特别是染画，为皇长子伤心落泪，妾身可是没辙。可你一回来，瞧，这不便好了吗。”

染画惊怔，似说不出话来，半晌才默默行了一礼。

朱常洛又是好一番安抚，屋里的氛围才松络了几分，管事的还有事情奏报，便让我们先散了。

临走前，朱常洛低声吩咐道：“晚些到书房来。”

“你要见公孙先生？”

他颔首，道：“虽说皇上放了我们，只怕有人盯得更严呢，记得警醒些。我要尽快知道事情的来龙去脉，为何被软禁，我已猜了七八分，你难道就不好奇，我们又为何被放出来吗？”

“你们男人家说事情，我就不去了，你好好谢他便是。”

“可那儿少个烧茶的，”他拉我，玩笑道，“好茶须得内外皆秀的美人配，你让我一时去哪里找？”

“知道了。”我含羞推开他，底下还有那些管事的看着呢，于是规规矩矩地行了礼，退下了。

走不远便见染画在石子小径上徘徊，见了我便跪下来，郑重地叩头：“选侍仁慈，谢选侍饶贱妾不死之恩。”

“言重了，”我轻轻叹气，扶她起来，“皇长子志在高远，平日里难免忽略了你，感情淡薄了些也属正常，怪不得你。现在，皇长子心中念着你的好，往后定会对你青睐有加，今日指了你出来，也是不想让别人看低了你，你既来谢我，自是明白了我的苦心，往后要怎么样，自己心中有数。”

她忙不迭地答应：“贱妾以后定然全心全意地对皇长子和选侍，但有吩咐，绝无推托！”

“去吧。”

待染画退下，我尚未走两步，便听见有人拊掌道：“好好，如此，王选侍又收服一人，愿效犬马之劳了。”

只见贝淑女从假山后现身：“真是好手段！”

“我猜到有人会等我，正奇怪怎的是染画呢，”我只是笑，“贝淑女心里是知道的，我有心收服的，不是染画。”

“难不成是妾身？所以刚刚在殿上，王选侍才那样说妾身的好话？”她妩媚地嗤笑，“妾身无能，可做不了选侍吩咐的事。”

“无所谓收服不收服，我也无心遣你做什么事。只是若有人逢迎我，我再逢迎回去。撇了贝淑女在一边，不是把误会扩大、矛盾加深了吗。”我诚恳地深深看她，“我实在无意与你为敌。”

她微微一怔，神色间略略尴尬道：“我给你下过毒，即使如此？”

下毒的事，我们虽心照不宣，我却没想过有一天，她会亲口承认。

此番经过生死，有些事情我竟看得更加通透，我微微一笑：“即使如此。”

她长长地吐了一口气，难得地笑道：“我自认的确不是什么纯良之人，可见了你，也不愿相形之下，显得太过卑劣。从此，你我不会是朋友，也绝不是敌人。”

“好。”我一口答应，为了朱常洛不至内忧外患，伏元殿里不应再生出事端来，彼此相安无事，已经很好了。

回来的时候，烟绕正坐在门边敲核桃，见了我忙迎上来：“小姐你可回来了，知不知道这两天奴婢快担心死了！”

我抚了一把她饱胀的肚子，逗趣道：“还知道先把饭吃上，可见是假的。”

“那是知道你没事了，奴婢终于松了口气，才吃得下饭，在这之前，奴婢是真的担心，连一口水都没喝过呢！”烟绕气道，“小姐倒好，跟个没事人一样，还笑话奴婢。”

“好烟绕，怎么这样不经逗，你的心思我都知道。”我笑着扯她。

烟绕也不好意思地笑了，按我坐下：“小姐先休息，喝口茶，今儿个咱们不用宫里的晚膳了，奴婢为小姐备了扬州菜，过会儿就可以上了。”

“人都说，‘大难不死，必有后福’，有无后福暂且不知，有口福倒是真真儿的。”我不由得欢喜，宫里的菜虽然精致，可也经不住天天吃，早就有点儿腻歪了。

冬日里天黑得极早，待用完晚膳，外边已经全黑了，我交代了烟绕，便让王栗送我去书房。书房里有灯光，看来已经有人到了。

推门进去，我简单一礼，并未打扰，见旁边已经摆好了茶具，便默默过去焚香净手，不慌不忙地一步步准备烧茶。

他们有话问我，我便答，再将那日晚上以舞面圣的情状简单说了说，只拣了重要的，我不想让朱常洛为了皇上所做的而伤心，父子间的嫌隙只怕会更深。

只听朱常洛道：“父皇明面上着陈公公查，可谁不知道真正办事的是锦衣卫，而郑皇贵妃的弟弟郑国泰正是锦衣卫指挥使，我还以为……”他苦笑道，“还以为这些都是父皇默许的。”

“虽说天家无父子，‘结党营私、犯上作乱’其罪名之重，足够皇上起杀心，可毕竟血浓于水，你又是他的长子，想来皇上还是客观求证的多一些。”公孙徵哂笑，“你也不是不知道你那位父皇，表面上看起来醉心歌舞欢宴，实际大局尽在掌握之中，锦衣卫直接隶属于皇上，里面多是皇上的人，他也不是不知道有人一直在耍手段，倒卡得郑国泰不敢动弹了。”

“你是说，父皇将郑国泰放在眼皮子底下，是为了扼制他？”

“最近两年，皇上似乎也注意到郑家势力，明着升迁，荣宠无限，里面却有着不少计算，可对郑皇贵妃偏心依旧，帝心难测，不敢妄言。”公孙徵摇摇头。

“可就算郑国泰不起作用……”朱常洛蓦地压低了声音道，“有些界线我们不是没越过，只要有人查，不可能没有一丝痕迹，你想的什么办法？”

“那都是小问题，平日里也不是完全没掩盖，若查得你一丝瑕疵也无，皇上倒要生疑了。”公孙徵微微笑，“你我结交的臣子虽不多，却都不是无胆鼠辈，可皇长子见或有一人在你被囚禁的期间，上折子求情了吗？”

朱常洛紧皱的眉缓缓舒展开来，道：“众大臣见皇上龙颜震怒，都害怕惹火烧身，不敢求情，那么，‘结党营私’之罪名便不攻自破了！好你个公孙！”

“可还有一人，不知如何是好。”

“谁？”

“在下。”

“你待如何？”

“在下明里暗里与皇长子相交过密，实在脱不了干系。”公孙徵向我这方又是一揖，“所以，钦天监监副公孙徵要多谢选侍。”

原来公孙徵任钦天监监副一职。他这样一说，我便想起来了，他曾嘱咐我，在皇上面前提起“星算”之时，一定要提起皇长子因为我对星象感兴趣，向钦天监讨教的事。我那日晚上的确说过一嘴，现在想起，其谋略之深，令人敬服。雪子也是他教我说的，前有诸葛亮借东风，关于天气的预测，对他而言竟也不是难事。

“公孙先生深谋远虑，妾身只是照先生的意思去说，哪里担得起先生一谢？”

“选侍是福将，天都助选侍，下了雪子，才让皇上更加确定了心意。此番天时地利，脱险犹如顺水行舟，终究是化险为夷了。”公孙徵似想起什么来，神色黯了黯，对朱常洛道，“郭兄也已经安然回府了，只是可惜了达观大师，不肯画那污蔑皇长子的押，重刑之下，已经圆寂。”

朱常洛面容一肃：“伯仁因我而死，岂有不顾之理。明日我便亲自送达观大师回潭柘寺。”

品了茶，便围绕着茶说起话来，不再谈论那些个复杂的事情了。论政我不插口，可说起茶来，我们三人才算真正找着了共同话题，说说笑笑，一不留神便到了很晚。

直到茶水寡淡，我们才散了。朱常洛送我直到房间门口，复又替我拢了拢披风：“风大，快进去吧，明日我去潭柘寺，定会起得极早，怕扰了你，就不留下了。”

“我也想去，”我扯着他可怜道，“许久未出宫，你只当放我同去散散心吧。”

他宠溺地捏捏我的鼻子：“明日那场合哪是去玩儿的，折腾一遍下来极累。你若真想出宫，待正月十五上元节那天，我悄悄带你出去，那天京师里才好玩儿呢。没多久就要过年了，乖乖等着。”

我又拉他：“听说潭柘寺里的签文可灵了，你帮我求一支回来。”

他只是无奈地看我：“你要问什么？”

“怎么能告诉你。”

“可我一个大男人……”他继而为难道。

“那你倒是放我自己去啊。”

终于，他还是答应替我求一支签回来。回了房间，隔着门缝看着他颀长的背影，我甚至觉得我要问的问题，已经有答案了。

第二天酉时，王栗便来报，说皇长子回了伏元殿。去潭柘寺要走山路，好在他们在天黑之前便回了宫。

手里的书还有几页便看完了，是讲针灸的，图文并茂，生动有趣，我舍不下，想着朱常洛一会儿若不过来，也会派人来召，便安安心心地继续读下去。

不想待我将那几个穴位、几根脉络琢磨透，天已经全黑了。烟绕过来挑了挑灯芯，我问她时辰，竟已是戌时，我不由得心中困惑，让烟绕备了些白天刚做的花糕，决定去看一看。

不想到了一看，朱常洛竟一个人坐在窗前纳闷，见我来了，淡淡道：“坐。”

我慢慢走过去，瞧他的神色有些忧悒，便故作欢快道：“答应我的签文呢？”

“丢了，”他看了我一眼，又勉强补充道，“不是我扔了它，是不小心丢的，不信你问小顺子。”

王安的腿还没好，今日陪着去的是林顺公公。

“知道了，就为这，还不高兴了？”

他摇摇头，看着我欲言又止，眸中亮了又暗，似竭力掩藏着什么矛盾与纠结。

“那一定是累坏了，”我只作不见，转到他身后为他捏肩，“瞧，绷得这么紧，酸吧？”

“无妨。”他反过手来按住我，良久，才道，“你坐好，我有事跟你说。”

我心里无端地一紧，顺着他坐到椅子上，只觉他捏着我的手都冒了汗，要说的事情，直过了半晌也没提一个字。

见他一直缄默，我轻轻偎在他身边，抱着他的胳膊：“你怎么了？”

“刚刚如意来找过我，”他重重地呼吸，终于说道，“她说她自愿入宫为妃。”

脑中如雷霆乍惊，我蓦地松开他，盯着他道：“你和她说过什么？你同意了？皇上与如意年岁相差二十有余，这岂是一桩好姻缘？”

情急之下，我自知说了大不敬的话，却也顾不得了。嫁与帝王为妃为嫔，虽得享一身富贵荣华，却也失了一生幸福，有什么好？

“你认为这又是我的主意？如意入宫时小，我看着她长大，早将她当妹子一样，我也不愿！”朱常洛蓦地意识到说的口气重了，复又缓和道，“有惜华事情的前车之鉴，我不想与你再为这样的事起争执。”

“我只问你一句，你同意了？”

又是一阵缄默，他的面容沉在阴影里看不清：“我虽不愿，却也不得不同意，父皇身边实在需要安排个自己人，没了刘惜华……”

他意识到什么，没有再说下去，我心里却知道，惜华是我放走的，他是不想我自责，救了这个，却推下了另一个。

“如意她究竟是怎么想的！我现在就去找她！”我蓦地站起来，朱常洛却不肯撒手，强把我拽得坐回去。

“她今天跟我说了一句话。如意说，不能嫁给那个人，嫁给谁都一样，还不如入宫为妃，报我对她的恩德。”朱常洛转过脸来注视着我，似有隐痛，“她有没有跟你提过，那个人？”

“他是谁？”心中奇怪于朱常洛的神情，我迟疑问道。

“稽无循。”

菊幽医神稽无循，第一个离开这里的人，我不知当初在他们之间究竟发生过什么事情，一时语塞，心中犹如激石入水，泛起的涟漪层层扩散，又层层回环。

望着朱常洛复杂凝重的神情，我张了张口，什么也没说。这件事不能问他，也不能问如意，思来想去，只有问云横稳妥。但无论如何，我也要去见如意一面。

待回了房间，我立刻找来云横，吩咐了闲杂人等都回避，云横奉上一盅甜品："选侍有话问奴婢？"

"是。你如何得知？"

"如意姑娘自愿入宫，奴婢也是今儿早上才听说。选侍与如意姑娘情分非常，如意姑娘的事选侍不可能不过问。事涉如意姑娘的归宿，而皇长子心结未解，自然会牵扯出一些前情旧事，选侍不明所以，故要问奴婢了。"云横了然。

"不错，你是伏元殿里的老人儿，况且我除了云横你，也无旁的人可问。"我坦承道。

云横微微叹了口气，道："要知道事发至今这三年间，在伏元殿里，这事就是个禁忌，皇长子面前，没人敢提。"

"为何？皇长子很生气？"我蓦地一顿，想起朱常洛怪异的神情来，迟疑地开口，"是皇长子做错了？"

云横摇摇头，坚定地看着我的眼睛："皇长子没错。

"那年，青冥先生的四个弟子——稽无循、沧澜、公孙徵、奚照，下山投了朱常洛，为他办事，按着每个人所擅长的方面，在皇宫内外安排了不甚起眼的职务。稽无循医术高明，便做了太医。沧澜剑术无双，做了朱常洛的贴身暗卫。公孙徵拿钦天监打了幌子，实则是个谋士。奚照豪爽机敏，在京师里辟了偌大的生意，一方面为聚财，另一方面打探情报。四人一下子便撑起了朱常洛要下的棋局，足当得起'四士'之名。

"稽无循身为太医，免不了经常出入宫闱，静怡公主患了痨病，便全权托付给他。治疗的那一年里，静怡公主对稽无循日久生情，便跟她的母妃荣妃说了。静怡公主的身子向来娇弱，荣妃自然一直是宠着她、依着她。念着静怡公主病情虽有了好转，可也不算太好，怕有个万一，更当是冲冲喜，便向朱常洛询问，想探一探口风。

“荣妃正值荣宠风光之时，朱常洛自然不愿拂了其意，可彼时稽无循已经与如意互有好感，又言对静怡公主的细致照顾只是医者本分，竟干脆利落地拒绝了。两人又谈了几次，可每每都是各自阴沉着脸色散去。

“朱常洛起先以为，稽无循是因着如意，才决意不肯答应，便许诺道，只要他肯娶静怡公主，做驸马，两年之后，便让他将如意纳入府。静怡公主性子和顺，且我大明礼教盛行，纳如意为妾不难，加上如意那时还小，两年也算等得上，如此两全其美的法子，朱常洛也是替他打算，任谁也不该再拒绝了。

“可稽无循一听，竟执意要走，把朱常洛气得不轻，忍了几忍，让他的师兄弟们去劝，也没用，反倒被大师兄一番说教。稽无循那个人固执古板起来，估计比胡堂平还可怕。”

说到这里，云横又幽幽叹了口气：“脚长在稽无循身上，他要走谁也拦不住，皇长子只是不该……不该明知那两人相爱，却赌气将如意扣下。或许……皇长子只是希望稽无循能为了如意留下来，谁知道……谁知道，稽无循没留下，就那么走了，而且再也没回来。

“皇长子将这四人看得极重，却不想那稽无循如此不讲情分。四士缺了一位，对荣妃也失了交代，皇长子自然气恼。可若他当时知道，他那样做，会使三年后的如意落得这个样子，他定然是不会的。

“所以，现在他才会那么悔恨又无奈，却又觉得当时已然做到极限，不肯轻易道自己一个‘错’字，一个人较起劲儿来。

“后来，静怡公主的病情急速恶化下去，很快便仙逝了，没过多久，荣妃哀思过度，也随爱女去了。

“最终，留下的只是如意一腔遗憾的爱恋和皇长子终生的懊悔。”

我的心宛如被尖利刀锋又轻又快地划过，冷冰冰地一痛，却不见血，我想了想，道：“我去找如意说说。”

云横陪着我去了如意的住处，只见一个小丫鬟独个儿蹲在门边，见了我们，极利落地一行礼，也不笑。

“这位是王选侍，如意姑娘呢，可在？”云横认得这是常跟着如意的明佩，便问道。

“姐姐不在，去练舞了，”明佩睥了我一眼，眼光中隐有敌意，“姐姐有话要告诉选侍。”

“什么话？”

“姐姐说，她知道选侍要说什么。姐姐让我对你说，抛下她的人，她定不会去寻去找，她决心已定，年前忙着练元日夜宴上要跳的舞，就不与选侍见面了。”明佩一气儿说完，便径直做了恭送的礼。

我有些发怔，转身离开，听见身后的小丫鬟一声嘀咕：“都是坏人。”

第十三章

几度风波国本立

自年前腊月二十四日祭灶之后，宫眷内臣就开始穿葫芦景补子和蟒衣。各宫都忙着筹备起过年所需的年货来，蒸制点心，储备生肉，丫鬟婆子鱼贯出入，步子都比平日里轻快些，紧张中透着喜庆。人一多，这年节的气氛自然就浓郁起来。

小栗子在挂福神。云横在床边上悬挂金银八宝、西番经轮，还有编结的龙状黄钱。烟绕和那些小丫头，跟着李升公公在各门旁植桃符板、将军炭，贴门神，时不时传来一阵欢声笑语。这些都是宫里的年节习俗，都是再吉祥不过的。

宫内早就开始互相拜祝，名曰“辞旧岁”。如往年一样，这些都是贝淑女在做，各个宫一阵跑下来，想来也累得不轻。所以，我与朱常洛便说好了，他去贝淑女那儿吃除夕年夜饭，我既赴元日之宴，便不去了，明日酉时直接与他在伏元殿门前见，也让贝淑女单独陪着，心中欢喜一些。

除夕一过，便是新年的第一日，每年最隆重繁盛的元日夜宴便在今晚。我身为伏元殿里身份最高的女眷，自是要同朱常洛一起赴宴的，可这并非一般的宫宴，我不免有点儿犯怵。

更为难耐的是，还要按照宴会的规制扮上严妆。层层叠叠的衣裳袖衫，还有霞帔，沉重累赘的装饰，动辄便晃荡钩挂，一丝不苟的妆容。折腾这么久，大冷天的都渗汗了，这一遍下来就用去了大半天。

待鼓乐喧阗，便到了赴宴的吉时，烟绕和云横换好了敞亮的衣裳，一左一右扶我出去。待到了大门前，朱常洛一见我便笑："总算知道，为什么要提前这么多出门了。"

他是个男人，再麻烦，也只不过衣服上的纹饰繁复些，苦也是苦绣娘。再便是换了冠饰，腰间徵角右，宫羽左，以深红绳子编了吉祥如意结，还缀了个福袋，也是往常便带着的，他自是不懂我们女人这端庄美丽的苦楚了。

按祖制，白日里皇上已在皇极殿赐宴群臣，晚间后宫家宴开于中极殿。除帝后之外，诸位王爷、皇子公主及内外命妇都出席。这样重大的场合，连久不露面的太后也来了。我跟着朱常洛坐在几位王叔下首，离主位已经远了。遥遥看去，只觉太后慈眉善目的，衣饰也简单，笑意盈然的模样，分外平易近人。

先是一番冗长繁丽、唱诵盛世太平的颂词，然后众人山呼万岁，待朝贺的乐曲奏响，帝后领妃嫔、王爷王妃、皇子公主及其家眷，向太后恭贺新春，众人再向帝后朝贺，一切进行得井然有序，场面庄严中不乏喜庆，一时无两。

贺毕，各自归位就座。美丽的宫娥捧着托盘鱼贯而入。先由丽人献茗，上的是福建乌龙，再有干果四品、蜜饯四品、前菜七品、膳汤一品、御菜五品……

忽听得一阵清脆的叮当声响，犹如海风拂过缀着贝壳儿的风铃，悦耳撩人。音虽不大，却已经吸引了人们的注意，交谈声渐渐弱了下去，众人不约而同地静待后文。

乐曲潮水一般涌来，渐渐荡漾在整个大殿，只见一人挥动着海蓝轻纱，似踏浪而来，犹如海之神女，朦胧又神秘，不是如意，又是谁？

皇上面上的神情由惊讶转为震撼，一点点流露出失而复得的喜色。在场众人只看一眼舞姬，再看一眼皇上，便都明在心里。皇后只是端然一笑，似只当寻常。郑皇贵妃面上僵了僵，笑意渐渐敛了，高深莫测地看着殿中的美人。其他人或羡慕或嫉妒或赞叹或愤恨，一时间殿里纷呈出千百种情态，我眸色一沉，不觉攥紧了衣带。

从此，将要走一条怎样的路，如意，你究竟知不知道？

朱常洛不动声色地拉过我冰冷的手，握在袖下。他的手虽暖，却沁着汗，一会儿，汗凉了，粘腻在手心，我的手却依旧是冰冷的。

一舞毕，如意亮相于前，恭恭敬敬地行了大礼，黑亮的长发逶迤于地，声如黄莺婉转："奴婢祝太后娘娘身体康健，万寿无疆，祝皇上江山千秋万代，国运昌隆，祝皇后娘娘福寿永年，心得所愿。”

辉煌的烛光和海蓝的轻纱衬得如意明艳动人，不只皇上，连胖子朱常洵都不由得心旌荡漾，令人恶心地吞了口唾沫。

“好，好极！”皇上拊掌笑赞，又颔首道，“说得也好。”

众人听皇上亲口称赞，便一窝蜂地附和，赞不绝口，皇上听着，眸中的笑意愈加深了，朗声笑道：“你要什么赏赐，朕都可以给你。”

“皇上赏什么，奴婢都奉为至高的荣耀。”

皇上意味深长地看着阶下的绝美女子，犹如看着一个肥美的猎物，顿了顿：“那朕便封你为丽嫔，长伴在朕左右，你可愿意？”

皇上有此一问，本是她此行的唯一目的，可不知为何，她还是顿了好一会儿才行礼答道：“臣妾谢主隆恩。”

“怎么，你不愿？”皇上因她的迟疑略微皱眉。

“臣妾说了，皇上的赏赐，臣妾奉为至高的荣耀。”如意说着，抬首对皇上粲然一笑。这一笑，哪怕是一国之君，都不能抵挡其威力。却不知其中又有几分哀伤？

“好，来人，为丽嫔赐座，”皇上又向一旁的张公公道，“一切交由你办。”

大明皇宫中册立女子，身份尊卑向来不是最重要的，当今的太后娘娘在裕王府里时也不过是一介宫女，重要的，还是皇上喜欢。

皇上看中哪个歌姬、舞姬，甚至宫女，封为嫔妃，是极寻常的事，在座的人们立时群起恭贺，祝酒的祝酒，说话的说话，就连郑皇贵妃也柔婉了脸色：“恭喜皇上得此佳人。”

“好，好！”连着几杯酒下肚，正当众人齐声欢庆之时，皇上蓦地捂胸皱眉，身子竟不由己地缓缓从宝座上滑下来。皇后近在身旁，最先发现，忙上前搀扶，却被带倒在地，惊得大呼：“这是怎么了，皇上？”

陡然间，殷红的血从皇上的口中喷出，落在白玉地砖上，触目惊心。皇上面色惨白，狠狠盯着那摊鲜血，手指颤了颤，呜咽了两声，没说出话来，两眼一闭，伸直的手臂无力垂落。

“传太医！快传太医！”

人群一时大乱，嫔妃们都禁不住哭起来。一个眨眼，朱常洛已经到了皇上身边，帮着皇后托起皇上。为防止是在场的人下毒，侍卫们立刻将殿门封锁，更有两队持着兵刃，呼啦啦进来，在座位后站定，一阵整齐划一的兵刃出鞘声，殿内立时鸦雀无声。

关键时刻，还是太后缓缓开口，声音镇定，霎时便有安抚人心的作用：“大家都不要动，也不要哭，皇上洪福齐天，不会有事的。先让太医进来瞧瞧。”

无论是赐百官宴还是三大节宴，偏殿都会有太医候着，谨防有什么意外发生，所以太医瞬间便赶到，是两位面生的太医，一位姓赵，一位姓周。

赵太医与朱常洛一同将皇上移到铺好毯子的地上平躺下，细细地把脉。周太医则持着银汤匙试过所有打皇上面前过的食物，也是为了防一些毒发之状类似常病的毒因蒙混过去。

一会儿，周太医便向太后禀告道：“都没问题。”可赵太医依旧把着脉，眉头越皱越深，他摇摇头，和周太医嘀咕了两句，又换了周太医把脉。两人一会儿摇头一会儿点头，闹得在座众人直如丈二的和尚，心悬得老高。

“皇上怎么样了？你二人有话直说，哀家做主，绝不怪罪。”太后心中也急，终于按捺不住，发话问道。

赵太医咬了咬牙：“回禀太后，皇上猝然昏去，应是脑中的血液一时流通不畅所致。”他顿了一顿，又道，“这也只是微臣二人的推断，微臣二人医术浅薄，实在不敢断言啊。”

“要怎么治？你们快些想办法让皇上醒过来呀！”姜贵妃急道。

“这……这，立刻运针尚有转醒的希望。”大冬天的，赵太医抹了把额头上的汗，颤抖着胡须说道，“整个太医院以胡堂平太医针灸之术为上佳，可今日胡太医不当值，此时宣他入宫只怕是来不及了。”

太后沉吟片刻：“就你来。”

“微臣不敢！不敢！”赵太医“扑通”一声跪下，他身后的周太医也一同跪下，直呼“不敢”。他们倒也没错，在龙头上动针，运道好的话，皇上醒来，自然是论功行赏，可若有个万一，可是大罪。

“你们不敢，这里也无旁人，难道让皇上……”姜贵妃嚷了一半，见太后针一般的目光射来，连忙自行跪下，噤若寒蝉。

“微臣等才疏学浅，没有十分的把握不敢对皇上下针！还是等胡太医吧！”

隐隐又有人忍不住啜泣起来，听着让人心慌。皇后默默掉泪，朱常洛只是紧紧握着皇上的手，埋着头颤抖。再环视一圈，竟不见了郑皇贵妃和朱常洵的踪影。

安置好众人，抬了皇上去建极殿，周遭由陈公公调遣侍卫严格把守。皇后寸步不离地守着皇上，朱常洛陪着太后，时不时在门前望望，又沉着脸派人去催胡堂平。

要如何，才能使皇上撑到胡堂平赶来呢？我那三脚猫的功夫，连赵、周两位太医都赶不上，必是不成的。

“揽溪，上次你给本宫吃的药丸，可还有吗？”皇后颤声问。

药丸……我早已想到，只是仍不敢用。

皇后娘娘似看透我的犹疑，低声道：“到了这个地步，还有什么不敢的？”

过了许久，皇上也不见转醒，张公公在一旁急得如热锅上的蚂蚁，太后皱着眉，众人心急如焚。

我定了心思，跪道：“启禀太后，妾身有药献上。”

“你是谁？”太后打量着我问道。

“皇祖母，这是孙儿的选侍王氏，孙儿愿为其担保。”朱常洛道。

“臣妾也愿为她担保。”皇后亦道。

太后颔首：“把药拿出来，让两位太医看看。”

我从袖中掏出重新缝制的锦囊，取出一颗药丸，递与赵太医。两位太医闻了闻，又看了看，赵太医拿指甲取了一点儿尝过，两人嘀咕了一阵，连连点头。

赵太医道：“启禀太后，此药甚好，皇上可服。”

“快。”

张公公马上着人服侍皇上服下药丸。

又过了半个时辰，就好像一连几个白昼那样难熬，外边蓦地一阵急促的脚步声传来。胡堂平进门，只简单一礼，便上前察看皇上的情况。待一一看过膨胀的血管，手指轻而准地摸过脉搏，他从药箱里取出一个布卷儿，展开，上面排着长短粗细不一的银针。

胡堂平熟练地拈过细长的银针，擦拭消毒。接着，找准了第一个穴位，将银针慢捻进去，一股细小的血蓦地飙出，洒在他的衣襟之上。一旁的张公公跟着一个哆嗦，皇后也变了脸色。

血在黑发里蜿蜒，沾湿了枕头，渐渐止住了。他又接连下了第二针、第三针，便不再见血。待施针完毕，皇上额头上暴出的青筋已经平缓下来了，微微沁出薄汗。

我这才惊觉，自己也是一头一脸的冷汗，手心发寒。

胡堂平轻轻拨开皇上的口，略闻了一闻，问道：“给皇上服的是什么药？”

我忙从锦囊里取出余下的最后一颗：“胡太医。”

胡堂平拿银针挑下一点儿，在指尖碾开，赞道：“真是极好的药！凡夫俗子就是研究一世，也未必制得出！此次若没有这药丸，皇上危矣。”他紧皱的眉头这才松了一松，道，“皇上一会儿就该醒了。”

众人皆喜，都跟着松了口气。

“胡太医要是用得上，这颗药丸不如赠予胡太医研究，好制出更多的灵药来。”这样好的药丸，只余下一颗了，只怕以后要用的时候多着呢。

胡堂平摇摇头，递还我：“选侍还是收好吧。”

我心中微微吃惊，脏老头儿竟然没有骗我，这药丸竟连胡堂平都没把握研制出来？

过了一炷香的时间，针刚刚取下，皇上便悠悠转醒。混沌的眼睛闭了闭，缓缓转动，最后定在正上方胡堂平的方向，沙哑地问道：“你是谁，是你救的朕？”

“微臣太医院御医胡堂平，非常时刻向皇上施救的另有其人。”胡堂平让出我来，“多亏皇长子的选侍王氏献上灵药，这才挽救皇上于危难。”

“哦？是你。”

我急忙跪下来请罪：“儿臣鲁莽，皇上恕罪。”

皇上缓缓摇头：“扶我起来。”他不经意地看了一眼身侧搀扶自己的朱常洛，神色有些惊怔。又望了望一旁默默流泪的皇后，了然地勉力挤出一抹苍白笑意，“你们母子两个怎么了？”

只听朱常洛哽咽道：“儿臣见父皇醒来，心中实在激动，忍不住失了仪态，父皇见谅。”皇后已经泣不成声：“皇上恕罪。”

皇上不禁动容：“洛儿、皇后，你们是担心朕，朕知道。”

皇上似忽地想起什么，目光在殿中环视：“郑皇贵妃呢？还有洵儿，他们怎么不在这儿？”此问一出，在场竟无人敢答。

见良久无人应答，皇上已隐隐生出怒容：“张康禄，你说。”

“奴……奴才不敢！”张公公整个人都扑在地上，瑟瑟发抖。

“找个敢说的来！郑皇贵妃为什么不在这儿？”皇上勃然大怒。

我们只好齐齐跪下，朱常洛急切道：“父皇龙体为上，父皇息怒。”

“没人说，那只有哀家说了。”太后缓缓走到床前，眸中的爱怜深重，悲道，“皇上是哀家亲生的孩儿，见你生死一命，谁会比哀家更痛？可就算你听了生气，哀家也不能让你再受旁人的欺瞒啊。当时的情状，哀家亲眼看见，张公公在皇上宝座旁边，定然也是看见了的。”

皇上一脸的茫然和诧异，转而向张公公森然道：“张康禄，还真等着太后娘娘替你说吗？”

张公公无奈，索性一口气竹筒倒豆子似的全说了：“奴才不敢欺瞒皇上，奴才看见……看见，皇上倒地吐血的时候，侍卫还没来得及封锁中极殿，郑皇贵妃含着笑跑出去了，之后一阵混乱，三皇子也不见了……奴才知道的全说了。”

“她果真，是笑着跑出去的？朕吐血晕厥，她居然笑得出？”皇上狠狠攥着被角，眸中的神色几经变幻，最终目光冷凝，吩咐道，“陈矩呢，让他来。”

“陈公公就候在门外。”

“你去告诉他，让人给朕将锦衣卫看紧了，宫门紧闭，全部戒严，否则所有人提头来见。”皇上沉吟片刻，继续道，“再让人找，郑皇贵妃现在身在何处，在做什么，找到了立刻禀报。母后，恕朕不能亲自恭送。朕累了，想歇一会儿。”

他最后一句带着一点儿哀伤，听起来就好像真是个苍老的人了。

皇上忽又叫住朱常洛：“朕康复以前，就由洛儿和你的选侍随身照料，如何？”

朱常洛和我道了声遵命，皇上便让我们下去了。

张公公领我们二人去了偏殿，我卸了严妆，又换了平常里暖色的衣服，梳了个简单发髻，略缀珠饰。接下来既要在皇上身边走动，便要做到不出挑，也要符合规制。

不过寅时，便有内监过来通传。

来的是张公公手下的一个小内监，低声道：“刚刚来消息说，郑皇贵妃正在大高玄殿内，声称拿着皇上写下的谕旨，正安排三皇子即位的事呢。皇上听了雷霆震怒，若不是如此，皇上也不会非要亲自去大高玄殿。皇上虽龙体未愈，可这个当儿口，也是听不进劝的。两位待会儿见了皇上，也就不要劝阻了。”

我蹙眉道：“可皇上龙体欠安，应该将养着，怎么能冒着风雪出去呢？”

“就听张公公的吧，不会错。”

我迟疑地低声问朱常洛：“张公公是你的人？”

朱常洛淡然道：“张公公永远是父皇的人。”

待见了皇上，果然一副余怒未消的神情，依张公公的，我们默默跟到仪仗的后面，一直走到大高玄殿前，便停下了。

雪仍不大不小地下着，此时大高玄殿被侍卫层层严守。见了皇上，侍卫们整齐划一地行礼，积雪从他们的肩上、帽子上簌簌地滑落，可见是站住了便没动过。

门前的侍卫“吱呀”一声开了殿门，皇上在廊下站立一顿，遥遥看了眼香火间跪倒的人影，才迈过门槛。

门又缓缓关上了，我们仍侍立在雪中。良久，雪眼见着越下越大，对视一眼，只见朱常洛的眉毛都落白了，嘴唇被风吹得枯干，想必我也是同一个模样。张公公道：“雪大了，皇长子和王选侍还是到廊下候着吧，若二位有个什么好歹，还有谁来照顾皇上啊。”

张公公搀着我们走到廊下，自己便退了回去，正在此时，殿门陡然开了，门风带出一阵温暖安宁的檀香气息，让我冰凉的呼吸缓和了些。

“洛儿，进来。”皇上森冷的声音在大殿中回荡。

“父皇有何吩咐？”朱常洛答应着进去。我略略抬眼，只见皇上指着朱常洛对郑皇贵妃说：“看清楚了，这才是朕的长子！

洛儿长这么大，朕没见他掉过一滴男儿泪，但今天朕见到了。还有皇后，朕对你比对皇后好过千倍百倍。若今日朕是真的去了，为朕哭的却只有他们。你们母子俩眼里只有皇位，竟连为朕掉一滴眼泪的空隙都没有吗？”

身后的张公公悄声道：“退，退。”我也默默后退出来。谁料张公公的声音又从背后传来，“王选侍不必了，皇上将龙体嘱托给选侍，便是十分信任，恰逢此时皇上正在怒头上，无人敢劝，还依托选侍照料呢。”

我独自立在门前，殿门又不见关闭，直如芒刺在背。皇上最后一句已是怒极，几乎咆哮出声，朱常洛跪下道：“父皇息怒！”我也急忙跟着就地跪下，身后窸窸窣窣的一片声响，想必也都跪下了。

“臣妾也是以皇上的江山为重！”郑皇贵妃跪直在地上，勉力倔强道。她身侧有一个玉匣，想必其中就是皇上曾经立下的谕旨。

“诡辩！你知不知道，朕醒来见你不在，还怕是将你吓着了，更怕是有人趁机害了你，谁料……”皇上急促地喘了几口气，尽力平息道，“交给朕，朕许你仍是皇贵妃。”

“不！翊郎对我的感情不再，做皇贵妃又有什么意思？”郑皇贵妃尖厉的声音穿透了整个大殿，“翊郎忘了吗，那日你在这大高玄殿里起誓，你答应我的，会立我们的儿子为太子，这玉匣内的谕旨就是证明啊！”

皇上的声音蓦地冷如玄铁：“你不是不能动这个玉匣，而是你不能让朕知道，这是古之君王之大忌。你如此迫不及待，朕斩了你也不为过！”

是了，若皇上真的驾崩，郑皇贵妃他们做什么，皇上都不知，也管不了。可当一个君王知道，身边人是如此期望他的离去，一点儿留恋也无，一滴眼泪也无，会是何等震怒和伤心啊。可皇上还是选择饶郑皇贵妃一命，甚至仍许她原来的妃位，不可谓不用情至深。

郑皇贵妃知道大势已去，只能将玉匣双手奉上，啜泣着说不出话来。

良久，皇上终于“哗”一声，将玉匣打开。我垂着头，只听见一阵绢布窸窣的声音，皇上叹道：“此乃天意。你自己看。”

明黄色的绢帛飘落在郑皇贵妃眼前，郑皇贵妃拾起来一看，一时不支，瘫坐于地。

皇上似不忍看，转过头发落道：“将皇贵妃送回毓德宫，无诏不必请见。”

我一直不懂那日皇上所谓的“天意”究竟是指什么，圣驾前没人敢嚼舌根，也是许久以后，我才听说的。那册立朱常洵为太子的谕旨，因为经年搁在大高玄殿的大梁之上，不知何时，已经被蠹虫噬咬得千疮百孔，朱常洵的“洵”字，已葬虫腹。或许皇上打开玉匣之前还有一丝犹豫，可是天意如此，便是想作数也作不得数了。

多少年的期盼，一朝落空，就连小小的蠹虫也与人为难，怪不得那日，那般强势的郑皇贵妃，也只能流泪冷笑罢了。

初三，钦天监监正禀报，元日当晚彗星进入紫微垣，冲撞南面星辰，南面第二颗星代表太子。所以众人皆称："星变"的原因在于国本未立，群臣故再次请奏皇上遵循祖制，顺应天命，立皇长子为太子。恰逢朱常洛八月将成弱冠之年，有大臣以加冠礼规格问题相逼，提请先册封朱常洛为太子，后行加冠之礼。

关于何时立皇长子为太子，一直悬而未决，特别是近几年，有愈演愈烈的趋势。且不论丢了官职的，为此被杖责甚至杖毙的大有人在，皇上总是以各种理由搪塞，或者揪一些不重要的字面错处，来回避国本的问题。

皇上想立谁为太子，大家一直心知肚明。可大明礼法森严，有嫡立嫡，无嫡立长。群臣务必谏言皇上恪守祖制，这几十年来，从未改变，哪怕皇上固执，恼了又恼。可若皇上执意而为，没有一丝改变的想法，哪怕一拨又一拨直言敢谏的臣子白了头，不也是枉然？

这一次，竟连沈一贯都单独上了折子，请立皇长子为太子，难道说风向是真的变了？

皇上没说允也没说不允，熟视无睹一般，任由外边折腾得热闹。只是难得地没发落个谁，只推说自己正养着病，眼睛花，将折子全扔了出去。

皇上如此难以捉摸，我们也只当作平常一样，双耳不闻窗外事，照顾得愈加勤谨。也许这一次的群臣上奏，待皇上挨上一段时日，便又会不了了之了，可此时发生的事情，让一切陡然转变。

初六，皇上午睡刚起，一个内监进来禀报，说陈公公在外求见。

陈矩任秉笔太监一职，代帝摄政。皇上怕他又要拿些花样繁多的折子来烦，本不愿见，可陈矩不愿走，朱常洛这才说了一句："陈公公不是没有分寸的人，可能当真是有重要的事请父皇裁夺。"

陈矩进来行了礼，道："尚衣监起了桩毒杀案，老奴做不了主，来请皇上决断。"

"什么时候起，奴才的事也要朕亲自过问了？你手下的东厂用来作甚！"皇上薄怒道。

"事涉三皇子，皇上容禀。"陈矩果然老练，天子威仪之下，不卑不亢。

"你说。"

"毒杀案发生在初二晚上，因为有人刻意瞒着，所以并未走漏出消息。直到昨日证人来找老奴，事情才暴露出来。证人是幸存下来的，叫桂子，也是尚衣监的内监，就在门外候着，皇上可要通传？"

有人瞒着？既已说事涉三皇子，那么是谁妄想瞒天过海，已经不必问了。

皇上脸上阴沉得很："传。"

很快人便被架着带上殿来，手铐脚镣丁零当啷一阵响，奴才要状告天潢贵胄，必先挨过一场酷刑，此时他身上已没有一块好的了，就那样血肉模糊地趴在地上。

“如何事涉三皇子，你一一道来。”皇上勉强耐着性子问道。

桂子勉力给皇上磕了几个头，似下了极大的决心，才道：“奴才要揭发三皇子有篡位之心！”

我心中一凛，抬眼见皇上已然面色青白，只是强忍着不发作，咬牙一字一顿道：“说清楚，若有一句虚言，朕让你生不如死。”

桂子眼中闪烁着无惧生死的愤恨，道：“奴才元日当夜在尚衣监当值，后半夜便见三皇子来，面上有难掩的兴奋，疾言催促当值三人为他缝制新的龙袍，说皇上……皇上已经……奴才们本不相信，又怕是真的，得罪了新皇，便当着三皇子的面将样子裁了出来，那袍子奴才已经上交做证物了！”桂子悲从中来，泪水流过面上的血痂，“后来得知，皇上果然洪福齐天，安然无恙，奴才们本就没打算将此事说出去，可初二的晚上，那两个兄弟还是没逃过，奴才进宫前家里是猎户，因为心里害怕，就在门前做了机关，才勉强逃了出来。三皇子一直在找奴才啊……奴才没有办法才……”说到后来，他已经声声哽咽，御前不可失仪，才拼命忍住。

“新皇？”皇上冷笑一声，神色竟似平静，“袍子拿来看看。”

陈矩从内监奉上的托盘上拿起一叠明黄色的布料，在皇上示意下抖开，果真是一件龙袍的形状，看那肥大的身形，宫中只有朱常洵一人可疑。陈矩将袍子放回托盘中："请皇上示下。"

"袍子就放这儿，人——"皇上眸中现出杀意，扫过桂子血痂凝结的面庞，最终定在陈矩脸上，"你知道怎么处置。"

"去，把皇贵妃和三皇子都给朕叫来。"皇上继而吩咐张公公，我已知道，他面上那一种死寂，其实是暴风雨之前的平静。

待会儿郑皇贵妃和朱常洵便要来了，朱常洛与我对视一眼，便要一同告退。谁料皇上蓦地一个踉跄，扶着头对我说："朕的头疼得似要炸了，快给朕治一治。"

朱常洛扶皇上到床上躺下，我立即用热水冲了白僵蚕粉末，喂皇上服下。这个办法虽然是民间的土方子，却是治疗头痛见效最快的了。

过了好一会儿，皇上额头上的青筋才稍稍平缓。

郑皇贵妃没想到皇上发下狠话"无诏不必请见"，没过多久便又召见她，本是极欢喜的，可一进来见着朱常洛和我，面色立时便沉了下去。

我忍不住向皇上道："皇上不可再动怒了。"

皇上扶额，由朱常洛搀扶着坐起，缓缓点头。

任凭二人跪了好一会儿，皇上头痛稍缓，才伸手抓过托盘上的明黄色袍子，扔到朱常洵面前，声音虚弱却不乏威严："穿给朕看看。"

朱常洵一见那东西，自然明白过来，吓得面无人色，哆嗦着匍匐在地上，连声道："父皇……父皇……饶命！儿臣知道错了！知道错了！"

一听朱常洵竟真的承认，皇上忍不住暴怒喝道：“亏朕平日里那么疼你，你这逆子竟巴不得朕快点儿死！逆子！逆子！”一边大骂一边将手边盛药的碗盏一股脑儿地朝朱常洵扔过去。

朱常洵吓得杀猪般叫唤，伏在地上抱着头，除了“饶命”说不出旁的话。朱常洛猛地跪在朱常洵前面，白瓷的碗盏破空而来，击打在他的额角，残余的褐色药汁顺着下颌流下，滴落在他浅色镶金边的华服上，他却如同不觉一般，急切地磕头道：“父皇！三弟年幼无知，父皇就饶过他这一次吧，他已经知道错了！三弟的错，儿臣这个做哥哥的责无旁贷，父皇就责罚儿臣，饶了三弟吧！”

我亦在旁跪下道：“皇上金口玉言，答应妾身不动怒的。”

白瓷落地，迸裂成一地碎片，那声脆利的声响，在一片混乱暂歇之时，竟显得室内宁静得有些诡异。

“唉……”久久，皇上叹了口气，“你三弟做出这样大逆不道的事，若要说有人责无旁贷，也不是你。”说着，眼光直直便射向郑皇贵妃，犹如利刃。

郑皇贵妃忙膝行到皇上面前，抱着朱常洵哭道：“皇上说得是，是臣妾管教无方，皇上要怪便都怪臣妾吧，就算杀了臣妾也绝无怨言！翊郎，他再怎么错，也是你的儿，你别伤害他……”语音未落，已不成声。

“子不教，父之过，朕谁也不怪。”皇上闭上双眼，眼角皱纹里似隐隐泛有泪痕，面色哀恸，忽睁开眼睛，看着面前那两个都是自己亲生的孩子，“以前朕总觉得洛儿太像他的娘，太过木讷平庸，没有洵儿小时候有灵气、会逗趣。可如今看来，竟是洛儿更重情至孝，身边人也聪慧懂事，都是皇后教得好。”

阶下的那一对母子只顾抱着哭。朱常洛跪在一旁，额上被砸到的地方已经肿起老大一个包来。我垂着头，一时之间无人答话。

不知是不是因为提起皇后，皇上沉思片刻，问道：“皇贵妃，朕记得昔年这两个孩子都小，皇后送了他们一人一个玉碗，为盛终生福气，一并放在你毓德宫中供奉。玉碗呢，可还在你宫里？”

郑皇贵妃用绢子轻轻拭着泪水，听见此问，不由得面露诧异，迟疑着答道：“自然是在的。”

“派人取来朕看。”

要怎样处置朱常洵仍悬而未决，不知为何皇上忽地又提起玉碗，实在是帝心难测，难以捉摸。在场的人皆疑惑不已，却无人敢问。

不一会儿，张公公便捧着一只冰肌雪骨、晶莹剔透的玉碗进来，高举过头，稳稳地献给皇上。皇上看了看碗底，赫然一个“洵”字，便问：“洛儿的玉碗呢？为何没拿来？”

“皇长子的玉碗，臣妾收着呢，只怕下人们一时没找到。”郑皇贵妃慌乱地答道。

“朕当时让你把洛儿的玉碗与洵儿的一同供奉，为何不照做？”皇上不疾不徐，已然没了不久前的震怒，可那莫测的神情，更让人心慌。

见皇上如斯神情，事情又到了这一步，郑皇贵妃不敢再狡辩妄言，只一味地伏低做小，哭个不停。

“臣妾知错了，臣妾害怕皇长子抢了咱们洵儿的福气，才会这样做……”郑皇贵妃又滚下泪来，哭道，“是臣妾自私，可臣妾也是为了洵儿，皇上看在臣妾为人母的苦心上，就饶恕臣妾的罪过吧！”

“这玉碗，本只能有一个，只盛一人做太子乃至天子的福气。当年皇后为洛儿做了一只，你因为这跟朕怄气，半个月都不理朕，也不让洵儿见朕。朕想，不就是一只玉碗吗，便让皇后也赐了一个给洵儿。”皇上原本冷硬的脸上闪过一丝沉痛，“这些年来，朕就是这样哄着你，让着你，不由得委屈了洛儿这么多年！朕问你，你敢担保，洛儿的玉碗果真还在你宫中？”

“臣妾不敢欺君罔上！”郑皇贵妃咬了咬牙，答道。

“好！很好！朕信你！”皇上的脸上一时闪过各种复杂的情绪，无法一一辨出，也读不懂。他蓦地高举起手中朱常洵的玉碗，狠狠地摔在地上。

“哐”一声巨响，随之“哗”的一声，玉碗化作无数纷乱的碎片，如同流萤，在光滑的地板上散得四处都是。众人都惊呆了。

“不！”一声凄厉的尖叫。

皇上的面容只是肃静。

“这玉碗从来都只能有一个，从今日起，便让一切回归正轨，只有一个罢了。”

无论郑皇贵妃所言是真是假，朱常洛的玉碗是存是毁，皇上摔了带有“洵”字的玉碗，那么剩下的那个，只能是朱常洛的了。

皇上支撑着从床上下来，蹒跚着前行，宽大的手掌轻轻覆上朱常洛红肿的额头，缓声郑重道：“储贰之重，式固宗祧，一有元良，以贞万国。皇长子孝惟德本，仁为重任，可立为皇太子。来人，立即将册立皇太子的仪制报上来审看。”

那个玉碗就犹如水中泡影，看似明亮的满月，一碰，便破碎得不可捧掬。郑皇贵妃伏在地上，不甘地抚摸着尖利的碎片，划得手上都是殷红的血，而朱常洵，已然惊得哭都哭不出来。

“父皇……”朱常洛只是喃喃，眸中的震撼、感动……难以言表。

第十四章

月圆岂料伤心事

皇上决心既定，当日便将册立太子的仪制全部确定，日期就定在正月十五上元节当日，是毋庸置疑的吉日良时。

皇上依旧称病，命准太子监国，处罚朱常洵一事便也一同交付朱常洛。我们心中都清楚，皇上哪里舍得真惩罚这个打小最疼爱的儿子，只是仍气着，磨不开面，这才交给朱常洛办。朱常洛自然是聪明的，小惩大诫，让皇上放了心，也落个“仁厚”的名声。

郑皇贵妃因此大病了一场，皇上也没去看她，甚至为了清静，连同平日里郑皇贵妃身边的姜贵妃、秦端妃等一众嫔妃也不肯见，独独召了如意，终日侍候左右。

宫中已经下旨，十五日前准太子及其女眷，举宫搬迁到慈庆宫。伏元殿里奔走相告，都忙着收拾，从上到下皆有扬眉吐气的感觉。

烟绕和云横也领着众人在房里收拾，我站在那儿，他们反倒要顾我，加上灰大，我便独自一人到旁边的小厅待着了。

想起刚刚见到如意，与我照面也目光游离，自打她不愿见我，我们已经许久未说过话了。

心里不由得有些沉郁，手里捧着暖炉，静静地发呆。

梅影横窗瘦，如同一幅简约的水墨画，令人平神静气。大起大落之后，直至此时精神才略微松缓，已是难得的一瞬了。

忽地有人从背后捉住我的手，吓得我将手里的暖炉一抛，从椅子上跳起来。闯祸的人一手摸着被我撞红的鼻子，看样子已经疼得说不出话来了，一手还迅捷地接过掉落的炉子。

我想笑，又有些笑不出。

“本想着先前答应你的事，装不记得不够君子，特赶着来兑现承诺呢，我看你也没什么心情，不若就算了吧。”

“什么事？”

他嘴角的笑意更甚：“看看，都忘了。既然没往心里去，算了算了……唉，唉！”

我两手攀着他的脖子，脱口道：“你答应十五带我出去看花灯的，可不许赖！”

“十五不行，你真忘了，那天是我的册封礼，晚上还有元宵夜宴，你我不可能缺席。”朱常洛一本正经道，不是玩笑。

听了他的话，我的心又倏忽跌落到谷底，他又捉弄我了，我毫不掩饰自己的失望，当即撇了嘴角，推开他恨声道：“骗我。”

“我怎么会骗你呢，”他已然一副忍俊不禁的模样，搂过我的肩，“十五是不行，十四该筹备的都得筹备，就十三吧，可否赏光？”

都说他捉弄我了，我又好气又好笑，故板起面孔道：“考虑一下。”

朱常洛望着我朗朗一笑，直接忽略掉我的回答：“不过有言在先，只有十五那天有烟花会，十三那日的节目一样不落，唯独少了烟花会，见不着可不许闹。”

我粲然一笑：“好！”

初十之前，我们已经安安稳稳地住进慈庆宫了，从偏远的伏元殿，一下便搬到了炙手可热的东宫之所，想来要适应的东西还有很多。

慈庆宫可不小，前有门三道，最外为徽音门，门里为麟趾门，第三门称慈庆门，慈庆宫为正殿，为朱常洛一人所住。朱常洛说东面靠近宫墙，怕吵，西面不远处便是尚膳监，怕熏。北面朝向好，采光好，最重要的是里边还有一片小湖，上面有个小小的汉白玉湖心亭。我一见，就喜欢上了，他便安排我住了这正北面的万荷台。

贝淑女住在西北角的仪英阁，刘淑女住东北角的紫骊轩。其实我见慈庆宫哪里都挺好，宫里这样大，再怎么近宫墙也不会吵，再怎么近庖厨也熏不着，可我知道，这都是他心里疼我，才特意把我喜欢的留给我。

这段日子，朱常洛不是召我去，就是宿在我这里，比以往显得更为亲密了。每每他来，烟绕都端着桂圆花生凑过来，一脸喜气地嚷：“早生贵子！早生贵子！”羞得我面红耳赤，可朱常洛高兴，整个万荷台的下人都赏。

虽说准太子监国，可朱常洛似乎比之前更清闲了些，时常来陪我。有他陪着，转眼十三日便到了。一早烟绕便帮我装扮好，梳寻常的桃心髻，衣裳也是京师里寻常富贵人家的模样。

黄昏时分，朱常洛来接我。他刚进门，烟绕便端着果盘凑过去，见讨得到好处，她渐渐地胆子越发大了，机灵地转着眼珠，满脸堆笑道：“早生贵子啊皇长子，您带小姐去赏灯，一定需要几个丫头从旁伺候着吧？”说完，还扑棱棱地眨眼睛。

朱常洛忍笑：“不用，我们是微服出门，人越少越好。”

“临近上元节，宫里也很热闹呢，咱们就在宫里看看好了。再说皇长子和选侍单独出去，你个小丫头跟着去干吗？”云横拼命给她使眼色。

“从前小姐玩儿什么都和烟绕一起的，如今有了皇长子，就不带奴婢玩儿了。”烟绕气鼓鼓道。

我终于忍不住笑出来：“快别逗她了，都快哭了。”

朱常洛这才和煦道：“你家小姐已经都替你安排了，等会儿就带着你和云横，一起出宫去赏灯。”

“谢谢皇长子，谢谢小姐！”烟绕果然高兴得忘乎所以，眼见着又要把果盘呈出来，我忙按住她：“既然要出去玩儿，你俩也去换身衣裳。”我接过王栗手中的托盘，换下她手中要命的果盘，“百蝶花卉纹妆花缎做的小袄，年节穿来好看又喜庆，快去试试。”

不知云横喜欢什么颜色，我为她准备的是大方的黛色妆花缎。烟绕我最了解不过，浅浅的鹅黄最适合她了。待她俩换好衣裳，车马也准备好，我们一行人就出发了。

皇宫以乾清门为界，乾清门以北为内廷，以南为外朝。内廷即为后宫，外朝主要是皇极殿、中极殿、建极殿三大殿，以及文渊阁等议事的地方。慈庆宫居于中极殿东面，乾清门的东南方向，已然是在外朝了。远离了后宫，这里仿佛一小片独立的天地，我们行事起来才比从前稍稍自在了些。

出了徽音门，再向南出了东华门，眼前立时一片灯火阑珊，换了景象。

天色将暗，两行从城墙上延伸到远方的彩灯蓦地齐亮，在微风中轻轻招摇，两旁的灯海如漫天繁星，映得夜幕亮如白昼。

人潮涌动，多是少年男女，温声软语，粉红面颊。女子大多着白绫衫，行走挟风，飘飘而动。明月下的白裙反射着光，犹如夜光笼身一般，所以这白绫衫也叫夜光衣。

“哎呀，她们怎么都穿一样的衫子？”烟绕奇道。

云横从旁解释道：“这是京师里上元节的习俗，女子要穿白绫衫，还要走桥，谓无腰腿诸疾，男子要摸门钉，寓意吉祥顺遂。”

“那咱们为什么不穿白绫衫呀？”烟绕的眼睛跟着那飘飘的裙角晃来晃去。

朱常洛笑："我就是怕大家都穿成一样，待会儿人一多起来，挤过一阵，牵在手里的人都能换喽。"

大家齐笑，前面蓦地热闹起来，远远便见一队穿红戴绿、鼓乐喧嚣的人，最前面舞龙舞狮，活灵活现的。待走近了，才看清后面紧跟着踩高跷、跑旱船的，脸上抹得红红白白，好不滑稽。再有吞刀、履火等百戏，人群中不时爆发出激烈的喝彩声。我看什么都惊奇，都看不过来了。

烟绕拉着云横跟着舞狮子的跑远了，我急着唤她，见她没反应，便要跟去。朱常洛一把扯过我，人群拥挤，登时将我俩挤得贴在一起。他一只手紧紧牵住我的手，一只手护在我背后，给一旁的林顺使个眼色，林顺便飞快地跟过去了。

"终于只剩我们两个人了。"他在我耳畔笑道，气息温热，而后摇头晃脑地朗朗道，"月上柳梢头，人约黄昏后。"

松棚底下挂满了各式各样的灯笼，一阵风过，流苏轻拂，串珠丁零响，火光透过彩纱，映出一个五彩绚丽的世界，让穿行在其中的人，只觉如梦似幻。

仔细瞧，每个灯笼下面彩幔微坠，上书有小字，正是一个个谜语。

"小娘子喜欢这灯，不如让你夫君买给你。"老板热情地招呼。

"你这灯上的字条儿又是怎么回事？"

"这呀，自然是灯谜了。只是我这灯谜难得很，等闲之辈猜不到，若猜到，这灯笼便免费送您，若猜不到，您还是得照价买我这灯笼，怎么样，公子要试试吗？"

朱常洛扫了一遍近前的几个灯笼："揽溪，选个你喜欢的。"

见他如此胸有成竹的模样，我也不客气，挑了个竹叶印黄纱的五角灯笼。老板取下字条儿递给朱常洛，我凑过去一看，只见上面写道："什么车无轮？什么猪无嘴？什么驴无毛？什么屋无门？什么书无字？什么花无叶？"

这什么怪灯谜，我在民间痴长了十几岁，也没听过。只见朱常洛沉思了片刻，微微一笑，道："（风）车无轮，（雨）珠（谐音"猪"）无嘴，（秃）驴无毛，（中）午（谐音"屋"）无门，（桐）树（谐音"书"）无字，（心）花无叶。连起来便是风雨途（秃）中同（桐）心，这有何难。"

老板不由得拊掌赞叹道："公子聪慧，老身佩服。"说罢，干脆利落地取下灯笼，递给朱常洛。

"老板的灯谜有意思，寓意上佳。"朱常洛笑着将一锭银子放到老板手里，老板顿时喜得成了个眯眯眼，这一锭银子，比一个灯笼的价可多得多。

我看着手里小巧秀气的灯，笑望他道："你怎么还会这个？"

他腾出手刮我的鼻尖，凑近道："我不知还有多少是你不知道的。"

走过金水桥，见许多年轻男子都前去摸宫门镏金的门钉，我拉朱常洛道："你也去吧，寓意吉祥如意的。"

他不过轻轻一笑："升斗小民的福气怎能与我相比？"

"既然来了，就要随俗。"我笑着推他。

"好，你就站在这里等我，不要乱跑。"

理了理手中花灯的大红流苏，忽听得身边有三两个女子正聚在一起谈论去年十五时的烟火盛景，我还从未见过烟火，心中向往，不由得走近了些想听得更清楚。

忽地她们其中一人手中的灯笼烧着了，那女子惊叫着抛了烧成火球的花灯，猛地后退，撞得我够呛。我没防备，一下子跌入人群中，眼前霎时一片缭乱。

混乱中腰上感到一股劲儿，将我推出涌动的人潮。我回首探看，只见人头攒动，个个摩肩接踵，根本看不出是谁帮了我一把，可能是个好心的陌生人吧。

还好花灯没有烧，我理了理衣裙鬓发，那几个女子忙围过来关切问道："你没事吧？"

朱常洛这就回来了，见人围着我，皱眉问道："怎么了？"

"我与这位娘子不小心撞了一下，没事的。"

朱常洛见那女子殷切地道歉，倒也没多说什么。

我又回头望了望，不知为何，我总觉得熙熙攘攘的人潮中有一双熟悉的眼睛，正注视着我。

十五日清晨，册立皇太子的仪式就在皇极殿举行。册立太子的仪式极为烦琐，待册立完毕，还要去中宫朝谢皇后，拜谒宗庙，敬告祖宗。看来我只能晚宴的时候再恭贺他了。

接近黄昏时，纫兰姑姑手下的宫女来通传："王选侍，皇后娘娘请您此刻去祺轩楼一坐。"

来到祺轩楼，皇后娘娘正在雕花扶栏边上品茶，见了我，慈爱地招了招手。祺轩楼高，周边平阔，的确是个视野极好的地方，可看到正阳门外。东面还有一条金水河的分支，两旁花木扶疏，加上地方稍稍有些偏僻，往来人少，真是极舒适的休憩之地。

极目远眺，灿烂的余晖洒落，琉璃屋顶反射着金色的流光，错落的宫宇金碧辉煌。

“千辛万苦，终于走到这一步了。”皇后望着远方，眸中似有欣慰似有哀愁，感叹道，“如今，洛儿终于当上了太子，可今后的路，只怕比从前更加荆棘遍布。”

“皇太子众望所归，皇后娘娘又何必太过忧心呢。”

皇后浅浅一笑：“且不管以后了，今日洛儿必定开心，不只因为他终于成为太子，更因为皇上已经下旨，册封洛儿的亲母恭妃为贵妃，并撤出冷宫。”

“真的？”我也为朱常洛高兴。

皇后微笑着颔首：“终于可以母子团圆了，真好。”说到这儿，皇后语气中竟有一丝羡慕之意。皇后早年诞下一女夭折之后，再无所出，除了代抚朱常洛之外，再无子女了，她一定是想起了自己早夭的孩子。

闲谈一会儿，皇后问了时辰，吩咐我道：“夜宴将至，本宫要先回去梳妆，这里有几本本宫珍藏的书籍，还有本宫最爱的茶具，你留下来替本宫收好，本宫才放心。夜宴前奏枯燥乏味，你若不喜欢，可以晚些来，本宫自会替你担待。”

皇后珍爱的东西一向是纫兰姑姑给收拾的，我心中奇怪，却还是将茶具小心洗净擦净，摆放在祺轩楼内，书也在书架上立得整整齐齐。

此时天已然全黑，漫天的星光好不可人，宴礼烦琐，我的确想在这里好好放松一下，可又有些惦念朱常洛。

唤云横提灯上楼，我转身欲走，蓦地只听身后一声响，回首正见一朵巨大的烟花绽放，绚丽的流辉划过深黑的夜幕，缓缓展现成最婉转美丽的姿态，流萤一般的花瓣直向人笼罩而来，一点点落下。

云横笑道：“是正阳门放烟火了，选侍看看也不迟。”

我顿了一刻，还是回过身去，任凭身后烟花绽开的声响此起彼伏，只轻轻道：“走吧。”

我到中极殿之时，夜宴正盛，一片繁华旖旎。没人注意我，我默默在不起眼的位置坐下，一眼便看见贵为太子的朱常洛，他身着绣金线日月星辰的玄色冕服，坐在仅次于皇上的下首。

侍立在皇上身边的，正是如意，皇上时不时与她低语几句，可见圣眷正浓。一旁的郑皇贵妃正色严妆，面上丝毫没有失宠的哀怨，镇定端坐。

再下首，姜贵妃明艳如花，正自饮自酌；秦端妃庄重慈爱，身侧儿女绕膝，她一手执着银匙，一手挽着袖子，正给两个孩子喂羹呢。

张公公得皇上示意，来到阶下宣读圣旨，正是册封王恭妃为贵妃的旨意。

只见殿门前出现了一个锦衣华服的妇人，在宫女的搀扶下缓缓走来。她那样孱弱瘦小，严妆也掩不了凋败的容颜，几缕华发早生，与这满室的娇艳女子相较，不可避免地呈现出老态。

恭妃的年纪并没有这样老，可是身处冷宫，独自心苦，再美貌的女子只怕也会快速地憔悴衰老。皇上见了恭妃，似乎也很震惊，殿中一时泛起些微私语，想也知道是些什么。

朱常洛情不自禁地踉跄几步，走下台阶来，搀扶住他日思夜想的母妃，唇角动了动，却说不出话来。

恭妃低顺着眉眼，谢了皇上恩典，由朱常洛扶着走上玉阶，向皇上敬酒，向皇后敬酒，郑皇贵妃虽失了圣宠，可身份还在，凌驾于贵妃之上，自然也需得敬一杯酒。

一切都是那般井然有序地进行着，陡然间，只听得"啷"一声，恭妃手里的酒杯狠狠地砸在郑皇贵妃额上。她犹如发狂一般，一把扯过郑皇贵妃鬓发边缀的流金，另一只手毫不留情地扇在郑皇贵妃的脸上，口中念念有词："我杀了你！我要和你同归于尽！"

场面一时大乱，皇上已然叫了侍卫进殿，朱常洛拼命制住恭妃，颈边被恭妃的甲套划出殷红的血口子。他不管不顾，抱着状若疯癫的母亲跪倒在地，面上的焦急惶恐一览无余："父皇，父皇！父皇看在母妃可怜的分儿上，恕罪啊！"

"哎呀，皇贵妃晕倒了！"姜贵妃在一旁惊呼。

皇上见状情急，面上怒意勃发："朕已按照祖制晋升你母妃的地位，可你也见着了，她已经疯了！来人，把王贵妃带回养性斋，没朕的允许不许出来，"皇上狠狠地盯了朱常洛一眼，"也不许任何人探望。”

说罢，皇上竟亲自抱起郑皇贵妃，向后殿走去。朱常洛悲声道：“父皇！父皇……”

皇上顿住脚步，回过半张脸来，面色阴狠：“你若再求情，就去陪你的母妃，太子也不要做了！没出息的东西！左右，给朕把他们分开！”说罢，皇上头也不回地走了。

侍卫一拥而上，将紧紧相拥的母子俩拉扯开来，朱常洛惨白着面色，毫无反抗，就像一个无知无觉的死人。

我知道，他此刻定然比死还难受。

我眼角余光一闪，只见秦端妃一改慈爱的面孔，嘴角泛着阴冷的笑意，心中一动，随后悄无声息地潜过去，拾起了恭妃喝过的那只酒杯，放入袖子里。

“哟，这恭妃素来懦弱，今儿是怎么了？”姜贵妃嘲弄道。

“这下皇贵妃必复宠。”秦端妃亦冷笑。

王贵妃仍旧哭闹不休，竭力挣扎，连发髻都塌陷散乱开来，侍卫拉扯着将她向殿外拖去，王贵妃凄惨的叫声渐渐远了。

张公公挥挥手，示意余下按住朱常洛的侍卫松手，低声道：“太子，奴才送您回慈庆宫吧。”

朱常洛仿若未闻，只失魂落魄地向外边走，一时，也无人拦他。我急忙跟上去，可刚一出殿门，便不见了朱常洛踪影。

烟绕和云横本候在殿外，见我出来，忙问道：“怎么了，太子这是去哪儿？怎的也不搭理咱们？”

我沉吟片刻：“他定然是去养性斋了。”

“这养性斋位于后宫极偏僻的地儿，还是多些人陪着去比较好。”

“不可，宫中不久便要下钥，侍卫的巡逻密不透风，人多了反而碍事，太子若真在养性斋，让皇上知道还得了！”蓦地想起皇上那森森的面孔，若他知道朱常洛真的去了他母妃那儿，会不会真的废了他的太子之位？

“宫里奴婢也算熟识，就由奴婢与选侍同去。”云横在一旁道。

“好，就你和我。烟绕先回去。”说罢，我急忙就走。

“小姐……”烟绕欲言又止，摇摇头，“没事，小姐，你们快走，奴婢这就回去了。”

我知道，烟绕惯是怕走夜路的，可此时我一心挂念朱常洛，便头也不回地走了。

避开了几队侍卫，只见越走越荒烟，甚至连巡逻的都没了，又走了许久，终于到了养性斋。

朱常洛果然在这里，他颓然坐在两墙相隔的阴影里，一动也不动，几缕发丝落在额前，看起来格外萧索落魄。我来到他身边，站立了一会儿，也不知该怎样安慰他，只好蹲下身来，将披风打开，裹在他身上，温声道：“更深露重的，披上吧。”

“你来了。”朱常洛喑哑道，低垂着眼不肯看我，不知何处刮来一阵阵寒冷的风，吹得他面前繁丽的绶带飘扬。

他用手抓住，注视着上面精致的尊贵绣纹，沉声道：“知道我为什么费尽心力地想当太子吗？”

“为什么？”

“自小，父皇就不喜欢我，皇后总是教我讨父皇的欢心，她说只要我当了太子，父皇就会将母妃放出来的。”朱常洛苦笑一声，压抑着颤抖，“十年了……我以为娘终于得见天日，我以为从今以后，便是团圆了，就算有再多的艰难在等着我，只要有娘在，我什么也不怕！可，我与她一句话都还未好好说，她就又被关进这个地方，自生自灭！”

他狠狠地一拳击打在墙上，拳头抵着粗粝的墙面不停颤抖，眼睛血红，泪水连绵不断地掉落。

我不忍见他如此悲恸欲绝的模样，只能将头埋在他的肩窝，竭尽全力用双臂环住他，用力抱紧他。从来都是他抱我那样紧，这次，多么想换我保护他。

“终有一天我们会和娘团聚的……”我哽咽着说不下去，泪落在他的衣襟上，在寂静的夜里发出“扑扑”的声响。

这个元宵之夜，似乎所有人都沉浸在节日的欢乐气氛里，只有我们两个，在寒风中相拥取暖，这个夜，仿佛格外漆黑又漫长……

朱常洛病了，额头滚烫，身上却是冷冰冰的，干裂的嘴唇不停喃喃说着什么。昏睡之前，他拉着我嘱咐，不要请太医，他怕有人拿他的病趁机做文章，让皇上生气，怪罪他和母妃。

我给他盖了好几层被子，捂得严严实实，也不见发汗，只烧得越发重了。眼见这不行，才遣了小栗子悄悄去请胡堂平。

胡堂平向来到得快，把脉，开药，只是他这次倒没急着告退，等药煎来，朱常洛服下，他见药效起来，发了汗，才收拾起箱子来。

闲杂的人早就让云横给清了出去，我这才拿出昨日在夜宴上拾到的酒杯，递给胡堂平：“劳烦胡太医看一下，这里面可有什么不对？”

他接过，只放在鼻端轻轻一嗅，眉头微皱：“莨菪子。”

“这是什么东西？”

“莨菪本可做良药，可其子有毒，中毒的人往往会做出异于寻常的举动来，”胡堂平仔细端详着酒杯上浮凸的纹路，“这是……难道昨日册封王贵妃时……”

见他以探寻的目光看我，我微微颔首：“那又要如何解毒？”

胡堂平眼波微动：“若是想送入养性斋，微臣可让人做成药膳，再托人送进去，选侍以为如何？”

“还请胡太医快些才是。”

“选侍大可信我。”胡堂平再不多言，提了箱子便快步离开了。

朱常洛常说，他的娘亲是一个温顺柔婉的女子。王贵妃当时走进大殿时尚且恭顺有礼，好好的，怎么可能不早不晚，偏偏就在郑皇贵妃面前发了疯，暴怒起来？这里面果然有问题！我又回想起姜贵妃和秦端妃两人说的话来，再加上酒杯里残存的莨菪子毒，这才明白了。

既能借此复宠，又让王贵妃回了冷宫，只是她未免也太歹毒。朱常洛母子已经分离了十年，一个十年过去，只怕这又是一个十年的开始！

想起昨日他颓败伤痛的模样，我知道，这一招如同一把淬了剧毒的剑，刺穿了他的心，分外致命，他撑不了。

不行，我一定要将真相说出来，还王贵妃一个清白，思来想去，我决定去找皇后。

一进坤宁宫，我便直直跪下，先磕了三个头。皇后见状，便让纫兰姑姑带着宫人都下去了。

“王贵妃有冤情，还请皇后娘娘做主！”我将酒杯里有莨菪子毒的事原原本本地向皇后讲了一遍，“还望皇后娘娘向皇上说明真相，放王贵妃与太子团圆。”

“你起来，”皇后道，“本宫知道王贵妃是冤枉的，可本宫不能为她求情。”

我冲口而出：“为什么？”

“这要提起从前的事情了。”

“当年究竟发生了什么？就算王贵妃从前做错了事，十年母子分离的惩罚也足够了，这一次，她真的是冤枉的呀。”

皇后良久才缓缓开口：“当年这后宫里的女人还不多，除了本宫，得宠的不过一个孙皇贵妃。本宫怀上了皇上的第一个孩子，皇上很是欢喜，哪个宫都不去了，只陪着本宫。本宫剧痛了三日，也没能将孩子生下来，太医说是难产，没办法，皇上下旨贴黄榜，召民间有经验的稳婆入宫。终于，孩子生出来了，待本宫醒来，只见坤宁宫里的每个人都哀哀戚戚的，琳霞……就是如今的王贵妃，当时她还在本宫身边伺候，琳霞抱给我一个死婴，是个女孩儿，她说小公主生下来便没了气息。”皇后向我伸手，仿佛心痛得不能支撑，“揽溪，那不是我的孩子！”

我亦是震惊："娘娘如何得知？"

"本宫着实在乎这个孩子，便提前在为孩子准备的襁褓里缝上了两颗拇指大的天然金色南珠，希望他得天龙庇佑，且尊且贵。可抱来的死婴襁褓里没有那两颗南珠，换本宫孩子的那人虽然心细到准备了一模一样的襁褓，却没注意到那两颗南珠。本宫便撑着身子逼问，琳霞才道悄悄瞧见稳婆换了孩子，别的一概不知，可那稳婆来自民间，叫本宫去哪里找？"皇后说起自己的孩子，终于忍不住抚胸泪流。

"娘娘为何不告诉皇上，让皇上再贴黄榜，找回那个孩子呢？"虽已是过去的事情，我却仍旧忍不住为之心切。

"这是有人密谋策划好的事情，本宫若告诉皇上，将那暗处的人逼急了，只恐对本宫的孩儿不利，本宫只好动用进宫以前的旧识，在民间暗中寻访孩子。

"本宫想留下琳霞作为证人，有朝一日找到孩子，还能让他回到皇宫，所以，本宫就将琳霞暂且送到太后身边去了，心想，太后身边总是安全的，没有人敢动手脚。

"谁料，皇上竟宠幸了她。琳霞一朝有孕，立即封妃，诞下了皇长子，也就是洛儿，母凭子贵。这时，郑氏刚入宫，与王贵妃倒是很合得来。突然有一天，当时的郑淑嫔举着一颗金黄的南珠跑到皇上与本宫的跟前，状告王贵妃才是换走本宫孩儿的元凶，那稀有的金色南珠便是在王贵妃处找到的铁证。本宫想起她之后一步登天的际遇，深信不疑，向皇上坦白了一切，一口咬定那些可怕的事情都是王贵妃所为。"皇后说完，又幽幽地叹了口气。

只怕事情没那么简单。

“王贵妃为皇上诞下皇长子，成为后宫之中众矢之的，本宫因为孩儿也一时昏了头，竟为人所利用，是本宫对不起王贵妃和洛儿。”

所以，皇后才将朱常洛当作自己亲生的孩子一样抚养？因为亏欠与愧疚。这些事情，只怕连朱常洛也不知道。

“后来本宫才知道，这一切都是郑淑嫔与孙皇贵妃联手策划的阴谋。郑氏一直在等着本宫反口，可本宫不能，本宫若翻了供，便会失去洛儿，若她趁机做了皇后，本宫就更不能保护洛儿了！”皇后紧紧拉住我，叮嘱道，“这些，都不能告诉洛儿！揽溪，你答应我！”

我只能跪下，斩钉截铁道：“娘娘放心，揽溪不会告诉任何人。”

皇后倚靠着我，泪如走珠：“本宫心里有多苦，这许久都没人知道。”

这宫里，似乎处处都是可怜人，尊贵如皇后，也不能幸免。

求助不成，反而得知了这样一个沉重的秘密，我心里着实压抑。

王安端着没动的饭菜一瘸一拐地出来了，冲我摇了摇头：“太子只那样躺着，任谁说什么也不搭理，让人看了害怕，选侍，这可怎么好？”

“我去看看。”我遣了云横先回万荷台，便推开殿门进去。

冬日的天，本就是灰蒙蒙的，衬着枯枝败叶，总显得格外萧索，颜色晦暗。慈庆殿里窗门紧闭，不见天日，帷帐都静静地垂落着，纹丝不动，更是暗沉静谧。

朱常洛，这难道才是他内心真实的模样？

他此时只是平平地躺着，闭着眼，毫无生气，像光秃秃的树干。我安静地坐在地毯上，将头伏在床边，轻轻握着他的手指，一根一根地与我的手指交叠，就这样，一坐便坐了一下午。

浅浅淡淡的霞光透过窗子铺洒进来，照在檀木的桌面上，那光线折射成圆晕，美得静谧。

“你是不是有话对我说？”蓦地，朱常洛暗哑道。

“没有，我只是想陪着你，你还有我，”我轻轻一笑，“我知道，你自己一定会想得比谁都透彻。”

“回万荷台吧，我会去找你的。”

“好。”

回到万荷台，我已是累极。玉翠、玉翘伺候着我更衣，我端起手边的茶盏抿了一口，是冰冷的，便问道：“烟绕呢，怎么不见她？”

只见云横端着热腾腾的茶盏走来：“昨夜风大，烟绕受了点儿风寒，在屋里歇着呢。选侍先喝点儿热茶，解解乏，待会儿就可以用晚膳了。”

“我去看看她。”我勉力支撑着自己混沌的脑子。

“烟绕服了药，已经睡下了，选侍也累了，不如明早再去看她。”云横只一笑，过来搀我。

“烟绕吃了什么药？”我转过脸问玉翠和玉翘。

她二人小心翼翼地对视了一眼，玉翘说：“烟绕没找人瞧，想……想必是自己带来的药吧。”

我顿了顿，又问：“她用晚膳了吗？”

玉翠忙道：“用了用了，服下药便用了晚膳，选侍可别忧心了。”

“那就好。”我不再多问，由着云横将我扶入里间，她将茶盏递与我，我接过，只不轻不重地在小几上一跺，“你们有事瞒我。”

“云横不敢瞒选侍。”云横只是端然跪下，平静道。

“你说，烟绕服下的是什么药？”

“想必是从扬州带来的清凉还宁露。”

“云横你有所不知，服下清凉还宁露的前后一个时辰内，都不允许进食的，这个药的药性烟绕不可能不知道，你们到底瞒着我什么？”

云横闻言，面上强自维持的淡定一点儿一点儿土崩瓦解：“奴婢答应烟绕不说的。”

“你若不说，我便亲自去问她了。”烟绕究竟生了什么病，哪里有必要瞒我？

“不要！”云横扑过来拉住我的衣角，抬首已是泪流满面，“选侍不要问她了，奴婢都说，让奴婢告诉选侍……”

云横再进来时，手里多了一个包袱，她颤抖着解开，里面是一件破碎的小袄，鹅黄妆花缎，是烟绕从十三日那晚逛灯市便一直穿在身上的。我翻看那些被撕破的地方，不由得后背发寒，心中隐隐有些害怕，却不敢相信，故勉力一笑："就是衣裳破了嘛，她怕我怪她，才躲着我，对不对？"

云横只是哭，不说话。

我伪装的笑意一点儿一点儿湮没："告诉我。"

"是，"云横哽咽道，"玉翘说，烟绕是今儿早上独自回来的，打回了房间，就再没有出来过，任她们怎么叫门也不开。奴婢比选侍早回来一步，玉翘她们没主意，便让奴婢去。奴婢是翻了窗子进去的，好劝歹劝，烟绕才终于将事情告诉奴婢，她说……她说……昨夜她在回来的路上，被三皇子掳了去，就在御花园里被玷污了身子……"

"啊！"我腿脚一软，跌坐在椅子上，眼泪不自觉便下来了，手臂打翻了小几上的茶盏，仍旧滚烫的茶水泼在我的手腕上。过了一会儿，便凉了，我只觉木木的，刺刺的，感觉不到痛。

许久，我才缓缓转了转眼珠，努力缓过神来，无力地抬了抬手，示意她继续说。

"三皇子放浪成性，皇宫里受害的宫女不少。可是这次的事，定是三皇子挑准了烟绕，蓄意报复！"云横恨声道。

我蓦地想起第一次见到朱常洵的时候，是在一处偏僻的宫角。他提着裤子从假山后面出来，我分明看见假山后面有什么动了一动，再想看时便被朱常洛蒙上眼睛拉出好远去。现在想来，便知云横所言句句属实。

想到朱常洵肥硕的身躯、猥琐的眉眼，我仿佛看见柔弱的烟绕在冰冷的假山后面拼命挣扎呼叫，被施以强暴，心中不由得一股剧痛袭上来，我强自按住心口，问道：“怎么说？”

“因为状告三皇子有谋逆篡位之心的证人桂子，是烟绕偶然间救下的，也是烟绕陪着他去见了陈公公，三皇子一定是知道了，才对烟绕下手。”

就好像空气瞬间稀薄了一般，我重重地喘息着，终于忍不住痛哭失声：“为什么不早些告诉我！”早些告诉我，我一定会好好保护烟绕，不让她受这样的伤害！

可是现在，说什么都晚了，晚了……

我拼命地忍住哭泣：“云横，我们现在不能哭，我们只会哭，烟绕要怎么办呢？”我狠狠握住云横的双肩，道，“记住，今天，你没有告诉我这些，我从不知道这些事情，懂吗？”

“选侍，奴婢不懂。”云横双眼含泪。

烟绕害怕我会知道，也怕汉岳知道，那么，我装一辈子都不知道，向谁也不说。

我勉力平复情绪，平静道：“烟绕不小了，我哥哥还在宫外等着她，择个吉日，我要让烟绕风风光光地出嫁。”

“选侍放心，有些事奴婢烂在肚子里，决不会跟任何人提起。”云横跪下，字字铿锵。

第十五章

痛失至亲无转圜

十天以来，我没有去探望烟绕，我怕自己一见她，反倒先哭出来。我写下几张菜谱，都是烟绕惯爱吃的菜，让小厨房照着做，还托云横跟她说，让她安心养病，朱常洛未好全，我得多过去照顾。我就借此离开万荷台，她不见我，只怕也自在些。

可我并没有去朱常洛那儿，他不在慈庆殿里。我没有地方可以去，便一直躲在祺轩楼里给烟绕缝喜帕。

我写了信让小栗子想法儿托人带去扬州，意在催促汉岳回京师来成婚，可一直没能得到音讯。我内心焦虑已极，就这样煎熬着等啊等，十天又过去了。

一天，我早早起来，混混沌沌地坐在梳妆镜前，等云横替我梳头。朝镜子里一看，只见烟绕站在我身后，捏着我一股头发，轻轻梳着，浅浅笑道：“小姐太忙了，都将烟绕忘了。”

转过身紧紧握住她的手，又不自然地松了一松，我笑道：“你都好了？”

烟绕微微一怔：“好了。小姐转过去，让烟绕为你梳头，总觉得，似乎许久都没为小姐梳过头了。”

“可不是，有云横在，你就学会偷懒了。”我故意像往常一般打趣道。

可是她没笑，依旧只是淡淡的模样：“早膳已经准备好了，梳完头便吃吧，都是小姐爱吃的小菜。”

我还想找些话讲，可见她垂眉顺目，不爱说话不爱笑的模样，嗓子里就好像堵住了一般，只怕一张口，便是一声哭腔。

用完早膳，云横故作轻快道：“今日选侍就不要去太子那边了，留在家与奴婢们说说话。”

“好啊。”我一口答应，让玉翘拿了些烟绕做的蜜饯，装作与从前无异一般说笑。我们都小心避开任何可能触碰到伤口的话题，只拣些有趣的事情说，慢慢地，烟绕终于话多了一点儿，笑意也真切了三分。

这时小栗子欢喜地跑进来，行了礼，双手将一个小巧的锦盒奉上，抬首冲我笑了笑：“选侍，扬州来信了。”

宫里的女人是不能与外界私相授受的，现如今慈庆宫不比从前的伏元殿，人多眼杂，所以这信就放在首饰盒里传送。我接过锦盒，拿出里面的深绿色翡翠戒指，从夹层里拈出折叠整齐的信纸。

展开一看，是姨娘的字迹。信上说，汉岳自打送我上京师，就一直都没有回去，让我找到汉岳了就让他一个人先回扬州，迎娶烟绕的事要待汉岳回了扬州再从长计议。

我的心越看越沉，我知道，姨娘还是不肯放下门户观念，不肯轻易接受烟绕。可这并不重要，我可以去求朱常洛，让太子赐婚，我再为烟绕准备丰厚的陪嫁，姨娘一定就无话可说了。

可是卢汉岳他跑到哪里去了！我只想马上找到他，让他将烟绕带离这个险恶的是非之地！

抬眼只见烟绕双眼无神般盯着桌上的锦盒发呆，那锦盒的面子正是蒙的一层湖青妆花缎，我飞快地将那盒子抓在手里，藏到身后，掩饰地笑了笑："我这么年轻，哪里适合戴这么浓重的翡翠，待会儿拿去让太子送人好了。"

她只是强自一笑，又回复最初沉默的模样。我悄悄在身后将袖子里早已准备好的信拿出来，故作欣喜地给她看："烟绕，汉岳来信了，他说想快些娶你，求我放你出宫呢。"

她接过信，木然看着，那信上的笔迹是我亲自仿冒的，瞒过烟绕不成问题，可她就那样似看非看，面上也无甚表情。

"可奴婢年纪还小，想多陪陪小姐，不想出宫嫁人。"她一定想起了那些不堪回首的事，面色一点点苍白起来，声音就像一口气似的飘出来。

"傻烟绕，你还小，汉岳可不小了，姨娘和姨父都替你们着急呢。你呀，就放心出宫嫁给他，好不好？我既是你的娘家，也是你的婆家，小姐我什么都替你筹备好，让你风风光光地嫁给自己最爱的人，好不好？”

“可是，奴婢连喜帕都没绣……”烟绕只是慌乱地推托。

“我已经……”这几日躲在祺轩楼，我已将喜帕绣好了一半，可我这样着急将她往外推，岂不是太明显了，也怕她敏感多心，于是改口道，“我已经帮你们看好了吉日，汉岳要来，尚需时日，你慢慢绣，不用急。”

她不再说什么，面上一点儿喜色也无，倒像听到了死刑的期限，低垂着头，良久，才抬首一笑：“奴婢去为小姐准备一些蜜饯，待烟绕走了，就怕小姐吃不上扬州的口味，想得慌。”

转身的瞬间，她似乎抬手抹了下眼睛。我只觉心中刺痛，手指狠狠地在身后捏着那个锦盒，对云横吩咐道：“让下人把万荷台里所有妆花缎做的东西都撤了，一块布头也不能留。”

说罢，我也鼻子发酸，眼眶发胀，拿手掩了掩，问小栗子：“太子呢？”

小栗子见我们异样，也收敛了神色，低顺道：“太子在书房。”

“我去找他。”没有别的办法，只能让朱常洛帮我找汉岳。

书房的门大敞，也没人在门前候着，抬眼便见公孙徵正慢条斯理地煮茶，修长的手指轻扣壶把儿，优雅稳健。

见了我，他也没有客套行礼，只浅笑道：“来找太子？”

不承想第一面见的竟不是朱常洛，我想起自己红肿的双眼，掩饰着垂眸：“太子不在吗？”

许是我声音还带着鼻音，公孙徵蓦地转过身来仔细看我，又微微侧回身："太子去文渊阁议事，这个时辰只怕也快回来了，选侍可有急事？"

对我来说，这的确是一桩急事，却也是我的一件私事，为了烟绕的名节，我不能告诉任何人原因，哪怕是朱常洛，更不消说公孙徵了，所以，我告诉自己，不能表现得太过异样，让朱常洛担心追问。可我心急如焚，我唯一能倚靠求助的只有他，他不在身边，我只会更慌乱。

我一时无措，也不知要怎么答公孙徵，他又道："选侍有什么难事，若方便告诉在下也可，太子日理万机，在下为他分忧，也是应该。"

"我想找一个人。"我终于犹疑着开口。

"哦，什么人？"他斟了两杯茶，向对面一挥袖，"选侍不妨坐下说，这样站着让音半怎么好意思品茶。"

我只好坐下，道："是我的表哥，叫作卢汉岳，也不知他现在是否还在京师。"

公孙徵默念了两声汉岳的名字，道："如此，交给在下，选侍放心吧。"

我又忍不住道："公孙先生固然也忙，可还请尽快找到汉岳，我的确是有要事找他相商。"

"在下答应选侍的事情，定然竭尽所能。"

我只知道在偌大的京师里寻个人，怎么也要五日十日的，没承想不过第三日，朱常洛便召我去书房，我一进去，那张再熟悉不过的笑脸就迎过来。

“汉岳哥哥，你终于来了！”我几乎哭出来。

“这要多亏哈哈，公孙先生，”汉岳依旧是嘻嘻哈哈没个正形儿，“妹妹圆润了。”

“表哥请便，我与公孙就不打扰你们了。”朱常洛彬彬有礼，很是客气。

公孙徵从我们面前走过，轻声道：“等我晚些回来，送你出宫。”汉岳只是与之默契一笑，拍了拍他的肩。

我问汉岳：“你和公孙先生很熟？”

“哪里，也就这两日才熟起来。”他四处探头张望，“咦，烟绕呢，怎么没来？”

“烟绕帮我管着事，可没空来见你。”我敷衍过，说起正题，“我费这么大劲儿找你，就是想和你商量一下你和烟绕的婚事，你想什么时候娶她？”

“越快越好！我巴不得明天就把她娶回去！”汉岳笑得眼睛眯成两道弯月。

我不忍面对他明快又无忧的笑颜，别过目光刻意笑得明显：“明天可不行，该准备的东西可多着呢，半个月之后便是一个难得的吉日，我都看好了，就那天吧。”

“真的？”汉岳先是惊愕，继而转惊为喜，“好啊！我这就回去准备！”

“可知道该如何准备？”

汉岳摇头，呆滞片刻，接着笑道：“我问公孙先生，他什么都知道。”

“公孙先生娶过亲？”

“没有啊。”

我这哥哥真是傻到家了，想了想，只怕还是得累云横出宫跑一趟。后来我又追问他在京师的近况，都被他敷衍回去，遮遮掩掩的，很是神秘。

姨娘写来的信早就被我烧了，只要能让烟绕与汉岳终成眷属，之后无论什么事，我都愿意一力承担。

“哥哥，你以后一定会对烟绕好吧？”我恍惚地问道。

“这还用说，无论发生什么，我都会对她好！”

当晚我便向朱常洛说明一切，他倒是没等我开口要恩典，便道：“我知道你将烟绕看得极重，加上另一边是你哥哥，慈庆宫里的东西都登记在册，你看着点一些给烟绕做陪嫁。”

我向贝淑女要了个管记物品又懂嫁娶的婆子，置办规制以内的陪嫁。这一忙，半月之期转眼将至，云横还在宫外，帮我的傻哥哥筹备着，宫里边的准备倒差不多了。有了这一件喜事，烟绕明显精神多了，喜帕上正绣着双喜鸳鸯牡丹纹，映照着一张小脸儿都泛着红润。我在一旁看着，心里的沉郁也散去不少，才真正有了些许笑颜。

吉日就在二月十六，今天已经二月初十。

大清早的，朱常洛便过来了。

“我有东西要交给如意，可我去她那儿不合适。”他将一只香囊塞到我手中，“所以只好劳烦我的溪妹了。”

我虽一直想去看如意，可自她入了后宫，我们就再没往来过。

“我知道你有顾虑，可如今皇上天天守着毓德宫，难免冷落了如意，如意才刚入宫，只怕心中难受，你就真放她在那儿不管，连劝都不去劝两句？”

还是朱常洛了解我，知道只让我传东西，我不一定亲自去，可他这样说，我难免心软，那东西自然就成了搭桥的。

如意孤身入宫，我本就应该早些去看她，哪儿还能真跟她怄气，只是这段时间，事情一桩接一桩地来，我有些自顾不暇。

我只能答应了，轻叹一声。

我平日里出入，身边常跟着的就只有烟绕和云横两人。云横未归，烟绕自打出事起，就不怎么愿出门了。可是一想，去的也不是别处，从前烟绕活泼的时候，与如意两个人最是闹腾，便唤了烟绕一同去走走。

原来的烟绕似有说不完的话，我时常嫌她聒噪，可现在，我多么想她能回到从前那个吵吵闹闹无忧无虑的小女孩儿。见她寡欢的样子，我明明也难过得不得了，却仍要装作不知情的模样，我不敢多说话，害怕不小心说错一个字，一切都会坠入万劫不复！

如意住在绛雪轩，听说是因为封妃那天是个雪天。

不过刚刚走到宫门前，便听见里面传来一阵清凌凌的琴音，流若走珠，一个清婉的声音唱着：

秋风清，秋月明，落叶聚还散，寒鸦栖复惊。

相思相见知何日？此时此夜难为情！入我相思门，知我相思苦。

长相思兮长相忆，短相思兮无穷极，早知如此绊人心，何如当初莫相识。

我不由得顿住了脚步，在门边听她娓娓唱完，那余音似带着一缕哀戚，也不知她现在这一曲是为谁唱？

定了定神，我方走进去，按着规矩给她行礼，如意见着是我，蓦地从锦凳上站起来，怔怔地说不出话来，又急忙过来拉我起身，轻唤："揽溪姐姐……"

"现在你可不能这样叫我了。"许久未见，我不由得打量她的模样，如意瘦了，一双眼眸更显盈盈，那娇不胜衣的样子，让她越发楚楚动人，可她唯独少了从前那一股灵动之气，亦不复天真之态。我心中一动，其实自她唤一声"揽溪姐姐"，之前的顾忌隔阂一瞬便都烟消云散了。

"在如意心里，你永远是我的好姐姐，我害怕你真的再不来看我了，姐姐不让我像从前那般唤你，可是还气我？"

"什么话，只是因为你如今是天子嫔妃，身份不同罢了，若你愿意，无人时依旧唤我'姐姐'，我自是欢喜的。"我像从前一样，怜爱地抚了抚她额边的发丝。

一个逐了别人不好意思再回头，一个被拒门外所以瞻前顾后。还好，还好，我们没有就此深渊永驻，回首时那深厚的情谊不曾减少半分，熟悉而默契。

如意一笑，忙拉我坐下，又转头吩咐明佩去沏茶，那个小丫头，不正是凶巴巴叫我“坏人”的小丫鬟。

如意似乎知道，轻声道：“明佩还小，不懂事，若说了什么浑话，姐姐不要放在心里。”

“那你就告诉我，当初你为什么突然决定入宫，让我平白招一个小丫头的白眼，就算招人恨，你也给我个明白吧？”

如意缓缓道：“也没别的，只是有了刘惜华做前车之鉴，见因为她，害你与太子许久不睦，我想为你俩减些堵心的事罢了。”她用力握了握我的手，眸中流露出些许哀婉，“揽溪姐姐，这世上的女子，能如你这般嫁给心仪之人的，真是少之又少，不知道多让人羡慕，你与太子一定要好好珍惜。”

真是个傻姑娘，我不由得为她惋惜心痛。就算没有稽无循，在这京师之中，才貌俱佳的世家公子、青年才俊也不少，有我与朱常洛为她筹谋，嫁给谁不比入这险恶后宫？

如意眉头一蹙，似笑非笑：“姐姐想必也是知道的，我这辈子没有稽无循相陪，便怎么着都是无所谓了。太子的恩情，如意今生报完，来生才能不再为难自己，也不为难别人。”

如意顾念着朱常洛对她的恩德，想必当初也帮着朱常洛，想留下稽无循，只是最终得到的，只是一个决绝的背影。那两个男人竟谁也没有想过，夹在中间的她，心中的寂灭已将后半生都顿挫成飞灰！

“你还想着他？”我转了视线去瞧那琴，那首《秋风词》的旋律幽幽地在脑海中响起。

如意只凄然一笑，道：“不说我了。太子是不是让姐姐给我捎了点儿东西？”

我颔首，将香囊拿出来交给她，问道：“是什么？”

“一点儿胭脂罢了，宫里的用不惯。”如意一顿，继而笑道，“太子有没有送你胭脂啊什么的，是不是比宫里的还好？”

我诧异道：“你怎么知道？”

“太子一个男儿家哪里知道这些东西，自然是我指点他去买的，顺带着我也好蹭一点儿。”如意终于露出一点儿从前的俏皮。

烟绕嫁妆里的胭脂虽是上品，却也比不上那家的胭脂这样好，不如回去便全部换掉。想到这，我忙唤了烟绕：“还不告诉如意，你好事将近？”

烟绕腼腆地一笑，双手奉上一封喜帖。

“这是？”如意接过喜帖，惊喜出声。

“二月十六，可要来喝我们烟绕一杯喜酒。”连日来的喜气，让我心头松快了不少，想着烟绕即将嫁给疼她爱她的人，我不由得喜笑颜开。

“那是一定了，”如意偷瞧了烟绕一眼，打趣道，“到底是要做新娘子的人了，可文静矜持了不少。”

“如意姐姐都是天子嫔妃了，也没见文静多少……”烟绕小声说了一句。

一听之下，我不由得掩口低笑，这才像是原来的烟绕说的话！

“好啊你，就让你看看我有多文静！”如意不知道其中发生过的事情，只当烟绕还似从前那般，拉着她一阵疯闹。我在一旁助阵，笑着笑着，竟有些忍不住泪意。

如果，这真的只是从前的某一天该多好，如意还不是丽嫔，烟绕仍旧是那个没心没肺的闹腾丫头，该多好。

烟绕正被挠得告饶，明佩进来通传，说庄嫔来了。庄嫔也算是近一年皇上身边得宠的新人儿，如今正怀着五个月的身孕，很得圣眷。

只见一个腆着大肚子的丽人颤巍巍地走进来，笑道："妹妹这儿真热闹。"

我见了她，规规矩矩地行了礼，庄嫔让我起来，不住地打量我，问如意："不知这位是？"

"这位是太子宫中的王选侍，"如意又向我道，"这位是庄嫔，自打我入宫，最常往来的也就是这位姐姐了。"

"哦，你就是王选侍，早有耳闻。"庄嫔面上虽笑着，眸中的审视却不少半分，我扫了一眼自己身上素淡的衣裳，只不卑不亢地笑着。

"姐姐身子重，怎么还站着，快坐快坐。"如意吩咐明佩拿软垫放在硬木的椅子上。

"坐也不必了，我是看今儿的日头好，专程来找你陪我去御花园里散散步，冬日里难得有这样的好天气，走走吧？"庄嫔亲热道。

我笑道："妾身晚些还有点儿事，正要先告辞呢。今天的太阳是正好，出去走走再好不过了，妾身就不打扰了。"

谁料庄嫔开口相邀："王选侍若无事，不如和我们一同走走。"

如此，我也只好相陪。按着尊卑，我走在她们俩后面，两人不过说些皇上又赏下什么，再就是彼此恭维的话。如意有些不自在，时不时回头看我一眼。我示意她无妨的，盘算着说什么做托词，方便先行一步。

走至听鹂桥，那桥类似溪流上的碇步，只是起装饰性的用处，几块条石虽宽厚平稳，两边却没有栏杆，平时也极少有人走。

"庄嫔身怀龙裔，还是谨慎些好，这桥没栏杆，不如我们多走两步，绕过去吧？"

庄嫔只是垂着眼皮子略略看了眼，笑道："我都没怕，你们怕什么。这桥面若只过单人，也算平整宽阔，冬日里水浅，也不至湿滑，打这儿过去便是个小亭子，可容人稍坐，我可走不动了，就从这儿走。"说完，已然先行一步走上去了。

我们只好随后跟上，如意走在庄嫔后面，之后是我，我后面跟着烟绕、庄嫔贴身的丫鬟倩儿，还有明佩。

流水清浅，在碇步的缝隙间夹流成白瀑，冲刷着露出水面的白石。

一行人走到桥中央，忽地听得庄嫔一声尖叫，笨重的身子直往桥边斜斜歪去。如意下意识地伸手去拉她，却手中一溜。我们只能亲眼见着庄嫔落下桥去，跌在碎石上翻滚了几下，连声哀叫起来。

如意碰着了她，是拉是推已然说不清楚，加上庄嫔怀着身孕，如意同为妃嫔，谋害她的嫌疑最大，若有人存心想借此除去如意，岂不是易如反掌？

我背后已经毛毛地出了一层冷汗，决断只在一瞬间，我拉过如意，与她对视一眼，便暗暗地一使劲儿，将她也推下去。

这下彻底乱了，那两个丫头无头苍蝇似的四处去喊救命。我只好与烟绕先将如意扶起来，还好，她只是扭了脚，而庄嫔看起来极不好，我们根本不敢动她。

水不深，要命的是那些不小的尖利碎石，几缕乌黑的发丝湿漉漉地贴在庄嫔颊边，更显得她面白如纸。她一边哀唤着一边不由自主地颤抖，也不知是疼的还是冷的。

终于来了几个内监，将庄嫔抬回她住的万春阁，急召太医，如意伤了脚，也一并扶了去。

庄嫔在床上疼得打滚，从最先的哀叫，渐渐转变为凄厉的惨呼，让人不忍卒听。

心中发慌，望向如意，她没有换衣服，湿淋淋的，打着哆嗦低声道："她会不会死？"

我忙捂住她的嘴，四下一看："不要乱说话。庄嫔掉下去以前，你是不是一点儿也没碰着她？"

如意肯定地猛点头。

我紧紧握住她冰凉的手，叮嘱道："好，等会儿无论谁怎么问你，你都记清楚，千万不能承认是你推她的。"

如意点头。

庄嫔的惨呼一点儿一点儿地弱下去，最终了无声息，似是晕了过去。这时太医来了，是之前见过的赵太医，他按了按庄嫔的脉搏，便道："这恐怕是不成了。"

倩儿一听，立马吓得大哭，只见一个老成的婆子红着眼推了倩儿一把："哭什么哭，还不去告诉皇上！"倩儿一听，便拔脚飞奔出去。

赵太医与那婆子商量着将死胎取出，我们便避去外厅，不一会儿，便见换了几盆子血水出来，时不时隐隐听见几声微弱的呻吟。

现下以庄嫔的性命为重，眼前又只有这一个太医，没人为如意看脚，我心疼道："你先将湿衣服换一换吧。"

如意似乎也明白过来，咬着嘴唇打战："不行，待皇上来看见，我唯有越可怜越好。"她这样说，我便也不再劝她。虽然我们没有做那样阴毒的事，却也为了洗尽嫌疑，不惜动用心思。

一会儿便见皇上急匆匆地赶来了，身后跟着郑皇贵妃、秦端妃、姜贵妃，呼啦啦的一群人。皇上直接穿过我们进入房间，我俩在后面跟着进去，只闻到满屋子的血腥之气。

"启禀皇上，庄嫔跌下桥去，受了惊，深冬水寒，也受了凉，最主要的还是给碎石磕着了小腹，致使小产。微臣无用，没能保住庄嫔腹中皇子，请皇上责罚。"赵太医跪下。五六个月胎儿已然成形，可以看出是皇子还是公主了。

"是个男婴？"皇上震惊，眼中的光芒一点点灭了，只颓然地挥了挥手。

庄嫔挣扎着从昏痛中醒来，死死扯住皇上的衣袖哭道：“皇上……”

谁知皇上竟一扬手将庄嫔挥开，冷声道：“你有什么用！连自己的孩儿都保护不了。”

“皇上！”庄嫔又缠上去，哭得更加凄苦，“妾身也不想啊，妾身……妾身是被人害成这样的，皇上可要为妾身做主！”

“什么意思？”皇上眼眸阴郁。

“妾身在桥上走得好好的，若不是有人从背后推了妾身一把，妾身又怎么会跌下桥去？”庄嫔泪流满面，哭得好似要没了声气。

果然，庄嫔害怕皇上迁怒，竟如此急于将罪责推给我们。

“走在庄嫔身后的，是谁？”皇上咬牙道。

我捏了捏如意的手，示意她不要忘了我说过的话，我们两人排开众人，来到皇上面前跪下。

如意衣衫尽湿，鬓发凌乱地淌着水，已经冻得说不出连续的话来：“皇上，妾身……妾身绝对没有推庄嫔，还请……请皇上明察。”

“你这又是怎么了？”皇上尚对如意怜惜，吩咐道，“快给丽嫔找一套干衣裳换上，这样下去还不得病了。”

“启禀皇上，丽嫔是与庄嫔同时落水的，此事的确与丽嫔无关。”我道。

“哟，王选侍难道就不知，什么叫作‘苦肉计’吗？”姜贵妃阴阳怪调地说道。

秦端妃不动声色地按下姜贵妃的手，笑得美艳动人："既然王选侍这样说，想必是亲眼瞧见了的，那儿还有几个丫鬟看着，作不得假，只是……若丽嫔是无辜的，又是谁，推了丽嫔呢？"

从前便听说，秦端妃较之姜贵妃，心思更为缜密善谋，她说的话听起来有理有据，已然将矛头暗暗向我转过来。

或许，一开始我们俩就不应该承认有人推了庄嫔？可庄嫔没了孩子，那样可怜，若她一口咬定如意推了她，我们又岂能争执得过，皇上自然是信她多一些了。我将如意推下水的那一刻，不就是已经抱了打算了吗？

心中定了定，我叩头道："是妾身脚下不小心，撞了丽嫔，妾身自知罪无可恕，请皇上责罚。"

"王选侍，不是自己的罪，可千万不能乱认啊。"姜贵妃娇滴滴地说。

如意欲为我辩解，我一把按住她，低声提醒她："丽嫔在前面走，自然是不知道后面发生了什么的。"

皇上蹙眉道："若不是你，就不要为难朕，你救过朕的命，洛儿又那样看重你，你让朕怎么处置？"

"但凭皇上处置，妾身绝无怨言。"我只希望，皇上看在我曾为他治病的情分上，留我一条性命，又或者，只要不牵连到其他人就好。

皇上只是死死盯着我，紧抿着唇，不发一言，许久，才沉声道："你既是太子的选侍，朕将你交还给太子处置。朕所失去的这个孩儿应尽的孝义，就由洛儿一并担负了。"

将我交给朱常洛处置，便是放我一次了。只听见庄嫔又凄声哭起来：“皇上！妾身的孩儿就这么白死了吗？那可是个已经长开的男婴啊！妾身不甘心，不解恨啊！”

我心中不由得诧异，起先我只当她是害怕皇上怪罪，才将自己的过失往我们身上推，现在看来，不尽然。皇上谁也不追究了，她为何还要紧咬着我不放？

“唉，这可是庄嫔妹妹的第一胎，也难怪妹妹如此看重了，可皇上既已发了话，金口玉言的，妹妹可要想开些，别伤了自己的身子才是。”秦端妃看似劝慰，实则攻心。

那厢姜贵妃更过，竟嘤嘤地哭起来，赖在皇上身边不肯起：“皇上，想当年臣妾也失去了一个孩子，那锥心的滋味，臣妾至今记忆犹新！皇上就这样放了戕害皇子的凶手，岂不让庄嫔终生难安！让后宫众人心绪难平！”

好一个“终生难安”，好一个“心绪难平”！就凭姜贵妃无脑，也能说出这般有水准的话，她们倒像是有备而来。

皇上被众佳人一阵连珠炮，道：“你们想怎么样？”

“俗话说，一命偿一命。小皇子的确不能枉死，无论如何，也得给庄嫔一个交代，给后宫众人一个交代。”久未开口的郑皇贵妃慵懒地笑了笑，“既然是因着王选侍脚滑，才闯下这么大的祸，主子没走稳，就是身边奴婢的错，就让王选侍的丫鬟烟绕为小皇子偿命。”

我犹如遭重锤，脱口呼道：“不行！”

郑皇贵妃不鸣则已，一开口便要别人的性命！我早该想到，今天这么一出，绝没有那么简单，这是个连环套。如意、我、烟绕，她决心至少要取我们之间一个人的命，无论是谁，都是重创。

我语无伦次，仍旧力争："除了烟绕，妾身什么都肯！妾身为小皇子抄写经文，妾身去为他守灵！求皇上不要……"

"王选侍，你连一个丫鬟都舍不得，就算为小皇子做再多事，又打哪儿来的诚心呢？"不知道是谁，轻笑着说。

"王选侍是非要自己为小皇子偿命吗？"

许许多多的声音重叠在一起，我都听不清了，那一句句话就像一只只有力的手，狠狠地扼住我的脖子。

陡然，我听见一句很清晰，是郑皇贵妃绵软的声音："烟绕，你家小姐为了你真是什么都肯做，对自己的哥哥也不手软，你就不肯为她想吗？"

烟绕来到我身边，脸色苍白，眼泪随着她跪倒而颤颤地落了一地，她似乎尽力维持着平静，眼里有着我从未见过的坚定："奴婢愿意为小皇子偿命。"

我死盯着她的唇，见她吐出那几个椎心泣血的字，浑身没了力气，只有手指，死死抠着她垂在一旁冰冷的手。

皇上无奈地挥了挥手："带下去。"

眼前立刻出现了两个魁梧的侍卫，一左一右架住烟绕，我被带倒在地上也不肯放手，拖住烟绕，向皇上哭求道："皇上，烟绕自小陪着我，早就是我命里的一部分，若她死了，还不如杀了我。求您了，只要放了烟绕，我什么都可以做！"

“谁准你这样与皇上说话？为了个丫头连尊卑也没放在眼里了吗？胆敢威胁皇上！”姜贵妃冲上前对我横眉竖目。

又听秦端妃淡淡地道：“王选侍为了这么个丫头，又将太子放在何处呢？选侍惯来谨慎，今儿是怎么了，也不怕自己这般放肆，拖累了太子吗？”

我心中一凛，顿了一顿，只将烟绕抓得更紧。

“戕害皇子，兹事体大，本应该严惩你！可本宫顾念你对皇上与太子一片赤诚，已然一再让步，只让你舍个丫头，对逝去的小皇子给个交代，你就这般肆意喧闹，你眼中还有皇上，还有长辈吗？皇宫岂是你肆意妄为的地方！左右，皇上已然下令，还不拖下去！”

郑皇贵妃一字一句犹如锋利的薄刃切割着我的心，我只觉胸臆里一股腥甜的热流直冒到了喉头。此时的我只能死死抱住烟绕，在衣香鬓影的包围下，如同狼狈的困兽。我恨她们，也恨自己竟陷入如此的境地，恨自己的无能，恨自己的无助……谁来救我，谁来救救烟绕？

没有人，没有人。

可我怎么可能放开烟绕，眼睁睁地看她死？

“不行，不行！”我已然濒临绝望，别无他法，用最后的力气猛地冲起来，拼命撕扯侍卫的手臂，我用尽了全力，撕、拉、抓、咬。我知道自己形同泼妇，可我真的别无他法。那两个侍卫连眉头也没皱一下，纹丝未动，显得一旁弱小的我，更加可笑。

他们似乎望了高座之上的人一眼，便将烟绕向外拖去，这一次，我没能抓住她。

烟绕就那样望着我笑，没有流泪，似乎还有一丝释然，最终留下一个苍白笑靥。

周遭传来的惊异、嘲弄与嫌恶，渐渐都犹如泡在水中的幻影，听起来模糊不清。我摸了摸手底下冰冷的玉石地板，才发现不知怎么的，自己已经在地上跌坐了良久，张了张嘴，我发不出一声，支了支手臂，也撑不起来，我只能无声地流泪，流泪。

许是张公公见我可怜，对皇上说："奴才送王选侍回去吧？"

"王选侍目无尊长，这样大闹，皇上不应该惩处她吗……"一个尖锐的声音，还想落井下石。

"够了。"皇上像刚才一模一样地挥了挥手，张公公便搀了我告退，我腿软得差点儿站不住，可见了那三张美艳却蛇蝎的面容，硬撑着一口气，站了起来。

我第一次如此肆无忌惮地盯着她们的眼睛，终有一天，我要将此刻的恨意，悉数还给她们！

出了万春阁，我不知道要往哪里走，只站在那儿挪不动步，我听见自己的声音，就好像一口气："烟绕呢，我想带她回家。"

宫女死了，只能被烧成一抔飞灰，变成孤魂野鬼。我的烟绕就要嫁人了，我不能把她留在这里。

"奴才劝选侍还是别去看……"张公公怜悯地看着我。

"我不看，我不看，"我脑子里木木的，茫然无神地张望，"张公公，你能不能把她还给我，我只想带她回家。"

良久，才听见张公公答复：“是。”

待我见到烟绕的时候，她只是安详地躺在那里，就好像睡着了一样。我蓦地想起什么，哆哆嗦嗦地从袖子里掏出锦囊，取出药丸塞入她的牙关，轻轻擦去她嘴角的一线血痕，悄悄对她说：“烟绕，姐姐带你回家去。没事了，没事了。”

我背她起来，却重心不稳地一同摔倒在地上，张公公道：“王选侍，让奴才来吧。”

“不，我不会再让别的人碰她了。”在我心里，她是最纯洁的。

我真的好想带烟绕回家，回扬州的家。

第十六章

恨心渐起冤难申

汗水和着泪水落下，湿了前襟，也不知从哪儿涌起来的力量，竟支撑着我将烟绕一路背回万荷台。

将烟绕轻轻放在我的床上，我把人通通赶出去，关紧了房门，然后拿出我不久前才为她准备好的大红嫁衣。烟绕就要出嫁了，嫁给她最喜欢的人，我要让她漂漂亮亮、开开心心地出嫁。

外边混乱起来，拍喊声、脚步声，我也听见朱常洛的声音："揽溪，开门！有什么事情我和你一起面对可好？你先开门！"持续了一会儿，便听他又道，"你若再不开门，我可要撞了。"

我支撑着靠到门边，强忍着呜咽道："你们走开，让我和烟绕单独待一会儿，安安静静地说说话行不行？"

门外的声音弱了下去，只听朱常洛吩咐道："拿本宫的令牌，快去，把卢汉岳请来。”

我想脱下烟绕身上的衣服，无奈血液干涸凝固，只能硬生生地从她的肌肤上撕下来，我真怕弄疼了她，却也只能狠心继续着手里的动作，眼泪大颗大颗地滚落，怎么擦也擦不完。

烟绕的身体依旧柔软弹润，我拧干温热的毛巾为她擦身，解开她最后一层主腰，我却怔住了，双手无力地垂下去。那白皙的肌肤上青紫遍布，血肉模糊，皮肉翻卷着，惨不忍睹，我再没忍住，从心底里破出一声号哭。

什么叫心如刀绞？这便是心如刀绞！

外面的人似乎都走了，世间清静了。我怔了一会儿，胡乱抹了一把止不住流淌的眼泪，竭力平静了些，又往盆子里添了热水，从头至脚，细细为烟绕擦洗。然后为她换上了新嫁衣，大红的对襟大袖衫，绣满花鸟祥云的霞帔，衬得她很美很美。

我突然便想起嫁给朱常洛的前一日，为了我的凤冠，烟绕与司珍司的宫女们生气，回来便叽叽喳喳地抱怨了一堆。那时的她，简直活泼得有些过甚，口齿伶俐得有些可恨。可抱怨归抱怨，她连晚膳也没吃，用了一个通宵的工夫，将那凤冠重做了一遍。

半夜里醒来，就着昏黄的灯光，还见她专心致志的身影，那时我便想，我一定会为烟绕准备一场最难忘的婚礼，让她嫁给自己最爱的人。

如今，我终于都为她做到了，可她却不能睁开眼睛，亲自看一看。

门外终于传来捶门声，是汉岳的声音：“王揽溪，你开门！

到底怎么了？”

我为烟绕盖上最后的一张喜帕，她自己只怕还没绣完，这张是我绣的，她喜欢的双喜鸳鸯牡丹纹。我轻声对她道：“你瞧，汉岳动作真快，就来接你了。”

门“啪”的一声被踹开，汉岳冲进来，一把拽住我：“怎么了？”他定是见我的神色不对，眸中的疑虑更甚，推开我，去看躺在床上的烟绕。

身后一双有力的手稳住我的肩，我失神地看着汉岳一声声唤烟绕的名字，从急切到悲痛，他又冲到我面前来撕扯：“烟绕怎么了？你说话！”

“你还娶她吗？”我听见自己嘶哑不似人声，“她就快醒了，我给她服药了，很灵很灵的药。”

朱常洛似是不忍，缓缓摊开手掌，赫然是那颗药丸：“张公公在路上捡的，揽溪，没有用了。”

“不可能，不可能！她明明吃下去了！她马上就会醒的！汉岳，你还娶她的，对不对？”

汉岳骤然一怔，渐渐明白了，面上的愤怒悲痛一点点地平复，最终化作死一般的寂静：“娶，无论发生什么，我都会娶烟绕为唯一的妻子。”

烟绕，你听见了吧，汉岳果然是最爱你的，他说，无论发生什么，都会娶你为唯一的妻子。

我再看汉岳时，他眼中已无波澜。

“今天我是专程来迎娶烟绕的，旁的话，我们以后说。王揽溪，你欠我的。”他木然转身将烟绕抱起，头也不回地走出去，他轻轻道，“烟绕，别怕，以后我都陪着你。”

我跌跌撞撞地跟到门边，一阵风卷过来，将烟绕头上的喜帕掀起，吹还到了我胸口。我再忍不住，喉头一甜，只觉瞬间天旋地转，眼前便漆黑了。

“小姐，来追我啊！”梦里的烟绕像只兔子，一个箭步蹿出老远，她一边退一边笑着拍手，金色的阳光下笑靥灿烂，鹅黄的百褶裙盛开如菊，直温暖到人心里去。

“别跑！”我拼命想抓住烟绕，可连衣角也捞不着，她的鬼脸那样可恶，我心中却很畅快，连步履都轻盈，甚至还在盘算着抓住她了要怎么收拾。

终于，我用了好大的劲儿一跃，抱住她，只见她明亮的笑容带着哀伤慢慢地模糊了：“小姐，你抓住我，我就要走了呀。”

“不要！”我挣扎着醒来，眼前却只是朱常洛深沉的面容，他按着我的肩，嘴唇嗫嚅了半晌也没说出话来。

“你怎么在这儿？”我有些恍惚，只是冲他微笑，“你那么忙，怎么这个时候过来，我睡午觉呢。”

他不说话，只是坐到床边来，将我揽到怀里，拿下巴尖儿轻轻蹭了蹭我的额头，沉默温柔。

我只是睡了午觉，做了个噩梦，一会儿烟绕来和我说几句话，我便好了。

烟绕，烟绕。

我紧紧环住朱常洛，轻声道："我刚才做了个好可怕的噩梦……到底是说出来不灵验，还是不说出来才不灵验？"

他抚过我的脸，眼中有悲悯有不忍，柔声道："我们喝药，再睡一觉醒来，就把那个噩梦忘了，好不好？"

我接过他递到眼前的浓黑药汁，毫不犹豫地一干而尽。

如果我喝下全世界最苦的药，那个噩梦就能够消失，让我喝下多少，我都心甘情愿。

"庄嫔自小产后，备受冷落，郁郁难平，此乃不可错失之机也，望姐姐振作而为。"

我将如意传来的密信烧掉，道："看来，我得去看看庄嫔，问她一声安好了。"

安嫔卧在床上，已是暖春，却盖得与冬天一样厚，脸上也不见血色，见了我，俨然只一副冰冷的神情。

"听说庄嫔的身子尚未痊愈，妾身特地带来了上好的阿胶，给庄嫔补补身。"

"事到如今，竟是王选侍第一个来瞧我！"庄嫔冷冷一笑，"你恨我入骨，会这么好心？只怕是毒药吧。"

我见她把话说开，径自走到她床前，伏低身子轻声道："我是想毒死你来着，可转念一想，你和我一样，是个受害者，还是个竹篮打水的蠢人，我便不会将气撒在你身上。"

"你知道什么！"庄嫔强自嘴硬，却不觉变了脸色。

"哪个母亲能狠得下心伤害自己的孩子，事发之前你一定求证了许多遍自己和孩子的安全，可你还是出了事。”

庄嫔默不作声，眼睛却红了。

“你那么聪明，心里定是全然明白的，又何须妾身多言。”我只点到为止。

庄嫔将脸转向里面，神色渐渐黯然，却仍旧死咬着嘴唇不肯出声，半晌才含泪道：“倩儿，你先出去，把门带上。”

她的眼泪大颗大颗地滚落下来，滴在碧绿的锦被上，如同荷叶上的露水。

我微微叹了口气：“郑皇贵妃跋扈，这后宫里能诞下儿女的多是她那一派的老人儿，其他的，就算没有胎死腹中，生下来也多半夭折，想来你也是看出这层，为了孩子，才想着投靠她们一派吧？”

她全无反应，只是自顾自地流泪，似乎对我说的话语充耳未闻。

“不说远的，你且瞧姜贵妃，也没能被允许生下一子半女，有人不能让自己存在一丁点儿被取代的可能。你相比姜贵妃，不只年轻貌美，更有头脑，加上又怀了皇上的孩子，她们视你为最大的威胁，又岂会真心将你纳为一派？除掉你的孩子，分掉你的恩宠，是势在必行的事情。”

庄嫔渐渐镇定下来，掏出手帕擦了擦泪，神色恢复冷淡：“你想利用我？”

“也是帮你自己。”

当晚，朱常洛来万荷台，正与我谋划接下来的步数，却听见外边传来王安的声音：“启禀太子、王选侍，张公公底下的小元子来传皇上口谕。”

“让他进来。”

小元子跟着张公公最是机灵，他弓腰垂头，眼睛略略向我们一看，传递出担忧的神色：“皇上宣王选侍速去万春阁回话，请王选侍立刻随奴才走吧。”

“现在？”我惊问。

“父皇没让本宫同往吗？”朱常洛怪道。

小元子摇头。

“皇上口谕！”蓦地又传来一道命令，来传口谕的人竟是郑皇贵妃身边的刘公公，只见他板着张脸，目视前方，尖声道，“着太子即刻前往文渊阁面见沈首辅。”

我们不由得对视一眼，不约而同地心生警惕，这一前一后到来的口谕，仿佛刻意要将朱常洛支开，太像一个阴谋。

“这么晚了，见沈首辅有何事？”朱常洛蹙眉。

“这是皇上亲下的口谕，奴才就不知道了。”刘公公冷冰冰地说。

我微微一笑：“小元子公公还容我换件衣裳。”说罢便向寝宫里面走去，朱常洛默契地欲跟上来，却被刘公公阻拦：“容奴才多句嘴，皇上让太子即刻前往。”

朱常洛眸中闪过一丝恼意，又马上被一抹笑掩过：“更深露重的，本宫也要加件外袍。”

趁着我为他整理衣袖，朱常洛低声在我耳边嘱咐：“万事小心，那边事一毕，我便飞快地赶过来。”

我抬眸望他，不由得轻轻抚上他忧切的眉眼：“我等你。”

小元子在前面引路，步履匆匆，御前的人最忌讳说不该说的话，我便也没有多问他。

待入了万春阁，小元子将我引到庄嫔的寝宫，便自觉退到一边，我站在那道门前，不知为何莫名感到一阵寒意，顿了一顿，才推门进去。

略略扫过一眼，只见皇上、郑皇贵妃、秦端妃还有一众奴才在房间里，一时竟显得有些拥挤，这场面与庄嫔小产时颇为相似。

陡然听见皇上怒道：“王选侍，你可知罪？”

“不知妾身何罪之有？”

只见郑皇贵妃向一旁使了个眼色：“请王选侍过去，让她自己看。”

两个膀大腰圆的婆子大步向我过来，一边一个架住我的胳膊，将我拖到庄嫔的床前，推搡一把。我不解地抬首，只见庄嫔陷落在凌乱的软枕之中，惨白的面庞，微张着眼睛，口中流出黑血，死状狰狞，她手边倒着一个雕花白瓷碗，里面尚存小半碗褐色汁液，床褥上还洒了些。

“啊！”我吓得尖叫一声，骤然后仰，跌倒在地，心狂跳如擂鼓。

庄嫔，怎么死了？

“王选侍做下的，难道还会害怕吗？”秦端妃冷冷一笑，蓦地提高了声音喝道，“你进献有毒的阿胶，毒死天子嫔妃，该当何罪？”

我只能转向皇上："妾身不敢，望皇上明察！"

皇上眉峰紧蹙，威严道："你下午才来看过庄嫔，她最后用的也是你所进献的阿胶，你叫朕如何信你？"

"更何况，前不久你的家生丫头因为庄嫔被打死，你怀恨在心也在所难免，所以便将庄嫔毒死，是也不是？"郑皇贵妃接过皇上的话，咄咄逼人道。

我在身后握紧了拳头，尖尖的指甲陷入掌心，疼痛让我冷静了一些："此前的事，妾身虽痛心不已，但是既然皇上已做下裁决，妾身断不敢再有异议，更不会做下这般心狠手辣之事。妾身虽送了庄嫔阿胶，可那阿胶从慈庆宫的管事处直接支出，是登记在册的，怎会有毒，就算妾身可在途中下手，可别人也一样可以在煮阿胶或端给庄嫔之前下手，亦不无可能，怎可说一定是妾身所为？还请皇上明察。"

郑皇贵妃沉声道："你这是说，庄嫔中毒之事是她自己宫里的人做的？"她极其轻蔑地看了我一眼，"将人带上来。"

一个女子瑟缩地跪在地上，竟是倩儿。

"庄嫔的饮食可是你负责的？"秦端妃曼声问。

倩儿颤抖地连话也说不出，不住地点头，半晌才结巴道："我家小姐……庄嫔，炖煮阿胶是奴婢……奴婢一手做的，又亲自送到庄嫔手上，一分一毫也未交托旁人，绝不会有问题的！奴婢是小姐带进宫的家生丫头，断不会毒害小姐！"倩儿哭道，"皇上要为我家小姐做主啊！"

"瞧见了？你与你的家生丫头情同姐妹，别人家的就未必不是！她怎么可能害庄嫔呢？你不要为了自己脱罪，便将这滔天大罪推到无辜的人身上！”

这番话由她郑皇贵妃的口中说出来，义正词严，真是可笑至极，可我不得不承认，污水泼身，此时我已经无话可说，只能傲然昂起头，铿锵道：“妾身没做过的事，抵死也不认罪。”

“容不得你认不认罪。庞公公可回来了？”郑皇贵妃朗声问。

“庞公公就在外面候着。”

“让他进来。”

来人正是郑皇贵妃身边的庞保，他径直跪到皇上面前，双手将托盘举于顶，那托盘上赫然一只我从未见过的青瓷小瓶。

“这是从王选侍所居住的万荷台里搜出的，鹤——顶——红。”庞保最后三字，念得意味深长。

皇上拿起端看，勃然变色，怒喝：“如今人证物证俱在，你还有何话好说？来人，将王选侍立时……”

情急之下，我蓦地高声道：“皇上不可杀妾身！庄嫔宫里有那么多皇上赏赐的上好补品，为什么偏偏用妾身刚送来的？妾身与庄嫔之间的纠葛，她怎可能毫无提防？此案疑点颇多，皇上全部查清，妾身方能就死！”

皇上死死盯着我看，我亦毫不畏惧地回看他。终于，他沉声道：“好，朕就暂且留你一命，来人，将王选侍软禁于繁综楼，任何人不得探视，将万荷台的奴才们都看管起来，一个一个审问。”

我的心刚刚松了口气，又蓦地一紧，抬首只见郑皇贵妃冲我别有深意地一笑，轻轻翕动妩媚的双唇，那口型，分明是：“死吧。”

第十七章

眉心一滴恩人血

原来繁综楼里还有这样破败的地方，剥落的红漆，斑驳的墙面，四周空空如也，连窗子都掉了一半。

门外响起锁链哗啦啦的声音，夜风吹进来，蛛丝此起彼伏，带进一室的湿冷，我木木地站在窗前，直到又一阵冷风扑面，才发现外面下起了雨，春雨细如丝，却极是细密，风一吹，便从空荡荡的窗口飘进来，湿了我半个身子。

这里面有一张雕花木床和一张歪歪倒倒的瘸腿桌子，床上落满了尘埃，上面堆着一团黑黄的烂棉絮，帘上也布满破洞。我失魂落魄，站不住了便往上面一躺，再不管其他。

似乎过了一天一夜，外边的锁链响起，一只手从门缝里伸进来，将一个糙碗在地砖上狠狠一放，然后门“嘭”一声，紧紧关上。

饥寒交迫之下，我走到门前一看，只觉一股酸水涌到了喉间，转身干呕了几下，眼泪都泛了出来。

糙碗里赫然一只拳头般大小的青黑色生鱼头，鱼眼圆睁，好不可怖，正散发出令人作呕的血腥味。

胃里没有东西，只能吐出酸水，我竭力止住呕吐的势头，依稀闻见外面隐约的偷笑声。

我心如死灰，哪里还在乎这些把戏，只依旧倒在床边，闭上眼睛。

这场雨似乎没有停下的意思，冷风一阵紧过一阵。三天了，每顿一只生鱼头，我以为自己会这样饿死，可是想到烟绕的仇还没报，心底便涌起一股求生的欲望。饿了就扒出底下一层腥味浓烈的冷饭吃，渴了接雨水喝。

我终于病倒了，只觉得自己额头滚烫，口鼻都好像快要喷火了，可身上却冷得直发颤，我拉过那黑黄色的棉絮，盖在身上。

就这样昏昏沉沉地不知道过了多久，恍惚间有一只手正掰开我的下颌，试图将什么东西喂进我嘴里，我迷蒙中微微睁开眼，只见一个蒙面的黑衣人，心中不由得大骇。

想他极有可能是派来杀我的杀手，正欲喂我毒药。几乎是本能的，我一把摸下髻上的利簪，趁那人不备，狠狠向他的后背扎去！我用了十分的劲儿，簪子一斜，没入他肩头的血肉，极深，仅有一小截露在外面。

那人只是闷哼了一声，吃痛放开我。我急忙爬起身来，将自已贴上了冰冷的墙壁，已无退路。正当我以为他要扑过来杀我的时候，那黑衣男子竟从一旁拿出一个食盒，打开来，里面整整齐齐地码着许多梅花糕，香气清冽，糕体洁白，正中描五瓣梅花，只有我万荷台的人才能做得出。

我神色一怔，脱口问他："你是谁？"

他只是默然不语，注视着我的眸光，陌生又熟悉，外面逐渐嘈杂起来，他似醒过神，起身欲走。他还没有回答我的话，我欲拉他再问一遍，却因骤然起身有些晕眩，眼见着要栽下床去。

他下意识地回身揽过我，而我眼疾手快地拉下了他蒙面的黑布——

公孙徵。

他的鼻尖几乎撞上我的面颊，近在咫尺的正是那张儒雅如玉的面容，他对我没防备，才让我得手，眸中流露出些微惊讶，很快便归于沉静。

我心中亦震惊，说不出话来。

外面的嘈杂声越来越近："抓刺客！抓刺客！"

"把门打开，锦衣卫奉命搜查！"外面响起凶悍的声音。

公孙徵夺过我手里的黑布，奔到窗前向外看了一眼，敏捷地翻身上梁，我将食盒"嗖"的一声滑入床底，刚刚勉力起身，门已经"哗"一声被推开。

几个侍卫冲进来，四周察看。我定睛只见地砖上有一滴血迹，怕是公孙徵刚刚被我刺中的伤口滴落的血。我缓缓移步，踩住血滴，忽地感觉到又一滴温热顺着我的头皮氤入发髻里，心里顿时一凛，身体绷得紧紧的，一动也不敢动，任由他们搜索。

为首的那人见这房中空荡荡的，也藏不住人，便唤了手下出去。大门关上，听见锁链哗啦啦似盘上了好几圈，我紧缩的心脏才重新恢复了跳动。

抬首只见黑影掠过，又一滴血珠堪堪向我砸来，落在我的眉心。公孙徵轻巧落地，避在窗边观察外面的情形，眼神如鹰隼，不同于往日的舒袍广袖，他这一袭劲装，倒勾勒得他少了些许文弱，多了英挺的气质。

他再次黑布蒙面，眼眸转向我，微微柔和了一瞬，低声道：“选侍放心，太子正全力营救你。”

我轻轻颔首，欲言又止，想问问他伤得怎么样，跟他道声歉，抑或是道声谢。

他从衣襟里摸出个白瓷的小瓶子，递给我：“这里面有药，选侍患了风寒，可拖不得。”

原来，他是想喂我吃治风寒的药……我刺的那一下，只有我和他知道有多狠。

心里涌起酸涩难言的愧疚，我接住他递来的小瓶，他却不曾松手。四目相对之际，风吹起他额边的一缕发丝，那双眼睛温润如海，这是我第三次看见，清清楚楚地看见。

不知不觉，他来到我身前，伸手抚上我的额头，手指轻轻擦过眉心，我从来不知，他看似修长白皙的手指，指腹上竟有粗粝的茧子。

“你的伤……”我的眼睛定在他流血的肩头。

“无妨，”他一笑，“照顾好自己。”说罢，转身从窗子翻出去。

三天又三天，陡然听见门前熟悉的解锁链声。

“让开！”朱常洛的声音，然后紧接着是三下巨大的踹门声响，门应声而倒，掀起一阵风将我的乱发拂起。

“揽溪，揽溪！醒醒！”他奔过来抱起我，拼命摇晃，他一定以为我死了，还拿手来探我的呼吸，我微微睁眼，轻声道：“我们回去。”

“好。”他一把将我打横抱起，大步走着，走到门前顿了一顿，然后扬腿一踢，只听见那些糙碗撞到墙上碎裂的声音。我虽闭眼埋头在他胸膛，也能感受到那一瞬间他身上浮动的巨大杀意。

他说过，在这皇宫之中，他是个没有倚仗的人，就应该谨言慎行，没有资格任意表露出喜怒哀乐。可这次，他终究是因为我，不管不顾了。

两个月后，又是一年清明。

外面一定是一片春意盎然了，草长莺飞，花香蝶舞，有鸟儿一直围着屋檐欢叫，生机勃勃的。

严冬已经过去了，可我一直活在寒冷里。

那日出来后，我便决心为烟绕抄写千遍《往生咒》。

佛经似乎真的能带给人平静，心口剧痛后的钝重感丝毫没有消弭，每当我提笔来写时，泪水还是不管不顾地往下掉，浸湿了字迹，晕成或浓或淡的墨团，我只能重写一遍又一遍，不敢停，不能停。

整间屋子，白纸黑字，铺天盖地，将我湮没。

“选侍！”忽地，玉翘进来，面露喜色道，“太子亲自在万荷台前边的池子里种荷花呢，选侍快去看看？”

前些天他便说要为我种下满池荷花，待夏季来时便会荷叶婷婷，花香馥郁。我只当他想哄我开心些，过些时日差人来种，却不想，他会亲自栽种。

心中动容，立即起身随玉翘去了池边，只见一个人影在日光下，摸着齐腰深的水，忙碌着。他衣衫尽湿，两袖高高挽起，手臂上沾满了淤泥，如今的日头已带了些热度，他的额上不知是水珠还是汗珠。

一旁的王安见我来了，忙举了一块席子与我遮阳：“选侍当心晒着了。”

“快叫太子上岸来，日头热，水里凉，若病着了，可怎么好？”

“奴才从旁劝过多次了，可太子哪儿能听奴才的。”

我看了一眼王安手中的席垫，又瞥见一旁残存的吃喝用的：“太子什么时候开始种的？”

“太子上午就下了池子，中午也就上岸来吃了些点心，一直忙到现在，太子本不让奴才多嘴的。”

堂堂太子在我这里一身泥泞地种池子，他也不怕别人笑话。我盯着他的身影，眼前模糊了又清晰，清晰了又模糊。

待朱常洛爬上岸来，日已西斜，他裤管挽至膝盖，赤着脚，泡得发白的腿上满是泥泞。见我看他，有些不好意思地刮擦着脚趾间的泥巴，笑嘻嘻地过来。

“好端端的怎么哭了？”他想伸手过来替我抹泪，一双手臂黑乎乎的像两截木头桩子，想拉扯衣裳，全身也没一块干净的了。我见他手足无措的模样，扯扯嘴角笑了。

他也知自己此时的模样，见我笑，也跟着傻笑。

泥巴在他手上凝成了壳，粗糙僵硬，我牵起他的手，拖着往屋里走：“先把衣裳换了。”

除去湿透的泥衣，云横已将热水送进来，我替他将满是泥巴的两条腿擦洗干净，洗出三四盆黑水。

洗去黑泥，便可见他脚上腿上的皮肤泡得发白发皱，上面还有许多细小的划痕，血印交错着。

我看着又是心痛，又是气不打一处来，伸手便拧在朱常洛腰间。还没使劲儿，他便躲闪着哀叫起来，转而又伸出长臂揽住我：“我就是想让你高兴一点儿，不用整日整月地沉浸在悲伤里。”

我只将脸埋在他的胸口瓮声道：“你派人来做，我也会很高兴的。”

“不行！”他斩钉截铁道，“除了我，谁都不准在你面前送花献殷勤，仔细我填了他作肥。”

我抱得他的腰腹更紧，回想起以往：“你我结缘，的确与荷花脱不了干系。”

“是了，我要让你看见这一池莲荷，便想起我，想起你我的开始，想起这都是我亲手为你种下的。”他笑了笑，温热的气息呵在我的头顶，“我要你知道，你在我心里，就如同一朵白荷一般清纯高洁，典雅别致。从前是，现在是，以后一直都是。”

我神色黯了黯：“若我以后变了呢？”

“不会的，”他比我还肯定，“那一定只是你暂时蒙尘，雨过天晴，便会重回玉质。”

渐渐地，我可以平心静气地抄写经文了。经历从愤怒、否定、悲痛，到平静，这两个月的每日每夜、每分每秒都挨得如此艰难。

去年的这个时候，我们还没进宫，临行前烟绕缠着我放纸鸢，两个人直跑得大汗淋漓，多自在，我都记得清清楚楚。

现在想起烟绕，也可以做到不轻易流泪。

“云横，烟绕留下的东西呢？我想留下几件做念想，把她喜欢的东西给她烧去。”

桌上搁着一小碟烟绕做的扬州蜜饯，虽然她做了很多，可我总是想她到不行，才拿出一点儿来。

云横答应着，一会儿便拿过来一只小木匣。

打开木匣，里面都是她惯戴的简单首饰，有我入宫前用旧的，有汉岳在扬州市面上买给她的，还有刚入宫时我送她的几对精巧耳坠，整整齐齐压在最底下，她还没舍得戴过。

“还有几件衣裳在房里呢。”云横轻声道。

我轻轻抚摸那些冰冷的金属和石头，妄图从上面汲取些残存的温暖。里面还有一方锦帕包裹的东西，展开一看，是她未绣完的喜帕和一封信。

“小姐，见字如面。烟绕自幼与小姐一同长大，受小姐关怀颇深，早将小姐视为此生最亲之人。小姐因为烟绕咽泪装欢，烟绕亦只能作含混不知。可烟绕自知此身清白已毁，无颜面对汉岳之挚情，小姐亦不可为烟绕之卑贱，坏了卢家清风……世间已无烟绕容身之处，来世结草衔环，以报小姐大恩。烟绕绝笔。”

放下那轻飘飘的一张纸，我无力地靠坐在椅子上。傻丫头，她竟知道我是咽泪装欢，可我只顾着促她嫁人，以为是为她好，却忽略了她心里的毁天灭地！那日她替我承罪之前，竟已是存了死志的。

我捧起那方喜帕端看，每针每线，都绣得细致精巧，我轻轻抚摸那柔和浮凸的花样，恍然道：“烟绕虽不愿嫁给汉岳，可我知道，那一直是她心里最期盼的事情。”

可惜她最美好的梦，被人残忍戳破。我心里又想起郑皇贵妃那句讳莫如深的话：“烟绕，你家小姐为了你真是什么都肯做，对自己的哥哥也不手软，你就不肯为她想吗？”

当日的情景，只要烟绕肯为自己脱罪几句，也不一定必死。可烟绕什么也没辩白，就那样应了。烟绕也许是听了她的话，死志又起，也未可知。她为什么急着除去烟绕？就为了让我痛不欲生？还是为了朱常洵杀人灭口？

念及朱常洵，这一切的一切，追根溯源，是那个晚上，那个十五却没有月亮的漆黑夜晚。

“我让你去查的事，怎么样？”我不由得心中发狠，死死抠住椅子的扶手。

云横正待回答，只见朱常洛走进来：“什么事？”他见我面色阴沉，蹙眉问，“有关烟绕？”

“是。”

他与我隔着小几坐下，示意云横继续说。

“初六皇上决意立太子之后，郑皇贵妃便声称病了，到事发的这几日间，众妃嫔见皇上恼怒，都不曾去探望郑皇贵妃，除了秦端妃一人。”

“那秦端妃又如何得知，烟绕救了桂子？”两人之间相隔甚远，我想不通透。

“恕奴婢斗胆猜测，唯有两种可能，”云横面露寒色，郑重道，“一是，陈公公那边有秦端妃安插的人，二则……我们慈庆宫里有内鬼。”

“陈公公身边都是极为牢靠的人，第一个可能性不大，不过我会再去司礼监察看。”朱常洛沉吟道。

“或许是，烟绕偶然间救了桂子，将人短暂带回过慈庆宫，被内鬼瞧见了，随后才走漏了消息。”

如果真有内鬼，会是谁呢，慈庆宫不比从前的伏元殿，添了许多宫女内侍，那么多双眼睛，又怎知是哪一双闪烁着阴谋？

我有些失神，半晌，只听朱常洛道：“你怪不怪我？”

我知道他所指，不由得气息凝重，将目光缓缓地放远，摇头轻声答："我后悔带烟绕入宫，却从未后悔嫁给你。"

眼见着烟绕被拖出去处死，那无能为力的恐惧，跪地求饶的屈辱，一旦想起我便觉得最可恨的人是我自己。那是烟绕啊，我血肉的一部分！同样的事，这辈子我不要再经历第二次了。

我转过身怔怔对上他的眼眸，不知何时已流了满脸的泪水："怎么办啊，因为恨，夜以继日的恨，我失去本心了。"

朱常洛眼眸深深，半晌才道："那就等解了恨，再把本心找回来。"

不久，朱常洛果然在司礼监那边查出了端倪。问题出在一个端茶递水的小内监身上，叫冬子，最是不起眼，可却是最危险。那小内监是最近才入得司礼监这机要部门的，所以只让他干些粗活儿，谁承想，他干活儿一般，听壁脚却是最为拿手。

推举他的人是秦端妃宫里的吴公公，虽然吴公公老奸巨猾，将两人之间的干系抹得一干二净，可这样一来，我们心里几乎有数了。

"务必让他开口，全说出来。"我一字一字，冰冷如铁。

朱常洛顿了顿，问我："冬子，你想怎么处置？"

"杀了他。"我一字一字冷然道。

他一定看见了我内心如同深壑的血色伤口，轻声道："你说怎样就怎样。"

"你是不是觉得我变了？"想当初，面对将青叶推下泥塘的张英，我只觉奴才们都是身不由己的可怜人，不过一年光景，什么都变了。

他只是看着我，不说话。

“我说过，他们都要为烟绕血债血偿。”我银牙欲碎。冬子、秦端妃、朱常洵、郑皇贵妃，我会让他们知道，害死烟绕是他们这辈子做得最错的事。

我闭门不出有些日子，外面的消息一概不知，只觉近来丫头们私下里谈论总有些避着我的意思。一日终让我不小心听见，才知道贝淑女竟提剑要杀刘淑女，朱常洛将她二人禁足，皇上又赐婚令娶太子妃的消息。

我不由得冲出门去，又回来，终是忍不住，还是去找他，见了他的面，却只问了一句：“什么时候的事？”

他不由得绽开一个苦笑：“本打算待你身体好些了再说，这件事也瞒不住。你当时尚被囚禁，贝淑女又闹出事来。父皇以我慈庆宫中无一贤人为由，逼我娶太子正妃。作为交换，他答应细审庄嫔的案子，还你清白……”他定是见我的脸色难看，没再说下去。

“所以你是因为我答应了？”我的心一寸寸冷下来。

他默默颔首。

我心中愤懑难当，刹那间连手足也冰凉了，陡然爆出一声竟带出了哭腔：“我本就清白，你为何要妥协？”

“若没有父皇的一句话，怎能保证你活着出来？清不清白都没有用了！”

我一时语塞，无言以对，只能任凭眼泪横流，直直地瞪视他。

“我不想你再娶新妇。”这句话在心里盘桓了无数遍，我却哽在喉咙说不出口。他此番是为了我才答应的，就算没这事，他是太子，未来是皇帝，怎么可能终生只有我这一个女人？除了前面的两位淑女，未来还会有很多很多美貌的女子来到他身边。

大明礼教盛行，妻妾之间应当和睦有序，女子最忌悍妒。可两个人的爱情里，本就容不下第三人。

良久，我勉力平静道：“什么日子，我替你准备。”

他知道我心里的难过，轻轻覆上我冰冷的手背，眼眸中有怜惜：“你又何必亲自做这些？”

“贝淑女不能掌事，刘淑女向来不管的，慈庆宫里除了我来主事，还能是谁？”

朱常洛一时无言，只将我揽在怀中。慈庆宫三人之中，他一向独宠我，以至于我常常有妄念，觉得他好像只是我一个人的夫婿。可我的身份分明只是个妾室，如今他终于要娶正妃了，我心里莫名地恐慌害怕。

如果那是个更美貌、更聪慧、更贤德、更温柔的女子，他也会像当初对我那般对待她吗？

五月十六，太子迎娶太子妃郭氏，普天同庆。

我与一众女眷在正殿里恭迎皇后，皇后见着我，亲热地拉过我的手，细细打量着笑道：“揽溪成熟了许多，气度风韵都不一样了。”

我只能笑着自谦，道：“皇后娘娘才是母仪天下的风度，无人能及。”

寒暄了一会儿，见四下人群散了些，皇后低低与我耳语道：“你这样已经做得很好了，可担得起贤德之名。”

我苦笑着摇摇头。

“只是都一年了，你怎么还没动静，有时候，一个孩子更能维系感情，你自己也要多留心些。”

我不由得面上红了红，道：“妾身谨遵娘娘教诲。”

这时，云横凑到我身前轻声道：“选侍，奴婢似乎看见了卢公子。”

“汉岳？”我轻轻蹙眉，宴请的宾客名单之中并没有他，“几分相似？”

“七分，”云横的语气沉稳中透着一丝焦灼，“往东厢去了。”

“谁在东厢……”话甫一问出口，我便心下暗惊，东厢接待着几位重要的宾客，朱常洵亦在其中！

我强压下慌乱，向皇后告退，又唤了几位女眷陪着皇后说话。

“选侍要过去？”云横问道。

“就算我去，也制止不了他，我们得找人帮忙才行。”我强自稳住心神，转眼只见朱常洛牵引着凤冠霞帔的新妇跨过火盆，向正殿里来。一时礼乐齐鸣，恭贺声不绝于耳。朱常洛如今已是太子，迎娶太子妃的场面自不是从前的清冷可比。

此时离开，只怕会有不少人笑我没气度，可是若此时不走，待会儿更加走不了，如此十万火急，也顾不得许多，我低声问云横："公孙先生在哪儿？"

"先生在前厅替太子招待宾客。"

"去找公孙先生。"我转身回望一眼朱常洛，只见他也正瞧着我。那样对视了一瞬，我心口的酸楚一蹿，如同一条灵活的小蛇。

也好，不然等一下，我真不知道自己该挤出个怎样的笑颜。

我独自立在门边，让云横入前厅去请公孙徵。公孙徵与席间的宾客简短地说了两句什么，便搁下酒杯拱手告辞。几位年轻的同僚仍在他身后笑嚷着不依，他回身讨饶，步履依旧。

心里焦急，我也不绕弯子："公孙先生，我有急事相求。"

"咦，是你！"一个清脆的声音传来，公孙徵背后闪出一个高挑俏丽的人影，一身桃红柳绿，小麦色的肌肤，漆黑圆亮的双眸，眉鼻秀丽高挺，分外眼熟。

不正是到京师第一日，在码头边上落水的女真姑娘吗，不知她是否找到了那位弹琴的公子，又如何来这儿了。

见公孙徵盯了自己一眼，女真姑娘嬉笑着咋舌，转了个身只作不见，对我热情地自我介绍："我叫冷苏苏，我以后能常来这儿玩儿吗？"

被她这样一搅和，我脑子里都乱了，鬼使神差地点头。

"你答应啦！"她高兴得手舞足蹈，还要说什么，却被公孙徵一只手拎到一边的角落，冷苏苏立刻老实，埋着头拿脚尖铲土。

“王选侍有事不妨直说。”

我三言两语将事情说了一遍。

公孙徵将手中的折扇打开又合上：“在下不方便出面，不如……让苏苏去。苏苏颇具身手，你可以放心。”

听见公孙徵提起自己的名字，冷苏苏黑眸一亮，一步便蹦过来：“什么事？我去！”

可公孙徵一句话尚未交代完，便听见冷苏苏嚷嚷：“我不去！你又不是不知道，卢汉岳可要将我一并杀了！”

冷苏苏也认识汉岳？我不由得奇了，只见冷苏苏心虚地瞧了我一眼，又正对上公孙徵警告的目光，一时噤声不语。

“你这就是承认自己打不过他了？”公孙徵索性“哗”打开扇子，慢条斯理道。

“谁……谁说的？”冷苏苏红着脸倔道，“本姑娘就是不想去，汉岳肯定会怪我的，谁愿意做好事还不落好啊？”

“这样，你去了，我替温家公子答应你一个要求，如何？”公孙徵激将不成，又来利诱。

“好呀，”冷苏苏两眼放光，“我要他娶我。”

原来是色诱。

“这个嘛，不行。”

“那亲我。就这么定了，东厢是吧，我先行一步！”冷苏苏昂扬起来，“嗖”的一声就不见了。

“这样好吗？”那位被好友出卖的温公子，那日，他可是泅水走的，连鹤鸣秋月琴都丢弃了。

公孙徵苦笑着摇摇头：“他不会生气的。”

待赶到东厢，我们躲在窗子下面，只见朱常洵正坐在中央，两旁陪坐的宾客不在少数，侍立在一边的内监为难道：“三皇子，前面来人催几道了，都等着您几位呢。”

朱常洵一巴掌将那内监扇倒在地，喝骂：“没眼力见儿的东西，没见着爷这里正忙着吗！”他舒了舒喉咙道，“这剑舞得漂亮！看完了爷自会过去，就让他们等着怎么了？”

房间中有一人正将长剑舞得白光粼粼，仔细一瞧，不是汉岳又是谁？

他倒也知道寻常近不得朱常洵的身前，来一招“项庄舞剑”。

“怎么没见苏苏姑娘？”里面的情势间不容发，我不由得有些着急。

“我在这儿，”蓦地后面传来低低的声音，喘着气，“你们真快，容我喘会儿气先。”她又连喘三大口，拿巾子蒙了脸颊，才转身提剑入了房间。

汉岳见了冷苏苏，似有一瞬惊讶，很快便识得她的意图。两厢长剑交错，叮当声不绝于耳，剑气如霜，白光如匹练，映得两个人的脸色均寒凉似水。

冷苏苏几次三番趁着格挡近身的机会与汉岳低声说了什么，汉岳都木无表情地将她极力掀开，抿着唇，一脸的刚硬决绝。后来，冷苏苏见汉岳软硬不吃，急了，下手越发狠些，长剑在室中舞得呼呼作响，眼见着有些不对劲儿，宾客略略慌乱起来。

唯有朱常洵站起来叫好："精彩！美人好剑法！哈哈哈……"

眼瞅着是个好时机，汉岳脚尖一点，暴喝一声，长剑嘤嘤作响，直取朱常洵心口！冷苏苏缠过去，竭力将长剑带偏。就这当口儿，朱常洵的贴身侍卫从门前拥进来，挡在朱常洵身前，下面的宾客早已作鸟兽散了。

一旁的内监哭丧着脸求朱常洵快走，可朱常洵只顾着摇头，一双眼睛一瞬不瞬地盯着冷苏苏贪看。肥胖的脸上一抹淫荡的笑，泄露出他内心龌龊的想法。

包围之中的汉岳，汗水顺着瘦削的脸颊流下来，停在眼角如同一颗泪。那就是泪，男人的泪，他的眸中血丝深重，如同忍无可忍的困兽。我不敢揣度他的内心，那里是比我更惨烈的一片疮痍。

念及此，我不由得红了眼眶。

公孙徽以为我为汉岳担心，劝慰道："汉岳一意孤行，苏苏虽不能凭一人之力将他带出，可她把水搅浑的功夫无人能及，也能让汉岳知难而退，你就放心吧。"

侍卫一拥而上，接着便是一场混战。汉岳自小跟着姨父走镖，虽是一身硬功夫，却也不能似楚霸王那般以一当百，不久便有些不支了，腰间挨了一刀，鲜血淋漓。

我见着他受伤，不由得身子一颤，这才发现不知何时公孙徽轻轻按住了我的肩，此时微微用力，暗示着我镇定。

苏苏护着他，冷不防被不知死活的朱常洵抓住了左手臂，那胖子色眯眯地嗅着冷苏苏发间的香气："美人是来救我的吗？"

"呸！"冷苏苏唾他一口，朝他身下便是一脚。朱常洵杀猪般叫唤着歪倒下去了，那些侍卫立时慌了神，通通围过去保护三皇子。

"此时不走，更待何时？"冷苏苏搀过汉岳，他已是强弩之末，见大势已去，唯有随冷苏苏破窗而出。

公孙徵接过汉岳，伸手在他的伤处探了一探，道声无妨，嘱咐在书房见面，便驮着汉岳飞身走了。

隐隐听见转角处的脚步刀兵之声，冷苏苏疾行两步，又回身拽起我："愣着干什么，还不快跑！"

伏元殿里的书房中尚藏有颇多奥秘，想来慈庆宫中的书房只有过之而无不及。

我与冷苏苏到时，公孙徵已经为汉岳将伤口包扎处理了，汉岳不说话，双手微微颤抖，怒视着我。

公孙徵左右各看一眼，咳嗽一声道："是我，今日之事都是我的主意。"

"公孙先生素来精明，怎的今日说出如此蹩脚的谎话？"汉岳冷冷一笑，"你若想阻止我，与苏苏来便是，何用带上王选侍？而她要来阻止我，唯有拖上你。"

"卢汉岳你有没有良心？你妹妹担心你丢了小命儿，才急慌慌地来找我们，怎的不识好歹呢！本姑娘真要被你气死了……"

"是吗？"汉岳看着我，"你是担心我这个哥哥出事，还是担心拖累了你的良人？”

“我自然是担心你！我也想为烟绕报仇！可朱常洵，真的不能在慈庆宫里出事。”我无从辩解。

听我提及烟绕，他面色一黯，嘴角噙着嘲弄：“果然。你还敢提烟绕？王揽溪，你没能护得她周全在先，不能为她报仇在后，罔顾烟绕视你为最好的姐妹！你连烟绕都对不起，还能对得起谁？你嫁给那个男人，眼里便只有他一个人了吗？”

汉岳的话，就如同一把把钢刀，插在我的心里，将刚刚合拢的伤口撕裂，我强忍着心中痛楚：“君子报仇，十年不晚。你这样不计后果地鲁莽行事，报仇不成，倒丢了性命，烟绕若知道，也不会欢喜的。”

“你无须拿烟绕来堵我！十年？只怕十年过去，你只顾着富贵荣华，哪里还记得她？她去得冤枉，若不替她报此仇，我死后无颜见她！”他狠狠皱眉，我才发现，不过几月的时间，汉岳竟老了许多，连皱痕都深刻了。

我被他气得说不出话来，狠狠拂袖背过身去，才发现自己已经不自觉地在发抖：“公孙先生，劳烦你送他走。”

“是，这书房里有密道，选侍可尽管放心。”公孙徵沉声道。

听得他这一声承诺，我便头也不回地走了。

第十八章
故人长情谋惊心

我静静伫立在门边，檐下的一盏孤灯拉长了我寂寥的影子。遥望池塘对面，那里灯火辉煌，明亮的星点在波光里摇曳，隐隐传来阵阵高笑喝彩，仿佛那才是烟火人间。而我，只能茕茕孑立于冰封万里的极寒之处。

一个人影由远及近，是云横，我离开之后，全亏得有她替我几面斡旋，竟到了这个时候才回来。

云横向我行了礼，面似不忍："选侍，这段时日你可累坏了，早点儿歇着吧。"

我微微一怔，才惊觉自己已经站了好几个时辰，此时连脚都麻了。我不由得苦笑，笑自己痴傻，今日我就是在这里站上一夜，他也是不会来的，又是何必？

“婚宴还未结束吗？”

“没有。太子还未下酒桌。”云横欲言又止。

我故作轻松地一笑：“哪位大人这般没眼力见儿的，拖着太子这样晚，也不怕太子妃怪罪？”

“是太子自己不肯，”云横为难道，“别的大人都怕了，早就打道回府，现在前厅里也就只有公孙先生几位相陪……太子醉得厉害，选侍要不要去看看？”

心中如一滴冰珠落入湖面，激起微小却频密的涟漪。我伸手抚上胸口，意图稳住越来越明显的震动，涩声道：“不用了。让王安想法子将太子请过去吧，我这就歇下了。”

人虽是躺下了，心却久久不能平静。前段时日，我以忙于筹备大婚为由，对他百般疏远，他却还是对我一如往昔。我心中早就认输了，他是为了我，我怎会真的狠得下心怪他？

又是一夜无眠。

第二日，我早早便候着了，托着腮在妆台前发怔，脑子里总闪出和朱常洛从前的画面，只是他对面的人通通换了张脸。

待小栗子跑来通传，太子太子妃回了慈庆宫，我才又取了妆粉压了压眼下的乌色，理了衣裳，按照礼制去向太子妃请安。

太子妃的住处徽音殿，就在慈庆殿的正北方向，两座殿宇由一条长廊连接，挨得极近。长廊两旁落英缤纷，还有玉制的小桌小凳，看起来格外温馨可爱。

我牵扯出一抹微笑，款款而入，徐徐拜倒，规规矩矩地行了大礼：“选侍王氏给太子、太子妃请安，祝太子、太子妃琴瑟和鸣，百子千孙。”

朱常洛蓦地站起来，略微有些失神：“你怎么来了？”

“回太子，妾身依照规矩，须在大婚第一日，前来拜见太子妃。”

许是见朱常洛站着，太子妃也站起来，只听见旁边的嬷嬷咳嗽了两声，太子妃又惴惴地坐了回去，怯声道：“王选侍快请起。”

我起身，这才忍不住向太子妃望去，眼前的少女容颜稚嫩，比我初入宫时还要小。她面若芙蕖，唇如花瓣，小鹿一般怯弱的眸光，我见犹怜。我心中的防备抗拒之情，在这样一个不谙世事的小女孩儿面前，欲击而无物。

她不正如当初刚刚入宫的我，而她视我，就如同我当初面对阖宫掌权的贝淑女一样。经历了这些，我有些理解当年贝淑女对我做下的事情了，甚至有些同情她，可我不愿意做第二个贝淑女。

太子妃又试探着瞧了一眼朱常洛和嬷嬷，嬷嬷点了点头，她才向我羞涩地笑道：“王选侍，我……本宫，本宫初来慈庆宫，许多事情还不懂，以后还有许多地方要劳烦王选侍。”

显然，这是旁人教的官话，我只俯身道：“都是妾身应该的。”

那嬷嬷走到我面前来，打开一个锦盒，里面赫然一支梅花竹节纹碧玉簪，做工精细，很是珍贵，太子妃又道：“听闻王选侍素爱雅致，本宫觉得这支簪子比黄金宝石更适合你。”

我看了朱常洛一眼，他也正望着我，眸光深邃，只怕这话，都是他教的，可是这东西，却是他没有的。

我了然一笑，双手接过，向她谢了恩，恭敬道："太子妃从此有太子疼爱，妾身也没有更好东西送给太子妃，便请太子将掌管慈庆宫事务的权力移交给太子妃吧，这本也是属于太子妃的权力，妾身之前只是暂代而已。"

"这……"太子妃惊讶地看着朱常洛。

沉吟片刻，朱常洛缓缓道："太子妃初来乍到，慈庆宫里的事务都还不熟悉，不如暂且就由你代劳一阵子。"

我瞧了一眼身边垂目静候的嬷嬷，笑道："若不着手试着做，自然不会熟悉了，妾身三个月前与太子妃一样什么都不懂，这协理东宫的权力妾身实在不敢僭越，还请太子让太子妃收回。"

见我如此坚持，朱常洛只好无奈道："也罢，就让太子妃学着做。"

见太子妃那惶恐不安的神色，我道："有宫里熟悉事务的几位姑姑帮衬着，太子妃不用太担心，若不得空，先让掌事的管着，向您报备即可。"

太子妃向朱常洛的方向轻声道："本宫会认真学的。"

又寒暄了几句，我并不自在，便称身体不适，先告退了出来。

刚刚入了万荷台的九曲回廊，池塘之上，四下无人，小栗子在前边候着，见了我，道："启禀选侍，染画求见。"

“让她进来吧。”

小栗子道：“选侍，来传信儿的是她家的小丫头，染画约您在前面的林子里见面，您若不见，奴才这就打发了她去。”

“慢着，我去。”我与云横对视了一眼，染画无事，绝不会如此麻烦。

这片林子茂密葱郁，真是密谈的好地点，我与云横四下望了一望，便钻入林子，直走到深处才看见染画，她见了我，忙俯身下拜：“妾身失了规矩，还请选侍恕罪。”

“无妨的，你急着找我，所为何事？”我扶她道。

“选侍可还记得庄嫔身边的罗妈？”染画从袖中抽出一张叠成长条状的纸，“她托妾身将这个交给选侍。”

我狐疑地展开，是一份名单，上面有十来个后宫嫔妃的封号。

“罗妈说，这是庄嫔临死前从枕头下面摸出来塞给她的，让她一定要交到您手上。”染画从旁道。

“罗妈是如何与你联系上的？”

“要说这罗妈也着实精明，当时众人皆以为庄嫔为选侍所害，庄嫔身边的人自然便是选侍的仇人了。罗妈专守着尚膳监门口骂，直骂得妾身底下的丫头听不下去了，来告诉了妾身。妾身心道这人好阔的一张嘴，真相未清，选侍岂能任她诋毁，便找她理论，拉扯间，罗妈便将这字条儿塞给了妾身。”

的确精明，她这般骂，才引来了真心维护我的可靠之人，才能确保这份名单到达我的手上，也躲过了有心人的耳目。

我心下动容，感激道：“也要谢你全心回护我。”

“选侍哪里话，选侍是妾身的恩人，妾身自当知恩图报。”染画神情谨慎道，“听说咱们宫里揪出了奸细，妾身贸然约选侍来这里见面。”

染画略微踌躇了一下，道：“妾身还有一事不得不禀，还请选侍恕妾身擅做主张的罪责。”

“你我之间不必闹这么多虚礼，有什么话你但说无妨。”

染画低声道：“妾身先前并不清楚罗妈底细，所以对于这张字条儿很不放心，害怕这又是她们陷害选侍的东西。所以妾身就擅自将这字条儿拆开看了，发现这份名单所指，均是后宫中失宠的嫔妃，而且她们大多不是疯了便是痴傻。”

我略微皱眉，心中琢磨庄嫔将这份名单交给我，究竟有什么含义，我迟疑着开口：“她们是不是都失去过孩子？”

“正是，选侍妙算。”

我不由得叹了口气：“若不是疯癫痴傻，只怕她们也活不了。”

“选侍是说，她们都是装的？”

我不置可否，只细细看过每一个曾经风光无限的封号，又听得染画继续道：“妾身还在这份名单中看见了故人之名。”

“故人？”

顺着她纤纤的指尖看过去：“宁妃”。

“选侍有所不知，”染画压低了声音道，“宁妃与妾身属同一批入宫，也有过几面之缘。其实以宁妃那般的容貌，一开始就该入选嫔妃。可不知怎的，最终只与妾身一样，被选作当初皇长子的侍妾。”

想必是有人忌惮她的美丽，一开始便动了手脚，其中的猫腻，可想而知。

“后来，皇上又注意到了她，趁着还未录记在册，皇上便以太子年幼为名，剔除了两名侍妾，其中便有她。然后几经兜转，封了她位分，极尽宠爱，不久有了身孕，便升作宁妃。那时卫宁妃的荣宠，几乎可与如今的姜贵妃比肩，若不是出了后来的事，唉……”染画惋惜地叹气。

“宁妃出了什么事？”

“深宫中事，妾身也不清楚，只知道宁妃的孩子没了，自此，她便称病，闭门不出，皇上来探望，她也不肯见。皇上九五之尊，能吃几次闭门羹？渐渐就将她冷落了。只是宁妃不怨也不恼，到后来倒有一些自得其乐的意思。她也是这几人之中唯一不疯不傻，却也保全自身的人。妾身以为一定不简单，也许对选侍有用。”

我有些恍然，只觉这样短短的几句话，竟已经勾勒了一个女人最繁华惊艳的时光，让人心惊。

既已知这后宫之中，有一张无处不在的弥天大网，时刻准备着将我捕捉，我只有慎之又慎。

当年宁妃的事情，如意应该也是知情的，我不能贸贸然找上门去，只有托如意打探，与宁妃来个“偶遇”。

剩下的证人不多，好在庄嫔身边的倩儿，被太后要去了身边伺候，一时应该性命无虞。

我不能傻傻地将一个个证据暴露出来，给他们销毁的机会，此次定要一击即中。

三日之后，朱常洛来时我正靠在窗边闲闲地翻看《史记》，屋内阴凉，风穿过窗外的翠碧竹林，拂到面上来时已去了燥热，十分清爽。

天气越发地热起来，我将头发全梳了上去，露出光溜溜的额头，身上也只着一件杏花薄水烟罗衫。

他在我对面坐下，笑着打量着我一身的装束，又将我手中的书拨看了几页，艳羡道：“你倒惬意。”

此时正值晌午，是日头最毒的时候。我见他额头上覆了层薄汗，手边也没帕子，便直接拿袖子为他轻拭，不由得嗔怪：“怎么这个时候来了，热得紧，都是当太子的人了，还动不动一头汗，什么样子。”

“想起便过来了，还要分时辰吗。”他就这样任由我擦着，嘴角的笑意更甚，“我就爱听你叨念。”

我睥了他一眼，收回手：“有时间不去陪新人，跑来旧人这里听叨念。”

“我偏不爱新人笑，只怕旧人哭。”他捉住我的手。

我挣扎道：“谁哭了。”

“那你为何跑去徽音殿撂挑子，看着就是一副赌气的模样。”他将我拉近，刻意肃了面容。

“我不是赌气，就是懒，打理那些事务多少也要费心的，哪有这份舒适？”我依在他的手臂，“天气一旦热起来，我连门槛都不想跨出去。”

“就这？”

“还有……”我故作苦思，“事情都交托给太子妃，她就可以少缠着你了，你就可以多陪我了。”

“好主意。”他朗朗笑道，又捧着我的脸细细看，蓦地拿手指在我额间一点，“怎么觉着你这颗痣越发鲜红了？”

眉间手指的暖意让我不自觉想起那日，公孙徵的血滴落在同一个地方，动魄惊心，一时竟有些怔怔的。

“想什么？”朱常洛疑惑道。

我回过神来，心念一转，想起了另一件事，道：“你大婚当日汉岳刺杀三皇子，想必你都已经知道了。揽溪代哥哥赔罪，还请太子体恤哥哥丧妻之痛，不要怪罪他。”

朱常洛轻轻叹气：“我没提起，就是不想让你烦心。听说汉岳腰间还挨了一刀，可是真的？”

我忧心地颔首。

“不过有公孙在，你大可放心了。”

“我想去看看哥哥，”我将自己偎进他的怀里，“我与哥哥之间仍有些许误会还没解除。那日我气他鲁莽，差点儿就铸成大错，说话也失了分寸，我担心哥哥的身体，更担心他的精神，你让我去看他好不好？”

“出宫？”他终于耐不住我的目光，眸中一软，“好吧，只是我必须陪着你。”

我一听他松口，心中欢喜起来，问：“下个月初可好？”

他无奈道：“你呀，净给我找麻烦。”

他虽言语间嗔怪，可语气中尽是溺爱的温柔。三天了，一日不见尚且如隔三秋，我的确想念他的怀抱、他的眉眼。

调皮的发丝受清风的鼓动，在我与他之间摆动，最终落在我的唇边。他手指微动，最终俯下身子亲吻过来。

“你放心，她不会怀孕的。”一阵唇齿的缠绵之后，他黑色的眸子注视着我，显得格外认真，“整个慈庆宫的女人，除了你，都不会生下我的孩子。”

我不由得微惊。

“我，朱常洛，只会让自己真心喜欢的女子诞下孩儿，我，只要我们的孩儿。”

肩臂微凉，罗衫早不知何时落下。

夏日里的天亮得极早，而我却要在日出之前到达祺轩楼的顶层。

出门时外边仍是全黑，我们没有执灯，云横扶着我，小心地探路。这样一路摸黑，走得缓慢又艰难，加上祺轩楼偏僻，到时天已经蒙蒙渐亮了。

祺轩楼极高，阶梯又陡又长，待爬了大半，已是举步维艰。云横忍不住道：“选侍半夜就起来了，又这样辛苦，若卫宁妃不在这儿可怎么好？”

我撑着墙喘过气来：“在与不在，到了方知。”

终于爬到顶层，那里果然有一位丽人正凭栏远望，纤长秀丽的背影，泼墨般的长发。她听见身后有动静，蓦然回首，那容颜美得令人惊心。正值一阵风来，发丝轻扬，一袭古烟纹云雾逶迤拖地长裙，衣袂翩翩，宛若九天的仙子。

我不得不承认，她是我见过的最美丽的女子，美得无以形容，若一定要用一个词形容她，那只能是：一顾倾城。

收回惊羡的目光，我行礼道："慈庆宫选侍王氏见过宁妃娘娘，娘娘安康。"

她似有一丝惊讶，不过只一瞬，便恢复了恬淡的神情："起来吧。原来你就是那个王选侍。"她似又忍不住多瞧了几眼，然后便不再理我。

我顺着她的目光向远处瞧去，可以看见正阳门外，我见她一瞬不瞬专注的模样，问道："宁妃喜欢这儿？"

"这儿景致好，原本还挺清净。"

她旁若无人，自顾自地踱步、看鸟儿，斟茶的时候瞥了我一眼，递了我一杯。

第二日，待我气喘吁吁地爬到，宁妃已经在那儿了，相视几许，倒也没说什么。我见昨日她没带一个宫人在身边，猜到她许是喜静，便让云横在下面一层候命，没让她跟上来。

我抱了两个棋钵爬上来，想着与她找点儿共同的趣味，问道："宁妃可有下棋的兴致？"

"你可听过，工画者寿，工棋者夭。"她一点儿面子也不给，"大清早的就下棋，只怕要折寿，我这人可惜命得很，恕不奉陪。”

第三日，我抱了纸笔来，宁妃斜睥着冷声道：“画什么，你吗？”

第四日、第五日……我想各种方法与之接近，都被她一盆盆冷水浇熄。不过我也看得出，她并没有表面上那样讨厌我，她虽一贯地冷言冷语，可揶揄中逗趣渐渐多于嘲讽。

直到有一日，我抱了只罐子来，放在那儿的一张小桌上，宁妃随手折了根树枝，瞄准了一掷，正中罐口，终于笑道：“这才有那么点儿意思了。”

原来宁妃最喜爱的游戏，竟是投壶。

我勾着身子，忍不住先打了个呵欠，站在界外，眯着眼睛瞄准。阳光已经很盛了，有些晃眼，我手指发力投去，树枝打在壶口上，今天第七次蹦到一边，气得我一甩手。

投壶需要技巧，更需要运气，看来今天我的运气不怎么样。

宁妃在一旁注视着我，蓦地说道：“其实你不必每天这么早来陪我。”

“和你一起，可暂且忘了自己身处何地。”我这句话，不算全然违心。

“第一天我就看出来了，你是有求于我。”她掩口一笑，神色却略略黯然，“可我若是你，便会安分守己，守在那人身边。只管装傻卖痴，让他眼里只有你一个人，过娇滴滴女儿家的生活，外面的尔虞我诈就让男人去应对。”

她眸色哀戚：“我也曾想象过很多次，他喜欢的女子，会是什么样子，会比我还美吗？可见了你，才知道，原来是这样的……模样中上，才情中上，都不算是最上乘。”她冲我一笑，隐有艳羡，“可他就是喜欢你，闹得阖宫都知晓，可见人与人之间还是要讲求一个‘缘’字。”

心下恻隐，我不由得问道：“你怨他？”

“原来你知道？我虽自认殊色，可他从始至终都对我无情，是我自己动了心，何从怨起？他既然对我无情，自不会为了我违逆他的父皇，天理伦常，我又何从怨起？”

我将目光远眺到那个她日日凝望的地方，心下一横：“我知道，你想出宫。你答应帮我，我就想办法助你到正阳门外。”

她眸色中闪过一丝惊异，很快又镇定下来：“我从不打无准备之仗，你敢保证，有我帮你，你就一定能赢吗？”

我微微顿了一刻，笃定地颔首：“有你助我，不说十分把握，八分总是有的。”

“那你又打算用什么办法让我出宫？”

“我现在还没有办法，但我答应了你，就一定会尽全力想办法让你出宫，以我王揽溪的人格做担保。”我信誓旦旦道。

“你这样不惜一切，到底是为何？”

“报仇。”我面上淡淡的，可心里的恨意已经翻涌起滔天巨浪，终忍不住，“此仇不报，我彻夜难安！自省过往，归咎于我遇事向来被动，这次我要主动进攻，试着撼动那个人在后宫之中的地位。这是为了太子，也为我自己的本心。”

“那个人吗？以她在皇上心目中的位置，此举无异于蚍蜉撼树。你动不了她，我也动不了她。”宁妃秀眉微蹙，“就算她闯出弥天大祸，皇上也会冒天下之大不韪，包庇纵容她。皇上最多生几天的气，就会待她如故。这些年，我也算见过不少次了。”

“为何？宫中年轻貌美的女子数不胜数，为何皇上偏偏对她溺爱纵容？就算她不顾惜皇上的死活，迫不及待地安排三皇子登基，皇上也肯原谅？”

“皇上用情至深，也因为愧疚。”宁妃苦笑道，“昔年，那人曾是皇上胞弟潞王的枕边人，皇上将其强娶入宫，次年潞王就藩，两人从此天各一方。她可是恨透了皇上，皇上却对她千依百顺，就算她把自己的后宫搅得鸡犬不宁，也不曾怨怼。”

竟是有这样的缘故。

“我愿意帮你，你不用谢我，我帮你的缘由，算是同你一样。”她眸光深深，又缓缓投向远处的正阳门，“你只管将事情安排妥当，至于我出宫的事，就不劳你费心了，我自有安排。”

那日，我们密谈了整整一个上午，事情的安排已然趋近完备，临走时，宁妃蓦地问我：“你愿意被心爱之人利用吗？”

“那不是利用，对心爱之人，付出所有，我心甘情愿。”

难道，她是因为感觉不到爱意，又不甘被利用，才选择远离这些是是非非吗？

“看来你现在还不懂，”宁妃笑笑，“揽溪，你记住，若一个人到最后对你只剩利用，你一定要勇敢地逃开。”

我颔首道：“记住了。”

她缓缓地转过身去，轻轻地喃喃：“也许我等这一天，已经很久很久了。”

刚刚走到万荷台的九曲桥前面，便看见贝淑女底下的琉璃在那儿来回踱步，急得如同热锅上的蚂蚁，见了我，跑过来“扑通”一声跪下，声音都带着哭腔：“王选侍，您可回来了，求您快去劝劝我们淑女吧……”

“贝淑女怎么了？”我让云横拉她起来。

“我家淑女不知怎的又闹起了脾气，将饭菜都砸了，再这样闹下去，只怕太子知道了又要怪罪。”琉璃为难道，“求王选侍移步去看看吧。”

进门只见残渣碎片，满地狼藉。贝淑女听见门边有动静，满怀希望地瞧过来，见是我，眸中的神采又一点儿一点儿地黯淡了下去。

自从她被禁足之后，守在身边的也就只剩琉璃几个，其他的要么惫懒地混着，要么已然另谋出路。仪英阁里冷寂得如同冰窖，就连这眼皮底下的渣滓，都没人理了。

我接过云横手里的托盘，示意她帮着琉璃收拾一下，然后将饭菜端到桌上，笑道：“我还没用午膳呢，贝淑女就陪我吃一点儿，如何？”

“大清早的就吃了个奴才给的闲气，满满当当一肚子！哪里还用得下？”她说起，仍有些余怒未平。好歹，她也是曾经掌管整个慈庆宫事务的人，那时候，哪个奴才敢在她面前多一句嘴？如今，全是拜高踩低的嘴脸，也不怪她生气了。

“就只当尝尝我万荷台的手艺吧。”

果然，贝淑女对着那几碟菜肴，冷冷道：“还不是都一样。”

“既然你我所用的菜肴一样，可见太子对你并无苛待，淑女又何愁没有卷土重来的时候？”

她的神色微微晃动：“真的？”

“患难见真情，日久见人心。贝淑女趁着这个机会将身边的人好好看个清楚，也没什么不好。”我给她夹菜，安慰道，“等我眼下的事情结束，便求太子解了禁令，相信太子念着旧情，一定会原谅你的。”

“他会原谅我？”贝淑女的眸子又变得晶亮，神色却又急急一变，“我做过的错事我都承认，可是刘……”

见她蓦然止住话头，我不由得问道：“可是什么？”

“算了，说出来，他又要以为我颠倒是非，兴风作浪，我说出来，也是自取其辱。”贝淑女转而苦笑。

我凝视了她片刻，只道：“吃菜。”

不久便是皇后的寿辰，按照祖制，太子应携太子妃出席千秋节，其他女眷在千秋节之前为皇后祝祷请安即可。

三日前，我去向皇后恭祝，皇后命我千秋节的时候一定要随太子前来。

千秋节那天，宫里张灯结彩，连宫女内监都统一换了鲜艳的衣裳，看着喜庆吉祥。坤宁宫里里外外更是扎满了红绸和彩灯，一派喜乐祥和。

我们早早便向皇后祝寿，朱常洛说了一堆的吉祥话，逗得皇后笑逐颜开。皇上、太后、郑皇贵妃一一驾到，人差不多都到齐了，众人各归各位，客气寒暄。

太子妃坐在朱常洛左侧，而我坐在他右侧。太子妃是第一次参加如此盛大的宫宴，不禁有些拘束，红着面颊微微垂着头，也不怎么说话。

朱常洛拈起一颗桂圆，掐开了递与我。女子在宴会之上总是矜持的，他知道我平日里爱吃什么不爱吃什么，所以总是可以适当地照顾我。可是今日不同以往，他不只携了我一人来，而且那位才是他的正妃，我不由得低声提醒他。

“可是我也不知道她爱吃什么。”朱常洛低低地答我，目光在面前诸多的小碟子上逡巡了一圈，将我面前的小鱼干儿换到了太子妃面前。

我正一抬首，遇上太后若有所思的目光，她看着我，微微笑着一颔首。我一怔，即刻回以笑靥。

“本宫已经许久未见过潘选侍了，福王今日如何没携潘选侍一同前来？”忽听得皇后慈祥地问道。

在朱常洛被封为太子之后，朱常洵亦封了福王。我抬眼望去，果真，只见他身侧换了一名不曾见过的妖娆女子，并非以往的潘选侍。

“启禀母后，那潘选侍悍妒成性，有违妇德，儿臣已下令将她锁在房中，永远不许出来。”那朱常洵说起此事竟莫名地有一丝得意。

“这是为何啊？潘选侍就算任性，怎的就非要到如此地步呢？”皇后惊问。

“儿臣不过要纳她房里的一个宫女为侍妾，她就大发脾气。这也不是第一次了，儿臣就没见过这般不懂礼教女德的泼妇，没有废了她，已经是仁至义尽了！”他又洋洋洒洒地说了一大堆，不察太后、皇上、皇后，就连他自己的母亲郑皇贵妃，都微微蹙起了眉头。

那朱常洵好色成性，就侍妾之数，也有几十人，而他殿里的宫女，又鲜有没被他染指过的，多是敢怒不敢言。宫里每每到分派人手之时，宫女们宁可去浣衣局干粗活儿，也不肯去三皇子的殿里。众人皆是心知肚明，此时他说出这样一番话来，就更显得混账了。

“洵儿，那潘氏不过一个选侍，若不合你的心意，想废就废了吧。”郑皇贵妃终于忍不住开口，“今日是你母后的寿诞，这些无趣的话可万万不可再说了，还不快向皇后赔罪。”

朱常洵旁的优点没有，唯有对他母妃的话言听计从。可他向皇后赔了礼之后，下流的目光滴溜溜转到太子妃身上，涎皮赖脸道：“母后，不然由您做主，也为儿臣选一位如皇嫂这般美貌的正妃，正好管管儿臣宫里那些个聒噪的女人，您看怎么样？”

我对他那副嘴脸厌恶已极，再多看一眼、多听一声都快要呕吐。“别糟践人了。”我暗暗咒骂道，手心里的一颗桂圆已经被我用力捏得皮开肉绽，汁水渗出了指缝。

“王选侍是否说了什么？哀家这老婆子耳朵不好了，听不清了。”蓦地，太后发话。

我那样低的声音，就算朱常洛能听见，太子妃也未必能听清，太后这耳力，岂非真的不好？

我没防备，心下一惊，却也很快有了主意，起来行礼，镇定道：“回太后的话，妾身是说，三皇子所言甚是。三皇子既已封王，便是长成了大人，迎娶正妃、前去封地，都是宜早不宜迟的事情。”

最近，朝堂上的大臣们纷纷上奏，要求福王就藩，我也是知道一点儿的。

太后似对我回答的这番话很满意，微笑着点头：“王选侍所言甚是。洵儿，你呢，你想什么时候娶正妃、去封地啊？”

“当然是……”朱常洵的“越快越好”还没说出口，便被警觉的郑皇贵妃截断：“母后，洵儿还小，皇上与臣妾打算让洵儿陪您过了明年五十大寿的千秋节，再去封地呢。洵儿这一走便不易回宫了，也算临走前对您尽的孝道。”

太后掠过郑皇贵妃刻意讨好的面容：“皇上也这样想吗？”

皇上静默地颔首：“一则，是想让您的孙子为您尽孝道；二则……也请母后体谅儿臣和皇贵妃舐犊之情。”

“哦？尽孝道？舐犊之情？”太后微微笑道，“好啊，这样看来，哀家另一个儿子潞王，想必明年也可以来京拜寿了。皇上，是吗？”

皇上讷讷无言，面色几经变幻，终于沉声道：“儿臣惶恐。关于福王就藩，儿臣明日就令人准备。”

郑皇贵妃的脸色自然也好不了哪儿去，气得胸膛急急起伏，只能看了她那不争气的儿子一眼，又狠狠地剜了我一眼。

我毫无惧色，这也算是我与太后不言自成的默契了。

这时，张公公进入大殿通报：“皇上，钦天监有要事禀告，求见皇上。”

“你也不看看今儿是什么日子！他说要见朕就要见？让他滚！”皇上暴怒，将刚刚憋闷的怒气都发泄出来。

“这……”张公公战战兢兢地跪下，继续道，“他说事关皇上龙体康健，不敢欺瞒啊。兹事体大，皇上还是见见他吧。”

“是啊，普天之下第一要紧不过皇上的龙体，不如将他叫到这儿来回话，离宫宴开始尚有段时辰，就听听他能说出什么。”皇后也从旁劝道。

皇上讨厌言官，可对钦天监的印象向来还不错。听见禀告所言之意，仿佛事关重大，脾气发了，也担忧起来，便不耐道：“宣他来，若说不出什么，朕定不饶他。”

公孙徵一袭广袖长袍，进入大殿，腰间整整齐齐地缠了大红的腰带和玉扣，以示对皇后寿辰的恭祝。他恭敬地行礼，面面俱到，礼数周全，风流倜傥的身姿，让几位待嫁的公主都不由得红了脸颊。

“微臣钦天监监副公孙徵有要事向皇上禀报，万不得已，惊扰了皇上及各位贵人，还请恕罪。”公孙徵不卑不亢。

“你且说。”

“皇上，川地达州绥定府传来消息，那儿有个百年的老龙洞，这个月中旬，龙头突然吐出红水，此地相不吉。又经钦天监夜观星象推算，此乃皇上遇厄星冲撞之兆，故刻不容缓，前来禀告。”公孙徵的话甫一说完，四周就炸了锅。

“你小小一个监副，可不要危言耸听，就算皇上饶你，本宫也饶不了你！”郑皇贵妃发难道。

“借微臣十个胆子，微臣也不敢，这是川地八百里加急来的奏本，这是钦天监监正所书奏折，绝非微臣杜撰，皇上可以过目！”公孙徵将两个折子双手呈上。

张公公急急地接过奏折，呈给皇上，皇上焦虑地翻开一个，一目十行，道：“朕尚未感到有何不适。”

“照星象看，皇上受到厄星冲撞，威胁到龙体，也许这威胁只是存在，还未到皇上身边，又或许它已经威胁到了皇上的安危，可您，还没能发现。”

“可有解法？”皇上急问。

“皇上切勿惊慌，皇上乃真龙天子，此厄星最终只会消弭在皇上的光辉之下。只是钦天监不敢轻率，特派微臣前来提醒，提防厄星。”

“那小小厄星终将被朕的正气所消灭，便没什么可担心的了。”皇上听罢，蹙起的眉峰略微舒展，“钦天监忠心可鉴，朕铭记于心。”

众人皆跟着舒了口气，说起各种恭维皇上的话。我跟着微笑，目光扫去，却发现皇后的神色略微异样，温柔中隐有泪光，定是因为厄星之说为皇上担忧。

公孙徽微微一笑，敛了眸光：“今日是皇后的寿辰，微臣在此祝愿皇后娘娘福如东海，寿比南山。微臣告辞了。”说罢，便垂首退出了大殿。

不多时，众人便恢复一派欢乐祥和。算着时辰，卫宁妃也该到了，怎么她还不出现？

就在我暗自焦急的时候，张公公又进来通报，这一次，一向老练的他也禁不住跪倒在地，哆嗦道：“皇……皇上，快去看看哪，卫宁妃要跳下来啦！”

“什么？”皇上闻言大惊，拍案而起。四下也跟着乱起来。

“卫宁妃现在何处？怎的要跳下来？你说清楚了。”太后仍维持着镇定。

“卫宁妃坐在祺轩楼最高处的横栏上，自言要面君死谏！”

我听了也吓得不轻，脑子里顿时一阵蜂鸣，嘤嘤嗡嗡地不停。不是这样的，计划根本不是这样！我只求她来大殿主动面见皇上，当着所有人的面将真相揭穿，她这是干什么？

“马上去祺轩楼！”

“皇上不可！”郑皇贵妃阻拦道，“钦天监刚刚说了，皇上对于一切可能发生的危险，能避则避，这个卫宁妃阴阳怪气的，臣妾害怕她伤害皇上！”

“本朝就没出过后妃死谏的事，人命关天，这儿这么多人保护皇上，皇上还在犹豫什么？”太后义正词严。

“宁妃不是胡来的人，这是怎么了，皇上快去看看吧！”皇后慌乱地劝道。

皇上对两厢所言恍若未闻，定了一瞬，拔脚便走，后面呼啦啦地跟上一群人，浩浩荡荡地向祺轩楼而去，我与朱常洛也从旁跟上。那一阵蜂鸣之后，我脑子中缠乱如麻，面对朱常洛，也不知从何说起。

到了祺轩楼底，只见最高处一袭朱色的宫装如同风筝般摇摇欲坠，每一个动作都牵动着众人的心，动辄齐齐一片惊呼。

张公公尖着嗓子都叫破了音："宁妃娘娘啊，皇上已经来啦，您下来好好说成吗？"

皇上亦抬头凝视，面目阴沉。

"……我还能再见你最后一面，于愿足矣。"卫宁妃站在栏杆的边沿上，少女一样转了个圈，笑声飘散在高空之中，"还记得吗，我见你第一面的时候，就穿的这一身衣裳呢。"

底下的人都吓得捂眼睛，窃窃私语道："宁妃疯了！"

"我们真正在一起的时间虽然不长，可相处的每时每刻，我都记得清清楚楚。随着时间的推移，那些回忆只会越来越明晰，似乎别的事都只是梦，唯有你是真的……"

卫宁妃的声音时而清楚时而模糊，都被风吹得零落了："……后来我有了孩子，又没了……我求你的，你做不到，而你对我的要求，我亦实难从命……我不恨你，我知道你的难处……最重要的是，谁让我爱你至深……"

我有些站不住，微微摇晃了一瞬，转眼看朱常洛，他面白如纸，额间隐隐有汗渗出来。他对上我的眼睛，有些恍然，伸过手来攥住我的手心。

我想，宁妃的这些话其实是对朱常洛说的吧，而他……心里也应是明了。我突然很想知道，他究竟对宁妃提出了怎样的要求，让她从此心灰意冷。

“皇上，你知道我是多么心高气傲的一个人，可我不想你为难，所以当初才选择忍气吞声！我本想这辈子就这样寂静地老死宫中，可天让我撞破了恶人的阴谋，无奈我孤身无依，命若漂萍，人微言轻，为了皇上的安危，唯有以死进谏！若能使皇上信得万一，此身便不算枉然，也算报得当年圣恩！卫氏泣血叩拜！”

说罢，卫宁妃又动了动，仿佛在行拜别的礼。底下众人以为她就要跳下来，争相躲避惊叫，让出面前一块空地来。

皇上听了她这一番陈词，仿佛极为动情，向上面喊道：“宁妃，朕不用你死谏，你下来慢慢说，朕信你！你回来，朕待你还如从前一般，好不好？”

“皇上，事到如今，我只能拿自己的性命来证明，求你一定要信我，详细的供状就夹在我的衣襟里。”宁妃的声音缓缓飘来，沉静安定，“我只有一个请求，希望能够魂归故里，万望皇上成全。”

“为了你，我死而无悔。”

说罢，只见那一抹朱红轻轻向空中一跃，轻飘飘地，从高楼上坠落下来。

她那样急剧地下降，风鼓动起艳丽的裙裾和绸缎般的黑发，就如同一朵火焰正坠向水面，那真的是她要的解脱吗？

原来，这就是她所说的办法，可以出宫的办法。

而死谏比之于指证，更有力量，几乎是与敌人同归于尽，若有她死谏，此事必成。可若我提前知晓，定是放弃了计划也不会让她这样做的！

她说，她等这一天很久很久了。

是为早夭的孩子报仇？还是为了……离开？

我不知道。她带着一生的过往和秘密，跃了下来，短暂而绚烂，我甚至看见了她的微笑。

“宁妃！”皇上欲奔上去，却被左右呼叫着拦抱下来。

我亦不自觉地向前一步，却被朱常洛拽住，面颊贴上他的肩窝，同时耳边听见一声肉体坠地的闷响。

沉寂，沉寂，抑或是我心惊，听不见旁的声音，蓦地胸臆深处生出一种钝重的疼痛，只能缓缓地闭上眼睛。

许久，才听见皇上悲声吩咐道：“去将宁妃身上的供状拿来。”

几个奴才都踌躇着不敢，最终还是纫兰姑姑上前去，从宁妃衣襟里取出那片薄薄的供状，呈给皇上。

皇上将纸页展开，见上面沾染的血迹，先喟叹了一声，随着他的目光凝注在那份带血的供状之上，他的神色越来越深沉，目光换行的速度也快了起来，眉头越皱越深，隐隐有青筋暴起。

在场除了皇上，只有我知道那张纸上写了什么。

卫宁妃以性命陈述，她在御花园的假山之后，无意间撞见秦端妃暗中与御用监的钱公公接头，托钱公公从宫外的茶弼沙国传教士手中买一种名为“骤丸”的药物。而秦端妃声称是“替皇贵妃办事”，这药是给皇上用的。

然后卫宁妃便暗中打听这“骤丸”的药效为何，得知竟是治心的西药，而这种药几乎是一种慢性毒药，对身体具有摧毁性的效用。皇上又并无心病，秦端妃竟大胆直言是要给皇上用，用心险恶。

没错，这个“骤丸”，就是当初我大婚之夜，贝淑女下在我合卺酒里的药。卫宁妃“无意间撞见”是假的，可秦端妃给皇上用此药，却是千真万确，我们倒也没有诬陷她。

皇上的颜面比天都大，正如龙有逆鳞，触之必死。他不会让更多的人知道这件事，也不会放过那些对自己下毒手的人。

这一次，谁也救不了秦端妃。

皇上隐忍着将供状对折，手指青白，用力地捏皱了纸页，良久才缓缓沉声道：“卫宁妃恭心肃昭，忠勇赤忱，天地可鉴。朕就依她的遗愿，追封为贵妃，特赐回乡，风光大葬。”

说罢，皇上的声音转而凌厉：“端妃呢？出来！”

“皇上，您忘了，六皇子染了风寒，端妃今日要照顾他，晚些才会来呢。端妃为皇上诞育了一个皇子一个公主，还要用心操劳，皇上有天大的气，也要顾念端妃劳苦功高啊。”郑皇贵妃仍大着胆子柔声相劝。

可惜皇上这次毫不留情面，仍是青着脸，怒道：“去把端妃那个贱人给朕带到跟前来，让太后与皇后同审！还有，陈矩，派人将御用监围了，把钱公公抓去你们东厂，给朕严刑拷打，定要让他把知道的东西都吐干净了！立刻！马上！”

皇上给了卫宁妃殊荣，满足了她的遗愿，便不再多看她一眼，带着怒气转身离去。

而我是想上前去看她一眼，却不能。她之于我，只是个全然陌生的冷宫妃子，我不能让任何人看出我与她有丝毫的联系。

那么，就让我代替她，还有烟绕，将这一场好戏看下去。

不过刚到坤宁宫前面，便见一行女子跪在玉阶之下，鬓发一丝不乱，衣装整洁肃然，一举一动规矩守礼，不见往日的疯癫痴傻。

她们齐齐地重重叩首，在青玉石板上发出一连串的钝响，为首的应是常康妃，她含泪道：“臣妾们有冤，请皇上做主！”

“你们……都没疯？”皇后惊讶地喃喃。

“臣妾们装疯卖傻，只为能苟延残喘，等待能够说出真相的这一天，皇上容禀啊！”

皇上面上略微动容，抑或是想起卫宁妃躺在血泊中的模样，闭上眼儿不可闻地叹了口气：“有什么话都说出来吧。”

“皇上，臣妾们要指证郑皇贵妃和秦端妃二人，迫害皇嗣！”

“皇上，当初臣妾们的孩子是怎么没了，您不是不知道！皇上心之所钟，臣妾们相形之下犹如尘垢秕糠，身微言轻，不值一哂。可是皇上，这后宫之中陆陆续续已然夭折了不少皇嗣，都是您的亲骨肉，您怎可视而不见，继续纵容？臣妾们身为母亲，苟活至今也只是为了给孩儿讨回一个公道！”

那些心怀冤屈的嫔妃，一人一句，有条有理，只是提及孩子，渐渐情绪涌上来，还是忍不住泪如雨下。

而皇上，立在那一片泪雨之中，若有所思，只怕心里也是矛盾相攻，早已经天翻地覆了。

“今有卫宁妃死谏，若皇上相信臣妾及孩儿的冤情，臣妾愿以死明志！”终于有个女子恨然出声，起身要撞石墩子。

场面顿时混乱起来，寻死的寻死，拉扯的拉扯，哭求的哭求……皇上额上的青筋暴得更加厉害，捏着供状的手越发颤抖起来，我知道，卫宁妃在状词里面，也为自己的孩子提了此事。

太后尚不知那份供状里写的什么，许是猜测只与皇嗣有关，亦轻声吩咐身边的宫女：“去，将倩儿带过来。”

郑皇贵妃怕皇上真的听进去了，于是上前怒喝道：“真是胡闹！你们不要欺君罔上，污蔑本宫。”

“你以为朕真的什么都不知道吗，欺君罔上的人是谁？”不料皇上蓦地看向郑皇贵妃，咬牙切齿道，眸中鲜红。

郑皇贵妃没想到，皇上竟不再维护她，惊怔了一瞬，忙跪地辩解道：“她们说的那些事情，臣妾真的毫不知情，臣妾没有害她们的孩子，皇上也是知道的……若真的都是我，皇上当年为何不提，留臣妾至今？”

“那这个呢，你如何解释？”皇上在她面前将染血的供状抖开。

郑皇贵妃凑上去看了几行，顿时面白如纸，哆嗦着双唇，语无伦次道：“这……这都是秦端妃一人所为，与臣妾无关！定是那贱人打着臣妾的旗号，作威作福，臣妾深爱皇上，怎么会害皇上呢？”

皇上用手指狠狠地凭空指了两下，一时无语，半晌才道：“待秦端妃带上来，就真相大白了！”

皇后一边劝慰着激愤的嫔妃们，一边向皇上哀道：“这……还请皇上拿个主意啊。”

悲目看着跪了一地的嫔妃，皇上无奈地一挥手，沉声道：“都回去吧，朕答应一定给你们一个交代。”

命众人散了，皇上只让太后、皇后、郑皇贵妃进入坤宁宫，不一会儿，所有的下人都被赶了出来。

我隐隐勾了一个苦涩的笑，大局已定，杀招已成，我说过的话，就一定会做到。

这一路鲜血遍洒，终不算相负。

那日在坤宁宫里发生了什么，除了皇上、皇后、太后和郑皇贵妃四人，就再没有别人知道了。

能知道的，只有宫女倩儿，她从坤宁宫里被拖出来之后便行了杖毙之刑。

秦端妃在去往坤宁宫的路上薨了，据说是畏罪自杀，服了与毒死庄嫔的一模一样的鹤顶红。所有的事情都被推在秦端妃身上，皇上还是放过了郑皇贵妃，只将她禁足在毓德宫里，褫夺了皇贵妃的封号，降为贵妃。这也算是预料之中的结局，皇上终究还是对她心软了。

而御用监的人显然没有郑贵妃的好命，钱公公被判处凌迟而死，其他的人通通下了东厂大狱，没听说有回来的，御用监全部换了新人。

天子之怒，伏尸百万，流血千里。皇上已然是忍耐了。

至于秦端妃为什么要毒害皇上，只有她知道。她是两位皇子的母亲，又有郑皇贵妃这棵大树做依靠，入宫至今也算一片坦途。或许，随着年老色衰，她越来越害怕别的女人在子嗣方面胜过她的荣耀。又或者，她真的只是受人指使？

这俨然成了一个再也解不开的谜。

虽说，除去了精明阴险的秦端妃，就好比卸下了郑皇贵妃的右臂，可终究还是没能打垮她。我告诉自己，别心急，这不过是一个开始，秦端妃，不过是第一刀。我说过的，他们每一个人，我都不会放过。

就算是蚍蜉撼树，我也愿意倾尽一生之力，将她一点儿一点儿蚕食。